远方的石牌楼

好记 —— 著

九 州 出 版 社
JIUZHOUPRESS

图书在版编目（CIP）数据

远方的石牌楼 / 好记著. —北京：九州出版社，
2019.6

ISBN 978-7-5108-8124-4

Ⅰ. ①远… Ⅱ. ①好… Ⅲ. ①长篇小说—中国—
当代 Ⅳ. ①I247.5

中国版本图书馆CIP数据核字（2019）第111814号

远方的石牌楼

作　者	好 记 著	
出版发行	九州出版社	
地　址	北京市西城区阜外大街甲35号（100037）	
发行电话	（010）68992190/3/5/6	
网　址	www.jiuzhoupress.com	
电子信箱	jiuzhou@jiuzhoupress.com	
印　刷	河北盛世彩捷印刷有限公司	
开　本	710毫米×1000毫米　16开	
印　张	23	
字　数	413千字	
版　次	2019年6月第1版	
印　次	2019年6月第1次印刷	
书　号	ISBN 978-7-5108-8124-4	
定　价	78.00元	

一

不管春夏秋冬，不管天晴下雨，也不管过年过节，麻园子的老汉苑建书早晨睁眼的第一件事一定是先打一个大大的呵欠。

啊……嗬……嗬嗬嗬……

乡间寂静的黎明衬得这声音更显大。这不，屋外的鸟儿受到惊吓后，扑棱棱振翅而逃。老伴杨满婶也趁势使劲伸了个懒腰，坐起来窸窸窣窣地穿衣服。他们相信此时住在正房两边偏厦子房里的大儿媳春子、二儿媳琴琴、三儿媳翠翠，还有刚进门尚未圆房的四儿媳四姑娘必定也都先后起来了。

正值阴历十月，天亮得晚。这时，窗户纸微微泛出一点白光，屋里还黑乎乎的，各房都没点灯。建书老汉立过规矩，只要不是赶着织布纺线做针线，一概不得点灯。灯油贵啊！早起穿衣服点什么灯？各人的衣服放在哪里自己还能摸不着？功要常练，账要细算！别看每天早起穿衣服就这么一会儿工夫，一年三百六十五天，每天早上少点那么一会儿灯，能省不少灯油哩！

苑建书昨天进了趟县城，卖了几样东西，样样都比他原先预计的价钱好。出城往麻园子走的时候，他就在想，抗战胜利了，听甲长欧有根说有三种粮和捐都不用再交了。物质不灭，既然是不往出交了，就等于自家多了三分收入。高兴之余，他已走到城边卖石条的铺子闲转了一趟，问了问石材的价格。老板报出的价格便宜得让他都不敢相信自己的耳朵——原来修一座石牌坊也花不了多少钱嘛！建书带着少有的兴奋心情回到家，刚进门，老伴又跟他说了两个好消息：一是老四从山上带信回来，叫屋里腾挪地方，准备堆放从山上搬回来的七八挑东西；二是老大回来听说老四他们三弟兄在山上忙不过来，就自己担着箩筐要上山去帮忙。高兴的事情凑到一块儿，着实让老汉睡了个好觉，也做了一连串的好梦。

此时，建书提着土巴烧制的夜壶摸着黑通过堂屋、客房、灶房去上茅房。往茅房走的时候，他还沉浸在似醒非醒的梦境中。刚才，他又梦见去世多年的双亲。两位老人还是生前的那个样子，也不知他们在那边的日子过得好不好，只见他们坐在堂屋里，神态平静，不像是走了远路的样子。想来，两位老人在那边的家应该离麻园子不远，他们在那边干的活也不太重吧？爸啊，妈啊，你们在人间干的活太重太苦，到了那边，阎王也该体谅你们一些，让你们干些轻松的活吧！你们必定是知道儿子今年进项多，知道昨天儿子心情好，要不然，怎会又用那种赞许的目光看着儿子微笑呢？你们一定也在帮我算账，支持我攒钱买田置家业吧！虽说阴阳两隔，你们却暗中一直在替我操心哩！这么多年了，每逢建书家里有大一点的进项，梦里就会看到两位老人赞许的目光。苑建书清楚地记得，父母第一次向他投来这种目光时，他才十二岁，那是因为他以弱小的身子不声不响拼着劲帮父亲修茅坑赢得的。

修茅坑对普通农民来说绝不是小事，是既要花钱又要投入很多劳力的巨大的家庭工程建设。修一个茅坑和猪圈所花的费用和工夫比修两间普通房子多得多。茅坑是一个长方形的坑，有一人搭手那么深，四周全是用拳头大小的石头排成双排，一层层砌起来的。每砌一层，就要抹一层石灰砂浆。池子砌好了，四周又要用拌和了桐油的石灰砂浆搪一遍，先用一把细竹棍将其拍打平整，待灰浆干一些，再用棕树叶子使劲拍打，使其不存留缝隙。之所以要这样，就是要保证将来装盛水粪不致渗漏。庄稼一枝花，全靠粪当家，能不能积到足够的水粪，对于当时的农民来说真是太重要了。池子修好了，又要在上面棚上石板，石板上面是猪活动的场所。石板要靠铁锤和铁钎从月河滩上散落的大石头上去艰难地往下剥，一般十块石头才能剥成一块，真是个极其艰难的活。

修茅坑和猪圈的时候，苑建书十二岁，刚从牌楼坝上完学，回家开始劳动，天天起早贪黑光着身子从河里挑石头，在粪坑里拍打砂浆，从而赢得了父母充满爱怜和赞许的目光。建书记得，那天他挑石头摔了跤，膝盖蹭破了一块皮坚持咬着牙挑，母亲让他休息，他硬是不干。母亲便把他拉到身边，摸着他的头说："建啊，人家的独生子都给大人惯着，我跟你爸没有惯你。不是我们不心疼你，是我们没本事，没给你攒下家财，以后全要靠你自己挣生活，过日子啊——不过，我和你爸都相信你有志气，肯定会比我们有出息！"说完，眼泪长流地看着他。他一挺腰板说："妈，我以后要买很多田，要像牌楼坝颜家那样盖大瓦房，修石牌楼，让你和我爸享福！"母亲紧紧地搂着他说："我儿行！我儿一定能行！"

唉，老人都去世这么多年了，当年许下的大愿，今年才有了一点点眉目，一定要再加把劲！苑建书这样想着，一路从睡房、堂屋、客房、灶房走进猪圈。圈里的两头肥猪早就被他吵醒了，双双站在槽头，隔着栏杆哼哼着迎接主人。建书老汉摸着它俩胖胖的黑头，估算着它们的重量，折算着能够换回多少钱来。算的结果很让老汉满意，于是，他又给两头猪挠了会儿痒才离开，穿过客房回到堂屋。

建书老汉咳了好一阵，待平息了，才直起腰来打开堂屋门。天麻麻亮了，清晨的风很新鲜，同时也有点扎人皮肤。老汉在堂屋门外站着，一面用手指头使劲磨蹭光光的头皮，一面用眼睛向两边偏厦子房的窗户扫了一眼。他很满意，各房的动静告诉他，儿媳妇们按时起床了。

二

这是一个标准的陕南庄户人家的小院。正房是坐北朝南的三间瓦房，中间是堂屋，左边的房子是苑建书老两口的睡房，右边的房子前半截是客房，后半截支了架织布机。堂屋正面的墙上支了块木板代替神龛，上面放了香炉碗，墙上用红纸贴了"天地君亲师"牌位。神龛下面左边墙角放着一口粮柜，右边墙角堆放的是油汪汪的碗、碟、杯、盘等酒席用具。这是用来租赁给周围的人户过喜事办酒席用的。紧挨着碗堆的是两个木架子，上面放着油汪汪的蒸笼，也是租赁给别人办酒席用的。建书老汉会做厨，别人请他的时候顺便也就把这些用品租赁了。堂屋的前半截放了一张大方桌，桌上套放了一个圆桌面子，一家人全围在桌边吃饭，也不显得拥挤。右边房子的前半截说是客房，其实也是通往灶房和猪圈的过道。在这上面的竹笆楼上支着老四、老五、老六三弟兄的床铺。三间正房两边是偏厦子房。左边有三间，最里边的就是和两个老人一墙之隔的大儿子苑华家和媳妇杨春子的睡房。中间有一间房原来是磨坊，现在支了两架织布机、两把纺车，算是机房。机房外边那间房是三儿子苑华业和媳妇欧翠翠的睡房。正房右边也有三间房（最里边的是灶房）。挨着灶房的是二儿子苑华兴和媳妇王琴琴的睡房。他们外边那间房原来是老四他们三弟兄的睡房兼放杂物的，如今，四儿子苑华旺未圆房的媳妇欧家四姑娘进了门，便腾给她做睡房。今年正月初一开始，建书老汉发动全家人一齐上阵，用墙板在房子外筑了一道五尺多高的土围墙。麻园子的土质是白沙土，筑的围墙很结实。又因老大苑华家在牌楼坝王家石灰窑上干了活，老板说工钱开不够，给了些石灰顶替。建书怕光用石灰搪墙墙面太白，目标大，招人嫉恨，就在石灰里掺拌了一些黄泥。现在，从颜色上看围墙是泥巴的，其实是石灰的，不怕雨淋风蚀。墙上面还盖了青瓦。院子前面，老汉临时修了个大门，上面用青瓦盖了个"人"字顶。大门修好以后，反倒成了老汉的心事。每天早上他一打开堂屋门，就觉得这门太矮太小，很不称心。此时，他的目光又在那大门上停下了，心里说："先将就，总有那么一天，我把你和外面的石牌楼通盘来修！"

昨天从县城回来，建书老汉就按照石材铺老板报的石材价格把牌楼坝颜家石牌楼的建造价格粗略估算了一遍，然后从看得到自家的房子开始，一路上不断地从各个角度端详麻园子，越看越觉得在大门前修一道石牌楼好看。回到家，他把东西一放，就急匆匆地到竹园子外边那个长势像乌龟的红石包上去细细看了一阵，觉得那是他麻园子的风水所在。如果能在麻园子修上石牌楼镇庄子，补补风水，自家后人应该会像颜家那样出人才。

听父亲说，颜家到"德"字辈的四老爷跟前是六个儿子，都成了才，实现了由富到贵——程先生说了，贵不是能够用家产衡量的。苑建书也有六个儿子，能不能由不富到小富，再到小贵呢？儿子这辈是"华"字辈，建书给他们按家、兴、业、旺、仁、和排下来，分别叫了华家、华兴、华业、华旺、华仁、华和。他不敢奢望自己的后人能比得上颜家的后人，只希望在他们这一辈上实现新的跨越。苑家以前一直是佃户，租别人的田种，且两代单传，到建书这辈有了六个儿子，也算有了点家底，眼下把儿子媳妇们聚在一起干活过日子，花费少、收入高，正是攒钱起家的好时机。程先生曾说"三代培养一个贵族"，贵族是什么概念？应该是有钱有德有学问吧！建书掰着手指算过，从过去到现在，牌楼坝的地界内能算得上又富又贵又有些价值的人也就三家。过去是牌楼坝的颜家，人家是先富，后来就又富又贵了；再是余家淌的余二爷余鹤年，也算是又富又贵；还有牌楼坝的程先生，他不算富，只是不穷，但人家算得上贵。余者像黄泥包的黎五爷、下垭子的黄老万、堰塘湾的翠翠她爸，这些人虽有不少田地，也请长工，吃租子，当东家，放高利贷，充其量也就算个土财主，根本上不了台面——唉！说人家，咱自己呢？那六个冤孽以后能不能有出息呢？每次想到这里，建书老汉就要长长叹一口气，自觉儿子们不尽如人意。建书老汉如是想着。

眼下最让老汉不悦的就是老大苑华家。照苑建书最初的想法是要沿袭传统，子承父业，将来让老大在麻园子守业，当家。因为有了这个想法，老大在牌楼坝上完三年学后，苑建书就没再让儿子进城上学。老大刚上完学那几年还算听话，父亲叫他学着种庄稼，他就下田种庄稼，叫他学织布，他就学织布，而且布织得还算不错。后来他变了，变得不爱说话，总是拗着来。苑建书猜想他是不满意家里让老二、老三进县城读书，而没让他也去读书，后来老二到药房学医，又去当铺学徒，老三到西安上军校，更是引起了老大的反感。反正在老二、老三进城读书没多久，老大就不再下地，也不织布了，总一个人在外面跑。老大在外面游游荡荡地过了几年，渐渐就到了该成家的年龄。苑建书想，赶紧给他找个媳妇放在家里，把他的心拴住也好。正好，满婶在杨家湾同宗族的家门中有个兄弟的姑娘大了，名叫春子，托满婶给帮着找婆家。满婶见过春子，觉得这个远房侄女长得还过得去，家里又没有亲戚什么的，如果把她给老大做了媳妇，既亲上加亲能照顾这个侄女，也可以拉近她这个后娘和老大华家的亲情距离，同时，还能省一笔彩礼钱。满婶把这想法给苑建书一说，建书也觉得这主意不错，很快就给华家把春子娶了回来。春子初娶回来时，老大也没什么表示，日子就那么平平淡淡地过着。只是，他还是喜欢往外面跑，今天这儿明天那儿的，三天打鱼，两天晒网，没个定准。苑建书和满婶都用不同的方式劝说或责备过老大，但不起作用。老大和春子就这样淡而无味地过了几年。后来，春子给老大生了五斤子，两个老人发现老大好像对春子好了一些。正当他们觉得老大可能会在家里安心务农时，突然发现他更闲不住了，频频往外跑，有时一两个月不回家。在外跑得时间越长，回家后老大对春子就越冷淡。你说他对媳妇不满吧，又没听他们吵过嘴、打过架；你说满意吧，又没见他们有过笑脸。为了劝老大回心转意，苑建书曾把六个儿子叫到一块教训老大说："苑华家，你是当大哥的，首先应该给五个兄弟带个好头！你是在牌楼坝程先生手上上过学的。我不说男人要像圣人说的那样修身、齐家、治国、平天下，这话有点大，不过修身、治家这个最低要求还是要讲的。我也不敢指望你们有多大出息，我家里穷，识字少，供不起你们，也教不了你们。我想，你们至少应该做到有智吃智，无智吃力，箩筐、扁担各有用途吧？你们至少应该能尽力做好力所能及的事情吧？人在世上走一趟，总不能不尽自己的那份力吧？更不能闲着吃白食吧？你当老大的，总不忍心第一个就让我对你失了望吧？"教训过了，没起什么作用。后来，苑建书又骂过老大，也不见起效。时间长了，疲了，老汉也就懒得再管了。就这样过了几年，老四慢慢就大了，不用父亲教训，自己主动替田里地里的活操起心来。既然有老四操心田里地里的活，苑建书就更不理会老大愿不愿意在家待这件事了。如今，老大的儿子五斤子已经开始懂事了，他这个做爷爷的就更不能再当着孙子的面训斥儿子了。前辈子冤孽，由他去吧！反正大儿媳春子又不吃闲饭。今年，老大还算说得过去，除了挣回来几担石灰，还不情愿地给家里交了点钱。昨天从城里回来，听老伴说老大主动提出上山给老四他们帮忙，这让建书心里非常安慰。

除老大华家没定型，老五、老六也没定型。老五十六岁了，上了三年学，回来后，就一直跟着老四干活。他人本分，不爱说话，建书觉得他以后最好能吃一碗拿薪水的现成饭，可找哪个来帮这个忙呢？老六十三岁了，也上了三年学。他整天吵吵嚷嚷的，有些不安分，有点老大的苗头，怕是指望不住。好在老五、老六都听老四的话，倒是都没闲着。观察观察再定老五、老六该干啥吧！反正，一家人除了三个孙子，其余的都没闲着。

儿子中最让苑建书省心的就是老四。眼下是他一个人顶几个人用。老四太懂事，太顾家，也太勤快了。正因如此，家里一直离不开他，他也就没能上过一天的学。所幸，老四自己也没在父母跟前明显表达过不满。他脑子灵醒，虽没上过学，但能写自己的名字、阿拉伯洋码数字，在外面别人骗不了他。他是学手艺的材料，没正式拜过师，却学会了一大堆手艺。织布、弹棉花、木工活、泥水活、做厨、做瓦样样一学就会，上不上学也就无所谓了。很多人凭一样手艺就能一辈子养家糊口。老大不愿意子承父业守家管家，那就等着以后让老四来顶这个缺吧！

想来想去，眼下真正让建书老汉操心的倒是老二、老三两个上学最多的儿子。对这两弟兄来说，不是将来有无饭碗的问题，而是以后能不能为这个家遮风挡雨和撑持门面。老大华家曾打算分家单过，只是没敢当面跟父亲提，建书也就假装不知道。老汉的主意是坚定的——家不能分！谁也别有这个非分之想！如果分了家，他对老二、老三的扶植就会半途而废。他们两弟兄那点薪水勉强够自己零花，那屋里的媳妇、娃娃谁养？还有，他们需要求人，需要送礼，需要修灶房，需要修茅房，全都需要花钱。他们花得起吗？再说，家里只有十五亩薄薄的水田，产的粮食有限，风调雨顺的年月，东拼西凑，卖这卖那，还勉强不致断顿，一旦遇到灾年，一家人吃饭就没保证。假如分了家，家家都不好过。凑在一块过，能省好多事，积攒的钱就能办点最要紧的事。按今年的势头，苦不了几年，就可以买些田，再盖房，修大门，也弄个石牌楼。最关键的是，再有一两年，老二、老三的前程问题也总该有个眉目吧！就算他们干得眉目不大，有了这几年积下的家底，分了家也不致伤筋动骨。对，就是要扶植老二、老三。至于老大，只要他不胡来，能养活他自己就行！

"叽！叽！——叽！"圈里传来猪叫，好像是一头猪把另一头咬了。这几声叫又把建书老汉的思绪拉到两头猪上——从来没喂过这么大的猪，而且是两头，又那么肥，那肉能卖不少钱啊！明年也再不缺油吃了。于是，老汉又想到老四——老四真是能干，已经挑回那么多东西，说山上还有七八挑东西呢！人说农家娃一旦长到七岁，只要有人带，就不会吃闲饭。老六就应了这个说法。因为有老四带，他就成了半个劳力。既然山上还有很多东西，何不索性再买两头瘦架子猪往肥里催，一转眼就是钱！昨天在城里看了，肉价好，啥价都比以前好，要好好抓住这个机会！屋里过日子还要再省俭点，只要能卖钱的都卖成钱，尤其是价钱好的，一点都不留。攒钱，买田，置家——"爸，起来了！"

建书老汉正沉浸在心头的喜悦中，四姑娘从房里出来到正房去帮婆婆满婶梳头，她从建书身边走过时，招呼了公公一声。建书知道自己应该离开堂屋门了。试想，几个媳妇一会儿起来经过这里上茅房，他这个当公公的杵在这里，像什么话！

老汉赶紧到磨棚里取了小粪扒，打开大门走了出去。

三

扛着挂有粪戳箕的粪耙子在田坎上转悠，这对建书老汉来说如同一个戏剧演员拿着道具在舞台走一圈碎步。这是他每天早晨在开始一天正式劳作前的热身运动。

苑建书在很小的时候，父亲就对他说："农民就要像个农民。要是在太阳出来之前还没打开大门，要是家里的男人早上脚脖子上没有沾上露水，那么，这家人就败定了。"建书一直记着父亲的教诲，一年四季，坚持早上在窗户纸泛白之际起床。同时，他也不容许家里人睡懒觉。

苑建书打开大门后，第一件事便是扛着粪扒和粪筐，迎着晨曦，踏着露水绕着房舍在田边地头绕一圈，有粪拾粪，没粪也能醒醒脑子，看看外面有没有变化。他出了大门向左走，先经过一座烧瓦的窑。这座窑有些年头了，现在，这个院子所有房子上的瓦都是从这个窑里烧出来的。这几年，建书不烧瓦了，因为烧瓦不如织布。过去是娃娃小，劳力不值钱，让他们砍柴烧瓦很划算。如今，娃娃大了，又有了四个儿媳妇，家里有三台织布机，一家人都会织布，有烧瓦的工夫不如多织些布划算。经过瓦窑，是一溜梯形的水稻田，两溜水田中间有一段上坡路。坡走完了，最上面是一个大大的泡冬田，田坎有三尺多高。这个田不仅栽水稻，还兼有水库的蓄水和养鱼功能。秋天稻田里不需要水的时候，就将鱼抓起来，大的留下吃，小的集中在泡冬田里过冬。等第二年稻田蓄水了，又把这些鱼抓起来投放到别的田里去。这个泡冬田蓄的水多，万一第二年春末整秧田缺水，也可以救急。这个田是当年牌楼坝颜家捐给县中学的学田，苑建书当甲长的时候，这个泡冬田从种水稻到喂鱼、蓄水都由他从县城里的大财主秦幺爷手上承包着，每年能赚一些稻谷，收获一些鱼。后来，他辞了甲长专心织布，这个泡冬田就让新任甲长欧有根承包了。眼下，田里的水已经灌满，清亮清亮的，偶尔能看到水面某处眨一眨眼睛，那一定是有鱼在动弹。建书已记不得是从几时开始，每年正月初一，大清早开门头件事就是从瓦窑那里起步沿着梯坎路往上走，一气儿走到大泡冬田的田坎上。父亲说过，正月初一早上出门要先把一样东西扔到房顶上，然后再开始走上坡路。是的，父亲说过一定要走上坡路，千万不能走下坡路。要不然，这一年都会不顺。真是好笑！记得他还很小很小时，正月初一一早，父亲就带着除夕晚上刚换了新衣的他走这么一段上坡路，来到大泡冬田的田坎上。父亲指着南边黄泥包上的关帝庙、戏楼，还有青石板路，以及牌楼坝的石牌楼给他讲黎家先人的故事，讲关帝庙的神圣，尤其细述颜家及其石牌楼的过去和现在。每当这时，建书就发现父亲苍老、苦闷的脸上红光闪闪的，一向歪斜的身子瞬间就站直了。须知父亲的身子是站不直的啊！他的左肩当年长时间长脓疮不能挑担子，再重的担子只能用右边的一个肩膀去挑，久而久之，身子就半边高半边低了。父亲不易啊！从祖父手里接过了颜家这片苎麻地和泡冬田那边五亩水田的租种权后，硬是凭着勤劳和厚道感动了颜家。颜家后来以象征性的价钱把月河北岸这十五亩石坷垃苎麻地和西南角上紧挨毛狗子洞的三间茅草棚"卖"给了父亲。那天，颜家老爷对父亲说："贵时啊，我本来不想问你要钱的。可我反复想，不要你的钱，你就不吝惜土地的金贵，你的后人也就不吝惜土地的金贵。这块苎麻地是我们颜家最早买得的土地，那时候老人家可是拼了血本才买得的，想来想去，还是要收你点钱。以你能出得起的价钱卖给你，你以后也好给你的后人讲先人白手起家得不容易。"父亲没有辜负颜家老爷的深情厚谊，他用右肩比左肩矮下去一寸，整个身子往右倾的代价，盖起了三间土墙青瓦的正房，又盖了灶房及猪圈。这房子修得结实，直到现在也算得上是不错的房子。也是在父亲手里，十五亩苎麻地初步变成水稻田。虽说田不好，但毕竟是水田啊！父亲是七十六岁去世的。老人家走的时候，建书已有了三个儿子，结束了苑家两代单传的历史。老人家已经很欣慰了。今天想起这些事，一切情景都像是刚刚发生过的。让建书欣慰和自豪的是，如今他也有六个儿子，和当年颜家有六个儿子相吻合。父亲去世这些年，建书一直在心里给自己打气："不能泄气！一定不能泄气！"凭着这口气，迎着父亲母亲那赞许的目光，他硬是在自己手上盖起了正房两边的偏厦子房，娶回了几个儿媳妇，东一挑西一挑地挖土挑土，给父亲改造的水田上铺了一层新土。

　　几只水雀啾啾地叫着飞来落在田坎上。它们偏着头羡慕地看着一只长嘴的鹭鸶在泡冬田最里边的那个泥包上吃东西，然后就一会蹦，一会飞，也在水田边上寻找食物。刚才河岸上还弥漫着的散雾正一点点收起。东边的天际开始露出日出前的亮色。

建书老汉站在泡冬田的田坎上，很轻松就看到了牌楼坝的石牌楼。突然，那里响起了一阵鞭炮声，继而就慢腾腾地飘起了一股淡淡的烟尘。建书想，这么早就放炮，要么是有人嫁女，因为婆家住得远，需要早些发亲；要么是有哪家老人过世了，赶在太阳出山前发灵出殡。牌楼坝是水田窝子，家庭虽有穷富，但日子一般都能凑合着过下去，不管红白喜事，都还是想办得响动大一点。看着石牌楼，想着今年家里的各种进项，建书老汉的心情非常好。现在，让我们也借着老汉的好心情，搭乘着他那兴奋的思绪，顺着他的目光把麻园子周边的环境熟悉一番吧！因为，我们后面的故事都将在这些地方发生。

月河从凤凰山主峰铁瓦殿北坡流出，经过大西沟、大堰沟、二堰、三堰，在离麻园子不远的地方向南拐一个弯，流了几百米，又向北拐了一个弯，在河岸崖壁上被水凿成了几个洞，叫"毛狗洞"。毛狗洞后面有个小山梁，叫"马王庙"。庙西边是徐家湾。徐家湾的西南是杨家湾。水向南再向东流一段，形成了一个几丈高的黄沙砾悬崖，崖下有几个能供人避雨的洞穴，人们叫它"叫花子崖"。河水再向南又向东。河南岸毛狗洞后面的一片起伏不平的坝子和河北岸叫花子崖后面的坝子统统称"麻园子"。毛狗洞那面的南麻园子北边是石坷垃平地，南边是高台子水田。它的再南边有条小河叫"稻草沟"，流到黄泥包下边的黄板堰时，便汇入月河。稻草沟的南面有一段高高的黄褐色高台，上面有座坐北朝南的关帝庙，庙的对门有座戏楼。戏楼两侧都有房子，演戏时供演职人员用，平时是保队部的人在那办公、开会。抗日战争期间，也曾有山东某中学的两个年级班在那房子里住过。黄泥包以南以东都是平展的水田和高低起伏的旱地。紧挨着戏楼住的这个大院里的人都姓黎，是当年从广东迁来的。黄泥包那边还有几个院子分别是堰塘湾、王家院子、鞍子沟、堡子梁，团包等。再远一点又有牌楼坝、甘家槽等。

牌楼坝最早的住户姓杨的占多，那时叫"稻草街"，后来因为有了石牌楼才改称"牌楼坝"。颜家人先是从牌楼坝进了县城，后来又进了省城，远走高飞了。离开牌楼坝前，他们把家乡的田产或是捐，或是半送半卖处理给了老佃户，其中牌楼坝杨姓人得到的田产最多，所以到现在杨家人都视颜家的祖坟为杨家的祖坟。目前，颜家在牌楼坝唯一的亲戚就是外甥辈的程子本程先生。程先生是牌楼坝小学唯一的教员，往往是一家人中父子俩都曾是他的学生。他既是教员也是医生，既教书也看病。这些年学校停办，他就只是看病了。程先生看病和开处方都不收钱，用他自己的话说："我有那十几亩上好的水田，够一家人吃喝了，还要收啥钱？"关键是他的儿女个个有出息，全都在外面做事。他看病纯粹是一种消遣。遇到家境不好的，程先生往往还倒贴一些药。于是，约定俗成的，附近扯草药的人都主动送他一些药。颜家原来的两处房产也都捐了，就是现在的乡公所院子和目前还锁着大门的小学的院子。颜家当初还给县政府和县中学分别捐了三十亩官田和二十亩学田，所以县政府、县中学每年也会有人来问候颜家的外甥程先生。

说了麻园子南边，再说北边，也就是故事的主人公苑建书所居住的这边。这边的地势比南边要高出很多，总体上比黄泥包的地势还要高。因此，站在泡冬田坎上就能看见黄泥包，乃至整个牌楼坝的情况。因为月河从西而来，突然向南再向北绕了两次，使北麻园子向南凸。南边紧靠月河的是建书家的十五亩苎麻地改成的水田，再后边是学田和官田。学田和官田都由县城大财主秦么爷代为管理，因为周边的水田大部分都是秦么爷的。

官田向北不到一里路，就是从西边的汉中到东边的白河，再到襄樊武汉的汉白公路。路那边的院子叫"下垭子"。顺公路往上走一段就是高粱铺，再往上是上垭子和草沟。下垭子往北走再过一条小河是余家淌。这里的余二爷是县城以西最大的财主。他在县上也是很有影响力的人物。下垭子也叫"黄家院子"。黄家最大的财主是黄老万，他让身体残疾而独身的弟弟开了一个小杂货店。麻园子苑家经常在这个小店里买东西。叫花子崖后边的田坝子中也有个大院子，叫"水鸭子坝"，也叫"欧家院子"。

好了，在浏览麻园子的地理方位后，再交代一下它的行政隶属。这会儿的乡下基层政权是乡、保、甲，一个院子一个甲。麻园子是独家庄，它归水鸭子坝管。水鸭子坝、黄泥包等几个院子属牌楼坝乡第一保；下垭子、高粱铺等属牌楼坝乡第二保。麻园子处在几个保的交界处。

四

苑建书从泡冬田坎上开始，已绕着田边地角走了一大圈。现在，他的粪簸箕里只拾到一泡果子狸粪。果子狸粪很容易辨认。因为它最爱吃的是拐枣，所以从肚子里拉出的屎里全是拐枣籽粒。果子狸是野味中的上品，长得像刚满月的小猪，肉滚滚的，很肥。它的肉像猪肉，但又肥而不腻。猎人到了冬天总以能打到果子狸为快事。

建书听说徐家湾的徐猫子是个没德行的兵油子。他有枪，爱打猎，没野物打的时候就见啥打啥，连别人家的猫啊狗的他都打。他还会打鱼、插鳖、抓蛇、捉老鼠，反正啥都敢吃。只听人这么说，也不知是真是假。建书想，反正不能让人知道我这门上出现了果子狸。不然，徐猫子不来，其他打枪的人也会来。果子狸也是一条命，它又没害我。爱打野物吃的人有啥好处呢？真没看见他们中有走运的人。到头来，要么是眼花了，把人当野物打了；要么是失了手，被野物咬死了；要么就是得了些怪病，叫病折磨得生不如死。反正一条，我麻园子的人不准吃野物肉——"嗨！真是老了。怎么遇个啥事都勾连起一大堆乱七八糟的心事来？"建书拍拍脑袋，准备往家走。年里日子不多了，还有一堆活要往前赶呢！后天牌楼坝逢场，趁价钱好，赶紧把机子上的布扯下来卖。抗战完了，隔三岔五地就能碰运气买到洋纱线。后天卖了布，再买洋纱线，织两匹洋纱布卖。两匹洋纱布卖得的钱可以买线织成四匹布。嗨！家里那个老婆子咋这么犟，本来今年布价好，家里收入也好，正是攒钱的好时候。她硬是犟着说过年要给家里人在外面罩件新衣裳，犟得头不是头、脸不是脸的，跟我使性子。算了，那就依了她吧！也行，外面罩件新衣裳，里面的就好办了，多补几块补巴，一将就就是几年。庄户人家，笑垢甲不笑补巴。穷要穷得起，穷得清白，穷得硬气；再穷，身上得洗烫利爽，不能窝窝囊囊，邋里邋遢，让人可怜，让人厌恶。

"建书表叔，早啊！"

建书老汉正在想心事，不料水鸭子坝的甲长欧有根招呼了他一声。

"有根，你也这么早？"建书看了看牌楼坝方向说，"太阳还没出圆呢！"

"你不是都捡粪回来了吗？"

"我这贱骨头，睡不着喽！"

"你是勤快惯了。"有根说，"哪个不晓得你们一家人一年四季是天麻麻亮就娃娃大人都起床？"

"也是没办法哟！耍，哪个不想耍嘛！"建书想，有根既然这么早就上门来，一定是有事，遂主动问，"你是有啥事想说吧？"

"看，我都不好意思开口哩！"有根为难地说，"我那个布本来是不急的，现在得害你劳累了，想请你给我赶一下。"

"急着用？"

"是这，"有根咽了口唾沫说，"红坎子曾家说他们看的日子要改。定在腊月十八办喜事，昨天把礼都过过来了。"

"不是说明年二月吗？"

"可不是？突然昨天就打了报日，过礼来了，说年里就要接。我说不是说好了明年二月的吗？我现在啥都没准备好。曾家亲家悄悄对我说，是因为世道不稳，怕又要打大仗，想趁现在还能偷着过安稳日子，赶紧给娃们把喜事办了。"

"既然女子给人家了，要接就接吧！女子大了，早成家也早交代一件事。"建书突然想起一件事，便疑惑地问，"你不是前几天才对我说再不会打仗了吗？我还指望着世道安稳，好一心一意多织点布，多攒点钱啦！"

"那天我在乡公所开会，张乡长拍着胸脯说再不会打仗了嘛！还说蒋委员长把共产党的毛泽东从陕北请到重庆，说好了，不打了。还说抗日粮、抗日捐、抗日税都不会再收了，壮丁啥子的也不会拉了。这才几天，好像又不太对劲了。"有根指着地外边那个长得像乌龟，也就是北麻园子往南凸向河中的那块暗红色沙砾质的大石包说，"我们到那里去说会儿话。"

"到屋里边喝茶边说话呀！"建书说。

"这么早到屋里不方便。"

有根先往前走。建书担心被有根看见他戳箕里的果子狸粪，就趁有根不注意把戳箕顺手放在路里边的高处。两人来到红石包上蹲下来，有根轻声对建书说："我不是包着秦么爷的那个泡冬田吗？大前天，秦么爷过生日，我去送礼。原本想送到就走，么爷非要留我吃饭。饭桌上，我听得客人私底下说国民党马上就要对共产党下狠手了，还听说要在各行各业清剿共产党，还有人说十年前在北山打富救贫的火镰砭人何继周在共产党那边当了大官。快要起席的时候，我们那席有个书生模样的人喝醉了，站起来说：'我近来对当前的世态总结一下，大家看对不对。现在世上的人就两个字，三种态度。两个字嘛，一个是偷，一个是趁。这偷嘛，又分两种。老百姓嘛，无非是想偷着过安宁的日子，可就是安宁不了；当官的人，靠山吃山，靠水吃水，打着干公事的旗号干着私活，藏着私心，夹着私货，偷着捞油水占便宜。这个趁嘛，就是趁机会浑水摸鱼。有的人趁着抗日，趁着清共，干黑心事，发昧心财。你们看，我总结得对不对？'他的话把满屋子人都吓坏了。坐在他身边的那个人吓得脸色煞白，赶紧用手捂了他的嘴，其他的人赶紧就溜了。我也赶紧溜了。我识字不多，可往回走的路上细想那人说的话，觉得说得挺有意思。这些年，不就是这个样子吗？"

"有这事？"建书说，"你莫说这个人文墨还就是深。像我们这样的人心里有苦，有委屈，可就是说不出来。经人家这么一说，就好像是帮着你把自己心里憋着想说的话给说出来了。我就是想偷着过安宁的日子，只是不晓得天保不保佑。"

"这些年也真是把人熬煎够了。唉，算了，天大由天，我们也没办法。你尝尝我的烟吧！"有根把一袋烟装好，用手掌把烟袋嘴抹了一把递给建书说，"我今年收了点烟叶子好得很。我给秦幺爷送了点，他尝了以后，赶紧把叶子放进床底下藏着说要留着自己抽。你抽一袋尝尝？"

"我戒了。"

"你光想攒钱，老了还戒啥子烟嘛！"

建书从有根手里接过烟袋尝了一口，连声说："好烟！真是好烟！"

"再捡起来？"

"不，戒了就戒了。"建书也用手掌把烟袋抹了一把还给有根说，"走，跟我拿布去！"

"过几天再给我吧！后天逢场你先卖。"

"我们两人客气啥嘛！"建书说，"眼下洋纱线价钱合适，我想后天买两匹布和洋纱线。既然你家菊菊要出嫁，这是家里多大的事！你先把我攒着卖的布拿去用。那是上好的线，我亲手织的。"

"那多不好意思！"

"莫说了，走。"

有根走了两步又对建书说："表叔，我还要麻烦你。一是请你让老四给菊菊弹床棉絮；再是请你腊月十七给我做酒席。"

"大动？"

"不大动，只请要紧的，十来席吧！"

"我让你五典叔去，再让老四给你在厨房打杂帮忙。"

"典公那眼睛行吗？"

"十来桌，典公比我做得还好。不是还有老四吗？说好，老四是给你帮忙。"建书说，"做厨这个活是熬体力的。到了闻着油烟子就吃不进东西的时候就做不成了。我现在坐在案子上不是忘了这就是忘了那。论体力，我不如典公。这两年三十晚上我做的团年饭，你表婶总是嘟嘟囔囔地说有盐没油的不好吃，怪我好东西没做出好吃喝。我嘴上硬邦邦地顶她，心里倒是佩服她嘴上刁，偷工减料没能瞒住她。我已经做不好了。"

"那好。"有根转念又问，"老四在山上该快回来了吧？"

"就这几天吧！"

"要是山上的东西挑不完，给我说一声，我帮你喊活路上山去挑。"

"那可就说定了！"

典公是四姑娘的父亲，也就是老四苑华旺的准岳父。他比有根高一辈，住在团包的小沟口上。前年，他把左眼害坏了。建书让他做厨，其实是想帮他。按当地风俗，厨师进厨房上案板时，主人要给上案礼。礼金是一个大工一天的工钱加一条毛巾、一块胰子。这属于工钱以外的打赏。厨师如果需给主家送礼，有这份礼金就够了，这叫"厨师送礼不用湿脚"。厨师回家的时候，主家除了给工钱，还按例要送四个蒸菜。建书推荐典公给有根做厨，就是想变相接济他。

建书带有根进大门的时候，家人都起来了。这个月是大儿媳妇春子轮伙。此时，她正系着蓝色的长围裙从灶房里提了一瓦壶开水到客房来，准备往老三带回来的那只保温壶里灌。她的个子比较小，性格也有点怯懦，不知情的人还以为她在这个家里受着欺负。她见公公带着有根从外面进来，就怯怯地站在一边，微笑着向有根打招呼："有根哥早！"

"你才早哪，开水都烧好了。"

这里正说话，长脸、高个儿的三儿媳妇翠翠从灶房那边的茅房里走出来。她人没到就先搭话说："甲长先生早啊！"

"哦哟！我啥时给变成先生了？"有根和翠翠同姓同派行，见了面总爱开玩笑，"我听说妹子到了一趟安康城，没想到一下子变得这样洋火了！"

翠翠见有根和她开玩笑，就故意把腰扭了扭说："来，看看妹子到底洋火了没有？土巴里打滚的，再洋又能洋到哪里去！"

苑建书不经意地瞟了翠翠一眼。他不喜欢三媳妇的做派。前不久，老三从汉中到安康出差，顺路把她带到安康住了两天。回家时见她把头上的辫子解开烫了个波浪头披在肩上。她还买了件新潮的学生装上衣，走起路来故意把腰扭来摆去的，说话也总是安康长安康短的，惹得老汉很不高兴。见翠翠有些做作地跟有根开玩笑，建书故意支吾她说："有根哥年里要嫁菊菊，得提前取布回去染，你们今天都得赶一赶活了。"

"昨晚上都织到半夜了，现在膀子还又劳又酸呢！"三媳妇做作地伸了个懒腰，打了半个哈欠。

"年里没日子了，赶一赶吧！"

"好嘞！"三媳妇懒懒地向外面走去了。

有根羡慕地说："表叔，你们家硬是没一个吃闲饭的人。翠翠在娘家时都笑她是懒蛇，咋一到你们家她就不懒了？她啥时学会织布了？"

"我们家哪个不会织布呢？"建书骄傲地说，"老六才十三岁多一点，织布手艺都快赶上他大嫂子和三嫂子啦！"

大媳妇给公公和有根倒完茶，又把壶提回灶头上去。她听公公说到她，不好意思地站在门口搭话说："几姊嫂就我最笨，织布织得不快。"

有根开玩笑说："我一会儿到机房去，看你们哪个快！"

"琴琴和四姑娘织得快。"大媳妇自卑地用两手揉着围裙的下摆说。

有根说："表叔，你们家里旺啊！四个媳妇两个是我们欧家的，还都能织布。"

"都怪我没本事，让她们来家里受苦了。"

"你可不能这样说！这一带哪个不眼红你们家里越来越发旺？"说话间，有根站起来说，"表叔你忙，我走了啊！"

"有根，吃了早饭再走嘛！"满婶从睡房里走出来，边走边挽留有根。她后面跟着四姑娘。刚才，四姑娘给她梳完头，她就从床铺草下翻出老四的鞋样交给四姑娘，让她抽空给老四做鞋，这才得空从屋里出来和有根打招呼。

有根站在门口招呼满婶说："表婶早！大清早把你们都打扰了。"

建书对老伴说："菊菊出嫁的日子要提前，我叫有根把我打算要卖的布先拿回去染了用。"

满婶说："女子大了，留久了是冤家，提前就提前，也好。"

有根说："只是害得你们也跟着受累。"说着话，他就往外走。

建书说："你急啥？等我去拿布给你！"

"那我把钱给你。"有根忙从口袋里掏钱。

"你急啥呢？"建书边说边去取布。等把布拿来时，有根已把钱数好了，顺手塞进建书口袋里。

有根接过布看了看说："不好意思，我的线子可没这么好，占表叔便宜了！"

满婶接话说："有根，咋能说那么生分的话！"

五

送走欧有根，太阳也快出来一竿子高了。建书对老伴说："得推点米浆浆线子。"

"浆的线不够？"满婶说，"不是说年里不收线子了吗？"

"有根提前取了布，得再赶两匹布出来。天气好，再浆点线，赶点活。"老汉一边说话一边拿了盛米的木升子到放在灶房的碎米坛子里去舀碎米，准备用水泡了磨米浆。满婶坐在客房后半截屋里的那把纺车前倒线鱼子（放在织布木梭中间做纬线的线团）。大儿媳妇在灶上做饭。左边厦子房里的两台织布机已经啪嗒啪嗒地响了起来，是二媳妇和三媳妇开始织布了。建书老汉因要张罗着磨米浆浆线子，客房这架他亲自织布用的机子便暂时空着。他决定让四姑娘上机。四姑娘织布手艺长进得快，就是人小力气不够，织得还不够紧，得让她织慢点，回手回重点。这时，四姑娘也在倒线鱼子。她和两个嫂子约好的，哪个累了，她就顶哪个。老汉来到机房说："有根提前嫁菊菊，把原来我准备后天去场上卖的那匹布取走了。这两天都累一点，再赶一匹布出来。我要推米浆，再浆点线。四姑娘，你到我那架机子上去先织着。"

"我怕织不好哟！"四姑娘知道公公那架机子织的布是用来卖钱或送礼的。

"我看了，你能行。"公公鼓励说，"你力气小，织慢点，把撞子回重一点就行。"说完话就转身走了。

"四姑娘能行！"三嫂子翠翠插话鼓励四姑娘说，"你年纪小，脑子空，学得快。"

"三姐，你莫笑我！"因娘家都姓欧，又同辈，四姑娘一进苑家的门就叫翠翠"三姐"。

"三姐夸你，咋成笑你了！"翠翠纠正说。

这时，一直没抬头的二嫂子琴琴鼓励四姑娘说："四姑娘，你去吧！你行！"琴琴个子不高，瓜子脸，面皮白净，长相和善，很少说话。翠翠常开玩笑叫她"小白兔"。前面三个媳妇中，她的织布手艺最好。四姑娘见二嫂子也说她能行，心里就有了几分底气。她停了手里的纺车，带着几分胆怯到客房那边去了。

织布是一个辛苦而又复杂的活。第一步是扶线浆线，把纺好的线棰子绕成直径一尺五的线圈，再把它放进熬着米浆的大锅里浆煮以后，挂在外面晾干。第二步是倒筒，把浆煮晾干了的线圈用纺车还原到一个八寸长的竹筒上，变成椭圆的大线棰。第三步是牵布梳布，在院坝里呈半圆形插上若干根竹棍，把线棰子套在竹棍上立着，人手抓着每一个线棰的线头牵开。再把一根一根的线头穿过用竹签做得像篦子一样的"扣"眼里，又把这些线分成上下两层，提出纵线和脚下的两只脚踏板勾连起来。这就可以织布了。建书老汉的织布手艺是从满婶的父亲杨家甲公那里学的。开始，他是农闲时到别人家里去帮人织布挣点手工钱。后来，他就自己置了一架织布机，利用农闲和早晚的空间在家里织布，一方面自己用，一方面挣别人给的一点手工钱。一匹布六斤四两，来请他加工织布的人按惯例要多拿点线子以弥补损耗。收的线子都会打上记号，用各人自己拿来的给他织布。线好布就好些，线差布就差些。当然，如果线子好，损耗少，织布的人也能多落一点剩线。剩线落得多了，织布人就可以织成多余的布卖了赚点钱。织一匹布收的工钱是四个普通人干一天活的工钱。如果换劳力的话，织一匹布可以换回四个劳力；或者说，织一匹布，等于请四个劳力给自己干一天活。红白喜事给人做厨呢？三天喜事的，主家要么付工钱，要么以后还六个劳力。木工、泥工、弹花工每做一个工可以换两个工。建书老汉会织布，能做厨。老四则会弹花、织布、木匠、泥瓦匠、做厨五种手艺。所以，田里的活路他们不愁换不来帮工的人。建书老汉就是靠这样一点一点积起了现在的家底。后来，春子、琴琴、翠翠陆续进了门，很快都学会了织布。建书老汉干脆就在屋里再支起两台织布机。于是，全家的大人全都会织布，总是歇人不歇机子。今年下半年以来，几乎每隔一场，建书就能到牌楼坝场上去卖一两匹布。他的布织得好，不愁卖不掉。比方昨天在县城里卖布，就出现抢着买的局面。"都辛苦一点，先苦后甜嘛！人家牌楼坝颜家当年也是一步一步白手起家的。现在苦一点，到了你们的后人，就有本钱让他们进县城念书，进省城念书，当有钱有学问的人！"建书老汉总是这样鼓励和安慰儿媳妇们。

大人们正忙的时候，老大的儿子五斤子怯生生地出来，先是到了机房。他喜欢跟四姑娘玩。见四姑娘不在，便孤独地退出来站在院坝里发呆。不一会儿，老二的女儿跟弟出来了，老三的儿子银娃子也出来了。这两个孩子一块到机房门口看了看，见自己的母亲都在埋头织布，就退出去到了院坝里。三个孩子走到一块，本能地往灶房里走，希望得到一口吃的。经过客房，满婶瞟了三个孩子一眼，说："去，到灶房里叫大娘给你们烤锅巴吃。"满婶又对着灶房喊："大女子，我帐顶上还有一块干锅巴，给他们烤黄了吃！"

"大女子"就是春子。她本来有大名，但从来没人叫，时间久了"杨春子"就成了她的大名。因为满婶没女儿，春子来以后她就唤她"大女子"。后面再有了琴琴和翠翠，她就顺理成章地把她们唤成"二女子""三女子"。四姑娘和"四女子"一个意思，加之还没圆房，满婶老两口和家里比四姑娘年长的人便还继续唤她"四姑娘"。三个孩子则唤她"四姑姑"。春子的父亲是个石匠，前些年在山上开采石料时受伤死了。她的一个哥哥几年前跟人去四川挑盐再没回来，据说是给人当了上门女婿。大女子可怜啊！连个亲人都没有。原指望嫁给老大苑华家能过个温饱不成问题的安宁日子，谁承想老大一直不喜欢她。五斤子都快五岁了，老大还是对她娘俩很冷淡。满婶每次只要一看到大女子一个人坐在那里发呆，就心酸得厉害，可自己又有什么办法呢？老大不是满婶的亲儿子，可她也算从他三岁上开始抚养他的。她虽然不喜欢他，但也没打过他，没亏待过他。小时候，她是骂过他，但从没用伤心伤面子的话骂过他，即便骂也都是为了护他。这一点，她想老大自己应该能分得清。她一直在心里提醒自己：不管是不是亲生，反正我是他娘！春子进门后，她既是他的娘，又是他的姑，应该说是亲上加亲，可老大就是不买账，一点亲热劲都没有。"狗东西，你前辈子不知道是蛇、是乌龟，还是王八，反正肯定是个冷血货！这么多年了，你就是一块石头也该焐热了啊！"满婶常常在心里为自己叫屈，为大女子鸣不平。

大媳妇到满婶睡房的蚊帐顶上取了一块干锅巴在灶里烤黄了就给几个孩子每人掰了一块。三个孩子三个娘，她怕两个小的说她对五斤子偏心，就特意给五斤子掰得少一点。她提醒两个侄子说："跟弟、银娃子，你们两个比五斤子多一点，看见了吗？"两个孩子都点了点头，表示认可。

早上的饭是红苕苞谷糁子。今年，老四从山上收回不少红苕和苞谷。红苕已经开始烂了，得抓紧吃。虽说今年和往年比，粮食收得多，但口粮还是缺一些，能省还得省。家里是四个媳妇轮流值伙，一人一月，不过每顿吃啥饭还得婆婆拿主意，平心而论，四个媳妇也的确不便拿主意。这事也不能指望老汉，他在吃的方面拿的意见总被满婶否定："呸！你这老家伙想田把脑壳想出毛病了，抠门得要死，涩皮得出油，恨不得把身上的虱子逮起来卖成钱。要想都能随你的心，除非把我们一家人都变成牛鼻虱，直往进吃，不往出拉，一年吃一顿饭就够了！"每逢老伴这样抢白的时候，老汉总是翻翻白眼，生气地"嗯"上一声，表示无奈，但从不还嘴。他心里是真的想把一切东西都变成钱，攒着买田。满婶是心疼儿媳妇的，也是心疼儿孙的，当然也心疼他这个老头子。在满婶看来，吃好吃赖是一回事，能不能吃饱又是一回事。省俭是必要的，但吃上不能太亏欠。再说，现在也没到过不下去的时候。她也同意老汉买田置家的计划，也希望在她这一辈能够扬眉吐气，为自己的父亲，为父亲的父亲，为曾经在牌楼坝乃至汉阴县都有名气的杨家重拾昔日的光彩。但那不是一朝一夕的事情，更不是靠从嘴里硬省几口粮食就能办得到的。她给媳妇们定的规矩是：饭，每顿都要让家里人吃饱；菜，每顿要保证两个。比如今天，这饭就是红苕苞谷糁，菜就是炒萝卜缨子浆水菜和秋豆角。至于三个孙子，隔三岔五得给他们蒸一碗鸡蛋羹吃。孩子正长身体，不能亏。在满婶心里，孙子们是麻园子苑家的明天，也是牌楼坝杨家的指望——自己是杨氏家族支系中的唯一后人。关于杨家的秘密虽过去几十年了，但她从来不想让任何人知道，现在和将来也不希望有人知道。为了给孙子们常吃鸡蛋，老两口也是闹过分歧的。按老汉的想法，鸡蛋做成变蛋卖，价钱也是很不错的。在这件事上，满婶表现得不容商量，老汉也就不再提了。除了给孙子吃鸡蛋，再就是家里不管谁过生日，满婶都要上灶煮两颗鸡蛋亲手交给过生日的人。虽然儿子、媳妇们每次从她手里接了鸡蛋都感到好笑，觉得难为情，但她还是一直坚持着。她已经把这当成了一种仪式。

当太阳照在人身上感到暖和的时候，大媳妇喊："吃饭了！"又分别去通知两个老人和机房里的琴琴和翠翠，却没有再单独通知四姑娘。四姑娘在紧挨着灶屋的客房里织布，她能听得到，不必再专门喊她。大媳妇相信四姑娘不会多心。经过这段时间的相处，大媳妇觉得外来媳妇中，四姑娘和自己一样没势可仗。好几件事情说明，也只有四姑娘对自己最诚心，没有瞧不起的意思。所以，干活的时候她也最乐意和四姑娘搭伙。

吃完饭，只稍微歇了一会儿，三个媳妇又坐回机子上织布去了。大媳妇收拾完碗筷，又把猪喂了，看看离做下午饭的时候还早，自己就主动到纺车上去倒筒。三个孩子在院子里玩着。太阳当顶的时候，突听得老六在大门外叫喊："快来接把手！我腰都快挣断了！"三个孩子首先看到从门外进来的六叔，五斤子先喊："六叔，带八月瓜了没有？"

"瓜，瓜，就不怕把人吃瓜了？啥时候了，还有八月瓜？我都累得血奔心了，你还问我要吃的！"三个孩子已经习惯了六叔的嚷嚷，就迎着他走路的脚步且蹦且跳继续在院子里玩。

建书老汉正在磨棚里淘米，准备磨米浆，听到老六的声音就赶紧放了葫芦瓢过来从儿子肩上接下担子。这是一个杉木竿子，两头各拴了四只刚用竹篾编成的新簸箕，簸箕里放着袋子，袋子里装着芝麻。因为在山上出力，三弟兄都选了在家里不能再穿的烂衣裳穿在身上。以老六现在的样子，实足就是一个叫花子。建书虽然平时对老六凶一点，嫌他太爱吵，想镇住他。但此时看到儿子的样子，心里也有点不好受，只是脸上不愿表露出来。他对老六说："先到灶房擦把汗，就给你做饭吃！"

"哦，还没做饭啦？"老六一边往灶房走一边说，"我上坡下坎都走这么远了，屋里连饭都没做，硬是好耍得很哪！"

父亲不高兴地斥责道："你睁眼睛看看？看哪个在屋里耍呢？哪个晓得你这阵会回来？屋里才把饭吃了，你吵啥？"

老六不吭声了。轮伙的大媳妇赶紧放下手里的活跑过来问："老六，你们都回来了吗？我给你们做饭。"

"我跟五哥回来了，回来喊人，明天早上要带人上去。"

建书问老六："你五哥在哪呢？"

"河坎上，说他腿耙了，打闪闪，要掉气了，走不动！"

满婶听见外面说话，赶紧跑出来往灶房里走。她先给老六倒了盆热水说："先抹把脸，歇一会儿吃饭。"

老六敞着破棉袄，用又黑又粗糙而且满是伤痕的手揉着眼睛说："人家先喝水呀，累死了，累死了！"

在客房正织布的四姑娘因为此前跟老六说话时斗过嘴，就故意笑着搭话逗老六说："累死了的人还能不歇气地说话呀？"

"哎呀呀！烦死人，人家都累死了，你还在那嘟囔。"老六一面说话一面走到灶旁拿起葫芦瓢在水缸里舀了瓢凉水就咕咚咕咚地喝起来。满婶爱怜地说："桌上有冷茶，对点热水喝嘛！"

"我是做粗活的人，才没那么金贵呢！"老六嘴里说着话，放了水瓢，退了几步，顺势就在门口斜放着的一把椅子上扑通一声坐下去，将头耷拉在椅背上打起盹来。

满婶看老六一眼，转而对大女子说："缸里还有点灰面，多放点猪油把那点白菜炒了，给他们打拌汤吃来得快。"

这时，建书老汉已从河坎上把老五挑的黄豆担子接过来自己挑着回来了。老五不像老六，他不爱说话。此时，他也敞着破棉袄，像个叫花子似的默默地跟在父亲身后进了大门。老五一进门，就直接到客房里一屁股坐在椅子上，也把头枕在椅背上眯了眼睛打盹。大女子在灶前烧火。满婶在灶上和麦面打拌汤。她边和面边问老六说："老六，你们带到山上去的化油吃完了没有？"

老六眯着眼睛答："煮过一回萝卜坨坨，再没动。"

"那这些天你们吃啥菜？"

"顾不上。四哥说山上的人走得就剩我们了，得快点下山。大哥说，山上马上要下雪了，得赶紧回。"

"没菜咋吃饭？"

"蒸了些红苕、芋头。哪个饿了哪个吃，不吃算了——哎呀呀呀！"老六用屁股在椅子上蹬了几下嚷道，"瞌睡死了，嘀嘀呱呱要人家说话，话咋那么多？人家眼皮子都抬不起来了，哪来的那么多废话！"

听了老六嘴里不干净的回话，母亲不但没生气，反倒心疼得眼圈红了。为了不让灶前烧火的大女子看见，她假装眼里落了灰，牵起衣襟把眼角擦了擦，然后对大女子说："下午做白米饭，割一截腊肉炒豆豉。再炒个新鲜菜，你看着做就是。"

"嗯！"大女子这样回答。

屋外，四姑娘听着老六的话，再看看老五、老六两弟兄疲乏至极的样子，心里不知怎么就有些发酸。她进门这些天的感受是这家人的家事比自己娘家好些，吃穿不愁。可这家人每天干的活却比自己娘家人干的更苦更多。一家人总有干不完的活。大清早一起床，除了三个孩子，全家男女老少个个都像挨着鞭子的陀螺在不停歇地转。三嫂子爱说话，看起来娇气些，但她的手脚也一刻都没停歇过，扶线、倒筒、织布，都是见啥做啥。在这个家里，扫地、抹灰、做饭、喂猪的活归轮伙的人做。遇到老大、老四、老五不在家时，轮伙人还得下河担水。洗衣服一类的活则完全是各人的私活，不能占用集中干活的时间。

刚才，建书老汉从外面进来两次想向两个儿子问话，见他们都在打盹，就又退了出去，不忍心打扰正瞌睡的儿子。他相信儿子们瞌睡过了以后，一定会主动找他说事的。果然，吃完饭以后，两个儿子就一块到他面前来了。老五示意，老六便向父亲报告："爸，山上都弄好了，四哥叫喊几个活路上去帮着挑东西。"

"喊几个活路呢？"父亲问。

"喊几个？"老六掰着指头数道，"闷窑子碳三挑，黄豆还有一挑，芋头两挑，干红苕片子两挑，萝卜干一挑。九挑。"

父亲听了老六的话，又用眼睛看着老五问："没说漏？"

老五答："没漏。"

父亲说："那就是说有九个挑子，你大哥、四哥占了两个，你们明天还要上去，再喊七个活路，对吧？"

老五补充说："不对，要喊九个。四哥说了，那几块好床板得搬回来。再就是铺盖啥的也要占一挑。我们两个也要上去挑杂七杂八的回来。"

还有这么多东西啊！建书心里充满了喜悦。

六

　　自从开了机房对外收线子织布，来请建书老汉织布的人就一直很多。建书总是量力而行，赶不出来的时候就对提着线子来的人好言解释，让人家另请别人。在乡下，劳力是不算钱的，要把土里的东西换成钱，更是很不容易的事情。那些请建书老汉织了布但欠着手工钱的人都巴不得他喊他们来帮着做活顶工呢！现在是农闲时节，那些没有手艺又不会做买卖或没钱做买卖的人便只能窝在家里挨日头。只有个别劳力好、口碑也好、人头又熟的人才偶尔有人请去打临工挣点钱或换个工。建书老汉要请九个活路上山挑东西本是很容易的事情，但他忽然想：既然早上有根说了他要上山帮着挑东西，不如干脆就托他帮着给叫活路上山，这还能让他在院子里落些人情。他觉得这个主意好，便放下手里的活到水鸭子坝去找欧有根。有根听了建书的话，自然很乐意帮这个忙。哪个不会算账呢？这明显是个划算的事。清早出门，到灯盏窝挑了东西回来也就大半天的事。这就能顶一个活，而且主人家还要管吃管喝管招待。

　　次日清早，老五、老六就带着欧有根一行人上山去了。他们前脚走，满婶就立马安排下午的饭菜。乡下规矩，请人做活是要管饭的。饭不能太差，那样传出去会很难听，以后也就请不来活路了。虽说这次请人上山挑东西只要大半天，但毕竟是上山下坎挑重担子的活，饭还是应该管好点。满婶担心老头子太抠，就自己亲自操办下午的饭菜。不过，她还是征求了一下老头子的意见："下午咋招待？"

　　"苞谷糁子米饭。"老汉想了想说，"四菜一汤。去换点豆腐，焖个萝卜片，炒个浆水，剁辣子炒豆豉。汤呢，还有个冬瓜，做成汤。"

　　"不煮点肉？"满婶说，"还有块腊肉煮了吧！上坎下屋的住着，就算不喊他们做活，走到门上遇到吃饭了，也得留了吃饭呢！人家是上山挑挑子，不能太薄了人家。再说，他们几弟兄在山上也那么久了，带去的化油都没顾得吃。老五、老六都累得脱形了，老四在山上时间更长，都半个多月了，还不晓得拖成啥样子了。"她不再说了，直接喊："大女子，你来！"大女子应声从灶房里跑出来，满婶对她说："下午煮米饭。楼上还有一块腊肉煮了。后晌四菜一汤。菜多切些，要够吃。豆腐焖肉，豆豉也焖肉。再炒一个浆水和一个萝卜片。肉多洗几遍，打掉沫子，汤炖冬瓜。架势早一些，让饭等人，不要让人来等饭。"

"没有豆腐。"大女子提醒说。

"你只管做饭，豆腐一会儿给你拿来。"

老汉看了老伴一眼，嘴里没说什么，但心里不太高兴。他觉得老伴把饭菜做得奢侈了一些。心疼老四没错，肉可以放在明天煮嘛！今天请的活路明只有大半天，这就顶我的一个活路。还又吃米饭又吃肉，这可是占我便宜了。心里不乐意，但他也不想跟老伴顶嘴，他有些怕她。既然你已经拿了主意，何必问我？他转过身去，忙着晾昨晚上浆的线子去了。

满婶觉得几个媳妇忙了大半个早上该歇息一会儿了，便到机房对二媳妇、三媳妇说："你们歇一会儿，去把各人的娃招呼着，再把五斤子带上，一块儿去下垭子换十斤豆腐回来，下午待承人用。"两个媳妇听了婆婆的话，便停了机子，从可以旋转的坐板上下来，伸了一个长长的懒腰。三媳妇伸完一个懒腰又伸第二个说："腰都拳拳了，伸不直了！"她再伸第三个懒腰时笑着对琴琴说："我也学学老爸呀，来一个大大的懒腰加一个长长的哈欠。"说着话，翠翠果然伸了一个大大的懒腰，并随即在嘴里学着公公来了一个长长的哈欠"啊——嗬嗬嗬——"

琴琴笑弯了腰说："不像，不像，声音太尖，又没啥底气，倒是有点像猫子号春。"

满婶把正在机子上看布的眼睛移过来斜看着三媳妇，也笑着说："好的你不学，学老汉子打哈欠？不过，你们都学不像。"

琴琴把脖子一缩，一面抿着嘴笑，一面用两手把衣裳的下摆抻了抻就紧跟在婆婆后面向外走。翠翠扬起头拢了拢头发，随后也跟了出去。不一会儿，两个媳妇就提着黄豆，带着三个孩子一块到下垭子去换豆腐。满婶派走了两媳妇，转身又对正在客房这边织布的四姑娘说："你歇一下，到楼上把老四他们的床抖一抖，把铺盖抱到太阳底下晒一晒。"

"嗯！"四姑娘停了织布机，一面从坐板上下来，一面对勾着头在机子上看布的婆婆说，"我织的布好像劲不够！"

"还行，我看还行。织布是个力气活，也是个细致活。"婆婆趴在布上再看了看说，"不管做啥，都能看出做活的人上没上心。你上心了，好着呢！"

麻园离下垭子很近，穿过学田、官田，再跨过汉白公路就到了。站在下垭子的公路边，能够看到麻园子的屋顶。琴琴和翠翠领着三个孩把豆腐换上以后，翠翠口袋有点钱，就顺便给孩子们在黄家杂货铺里买了点油炸胡豆，让他们一边吃一边往回走。在琴琴一行人从下垭子往回走的时候，四姑娘正在楼上为老四他们整理床铺。床铺是用高板凳支的，床板是用竹棍做的花笆子。老四、老五睡一张床，老六爱吵吵，一个人睡一张床。好在三兄弟体质好，晚上一般不起夜。但做父母的到底还是不放心，尤其担心老六毛手毛脚地晚上下楼解手时脚下踩空摔下来。四姑娘记得那天为了给她腾睡房，在把三弟兄的床铺往楼上搬的时候，满婶曾特意叮咛老六说："你晚上下楼解手时一定要叫醒你四哥，不准一个人冒冒失失地下楼！"老六不等母亲把话说完就急不可耐地说："停！停！我晓得你想说啥了。笑话，我只要两只手搭在楼门上，扑通一声就跳下去了。哪用得着拿脚慢慢去探楼梯杠杠？我嫌它麻烦！"

"胡说！"母亲生气地嚷道，"你给我仔细点！"

母亲教训的话还没冷呢，老六"哧溜"一声上了楼，然后蹲在楼门上喊母亲："妈！你看啊！"说着，他两手搭在楼门两边，"扑通"一声就跳了下来，气得母亲赶上去打了他一巴掌。老六还了母亲一个瘪着嘴的鬼脸就跑出去了。现在想起这一幕，四姑娘还直想笑。待她把楼上的铺盖抱下来晒好时，两个嫂嫂也带着三个孩子进了门。于是，三个媳妇都已完成婆婆交办的任务，重又回到织布机边。这时，大媳妇把早饭也做好了，又是红苕苞谷糁子。菜呢，是炒酸萝卜丁和炒白菜。做早饭的同时，大媳妇已经把腊肉皮用红火碳烧过了，现在正用热水泡着。冬瓜她也削了皮放着。豆腐已经放在了案板上，下午的饭其实就很简单了。大媳妇相信她一定能照婆婆说的——让饭等人。

人常说"十月有个小阳春"。今天川道里太阳好，很暖和，但山上的灯盏窝却已结了一层薄薄的冰霜。夏天上山来寻生活的人都已带着满意或不满意的收获下山去了，只有老四他们因为今年种的庄稼太多才挨到现在。也不知从哪年开始，每年清明节一过，就陆续有人上山来了。有的是开一片荒地，种上苞谷什么的，种完就下山，到了该上山的时候再上，人不在这里住。有的是在山上搭个棚子，砍了野竹子划篾编织成一些家庭用具拿到街上去卖。高粱铺的黎笼匠是每年清明过后上山住着，砍了树木和竹子做蒸笼，编筛子卖。不过，他不是自己上街去卖，而是固定卖给龙王庙的禹家海子，禹海子再把这些东西挑到场上去卖。去年正月，黎笼匠嫁女，请了老四去做厨。笼匠对老四的德行和手艺很满意。老四回家的时候，笼匠对他说："我在灯盏窝搭了个大棚子做蒸笼，要清明以后才用。你不如清明前上去开块火地，种点啥子。平时我帮你招呼着，秋后你上去收东西就是。你怕是不晓得，那地方是一个很大的平淌，土质好，也还顺路，也不会塌方啥的，就是千儿八百人恐怕都养得活。"

老四被黎笼匠的话给点醒了。灯盏窝，他知道。要是走大路，是从大堰沟的沟口往右走，然后上坡，过黄沙梁就到了；走小路呢，从马王庙往铁炉沟再过黄沙梁，这条路近。从灯盏窝再往前走，一直可以通到大西沟、铁瓦殿，直到山那边的汉江北岸热闹的水码头莲花石街上。灯盏窝地势平，茅草长得一眼望不到边。茅草地走完，就是密密麻麻的野竹林。竹林中除了木竹、龙头竹外，还有斑竹、锦竹等山下常见的"家竹子"。听老人们说，过去这地方曾住过很多人。前些年，老四在那里掰竹笋时也确实看到人称"半边街"的烂墙头、破石磨。经黎笼匠这一点拨，老四茅塞顿开。等黎笼匠上山的时候，他便跟了上去。老四在帮笼匠整理棚子的同时，自己也开了一块荒地种上了苞谷。中途老四上山锄过两次草，到秋天就收了好几挑苞谷棒子。今年清明前，老四借了笼匠的棚子，带着老五、老六去灯盏窝，在茅草地上砍了一条隔火带，然后一把火把隔火带以内的茅草烧掉。大火过后，积满草灰的泥土只需简单地锄一遍就能把种子种下。待到天气转暖笼匠上山时，老四自己的棚子已经搭好，地里该下的种子也基本下完。等到田里的稻秧栽完以后，老四又带着两个弟弟上山一面侍弄庄稼，一面搭架子，砍木头，解板子。笼匠把这一切看在眼里，禁不住地直夸："你娃子能行！比你老子还能行！"

大概是山下人吃早饭的时候，老五、老六带着欧有根一行人到了灯盏窝。这时，所有要搬回家的东西都已被老四、老大归类收拾好了。有根他们抽了一袋烟，就着手打挑子往回返。路上一切顺利。当他们担着挑子回到麻园子的时候，正好是日常吃下午饭的时候。家里已经做好饭等着他们，放东西的地方也已经腾挪好了。等帮忙的人把所有从山上挑回来的东西都大概放到位以后，剩下的只有从山上搬回来的被褥一时还不知是直接放到老四他们床上，还是先放在外面。满婶过来用手把被褥摸了摸，发现潮得都快要出水了，赶紧亲手接过来把它们晾在外面的竹竿上，趁现在还有太阳，赶紧把它们晒一晒。

已经是冬天，庄稼人用不着洗脸就直接吃饭。老大他们四弟兄陪着帮忙的人在外面的大桌上坐了吃饭，其余人坐在客房的小桌上吃饭。建书一面吃着饭，一面听到外面吃饭的人在不住说着对他们夸奖羡慕的话，心里乐滋滋的。吃罢饭，看看太阳还老高的，有根对建书说："天还早，你看看家里还有啥活路我们能做的，我们去做。"建书还没来得及想，便说："没啥了，歇着吧！"欧长梁插话说："我看你们那做秧母的田土坯子已经晒干了，不如让我们去给你把它打细。我们人多，要不了一阵，要是你们自己弄，一个人一天怕也弄不完呢！"

建书高兴地说："那好！那好！"

留着做秧母田的秧田不能种冬春作物，都是稻子收了以后让牛把田犁了，把土坯子晒着。晒得越干，第二年放水后，泥巴化得越细，整出的秧田也越平整。经欧长梁这一提议，大家就各自找到用来翻坯砸泥巴的农具一起下田，一时没有农具的，就跟到田里去等着别人干累时替换。人多，又都是能上山挑担子的好劳力，一个秧母田，不一会儿土坯子就被打细了。大家一齐向建书老汉道了声谢，就都回家去了。有根他们一走，老四他们一下就觉得撑不住了，都不住声地打哈欠，伸懒腰。满婶把给老四、老五、老六用来换洗的补丁摞补丁的汗褂提在手上喊："大女子，赶紧把锅子洗干净给他们烧洗澡水。四姑娘，还有你。你们俩在自己睡房里架上炭火，让老大、老四洗澡，换汗褂，把换下的汗褂子在锅里用开水多煮一阵，免得再长虱子。"

"那我呢？我身上垢甲都有一拃厚了，就算了？"老六从堂屋走过来冲着母亲直嚷嚷。

"啥好事还能漏了你？"满婶瞪着老六说，"你们昨晚上不是在屋里歇了，擦洗了吗？你急啥？你和老五把我睡房架上炭火，一会儿在那洗澡换汗褂。"

听了母亲的话，老四走过来说："我也在你睡房洗澡。"

"我屋有好大？一下能装你们三个人？你在四姑娘屋里洗个澡会咋呢？"满婶又催还在机子上织布的四姑娘说，"四姑娘，快去帮你大嫂子烧洗澡水，把屋里火架起。"

四姑娘只好红着脸，勾着头从机子上下来先去灶房帮大嫂子烧水。

七

四姑娘帮大嫂子把洗澡水烧好后，就回房间去生木炭火，也顺便腾挪放东西的地方。她刚刚把火生着，老四就担着萝卜干进来了。老四是第一次进四姑娘的房门，也是第一次和四姑娘独处。他很有些拘束，脸红红的，不敢正面看四姑娘。四姑娘也有些紧张。老四把箩筐一放下，四姑娘赶忙帮他从扁担上解绳子。老四紧张地推让说："我自己解。"四姑娘说："咋，我不能解？"老四没了话说。两人第一次这么近距离地说话，都不好意思。老四发现四姑娘比他去年在典公家见到她时更好看些。那天，她还没有现在这么高，这么白，也好像还没现在这么灵醒。当时，她刚从外面打猪草回来，穿着旧衣裳，赤着脚，脸板得平平的，看也没看他一眼就进屋去了。记得她的眼睛小嘛，现在看来她眼睛其实不小，看你那么一眼就让人感到火辣辣的，好像有点厉害。再一个，她的面皮也比那时白了一些，五官给人的感觉总像在笑。她今天穿的这件竹蓝布衣裳也挺好看。老四心里这么想着，禁不住趁着把箩筐往墙角挪的时候再看了四姑娘一眼，不期这一眼正好和四姑娘的眼睛相对起来。顿时，两人都红了脸。四姑娘赶紧掩饰性地伸手帮老四把箩筐绳抓着往墙角挪。

其实，四姑娘和老四一样，她也还没认真看过老四。她是见过他几次，那都是在他有事到家里来找父亲的时候。她的印象是老四今年又长了点个子，身子不像原来那样单薄了。他的脸也比去年见到时宽了点，眼睛还是像他爸那样细眯着。不过，他整个人倒还显得结实利落。此时，四姑娘的目光停留在老四的那双手上——手成啥了？皮是那么粗，那么黑，说不清楚都是一些什么东西的浆浆子、汁汁子干在手上，结成了黑痂，怕是几个月都休想洗掉。他手上还有那么多口子，有的还在流血呢！咦，他右手食指中间那节关节怎么那么粗呢？应该是肿的吧？四姑娘问老四："你右手二指头是不是肿着的？"

"没啥，那回下坡时打了个趔趄，急着用手去撑，就把指头戳了。"

"还疼不疼？"

"只有点胀，没啥。"

"好久了？"

"有好久了吧！"

"那怕是要治一治哩，不然怕是会变形。"

"哪顾得上它！"老四想赶紧从四姑娘的屋里出来，时间久了害怕嫂嫂们说他笑话。四姑娘见老四笨手笨脚地想收拾箩筐急着出去，就故意调皮地站在他前面把路挡着问："山上是不是很冷呢？"

"还好——我忙去呀！"老四想急着出去。

"你忙啥忙？我不正烧火叫你洗澡吗？"

老四听四姑娘这样说，越发紧张起来。他左手拿了扁担，右手把两只箩筐的沿子抓在一起急匆匆地跨出了门。老四正要往堂屋走，四姑娘突然说："你等等，你们把芋头挑回来了，芋头秆秆呢？"

老四站在门外回答说："甩在坡上的。"

"可惜了。"四姑娘说，"龙王庙禹家巴女子把那个切了做盐菜，怪好吃的。"

不等老四答话，恰好老六从这里路过，便抢着说："四姐，你说芋头秆秆能做盐菜？好吃不好吃？"

"我吃过，好吃。"

老六转而对四哥说："四哥，我们明天上灯盏窝挑芋头秆去。"有老六做掩护，老四就不再紧张了。他回过头看着四姑娘说："明天，我们去选好的挑些回来。"

四姑娘也因有老六掺进来不再紧张了。她大方地看着老四说："好，你们挑回来，我抽空来切盐菜。"

老六说："一到冬天，就喊叫没菜没菜。我们多挑些芋头秆回来，四姐你多切些盐菜，免得顿顿吃饭时那点菜还不够塞牙缝缝的。"

老六说完话，转身兴冲冲地往灶房去了。他前脚进门，后脚就听得他嚷嚷道："故意要把人朝死里干呐！我舀的米汤水呢？我舀的米汤水呢？人家舀的米汤水一口都还没顾得喝，就喊人家去拿这个，取那个，累了个血奔心回来喝水，水没见了！"

听见老六嚷嚷，轮伙的大媳妇赶忙过来开着玩笑搭话说："你老人家先莫吵。我当是哪个喝剩下的不要了，就把它倒进猪潲桶里了。"

"那是嘛！猪比我金贵，哪个稀罕我喽！"

"你老人家莫吵，我给你端缸子茶来赔你，行不行？"大媳妇只是在老六面前才开开玩笑。

老六瞪大嫂子一眼，大嫂子却回他一个笑。老六说："哼，把人家米汤水倒给猪喝了，还笑呐！"

"我不笑，我哭啊？"大嫂子说，"哎，真的，我给你端缸子茶来？"

老六瘪了嘴说："算了，经当不起！我还不如喝凉水来得快。"

这天晚上，是四姑娘到麻园子后第一次睡不着觉。她在床上翻来覆去，脑子里老四的影子总是晃来晃去的。她在心里说：老四，你排行老四，我也排行老四。是不是排行老四的人都劳苦呢？你看你，这么一大家子人，田里的活、地里的活都是你的。我来二十多天了，你中间只回来过一次，还是扒了碗饭就上山了。今天才看到你那双手，那哪是手啊！你才十八岁，可你看你那双手，你看你那张脸，像十八岁吗？兄弟六个，就你没上过学。你别不高兴，你实足像个做长工的。你看你大哥，人家就不管家里。你二哥，人家在乡公所。你三哥，人家在队伍上。老五、老六说不准人家哪天就出门不回来了。就剩你杵在家里干那些干不完的粗糙活。难怪三嫂子说人这一辈子就像一张膏药，只要开始的时候一巴掌把你贴在那里了，就换不下来了。你怕就是从小就贴在干粗活这一块了，也就把干粗活这一块占住了，以后这也就成了你分内的事了。你看三嫂子多神气，动不动就是老三长老三短的。她从安康回来以后，更是三句话不离安康。二嫂子、三嫂子都有显摆的本钱，就我和大嫂子没啥可显摆的——还不对呢，大嫂子怎么说还是婆婆的侄女呢！我算啥？说白了，我就是戏台上说的寄饭丫头。哎，这就是人的命，投胎给皇帝就是公主，投胎给叫花子就是小叫花子。我总算还好，虽说娘家穷一点，到底还有父母，总算没有流浪讨饭当叫花子，知足了。在这个家里，两个老人明显是把大指望放在老二、老三身上的，尤其是放在老三身上的。我们两人以后是不能和老二、老三比的。人家上学多，在外边，媳妇娘家家事又好。我们只能指望能干这一条。我一进门，晓得三嫂子和我同姓同排行，就把她叫了"三姐"。她很高兴，硬是把我拉到她屋里看她的陪嫁。她的陪嫁可真不少，只抽屉桌上的那面镜子就说是用了八斗米换的。八斗米？八斗米对我娘家来说那是多大个事啊！我只能把自己看低一些，多吃点亏，多出点力，多装些傻、背些憨，最主要的是做事一定要比她们做得好。人皮难背，我已经尝到味了。这些天来，为了把布织好，我晚上睡在床上都在琢磨，现在，我的手艺已经超了二嫂子。那天，婆婆问我会不会开脸，我斗胆说会，其实我不会。晚上，我就一遍一遍地在自己脸上练。现在婆婆已经夸我的手比二嫂子轻巧了。会干活的人劳苦。这以后，我每天早上就多了一件替婆婆梳头的活。老四啊，苦我不怕，我从小就在吃苦。只是你以后能不能让我直起腰做人啊！你不会太老实，老实得懦弱，没主见，没脾气吧？我就怕这个。你可千万不能像我哥那样窝囊！我看出来了，这个屋里的活比我娘家的活路多，活路苦。我家穷，少断几天顿就已经满足了，反正也没有置家置业的盼头。你们可不一样呢！想着，想着，四姑娘的泪水禁不住流了出来。

四姑娘的父亲家里有几亩地。但一年的收成远远不够糊一家人的口。为了生活，他不得不租种别人的土地。平时也给家里过红白喜事的人做厨。下雨天或者晚上也常常熬夜用竹篾编撮箕担到场上去卖。有时也被人请去治治蛇伤。随着年龄的增长，他做活越来越力不从心，请他做厨的人也渐渐少了。四姑娘的母亲常年气喘，出气就像拉风箱一样，不能下地干活。哥哥人懦弱，胆子小，没有父亲那样有决断、敢担当。他虽然娶了媳妇，有了孩子，可遇到大事小情全要推给父亲拿主意想办法。四姑娘前面有三个姐，只带大了两个。她们都出嫁了，家事也不好。四姑娘的父亲典公前年害眼病向建书借了钱，一直还不了，总觉得心里过意不去。今年年初，典公向建书提出把四姑娘许给老四。原本他们两人关系就好，两家也常有来往。建书觉得四姑娘不错，典公也觉得老四不错。但因为前面有了老大和春子的教训，建书没有满口答应，而是说："四姑娘是个好女子，只是还太小。过几天再说，好吗？"典公说："也好。"

建书回家问老四喜不喜欢四姑娘，老四说："好呢！"满婶见过四姑娘几次，也觉得这女子不错。于是，建书给典公回了话。这门亲事就订下来了。今年秋后，典公家粮食收成不好，儿媳妇又不贤惠，总是对婆婆和四姑娘指桑骂槐地找不是。典公和老伴儿商量说不如让四姑娘提前到苑家，说不一定她过得还舒心些。典公马上就找到建书说："我们俩老庚这么多年了，一直处得好。你看啊，你家现在三台机子织布，人手忙不过来。我家四姑娘呢，早晚是你家的人，不如干脆现在就让她过来给你帮忙。她人不笨，也勤快，不会吃闲饭的。"建书老汉心里乐意。他知道典公是个厚道人，之所以想出这个主意，主要还是因为一时还不了那点钱心里过意不去，就说："典哥，你我几十年交情了。四姑娘是个好女子，我当然喜欢她早些过来帮我。我家老四你也是看着长大的，他学手艺能无师自通。你也喜欢他。只是现在圆房对四姑娘来说早了些。你要是愿意，让她过来也好。算我请她帮忙，工钱我是要给的。"

典公急忙道："老庚，你说哪里去了。咋能提工钱呢？四姑娘许给了你家老四，啥时候圆房你们做主。织布她会一点，在你家很快就能上机子。反正她在屋里也是受苦，不如在你家里起的作用大。再说，她在你家比在我家还能多长点见识。"

"我们自然都不分你我了，那点钱的事就不准再提了。"

"那行吧！"典公说，"反正这些年我沾你的光也不少。我心里有数。"

"你不能再说这样的话了。"建书又说，"只是四姑娘现在过来，怕会遭人说闲话，好像我欺负你似的。"

"嘴长在各人的脸上，哪个爱说哪个说去。人在世上要是太在意这个，那就活不成了。"

建书立马把典公的意思说给满婶，老伴说："那女子我喜欢。早点过来也好。我见过典公的儿媳妇，那是个三天打不湿、两天扭不干的角色。典公老两口那么小心厚道的人她都嫌弃，她还能不嫌弃四姑娘？"

建书又把这事给老四说。老四说："要得。"

就这样，四姑娘进了麻园子苑家的门。快一个月了，她和全家人都处得很好，真应了"不是一家人不进一家门"的古训。四姑娘和老四一样，干活踏实，不惜力气，最重要的是眼里有活，做事上心。很多时候，你心里正在想她帮着做什么时，她的人就已经到了那里。可大家都夸她的时候，她知道自己其实心里很苦。

八

天黑的时候，二媳妇织的那匹布最先下了机子。忙完了手里的活，建书老汉又亲自上他的那台机子织布。这匹布被四姑娘织得差不多了，最后一截是露在外面的，还是自己亲手来织得好，要精心地织，图个好卖相。半夜时分，那匹用来卖的布到底织成了。建书老汉仔细看了看，觉得不仔细看，还真分不出哪段是四姑娘织的，哪段布是自己织的。好啊，十六岁的娃娃布织得这样好，不简单！和老四很般配！建书刚把机子上的布剪下来，把布头上的线头编成装饰结——这是很好的洗澡巾。三媳妇机子上的布也织好了。她剪下布来，长长地伸了个懒腰，再把胳膊甩了甩。

乡下人过日子总是能省一点就省一点，能用钱直接买布的人不多。他们都是在田坎上、地头上到处见缝插针地种些棉花，今年积一点，明年攒一点，积够一定数量时，就可以成就纺线织布做网套这样的家庭大事。虽说请人织布也要掏手工钱，但总比买一匹布花的钱要少得多。出力的人，搓棉花条，纺线这些零敲碎打的活是不算工夫不计价值的，织布付的手工钱又能用劳力去替换。如果家里喂的有牛，农忙时连人带牛下田，一个工是要算四个工的。就这，主人家还得管饭。

今天又是一个好天气，家里却暂时没了活干。老大不冷不热地对父亲说："我上池河梅家油坊干活去呀！"

"一个多月就过年了，还去？"

"我去呀！"说着话，他就背着他的大布包出了大门。

老大刚出门，老四过来对父亲说："我们三个人去灯盏窝挑些芋头秆回来，四姑娘说那个切盐菜好吃。"

"要是太累了，就歇一天，你们定。"父亲对老四是很放心的。萝卜缨子切干盐菜是年年都要做的。在这之前，老四他们把灯盏窝收的萝卜缨子已经挑选好的晾干挑回来了，芋头秆过去没有，要是也能做成盐菜，那年后的荒月就不愁没菜吃了。对农民来说，只要动手，永远不会说做的那件事情是没有意义的。反正身子不能歇着，一切的一切都要靠劳力去换取。只要劳动是有利于培育财富、增加财富、积累财富的，再累再苦都是值得的。问题是并不是每个人都能找到能够换来价值的劳动，更别说让自己的劳动实现最大价值了。这个农闲的季节里，很多人希望自己的劳动能实现价值，换取生活的必需品，但由于没有技能，没有本钱，没有眼光，找不到活计，只能在家里抱着膀子挨穷轧日子。老四属于为数不多的能够不断找到活计的农民之一。这是他的幸运，同时，也是他的不幸。这就意味着他一年四季，风霜雨雪，白天黑夜，屋里屋外都不会有闲着、停着的时候。在这个家里，就是因为他能主动地、不惜力气地自己给自己找到活做，所以就没让他像其他兄弟一样去牌楼坝上几年学。他自己倒也没有什么埋怨或不满。好像从能够参加劳动的那天起，他就有自觉地为这个家不断从事各种劳动的使命感。不然，他今天怎么会主动为一家人冬天吃菜的问题操心，还给自己再派一趟上山挑担子的活？

等建书老汉赶场出门之后，满婶对媳妇们说："今天天气好，机子上又还没有牵上布，我们在院坝里晒太阳，打褙子吧！"媳妇们都很高兴，不一会儿就把糨糊等一应材料准备齐全了。大媳妇和四姑娘合力卸了一块门板，在院坝里支起了一个大案子。媳妇们很少有机会和婆婆坐在一起说话干活，即便偶然有机会在一起待一会儿，也不敢正面和婆婆说话。婆婆是个有煞气的女人。她个子比较高，长脸形，五官棱角分明，作为女人，她的相貌显得有点凶硬。在媳妇们心中，她就是这个家里说一不二的权力象征。加之她有这个年龄女人中少有的一双纯天然的大脚，小时候又跟父亲杨甲公偷师学艺练过点功夫，还走过一阵子江湖，动作利索，别说媳妇们怕她，就连她男人建书老汉和她的几个儿子都有些怕她。大家在一块坐了一阵，三媳妇因娘家和丈夫都比较优秀，率先偷着看了看婆婆的脸，见婆婆今天的脸色和平时相比是少有的好，遂大胆地问道："妈呀，爸每天清早打哈欠咋会有那么大的声音？"尚未等到婆婆回答，又看着四姑娘先入为主地问，"四姑娘，你头天早上听见爸打哈欠，是不是给吓了一大跳？"

四姑娘抿着嘴，拘谨地笑笑说："没有啊！"

满婶最近心情很好，今天的心情更好，很愿意和媳妇们拉近点距离。平心而论，满婶心里也是很苦楚，很孤独的。她从一开始就对苑建书没什么好感，是父亲执意要她嫁给他的。嫁过来这么多年，如今孙子都这么大了，跟建书在一块也没觉得有什么话好说。她只有儿子，没有女儿。儿子们小的时候还可以逗着玩一玩，一天天长大后，就和母亲的距离越拉越大了。媳妇毕竟不是女儿，她这个做婆婆的在她们面前说话、做事不能不有所有顾忌。今天难得遇到这样一个婆媳一处都很放松的机会，自己就尽量放随和一些，也逗媳妇们高兴高兴吧！满婶这样想着，便顺着三媳妇的意思反问："你那天不是在学你爸打长哈欠吗？学会没有？"

二媳妇也偷着看了看婆婆的脸色，发现婆婆今天一改平日的严肃，显得很是和气开心，便笑着接过话说："她学得不像，倒是有点像猫叫。"

满婶接了话说："你们哪个都学不像。老汉子打哈欠硬是成了精了，过场足得很。"

三媳妇说："那算不算有功夫呢？"

"屁功夫！"满婶为了逗媳妇们高兴，就来了个顺着竿子爬。她停了手里的活比画着说，"你们看，鬼老汉子是这样的：有点公鸡叫鸣的架势。他一咕噜坐起来，眯缝着眼睛，躬着个腰身，张着个大嘴，把头使劲地向前蹿着。两条胳膊开始是半举着放在胸口，攥成拳头，憋一口气，然后往前使劲地伸。在边伸胳膊边松拳头的时候，嘴里开始'啊啊啊'。他一边'啊啊'，一边把身子直起来，胳膊使劲在眼前划出一个大圈，这时，嘴里就把'啊啊啊'换成'嗬嗬嗬'——我服了他一口气能出那么多个'啊嗬嗬'。他开始打哈欠时，我骂过他，说他装个怂样子，过场足。他只当没听见，第二天早上照样这么'啊嗬嗬'。时间久了，也就惯了。我想你们刚进屋的时候是不是都给吓了一跳？"

四个媳妇彼此看了一眼，相视而笑，没人答话。怎么答话呢？媳妇们一时还辩不清婆婆到底是在埋怨公公，还是在赞赏公公。过了一会儿，还是三媳妇憋不住了。她给二媳妇送了个眼色，意思是我来接婆婆的话。二媳妇领会了她的意思，诡秘地挤了挤眼睛。得到二媳妇响应，三媳妇说："能不能让爸早上不打那么大声的哈欠？"

婆婆一边忙着手里的活一边说："是不是早上想多睡会儿懒瞌睡？"

三媳妇说："有时候，早上实在是瞌睡得很。"

婆婆说："这么大一家人，要是你多睡一会儿，他多睡一会儿，都由着自己睡，那成啥势子啊？再说，瞌睡也是越睡越多。"

二媳妇听了婆婆的话，给三媳妇递了个眼色，同时把舌头伸出来做了个鬼脸。那意思是：怎么样，你别看他们老两口经常吵架拌嘴，心里可是向着一处呢！三媳妇明白二媳妇的意思，也回了个鬼脸。四姑娘偷偷看了她们一眼，不敢吱声。只有大媳妇在埋着头撕烂布，什么反应都没有。满婶呢？她只顾把烂布往糨糊上贴，对二媳妇、三媳妇互相丢眼色做鬼脸的事一点都没察觉。她以为四个媳妇都接受了她的教导呢，于是，她又给媳妇们打气说："你们都年轻，趁我们两个老家伙还能动弹，苦几年，把这个家当攒大。等到你们像我们这样老的时候，也就该松泛松泛了。吃得苦中苦，才能当人上人，你们可不能嫌弃我们老，嫌弃我们啰唆。"

"妈呀，看你说的。人都有老的时候，我们咋会嫌你们老！"三媳妇扭了扭腰，挪了挪屁股说，"你总爱说你老啊老的，你当你真的老了啊？跟年龄差不多的人比，你才没有老相啦！再说，你才五十来岁，咋就能说老嘛！"

"还说不老，都过五十奔六十了，还说不老？"满婶今天本来就高兴，听了三媳妇的恭维话更是舒坦。她的脸始终挂着微笑。

"五十才不算老呢！"三媳妇认真地说，"我们堰塘湾的重信婆说她生我五朋叔的时候都五十一进五十二了。人说五十一生个叫鸣鸡嘞，保不准妈还能生个千金小姐啥子的。"

二媳妇听三媳妇说出这种不太得当的恭维话，觉得好笑，就顺手在她的胳膊上拍了一下，然后抿着嘴巴一面偷笑，一面看婆婆有啥反应，但听得婆婆假装生气地说："你没大没小的哦！"说完，她又换成平时那副严肃的表情说："看，太阳都下屋檐坎了，该做饭了。"

二媳妇和四姑娘偷偷地在心里笑。三媳妇在得意地笑。她知道婆婆并没有真的生气。她笑着看婆婆一眼说："做饭去呀！"这个月是她轮伙，便站起来伸个懒腰，心里想着怎样再恭维婆婆几句。想了想，她才又对婆婆说："妈呀，你是真的不显老。你一点都不像过五十的人。不是我夸你呀，你要是生在大户人家，那肯定是个做大事情的人。真的！我一进门见到你，就是这样想的。我看过小人书，看过戏，唐朝的时候有个皇帝叫武则天，是个女的，书上说她乱淫不乱政，她把国家治理得很好。妈呀，你要是生在皇宫里，我看你也有当皇帝的本事。你的长相像书上说的有贵人相呢，能不怒自威。"

三媳妇是在故意恭维婆婆，一是想逗她高兴，二是想在妯娌间显示卖弄一下自己是读过书识得字的人。她的目的无疑是达到了。婆婆对她说的话的确感到很受用。三媳妇的话唤醒了她很小时候的一些记忆。记得小时候，父亲从另外一个角度好像也表达过同样的惋惜。不过，满婶是过来人，不是那种随便就能让人摆布的人。你看她心里高兴，脸却板得平平的，对三个媳妇说："好了，尽说空淡话。书上的话又不能当饭吃。你做饭去吧！"三媳妇看得出婆婆的心思，知道她是在假装生气。她很是得意地给正拿眼睛看她的二媳妇瘪了个嘴，然后向灶房走去。婆婆看着扭扭捏捏向灶房走去的三媳妇，心里想着她刚才说的那段话，已经被岁月尘封多年的记忆突然又在眼前活泛起来。

九

满婶姓杨，母亲在她前面还生了一个女儿，所以父亲就给她取个小名叫"满女子"。这名字有两层意思，一是小女的意思，这一带都把最小的儿子或女儿叫作"满子"或"满女"；再者是"够了""满了"的意思，不能再生女儿了，该生男孩了。遗憾的是，父母的愿望没能实现。在满婶两岁的时候，母亲因病去世了。再过一年，满婶的姐姐又夭折了。母亲去世那天，父亲抱着她说："满女子啊，你八字太硬，看把你妈剋死了。"后来姐姐死时，父亲又说："满女子，你八字太硬了啊！"那时，满婶太小，她只是记得父亲说这话时是满眼含泪的。再大一点，她听到的关于人生八字的说法多了，才意识到可能自己出生的年月日时辰不好，属"八字硬"的那种命相。有了这个意识后，但凡有人问她几岁、什么时候生日、属相是什么一类的话，她就十分反感，总是黑着脸转身走到一边去。有一年腊月三十晚上，父亲抱着她在火炉边一边换袜子一边说："你看你的左脚脚心长这么大一颗红痣。这颗痣怎么就不长在右脚呢！为啥要长在左脚呢！"

"要是长在右脚又会咋样？"她好奇地问父亲。

"男左，女右，你长反了。你这颗痣要是长在男人的脚上，最不济，怕也会掌管千八百人吧！"

"那就是说，要是这颗痣长在右脚上，我也能干大事？"她十分遗憾地问道。见父亲不说话，她又很伤心地说，"是不是这颗痣让我把我妈剋死了？"父亲搂着她说："不准你有这种想法。不是这样的。人要是真有天命的话，也会是各人有各人的命，不能把这种事揽在你的身上，这跟你无关。我要你乖乖地长大，乖乖地嫁人。"父亲虽然说母亲和姐姐的死跟自己无关，但满婶总觉得自己对不住她们。她问父亲："爸，我是不是命不好？"父亲故意捧着她的脸仔细端详了一阵，安慰她说："不是这样的。从长相上来看，你一辈子会吃穿不愁。你给我好好地活，好好地长，以后不准胡思乱想。记住，你的命好着呢！"

日子一天天地往前过，慢慢地满婶懂事了。她渐渐知道了她家的一些家世。大概情形是这样的：太爷爷那辈，他们家在牌楼坝购置了房屋和土地。牌楼坝那时还叫"稻草街"，因为这一带主产水稻，自然稻草就多。每年水稻收完以后，就有很多外地人来这里收购稻草，稻草街的名字也就由此而来。太爷爷是练武之人，在全县都很有名气。一般的人，哪怕是三五成群带着家伙也拢不了他的身。每逢正月耍狮子舞龙灯，县城的大户都来请他带班子到门上去耍灯。他们杨家班子的人能在六张桌子垒起的台子上，或者在立起的六根六尺高的木桩上自由地跳来跳去。他们耍灯得到的赏钱往往是其他班子的几倍多。杨家的房子在稻草街的北边，颜家的房子在稻草街的南边。杨家是以武闻名，颜家是以文闻名，尤其以书法闻名。只要说到稻草街，马上就会有人赞扬杨家的武功、颜家的字。因为习武，就常常有人上门来约镖，同时也就不断有人上门来挑衅滋事。尽管杨家人小心又小心，天长日久，还是跟别人或明或暗地结下了仇怨。太爷爷的弟弟在二十二岁那年，因为给人押镖，被人害死在路途。太爷爷五十二岁那年的冬天，被人设局嘲弄，身受重伤一病不起，含恨而死。那是腊月初三的晚上，先是有人设局劝酒，然后算计好了他半夜要经过小路从鱼石槽回家，就提前在小路最窄的鱼石槽中间立了一个稻草人。稻草人身上全部糊了稀泥。在稻草人的胸部和裆部固定着磨出了尖刃的铁棍。酒局散了以后，天很黑，太爷爷经过鱼石槽时，突然见石槽中间站着一个"人"不让路。他酒喝得有点高，又急着回家，顾不得仔细辨认真伪，只大声地对那"人"说："喂！前面是哪路的朋友，请你让个路！"那"人"一点反应都没有，仍然拦路站着。

"哎，请你让个路！"太爷爷有些生气。

那"人"还是不动。

太爷爷双手合十，躬身祷告说："前面是哪路神仙菩萨或者亡魂，请你让个路，回头我给你烧纸钱！"

那"人"还是纹丝不动。

太爷爷顿时火冒三丈。他趁着酒兴，仗着自己有功夫，嘴里骂道："不受抬举的东西，雀雀还有指甲盖盖大个脸，给你脸你不要脸！你给我滚到崖下去！"他猛地扑身向前，拦腰一下把那"人"抱在怀里，想把它抱起来扔到崖下去。由于用力过猛，固定在稻草人身上的尖铁棍透过太爷爷没扣扣子的棉袄和夹裤，径直戳进胸部和裆部。太爷爷是个好强之人，他怕这事传出去被人笑话，便忍着寒冷和伤痛，把满是稀泥的外衣脱下来抱在怀里，装着什么事也没发生，强忍着疼痛回了家。事情就这样被他自己隐忍下来。然而，又是伤痛，又是伤风，更有满腔的悲愤和屈辱终日郁积在胸中无法宣泄。太爷爷因此大病不起，勉强过了年，就去世了。太爷爷的去世给爷爷打击很大。他和徒弟们发誓要为父报仇。结果，还没等到他为父亲报仇，自己就在一次走夜路的时候被人用石灰打瞎了眼睛。爷爷从此心灰意冷，遣散了徒弟，也告诫家里人从此不要再练武功。临死的时候，他把全家人叫到一块痛心地说："我们杨家人几代练武，扪心自问，从来没做过对不起人的事，结果还是落了这么个下场。你们以后再也不要练什么武了。练武的人容易争强好胜，把面子看得太重，不管你愿意不愿意，它都容易招惹人。听我的话，你们现在就尽快把这街上的房子和田产卖掉，把家搬到山边上同姓同宗的杨家湾去过日子吧，那里会安全些。你们要明白，我们已经被仇家给盯死了。你们赶紧搬走吧，不要再恋着这里了。如果你们今后有后人的话，一定要让他们学颜家的人，好好念书。你们看看，同在一个集镇上，我们杨家这些年在不断地败，人家颜家却是越来越发旺了。就是因为人家发旺了，给人带来好处了，连这稻草街的地名都变成了牌楼坝。你们后人要给我们杨家争这口气啊！要是有那么一天，你们的后人又能住进这牌楼坝的话，我也就能闭上眼睛了。我再也顾不了你们了！没办法了！我的这些话，就当是我们杨家的家训吧——"老人已经浑身抽搐，泣不成声，第二天下午就去世了。满婶父亲有个一母同胞的哥哥从小就患上了气喘病，一直没有治好。他人又本分，终身没有娶妻成家。父亲一死，这个家也就塌了，只好由侄儿子做主，按照他父亲的吩咐，很快处理了在牌楼坝的房产和田产，把全家搬到了紧靠黄沙梁的杨家湾。后来，父亲的母亲、父亲的姐姐相继死了。又过了不久，满婶的母亲也过世了。一连串的打击几乎击倒了父亲。满婶记得，有一天父亲突然对她说："满女，我们走吧！住在这里爸爸太伤心，会活不下去的！"

"我们到哪里去呢？"

"出去闯吧！爸爸还年轻，你也还小，我们还有机会！"

第二天，父亲就带着满婶离开了杨家湾。他们到了凤凰山那边汉江边上的莲花石，在那里开了个杂货铺。这时，父亲才告诉她，他之前已经把杨家湾的田卖了，房子也卖了。从今以后，他们父女二人就要在外面闯天下了。说好的不再练武，可是多年的家风熏陶对一个人产生的影响又怎会轻易抹去？满婶发现，每到夜深人静的时候，父亲总还是独自一人在偷偷地练功。出于好奇，满婶悄悄地躲在暗处偷看。看着看着，她也跟父亲学起来。父亲发现后，先是坚决反对，后来又改变态度，指点她学了几个简单的防身动作。这几个防身动作，直到现在还在不经意间发挥着作用呢！大概是前年夏天吧，有一天，满婶叫老汉马上帮她取一样东西，老汉嘴里答应，半天也不见身子动弹。满婶急了，冲过去一把抓住老汉的光膀子就走。满婶觉得她是随便抓的，没有带劲，但老汉那边却直喊"胳膊断了""胳膊断了"。满婶嘴里虽在骂："你是纸糊的呀！"心里却后悔自己不该带了功。她赶忙松了手，发现老汉胳膊已被自己箍得乌了一圈。这一幕，被在场的三个媳妇看得清清楚楚，都禁不住暗暗吃惊。又有一次，满婶和老汉吵嘴，顺手把他拨了一下，老汉居然扑倒在老远的地方。这种事在满婶刚嫁过来时发生了好几次，以致老汉一直在心里害怕老伴，遇到拌嘴时，满婶的脚手稍微一动，老汉就避得远远的。

话扯远了，还是说满婶的父亲吧！他带着她在莲花石住了几年。有那么好几天的时间，满婶没见到父亲，只是街坊高叔叔在照顾她的起居。突然一天晚上，父亲一进门就将他早已收拾好的包袱挎在肩上说："满女，我们走！上船！"

"上船，去哪里？"

"快走吧，搭顺水船！"父亲拉着满婶朝汉江边的码头大步走去。

"爸，我们的铺子咋办？"

"盘给你高叔叔了。"

"还回来不？"

"再说吧！"

上了船，顺水而下过了几个集镇以后，父亲瞅瞅周围没人，才把嘴放在满婶耳边悄悄地说："爸爸把你爷、你太爷的仇全都给报了！你记着，你永远都不能说出去。就算你以后嫁了男人，有了儿女，也不能跟他们说这事，懂吗？我们早就离开牌楼坝那个是非之地了，那里发生的任何事都跟我们杨家没关系了！我们啥都忘了，永远不去想它了！记住了没有？"

"记住了，我啥都没听说过！"

"对！你必须要这样做！"

船继续顺江而下。后来，父女俩都住过哪些地方，因为她年龄小，换地方又频繁，都已经记不得了。一直到满婶长到十六岁时，父亲不知是出于什么考虑，又把她带回了杨家湾。父亲在这里买了五亩水田，还买了三间草房和一架织布机。水田的活不多，五亩田，用不了几天就种完了。剩下的时间父亲就织布。后来，父亲带了徒弟。苑建书是父亲的第二个徒弟。再后来，就是这个二徒弟居然和她的一生绑在了一起。满婶记得是在她满二十岁的那天晚上，父亲把她叫到面前问："你看苑建书怎么样？"

满婶脑海里马上出现了那个高个子，冬瓜脸，白面皮，细条眼的织布人。她连想都不用想就回答："这个人好像勤快、细法、没脾气，胆子小。"

"你看得差不多。我把他的八字和你的八字排了排，你们两个人在一起能过完一辈子。"

"咋把我跟苑建书扯到一起说呢？"

"我想叫你和他过一辈子。"

"他？那个大肉鼻子难看死了。"

"我仔细看了他的面相。他的福根就在这个鼻子上。鼻子大是大了点，可是它通、直、准头圆，好呢。"

"他成过家，娃都有了。"

"他媳妇不是死了好久了吗？"

"他都那么大年纪了。"

"多大年纪，还不到三十岁嘛！"父亲一脸认真地说，"我想了很久很久。我给你选的这个人不会错。你嫁给他，一辈子是会辛苦一点，可你们不会饿着冻着。你们会有很多后人的。你们也会经常吵嘴，可能白头到老。我算了的，不会错的。你都二十岁了，你看看这一带哪有二十岁的女子还没嫁人的？我不放心你啊！我要是选的女婿不好，哪天我到了那边，怎么向你妈交代？你八字硬，他八字也硬，你们的八字看似不合其实合，这是一般在路边摆地摊的人根本算不了的。要相信你爸在这方面的根底！"

"爸，他成过家！"

"那女人不是死了吗？"

"他有娃！"

"不是才三岁吗？你待他好一点，不是跟自己的一样吗？"

就这样，满婶嫁给了苑建书。事情过去这么多年了，但满婶每次想起来，一切都像才发生的一样，还是那么清晰。多少年来，满婶每逢站在能看见牌楼坝的地方，就会不由自主地向那里看一眼。她还曾找到过父亲年轻时在牌楼坝住过的那个院子，多好的一个院子啊！如果当年杨家不发生那些变故，自己不也会在这个院子里生活吗？如果那样，又会是个什么样子呢？肯定不会是现在这样吧？

十

建书老汉今天赶场要卖的东西除了三匹布，还有六把一斤重的旱烟叶。河坎上红石包下那一溜坡地今年栽了旱烟，遇到雨水合适，割下的叶子味道很好。放往年，老汉一定会留了自己抽，只从中挑一点最好的叶子给程先生送去。现在他自己不抽烟了，程先生的烟瘾也大不如从前，还抽几口，却十分挑剔，一般的烟叶，他是宁可不抽的。建书老汉只精心挑选了一小撮准备今天到牌楼坝赶场时顺便送给程先生，剩下的六斤叶子则一次卖掉。老汉炮制烟叶有自己的秘方。他首先把地里收回的烟叶用稻草绳铰成长长的一串挂在屋檐下晾着，每天早上太阳出来时挂出，下午太阳落下时收起卷成卷，然后放在屋里墙脚下扯地气。每天都重复这样的劳动。等烟叶晾干了，就把它从绳子上解下来，铺在屋里的墙角下。把熬了山萘等香料的水晾凉，兑一点新鲜的人尿洒在上面，再把它堆起来，盖上麻袋，上面用重物压住。过六七天，就可以用了。建书老汉前天晚上把烟叶揭开闻了闻，觉得很香，是自己历年来炮制的最成功的一次。他坚信程先生一定会抽他的烟，也坚信剩下的六把烟叶拿到场上一定会抢手、好卖。

从麻园子到牌楼坝有三条路。一条是马路，那是出门左转上泡冬田，过烂槽子水田坝子上汉白路；再一条是出门右转经过竹园过月河、过稻草沟，经黄泥包戏楼顺大路走；还有一条就是过月河再顺稻草沟走一段路到黄泥包下的黄板堰。顺着这条路往前走就和从黄泥包下去的大路重合。在汉白公路修通之前，从县城往汉中、西安都是从这条路经过，算官道。这条路最近，建书老汉赶场一般是走这条路。今天，他没走这条路，是想看看黄泥包的戏楼。他已经有好一阵子没走这条路了。今天高兴，他又想看看这个曾经在儿时给他带来快乐，带来幻想，带来甜蜜的戏楼。

那些年，每到正月，戏楼前都会挤着很多人，看有钱人的包场戏。建书就在看戏的时候记下了很多戏词和曲调旋律，经常用口哨吹奏。看戏时，父亲往往会给他买一截甘蔗甜甜嘴，有时还会给他买一坨红苕糖粘的爆米花啃啃。他曾问过父亲："我们咋不也包一场戏呢？"父亲摸着他的头说："你爸没本事，这辈子看来是包不起戏了！"然后很是伤感地望着别处。建书很是后悔不该问出这样的话。为了让父亲高兴，他说："爸，等我长大了包戏给你和妈看！"父亲高兴地说："好，爸等着看你包的戏。"可直到双亲去世，自己也没能给他们包一场戏看。每次想起这件事，建书心里就不好受。

这个戏楼最热闹的时候是七年前，山东省有所中学因躲避日军进攻迁到牌楼坝，其中有两个年级班住在黄泥包，还有几个班住在牌楼坝和堡子梁。这些学生经常演小戏小节目。每到学生演节目时，建书在自己的院坝里就能听到唱歌的声音。他很想去看热闹，但一家人要吃饭，他没这个空闲。那乐器的声音和唱歌的声音是很有感染力的。他人没去，心却禁不住被吸引。有好几次，他不知不觉就用口哨跟学生的唱腔应和了起来，像民歌《十对花》、京剧《空城计》这些旋律都是这样听会的。有时候，他也能跟着学生的唱腔哼唱几句词。当时，他是多么的快活啊！音乐可真能让人忘了忧愁啊！后来，这些学生迁走了，有的人说他们去了四川，有的人说他们去了甘肃。反正从那以后，这里就冷清了。这些年包戏的人越来越少，少得几乎没有了。唉，这里还有没有再热闹起来的机会呢？

寻思间，建书已站在戏楼下了。他停住脚，看了看戏楼，发现它很旧了。建书想，我要是有黎五爷那样大的家产，一定早就把戏楼粉刷一遍了。当然了，黎五爷就是黎五爷，他咋能舍得呢？他有那么大份家产，不是还几次和家族的人因小利失和气吗？建书又转过身来看关帝庙，庙也很旧了。他总觉得现在看到的关帝爷不如小时候看到的那样高大威武。彼时，遇到头疼脑热，母亲就带他来向关帝爷祷告，然后捻点香灰回去冲水喝，特灵。有一年，建书肚子疼，一个人坐在堂屋门槛上晒太阳，突然看见一个穿红衣裳的女子从房子前面的田坎上走着走着就飞起来落到河里去了。他吓坏了，浑身的汗毛都竖了起来。等母亲从河里回来，他把刚才见到的给母亲学了。母亲很紧张，马上用左手在他的额头上向上抹了三下，又把一把很烂的红油纸伞用火点着，举着熊熊燃烧的火伞在院子里绕圈。她一面绕圈，一面用嘴"呸呸"地吐唾沫，并厉声地呵斥："野神野鬼快走开！"一会儿，父亲回来了，母亲又让父亲背着他到关帝庙烧了香，讨了香灰。回家后，母亲把从庙上讨的香灰化了水让他喝了一些，剩下的就洒在他头上。他的肚子也就不疼了。这以后的好几天，建书总觉得威风凛凛的关帝爷手里提着大刀，时刻站在他身后保护着他。想到这里，建书并拢双脚，两手抱拳，深深地给关帝爷鞠了三个躬，然后顺着大路往牌楼坝走去。

据老人们说，多年前一个广东姓黎的商人从这里路过去西安。当时，他带了两个人，挑着担子，走到崖下的黄板堰，突然肚子疼得不得了。那时候，周围还没有人户。在这前不着村，后不着店的地方突然病了，这可是要命的急事啊！焦急中，随行的一个伙计抬头看见崖头有一座小庙，就对老板说："你看，那上面有座小庙，不管他是神，是菩萨，还是大仙，你都给他许个愿，兴许他能保佑你好。"老板马上强忍疼痛，跪在地上对着崖头小庙祷告说："崖上这座庙啊！我也不晓得你是神，是菩萨，还是大仙。我肚子疼得厉害，你保佑我快好！我全家人的血本家当可都在这里了，我不能病啊！你保佑我平平安安到西安把生意做成，等我发达了，我一定给你重修庙宇。我还要在你庙的两边各铺一里路的青石板，让给你烧香的人方便，让你庙上的香火旺起来。我请你一定保佑我！"不知是诚心所致感动了神仙，还是专心祷告转移了注意力，反正老板的肚子不疼了。他很是惊喜，吩咐一个伙计看着挑子，一个伙计随他绕道爬上崖头到庙前去再拜。到庙前一看，发现这是一座很小很小的关帝庙。庙中没有神像，只是在一块木板上用红漆写了"关帝爷神位"五个字。老板取出一条新毛巾仔细地给神位擦拭了灰尘，叩了几个头，又把刚才许的愿复述了一遍。老板想烧香，又苦于无处买，只好用小石块在神像前压了一点钱说："哪位好心人啊，请你帮我买香纸给关帝爷烧了吧！"老板跪拜了一番，才带着感激的心情离去。过了大约十年，突然有一天，黄泥包上锣鼓喧天，鞭炮声骤起，有人给关帝爷还愿来了。周围的人都赶来看热闹。当年给庙上许愿的老板对大家说："我姓黎。十年前，我从这里路过西安做生意，在这崖下的堰上得病了。我就请这尊关帝爷保佑我，我的病果然好了。我当年给关帝爷许愿说要给他重修庙宇，还说在庙的东西两边各修一里长的青石板路。这个心愿我今天就还。请老乡们出工帮忙。我按你们这里的行市付给大家的工钱。我还要给关帝爷雕一尊石头神像。"大家都很惊叹于关帝爷的灵验，同时也称赞黎老板信守承诺。黎老板花了四个多月时间，才把曾经向关帝爷许的愿还了。在还愿施工的这几个月里，黎老板因为要和很多的人和事打交道，对当地的情况也都熟悉了。在采沙的过程中，他发现月河的沙子里面有沙金，成色还不错。于是，黎老板就雇了当地人给他淘沙金。那年夏天，这里大旱，很多人的庄稼颗粒无收，家里断顿的多，黎老板请人淘金就只管饭，不付或少付工钱。一年下来，黎老板就在县城买了商铺，又把黄泥包一百多亩旱地买来改造成水田。接着，黎老板又雇人在稻草沟的黄沙梁下边修成了一座方圆几十里最大的拦水堰——稻草沟头道堰，从而让下游四五个村子的土地变得旱涝保收起来。就这样，黎家在当地的声望越来越高，从广东老家来投靠他的族人也越来越多。在这种情况下，黎老板就开始在黄泥包修房子，建戏楼，进一步购置田产。逢年过节，他总是花钱请戏班子给乡亲们唱戏看。那时候，谁不啧啧称赞黎老板有本事，心眼正呢！可是，等到黎老板去世才没几年，家里的境况就出现了大反转。先是他的大儿子赌钱，赌输了城里的所有商铺。在城里没了根基，他就回到黄泥包来和老二、老三打官司，争田产，闹得你死我活，让人很是瞧不起。再是老大的儿子勾引人家有夫之妇，打伤了人家本夫。那家人群起上门闹事，将其家里所有值钱东西砸了个稀巴烂。黎家从此名声受损，在当地没了威信。现在已是第四代了，子孙不少，但都还依靠黎老板当年购置的田产过日子，一点新气象都没看见。虽说也还有黎老五这么一个拥有百亩田产的财主，但他为人小气，十分吝啬，六十多岁的人了，连条棉裤都舍不得穿。雇人做活，总在饮食上克扣，弄得长工短工都留不住，虽是族上的首富，却没有一点威信，族上的大小事情都把他甩得远远的。

　　同样是富人，比黎家晚富裕起来的牌楼坝颜家就很得人心。人家轻财重义，重视对后人的培养。后人里面出了不少有名望的人士。直到现在，后人中据说还有当厅长、处长的；有当行长、校长、院长的；还有当什么农艺、治水、作曲、绘画方面的专家的。颜家当年据说是白手创业，到颜三爷手上算正式发家。发家以后，他不但把自己的后人送出去念书，还把大门、二门的后人也供养出去念书。颜三爷自己的儿子在省城学医学成归来，先在县城开了所医院，后来又连开了两家药铺。没多少年，他就积攒了比父亲还要大的家业。现在麻园子的官田、学田，牌楼坝乡公所、学校的房子都是在他手上置的。有一年闹瘟疫，颜家把城里的药铺当出去变成现钱买药给乡亲们防疫治病。瘟疫过后，乡亲们自发地捐钱捐粮出劳力给颜家大门前修了一座石牌楼。牌楼上面那"恩泽乡梓"四个大字是乡亲们联名请县长出面，以举办全县书法比赛的形式，先选出冠军，再请冠军书写的。啥叫做得起人？这就叫得起人！建书老汉在心里由衷地赞叹着。一路上，他就这样把黎家和颜家比较了一番，不觉已走到了牌楼下。

　　颜家牌楼在街的上头，坐北朝南，前面是汉白公路，后面是乡公所的院子。建书上过两年学，程先生教他临过毛笔字帖，所以，他对牌楼上那四个大字的书体和笔力是能品出些味道的。小时候，他读书养成习惯，每次走到这里，就停下脚步，抬起头把那四个大字欣赏一下。如今六十了，这个习惯还是保留着。至于这个建筑物究竟该叫"牌楼"还是"牌坊"，他自己也弄不清楚。从形状上看，应该叫"牌坊"，但当地人都习惯把牌楼、牌坊统称作"牌楼"，以至于连地名都被叫成"牌楼坝"。

　　这时，赶场的人已经很多了。上街头是一个猪牛鸡鸭交易市场，今天那里交易的人多，老远就能闻到臭烘烘的屎尿味儿。紧挨着的是土产收购门店。一些担筐背篓的人正把桐籽、苎麻、龙须草一类的东西搬进来等着里面的伙计给过称论价。过了这里，就是王家杂货铺，听说老板有过硬的关系，经常能弄到一些紧俏的东西，今天又有洋油的味道，这是好长时间没见卖的东西了。建书很后悔没带洋油壶。再前面，老龙的杂货摊、徐家的中药店、谢跛子的剃头铺、刘老汉的压面坊全都开着业，生意也都很好。

卖布卖线跟卖鞋卖衣服的在一溜，都在电报所那边姚家对面的那片场子上。人已经拥挤起来。建书老汉挤出了毛毛汗，才挤到卖布的场子上找了个摊位，准备把背篓里的布匹拿出来卖。他刚把布拿出来，就听得一个熟悉的声音招呼他说："苑师，哎苑师，你赶场来了！"

"来了，来了！"建书抬头看时，认出是上次买他布的小伙子，姓周，人很和气，买东西也很干脆。

"你的布不要往出拿了，我比上一场高十块钱买了。"

"那好！"建书很喜欢这个小伙子。他坦白地说，"这中间有一匹布的线子不如上次那两匹布好。"

"我信得过你。就那价，我买了。"小伙子边说话边把三匹布的钱在手里数好递给建书说，"你数数。"

建书老汉数钱的工夫，小伙子把布摊在腿上看了看说："你手艺就是好。以后有了布，直接送到我铺子里就是，不要再在这里卖了。价钱随行就市，你看行不行？"

"好嘛！"建书很爽快地答道。

小伙子把建书领到"周记绸缎店"，对里面的中年人说："七叔，这个老人家以后有了布就直接送来，你收了就是。价钱随行就市，比市价给高一点。"那个被称作"七叔"的人说："行，我天天都在店里，你随时来都行。"

建书说："不用高一点，走行市就行。"

小伙子说："苑师，你也不用客气。你织的布我注意好久了，我信得过。你要是织的有洋纱布，我把价比市场再给高一点，你切记莫卖给外人。"

"说定了，有布我保证送你这。"建书很高兴。

从绸缎店出来，建书又往前走了两个铺面，在离邱家轧花房几步路的地方是摆烟叶子的摊点。他那六把烟叶刚拿出来一袋烟的工夫就被人买走了。买烟的人是走在一块的三个老汉。先是一个胖老汉从第一把烟叶上掐了一袋烟点燃慢慢地吸了几口，看脸色就知道他满意。他又从另外五把叶子上各掐了一点叶子用另一个老汉的烟袋装了一锅尝了尝。胖老汉满脸喜悦地把烟袋递给另外两个老汉，一人吸了一口。那两人脸上都露出满意的神情，问了问价钱，觉得建书的要价合适。于是，三个人每人两把，一次就把六把烟叶买走了，惹得两边的卖烟人都用惊异的眼光看着建书。

卖了烟叶，建书又高兴地买了十斤洋纱线。今天赶场真是顺风顺水地实现了既定的目标。现在，他就带着精心挑选的那一撮烟叶去看程先生。

程先生是建书上辈的亲戚，按辈分，建书叫他"舅"，但建书通常叫他"程先生"，偶尔也叫声"舅"。小时候，母亲亲自把他送到颜家办的小学上了两年学，一直是程先生教他，"先生""先生"叫惯了。第二年上学上到一半的时候，父亲左肩上长了大脓疮，家里租种的庄稼歉收，学上不下去了。程先生劝他莫辍学，上满两年，这半年的一切用度全都由他承担。就这儿，建书一直念着程先生的好。穷人家送不起礼，但他每年都会来几趟，而且几十年不间断。建书来看程先生一般不选在年节，而是在平时。至于给程先生送的东西，无非是土特产品、时令菜蔬。程先生缺什么？人家啥都不缺。他自己衣食无忧，三个儿子也都干得很好。老大在西安一个学校当校长；老二在县小学当校长；老三是县城最有名的骨科医生。牌楼坝离县城十里路，两兄弟都有自行车，一到周末下午，就骑车回来陪老人住。老人今年七十多岁了，耳不聋，眼不花，脑子好使得很。建书每次去见他，都能就一些具体事情得些见识。建书出了街口，往东南方向顺沐浴河走几丈远就到了。这时，程先生正和老伴在一块碾药面子，见建书来了，老两口赶紧放下手中的活迎过来，帮建书卸背篓。

"好久没来看两位老人家了，身体都还好吧？"建书一面说话一面端详着程先生。程先生的老伴赶紧进屋去给建书倒茶。

"还好。只是前一阵子有点咳嗽，现在好了。人嘛，还是要活动。我才先在街上转了一圈。这阵就很舒服。"程先生看了建书一会儿说，"你比上次瘦了点吧？"

"这段时间赶了些活路，不过身子倒挺好。"

程先生的老伴把茶放在建书面前的凳子上说："下午在这吃饭，好不好？"

"不了，我要赶回去。屋里一大堆事。"

"算了，他说没空就算了。我们说说话。"

建书把要送来的烟叶用程先生自己的水烟袋装了一锅递给他说："程先生，我特意给你选了点烟叶子送来，你尝尝，看合不合口味！"程先生接了烟袋嚼在嘴里，建书顺手取一根纸媒在炉子上点着帮他点烟。烟着了，程先生抽了两口，然后扭过头来，用惊异的目光看着建书说："这是你家收的？"

"是哩！"

"这烟叶真正得叫好！"

建书说："我在收烟的时候看见这几匹烟叶子不一样，就把它专门挑出来给你单晾着。"

"好烟！"程先生贪婪地抽了几口说，"今年还没遇到好烟叶子，我就只好抽绵烟，可绵烟又觉得劲不够。这烟叶子好，今年过年我有烟抽了！"说完，他又闭上眼睛抽了几口，直到把一袋烟抽完，才放下烟袋和建书继续说话。程先生首先就问老二苑华兴的事："你听没听说老二在乡公所干得顺不顺心？"

"舅啊，你晓得，老二不爱说话。他也不常回家。回去了，也是闷头闷脑的不吭声。前几天，回去转了个身，好像气鼓鼓的。"

"应该是干得不顺心。我总见他一个人在街上遛着看人家写字，听人家说书唱曲，好像他对民间小调小曲这些东西很上心。"

"有这事！"建书生气地说，"那成啥势子！"

程先生说："他们这个乡长啊，下面人的看法不太好。他爱打官腔，私心也重，城府又深。两次来麻缠我，要我到西安去引荐他认识在省上当厅长的颜家亲戚。我推说多年没有来往了，不方便找人家；他又要我给他引荐县上的人，我推辞说我是平头百姓，又老又糊涂，不好意思打扰县上的人。后来听老三说，这个张乡长又去找过他，也是让他给引荐县上的头头。我家老三没有应承。老三是搞技术的，最不喜欢做这种拉媒揽保的事情。张乡长不高兴，不高兴就不高兴吧！我说这些的意思就是说你们老二那种性格在他手下怕是不会顺心。"

建书问程先生："你说我家老二喜欢民间小歌小调这些东西？"

"我看是的，都有些着迷了。"

"这……这不是胡弄吗？"建书气得脸色都白了说，"不行！我不答应他弄这个！"

"建书啊，你先莫生气。你说你不答应能管用吗？"程先生进一步开导，"你想想，他也是当父亲的人了，真的想干啥，你能管得了？"

建书央求程先生："请你老人家找机会劝劝他。你学问深，啥事经你一点拨，心里马上就亮堂了。你说他，他会听的！"

"建书啊，你啥子没看透？这不管啥子事，它都讲究个谋事在人，成事在天。也就是说，先在人，后在天。先要人去想它，思谋它，想得差不多了，思谋到一定程度了，老天爷才会给你回答是行或不行。要是自己不去谋，老天爷就算是很想帮你，它也无从下手啊！学东西嘛，爱好是最好的老师。一个人喜欢啥、希望做成啥，他才会在这方面下功夫。我看了，你家老二不喜欢乡公所那个差事。我偷着在看，他一见到唱戏的、耍灯的、说书的、开路跳神的、唱孝歌的，马上就活蹦乱跳来了精神。我已经在街上观察他好一阵子啦！一遇到这些场合，用文人的话说，他那个陶醉啊，简直就是如痴如狂嘛！可是看见他和乡上的人走在一起呢，那个脸就吊得长得难看。你想，这咋行呢？"

"咋会迷上那东西！那是下三烂，我不准他弄这个！"

"倒也不能这么说。"程先生劝道，"要是真的迷上了，下功夫钻深了，发现这中间的机理了，对这些东西的发言权比别人的大了，那就成学问了，成专家了。能走到这一步的人很少很少。怕就怕他只是图一时好耍，赶个热闹，不下功夫，在外行的人面前好像他懂这个，在懂家子的眼里，他又还是个门外汉。一辈子都停留在跟别人和着捧场子那个水平上。要是那样，也就用不着念那么多年的书了。那就是浪费时间，不务正业。我找机会把这个道理跟他说。我还要对他说，你父母供养你上那么多学不容易。你年纪也不小了，必须横下心来好好务一件事了。话说透了，再听不进去，我们做长辈的就没责任了。"

"狗东西，我还一直蒙在鼓里！"建书很失望地喘着粗气，想了想，他又求程先生说，"你老人家能算命，只是你不给人家算。你破个例，给老二算一算，看他在乡上能不能混出个子丑寅卯来！"

"建书啊，你是气糊涂了吧？"程先生认真地说，"凭我们的交情，我能给你家里的人算吗？从情分上说，你家的人跟我家的人一样。医不自治。我很希望你家的人个个平安，人人有出息。我对你家知根知底，这还能算吗？算命嘛，无非是给人个心理支持，帮人拿个主意做个决断，认真不得的。我不给人算命。我看老二人是正派的。做父母的，话说到就行了，强扭也扭不过。我在想啊，老二要是放到学校教书啥的，说不定比在乡上合适。"

"要是老二在乡上干不下去，我把老三从队伍上拉回来弄到乡上，你说这个路子走不走得？"建书实在是希望乡公所能有自己家里的人。

"乱世不当官。最不能在家门口当和老百姓直接打交道的小官。"程先生严肃地小声对建书说，"这个社会还要乱呢！"

"你老人家是说不能让老三往官场上走？"

"唉，这叫我为难！怎么说呢？啥事它都得有人干吧！官没人当，差没人干，那社会不就乱套了吗？"程先生思索了一会儿说，"当官只要能做到守正尽职，按道理说就不会出大事。可问题是，任何时候，眼前的事总是让人眼花缭乱的，不一定就能看得清楚。人的本性又是爱逞能趋利的。再说吧，守正和尽职有的时候又很矛盾。要真的做到守正，怕是难上加难。还有一点，人一旦入到局中了，怕也就身不由己的时候多呢！这，我说了你莫多心啊，把老三弄回来往乡上放不是上策。这个主意你最好跟老三商量。"

两个老人谈了一阵话，看看太阳已经弱了，建书说："程先生，你顾惜好身子。我空了再来看你。我把你说的话再好好想想。"

程先生说："能吃饭的话就一起吃顿饭。实在是忙，我也就不留你了。"程先生一直把建书送到院坝边上。这时，赶场的人已经都往回走了。建书又从街上经过时，顺便买了一根节巴长长的甘蔗准备给孙子们吃。他知道，只要他赶场，那三个小家伙就定会早早地在大门前巴望着他从黄板堰那里露身往回走。如果不给他们买一点哄嘴的东西，不就太让他们失望了吗？

<h2 style="text-align:center">十一</h2>

苑建书听了程先生关于对老二华兴的情况介绍，感到无比失望，真想当面教训他一顿。带着这种想法，他在从街上往回走的时候就有意把脚步放得很慢，总感觉会在哪里遇到他，可惜街上没遇着。建书心有不甘，且走且寻，左顾右盼，心里斟酌着训老二的词句。快走到牌楼边上了，建书有些失望地向乡公所的大门里看了一眼——嗨，有了！他竟发现老二正从院子里往出走。建书心里生着气，没好脸色地看着老二，倒是老二主动向他打了招呼。这给了他这个做父亲的些许安慰，郁积在心中的火气不经意间也就消减了一点。这就是父子之情啊！真是奇妙，本来要来一场雷霆之怒的，现在居然这样的平和相向。老二看看父亲的背篓说："爸，你买线子了。"

"嗯。"父亲把儿子上下打量了一番问，"忙啥呢？"

"忙鬼呀！尽做些没屁眼的烂事。"老二脸上带了气，不耐烦地这样说。

"你？你怕不能这样说话吧！你是文书，该办公事，咋能说干的是没屁眼的事？"父亲涨红了脸，强咽了一口唾沫说，"你心里要是这样想，在别人面前也难保不会显露出来。别人会咋样看你呢！"

"无所谓！我不在乎，我也懒得掺和他们的事。"

"你到乡公所容易吗？来了，那就得忍，就得讨人家高兴。就得显示你的能耐。这样才能合群，合了群才能干得下去。你要是不合群，让人看到你就扎眼，见到你就讨厌，你咋能干得下去？"

　　"他们讨厌我？咋不问我讨厌他们不？一群瞎怂，整天打歪主意，就是怕自己捞少了。我不想再跟他们和了。"

　　"你？你这样不行！"父亲的气又上来了，但还是强忍着。停了一会儿，他才说服老二，"端了人家的碗，就得服人家的管。你不能像在家里一样由着自己的性子。家里就算不高兴也会让着你，在外面，哪个买你的账？人家巴不得你惹下个大事，把你收拾了呢！还不晓得有多少人想抢着占你那个窝哩！"

　　老二看看父亲，见他有些累了，脖子脸也变红了，再说下去必然会发生冲突，就改变了口气关心地问："爸，你喝水不？进去歇一会儿再走？"

　　"你上班的地方我进去干啥？"父亲原来曾经有过进乡公所看看老二办公室的想法，刚才听程先生说了老二的情况，现在又亲眼见到老二对乡公所的厌恶之情，哪里还有兴趣去看他的办公室？他恨铁不成钢地说，"记住，你是文书，是乡上的人，一定得听乡长的话。没事不能离开办公室，不能等人家找你的时候，你不在办公室。还有，你不能跟耍灯的、唱歌的、开路跳神的在一起搅和。他们是卖艺讨口、吃那碗饭的，你跟他们不一样。你是干官差的，是乡上的人，不一样！"

　　"乡长？"老二又想说气话，因看到父亲的脸色很不好，就改了口气安慰父亲说，"爸，你莫操心我！"

　　父亲强忍着不满，又开导老二："你都三十岁了，莫把啥事都挂在脸上嘛！嘴里说话要学会多打几个来回。心直是对的，就是口不能太快，尤其不能太敞。去，你做你的事去，我回呀！"父亲挪动脚步，向前走了。走出一段路后，建书又极不放心地回过头去看老二，发现他居然蹲在街头的地摊上在看人耍猴戏。建书顿时气不打一处来，想折身回去再教训老二一顿，但他只往回走了几步，又强忍怒气，转身往麻园子方向走去。他知道凭自己心里想好的那些训词说服不了老二。既然说服不了他，那退回去再见面又有什么意思？他只是咽了咽唾沫，长长叹了口气，然后失望地继续往回走。

　　老二是在牌楼坝程先生手上启的蒙。再大些了，建书又把他送到县城上了几年学。老二在念书方面有些天赋。先生说他记性好，背课文比其他同学快得多。再就是练字，进步也很快。建书也发现了这一点。记得他在县城上学的第一年腊月，那天，他买了红纸铺在饭桌上准备写对联，老二见了就说："爸，你写的那像啥字吗！你让我来写。"

"你莫吹，在红纸上写字可跟在大字本上写字不一样。"

"爸，你写的字都敢贴在门上，我写的字还不敢吗？"

"我才上了几天学？"遭了儿子的奚落，父亲不但没生气，反而感到高兴。他把裁好的红纸抚平了，就对老二说，"莫说大话，来，我给你牵纸，你写。先把字和字的距离估摸准。"

"爸你放心，我在学校都试着写过了，先生笑我说可以到乡下去卖对子。"

"到乡下卖对子？"父亲反问说，"咋不说在城里卖对子？乡下有几个识字的人？"

说话间，老二已在红纸上写下了"向阳门第春常在"一行字。父亲细看了看说："将就，还行，确实比我的字好。只是字体和笔力还不稳，有些地方在行笔上太做作。"

"我这是试笔嘛，你看后面的。"说话间，老二又在另一张红纸上写下了"积善人家庆有余"七个字。父亲又仔细看看，这七个字真的就比前面的七个字写得好。字虽然显得嫩，但已经初显功力了。他高兴地夸奖说："好！没有白吃我这几年的大米。"建书高兴啊！爷爷那辈人不识字；父亲这辈人能认得为数不多的几个字；到了自己，能勉强在红纸上写几个字贴在门上，算是过年贴了红对子应了景。如今，老二凭他这几笔字，在方圆这五六个村子恐怕也能算文化人了。建书乘兴鼓励老二说："就凭你这几笔字，在我们这一带你已经算文化人了，以后过年写对子的事我再也不用操心了！"

苑家老二能写对子的事很快就被周围的人知道了。这以后，腊月二十三小年一过，就有人拿了红纸来请老二写对子。头一年，老二感到很长脸，很新鲜，有求必应，乐乐哈哈。第二年，他就有些不耐烦了，想推辞不给人家写，父亲母亲坚决反对。父亲说："有人求，说明你有点用。帮人写写对子，不好吗？这不是拿人家的纸让你练字吗？"母亲说："都是一堆一块的人，人家是想到能求得动你，才来求你，是在高看你呢！你咋能不给人家写？再说，这又不是多大个事，不就是少耍一下的事嘛！"既然父亲母亲都这样坚持，老二只好继续给人写下去。有一年正月，老二到黄泥包戏楼去看戏，正在自我欣赏戏楼两边他写的对联呢，就听得几个他从来没见过，估计是谁家亲戚的人在议论他写的对联说："这副对子不知道是哪个人写的，是临过贴的，有些功夫。这一带乡下应该没人能写得出。"坐在一边的黎厚时老汉不服气地一嘴接过去说："哪个说他不是我们乡下人写的？这对子是河对面麻园子苑家机匠的老二写的，我亲眼见到的！"

"河对面？"那人不相信地说，"你说是你们这儿的人？"

黎厚时肯定地说："他就是我们河对门苑家的。"

那人再把对子看看说："看来你们这里要出人才了。"

老二虽然一直没好意思露头，但心里却是非常高兴的。黎厚时老汉和建书老汉关系也好。第二天一大早，他就到麻园子来把昨天晚上有人在戏楼前称赞老二对子的事从头到尾学了一遍。建书老两口听了都很高兴。老二在一旁听了更是得意。从这以后，别人再请他过年写对子他也就不再推辞了。就在这期间，建书托人把老二送到梨园河蔡家药房学医。空闲的时间，他还坚持练字。遇到出门的机会，只要看到哪家门上贴了好对子，他也总会认真欣赏一番，琢磨人家书法的要领。就这样，老二虽说在学医，但他的书法也在不断进步。反倒是学医这行，老二迟迟进不了角色。他感觉这行太枯燥，整天和药打交道，那味道他也受不了。学了两年，老二坚决不学了。不过在建书看来，这两年也没白学。比方家里人，还有周围人，遇到有个头疼脑热的，他也能指导着买药和找偏方，扯草药。建书一边骂老二学医不上心，一边又自己安慰自己说："学过和没学过到底还是不一样的，这不是又有人上门求我们苑家的人了吗？"老二在家里闲了没多久，建书又托人把他送到县城东关的王家当铺去学徒。学了没几个月，老二坚决不学了，说老板心太毒太狠，眼里只有利，一点都不同情人。

老二回到家里时间不久，有人上门给他提亲。姑娘是甘家槽三保王保长的女儿，叫琴琴。建书很满意这桩亲事。他听说王保长年轻时经历得多，有见识，人脉广，还和常住县城的余家淌余二爷是亲戚。开这门亲，对老二的前程有好处。为了结成这门亲，建书除了请原来的说媒人继续奔走之外，又请程先生去王家帮他说好话。过了一段时间，见王家还在犹豫，建书又亲自到王家门上给老二提亲，到底把这门亲事结成了。成亲以后，王保长见女婿华兴的毛笔字不错，就跟亲家建书商量托堂伯舅舅余二爷在县上给他找事做。县上一时半会找不到事做，余二爷听说牌楼坝乡公所的文书空着，就找人说话让老二进去顶了。乡上的张乡长曾经跟老二一块儿来过麻园子两次，建书除了酒肉招待外，临走还送了一匹洋纱线的布。张乡长很满意，一再说这布线子好，织布的手艺也没得说。从内心说，建书很心疼这两匹布，一匹洋纱线织的布，市面价钱超过两头肥猪的价钱，织一匹洋纱线的布所用的工夫是织三匹土布的工夫。关键是这种线子很难买，不是说谁想买就能买得到。送过张乡长之后，老二埋怨父亲给张乡长送的礼太重了，为什么不提前跟他商量。父亲训斥说："啥子重不重的？你还是个嫩头青，太嫩了。做人要看长远。有些事不是能用钱数量得出来的。自己人在家里怎么省俭都不为过，这外面的事情上该大方就一定得大方。你以为我不心疼那两匹布啊！我们家里人到现在还没舍得穿一寸洋纱线布呢！"训了老二，老汉心里其实还是不平静。他知道，送张乡长那么重的礼，目睹此事的老大华家肯定不高兴。这从他的脸色就能看出来。老四虽然也见到了，但他还小，没出过门，人厚道，没看出不高兴。要是他以后大了呢？会不会怨我在老二身上花得太多？只是为了老二的前途，顾不得这么多了。

在建书看来，老二虽然进乡公所时间不长，但他已由此获得的一些荣誉和尊严却是明显的。这期间已经有好几次，他在街上卖东西时，听到有人指着他给人介绍说："那个人就是麻园子苑机匠。在乡公所当文书的是他家老二！"听见这种介绍，建书心里感到很自豪。建书还发现，保长、保队副们在见到他时，明显比过去客气了许多——想到这儿，建书心头掠过一丝暖流。不过，他眼前马上浮现出了老二华兴刚才的样子，心里又不愉快起来。他有种预感：老二在乡上混不出来！建书不禁又在心里骂起来："老二，你个不成器的东西，咋会越来越不成器了？你看你那张脸！你听你说话的口气！哪个人能受得了你？再这么下去怎么行？现在人家忍着你，那是因为有你外父王保长的面子，有余二爷的面子。你以为你值几文钱？你半文钱都不值！就这，你还看不惯人家，真是不知道天高地厚。你听没听说过，官场上的人讲究赌人生三十岁以后的二十年。都信屋檐沟里的篾片子十年变成精。你在乡上都几年了，咋会变成现在这种灰头土脸的偏巴头样子？你才进乡公所的时候，不也兴致勃勃的吗？现在咋会这样格外呢！"建书感到心里很悲哀，很无奈。他记得老二初到乡公所的时候，的确很兴奋。那会儿还在抗战时期，写标语，收抗日粮、抗日捐东西的，老二很积极。后来，从他嘴里慢慢地流露出对张乡长他们的不满。听他的口气，好像是说收粮收捐什么的有收得多，交得少，中间加码克扣一类的现象。听到老二的这类牢骚，建书说他多管闲事。王保长警告他不要乱说，小心落个攻击政府、影射当局、鼓动暴乱、替共产党宣传的口实。建书还听王保长心平气和地开导老二说："那中间要付成本嘛！乡上还有上上下下的应酬要花销嘛！下面跑腿的总不能白干嘛！都要有好处的。想吃油渣子锅边站，无利不起早，没有甜头的事你干得有劲没有？这个念书呢，重要的是要念出人情世故来，不能念成书呆子了！人就是人，不是神。就算是神，不是也要人供他的香火吗？"老二听着岳父王保长的开导，眉头皱得紧紧的，好像嘟囔了一句什么"还是不念书好"的话，然后苦笑一下。这以后，再没听老二议论乡公所的事，他好像更喜欢练字了。及至程先生刚才提起，建书才意识到老二其实早就在乡公所不入流、不尽心了——唉，难道我的心思都白花了？现在，他真正理解了什么叫恨铁不成钢。建书越想越气，不禁又在心里骂起老二来："你怎么敢对张乡长他们有意见？你那不是自己跟自己过不去吗？你苑华兴就是一个刚从鸡蛋壳里剥出来的人，你太嫩。你也不想想，全县那么多人，为啥能让人家张启明当牌楼坝的乡长？人家一当就是八年，啥事也没见发生，肯定人家有人家过人的地方！你不喜欢人家，这有用吗？真是笑话得很。就是换了你，人家吊着个脸，说话冲头冲脑的，你喜欢吗？叫你学医你不学，叫你进当铺学徒你不学，叫你进官场——自古以来，人们都削尖了脑袋想往里钻的事，你好不容易搭进了一只脚，又不入流看不惯。人常说三十岁以前儿女活父母的势，五十岁以后父母活儿女的势，我都六十了，还要为你们操心！"

"爷爷！"正想心事哩，耳边传来孙子们的叫声。建书马上把心思收了回来。他突然也就来了精神。他喜欢他的孙子。人说三岁看老，他相信自己的两个孙子和一个孙女是聪明的孩子，也是健康的孩子。如果按今年的家庭进项发展下去，今后让三个孙子都能多上几年学的打算就很乐观了。

建书刚一过河，大孙子五斤子就率先跑到面前问："爷爷，你背篓里放的是啥呀？"

"是线子。"爷爷故意不说有甘蔗。

"那……那怎么像甜秆秆呢？"跟弟也赶来了，急得踮起脚尖往背篓里看。

"那是捡的，没用。"

"我晓得。"最小的银娃子也踮着脚尖，一面用小手揉眼睛，一面指着背篓说，"爷爷，那是不能吃的甜秆秆是吧？"

"嗯，银娃子眼睛真尖。"建书一边逗孙子们玩，一边一手一个牵了两个小的孙子往前走。两个小家伙边走边回头去够着看爷爷的背篓。五斤子走在后面，用两只手撑着背篓推爷爷上坡。推着推着又看着那里面的甘蔗问："爷爷，那甘蔗好像是好的！"

"哦，等我进屋了尝一尝看是不是好的。"

爷孙四个一路说着话走进大门。爷爷把背篓从背上取下来放在磨棚的墙边，首先把甘蔗取出来说："哪个想尝甘蔗？"三个急不可耐的孙子同声大喊："我尝！"爷爷说："一共是六截，一人两截。"三个孙子都仰着头，眼巴巴地把甘蔗接到手里。跟弟接了甘蔗，蹲下身去，"咔嚓"就咬了一口，嘴里马上就高兴地喊："甜的！甜的！"

爷爷一边把背篓里的洋纱线往出拿，一边说："先莫吃。你们啃不动。拿回去叫你们的娘用刀子把上面的皮划掉再吃。"

十二

进入腊月，年的脚步就越来越急了。麻园子一家人白天黑夜地赶啊赶，总算赶在腊八节的头天晚上把外面送来的线子织成布让人取走了。现在，挂在机子上的布都是用来卖的和留做自己家里用的。老大还没回来。老四从灯盏窝回来的这些天除了给人请去做手艺，就是带着两个兄弟一天两趟到山上野杌里去砍柴火。柴垛子已经码了三个，烧半年的柴火差不多够了。这期间，三兄弟还从山上挖回两个比水桶还大些的花栎树疙瘩，准备三十晚上在灶房里烧炖肉和烤明火用。乡下人腊月三十晚上会用一个很大的树蔸子在屋里烧明火，一方面取暖，一方面挂了吊罐炖肉。麻园子一家人只要有老四在，外面下地上山这类活就不用别人再操心了。看看年关将至，老四他们在屋外已经没啥活做了，满婶就安排四个媳妇除了灶上轮伙的之外，其余三人从织布机子上下来抢时间做针线。机子上的活全部交给屋里的男人们去做。按照这个安排，老四老五上了机子。老六因为年龄还小，没有给他安排具体的活路。不过他倒也没闲着，农家的孩子怎么闲得住呢！老六一个人闲着也无聊，有时见哪架织布机空了，就上机子织一会儿布；有时就拿了弯刀到马王庙一带的山坡上砍些杂木柴回来，顺便还会挖些野百合、山药一类的东西回来。他从门外一进来，就在不断嚷嚷。今天早上，他起床后没事干，就一人到田坎上去转。天很冷，房后的大泡冬田里结了厚厚的一层冰。老六把右脚放在冰面上踩着闪了闪，发现冰和田坎结合的地方扑哧扑哧地直冒气泡，就没敢把左脚往上搭。他把两手捅在袖子里在原地跳着脚取暖，两只眼睛则四处张望。突然，老六惊喜地发现从马王庙渗下来的那股山泉水一夜之间长成了大大的冰柱子。虽说往年冬天这也有冰柱子，但那只不过几尺长，茶杯粗。今年，它一下就长到了一丈多长，碗口那么粗。他再看东边的叫花子崖，从水田里流下去的那一汪散开了的水竟长成了晶莹剔透的冰瀑布。此时，它在初升阳光的映照下，正闪耀着夺目的寒光。老六是第一次见到这么好看的冰瀑，他兴奋极了，撒腿就往叫花子崖跑。到了那里，老六沿着一个黄砾石涧槽爬到冰瀑跟前，用手掌做刀，硬是砍了几根最透亮的冰棒子抱了就往家里跑。老六跑回家时，三个孩子都已经起来在院子里站着了。他们一见六叔从外面抱着冰棒子进来，就一拥而上闹着要。老六抱回冰棒子本来也就是给他们玩的，见他们要，就一人给了一根。老六自己也还拿了一根，他便带了头，领着三个侄子在院子里乱舞乱跳起来。

太阳慢慢地照进院子，被舞弄破碎了的冰碴子落在院坝那干透了的泥土地上，慢慢就出现一个湿圈，又过一会儿，湿圈下就出现了稀泥。建书老汉正在做牵布的准备，忽见老六带着孩子把地上弄了些稀泥，就气不打一处来地骂道："老六，你长眼睛没有？没见我才扫了地要牵布？你倒把院坝弄些稀泥！"

老六怕父亲，听到训斥，像泄了气的皮球，大气也不敢出地就蹲下去拾落到地上的冰碴子。见六叔给吓成这样，三个孩子也都不敢吱声和动弹了。四姑娘脑子反应快，听得公公训斥老六，就赶紧从屋里端了一铲子柴火灰出来往被冰碴子渍湿的地方撒。待她把所有被冰碴渍湿的地方都撒上了灰，才返回屋里取了扫帚来扫。见四嫂子在帮自己收拾残局，老六迟疑了一下，旋即转身进屋拿出一把铲子来揽四嫂子扫起的湿灰。父亲见此情状，生气的脸色缓和下来，转身进屋去搬弄牵布用的竹垫片、竹棍等物件去了。

建书今天准备牵两匹布。按他的想法，这两匹布织好后还是趁价钱好把它卖掉。可满婶坚持要给家里人在身上罩一件新衣，还要给家里四个人换新棉袄。最后是满婶让了一步，四个人的新棉袄今年先不换。这样，织出来的两匹布就只能卖一匹了。

牵布这个活家里人多数都帮不上忙，关键的地方还得满婶亲自搭手协助。老四是能帮忙的，但他今天给别人弹棉花去了。二媳妇能帮一点忙，可她这个月轮伙，今天是腊月八，她要做腊八饭。在两个老人张罗牵布的时候，二媳妇已开始在做腊八粥的准备了。

腊八粥也叫"悔罪饭"，也就是要通过煮腊八粥反省自己这一年有没有浪费粮食的行为。煮这个粥要求把屋里所有可能遗漏粮食的地方都要找一遍，把所有粮食渣子都要扫起来煮在粥里，以便让灶神爷看到这一家人爱惜粮食。二媳妇今天就是把家里坛坛罐罐里的粮食都搜扫出来凑了一盆，用水淘了下在锅里。然后把萝卜、白菜、大葱、豆腐等七八种菜蔬切了用另一口锅炒了，等粥煮到差不多的时候再倒进去一块儿煮。忙了半天，下午饭算是吃上了腊八粥。吃完粥，老六就带着三个侄子端了半碗粥去喂果树。家里的果树不多，只有杏子、李子、桃子、枇杷、无花果。老六负责用弯刀在树上砍口子，五斤子端粥碗，两个小家伙用筷子挑粥往口子里喂。老六边砍边说："砍一刀，结一万，年年喂你腊八饭！"老六只顾了在树上砍口子念咒语，不小心把跟银娃子抢着喂树的跟弟的手划破了一点。跟弟正想哭，老六说："哭不得，一哭树就不结果子了！"于是，跟弟没有哭，把手上渗出来的一点血抹在皮肤光滑的枇杷树上。老六赶忙制止说："血不能抹在树上。人血抹在树上，树会修炼成妖精再来缠人吃人！"跟弟听了六叔的话，眼泪顿时就出来了，她着急地问："那咋得了？"老六安慰她说："你莫怕，我回去端点水把那里洗一下。"说着话，老六就回屋里去端了一葫芦瓢水来把跟弟抹了血的地方洗了洗。老六一边洗还一边念咒语："枇杷树你莫成精，成了精我就烧你的身！"念毕，老六庄严宣布道："没事了，我们再喂树。"

老六带侄子们喂完了树，见父亲还在院坝里牵布，生怕再做错了事遭训斥，就一个人来到竹园边若有所失地东张西望。见老五正担了粪桶给田里的油菜浇水粪，就跟到地边去看。老五见老六没事，就说："四哥跟我说该给麦子、油菜田里掺水了。我忙着，要不你到三堰上去把水放下来。"

来六巴不得能有个由头好往外跑，听五哥这么说，就满口答应道："我就去呀！"

三堰的堰口离麻园子西边有一里路。在堰头拦水坝里边有一个大河滩。堰渠的水源就靠从这个河滩里取。现在是冬天，用水的人少，堰头的缺口就敞开着，只留了一小股水常年在渠里流着护渠。现在需要给麦田冬灌，老六只需把缺口堵一点石块多引一股水入渠就可以了。老六扛着鹅颈锄往堰头上走，远远就听见有大铁锤捶打水里的大石头的闷声子响。他有些好奇，打石头怎么会是这种响声？但分明确实是捶打石头的声音啊！老六就加快脚步向堰头赶。到了堰头，才发现是徐家湾的徐猫子正举着大铁锤在使劲捶打深水边上的大石头。老六越是好奇，小跑着来到水滩边。这时，徐猫子已经放下铁锤，正用一个长把的竹篾笊篱将水里肚子翻白的被震晕的鱼往篓子里捞。老六觉得很有意思，第一次见到有人用这样的方法打鱼！徐猫子只顾捞鱼，还没发现老六。他把水里的鱼捞完后，又举起大锤在另一处大石上使劲捶打，很快就又有几条鱼被震晕翻着白肚皮从水下飘起来。徐猫放下铁锤又赶紧去捞鱼。等徐猫子捞完鱼准备到下一块石头上去捶打时，老六说："猫子叔，你咋是那样打鱼呢？"

徐猫子听得有人称呼他"叔"，感到很意外。他是外来人，大家都很轻贱他，徐家湾没人叫他"叔"的。猫子回头看了看，认出是麻园子苑机匠的儿子老六，就很和气地问："老六，我这样打鱼你还没见过吧？"

老六说："我是头一回见这样打的，是从你们老家学的吧？"

徐猫子说："还不是。我当兵的时候，那个地方河滩多，河里的大石头也多，他们冬天就这样打鱼。"

"你不是会插鳖吗？咋不插呢？"

"插了啊，树上挂着呢！"猫子把手向堰那边指了指。老六顺着猫子指的方向看去，见堰头那边一棵青檀树的树枝上挂了一个网袋，里边像是有两只鳖在动弹。老六不禁对这个个子不高，腿有点瘸，胡子拉碴的人佩服起来。他想：听说徐猫子一个人过，穷得很，瞎得很，我看才不是呢！人家有办法，才饿不着呐！平时很少有人跟徐猫子说话，见苑家老六对他这么上心，像是遇到了忘年交。他停了打鱼，用两手拄着锤把陪老六说闲话。老六呢？自打从灯盏窝回来，隔三岔五总挨父亲的骂，今天早上又挨了一次骂，他对这个家很有些厌烦了。见徐猫子没把他当孩子，停了手里的活计愿意陪他说话，心里第一次有了受到大人尊重后产生的成就和愉悦感。他问徐猫子："表叔，听说你当了好多年兵，怕是走过好多好多地方哟！"

"当兵嘛，跟着队伍到处跑。我都说不清跑了哪些地方了。"

"那多好啊！外面肯定都比我们这个烂地方好吧？"

"那倒不一定，天下有好的地方，也有不好的地方。"

"再不好，也比我们这里好吧？"

"那倒不是。其实吧，这地方还算个好地方呢！你看啊，它有山，有水，水田多，能吃白米。冬天里也不是太冷。离山上的野树扒又不远，烧柴火也方便。"

"外边肯定比我们这里好！"老六坚定地说。他想了想又问，"当兵很好耍的吧？"

"当兵嘛，人多。人多了在一起就有势。再弱的人，只要有势了，就牛气。要是骑着马，再扛着枪，就更想要耍威风了！"

"我哪天就跟着队伍当兵去呀！"

"你莫去，在家里舒服些。"

说了一会儿话，老六看看太阳已经挂在马王庙的山梁上了，便说："我放水去呀！"

猫子说："你去，我还要打一会儿鱼。"

建书老汉越来越感到体力不如从前，等两匹布牵上机子，他已累得直不起腰来。轮伙的二媳妇给他打了盆热水放在面前，让他泡脚。他费了很大的劲，才把鞋袜脱了把脚放进去。天已经黑了好一阵子了，从外面吹进来的风让人觉得有点刺骨。正做针线活的二媳妇突然记起一件事来说："哎呀，我咋忘了喂猪！"老六在屋外听见二嫂子的话，马上插嘴说："二嫂子，你莫管，我去喂！"边泡脚边用龙须草搓草绳的父亲见老六这么积极地要去喂猪，就冲屋外嘲讽地说："你是想吃炒黄豆面了吧？"满婶在旁边瞪老汉一眼，轻声责备："看你个当老子的，伤他的脸做啥子呢？他能吃几口！"老六听父亲揭了他的底，就说："哪个想吃那把戏子？呛死人的，我不喂了行吧？"在一旁案子上补棉衣的四姑娘赶紧打圆场说："我这里的活做完了。二嫂，你忙你的，我去喂。"说罢，四姑娘起身说："老六，走，给我帮忙去。"老六去灶上舀了一桶猪潲提着就往猪圈走，四姑娘从一个瓦盆里舀半升炒黄豆面跟了过去。从进入腊月后，每晚给猪喂夜潲时都额外在槽里撒些炒熟的黄豆面，想让猪多扎些膘。到了猪圈，四姑娘轻声对老六说："怪香的，你吃吧！"老六说："我懒得吃了。"四姑娘说："你吃点嘛，昨天才炒的，新鲜，香！"老六说："我懒得吃了。"四姑娘嗤嗤地笑着说："你不吃？你看猪吃得多香？吃一把！"老六说："他把人家说得不想吃了。"四姑娘说："你不吃是吧，那我可就全部喂猪啰啰吃了！"老六说："你全都给它吃。哼，有啥好吃的？反正，他就是见不得我。见不得我算了，我哪天就跟着队伍当兵去，省得在这个屋里遭人嫌，受窝囊气！"四姑娘说："你想多了，哪个嫌你了？"老六说："他就是嫌我嘛！"

这天晚上，老六一直气鼓鼓地没再说话。后来躺在床上，他也好久睡不着，心里总在想："队伍上一天都干啥呢？他们怎么睡觉？他们那么多人在一起，受不受窝囊气呢？"

十三

老大、老二昨天晚上都回家过年来了。早上起得很早，但起来后又没事，老大就一个人抱了膀子在田坎上闲转。

老二也是按时起了床，没有出去转，而是拿了梳子给跟弟梳头。这个月琴琴轮伙，起来就到灶房去了。老二给跟弟梳完头，就到灶房让琴琴打了一盆糨糊，开始贴对联。自打老二进了乡公所后，每逢腊月二十三小年一过，他就在办公室里提前把每年非写不可的对联写好，等到回家过年时，顺路把给那几家人写的对联也送去。父亲对老二的这一做法十分赞赏，认为这是荣耀的事情，也是人情世故的重要内容。

见老大、老二都回家过年来了，三媳妇翠翠心里极不是滋味。昨天晚上，她就好几次梦见老三回来了，可几次又都是在正要温存的时候，就会遇到这样那样的打岔让他们不能如愿。早上起来，她对着镜子照了照，发现自己的眼圈是黑的。为了不被二嫂子她们发现，她便用手指头蘸了自己的唾沫慢慢去揉，据说这样可以将黑眼圈褪去。翠翠一边揉黑眼圈，一边对着镜子端详自己，想寻找老三他们同事所评价她的"女人味"。自从那次老三带她去了一趟安康，她一有空就会这样对着镜子自我欣赏。镜子里的她脸面白里透红，眼睛大大的，睫毛长长的，鼻子通直，嘴唇充盈——这是不是就是女人味的重要标志？只可惜乡下女人不能抹口红，要是能像在安康纱帽石街上见到的那些女人那样抹上口红，这嘴一定更加逗人看。什么是女人味呢？时至今日，她也没能悟出确切答案。翠翠又对着镜子把眼睛斜了斜，把嘴唇撮了撮，做出一个亲吻的姿势，顿时就发现镜子里面的那个女人平添了几分风骚的媚影。翠翠记得她和老三在安康住的纱帽石街有几家窑子，趁老三出门办事的时候，她曾趴在窗子上看过那些窑姐，发现她们有的是真漂亮，有的其实也一般。但有一条，不管漂亮不漂亮，人家穿着旗袍，蹬着高跟鞋，走路身子有弹性，摆手投足间好像有根橡皮绳把胳膊腿拉着，既不张扬又不拘谨，很是优雅有味儿。最不一般的是她们那双眼睛，看人像是能勾走人的魂。哪像乡下女人看人时直戳戳的，像是要把人看出个窟窿。翠翠当时没事，曾悄悄地学着窑姐在房间里走了几步，也学着丢了几个媚眼。她从墙上镜子里看，自己只随便模仿了这么几下，马上就像换了个人似的。她当时就想：怪不得男人们爱往那些地方钻，我要是男人，怕也会忙不迭地往那里跑呢！人家就是跟家里过日子的女人不一样嘛！像我们这些在家里过日子的女人走路直挺挺的，像是要跟谁赌气似的；摆手硬邦邦的像是要打人；说话粗声大气的像是存心找碴；看人直愣愣的像是有冤仇。平时对自己男人说话也总是直来直去粗声大气，好像叫他做什么事情都是他上辈子应该做的——翠翠就这样一面在心里想，一面就学着窑姐的样子把胸脯挺起来，把脚站在一条线上，略微偏了身子，眼睛斜着似看非看，膀子微微向后摆动，脚下又轻轻移动了几步——她倏忽脸红了，觉得怪不好意思起来——就在这时，银娃子从外面进来问："妈！我大爸、二爸都回来过年了，我爸啥时才回来？"

"你爸呀？"翠翠整理了一下衣裳说，"你爸离我们家很远，过年不回来。"

"五斤子他爸、跟弟她爸咋都回来了？"

"他们本来就都在家里嘛。"

"那我爸咋就不在家里呢？"

"你爸是队伍上的人，住得远。"

"我要我爸也回来过年！"

"叫你爸回来？"翠翠愣了一下，像是受到了某种启发似的说，"你去跟你爷、你婆说，说你想你爸回来过年。"

银娃子径直跑出去找到爷爷。这时，建书老汉正在灶房里和面，准备晚上团了年以后打炕炕馍。银娃子抓住他的衣角央求道："爷爷，让我爸也回家过年嘛！"建书愣了一下，才看着银娃子说："你爸路远，不能回来。"

"爷爷，你叫我爸也回来嘛！大爸、二爸都回来了，就剩我爸还没回来！我想我爸！我妈也想我爸！"

建书停了和面，爱怜地看着银娃子安慰说："你爸过了年就回来。你先去耍，我晚上给你打炕炕馍吃。"

乡下风俗，哪一家人不想过年，有几个仪式性的元素不能少。这几个元素就是二九天杀过年猪，二十三用米浆做皮包萝卜肉馅馍馍"灶爷头儿"送灶神，年三十贴对子祭神、上坟、烧大疙瘩火。其中，又数杀年猪最重要，这是家事好不好的重要标志。只有杀了年猪的人，才有可能在年三十这天用煮熟的猪尾巴放在猪嘴中，供在大门外祭猪仙、菩萨，象征着来年能有头有尾。煮猪头的时候，还须煮一块上好的肉用作祭神祭祖的"刀头肉"。煮肉的汤则用来炖莲藕、萝卜，用家里最大的锅炖，要把所有的油汤都充分利用上。祭祖是必须提着供品上坟上去的。苑家的先人是从赣南来的，几代人了，祖坟分散在堡子梁、五谷庙等几个地方。当建书祭祖回来时，已经到了该做团年饭的时候。苑家的宗族堂号是汝南堂，汝南堂苑家兴的是天黑之后半个时辰才能吃团年饭。这时，灶房里的大疙瘩火已经燃烧起来，两个吊罐已经在火苗上挂起，一个炖的猪蹄，一个炖的鸡肉。说到鸡肉，这本来是没有的。腊月二十五那天建书赶场，已经把鸡捉住用草绳拴了脚放在背篓里准备拿到场上去卖个好价钱。他都已经出门了，被满婶从外面进来时遇见了，又把鸡从老头子的背篓里提出来说："今年是所有年份中收入最好的一年。娃子媳妇们苦苦巴巴地做了一年，吃团年饭了，还舍不得让他们吃只鸡吗？"老头子瞪了老伴一眼，倒也没有反驳，于是就有了今天年夜饭的鸡肉。

往年惯例，腊月不管哪个媳妇轮伙，团年饭都是建书自己做。老汉今年改了主意，对老四说："你去把四姑娘叫来。"等四姑娘来了，建书对红着脸不好意思的四姑娘说："我做的醪糟蒸糖肉，你妈总说腥哄哄的不好吃。你说不好吃吧，她又吃了。她总说我给自己家里做的菜没有给人家做得好吃，更没有你叔做得好吃。我听说你做这道菜比你叔做的还要好些。今天晚上就由你来做这道菜。反正，今年的团年饭由你们两人做，我看你妈还能说我啥话。"

别听建书嘴上那样埋怨老伴，其实他心里非常清楚自己是精力不济了，给自己家里做菜时省去的工夫太多。该焯水的没焯水，该过油的没过油，该去腥的没去腥，该提前腌制的没提前腌制，该先分段炒了最后再合起来炒的他嫌麻烦也没分段炒，还有就是给别人做酒席都会先熬一盆高汤，给自己家里炒菜总是直接从水缸里舀凉水往菜里浇。省了不少工夫，做出来的菜怎么会好吃？老汉心里明白，嘴里不肯承认。老伴一说好东西没做出好味道，建书就反驳："你太矫情了！"嘴里这样说，心里其实很得意地在嘲笑老伴："你这家伙嘴刁，只是你尝得出来不好吃，却说不出来为啥会不好吃！"

老四得了父亲的菜刀，就到案板上叮叮咚咚地忙起来。四姑娘一面在灶前烧火，一面帮着洗菜。要想让生分的两个人热络起来，最好的办法就是放在一起干活。这不，老四和四姑娘开始进灶房的时候还都感到有点别扭，在洗菜、添火、捣蒜、沥水的过程中，她得跟他说话，他得喊她配合，慢慢地也就不拘谨了。按满婶的计划，四姑娘是要回团包上娘家过年的。腊月二十五那天，满婶早早就备了一块硬膘子肉让她提了回团包上去过年。说好了让她过完年再来，可令满婶没想到的是腊月二十七四姑娘又来了。满婶说："不是说好让你在家里帮你妈的吗？"四姑娘说："我把铺盖都洗完了，没有事做。我叔、我妈又叫我过来帮忙。"满婶很高兴，因为她已经离不开四姑娘了。四姑娘呢？其实在娘家也已经待不住了。

今年的团年饭是历年来最丰盛的，除了有鸡肉，满婶还把老头子准备卖掉的猪肝也强行留下了。满婶是这样说的："老六都嚷嚷多少回了，一直眼巴巴地想吃一回猪肝。年年杀过年猪，年年都舍不得吃猪肝，今年收成好，就留下吃一回吧！也顺娃一个心嘛！猪肝价钱再好，又能卖几个钱？买田置家是大事，一家人过顺心的日子也是大事！"就这样，猪肝留下了。关于今晚吃几个凉菜、几个热菜的事，老两口也发生了争执。老汉把计划一说出来，满婶就不容分辩地说，"穷日子富年饭，加菜。总说省啊省，都是自家产的大路土菜，说白了也就是把白菜萝卜变了个花样，又没啥山珍海味，少吃几个菜又能买多大一坨田？"

"钱不是一点一点攒出来的呀？"老汉说，"对门黎五爷那么有钱，他跟我说他的团年饭从来就是四菜一汤。"

"呸！黎五爷？冬天冻得打战都舍不得穿一条棉裤！钱要人去挣。我们这么多人，又不糟蹋浪费一点，多几个菜就吃穷了？"就这样，最后定下来的菜是八凉、八热十六个菜。

凉菜端上桌子后，建书就亲手把团年的鞭炮放了。就在一家人准备入席吃团年饭的时候，跟弟突然喊道："我爸还没有来！"

建书老汉生气地瞪着眼睛问琴琴："华兴在干啥？"

跟弟很骄傲地说："我爸在编花鼓子，是过年耍船要用的！"

"编啥花鼓子？"老汉很生气地问。

琴琴赶忙示意止跟弟不让她再说，但孩子没意识到爷爷不高兴，仍然满脸神气地抢着说："我爸说他正月间要亲自耍船，坐船，划船。还有老艄公、老媒婆唱的歌子他都自己写！"

"他耍船？长本事了？"老汉气愤地说，"二女子，你去请他。耍大了啊！"

满婶侧脸瞪着老头子责怪道："大过年的，话说得那么难听！"

琴琴吓得正不知怎么好，跟弟高兴地喊："来了，来了，我爸来了！"

老二听见父亲发脾气，也知道父亲只希望他把全部心思都用在争取个一官半职上，反感他沾文艺这类东西。为了不再惹父亲生气，他假装什么也不知道地进来，站在桌子旁他该站的地方。见家里人都到齐了，建书老汉就端起酒杯先向祖先奠了三杯酒，然后示意大家动筷子。他先用筷子蘸了点辣子醋汤在嘴里尝了尝说："味不错！"然后问："醋汤是老四调的，还是四姑娘调的？"

老四答："是四姑娘调的。"

"也不晓得合不合口味。"四姑娘是第一次在苑家吃团年饭，她红着脸，有些不好意思地说。

"好着的！"建书又对老伴说："你嘴巴刁，尝尝咋样？"

满婶拿筷子先蘸醋汤尝了尝。然后说："就凭这味道，这看相，就把你比得不像个厨倌了。"

老汉说："你吃我做的菜几十年，是吃厌了。你当我真的就不会做菜了啊！"说着话，老汉先贪婪地夹了两样菜在醋汤里蘸了点吃了，脸上微笑着说，"还是年轻好，新把式、新口味，不错！"

满婶把凉盘里的每样菜都夹了点放进桌子中间的大醋汤盘里，用筷子搅拌了几下，抬起头把桌上的人都扫了一眼说："来，来，都好好吃！这才叫好东西要做出好吃喝嘛！"见两个老人已经动筷子开过菜了，大家就都开始伸筷子吃菜。老四和四姑娘马上起身到灶房去端热菜。等老四和四姑娘端来几个热菜又坐上桌子了，三媳妇翠翠说："龙生龙，凤生凤，老鼠的儿子会打洞。典叔的菜做得好，四姑娘的菜就也就做得好。”

听到三媳妇这样说话，桌上的两个老人几乎就同时拿眼睛瞟了她一下，不过三媳妇并没察觉。坐在三媳妇旁边的二媳妇用脚轻轻地踢了她一下。三媳妇马上意识到自己说的话不合时宜，遂解释说：“四姑娘，我可不是骂你啊！真的不是，我是想夸你手巧啊！”

二媳妇赶紧打圆场开玩笑说：“照你的话，欧家姨夫账算好，当财主、做东家，你也会当财主，当东家。”

三媳妇动了动身子接过话说：“我账算得才不好呢！我妈也说我账算不好。我妈那时就对我说，她不打算给我多少陪嫁，想要陪嫁我一肚子文化。”

老六听了三嫂子的话就急着想插嘴，只是口里正嚼着他特意让四哥炒了给他尝鲜的芋头秆干盐菜一时还没咽下去。他翻着眼睛，先用右手指着三嫂，等把嘴里的菜咽下去了才说：“哟，三嫂子，我才晓得你有一肚子文化呐！等过了年，我给你当书童挑书箱，陪你去山外的长安城里考状元。等你考上了状元，我们麻园子也跟牌楼坝一样修个石牌楼。跟戏里面一样，在那上面写‘状元及第’；在两边写‘出将’‘入相’。那时，也让我们都跟着你风光风光嘛！”

一向不喜欢老六说话的建书老汉，听老六在团年饭上说要在麻园子修石牌楼这类吉利话，认为得了好彩头，觉得很顺耳。他用几乎从来就没有过的笑容看着老六说：“老六，你说的对子那是戏台的写法，哪有真的那样写的？过年嘛，都只准说好话。老六说的话听起来有些好笑，不过那意思倒很攒劲，叫我们发旺起来。”老汉用手指着桌上的晚辈说，“我希望你们弟兄、姊嫂、孙子、孙女都要往人前头走，都给我们这个家争光。只要都好好地往前走，在我们麻园子修个石牌楼也不是办不到的事！”建书老汉兴奋起来。他端起酒杯，干脆站起来说：“今年一年家里的人个个都很攒劲。今年一家里的收入也最好。我今晚上吃的团年饭也最高兴。过了年，我们再攒劲，要把日子过得更好一些。来，席上除了五斤子、跟弟、银娃子，其余的人都把酒端起来，来个清杯亮盏！”说完话，老汉举着酒杯在每人眼前绕了一下，然后一饮而尽。在大家都乘兴喝酒的时候，大媳妇春子突然怯生生地说：“爸，我不喝。我是真的不喝酒！”建书脸上有点放不下，心想：“你这个大媳妇也真够老实的，你不喝，装着抿一下不行吗？非要说得这样明白干啥？按说你是大媳妇，应该带头领着姊嫂们热闹才对呢！”大过年的，当着晚辈的面，建书不好流露出不高兴来，只好鼓励大媳妇说：“喝点吧！过年嘛，图个高兴！”大媳妇端着杯子，还是求饶似的看着公公。桌上的人都看着她。四姑娘见大嫂子还要说话，她男人华家虽脸上不高兴，但又没有出面解围的意思，便自己走过去替公公和大嫂解围。她从大嫂手里接了酒杯说："大嫂，你喝一点，剩的我帮你喝。"大媳妇用一种痛苦的表情抿了点酒，马上就做作地用手在嘴前摇着扇风。四姑娘将大嫂酒杯里的酒一仰头就喝了。满婶清楚地看到，从春子开腔说话的那会儿起，华家就一直用厌恶的眼睛盯着她。满婶在心里责备春子说："你这女子，我真拿你没办法！你看看四姑娘，人家才多大个年纪啊！"

二媳妇琴琴很聪明，见大嫂刚才把酒桌的气氛弄得不太好，就先发动晚辈开始给两位老人敬酒。等这一圈酒敬完，四姑娘上了她的两个拿手菜，一个是醪糟糖蒸肉，一个是芹菜炒肉丝。满婶先尝了芹菜炒肉丝，嘴里连夸三声"好！好！好！"，再吃了一坨甜蒸肉之后，高兴地向满桌人宣布说，"以后屋里要是来了要紧的客，不管哪个轮伙，四姑娘都上灶炒菜！"话说完，大家又开始敬酒，一直到把煨热了的那壶土酒喝完才端碗吃饭。

吃饭时，灶房里的大疙瘩火已燃烧得很旺很旺了。四个媳妇同时上灶，不一会儿就把碗筷等物洗涮完毕。现在，是一家人一年到头最悠闲、最放松的时候。全家人围在疙瘩火面前开始守年根。建书老汉首先给三个孙发了压岁钱；接着，满婶又给四个媳妇发了压岁钱。压岁钱不多，确实只是个意思。发完压岁钱，五斤子就乖巧地偎在建书老汉的身边，用小手给爷爷捶着腿问："爷爷，舒服吧？"爷爷刚喝了酒，还很兴奋，顺手把五斤子搂起来放在左腿上，又顺手把正要从面前经过的银娃子搂起来放在右腿上。跟弟见状也过来要爷爷抱，因没地方坐，只好就势坐在爷爷的脚背上。跟弟撒娇地说："爷爷，你好久没给我们说白话了，给我们说个白话嘛！"建书趁着酒兴，也不推辞。他清了清嗓子说："好，我说一个。从前呐，有一个人住在山上。山上没有河，也就从来没有见过鱼。有一天，这个人到城里卖完柴，有了钱，就买了一条鱼。买了鱼又不懂得怎么吃，就问卖鱼人：'鱼怎么吃啊？'卖鱼的给他说：'红焖、小炒、炖着吃。'这人说：'哦，我明白了。'这人就把鱼用绳子穿了挂在挑柴用的钎担上往家里走。他走着走着，突然从天上下来一只老鹰把鱼给叼去了。这人望着天上的老鹰得意地说：'呵呵，你能！你叼我的鱼？我不给你说怎么吃，看你叼去有什么用！'"说完了，建书问跟弟，"跟弟，你说老鹰怎么吃鱼？"跟弟揉了揉眼睛说："就是啊，它怎么吃呢？"建书又问银娃子："你说，老鹰怎么吃鱼？"银娃子也是一脸茫然地摇摇头，表示不知道。年龄大些的五斤子突然想起来了，抢着答道："我晓得，老鹰它就那么叼着吃就是了。"建书说："五斤子说得对，老鹰是直接把鱼叼着生吃。"

正说话间，建书觉得背上有点痒，就伸了手去挠。五斤子和银娃子见状，马上转身绕到爷爷背后，把小手伸进他衣服里面帮爷爷挠痒，边挠边问："爷爷，舒服不？"

"舒服——啊呀，好舒服啊！"建书装出很陶醉的样子。

"舒服就再说一个白话嘛！"三个孙子几乎是异口同声地央求道。

"好呐，我就再说一个。"建书老汉直起身子说，"有一个人进城去馆子吃饭。他问老板：'呵，老板，你店里有啥子好吃的肉吗？'老板说：'有话说。'这人问：'话说是啥东西？'老板说：'话说它就是话说嘛。'这人说：'那你给我上。'过了一会儿，老板给他端了一份肉来。这人几下就把肉吃完了。他说，'老板，再来话说！'老板就又给他端了一份肉来。这人又很快把肉吃完了。这人等了一会儿，见老板再没给上菜的意思了，就生气地说，'老板，再来一份话说。'老板说：'三斤半一只猴子，哪来那么多话说？'你们说，这白话好不好？"建书得意地问三个孙子。

还没等三个孩子说话，满婶就笑着嚷道："你个老没德行的，这不是一个骂人的白话吗？你说，你在骂哪个？"

"怎么会是骂人的？"建书想了想，突然醒悟道，"唉哟，它还真是骂人的！"

大媳妇在一旁莫名其妙地问："这咋是骂人的呢？"见没人答话，她又转而问四姑娘，"四姑娘，你说，咋是骂人的呢？"四姑娘抿着嘴笑着悄悄对她说："你没听那人说'三斤半一只猴子哪来那么多话说吗'，是骂人话多。"

老大从炉子那边向他媳妇投去了很难看的一瞥。

建书老汉放下孙子站起来说："你们烤火耍，我去看打馍的面发好了没有。"

四姑娘在烤火的时候想起了她的母亲。去年三十晚上嫂子把母亲气哭了。今天晚上呢？今天晚上嫂子会不会又把母亲气哭呢？又是一年了，母亲不知道又受了嫂子多少冷言冷语！四姑娘正想着心事，跟弟趴在她腿上说："四姑姑，你给我说白话嘛。"

"我不会说白话。"四姑娘把心收回来，搂着跟弟的脖子，然后顺势把脚抬起来让跟弟坐在她脚上打秋千。她按照一定节奏上下跷动着那只脚让跟弟打秋千，心里悠悠地又想起了外婆在世时的样子。外婆的面庞近了近了，四姑娘仿佛又回到儿时的夏天，自己骑在外婆脚上听着她唱歌和说顺口溜的情景。顿时她心思神驰，嘴里便悠悠地说出了一段顺口溜：

> 月亮走，我也走
> 我给月亮提花篓
> 花篓提到天门口

门前卧着啸天狗

啸天狗，张着口

就不让我进里头

我生气，往东遛

一遛就遛到兴安州——

三媳妇突然打断四姑娘说："四姑娘，你等等，我想起来了，那安康过去叫兴安州。"

"不准打岔，不准打岔！"跟弟嚷嚷起来。三媳妇不再说话，四姑娘便继续说：

兴安州，汉水流

一流流到老河口

老河口，水又走

弯弯拐拐到汉口

汉口大，样样有

买东买西不用愁

四姑娘的一只脚麻了。她换了一只脚还让跟弟骑着。跟弟说："四姑姑再说，再说！"五斤子、银娃子也煨过来说："再说！再说嘛！"四姑娘把跟弟的鼻头刮了一下便又说了一段：

虫虫虫虫飞呀

飞到南山背呀

捡个雀雀蛋哪

回来盐炒饭哪

炒饭没有熟啊

叫我去灌油啊

油油不够称啊

挨顿拔火棍啊

刚说完，三个孩子又缠着要四姑娘再说。四姑娘说："说好了，再说一个啊！"银娃子把跟弟从四姑娘脚上挤下去，自己骑上了四姑娘的脚。四姑娘看着银娃子那光光的脑袋就说了一段：

圆圆头，光溜溜

一溜溜到兴安州

兴安州，好白面

光头吃了二碗半

掌柜的，要面钱

光头急得打转转

左转转，右转转

光头越转越好看

"看看，我们银娃子多好看啊！"见四姑姑夸银娃子，跟弟也把头伸过来问四姑娘："四姑姑，你看我的头好不好看？"四姑娘说："当然好看，看我们跟弟多排场啊！"

满婶在一旁高兴地说："四姑娘，你记性咋这么好呢？要是念书，那肯定容易上心。"

四姑娘说："我才懒得念书呢！我就这样跟着妈学，陪着妈耍，才快活呢！"

满婶说："你这女子就是会说话！"

三媳妇突然插嘴说："四姑娘，你记性这样好，有空了我教你识字。"

二媳妇说："呀，你也想当先生了？"

三媳妇说："我认得的字总在一千个以上。以前吧，我不晓得我能认得多少字。上次到了安康，我发现街上那些牌呀、扁呀啥的，都认得，还有那些小人书啥的，我都看得明白。"

四姑娘说："三姐，那可说定了，我拜你当先生。"

这时，老二华兴认真地对四姑娘说："四姑娘，我问个话？你刚才说的这些童谣——这叫童谣，是从老辈子那里学的，还是自己编的？"

四姑娘被问得有点懵了。她想了想说："小时候从我外婆那里听了些，记不准了，反正就那么个意思。"

老二问："像这样的童谣你能记得多少首？"

"我不晓得。我们小的时候，热天在院坝里睡，我外婆给我们边赶蚊子边说这种顺口溜。有时，我们晚上害怕，睡不着，她就给我们唱歌。好多回，我们睡一觉醒了，还听她在唱。她好像每次说的唱的都是新的，不重样。所以我也不晓得我会多少。外婆唱的最长的歌好像是梁山伯祝英台，两晚上都唱不完。我也就能跟着唱一些。不过，专门叫我唱时，我又不会了。"

老二说："民间文艺就是这样的，口口相传的多。太可惜了，好些歌子都快失传了。我想抓紧收集，难度又太大了。你把你能想起来的歌子让我用笔记下来行吗？"

"不行，专门叫我想我一句都想不起。"四姑娘又问，"哎，二哥，你记这些有啥用？它就是哄娃娃耍的。"

建书老汉在灶旁看看他发的面再有一个时辰就差不多了，于是就在那边做支鏊子打馍的准备。他听着老二跟四姑娘说话，就觉得教训和说服老二的机会来了。他一直在等插话的时机。年前那次在石牌楼前教训了老二之后，建书一直觉得意犹未尽，没能说服老二。往回走的时候，他把要说的话重新思考了一遍，只是后来一直没找到说话的机会。现在，建书听得四姑娘说那顺口溜是哄娃娃的，他觉得机会来了，便马上插话说："四姑娘说得对，那就是哄娃娃的。这些东西跟人抬重东西时要喊号子、进了山要打张声、喝着酒要划拳都一样，要么是想舒一口气，要么是想图个热闹。那是认真不得的。我自己累了就吹口哨，这跟伸懒腰，打哈欠也都一样，就是想舒一口气。这些东西嘛，晓得点点，在人多的时候能和着凑个热闹，显得你合群就对了。这是不能当回事的。"

"爸，你不懂。这些都属于俗文化范畴的，里面学问多呢！"

"今天过年，我不想说你。不过，当着琴琴的面把话说透一点也好。学问嘛，这个有学问的地方多得很呢！我织布有没有学问？有呢！这做菜有没有学问？有呢！我吹口哨有没有学问？有呢！再没听过的歌子，我听它两三遍，就能吹出个差不多来。你能说这里面没有学问？到处都是学问，你总不能都去用心思吧？你又能够都去用心思吗？我们得选最主要的用心思。你现在要做大学问，要做正学问。懂吗？这个大学问、正学问就是你咋样才能在乡公所扎下根，挣上去！挣上去！懂吗？你要记住，乡公所也是一级衙门。自古说侯门深似海。我想这衙门里面恐怕学问也深得很呢！乡公所里面就有大学问。人家张乡长当了七八年乡长不出事，这里面就有大学问。我们没进去就不说了，自然你好不容易把脚搭进去了，你就应该把所有的心思都用在钻这些学问上。你本来在乡公所当差，你又想用心思收集啥歌啊谣的，你未必还想学着当端公子跳大神呢！我们苑家人不弄那个。你莫忘了，你好耍的年龄已经过去了，跟弟都这么大了。我还是那句话。那些东西跟说白话一样，逗人笑一笑，逗小娃子耍一耍，喝酒时助兴子来几句都行，就是不能当正事、大事！"

老二低了头不再说话。他心里承认父亲说的道理都是对的，可矛盾的是自己所爱好的也同样没有错。年前，也就在父亲见过程先生之后，程先生已找到他谈过一次了。他觉得和程先生的谈话对他很有启发。他愿往程先生指出的那条充满泥泞还不一定能得到收获的路上走，因为自己的个性适合它，自己的心里喜欢它。既然是这样，那就什么也别再说了。今后，在父亲面前不再反驳，在外人面前不再解释，只需执着地做事就是。这样想着，他拿起地上的火钳一下下地戳大疙瘩上燃烧过的火碳。那边，父亲见老二不再说话，以为自己的一席话把他说动了，就不打算再说了，怕再多说又说出气来，那样对大家都不好。四姑娘见公公和老二父子俩的不愉快是因为自己说顺口溜引起的，觉得不好意思，便说："我还有点事。"就借故起身走了。满婶看看天也晚了，就说："三十晚上的火！都回去把你们睡房的火烧旺，该做啥做啥去吧！没事的在这烤火守年根。我来给你们炒南瓜子磕。"这样，四个媳妇便都回各人房间去了。兄弟中，只有老二随媳妇女儿回睡房去了，其余的继续在这里烤火。

十四

老大苑华家在火炉旁守岁守得很深，直到全家人都睡了，才快快地回到他的房里。他勉强上了床，还是一直没有睡着。他反复在想自己到底是离开这个家，还是不离开这个家。留在家里吧，他认定自己这辈子看不到希望。即便在这个家里，他也永远是一个看客、一个多余的人、一个不被尊重和认可的人。离开这个家吧，平心而论，春子、五斤子又太可怜。这真是一个两难的选择。两种选择，两种景象，两种未来。一大堆模糊的、不确定的情景来来回回在他眼前出现，弄得他非常难受。经过思想上的反复博弈，离家出走的主意最终占了上风，但他还是下不了最后的决心。

两年前，他曾酝酿过几种计划。第一种是分家另过。他相信他有能力养活一家人。但春子不同意他的想法，说分了家她不知道怎样过日子。就在他把分家的想法跟春子商量的第二天，她就把这件事报告了公婆。在向两个老人报告的时候，她一再眼泪汪汪地声明她没有这样的想法。听了春子的话，建书老汉虽然自始至终没在老大面前就此事表态，但次日父亲见到他时，狠狠地看了他几眼。他心里明白，父亲不同意他分家。这之后，他又特意问春子愿不愿意分家另过，春子还是那句话，她不知分了家后该怎么过。这件事情过后，满婶曾特意劝说老大："华家，现在不是分家的时候。等家事好些了，人口多些了再看吧！"他没说什么。当天晚上，他又跟春子说了自己的第二种想法，那就是一家三口出去闯荡。这个想法真把春子吓坏了。她说："我不，我不，外面太乱了！"见媳妇给吓成这样，他只好说："那就算了。不过，这话千万莫跟爸他们说！"春子说："我不说。"第三种想法太大胆，老大一直憋在心里不愿也不敢给春子说，就是他一个人独自离家出走。这个想法已经很久了，他一直没曾放弃过。在这次回家之前，他曾就回不回家过年犹豫了很久。在这期间，也曾有个朋友约他一块到西安过完年再找出路。他开始答应了，临出发时又放弃了。他还是觉得春子和五斤子可怜。可是，从昨天晚上跨进大门的那一刻起，他就后悔了。他在心里骂自己："苑华家，你真没出息！你为什么不去西安过年呢？"

他进门那会儿，天已经快黑了。他一进大门，第一眼看到的就是春子一人穿了旧衣服，系着长围裙，戴着袖套，两手抄在前摆下面畏畏缩缩地站在机房门口，像个等待主人派活的婢女。五斤子一个人在堂屋里看爷爷整理油汪汪的碗盏。和春子形成鲜明对照的是这时从老二媳妇和老三媳妇窗里传来的她们和自己孩子的说笑声。

本来嘛，春子的这个打扮可以说是她平时的标配。满婶和三媳妇都曾劝她在不上灶的时候不要这样穿戴，但她不听，总是说不系长围裙会把衣裳弄脏。既然她愿意这样打扮，那就由她去吧！时间一久，家里人也都习以为常了。老大也不是头一次看到春子的这身打扮，但以往看到的都是她干活时的场景，这身打扮也并不刺眼。此时此刻，她这种神态，却让老大觉得那样刺眼，那样别扭。可怜的春子啊！你整天都在不停干活，如果这时你正在干活，或正在屋里做别的事情该多好！却偏偏这么闲着，而且以那种卑琐的神态闲着。按说，老大出门都快两个月了，春子应该兴高采烈地上前向自己的男人打声招呼，可她并没有招呼，只是面无表情地看着他。照春子的想法，自己的男人回来了就回来了，难道还要像来客一样招呼吗？老大却不这样想，他突然在心里下意识地认为春子就像一截会喘气的木头，而且是一截风化日久的木头，似枯不枯的木头，让人倒胃厌烦的木头。他没好气地从她身边擦肩而过进屋了。春子呢，她原本是打算跟进去问她男人吃饭没有，因见他黑着脸不高兴，也就不敢跟进去了。春子不跟进来打招呼，更加深了他对她的反感。幸好，建书发现他回来了，就对五斤子说："你爸进屋了，快回去喊你爸，问他吃饭不吃？"五斤子马上从堂屋往回走，走到门口问母亲："我爸回来了吧？"母亲说："回来了，在屋里。"春子这才打破尴尬，跟儿子一起进屋去见自己的男人。

因老大长年不在家，五斤子在他面前有些胆怯。走到门口了，五斤子才怯生生地喊："爸！"老大转过身来弯腰摸着儿子的头问："冷吧？"儿子说："不冷。"老大从长年随身带的大布包里拿出一坨红苕糖粘的爆苞谷花给儿子说："这是给你买的，你尝尝，挺好吃的。一会儿你再给跟弟和银娃子一人送一坨去。"五斤子说："我就去送。"老大就又从布包里取出两坨爆苞谷花糖交给儿子。这时，两手一直抄在长围裙下摆站在一旁的春子才问老大："你吃饭了没有？"老大当着儿子的面，不愿表现出对春子的反感。他用眼睛翻了一眼春子说："还没有。"春子说："我去给你做。"

这一夜，老大和春子再没说一句话。清早，老大从田坎上转完回来，见媳妇又是跟昨晚那样打扮着站在机房门口，气就不打一处来，理都没理她。后来，父亲让他在堂屋门前用"钱斫"打火纸。春子也不知道去帮忙，站在机房门口等到满婶从屋里出来了问："妈，还有啥子活路要做？"

满婶说："不是说过了吗，今天过年，你们各人做各人的事，哄自己的娃耍。"

"我也没啥事。要不，我去把河里洗菜的水滩扫一下？"

满婶说："那些活有老五、老六会操心，你陪五斤子耍。"

老大瞪了春子一眼，满脸的不高兴。这一幕可能让三媳妇看见了。老大见三媳妇从屋里出来把春子拉到大门外去说了一阵悄悄话。这中间，老大还瞥见三媳妇把头伸过来往他这边看了看，又缩回去，像是又跟春子说着什么。不一会儿，只见春子甩开三媳妇，红着脸急匆匆走进大门说："去去，不跟你说了，我扫地去！"从她俩的举动中，老大已猜到三媳妇想教春子什么，他感到自尊心受到伤害，也感到自己在麻园子这个家里的地位在进一步矮化，从而也就进一步增强了对春子的失望、反感和厌恶。他内心也承认春子长得并不丑。她个子不高，但作为女人也并不矮，五官也都还周正，倒是那双眼睛，属于人们说的"窝窝眼"，要是运用得好，本应是妩媚亲切的。可她就是整天怯生生的，十足一副受欺凌、受虐待的样子，永远都是那种缩手缩脚，随时等待别人调遣的样子。她的内心总是那么自卑、紧张、焦虑。每天晚上，她睡醒一觉就不敢再睡，一直等候公公的那个大哈欠。一旦哈欠响起，她一定会准时起床，准时出现在机房门口，唯恐自己没有被公婆看见。按说，春子是大儿媳妇，又算是婆婆娘家侄女，有几分娇宠霸道之气才算正常，但她好像天生就是当下人的命，总是自动在旁人面前过早地把头低下。她本来就带着这种自惭形秽的心理，等琴琴进屋，她想琴琴爸是保长，家世也好，自己比不过；又想老二文化高，老大比不过，自己就又往后缩。再后来，翠翠进了门，她又觉得欧家是财主，她娘家穷，比不过；再说，老三在队伍上干事，老大更是比不过。她就这样不断找着自己看轻自己的理由。老大很恼火春子这种看人看事的态度，心想，你春子既然觉得在这个家里比不过他们，那我们出去另过啊！你又不敢。难道在你春子心中，我苑华家就是一个窝囊废吗？更令老大不满的是，今天一个白天，琴琴和翠翠因为过年不上机子干活，都穿戴得整整齐齐地带着自己的孩子有说有笑地玩，而春子却因公婆没给派活像掉了魂似的无所适从，似乎很希望婆婆能给她派点活做。也因为家里没有集中派活，跟弟和银娃子都被他们的母亲带着玩去了，五斤子一人落了单，只好跟在他六叔的身后跑。看到这个情景，老大心里的怨气更盛起来，心里越想越多，加之又目睹了四姑娘的落落大方，心里更不是滋味。他想，你春子认为琴琴、翠翠娘家有钱有势，男人又比我强，所以甘愿认输，那你看看人家四姑娘？人家也是穷人家的女子，人家男人也是干粗活的，还一天学都没上过，可人家在人前低头了吗？人家把自己看得比人矮一截了吗？看看人家昨天从做年夜饭开始，一直到酒桌上给你解围，火炉边给你破白话的底，再后来哄小孩子说顺口溜，全是都是戏！我原来曾想，六弟兄中以后怕只有老四跟我一样，现在看来我错了。现在，老四已经走到我前面去了，再加上四姑娘，人家两口子将来在这个家里的分量要比我们不知重多少倍。完了，我在这个家里是真正再也没戏了！我还能指望什么？我还听说，论织布手艺，四姑娘也已经超过了春子你了，现在又超过了二媳妇。人家才十六岁啊！你说，我跟着你还有啥子奔头？——不想了，已经没啥想头了。你不想离开这个家，我离开！你已经让我没啥子舍不得了。是的，我走了，你会很可怜。可又有哪个可怜我？我还年轻，我去找回我后面的几十年！说不定，我还能顺心顺意地过好后面的几十年呢！

他终于下定了离开家庭的最后决心。

决心下了，心也就平静了，他现在打算眯起眼睛睡一会儿。可刚眯了眼睛，他又感觉天快亮了，侧身看看窗户，发现窗户纸已经有点白了。他想，算了，睡不成了。

"呵——嗬嗬嗬！"父亲的哈欠声响起来。春子窸窸窣窣地开始起床。五斤子翻了翻身，半睡半醒地斜着身子准备坐起。老大觉得儿子很可怜，劝说道："五斤子，你再睡会吧！"五斤子揉了揉眼睛，重又睡下。黑暗中，老大深深地看着儿子，心里不禁有点发酸。他心里说，五斤子啊，爸要走了，这辈子爸是最后一次陪你睡觉了！天亮时正是瞌睡的时候，五斤子很快又睡着了。老大看了儿子一会儿，还是按时起了床。

起床后，他没先出门。他知道父亲每天早上起床后的程序性动作和固定性路线，等到父亲出门后他才出门。出门之后，他从父亲相反的路线往右走，直接去了河边。月河的冬天是一年中最安静的季节。夏天发大水时从上游冲下来的大石头经过千碰万撞，形状都变得很奇特了。此时，它们浑身冰凉，静静卧在河床上。汩汩的河水，只有在从上一个滩向下一个滩过渡的时候才能让人感到水是在流动的。在一个又一个水滩里，无不堆积着厚厚的青苔。因为水几乎不流动，青苔就显得很脏。他蹲在一个水滩旁，感到自己正像这冬天的水滩，除了自己知道自己还在喘息之外，觉察不出自己还有什么活力。孤寂中，老大捡起一个石头砸向水滩中间，那厚厚的青苔顿时被砸开一个窟窿。可是，只过了一小会儿，窟窿又被瞬间挤过来的青苔盖住了，他很扫兴。他慢慢地站起来，觉得有点头晕，腿也有点麻。他摇了摇脖子，伸了伸腿，然后没精打采地往回走。一进大门，他看见春子又是那身穿戴，又是那个姿势，又是那副表情地站在机房门口。他推测，春子站在这里是希望两个老人能够看见她是按时起了床的。这样想着，他只觉得想呕。

走，我走，这个家已经让我不再有任何盼头了！他彻底横下了这条心。他迈着沉重的脚步走进屋去，在床边最后看了五斤子一眼，心里默默地说："五斤子，爸对不起你了。你好好地长啊！"他想把包袱背在肩上，马上又认为不妥。大过年的，这个家居然留不住你？正月初一大清早，你就背个包袱出门——不好！其实，家里也没有哪个人伤害过我，我不能背着包袱出门，这太让家人伤心了。不拿包袱出去，他们会以为我去转田坎。我经常一个人转田坎，都习惯了。犹豫了一会儿，他决定空着手走。空手出去既然不会引起家人的注意，当然也就不至于惹得他们伤心。对，空手走，现在就走，再不走，只怕又下不了决心了！他摸了摸口袋，记起年前在池河梅家油坊挣的工钱还在，这能支撑一阵子。就这样，他又走出大门。这次，他出门向左转，想从烂槽子直接往汉白公路走。至于上了汉白公路以后是向东还是向西，他还没有想好。

十五

昨天早上吃饭的时候，家里人发现老大出门还没回来。满婶让老六带着五斤子在周围找了一遍没找到。接着，老四又跑出去找了一趟，还是没找到。建书老汉很生气，问大媳妇："华家到哪里去了？"大媳妇可怜巴巴地说："我不晓得！"

下午吃饭咋还是不见老大现身？满婶觉得情况有些不妙，便问大媳妇："你们吵架没有？"大媳妇说："没有。我们连话都没说。"满婶看看大媳妇的穿戴问："你过年咋连衣裳都没换？"大媳妇说："怕弄脏了。"满婶无可奈何地叹了一口气，然后出神地拿眼睛看房顶。

今天是大年初二。吃罢早饭，建书把儿子们拜年的事情张罗完毕之后，自己也准备出门拜年。他要去的是余家淌余二爷家。余二爷余鹤年是县城西路最大的地主。平时，他住在县城，到腊八节这天就回家过年；到了农历二月二，他再回到县城去。按他自己的说法，他的根在余家淌，祖坟在余家淌，小时候的玩伴在余家淌，发家之地也在余家淌，住在余家淌，才能心定神安。县城虽然大，但那是全县人的县城；余家淌虽然小，算是他余鹤年的余家淌。在这里，人们都得敬他，怕他，顺他。有几年，土匪闹得凶，家里人劝他别在乡下过年。余二爷说："土匪惹我做啥子？我余家淌又没放钱。把房子抢去吧！他又搬不走。再说，我又没跟他们结过梁子。汉阴就那几股土匪，我啥时伤过他们的脸了。你们怕啥？"见老太爷这么说，家里人也就跟着他放心大胆地在家过年。这么多年过去了，余家淌平平安安，倒也真没出过什么事情。余二爷喜欢热闹，尤其喜欢看灯。每年正月耍灯的时候，方圆十几里路的耍灯人都会赶到余家淌来展现绝活，以图高赏。余二爷哩，凡是上门耍灯的，来者不拒，一概迎进院子让他们尽情地耍。这时，余二爷总是跟老伴一块儿坐在椅子上很投入地看着，喝彩着。看得高兴时，余二爷就拉着老伴跟耍灯人一起载歌载舞。老两口都有些胖，扭得又有点夸张，逗得在场的人无不捧腹大笑。玩够了，余二爷总会亲手打赏。他打的赏总在一般人家的三倍以上，最高的达到十倍。打赏的同时，余二爷还总是吩咐灶房准备一点夜宵给耍灯的人吃。按余二爷自己的说法，看一次花灯不知胜过吃多少副补药。一定要全副身心地看！一年到头，最快乐的时候也就是这么几天。年过完了，花灯熄了，他就不得不一本正经地过日子。如果在城里过年，哪会有在余家淌这么开心和自在呢？

　　余家淌在牌楼坝北边五里路的马家河口上。这里坐北朝南，马家河和黄家沟两条小河在余家淌余二爷的庄子前交汇。从余二爷家里出来，首先就是一左一右两座木桥。左边的木桥是搭在马家河上的，右边的木桥是搭在黄家沟小河上的。按说，马家河的水大，桥自然应该修得高大气派些；黄家沟水小，桥应该修得矮些小些。但余二爷出于对风水对称的考虑，把两座桥修得一模一样。建书老汉是从西边来的，经过的是黄家沟的木桥。他今天和往常一样，在下坡过桥前先站在桥这边的柘树崖上认真地欣赏了一番余家淌的风景——整个地形就是一只头朝南尾向北正在撅着屁股喝水的乌龟。细看起来，庄子前的两座小木桥是乌龟的两只眼睛，两桥中间伸出去卧在河滩中的那个尖尖的土包是乌龟的嘴。再向庄子后面看去，那是一片由低向高慢慢展开的旱地。在旱地的左右两边，各有两个几乎是等距离的向外凸出的小山包，像是乌龟的四只爪子。旱地的最北端，又有一个小山包凸出去，像是乌龟的屁股。余二爷的庄子就坐落在乌龟的颈部向背部过渡的地方。欣赏完毕，见天上的太阳已偏西了，建书赶紧从小路下去跨过黄家沟木桥向余二爷家走去。刚到门口，正巧遇到余二爷出门送客，他高兴地把建书带进客房。

进门坐定，建书主动地说："你要是客多忙不过来的话，我来帮你做几天菜？"

"不用。建书，你年纪也不小了。我把城里做饭的厨子带回来了。"余二爷侧过身子把一杯茶端起来递给建书说，"建书啊，我算了算，你也吃六十的饭呢！"

"多亏二舅还记着我的年龄！"

"这人，一生快得很呢！不管你过得好还是不好，年龄都不等你。所以呀，该做啥，就得抓紧做。"

"二舅说得是。"建书侧过身来关切地问余二爷，"二舅身子还健旺吧？"

"算好。七十的人了，好又能好到哪里去？"余二爷也关切地问建书，"去年呢？好过吧？"

"去年好！"建书说，"跟二舅掏心窝子说，要都照去年这样的进项，我今年就能进十来亩水田。"

"你想买田？"余二爷说，"我帮你留意着。在你们那一路要是有人卖田，我出面给你圆中。"

"那就太感谢二舅了！"

"谢啥！"余二爷关切地问，"老三还在汉中？"

"在呢！去年九月到安康出差时顺路回家打了个卯。"

"老二呢？你没问他在乡上搞得咋样？"

建书沉下脸不好意思地说："害二舅操心。他不争气，总好像有点格外。他不太跟我说话，回来得也不多。"

"他们乡长才从我这里走不多久。你没遇上吧？"

"他回牌楼坝，回县城都过桥出马家河，我来是过的黄家沟，怕是岔开了，没遇上。"

"应该是这样。不过，我向他问你家老二了。张启明说，他就有点书呆子气，别的倒也没啥。我问他有没有办法给弄个副乡长什么的，他有些含糊，只说等机会。这个张启明，我看是个心机深的人。"

"我们老二不会来事，这我晓得。"

"唉！"余二爷叹一口气，把头仰在椅子背上说，"俗话说，无冤不夫妻，无仇不父子。这话对着。就说我吧，外人看来哪个不说我风光？其实呢？我有时也有怄不完的气。先说你舅母吧，这两年变得我都快认不得她了！早上还惹我生气。你说，我前房你许舅母死多少年了？到现在，她动不动还拿你许舅母说事，说我心里没放下她，说我把家当向她打了埋伏，是想偷偷地多给前房的老大、老二。你看，这不是没事找事吗？我前房老大、老二哪会要我的钱？唉，趁她今天赌气在娘家，我跟你也说说敞心窝子的话。你张舅母的心事我心里明白，只是不愿意说穿。她比我小二十多岁。人说七十古来稀，她是看我过七十了，怕我突然走呢！所以从去年开始，她就挖空心思攒私房钱，还嫌我置的田少了，铺面少了。你说，她跟前就功成这一个儿子，她还要那么大的家当干啥？她背着我都在做啥事，我都不一定晓得。你说我怄气不怄气！再说你老表吧！老大年前来信说：'爸，你再莫添置东西了，家已经太大了。从现在起，只能减，不能添。'老二呢？不知道他从哪里来的信说：'爸，你什么都不要置了。我们都自食其力，什么都不会要你的。你养好身体就行。那么大的家业已经是拖累啦！今后最好是只散财不聚财。'老三呢，都十九岁了，叫他妈惯得百事不管，百事不做，尽跟一些莫名其妙的人混。可在揽财这一点上硬是跟他妈一个鼻孔出气，嫌我的家业不够大。他们净拿我和北门上的何老爷、东门上的张老爷比，说我家当没他俩的大。建书你说，这一个家里怎么就有这么多不一样的心思和不一样的声音呢？他们四个人，到底是哪个说得对呢？你说，我气不气？"余二爷越说越气，眼圈都红了。

建书安慰余二爷："二舅，你用不着生气！你说，在汉阴这个县上，哪个能比得过你？大老表是省政府财政厅的处长，二老表是留过洋有大学问的人。他们这样劝你，是爱惜你的身子，怕你为他们操心太多，要你保重身子莫再劳累。三老表更是一表人才，聪明过人，现在就算有些不懂事，也是年轻人都会经过的时光。年龄再大点，再老练点，就好了。你有福哩！"

"你这话是有些道理。遇到别人，我一定也会这样劝。我跟你倒倒苦水吧！老大嘛，总好像有啥话不想往透里说。他说他准备到大学去教书，不愿再当处长；老二吧，前些年在西安闹学潮，害我花了一堆银子才把他从警察局里捞出来。为这，你张舅母跟我使了好一阵子气，嫌我在前房老二跟前把钱花多了，硬要我按照在老二身上花的那个钱数给老三名下存一笔款子。我犟不过她，只好按她的意思办了。老二又不让人省心，我前脚把他捞出来，他后脚就跑得无影无踪。你说，你都念那么多年书了，还跑啥？按我的意思，赶紧在政府有实惠的地方找个事做，慢慢地把威望熬出来。可他就是叫我连他的影子都看不到！"余二爷凑近建书耳边，用手比了个"八"字形说，"你不是外人，我对你说。老大给我一个人私底下透了个口风，说老二八成是在那边干事。这不是中了邪魔了？你说我心焦不心焦？"

建书劝道："二老表那么大学问的人，你莫操他的心哪！"

说话间，灶房说饭做好了。余二爷对建书说："我跟你说话是想啥说啥，痛快！后晌在我这儿吃饭的都是晚辈的娃娃，我跟他们坐在一起，反倒让他们吃不自在。我叫灶房做了几个菜摆到这里，就我们两个人。你陪我喝几杯酒。我俩来喝个痛快！"

建书客气地说："不好意思。我是空手来拜年，反倒给二舅添麻烦！"

"看看，你又来了，说那些客气的空话做啥子嘛！我难得有你陪我说说淡话，喝几杯开心的酒哪！"

十六

建书从余家淌回来的时候，太阳已经快要落山了。他走进堂屋，见大媳妇还是系着长围裙，戴着长袖套，穿着旧衣裳正在扫地。他便问："老大回来没有？"

大媳妇怯生生地回答说："还没有。"

公公阴沉着脸说："他到哪去了呢？大过年的未必还有人会请他干活？"

大媳妇说："也不晓得哪里去了。他那个包还在屋里。"

公公看着大媳妇，遂叹了一口气，站在屋里看墙角那堆碗盏。他眼里看的是碗盏，心里却在责怪大媳妇："你笨啊！你男人大年初一一声招呼都跟你不打就走了，你倒还像没事的人一样。唉，老大怕是不会再回来了。你个春子啊！你放着大媳妇不好好当，为啥非要把自己当成下人呢？哪个把你当下人看了吗？大过年的，连我都换了一身衣裳。你为啥硬要把自己打扮得那样可怜嘛！老杨啊，你个鬼老婆子，你就只晓得跟我斗气作对，咋就不给你这个宝贝侄女点拨点拨呢？你把我的老大毁掉了！我有朝一日到了那边，你叫我怎么跟他妈交代嘛！"

建书老汉进屋放了给余二爷拜年用过的包单就折身出来上茅房。走到堂屋，他见大媳妇还在扫地，心里觉得很是不忍。他想，这大女子真是太可怜了，没的个亲人。过年了，几个媳妇都有娘家拜年，就她没地方去。这样想着，他就劝大媳妇道："大女子，过年嘛，你歇着去。"

"没事。扫地又不累。"大媳妇还是怯怯地侧着身子回答。

建书正要往茅房去，迎面碰上从茅房过来的老二华兴。他吃了一惊，心想，老二不是到甘家槽给他外父拜年去了吗？咋会这么早回来？不会是跟他外父或琴琴闹别扭了吧？建书不放心地问老二："你不是到甘家槽拜年去了吗？咋回来了？"

"我有事，只坐了一会儿就回来了。"老二一脸不高兴的样子，一面答话一面就往堂屋门外走。

建书心说，准是你外父说了你什么不合心意了！你个犟牛！你外父为你的事托了多少人，这人是白托的吗？我年年正月初二给余二爷拜年，又是为了啥？按理说，你把媳妇接了，女子都三岁了，应该自立门户，不用我管，可你就是不懂人情世故，非要害得我跑前跑后。余二爷是人家王家亲戚，理应你去拜年。你就是装大，说什么也不去。你给你外父拜年，这么早回来干啥？大过年的，怎么说也得陪你外父喝几杯酒吧？你倒好，早早地就回来了，把人家娘母两个甩在那里像什么话！

建书心里有气，从茅房回来就忍不住站在堂屋门上喊："华兴，你过来一下。"

过了好一会儿，老二才从屋里过来陪父亲坐在火炉边烤火。为了不把话说崩，父亲斟酌了一会儿才说："我到余家淌你二舅爷那儿去了。"

"你去了？"

"我去的时候，你二舅爷说你们张乡长刚从那里走。"

"嗯。"

"你舅爷说他向张乡长提了，问能不能给你弄个副乡长啥的，张乡长没有给明白话。"

"提那干啥嘛？"

"你是不是也去给张乡长拜个年？"

"拜啥年？"老二呼吸变得有点急促道，"他，不学无术，就是溜光锤子一个。爸，我跟你说，你真的莫把他当回事！"

"你呀！"父亲强忍怒火地盯着老二，盯了一阵，终于把想说的话又咽回去。父子两个就这样没好气地闷坐了一会儿，最后是父亲先起身走了。三天的年已经过完，他又要做浆线的准备了。老二坐了一会儿，悻悻地回睡房去继续写他的什么花鼓词。

第二天，苑建书进城去给秦幺爷拜年。虽说这几年他再没包秦幺爷负责管理的学田的泡冬田了，但还坚持给秦幺爷拜年。建书是这样想的：人们爱说"穷汉攀富汉，输得没裤穿"。这话不一定对。人敬人高，我敬他，实心实意，也没想要图个啥。既然有这个交情，那就好好延续着，不要让它断了。说不准哪一天就突然有个啥事要人家帮忙呢！我做人就是要跟别人不一样，在家里怎么省俭都不为过，在外边不能只顾眼前。在人的交情上，不能像猴子掰苞谷，掰一个丢一个，应该掰一个就守一个。秦幺爷是县城数一数二的财主，听说儿女都在广州、南京。这个交情还是续着好。

第三天，建书是中午去的，秦幺爷比过去对他更加客气，说什么都要留他吃顿饭。本来就建书一个客人，但秦幺爷硬是让灶房做了六个小盘菜，煨了一壶据说已经放了二十年的老酒。整个喝酒过程中，一直是秦幺爷亲自给建书斟酒。建书说："幺爷呀，你这么客气，叫我以后还咋好意思上你的门嘛！"

秦幺爷说："应该的。你我老交情了，你是厚道人。我们都这么大年纪了，还能有好多次喝酒的机会？我得好好敬你。我儿女都在外边，说不定哪天，我们再见面就难了！"

"幺爷你有福呢！儿女都在大地方。"

"人都是眼红别人比自己运气好，有福气。其实吧，啥叫福气？我看各人有各人的福气。在穷人看来，所有的富人好像都有福；在富人这边来看呢，穷人也未必就没有福。穷也好，富也好，都有一本难念的经啦！你我是老熟人，老朋友，我劝你也不要太苦自己！来，今天我一定要多敬你几杯！"从秦幺爷的话音里，建书总是隐隐觉得他有要离开家乡的意思。仿佛这是在吃道别的饭。有了这种感觉，他也想趁此机会多敬幺爷几杯酒。敬过两杯，建书又想，就是幺爷不走，他说的话也没错。我们都六十多岁了，在一起喝酒肯定是喝一回少一回。这样一想，建书顿时觉得有点伤感。于是，他又敬了幺爷两个满杯，弄得他自己先有点醉了。就这样一边喝酒一边说话，两个老汉硬是把一壶酒喝完了才罢休。

建书临出门的时候，秦幺爷硬要把一壶好酒让他提回去喝。建书推辞不掉，只好把酒提着。快出城时，建书抬起手把幺爷给的酒认真地看了一下，发现这的确是一壶好酒，不但包装讲究，而且手一摇动，马上就有一缕香气袅袅袭来。建书想，既然手里有这么一样重要礼品，不如再买点东西去给张乡长拜个年，指望老二，那根本就靠不住。既然进城了，不如我亲自去。

乡长张启明的家在县城的西南角。苑建书进院子的时候，张乡长正出神地在看他院坝边上那株已经开始应季上水的五月桃树。这株树是前年建书亲自给他找的五月桃树芽，并亲自嫁接的。眼下，地气开始向上，树尖已经能明显看见在膨胀了。一见建书进门，张乡长马上热情地迎了过来。

"张乡长过年好啊！"

"好，好，你老兄过年好吧！"

苑建书先陪长乡长看了看桃树，然后随张乡长进屋烤火。坐下不久，乡长老婆就端来几个凉盘放在桌上，又煨了一壶酒提来请建书入桌吃饭。正月天，家家都卤了猪头肉、猪下水、豆腐干、血豆腐干、莲藕等物。来客了，把这些切了，再加一盘标配的绿色菜拌豆芽往桌上一摆，酒就可以喝起来了。牌楼坝是个大乡，也是这个县的鱼米之乡。张启明在这里当乡长，这些东西自然是不缺的。比如年前苑建书家杀年猪的时候，他就下了一个大大的猪后腿要老二给张乡长送去。老二一声不吭地甩手走了。这事也就作罢。张乡长的酒是纯苞谷酒，香，威力也大。建书虽说酒量好，但毕竟刚才在秦么爷家才喝过酒，陪乡长喝了几杯，就不敢再喝了。乡长提议说："我在你家吃饭时，你陪我划的雷堆拳我觉得挺好。这种拳拉的时间长，适合人少的时候慢慢地喝酒。我来陪你划几拳。这样，也能把你前面喝的酒敞一敞。"建书客气地说划不好，乡长则坚持非要陪他划。建书只好助兴陪着划。

雷堆拳用的是汉阴当地的花鼓子调在嘴里唱着，手要边凑数字边比画，往往要划很长时间才能喝到一杯酒。这样喝酒，建书没有了压力，便放开了性情划拳。六拳划完，居然一拳都没有输，但每一杯酒他都陪着乡长喝了。乡长老婆见这种拳有意思，也要学着陪建书划六拳，建书就又陪了六拳，酒也是一杯不少地陪着喝了。张乡长很高兴地说："苑师啊，你老哥真是个性情中人，人勤快不说，还有情调。跟你在一起喝酒，就是快活！"

酒喝好了之后，建书要走。张乡长一再留他再坐一会儿，建书只好再坐一会儿。坐下以后，张乡长很亲切地对建书说："你们苑华兴是个很有才气的年轻人。他要是有你这样的好脾气，好情调，少一些书生气，那就更好了。"

"劳乡长费心哩！我家老二我晓得，心眼不坏，就是倔，说话冲得很。我和他外父都在说他。还请乡长多担待些！"

乡长反倒安慰建书说："没啥。年轻人嘛，没脾气也不对。他只是对行政工作不感兴趣，做事太爱较真，其他也没啥毛病。好着呢！磨一磨，老练了，就好了。"

苑建书认为乡长说的是实情。他心里的确一点都不怨张乡长，只是恨铁不成钢。他想，老二岂止是对乡上的工作不感兴趣，对乡上的人和事都抱着抵触态度嘛，真是太不成熟了。但不管老二怎么样，我不能放弃，放弃了，前面花的所有心思就都白费了！再说了，家里的难事也摆在那里，不能放弃。老四、老五、老六三个小伙子明晃晃杵在那里，再派壮丁怎么办？有人在乡上跟没人在乡上是不一样的。老二要是从乡上回来，他自己首先就是一个壮丁。自从老二进乡公所以后，那些乡丁、保长见了我脸色就是不一样嘛。还有，老三去年自汉中出差从这里路过了一趟，因为有人看见军车在下垭子停了，又有人看见老三穿着军装别着手枪，马上就对我们麻园子高看起来。想到这里，建书不自觉地把腰身向上直了直，心里发誓一定要让老二在乡上坚持下去。

回到家，建书趁着酒兴把到火炉边来拿东西的二媳妇琴琴留住说："二女子，你坐下。"

琴琴先没坐，她说："爸，我给你泡茶去。"

建书说："我不喝。你坐这听我说话。"

等琴琴坐下了，建书说："我才从县城外张乡长那儿拜年回来。"

"都是为华兴的事害爸操心哩！"

"嗯。华兴有你懂事就好了。华兴跟你说没说他在乡上干得咋样？"

"他不跟我说，我也不敢问。他一回来就在写啥东西，有时还边写边哼哼，边比画，谁都不理。"琴琴很委屈地说。

"他提没提过他跟乡长的事？"

"他说人家不看书，啥都不懂。"

建书看琴琴的眼圈红了，就不再问什么。本来他是想责备琴琴没把老二管好，现在看来，责备也没用。他明白，老二跟他这做父亲的用的都是那种唾沫星子能咽死人的口气，在媳妇跟前又能好到哪去？这个媳妇无论从哪方面说都配得上老二。她从进苑家门那天起，就勤勤快快，本本分分，没做过一件惹人不高兴的事。见琴琴有些紧张，建书就淡淡地说："还是要劝他在乡上的事情上多用些心，不要叫他去迷那些说啊唱的。那些东西，晓得一点，遇到有些场合奏个兴就行了。你要为他多操些心。你大嫂子就那样了。你是当嫂子的，要给后面几个妯娌带个好头。当然，你本来也做得好。你也要劝华兴，老大指望不住，他是当二哥的，要给后面的兄弟带头，要帮家里操心。"

"嗯。我晓得了。"

"还有——"建书提醒琴琴说，"人家张乡长可没说华兴半句不是的话，反倒夸他很有才气。我坐了一会儿要走，人家硬是上了酒菜留我吃了饭。人家是两口子轮着敬我的酒。"

"张乡长这样尽心地待承我们的老人，这是高抬我们华兴呢！华兴的脾气就是该改，我多劝他就是。"

"这就对了。"建书欣慰地说，"对你，我和你妈都是很放心的。你聪明贤惠，好着呢！"说完话，建书就起身去做浆线的准备。二媳妇没事，也就到机房去了。

十七

苑华家初一早上悄没声息地空手出门后，自己也没想好该往哪里去。到了房后的泡冬田下，他突然意识到不能经泡冬田到下垭子这样走，那样难保不会遇到熟人。如果遇到熟人，人家问话，怎么答复呢？徘徊良久，华家选择从烂槽子田坎上乱插到公路上的走法。反正下决心走出这一步，以后的事以后再说。华家忽而上一根田坎，忽而下一根田坎地走了好一阵子才走到种田人踩出的一条小路上。又过了几根田坎，他才到了汉白公路边的大柳树下。这段公路很开阔，不管向东还是向西，都能看清很长一段距离。路上一个人都还没有，非常安静。只有冬天的寒风偶尔使一点劲，把几缕枯草吹得在地上动一动。一会儿风又不使劲了，那枯草动弹不了，便静静地躺在沙石地面上瑟瑟地哆嗦。华家站在大柳树下，犹豫着究竟是往东，还是往西。这是一个艰难的决策啊！离家出走的这一步做到了，现在到底是往东，还是往西却又实在是难做决断。华家此时很后悔出来的时候忘了看看抽屉里的黄历书，弄得自己不知今年的流年是大利东西，还是大利南北。他原地徘徊一阵之后，华家记得有人教过他据说是诸葛亮铁板数的择吉方法。他伸出左手，将大拇指掐在食指和巴掌的连接处，然后"大安""留连""速喜""赤口""小吉""空亡"地默数了一遍，心里遂高兴道："今天是大年初一，是大安。大安利东南两向。我往东走。"这时，太阳从东边出来了。看得出来，今天是一个大晴天。华家又想起一鸡二狗三猪四羊五牛六马七人八谷九豆十麦这样的日子和物种的对应关系。他想，今天是初一，天气好，说明今年鸡旺。金鸡报晓，日出东方——好，我往东边走！华家都觉得自己好笑——平时跟人说闲话听来的这些东拉西扯的东西，今天居然给自己做决策充当了理论依据。华家自己笑了笑，然后从柳树下纵身跨过水渠，上了汉白公路。马路上还是很冷清，路上没遇到一个人。他明白，昨天晚上人们坐年根守岁，都睡得很晚，大多数人此时还没起床。就算有人起床，现在也不会到马路上来。初一不出户，初二拜家门的风俗，人们还坚持着。现在，华家的心里比起昨天晚上，比起出门前那一阵子，反倒安定了许多，他只顾往牌楼坝方向走，别的都顾不得想。然而，当华家真正走到牌楼坝下时，心里又茫然起来：再往哪走？住旅社？不行。牌楼坝巴掌大个地方，我不认得人家，只怕人家认得我。大年初一，在离麻园子一拃路的地方你苑家老大住旅社干啥？不住旅社，那又住哪？正犯愁呢，路边李醋匠门前那口大缸提醒了华家——到文家窑场找活干。

　　文家窑场是县城西路最大的窑场。跟文家窑场比起来，其他窑场充其量只是一个小作坊。它们一般只是在农闲时节烧制些简单的火笼钵子和蒸菜用的土钵子碗。文家窑场不一样，烧制的是各种型号的缸、盆、瓮、罐、壶。周围的农民到了农闲季节，就会到窑上批发一些窑货走村蹿户地叫卖，挣点零花钱。为了给卖窑货的人提供方便，窑场上专门购置了一些专用的筐子扁担，随时可以出借给批发窑货的人。华家心想，我去看看，有活就找活做，没活就批发一挑窑货往北山去卖，那里遇不到熟人。窑场离牌楼坝不远，转个弯就到了。华家在这里打过工，和窑主文尚成熟悉。因为过年，窑场上很清冷，大大的一个货场，现在只有文尚成的徒弟三子一人在窑场门口扫昨晚放鞭炮留下的纸屑。从地上花花绿绿的纸屑看，文老板昨天在窑上放的鞭炮不少。新的一年还没有破"五"，按风俗，扫地的垃圾只能拢到一堆，还不能运到别处去倒，尤其从屋里扫起的垃圾绝不允许铲起来往外倒。垃圾再多，暂时也只能堆在门角。由于窑场的大门和主人住的院子的门挨得较近，鞭炮纸屑如果不及时扫掉，势必会被风吹得乱飞乱跑。小三子不得不把它们扫到一块，然后铲到场门口用破缸片围起来的垃圾桶里。华家等三子忙完一阵子活，手里闲下了才招呼道："三子，你过年没回去？"

　　"回去了，才来。"三子看看华家，觉得有些奇怪。他问华家："华家哥，你咋今天就出门了？"

　　"在屋没事，坐着也急。"

　　"也不拜年走人家？"

　　"有人走，我在外面惯了。"

　　"听说你家有三台织布机，你还用得着在外面跑？"

　　"我最不喜欢织布。"华家试探地问三子，"哎，你晓不晓得文老板请帮工的活路不？"

　　三子拄着铲把想想说："好像正愁过年找不到给池河送货的人呢！我去给你问。"三子用铲子急忙把地上剩的一点纸屑往垃圾桶里铲。正在这时，窑主文老板从院子里走了出来。文老板见三子在扫地，就说："三子，过年你来这么早做啥？"

"在屋里也没事，想过来把纸皮子扫一下。"

这时，文老板已看到华家，就招呼说："华家，你也这么早？"

华家向前迎文老板两步笑着招呼："表叔，你过年好！"

"好着哩！"文老板边说话边向这边走。等他走近了，华家说："表叔，有没有活路需要请帮手的？"

文老板问："咋，你有空？"

"有哩，反正闲着的。"

"你们家里人都闲不住我倒是听说过的。你爸的织布手艺在这西路坝子名气响呢！"文老板问，"过年有空？"

"闲着的。表叔有没有要我出力气的？"

"给我送趟窑货，行不？"

"好啊！"

文老板说："要给池河街上送趟窑货。正过年，只三子一个人，他年轻，我不太放心，想请个帮手。"

华家说："这活我最合适。我们家离草沟近，前些年正月我们总在草沟割山茅草盖房子。十里草沟，没有我不熟的地方。草沟的人我大多认得。"

"那行。你就给我跑一趟。明天才正月初二，这工钱我给你开两份。你今晚上就歇在我这，明天天亮出门。"

"表叔你放心，今天走都行。"

"今天不行，会摸黑路。明天清早走，上半天过草沟。"文老板又把三子喊过来说，"三子，你和你华家哥搭伴把那车窑货送到池河去。"

"那好！我给华家哥搭伴好。"三子已经把地扫完了，就陪华家一起往文老板的家里去。到了家，文老板把门关了，才对三子和华家说："这车货本来年跟前说好了要给池河戴家商行送去的，结果是我腾不开身子给耽误了。请人吧，年跟前又请不到信得过的人。既然华家你来了，我看正好。一来，华家的家离草沟不远，路熟人熟；二来，都是熟人，知根知底。麻园子苑家是本分人，名声好。华家帮我送货，我心里踏实；三来，正月间，才过完年，比腊月间路上会安全些。要送的是一架子车盆盆罐罐。我放心你们两个，就给你们交个底。这盆盆罐罐里面也还装了点东西。你们要过细一点。当然，是指心里放过细一点，表面上要装得无所谓的样子。去的时候有牛拉着。牛是戴老板买过了的，钱我已经收了。也就是说，你们把货送到戴家商行以后，连货带牛都是戴老板的了。送到以后的事你们就不用插手了，卸货收货都是他的事，你们不用管。你们回来的时候光把架子车拖回来就是了。这就是说，去的时候你们要给我操心，回来的时候就不用操心了。让戴老板给写个条条说'东西收到'就行了。华家，你跟三子一起回来也行，不一起回来也行。"

华家问："表叔，要我们帮你装车不？"

文老板说："不用，车年前就装好了。"

华家说："那我们明天清早走，大中午过草沟。草沟是上垭子、颜家湾、东沟口三个地方有人户。路边人户我都认得。"

"这就好。一车盆盆罐罐，烂泥巴货，不值钱。尽管大摇大摆地过，就是牛值点钱，不过大白天，你人又熟，不用怕。"文老板说，"今天你们没事就在我这里耍，我们喝酒。"

就这样，整个白天华家就帮着三子在窑场干了些杂活。晚上，他就歇在文老板家。因为是过年，文老板一天都是用酒肉招待他们两人。吃了晚饭，文老板给华家付了三天的工钱。华家推辞不要，文老板说："你把工钱收下。那车货我可是拜托你俩了！"华家说："表叔你放心，我就是命不要了，也不会让你的货出事！"晚上，华家心里翻腾了一阵。他想象着今早吃饭时家里见不到他时都会是怎样的反应？今天晚上，还是不见他的人影，家里人又都会是怎样的反应？眼前浮现出种种情景，每一个情景都让他内心感到愧疚。但这只是一会儿的事情，很快，他就找到了说服自己、解脱自己的理由。

初二早上，天刚蒙蒙亮，华家和三子就拉着牛车上了公路。从文家窑场到池河是四十五里路。最费力的是从牌楼坝到上垭子这二十里的上坡路。华家使劲躬着腰，狠狠压低车把，嘴里不停吆着牛。三子则弓着身子在车后拼命地推。老大这样弓着腰身拼命拉车，正好可以避免路过下垭子、高粱铺家门口的这一段路被熟人认出。说实话，以华家现在这个姿势，即便家里人遇到他，若非刻意去认，也是认不出来的。毕竟是三天年还没过完，华家和三子在这二十里的上坡路上竟然一个人也没遇到。一过上垭子，就是下坡路了。华家轻声地吆着牛，两手毫不费力地扶着车把，一路优哉游哉地走着，身心都感到很轻松。进入草沟后，华家始终对前后左右的情况保持着警惕。走到上垭子徐家门前时，华家故意歇下来讨了口水喝。他就是想告诉那些潜在的有可能图谋不轨的人：徐家人看见我进的草沟！再过颜家湾的时候，华家又专门向在院坝里晒太阳的颜家老大打了声招呼，又说了几句话。走到东沟口，华家又和在门前晒太阳的郭家老头寒暄了几句。华家以行动处处示人：我是本地人，都认得我！在十里草沟，华家除了遇到两个放牛的人之外，再没遇到一个人。过完草沟，再过了两县交界的界牌小桥，前面路边的人户就越来越稠，他就再也不用担心出什么意外了。一路顺利，当华家和三子把牛和车都毫厘无损地交给戴老板时，太阳还有一大竿子高。戴老板十分感动地说："文老板硬是替人着想！我原先想，腊月二十七货没送成，那至少也要等到正月初五。没想到文老板正月初二就把货给我送来了！"华家比三子年龄大，就高兴地自充主人说："我文家表叔一再要我们向你道歉呢！本来车装得好好的，说腊月二十七准时给你送来，结果有急事给耽误了。误你的事了，很对不住你！"戴老板感激地说："没误事！没误事！"说话间，戴老板已让人打来了洗脸水，沏上了热茶。接着又是酒菜招待。吃了饭，戴老板写了一张收条交给三子，然后对华家他们说："晚上你们就歇在张氏客栈。账我一月一结，吃住你们不用管。要是没事，明天早上就多睡一下。早饭我安排好，你们就在客栈吃；要是非要走，也吃了早饭走。空车回去，很轻松的。"

池河是一个比较大的古镇。张氏客栈在街东头的古城门边。客栈是楼上楼下两层，每层五间客房。华家和三子住在一楼的第三间客房里。天黑了，街上冷冷清清的，一点也感受不到一四七逢场时候的热闹。华家记得小的时候每次跟父亲来赶场卖东西，总觉得这街道长得很，生怕自己迷路不得出去。这街上卖的红苕熬糖粘爆苞谷花很好吃。每次走到这个摊点前，他的脚就不听使唤了。父亲知道他想什么，总会给他买一坨。随着年龄的增长，池河街变得越来越短。年前到油坊打工的头一个晚上，他买了一坨红苕苞谷花糖吃，觉得怎么也不如小时候的好吃。又有一天，他买了一碗小时候特别想吃的凉拌碱面，也觉得没有当年的好吃了。华家弄不清是自己的口味变了，还是做手艺的人偷工减料了。还有，他那时怎么也想不明白人出门为什么要住旅社。那时，他总是看着张氏客栈想，那里面都会住些什么样的人呢？他和父亲就曾蹲在这个客栈门外卖过东西。那都是清早来，天黑了回啊！整整饿一天。父亲除了偶尔给他买一坨红苕爆花糖或一小盘凉面，自己从来舍不得买东西吃。想着这些事，眼前就出现父亲的面容。华家马上把头摇了摇，把脖子直了直，极力想把这些记忆从脑子里甩掉。他望着窗外的街道问三子："三子，你来过池河吗？"

"我没来过。"

"我陪你去街上遛遛。"

三子马上就起了身说："行！"

这里就只东西方向一条街。因为过年，街道两旁的人家稀稀拉拉地挂了些红灯笼，好歹给街上添了一些生气。华家和三子白天拉车把棉袄汗湿了，夜风一吹，觉得身上很冷。走了没有多长一段，三子就说："算了，回去睡。"回到旅社，他俩刚要进门，华家被迎面走来的一个人故意撞了一下。抬头一看，认出撞他的人是姚先宝。大年初二在这里相遇，两人都很惊喜。姚先宝说："走，到我房间里坐坐！"华家就让三子先回屋去，自己随姚先宝去了一墙之隔的另一个房间。

姚先宝是草沟东口上垭子人。华家和他从小就认识。去年，他在梅家油坊帮工时，姚先宝在山那边的莲花石的一家码头上做事。那天，姚先宝路过池河时被华家遇上，并留着吃了顿饭。华家怎么也想不到正月初二能在这里遇到姚先宝。老熟人大年期间在异乡相遇，真有说不完的亲热话。华家没有透露他离家出走的事，撒谎说文老板过年请不到人，托人带话让他帮忙往池河送一趟货。他已经把货送到，明天打算返回。

姚先宝说："嘿，我跟你的事情差不多。本来嘛，我腊月二十六就要回去的。临走时，我们吴老板从湖北老河口运来了两船货想趁腊月价好把它发出去卖掉。他又不想让船空着放回去，就要我们到周边几个场上去收货装船运回老河口。把船上的货装满，已经是腊月二十九了。从腊月二十三开始，吴老板每天都给我们开双份工钱。你说，我们卖力挣脚板钱的人，既然有机会多挣点钱，非要赶着回去吃那顿年夜饭做啥？我给屋里带了个信，说过年不回去，就留下了。养兵千日，用兵一时。老板平时待我们不错，在这节骨眼上，我也不能拆人家的吊桥。直到腊月三十，我还替老板发了半天货。吴老板好酒好肉的让我们和他家里人坐一张桌子团了年。昨天没事，我帮他做了点杂活，吴老板还是给我开了双份工钱。今天晌午，吴老板叫我赶到这里住店等他从山外西安来的客人，叫我接到客人以后送到莲花石去。"

华家说："看来我们都是在替人分忧呢！"

姚先宝说："说明我们还有点用嘛。"

又说了一会闲话，华家才对姚先宝说："先宝，吴老板那么好，能不能把我引荐给他？"

"听说你们家里很忙的，咋，你还想在外面干？"

"外面跑惯了。真的，帮我引荐一下！"

"吴老板眼下人手够。不过，年前好像听他说他的一个老乡想请一个伙计。要劳力好，能记点账，人的模样要周正一点。"

"干啥活？"

"也是从湖北那边顺着汉江把货运来往汉中、达县那些地方发，再从这里收货往他们那边运。想请的这个伙计主要是帮他装货卸货，再记记账。"

"这活我合适。劳力你晓得，我还行。记账难不倒我。一定请你给吴老板说说！"

"行！"姚先宝想了想，"你不还要给文老板把车拉回去吗？我呢，明天把客人接上交给吴老板，就回去过年。正月十六再过去。"

"我不回了。文老板说了，架子车让三子拖回去就是。我陪你一块去莲花石。"

"也行。吴老板老乡一家人就在那边过年。"停了一会儿，姚先宝觉得那样不妥，说，"不好。我替老板接客人，你跟在一路怕吴老板起疑心，还是我走我的。你等我走了以后，过一会儿再跟来，这样好。"

"也行。"华家说，"等你过了石磨铺了，我再动身。赶天黑前到莲花石。后天，你耽误一下，我来找你。我就说是路过你家门口时遇到你媳妇，你媳妇让我来看看你。见面以后，再说请你找活做。你看，这样好不好？"

姚先宝说："我看这样好。做生意的人都心眼多，怕遭人算计。我们做帮工的，就讲究一个手脚勤、嘴巴紧。"

华家心里有些兴奋。回到房间见三子还没睡着，就说，"三子，托你个事。"

"啥事你说。"

"我明天想到莲花石去，你敢不敢一个人把车子拉回去？"

"那有啥不敢的！我明天起早点，赶中午过草沟，早早就回去了。"

说完话，三子很快就睡着了。华家躺在被窝里一时还睡不着。他很向往吴老板老乡缺的那个职位。那个差事可能忙一点，但对人很有好处，能让人学本事开眼界。试想，一个人每天干的是接货发货的事情，过程中，自然也就掌握了这边和那边的行情。时间一长，也就悟出这其中的道道了。一定要抓住这个机会！在下定了这样的决心之后，华家睡了一个好觉。天快亮的时候，三子把他叫醒，说他想赶早上路往回走。华家从梦中醒来，赶紧洗了一把脸就去送三子。开始，华家和三子一起拉着架子车，直到走完从街头到公路的这段坑坑洼洼的路，他才松了车把对三子说："今天才初三，路上只会有走亲戚的人，不会有乱七八糟的人。你消消停停地走，没事。见了文老板替我回个话，说我很感激他相信我！说不定哪天我会到窑上来看你。"

三子说："没事，天冷，你回房里去吧！"

华家站在路边目送三子过了筒车湾，又过了前池桥，这才折转身往回走。回到旅社，姚先宝已经起床了。他俩闲聊了一会儿，店里伙叫他们去吃饭。吃完饭，他们要给钱，店里说戴老板交代过，不准收钱。因为要等客人，姚先宝吃完饭也不敢离开房间，只是心神不宁地在屋里等。华家知趣地离开客栈到街后的池河边上去闲逛，顺便也就把一会儿乘船的码头熟悉了一下。逛了一个多时辰回来，听姚先宝的屋里还有响动。他闲得没事，就又睡了一觉。待再醒来时，听听隔壁房里一点动静也没有了。华家向店里的伙计一打听，才知姚先宝已经走了有两袋烟工夫了。华家算了算时间，马上就退了房子向飞鱼坎码头赶去。

十八

　　莲花石在凤凰山的南边，池河街在凤凰山的北边，两地之间约三十里路。如果从池河街出去径直向南走，那就先过池河，再翻凤凰山，这是旱路。也有一条水路，是从池河街的西头出去，到飞鱼坎码头上船。池河从秦岭北坡流出，过了街东的前池桥突然把由北向南的流向改为由东向西。水流十五里以后，再和由西向东的汉江迎面相接，然后一起向东流。汉江从凤凰山的南边逶迤东去，一直到汉口才汇入长江。莲花石街在汉江北岸。从池河在马坡岭并入汉江算起，到这里还有十五里水路。这里之所以叫莲花石，是因为街的西头江边有一溜一里多路长大小不同、奇形怪状的白色石头，其中最大的一组怪石，形象酷似白色的莲花。外来人无不对这组怪石啧啧称羡。苑华家选的是从水路去莲花石。在飞鱼坎渡口上船，一路上顺风顺水，这让他禁不住想起小时候在牌楼坝上学时程先生说过的一段话来。那段话的意思好像是这样：人助天助。天只助那些有想法，也有行动，而且仍然在行动的人；助那些在路上辛辛苦苦走着、忙着的人。天绝对不会助那些只嘀嘀咕咕说空话，发牢骚，怕动弹的人。华家之所以还能记起这段话，是因为当时程先生在讲这段话时手抄在背上，撅着屁股在讲台上走来走去，他们都觉得好笑。有几次，华家也学着程先生的样子在讲台上给同学们逗乐。那时候，华家并没有理解程先生说这话的意思，直到这阵在船上闲来无事，想想从前天到今天的经历和际遇，突然就领悟这段话的意思了。于是，华家也就对这次的莲花石之行充满了信心。

　　苑华家到莲花石的时候太阳已经不高了。他发现这是一条半边街，顺着汉江北岸的凤凰山南坡依山临水一溜住了有二十多户人家的样子。这些人也都是靠汉江吃饭的。从这里往东每隔二三十里路就有一个比这大得多的集镇，一直延续到安康，到武汉；往西，顺汉江而上二十里就是石泉县城；往北，可以越过秦岭去西安；往南，翻过巴山能到达州、重庆。这样一说，大家就会明白莲花石的半边街为什么能够存在了。只是民国二十六年，为了抗战抢修了从陕鄂交界的白河县到陕川交界的汉中这条汉白公路，汉江水运的地位才被弱化了一点。但从眼下的实际情况来看，弱化得很有限。因为除了每天早上的邮政车和零零散散的骡马车之外，汉白公路上基本没有车辆通过。莲花石半边街的人们依然在靠水运忙碌着。虽是大年初三，此时街上仍然有人在做着买卖。华家到邹家客栈门口的小摊上要了一碗菜豆腐和两个米浆馍先充了饥，再到客栈要了间最便宜的房间住下，又把头发、衣服整理了一下。见太阳还没有搭山，他就径直向吴家商行走去。到了商行门口，华家问一个出来倒泔水的人："大姐，请问这里有个叫姚先宝的人吗？"

"在呢！"那女人直起腰喊，"姚先宝，有人找你！"

姚先宝应声就从屋里跑出来，见了华家，假装愣了一下，然后就故作惊喜地问："苑华家，咋会是你呀？你从哪里来嘛？"

"我从池河那边过来，想到东边的油坊坎去。我才在邹家客栈住下。今天早上，我从你家门口过的时候，遇到你媳妇。她说你过年忙得没顾得回去，要我顺路看看你。你还好吧？"

"好好好！"姚先宝说，"年跟前柜上忙得很，掌柜的留我帮了几天忙。现在忙完了，正准备明天回去。走，到我床上去坐了说话。"姚先宝就把华家让进住的宿舍里。华家发现这是一个三人的宿舍，有两张床空着，上面放着折叠起的被子。他们的枕头都是用从树上割的棕丝卷成的。再看姚先宝的枕头，从表面看是布做的，细看也是在棕卷上面搭了块布，被子油光光的，好像一直就没洗过。华家心里一方面同情姚先宝的辛苦，一方面又在心里想，离汉江这么近，咋就没把铺盖洗洗？华家顾不得坐，就悄声地说："先宝啊，我太记挂着你说的那个差事了！"

"那我现在就去看掌柜的有没有空，要是有，心情也好的话，我就给你求个情。"

"劳慰你啊！"华家向先宝抱了抱拳。

姚先宝匆匆出去以后，华家站在床边心里像被蚂蚁爬着一样烦躁不安。他不断地在原地挪动着脚，两只手也不断地上下铰着。这样过了一会儿，姚先宝无精打采地走了进来。见状，华家的心里就凉了半截。姚先宝也不说话，他一进来就一屁股坐在床上。华家虽说心已经凉了，他还是不甘心地问："咋样呢？"先宝说："人家请到人了。"

华家一听这话，也就一屁股坐在另一张床上。一看华家这样泄气，先宝就把脸凑近他的脸，用两只眼睛直逼着华家的眼睛，然后慢慢地把紧绷的脸舒缓开来猛地将华家抱住说："吓唬你的！给你说，老板心情很好，叫我把你带去看一看。"

华家"呼"的一声蹿起来，打了先宝一拳说："你这家伙，看把我难受死了！"

吴掌柜有四十多岁的样子，胖墩墩的个子，圆脸，憨态中透着机警，那满脸笑花的背后，细眯眯的眼睛却闪烁着慑人的光。见了华家，吴老板先把他上下打量了一番，然后问身边坐着的一个人说："杜能，你看咋样？"

那个叫杜能的人也是胖圆的脸。他把华家再看了几眼问："一直在外面干活吗？"

"一直在外面。"

"有三十了吧？"

"三十一。"

"念过书？"

"念过，能记账，能写得通句子。"

"屋里走得开？"

"一点牵挂都没有！"

杜能和吴老板交换了一个眼色，然后问："这阵子就能上工吗？"

华家说："这阵子就能上工。"

"好吧！你现在就跟我去看看地方。明天上工。"杜能起身就往外走。华家对姚先宝说："先宝，那我就去了，明天路上过细点，我不送你。"

吴老板的商行在街的中间，杜能的商行在街的东头，不一会儿就到了。华家注意看了看，这个商行也就依山临江一溜瓦房，前面是两个铺面，后面的小院子里堆放着一些货物。从门前跨过石板街道，就是往江边码头去的石梯坎路。也就是说，从这里搬运货物可直接就到江边上船卸船。杜能对华家说："你来，主要是帮我把后面这些货物打包，记账。还有就是把船上运来的货物记账存放。至于打包，零散的，你自己打，大宗的，我会另外请人。这活就是要细心，腿脚要勤。住的，就是东边角里那间房。平时你一个人住，请了人来就和你一起住。里面有四张床，铺盖都有。你现在搬来住也行。"

"我已经住下了，明天搬过来吧！"华家说。

"也好，白天能把房子收拾一下。"

杜能又把家里的人也向华家做了介绍。家里三口人，就他和两个老表。

十九

　　今天是年后首次出花灯的日子。太阳还没落，跟弟就从大门外跑进来喊："快看，黄泥包有人耍船了！"接着，五斤子也喊："狮子，狮子也出来了——我要看灯！"从堂屋往外走的满婶听到孩子们的喊声，就用手扶着门框向黄泥包那边瞅了瞅，果然见有人把花花绿绿的彩船"撑着"在戏楼前面的场子上跑圈子。紧接着，敲锣打鼓的声音也阵阵传来。满婶抬头看了看，见天气很好，就走到机房门口对几个织布的媳妇宣布："黄泥包出灯了，你们都去看。"大媳妇说："我不爱看。"满婶说："都去看。"三媳妇问二媳妇："二嫂子，看灯去不？"二媳妇反问："你呢？"三媳妇说："我不想去。"二媳妇说："干脆我们等到正月十五到牌楼坝把这一片的灯一次看完。"四姑娘听三个嫂子都说不去看灯，就对满婶说："妈，我和老五、老六一人一个把五斤子、跟弟、银娃子背去看灯。"

　　三媳妇听了四姑娘的话，就开玩笑地扯着嗓子喊正在磨棚里做小板凳的老四："老四，四姑娘看灯去呀，你快去牵毛驴！"

　　三媳妇的话倒把满婶提醒了，笑着冲三媳妇说："你没一句正经话。"然后对老四说："老四，你也去看灯。你和老五、老六三弟兄把五斤子他们三个背去看灯。小心莫叫人把他们挤着了。"

　　老四红着脸说："我不去，我做板凳娃儿。"

　　"哪个说不去！一阵把工具收了走！"

　　听婆婆顺了自己的话，三媳妇很得意地催老四说："老四，看把你能的。老太君的将令都敢不依从？陪四姑娘看灯去！"

　　二媳妇在一旁嗤嗤地笑。

　　满婶又换了口气认真地对老四说："老四，快点收拾了，带五斤子他们去！"又特意叮咛四姑娘："四姑娘，你帮他们把三个小的招呼一下。"

　　老四见母亲认了真，就收了工具和老五、老六一起把三个孩子背着往外走。四姑娘就跟在三弟兄后面。一行人到了黄泥包，连着观看了黎家院子、王家院子的首场花灯试演。因为是头一次出灯，耍灯的、敲锣打鼓的，还有勤杂人员之间的配合还都不太协调。老四他们看得不够尽兴。好在这里的灯还没看完，牌楼坝那边的鞭炮声和锣鼓声就响成了一片。老六对四哥说："走，四哥，我们到牌楼坝看去！"

老四问老五："你说去不去？"

老五说："天气这么好，也不用点稻草照路，去！"听五叔和六叔说去牌楼坝，三个孩子急得马上就要去。老四说："走，说走就走。"当老四他们三弟兄背着孩子和四姑娘一起往牌楼坝赶的时候，大路上已经拥来很多人了。庄稼人忙碌了一年，难得轻松热闹几天。对他们来说，看灯只是个由头，主要是为了感受一下热闹的氛围。还有一条重要的原因，那就是熟人平时不容易见面，趁着看灯的机会，互相打个招呼，凑个热乎，三三两两聚到一起说说闲话。老四因为会几样手艺，一路上遇到了不少向他打招呼的人。待他们赶到石牌楼前面出灯的大场子上时，那里已经是人山人海了。老六把背上的跟弟交给四姑娘，自己在前面加塞子开路，硬是把一行人带到看台下面的一个高地方，把今晚首场出演的采莲船、龙灯、狮子灯看了个真真切切。尤其让三弟兄高兴的是，他们亲眼看到了二哥华兴指导并亲身表演的采莲船。他们认为二哥演得最出色，无论是卧滩、盘船、划船，还是扭、唱、道白，都比别人耍得出色。待把几拨灯都看完，天已经快到半夜了。三弟兄一路走一路议论，有时四姑娘也跟着附和几句，说到高兴的时候，他们还会模仿着哼唱几句。他们就这样兴奋着、说唱着，顺着从麻园子出发的大路重又返回麻园子。在这一路上，最高兴的莫过于跟弟，中途有几次听到六叔和四姑姑哼唱她父亲写的歌词，她就高兴地直喊："这是我爸写的！真的，这是我爸写的！他那天在屋里边写还边唱呢！我记得的。"

老四他们还没进大门，走在最前面的老六首先就忍不住地高声叫喊道："二嫂子，我二哥耍船了，数他耍得最好。"接着跟弟也大声附和："就我爸耍得好！我们都看了，就我爸耍得好！"

二嫂子是最先从屋里跑出来的。她赶紧把跟弟从老六背上往下接，同时也心里忐忑不安地问老六："啥？老六，你说你二哥耍船了？"

"是啊，我二哥耍得好啊！我们还听得边上的人说，那些歌子也都是我二哥写的。"跟弟赶紧帮着六叔说："我爸耍船样样都会。你看，他是这样先扭，扭完了就唱。"跟弟刚摆开姿势准备给母亲学她爸怎样扭和唱呢，突然听见爷爷在身后吼了一声道："胡闹！"听见爷爷的吼声，跟弟吓得赶紧偎在母亲的身边大气也不敢出了。老六本来还想给二嫂学二哥怎样耍船，见父亲黑着脸出现了，马上就想往屋里溜。父亲双目灼灼地问老六："你说你二哥在耍船？"

老六胆怯地避开父亲的眼睛说："耍了，人家都说好的嘛！"

"不务正业！"父亲生气地一屁股坐在门边的椅子上。老六趁机溜进屋里去了。

满婶在屋里听老四他们看灯回来了，就准备收拾一下上床睡觉，又因听见老汉的骂人声，就走出来想问个究竟。一出堂屋门，见二媳妇一副委屈相愣在屋檐坎上。大媳妇、三媳妇也都拉着自己的孩子站在门口等公公训话。她正想说话，闪了大门折身往里走的老四理直气壮地对父亲说："爸，二哥耍船一定是乡上叫他耍的。今天晚上是牌楼坝几拨子灯第一次出来耍。听说这叫彩排，说还要到县城去比赛评奖。我听乡长说的。他说上面要叫把年过热闹些，越热闹越好。县上还来了人，好像是姓景的。开始的时候，船耍得不好，我二哥就去点拨，后来耍得就好了。"

母亲问："老四，你是说你二哥是在教着人家耍船？"

老四说："是啊，他耍得好啊！他一点拨，那船就活了啊！"

"我说老二咋正月初三就跑到乡上去了。"满婶说，"那就没有啥嘛。老二是乡上的人，人家乡长去了，还说了话。县上也去了人。那就没有啥嘛！看那样子，还说不准是乡长叫他耍的呢！就算不是乡长叫他耍的，也没啥。我听说余家淌的余家二舅，还有牌楼坝的程先生，有人来给他们耍灯的时候，他们也都跟着一起耍，还故意耍些怪的逗大家笑呢！"

一直站在院坝里还没说话的老五这时才接了母亲的话说："我听张乡长在前边说，上面说了，眼下是太平盛世，要歌舞升平，让老百姓和政府同乐，越热闹越好。人多，听不清，反正就这个意思。"老五是上过学的，他学乡长的话，应该差不多。

听了老五的话，建书老汉才舒展了脸色问老五："你是说张乡长也去了？他先说那些话，后面才耍的灯？"

"乡上的人好像都去了。县上也去了人。"

建书老汉心里踏实了。他想，真说不准是乡上让老二到前面去耍船呢！不过，文书该做的事情应该是很多，闷在屋里写歌子总是不太好。想当个啥长一类的人，稳当、深沉怕是最要紧的。你在人前唱唱跳跳的会不会给人不稳当的印象呢？

这场风波过后大概有两天，甲长欧有根到麻园子找三媳妇翠翠。他正要进大门，碰巧翠翠从院子往外走，准备下河洗衣裳。

翠翠先招呼有根说："甲长大人，你年过得好啊！"

"哟！妹子又封我当大人了。"有根笑着把翠翠打量一下说，"过年洋火了。"

"哪有你洋火？"翠翠也把有根打量一番说，"看嫂子多能干，把你服侍得衣裳板直板直的，四楞上线，脸上油光水滑，神气得很嘛！"

"好，说正经的。"有根说，"我从牌楼坝回来，这里有你一封信。"

"到屋嘛，门都不进？"

有根说："下垭子我黄家表叔急着要说事，不进屋了。"然后把信交给翠翠，转身就往下垭子赶。翠翠瞄了眼信皮子，发现是老三的信，就赶紧从上衣襟放进怀里，打算返身回屋去看完信再去洗衣裳。她刚要进门，公公走出来。他问翠翠："听见有根说话，他人呢？"

翠翠说："他说下垭子有人等他说急事，走了。"

建书抬头看时，有根已经到了泡冬田坎。建书喊："有根，你到门上了也不进屋？"

有根站住说："表叔你年过得好啊！我从牌楼坝回来给翠翠捎了封信，给她了。我到下垭子去，我表叔等我说事。"

"过了年还没在一起坐过呢！等你忙完了，我们一起喝杯酒。"

"要的，我走了。"有根匆匆地走了。

公公和有根说话的这会儿，翠翠已经急着进屋开始看老三写给她的信了。此时，她的心在怦怦地跳着，手也颤抖着。老三写的每一句话都打动着她那炙热的思念之心。老三知道翠翠识字不是太多，因此他字写得很工整，语句也尽可能地用口语，用常用字，让翠翠都能看得懂。老三在信里告诉翠翠，他年前执行了一次重要的物资调运任务，立了功，军衔由中尉升了上尉；还说要她注意休息，保重身体，把银娃子带好。翠翠非常激动，脸上滚烫滚烫，一股莫名其妙的热流在周身膨胀着，涌动着。她强忍着急骤的喘息，但眼泪还是在不经意间滴到了纸上。好在银娃子这阵不在身边，她捧起信纸，将它压在她那高高的胸脯上，心里嗔骂道："苑华业，你个坏家伙，几个月不见你了，人家想你想得都快要疯了！真的，我都快疯。你啥时才能回来呢？我都梦你多少次了。怪呀，怎么一梦就是梦在纱帽石住旅社的那些事呢？"翠翠心里这样说着，眼前就出现了老三的面容。他正在向她调皮地笑着，笑着，笑得是那样温柔迷人……过了好一会儿，翠翠才从激动中慢慢恢复平静。她把信折起来压在床头的被褥下面，再对着镜子把脸上收拾了一下，端起杯子喝了一口冷水，然后向婆婆的房间走去。到了堂屋，翠翠见公公正在收拾别人还回来的碗盏。她就主动地先给公公说："爸，华业来信了。他要我向你问好！"

"老三来信了？"满婶听三媳妇对公公说话，就从房里走出来。

三媳妇把身子转向婆婆说："妈，我正往你房里走呢！华业来信了。"

"好，好。"满婶很高兴。她说，"昨晚上我梦见一大片绿油油的菜地，远的地方还有一大片火光。醒来后，我就在想，是不是老三快回来了。没想到，他人虽没回来，信总算回来了。"

"他说没说他干得顺心不顺心？"

"我正要说呢！年前他立了功，由中尉升上尉了。"

"好！好！"婆婆连声说着好。公公更是高兴地一下站直了腰。正从门口过的老六插嘴问道："啥？三哥升上尉了，上尉是个啥样的官？"三嫂子说："我也不懂。"老六心想，管他啥官，反正升了就是好事。他马上就跑到机房这边找到银娃子说："银娃子，你爸升了，升上尉了。"银娃子愣了一下，转身跑去找他妈。他先到睡房，没找到他妈，又往堂屋里跑。银娃子一见到他妈就问："妈，我爸升上尉了，是吧？"

"是当上尉了。"

"我爸啥时回来呢？"

"他没说。"三媳妇这样回答着儿子。她想了想，又转过脸向公公央求道，"爸，你请人帮忙把华业弄回来，找个差事嘛！"

公公又蹲下去继续干他的活，想了好一会儿才说："他上的军校，是队伍上的人，怕是不好往回弄。"

三媳妇转而又求婆婆说："妈，银娃子也这么大了，还是应该让他爸回来教他好些。"婆婆用手摸着银娃子的头，想了好一阵才喃喃地对老头子说："老三总在队伍上吧，也叫人操心。我一看到马路上那些乱哄哄的队伍经过，心里就毛糙得厉害。老三他们这个啥子基地打不打仗呢？"停了停，她又安慰三媳妇说，"三女子你也莫急，急也没有用。这事得从长远的来。"说完话，她又进屋去了。

眼看就天气变暖，过冬的衣裳该收起了，有一大堆的针线活等着做。喜事归喜事，但喜事不能代替人干活。老汉的手没有停了干活，满婶的手也没停着。见公婆都在分享老三的升衔喜悦之后又开始忙活，三媳妇便拉着银娃子一块到机房去。洗衣裳的事要等忙过一气之后抽空再去。三媳妇一进机房，二媳妇就调皮地说："上尉娘娘怕要请客吧？"

大媳妇疑惑地问："上味？上味是啥？"

二媳妇纠正说："上尉，不是上味。上尉是队伍上的官名。"

大媳妇说："上尉是多大的官呢？"

"管他是啥子官，我看把人关在家里过自己的日子最好。一年四季见不着个人，当个啥官又有啥意思？"三媳妇怅怅地这样说。

"哪个说没意思？"二媳妇的机子上断了一根线。她停下机子弯了腰一面接线头，一面调侃说，"老三去年不是还带你去了趟安康吗？你不是还坐了一趟汽车吗？你们两口子不是还住旅社快活了吗？他要是不当官，你能沾得上这样大的光？大嫂，四姑娘，你们说，我们哪个坐过汽车？哪个去过安康？哪个又住过旅社？"说到这里，二媳妇把断了的线头也接上了。她直起腰来，冲三媳妇诡谲地笑着问，"你老实说，你们晚上在旅社都干了啥？"

二媳妇的一席话倒是把三媳妇的荣誉感给唤醒了。她在一瞬间又迅速回忆了一下那次十分愉快的旅行。她见二嫂有意要逗她，干脆来个顺着竿子爬，一则可以让二嫂高兴，二则也可以让自己在心里缓一缓思念老三的苦楚。于是，三媳妇就说："乖白兔，我可好久没叫你乖白兔。你又来逗我。你好像瓜得很呢！你说两口子住在旅社还能干啥？这个你不晓得比我多懂多少呢！你还跟我装——装啥呀，哦，装清纯？二哥隔三岔五地就回来歇，你说，你们黑灯瞎火的都干了些啥？"三媳妇真来了兴趣，放下手里倒筒车的摇把，还没说成话自己先笑得半弯了腰，用手指着四姑娘对二嫂说："我提醒你啊，今后说这种话的时候要注意点。这里可有个还没圆房的清纯少女。你说这些话，小心把她教坏了。"

四姑娘马上红了脸说："我耳朵不好，你们说啥我都没听见。"

二媳妇接着三媳妇的话说："四姑娘听一点也没啥不好，省得到圆房的时候要你教。"

"我教不了。我哪有你乖白兔懂得多？你没听前天老六说的吗？二哥会耍船，会坐船。这坐船的人是啥人？是小姐，是那个，那个戏里面的旦角。二哥能当旦角，懂得才多呢！晚上都不晓得用的啥花样在服侍你呢！"

二媳妇被三媳妇给说得脸红了。她一急，竟揭起三媳妇的底说："哪比得上你！你不是跟我说你在安康看了啥子娃娃书吗？说不定你们都照着书上画的耍了！"

"你！"三媳妇也被二媳妇说得不好意思起来，装着生气地说，"算了，有些话我不给你说了。"

"唉！"门口传来婆婆的声音，"听听你们两人疯成啥了？也不怕外人听了笑话你们？"

三媳妇把舌头从嘴里伸出半截，冲着婆婆做了个怪相说："妈，你该把二嫂管管了。她蛮说拐话来逗人家，该打她的嘴巴。"

二媳妇说："妈多明白的人，才不会打我嘴巴呢！"

婆婆假装生气地把她俩一人看一眼说："都是好人哪！啥话都能放到嘴里往出说。"

这里刚消停，老六一步从门外闯进来说："我在三堰头上见到徐猫子了。我问他啥是上尉，他说中尉一般是连长，上尉就是营长级别了。我问营长能管多少个兵？他说连长管一百多个，三个连一个营。我问营长牛不牛，他说：'咋不牛？人家有勤务兵，啥杂活都是勤务兵干。'我又跟他说我三哥是上尉了。猫子说：'厉害！我当了那么多年兵，才是个下士。就我这个下士就把新兵蛋子收拾地得儿得儿的。你哥是上尉，人见了他都得敬礼。别说有多神气了！'嗨，要是三哥带着他那三百多人往我们麻园子一站，那可多神气！"

二媳妇抢了话说："到那阵，再让你三嫂子披着长卷发，穿身缎子旗袍往你三哥身上那么一靠。那多有气势！"

三媳妇停了手里正摇着的车把，脸上呈现出一副陶醉的样子。满婶看看三媳妇，然后白了老六一眼说："你一惊一乍，跑前跑后，累不累？白米完了，蹓米去。"她想了想又警告老六说："不准搭惹徐猫子。你听说过吧，那不是好人。"

"才不是呢！"老六不认为徐猫子不好。

满婶有点不耐烦地说："蹓米去呀！"

老六说："五哥昨天少蹓了三百下。说好了，今天他先蹓三百下我再蹓。"老六很不高兴地出去了。

二十

忙忙碌碌间，春天已翩翩而来。待麻园子的人抬头看时，凤凰山最高峰铁瓦殿戴了一个冬天的白帽子不知什么时候已经悄悄地卸去了。

春天是在不知不觉中来的。麻园子的男人比女人更先感受到了春天的信息。先是建书老汉不知从哪天开始，出门时不再把两只手笼在袖管里了。老四、老五、老六上山砍柴的时候，先是走到黄沙梁爬一会儿坡就得解开棉袄的布扣子。过了几天，他们还没到黄沙梁，就得解开扣子敞开袄襟。当担着柴担往回走时，才刚刚动脚，那热汗就哗哗哗地顺着背心往下淌。不过，季节的变换对于庄稼人来说只有条件反射式的自然应对，也就热了解几颗扣子，冷了再把扣子扣上的事。再热了，天晴时把棉袄脱掉，然后在贴身的地方塞进一件补丁摞补丁的汗褂子。天气变了，再把它穿几天。当然，脱棉袄不是一件容易的事情。庄户人家衣裳少，只有一新一旧两件像样点的衣裳可以罩在外面穿，真正要脱掉棉袄，已是立夏节后的事了。

月河水滩中紧紧巴巴地缠绵了一个冬天的青苔慢慢地动起来。开始是离流水最近的青苔突然颤动几下，再过一会儿，颤动过几次的青苔挣扎着从大朵的或簇拥成疙瘩的青苔群落中分裂出来。分裂出来的青苔对流动着的水流试探性地摇一摇，再摇一摇，过一会儿就毅然决然地告别它们待了整个冬天的地方，头也不回地追赶水流去了。走了一片，又走了一片，再走了一片，聚积在河滩里的青苔越来越少，河滩开始变得清澈了，明亮了。河水流动的声响也一天比一天更大了。住在河边，长年累月靠在河滩里用葫芦瓢把水舀进木桶挑回去饮食的人们，终于不需要在头天晚上用野竹梢扎成的扫帚去清扫河滩了。水一流动，不知在哪过冬的织娘就回到水滩，它们欢快地一进一退地忙碌起来。从大石头下面游出来的白条鱼、麻棒子鱼、桃花鱼成群结队地游来游去。河边潮湿地方的水草慢慢变绿，变绿，再变绿，嫩嫩的芽尖终于蓬勃地长了起来。看见水草长起来了，野地、坎边的野蒜赶紧抢时间把瘦长的身个往上拔。接着，便是地里各种野生的五颜六色的嫩苗疯抢着往高往大长。闷头花、羊角花、紫藤花、牛王刺花们绽蕾吐蕊，以绚丽的身姿呈现在暖融融的太阳之下。对于外面发生的这些变化，麻园子的女人们似乎一点都没有感觉到，因为她们整天从头到尾都在围着一些固定的程序忙碌。这些程序的起点是线，终点是布，当然，最终的点是钱。用这些程序积攒钱，积攒到一定数量的钱，再去买田地，置家当，赢声望，图尊重。大家每付出一份艰辛，从道理上说距离那个目标应该也就越近。每天早上，从建书老汉的那个大哈欠声开始，一直到晚上的某个预定目标的完成，麻园子的女人们基本上就没走出过这个院子。这么说来，春夏秋冬的季节变换对她们能有多大关系呢？她们有的是活干，有的是事做，哪会有空闲时间赏春抑或悲秋？虽然今年的春天已经很深了，大家还是没有在意。直到有一天，满婶到黄泥包黎家院子走了一趟，才猛然惊呼一声："哎呀，绛杆菜快老了！"

采绛杆菜切细晒干做茶菜（盐菜）是满婶每年都要做的事。说的是绛杆菜茶菜，其实也不全是绛杆菜做的，其中还切的有臭老汉（鱼腥草）、野蒜、红椿树芽等。这几样叶子采回来晒干切成茶菜，是干盐菜里面最逗人吃的。起码，城里人没有做这道山野菜的条件。用它蒸蒸肉、炒肥肉既串味又吸油，连不吃肥肉的人也能吃几片。满婶每年做好绛杆菜茶菜之后，总在第一时间让建书老汉给县城的胡二爷、秦幺爷，还有牌楼坝的程先生送些去。这三个贵人都喜欢吃这道菜。建书还记得他第一次带着忐忑的心给他们送这种野菜时，他们三人几乎是异口同声地说："建书啊，你有心来看我，我很高兴。不要花钱买啥东西，我不缺啥东西，也吃不动那些东西。就把你们做的这绛杆菜茶菜给我包一点来，就很好。喜欢吃的东西就是好东西！"建书感动地说："只要你老人家不嫌弃，我保证每年都精心精意地给你做一点！"建书是个信守承诺的人，这么多年过去了，每年他都会在春夏交替之际，准时给这三位老人送去这种山野菜。老伴满婶也始终记着这件事。她当时听建书学说了三个老头的话后就说："人家山珍海味缺啥呢？啥都不缺，就是要份真心实意。我们只要是真心实意就对了。"今年真是忙，忙得差点把这么重要的事给耽误了！要知道，到了季节，野菜疯长，适合采割的时间也就那么一两天。季节不等人。满婶从黄泥包回来就直接到机房门口对儿媳妇们说："今天晚上多坐一会儿，把机子上的布扯下来。我才从黄泥包回来，见绛杆菜都快老了，得抢着割回来。明天全都出门割绛杆菜。"

"哎呀呀，我腰酸背胀，总算能歇一下了。"三媳妇把机子停下来伸一个长长的懒腰说，"整天在屋里钻着，连啥季节都懒得管了。"见没人搭话，三媳妇再伸了个懒腰像说戏文似的说："割绛杆菜好啊！游春，游春，愉悦心身，美也哉！"说完话，她又开始织布。二媳妇和四姑娘笑了笑，也都没有停手里的活。

第二天清早，借助露水的滋润，绛杆菜的嫩芽挺着直直的腰身，正是采割的最佳时段。四个儿媳妇提篮挎篓地出了门。五斤子、跟弟、银娃子昨晚听说母亲们要出门割野菜，都分外兴奋。他们已经发现田坎上嫩丝茅草的毛芋（嫩花蕾）正是好吃的时候，再晚一点，就老得嚼不烂了。没有大人带，他们只能在房前屋后徘徊，不敢去更远的地方。明天有大人带着，他们可以到更远的地方找更壮更嫩的毛芋。还有长着白乎乎叶子的鸡爪子苗也长得老高的了，再不剜它们的根吃，今年就错过季节了。刚才，三个孩子也是听爷爷的哈欠声一响就赶紧起床了。现在，他们都带着自己的小工具跟着大人出了门。只是三个小家伙出门后不跟在自己母亲身边，而是跟在四姑姑这个大孩子的身后。四姑娘只好一本正经地对孩子们说："要跟我一路，就要听招呼。先割绛杆菜，后抽毛芋、剜鸡爪子。哪个不听话，我打哪个的屁股！"

说是割绛杆菜，其实是掐绛杆菜，掐臭老汉，掐野蒜，掐椿芽子。试想，如果掐不断，晒干了又怎么嚼得烂呢？四个媳妇都是各走一方寻找最好的野菜苗。三个孩子跟在四姑娘身后，看四姑姑掐啥，他们就割啥。四姑娘明白，他们采割什么都不重要，重要的是他们的安全。但保证孩子的安全固然重要，自己采割野菜的数量和质量也不能逊色于几个嫂子。道理明摆着，三个嫂子都是大人，也都是苑家的老媳妇，干这种活，年龄小的占优势。二嫂子、三嫂子又是富裕人家姑娘，在娘家就没干过多少活。我年龄小，是穷人家出身，上山下地是我的本分，必须比她们掐得多掐得好，不然说不过去。为了腾出手来多掐野菜，四姑娘只好把三个孩子带到一个大土坪里，要求他们先别乱跑，必须先把自己的小篓子装满了野菜，才带他们抽毛芋剜鸡爪子。安顿好三个孩子，四姑娘就抓紧掐野菜。四姑娘采满了一背篓野菜之后，她偷偷地看了看远处的三个嫂子，见她们还没有自己采得多，心里先踏实了一点。她给孩子们说："四姑姑先把菜送回去让婆婆选，一会儿我来了就带你们抽毛芋。说好啊，一会儿我看，哪个表现好，我就多给他抽。"三个孩子就乖乖地在原地玩着等四姑姑。

　　四姑娘把孩子们稳住以后，赶紧抢着第一个把已经采满的一背篓野菜背回去倒。这时，满婶已经在院坝里放好了筐篮，打算把媳妇们采割回来的野菜再挑选一下，再拿到河里去洗。四姑娘把满满的一背篓野菜倒了以后，马上又赶回去照看孩子。在来时的路上，她已经看好了，离孩子们所在草坪不远的地方有一个小山坡。那里在年前曾是一片茂密的丝茅草，后来被放牛娃放了一把火烧了，有草灰做肥料。如今，那里已是一片葱绿，肯定有很胖很嫩的毛芋。在这片被烧过的草坡两边，从颜色上已经能看到长势很好的臭老汉苗子。四姑娘让五斤子在前面向坡上走，她则两手牵着跟弟和银娃子一起向坡上行进。太阳光鲜明媚，晒在人身上已有点嫌热了。一群群的蝴蝶在眼前飞来飞去，嗡嗡叫着的蜜蜂紧张地寻找着可以采粉酿蜜的鲜花。四姑娘一时高兴，就用手里的镰刀敲打起身边的石头，嘴里就很有节奏地说起了顺口溜：

　　　　春天好，春天乐

　　　　快快搭伴儿来干活

　　　　猪捡柴，狗烧火

　　　　老鼠子砍柴嘀嘀啵

　　　　小蜜蜂嗡嗡去采花

　　　　小燕子叼泥来垒窝

　　　　蚂蚁忙着搬新家

　　　　喜鹊喳喳来献歌

　　　　人多热闹不晓得累

　　　　喜气洋洋好把日子过

　　四姑娘先是自己在嘴里轻声试着说，孩子们听到后就非要四姑姑教他们说。四姑娘只好一句一句地教："春天好，春天乐，快快搭伴儿来干活。猪捡柴，狗烧火——"这边四姑娘正带着三个小孩子说顺口溜，那边满婶正把四姑娘刚背回去的野菜选过之后提到河里去洗。她远远听到四姑娘他们一边用镰刀敲着石头，一面四张嘴齐声说着顺口溜，不知不觉间，把自己也给听进去了。她嘴里默默跟着说了一遍，不禁感慨道："这个鬼女子，要是生在大户人家，那还不成人精精了！"她真为老四高兴。

老六昨天感到肚子不舒服，没跟四哥、五哥到灯盏窝去做种地的准备。他现在觉得好了，肚子不痛了。见嫂子们去采野菜，他就提了个大筐子随后出了门。当然，老六是不会跟在嫂子们后面的。出了门，他记得毛狗洞那边河滩上绛杆菜、臭老汉、野蒜都有，便径直去了那里。走到靠近河滩的那根田坎，老六一眼就看到坎下那一片白丝茅草地的毛芊非常好。真应了"三月三抽毛芊"的口歌，那毛芊长得是少见的嫩和壮。老六拣好的抽了一把放在筐里，然后到靠近河滩的地方去掐野菜苗子。这里靠近水边，加之夏天发大水的时候从上游冲来的泥沙大量淤积在这里，使这里的土壤很肥很湿润，野菜也就比其他地方要肥厚壮实得多。老六很高兴。他很自信地想，我掐的野菜肯定比她们哪个掐得都会好一些！等野菜把筐子装满了，老六发现不远处的石堆里长的酸汤杆比去年的更粗壮、更鲜嫩。他赶紧去掰了几根打算带回去给侄子们吃着玩。掰了酸汤杆又发现大石头那边有一片很好的毛芊，他又兴奋地想去再抽些毛芊。刚走进草丛，他就意外发现有两条菜花蛇纠缠在一起。他捡起一块石头想去砸，犹豫了一下又把石头扔掉，没砸，顺原路退了回来。

老六回家的时候，满婶已经把饭做好了。等三个孩子到桌边吃饭的时候，老六把他掰的酸汤杆和毛芊给孩子们进行了分配。他边分边说："要不是看见有两条菜花蛇缠在一起睡在那里挡路，我会给你们抽更多更好的毛芊！"

说话人无意，听话人有心。老六的这一句话可把满婶吓得不轻。她刚走到桌边就惊恐地问老六："老六，你说你看到了啥？"

"我看到两条菜花蛇缠在一起睡呀！"

"你把它们打死了没有？"

"没有啊！我把石头捡起来想砸，又没有砸，把石头甩了。"

满婶吓得面色惨白地说："该砸死它！该砸死它！"

已经在吃饭的建书老汉把筷子停在半空。他阴郁地问老六："蛇还在那里没有？"

老六说："过去这么久了，肯定不在了。我从那里退回来又掐了臭老汉，还抽了毛芊，这多久了？"

乡下人把两条蛇在一起交配叫蛇炼丹。相传，人要是看到这一情景很不吉利，非死即伤。要想不出灾祸，最好的办法是把两条蛇都打死。老六年龄小，不知道有这个说法。见两个老人被这事弄得这么紧张，四姑娘赶紧出面打圆场送"口封"。她说："没事的！老六心眼好，不肯打死蛇。这会有福报的。"

　　听了四姑娘的话，两个老人的脸上顿时露出笑意。乡下人有个说法是，一个人要是遇到不吉利的事，做了不吉利的梦，只要能赶紧找一个知识多、会说话的人给圆一圆，送个好口封（往好的方面解释），就能逢凶化吉，消除灾祸。比方说四姑娘说的那几句话，就是给老六送去了好口封。老六因看到蛇炼丹而惹的灾祸也就消除了。像这样圆得好，口封好，也被叫作惹灾人讨到了"好彩头"，算是被人把厄运破了，因祸得福。相反，如果遇到一个没知识、不会说话的人，说出了不吉利的话，那就是讨到了"瞎彩头"，会出灾祸的。所以，人们一旦做了噩梦，遇了不好的事，不能轻易对人说，避免讨到"瞎口封"。聪明的二媳妇琴琴是懂得这个说法的。在听了四姑娘说的话之后，马上递话给四姑娘说："四姑娘说得对，老六心好，会有福报。四姑娘的话还没说完呢！我们听她把话说完。"

　　四姑娘知道二嫂是在给她递话，便接着刚才的话说："我听说有一个书生上京城去考试，路上看到了蛇炼丹。他赶忙在路边扯了一些草轻脚轻手地给蛇盖在身上，边盖边说：'蛇啊，我用草把你们盖上，免得让过路的人看见了把你们打死！'就在书生盖草的时候，正好有文曲星和紫薇星从天上路过。两位神仙看了书生做的事，听了他说的话，就商量说：'这个书生心眼好。心眼好的人当了官才会对老百姓好，这次我们让他考中。'结果，这个书生就考了个好功名。我们老六捡起石头又没打蛇，这就是心眼好。他积了这么大的德，神仙不会看不到。老六肯定会有福报。"

　　四姑娘话音刚落，大媳妇接过话来认真地说："可是，我是听说人看见——"眼见大媳妇将要说出不吉利的话来，满婶断然打断："大女子，不说了。给我舀饭去！"大媳妇犹豫了一下，只好一脸困惑地去给婆婆打饭。

　　二媳妇趁机再给四姑娘帮腔："老六积了德，一定会有福报。"

　　满婶很欣慰地看了二媳妇一眼。她在内心很感激四姑娘和琴琴给老六送的好口封。但这件事总还是让她心里不太踏实。当天晚上，她用红丝线在老六的裤腰带上缝了一个圈，想用它避邪。

　　家里人忙着掐野菜、洗野菜的时候，老四、老五也正在灯盏窝忙着做下种前的准备。这时，黎笼匠还没有上山。老四、老五在整理自己窝棚的时候，也顺便帮他把窝棚整理好了。山上的气温还没有上来，只在向阳的地方有零星的闷头花、野秀子花开出了一朵半朵，在山风中摇曳微笑。去年刚烧的火地，杂草还不多，地力倒还很足。再过十几天，把土随便刨松就可以下种。今年还是准备种苞谷，栽红苕，种芋头。另外，老四在给牌楼坝药材店徐老板弹棉花的时候，徐老板给了他一些连翘、防风种子让他试着种。说好了，收割以后他包收。徐老板说先给老四一部分定金，老四厚道地说："表叔，不用。我那是荒地，到时候你要是不要，我甩了就是。我只是心里害怕把你的种子糟蹋了。"徐老板说："那好，到时候我上山教你。药我肯定收，价钱肯定不会亏你。"徐老板说了种植的要领，老四先是记在心里，后来怕自己的记性靠不住，又口授给老五，让他用笔记了下来。他们按徐老板说的最低价算了一笔账，如果这些种子都出了苗，长成了药，卖出的钱能顶得上卖六七匹布的钱。

二十一

　　这个月是大媳妇轮伙，满婶对她说："天气长了，早饭做扎实点。"春子低声应了个"嗯"。

　　春子明白，婆婆说饭做扎实点，就是要她做干饭，做主粮占比多一点的饭。苑家大小十五口人，老大、老二基本不在屋里吃，老三更不用说，他是长年在外。屋里日常吃饭的就十二个人。前面说过，苑家说是有十五亩水田，其实是按原来苎麻地面积匡算的大概数，实际面积没那么多，而且土质薄，不经旱，收的粮食不够一家人吃。老二在乡上搭伙需要自己带粮食交给伙食上。向乡上的伙食上交粮，他怎么可以交粗粮呢？为了保证家里不断顿，苑建书得卖掉一些大米，再买回一些苞谷、高粱、豆子一类的粗粮搭配着吃。去年，老四在灯盏窝开荒收了些苞谷、芋头、萝卜、红苕片，整个冬天就把这些东西和大米搭着吃。起春以后，春不老（芥菜）长得快，家里就连续吃了一段时间的菜饭。所幸，去年杀了两头肥猪有油吃，要不然，这样的饭吃几天就腻烦了。这么长时间都吃的菜饭、红苕片饭，大媳妇已经做得很顺手了，今天突然改做"扎实饭"，也就是大米加苞谷糁子饭，她倒觉得手生起来。

　　春子这两天总是心神不宁，预感着会有什么大事发生。她心里有些害怕，又不愿意对人说出来。昨天晚上，她睡在床上先是睡不着，心慌。后来勉强睡着了，又迷迷糊糊地噩梦一个接一个地做，先是梦见母亲骂她："春子，你男人要甩你，你还跟个没事的人一样啊！"接着，梦见自己爬在一个悬崖上动弹不得。再后来，又梦见在过河的时候突然来了大水，把她困在河中间，怎么喊也喊不来救命的人。她还梦见狗追她，鸡啄她——这样折腾了一夜，天快亮时有了睡意，又怕睡过时辰，便半睡半醒地等待公公的哈欠声。就是在这半睡半醒中，春子还做了噩梦。她梦见华家满身长着恶疮，被一伙人强拉硬扯着要隔离到深山中去。她赶去救，无奈那伙人跑得太快，她追不上。正当她要回家求救时，公公的哈欠声响了，她赶紧穿衣起床，背上却还是一阵阵发瘆，心也怦怦跳得厉害，脚手更是冰凉冰凉的。躺在身边的五斤子醒了，发现了母亲的异常神色，就不安地问："妈，你咋了？"春子安慰儿子说："没啥，我做了个梦，你再睡一会儿！"她虽然在安慰儿子，但心里很想痛哭一场。她强忍泪水对儿子说："五斤子，你快点长大，妈指望你能有出息。妈这一辈子没指望了。妈以后能不能活你的人呢？"五斤子说："妈，我长大了要叫你享福。"春子把手伸进被子抓着五斤子的手说："好，我信你！"

春子昏沉沉地刷锅做饭，一切都机械式地运作着。她在这个灶上已经做了七年多的饭了，灶上的一切都是那样熟悉。她把一半大米一半苞谷糁子放在瓦盆里泡了一会儿，等锅里的水开始眨眼睛了才把它们倒进去。菜是炒莴笋丝，再一个是芋头秆盐菜。苞谷糁子米饭，自然就是塌锅子饭了，不用把米煮熟了捞起来，用热锅把菜炒了，再把捞起的米放回锅里蒸。好长时间没做这种连水干的米饭了，水的多少把握不准，加之掺了苞谷糁子，就和只煮大米的连水干不一样了。要改变连续多日的煮饭方式，心神又不安宁，眼皮子也不断打架，春子很有些紧张。她一会儿灶前填火，一会儿又案上切菜，忙乱间，突然闻到锅里有了焦煳味。春子低头往锅里看了看，觉得米还没有开花，水却像是快要干了。她赶紧从缸里舀了瓢冷水浇进去。她知道这样在中途浇冷水是做饭的大忌，但没办法了，不好吃总比不能吃要好。兑了冷水，春子把锅里搅了搅，然后用瓦盆扣了蒸饭。刚蒸了一会儿，春子又闻到了焦煳味。她赶紧把灶膛里正在燃烧的旺火撤掉。

简简单单的一锅饭，过去不知重复着做过多少次的一锅饭，今天却弄得春子手忙脚乱，连她自己都觉得莫名其妙。饭菜做好之后，春子先在灶房共同喊了一声"吃饭了"，然后又去请公公婆婆。她见公公正在嫁毛虫，就先没揭锅盖，又到灶膛里把尚未化尽的火碳拨开，想把锅里的饭再用小火捂一会儿。她总觉得这顿饭是做砸了。幸好公公还在嫁毛虫，不用急。所谓"嫁毛虫"，就是裁了两张红纸条，分别在上面写了四句话道：

又是四月八

毛虫今日嫁

嫁到青山外

永世不回家

　　把写了这四句话的红纸交叉贴在大门外，嫁毛虫的仪式也就完成了。春子见公公嫁完毛虫，就把菜端上桌子，准备先去给公婆盛饭。她刚走到客房门口，从后面跑来的五斤子摔了一跤，把牙磕出了血。春子给五斤子擦血的这会儿，三媳妇帮着她先到灶上去给两个老人盛饭。揭开锅盖，三媳妇首先闻到了一股焦煳味。她不禁喊道："大嫂子，锅底焦了！"三媳妇的这一声喊，使得春子不禁打了个寒战。就在她手足无措时，三媳妇已经盛了两碗饭端出去。春子来到桌边想做解释，但见公公已经把碗放在桌上说："糊了，咋还没熟呢？"婆婆也把头从碗边抬起来说："水汽都还没干嘛，咋会焦了呢？"春子愣在那里，两手习惯地抄在围裙的下摆处，满脸惶恐地说："好久没做塌锅子饭，水掺少了，火烧大了！"二媳妇脑子反应快，赶紧往灶房跑去说："我去看看。我去看看！"见二嫂子往灶房去，四姑娘也随后跟去。二媳妇在灶上看了看饭，对随后而来的四姑娘说："饭焦了这么多，不够吃了，不如把还没有焦的饭舀起来，把锅洗净，在锅底放些熟苕片，多放点水煮一阵，再把没焦的饭盖在上面捂着慢慢蒸。这样，没熟的饭才能蒸熟，一家人也才能够吃。"四姑娘说："这办法好。我淘红苕片去呀！"

　　两个老人从内心说，他们觉得大媳妇可怜。进屋七年多了，她一直小小心心的，也没做错过什么。尽管老大不喜欢她，她也一直忍着不吭不哈整天不停地找活做。饭做坏了就坏了吧，等一会儿再吃就是。他们倒从内心赞赏二媳妇和四姑娘这种主动帮忙替大媳妇消除尴尬的好品质。妯娌间能处得这样和谐，很让他们做公婆的感到欣慰。两个老人心里默契，便什么也不说，就各自离开桌子，忙他们自己的活去了。春子如释重负地赶紧把桌上的饭和菜端回到灶上去。

二十二

　　苑华家对杜家商行这份差事十分上心，下决心要干得让老板满意。好在华家认识字，人长得也还周正，三十大点的年纪，力气当然不缺。自打到了商行，华家还跟在家里一样，每天都是窗户纸泛白，就起床了。起床后，他先是轻脚轻手地扫地，然后烧水、劈柴，给老板泡茶。这些活做完，他就对前一天接收的货物进行整理，该收库的收库，该往出发的准备往出发。晚上呢，华家也没闲着。等老板休息后，他会把商行所有的活做完才回屋休息。十几天下来，杜能当着吴老板的面说："你当哥的引荐的这人不错。"

华家听到老板当面夸他很高兴，干起活来也更加卖力。

莲花石街的顶东头有一个王氏酒楼。酒楼老板也是湖北人，跟吴老板、杜老板是同乡。在这几个湖北老板中，数吴老板生意做得最大，人脉也最广。吴老板本来长得就是面带笑容，见了人又总是笑呵呵地先打招呼，不管这街上谁有事找他，他总是笑呵呵地说："急么子喽！先喝茶，慢慢说！"凡是有事求到他名下的，好像他事情办得都还使人满意。华家在杜能这里干了这么长时间，还没听有人说过吴老板的不是。吴老板、杜老板两家都是每逢家里来客，就会让人给王氏酒楼带个信，叫几点几时给炒几个菜送来。每次送菜的人都是一个胖胖的年轻女人。那女人中等个子，浓眉大眼，见人总是笑，说话的声音也很爽朗。华家心里产生了想多看她的念头。他开始留意她。慢慢地，华家就知道那女人叫马杏花，是吴老板的远房表亲。她死了男人，便离开婆家到表姐夫王开勤开的酒楼入股分红兼打工。有人说这女人有孩子，也有人说从身板形态看，应该还没生过孩子，更没奶过孩子。王氏酒楼听起来好像有多大似的，其实很小，就是一个小餐馆。在这个酒楼里，王开勤是老板，同时也是大厨。他老婆主管买菜并掌管一个小杂货店。马杏花是跑堂的，店内店外都是她跑。酒楼的生意很好，上下码头的人都会在这里吃顿饭再走。街上做生意的人来了客人，也都是带个话去，马杏花就会按时把炒好的菜送去。因为这样，马杏花每天都会有好几次提着木质的红色送菜盒来往穿梭在这条半边街上。每次马杏花给这里送菜来，总是老远就喊："杜哥，送菜来了！"在声音飘过来的瞬间，她人也就到了门口。华家发现马杏花手脚很快，精力充沛，属于那种让人看了就起劲的人。华家虽然观察留意她多日了，但一次也没敢正面看过她。这是老板的亲戚，不能乱想。他在心里这样告诫这自己，也就一直都没这种勇气看她，更不用说主动和她搭话。直到有一天发生了一件经常在文学作品中看到的事情，才改变了这种局面。那天，华家正从屋里往外走，刚出门，就迎面遇到从外面小跑着来送菜的马杏花。马杏花走得太快，和华家撞了个半怀后一个趔趄差点将后脑勺碰在屋檐边的梨树上。马杏花瞪圆了眼睛问华家："哎，我说杜能老表的伙计，你不是成心想把我撞倒吧？"

"不敢！不敢！实在不好意思！"华家惶恐地窘在那里。他想伸手把一只脚在上一级石坎一只脚在下一级石坎的马杏花拉一把，但手动了动，没敢往出伸，嘴里不住地说："对不起！对不起！"马杏花早就发现杜能的这个伙计在暗中偷看她，这会儿见他这样胆怯怕事，就想逗逗他。她板着个脸假装认真地说："你这个大男人也是精松一包烟，胆子这么小？你又不是没见过我。你就说你想跟我亲热亲热，又有啥嘛？哈哈哈哈！"马杏花说着笑话，还特意把眼睛睁得老大，很夸张地露出了多半个白眼仁和华家的眼睛对视了一下，这才向屋里喊，"杜哥，菜来了！"华家本是忙着到江边接船的。他惊悚地迎着马杏花的眼睛对视了一下，马上就躲开了。他赶忙勾着头，闪开身子，几步下了小梯坎，咚咚咚地横跨过街道沿石梯坎向江边跑去。华家一面往江边跑，一面回味着刚才马杏花给他的那一个眼神。他想，她咋会有那么大一片白眼仁呢？我见过的女人还没有哪个有那么大的白眼仁。那胖女人一脸的调皮相，怪逗人的呢！此后的好一阵子，华家的脑海里总是跳动着马杏花的一对大大的白眼仁。

这事过后，华家就越发留意起马杏花的举止了。他发现这个女人总是抬着头，咚咚咚地走路，好像对周围的一切都不在乎。还有，她说话，开玩笑，都是那样轻松自然，一点都不显得做作。就说那次迎面相撞的事吧，要是遇到一般的女人，肯定会黑了脸瞪你一眼，可人家马杏花却以开玩笑的方式处理了。人家是杜老板的亲戚，要是仗势骂你几句，那也只能干受。哼，这女人真有意思！女人和女人真是太不一样了。我当初怎么遇到的是杨家春子这样的女人，而不是她这样的女人呢？在华家的脑海里，刹那间交叉出现两个女人的身影，忽而是低眉顺眼连高声话都不敢说的杨春子，忽而是抬头挺胸哈哈大笑的马杏花。这两个形象在华家的脑子里不断闪现，最后，马杏花的形象定格在了那个夸张的露着多半个白眼仁的笑脸上——这对眼睛好看，这张脸也好看，那胖嘟嘟的嘴里哈出的热气好像也比春子的浓烈好闻。在两张脸交替出现的过程中，华家觉得自己像是曾经端起碗吃过饭，吃得不香，也没吃饱，但看着放在眼前随时都可以再吃的那碗饭，却怎么也没有再将它端起的冲动。正在这时，他突然从门外嗅到了一股浓烈的食品香味。这香味唤醒了他几近休眠的食欲，但就是没胆量寻着这股香味去获取这份水中月、镜中花似的食物。然而，这种状态终于被这次意外的相撞给打破了。自从有了那次搭腔说话的机会，此后华家几乎每次见到马杏花都会主动先打个招呼。有几次，华家本可以和马杏花错开不见，他硬是有意识地磨蹭了一会儿，故意跟她打了招呼说了话。反正莲花石就这么半条街，就这不到三十户人家，华家只要想见马杏花，机会真的是大大的有。时间一天天过着，终于就有了新的机会，这个机会是天给的。

因为连续下了几天雨，汉江涨了大水。水上不时会涌来一些乱七八糟的漂浮物，江上来往的船只就少了，商行里也就没了活做。晚上闲着没事，华家就想到街西头苟家大客栈去打麻将。苟家客栈建在上街头的转弯处，离街头最近的一户人家还有几丈远。从门前下到街道再东走，可以通到各个码头；往西走，可以到江边那一大片莲花石上去玩。要说这莲花石，可真是朋友聊天、情人幽会的好地方。特别是夏天，这里江风习习，流水潺潺，可坐、可卧，更是卿卿我我、纳凉消夜的不二选择。从屋后上山，是从莲花石往池河走的旱路路口。可以说，这个客栈既交通方便，又僻静浪漫，有各种爱好的人都能在这里或玩或住。街上坐地的生意人、江上跑水的生意人，还有从四川那边挑挑子往西安的或从西安挑挑子往四川的人，都会来这里打麻将、听小曲，消遣消遣。华家听人说，仅苟家客栈常住的年轻女子就有二十多个，加上从江上来往这里加塞住几天又走、走几天又来的女子，少说也有三四十个。客栈在这背弯处依山而建，共有大小客房六十七间。麻将室、剃头室、洗浴室里也都有供人过夜的场所和设施。有些从江上跑生意的船帮到这里天黑了，或者不想走了，就到这里洗澡过夜。华家心里早就想来看看，但一直没敢来。一是自己没几个钱；二是怕杜老板有看法。他明白，做生意的人最怕自己的伙计沾染吃喝嫖赌的恶习。今天，华家实在闲得心慌，想到这里看看，开开眼界。到了客栈，华家先在外面徘徊了一会儿，然后才踽踽独走进"牌场"。这时，所有桌子都坐满了人。华家站在场子边看看，见没有空位子，正想走，只听有个女人的声音喊道："哎，那个，那个，你莫走！你到这边来一下！"华家听出来了，是马杏花的声音，但他没意识到是在喊他。看看华家就要出门，马杏花干脆站起来喊道："杜家商行那个伙计，那个……那个叫苑华家的，你来替替我！"

听马杏花喊得那么明白，华家便停住脚，转过身在人丛中寻找马杏花。见华家在寻找自己，马杏花就举起一只手招呼他。华家看得很清楚，马杏花正在对自己笑。她的笑是那样的发自内心，那样的不顾一切。看来，她是对我好的，要不然在这众目睽睽之下，一个年轻女人怎会那样不管不顾急切地向你打招呼？华家相信，马杏花一定是看到自己来了没地方坐，才赶紧站起来打招呼的。他很感动，当即就向马杏花身边跑去。华家一到那里，马杏花就把他一把按在她的座位上。凳子被马杏花的屁股捂得热乎乎的，还能感觉到，她的身子也是热乎乎的。马杏花眼下就十分真实地靠在华家身后。她把座位让给他，想看他打牌。他的内心是那么激动，那么温馨。激动之余，他也看了看自己的三个同桌。他发现，这桌是三个男人，只马杏花一个女人。马杏花在华家身后站了一会儿就离开了，过了不一会儿又回来了。华家心想，她一定是出去小解了一趟。如果这样，现在该把座位让回给她了。华家说："我给你揭了手好牌，你来打！"马杏花扒着华家的椅背，将上半个身子俯在华的头上说："你打，我看！莫分心，好好出牌！"华家备受鼓舞。看来，人家马杏花是真心让座给我呢！华心里这样想，下决心要给马杏花赢回几个"喜钱"。说来这马杏花也真是性情中人，牌的走势很容易调动她的情绪。虽说看牌的人不准说话，也不准看他人的牌，但她毕竟是一人看着三家牌，牌的走势硬是让她兴奋不已。她手扶华家的椅背，一只脚蹬在椅子下面的锁脚杠上，随着牌的一进一出，她一会儿喘着粗气，一会儿又啧啧连声，有几次，她太激动时简直就把那饱满的胸脯压在华家的天灵盖上了。华家感到浑身都热烘烘的，一股淡淡的腋子香味一次又一次加强着他对她的好感，甚至也可以说是催化着他对她由暗恋变成明爱。他的情绪越来越高，手气也越来越好，心里想要的牌无一遗漏地都让他亲手摸了来。起手第一局，华家自摸卡二条和牌。第二局，华家更是连续揭了两个杠之后，自摸边七饼。华家有生以来第一次出现了忘我的情绪亢奋。趁着高兴，他第一次改变称呼道："杏花，这个位子旺着，你来打！"

"你打！这次你要是再自摸，我就跟着吃喜！"马杏花冲着同桌的另外三人问，"哎，要是苑华家自摸了，我跟着吃喜你们愿意不愿意？"三人都说："只要他能自摸，你就吃喜。"马杏花又俯下身子把她的脸几乎贴着华家的脸说："听见了没有？你自摸，我要吃喜。你可不要到我吃喜的时候，你又稀汤子了哦！"说完，马杏花用手在华家的头上轻轻地拍了一下。华家能感觉到，马杏花是手举得高，落得轻，虽是挨打，倒很舒服。如果说这算是挨打的话，那么，挨打倒是件愉快的事了。华家从来就没有这样高兴过，是的，从来没有这样高兴过。据说，人在高兴的状态下能产生一种异乎寻常的气场能量。华家这一手牌简直就是神仙牌。他起手十三张牌就很整齐，接着又摸回一张三饼，打出一张南风，牌停了。下面有一坎子三个七条。轮到华家摸牌时，他伸手就摸回一张七条，成就一个暗杠。华家拿起色子掷了一下，露在面上的红点是五。他把手伸得长长地说："下面这张牌是六万，你们信不信？是六万！"他嘴里这样说着，然后把倒数第五摞面上的那张牌挪开，嘴里再说："下面这张是六万。"说完，他把下面那张牌抠起来翻过来放在桌面亮着让大家看，果然就是张六万。"杠炸和牌！杠炸和牌！"马杏花高兴得手舞足蹈，惹得整个牌场上的人都向这边看。马杏花嘴里说："苑华家，你太厉害了！来，奖你一个啵！"说着，她就真的乘兴在华家脸上来了一个"啵"。接着，她又说："苑华家，你手气这么好，干脆我把你养在家里打麻将过日子。"

坐在华家对面那个叫三宝的人说："像他这么好的手气，你把他带回家去开个夫妻麻将馆，不就天天进账数钱！"

"我都老太婆了，你愿意跟我做夫妻呀？"马杏花虽是冲着三宝说话，但华家知道她在偷看自己，因为从她嘴里哈出的热气全落在他的额头上。他想搭话，但心里不敢。他弄不清楚马杏花跟这些人的关系。

"我三宝，人长得太丑，也算不上温柔。我看你面前这个兄弟倒还配得上你！"

"真的？"马杏花乘兴把华家的头往身上一搂，又用两只手从背后捏了他的两个耳朵锤子慢慢地揉着，揉着揉着，还不时地用手在他脸上摸一把，然后低下头问："苑华家，三宝说得好不好？"

"我哪有这个福分嘛！"

"有啊！我们开夫妻麻将馆去。"马杏花又冲三宝和另外两个人问，"你们说，好不好？"

三个人都说："好！"

坐在华家下手的那个叫马娃子的人偏着头把华家和马杏花看了一会儿说："杏花，你莫说，你们还真的有点夫妻相呢！"

"真的？哎，马娃子，我把他带回去，你说你吃不吃醋？"

"我不光吃醋，我还争风呢！我到时随份子喝喜酒。"

马杏花说："看你这马娃子多没意思，你就说你吃醋、难受嘛，叫姐显摆显摆不好吗？"

很晚了，华家才回到宿舍，他怎么也睡不着，眼前总有马杏花的身影在晃来晃去的。这女人真有意思啊！家里有这么个人说说笑笑的该有多快活啊！

二十三

汉江沿岸的夏收开始了。

一些跑船的、打工的庄稼汉子又不得不回到田里、地里去收获已经成熟的庄稼，同时也要抢季节播种秋天的希望。江上、街上每年到这个季节都会安静那么十天半个月，王氏酒楼这几天也跟着生意清淡起来。昨天，杜老板约王老板两口子一块乘船到离这六十多里路的漩涡街上去赶四月初八的物资交流大会。王老板想，反正这几天是农忙季节，没啥生意，店里有马杏花一人开门应付就行，便和杜老板一块儿在今天早上乘船走了。整个白天，店里也就来了那么三五个吃饭的客人，马杏花很顺利地就把他们招待了。天擦黑，她正想关门打烊，见苑华家独自一人向店里走来，便主动招呼道："华家，你是来看我呀，还是来吃饭？"

华家有些语塞，还不敢大胆说是想看她，只好说："我来吃饭。"

"哦，你是不愿意来看我喽！"

"愿意，愿意得很！"华家还是不敢说他想她，找借口说，"想吃点血豆腐干炒腊肉，有吗？"

"你真的想吃啊？"马杏花又是夸张地翻着那对白眼仁多黑眼仁少的眼睛盯着他——这是她的绝活。华家觉得这种看人的眼色简直能摄走男人的魂魄。

"想吃呢，有的话，给我炒一个。"

"哎，伙计，你为啥不来早一点？你看我正要关门回家呢！"

"那就不吃吧！"华家并不想离开，站在那没话找话地问，"咋店里就你一个人呢？"

"你是真不晓得，还是假装不晓得？"

"我晓得啥？"

"你们掌柜的到哪去了？"

"到漩涡赶会去了。哦，这么说，你们掌柜的是跟我们掌柜的一起去了。"华家还想多停留一会儿，搭讪着说，"那你今天就又是掌柜，又是大厨，又是跑堂的——凶啊！一个人掌一个馆子。"

马杏花心里很清楚华家的来意。她便笑着说："哎，跟你说正经的。你想吃的东西店里没有了。你愿不愿跟我去家里走一趟？"

华家看看马杏花，心里很矛盾，犹豫了一会儿问："你没在店里住？"

"你是故意问啊？"马杏花边锁门边说，"你没看这有多大个地方，能住人吗？"

"晚上不住人，不怕给人偷？"

"我看就你在打这个坏主意。要是店里丢了东西，我第一个就找你要。"

"哟，没看出，你这么恶啊！"华家说话变得流畅些了。

马杏花说："不是我恶，也不是我小看你。这街上不会有人来偷东西。你想，莲花石巴掌大个地方，街上的人和人比自己的指头还熟，哪个来偷？偷了往哪里跑？船上的人来偷？除非脑壳进水了——偷了东西能走得脱？"马杏花锁了门，不容分说地对华家说，"走！到我家里去。你帮我烧腊肉皮，我给你做饭。顺带再煮些血干明天拿到店里用。"她边说话边径自下了台阶，往左走。她相信华家一定会跟着她走。她绝对有这个自信。

马杏花的判断是准确的。华家不由自主地跟在马杏花身后，和她始终保持一步远。她知道苑华家当下在想什么，同时，她也知道他现在还没有跟她并肩相行的勇气。当然，她暂时也还不容许他有这个勇气。马杏花是过来人。她自信她也算半个江湖人，这些年的风风雨雨，走南闯北，见的男人也不少了，对付男人，不能一步到位，要欲擒故纵，吊他的胃口。目前，不管从哪个角度，她都处在有利的地位。她心里蔑视苑华家，也想逗一逗苑华家，便有意识地昂起头，挺起胸，肩膀下垂，脖子伸直，两只脚几乎踩在一条线上表演式地往前走。华家看惯了杨春子走路的样子，两相比较，很迷恋马杏花的走路姿势——真带劲，硬是全身都动。他干脆把步幅收了点，落在更后一点的位置以便更好地欣赏马杏花的步态。这女人，胖，但不臃肿。从屁股和大腿看，应该是没有生养过孩子的。当华家还想进一步欣赏马杏花的身段时，她却说："就在这！"她已经停住脚在开一个瓦房的门了。

"就这几步路？"华家莫名其妙地说了这样一句话。

"你嫌我路走少了？"马杏花用责备的口气反问。她心里暗想，你这二货，模样还可以，人倒也聪明，只是目光闪啊闪，不敢面对面地看人。你就是戏台文里说的那种格局不高、心地猥琐之人。你跟在我后面，是想多看几眼我的屁股和大腿吧？你是这种人？好的，让我慢慢来逗逗你，叫你好好喝几壶！

"不是那个意思！我是说你住的地方离店里很近的。"华家觉得自己刚才的话说得不好，又找不到合适的话。

进屋后，华家发现这一排房子是主人当初盖房时就打算租给外人住的，都是一里一外的套间房。前面是小客房，能坐几个人，有一张小饭桌；后面的房子大一点，是卧室，里面支了两张床。从后门出去，有一个小院子，有两间小厨房。厨房的檐下挂了长长的一溜腊肉。马杏花对华家说："从外面收购的腊肉，店里放一些，这里放一些。你要是不累的话，帮我烧些肉，给店里用。"

苑华家就是苑华家，明知不该问却忍不住地问道："两张床，你们两个人租的房啊？"

"莫操心，只我一个人住。你帮我多烧点肉，要是耽误晚了，今天晚上就把那张床借给你睡。"马杏花调皮地向华家一笑。华家顿时满脸通红地说："啊，不敢开玩笑！"

　　"你都说是开玩笑，咋还把你吓成这样？"马杏花说，"我跟你说，我们是两个人住。不过，她跟我一样也是个女的，跟船到安康去了，还有几天才能回来。"

　　为了掩饰尴尬，华家说："有火吗？我来烧肉。"

　　马杏花说："你是客，不急，先在这坐一会儿，我到隔壁取点东西，马上就来。"

　　等马杏花出门后，苑华家赶紧趁机把刚才没敢细看的卧室再看了看，但见里面悬空晾挂着些花花绿绿的布质物件，那是些什么玩意儿？他猜想那一定是马杏花贴身穿戴的东西，不过，春子没用过这些。这样想着，他又多看了几眼，心里逐一猜测着它们都怎么使用、该使用在女人的哪些部位——华家自己倒有点不好意思起来，心跳也变得快了。为了掩饰，他赶紧到院子的厨房去看能不能生火烧肉。到那一看，灶膛是冷的，灶前放了些劈好的柴，但没有用来引火的细软之物。华家正局促着，马杏花从外面进来了。她边往屋里走边对华家开玩笑说："客官，蒸馍来了！"华家扭头看时，见马杏花手里端了个盘子，里面放了三个热腾腾的白面馍馍。"我还有点油炸胡豆，拿来给你就着吃馍馍。一会儿再给你炒菜。"说着，马杏花便从小橱柜里拿出了一包油炸胡豆。她刚把胡豆取出来，就开始扭动身子，显出极不舒服的样子说，"痒死了，背上痒死了！"她更加使劲地扭着身子，扭了好几下，好像还是没有效果。她不得不对华家说，"你手还空着，能不能借你贵手帮我把背挠一挠？"

　　苑华家有些犹豫，他说："你要是不在意的话，我就给你挠。"马杏花把背送到华家面前说："帮忙呀！"华家马上把手伸出去。手到了她背上，他先是在她的衣服上抓了几把，见马杏花还在扭动肩膀。他迟疑了一下，索性斗胆把手伸进马杏花的衣服下面去帮她挠。华家觉得她的皮肤比春子的要光滑些，也更有弹性。手指所到之处，马杏花都会主动配合他的动作。从表情看，她对他的劳动非常满意，也非常陶醉。这极大地调动了他的劳动积极性。他的手越来越活跃，终于装着一不小心的样子从她的胳肢窝向她的胸部滑动了一下。她没有责怪他，表情还是那样陶醉。好！她喜欢就好！他终于大胆地把还空着的左手也伸进她的衣服内。她还是没有怪罪他，反而从左侧来了个狮子回头，扭过脸来翻出她白眼仁多黑眼仁少的眼睛，十分温存地问："华家，说真话，我长得好看吗？"

　　"好看！很好看的！"苑华家动情地回答着，两手更加努力地活动起来。

"好看就把我娶回去！"

"你愿意？"

"你说呢？"

"我很喜欢你！"华家终于说出了心里话。他的两手更加大胆，呼吸也变得急促起来。就在这时，外面有了响动，门好像被人推开了。华家正准备扭头看，就听得一个粗壮的男人声音厉声喝道："好啊！好你个马杏花！你一直是在戏耍我啊！"

苑华家受到惊吓，两手飞快地从马杏花的衣服下面收回来，同时身子陀螺似的转过来面向外面那间房，这才看清从外面进来的男人身子很壮。他虽然站在屋中间还没扑进来打他，但脸上显得非常愤怒，两只拳头也攥得绷紧的，好像是在强忍着悲愤，随时都想扑过来暴打他们。华家想抽身跑掉，但他没这个胆量，同时，有那壮汉站在门口，他也是无路可逃。

"柳墩子，你莫乱想啊！我手上有油，让他帮我挠挠痒。"马杏花给那人解释说，"这是杜哥，杜掌柜的伙计，你不能乱来。"

"你把我当瞎子、当傻子是吧？"叫柳墩子的大声地斥责道，"你马杏花脚踩两只船，怪不得你一推再推不跟我结婚，原来是还留了一手。好，我们一刀两断，来个干脆！"说完话，柳墩子转身就要往外走。刚走两步，他又回头警告说，"我要找杜哥给我主持公道，讨个说法！"

马杏花追到门外挽留柳墩子："墩子，你莫走，你听我跟你说！"

柳墩子说："还有啥说场？我都看见了，还说啥？我找杜哥做主。有一条得说清楚，婚姻不成，我送的彩礼你得退给我。从今后，你走你的阳关道，我过我的独木桥。我们一刀两断！"柳墩子气冲冲地走了。眼看柳墩子的背影在夜色中消失，马杏花门也不关就一屁股坐在床沿上低声抽泣。她边抽泣边说："有啥了不起的？你当你姓柳的是秦琼，是杨宗保，是鲜宝贝啊！你有啥了不起？我受你的气也受够了。算了就算了，我把彩礼退给你！我们一刀两断！"说完这句话，马杏花抬起头来问惊恐万状的苑华家，"苑华家，你说，你是不是真心喜欢我？"

苑华家受宠若惊地保证："天老爷作证，我真的是喜欢你！"

"你真愿意娶我？"

"愿意得很！"

"我可是寡妇！"

"寡妇我也喜欢你！"苑华家急于表态，竟说出了这么一句怪话。

"先莫说硬话，你回去好好想一想。成家是要长天长日过日子的，马虎不得。你是有家室的人，你可要想好！"马杏花沉默了一会儿又说，"这是人生最大的事，你莫急！叫柳墩子这一搅，我没心情给你炒菜了。你把炸胡豆和馍馍一起拿回去自己吃吧！"

苑华家悻悻地从马杏花那儿回到自己的宿舍。他吃着马杏花给他的炸胡豆和馍馍，满脑子充斥着她的影子。第二天大清早，华家把手头的活一干完，趁着杜掌柜还没回来，迫不及待地跑到王氏酒楼告诉马杏花："我向天发誓，这一辈子都要对你好！"

马杏花高兴地说："我也是。只是有一件事，你要等我把柳墩子那边的东西都退完，我们才能光明正大地来往。还有，我是净身子一个，你可是有老婆、有娃子的人。哪天你老婆、你家里人带一帮子人到这里来闹我，我又怎么办？这里离你们家里可是一点都不远。你想好，我们成家以后，恐怕不能再住在这里。你最好抽空到我们家乡看看，那地方不晓得比你们这里好多少。你愿意不愿意去？反正吧，我给你时间，你把啥都想好，最主要的是你愿意跟我到我们老河口去不？"

"你说的这些我昨晚都想过了。我是真心喜欢你。反正只要你喜欢我，我就把自己交给你！你说啥就是啥！"华家心里想，我还年轻，只要能娶到马杏花，怎么着都行。

马杏花高兴地说："你还是多想几天。想好了，我再正式给杜哥说这件事。杜哥肯定会大骂我一顿，因为我们跟柳墩子都是一堆一块的人。不过，我不怕。我对柳墩子一开始就不满意。现在有了你，我啥都无所谓了。"

苑华家十分感动地说："给柳墩子退彩礼的事也有我一份。"

马杏花说："我自己出，跟你没关系。"

"不行。这事是我引起的，我要出。"华家这次表现得很有担当。马杏花抬头看看天说："好事不在忙上。店里快来客人了，你先回去！"

二十四

苑建书原本说今天不赶场的，但不知为什么心里总好像烦躁得慌，在机子上坐不住。织了一会儿布，他跳下机子出来在堂屋门口往黄泥包那边看。这时候，赶场的人已经在路上走着，好像比头两场赶场的人还要多些。建书心里斟酌了一下，决定还是去赶场。建书进屋去一面用包单包两匹已经织好的布，一面对老伴说："我去赶场，你喊四姑娘上我那架机子。"老伴说："你不是说下一场才去吗？"建书说："今天先把这两匹布卖了再说，我总觉得这两天洋纱线的价钱应该好。"

来到场上，苑建书没到卖布的摊位上去，直接就把布往周家绸缎店送。路上遇到好几个人想买他的布，他都说："卖过了，不能卖。"到了绸缎店，周掌柜的很高兴地说："这一大阵子了还没见你来，我心里还在想苑师会不会把布卖给外人了？没想到你到底还是来了。就凭你老人家这么看重我，我今天加价十块。你老人家到街上打听，保证不会让你吃亏。"建书说："咋会呢？周掌柜的为人我信得过。不瞒你说，往这里走时，街上是有好几个人要买我的布，我都说提前卖过了的。我有了布，一定会给你这送来！"

周掌柜的给建书泡了一杯新茶端来请他喝："苑师，这可是好茶，南山漩涡堰坪阳坡里的清明节前的明前茶。你尝尝！"

"我个庄稼人，粗茶淡饭惯了，怕是会把你的好茶埋没了。"建书一面谦让一面把面前的茶吹了吹，顿时就有一股淡淡的清香味扑鼻而来。他又把茶慢慢地呷了一口，觉得那茶味清淳，口感绵长，禁不住失口夸道："真是好茶！真是好茶！让周掌柜破费了！"

建书喝完一道茶，遂向周掌柜告辞说："我不耽误周掌柜的时间了。有布了，我再来！"他出了门，很快就汇入赶场的人流中。

人挤人的过程中，建书听得前面有两个老人在对话：

"年公，直接回吧？"

"等一等，我要买点宝塔尖尖糖给我大孙娃子打蛔虫。"

打蛔虫？这话提醒了建书老汉。昨天下午，他曾听见三媳妇叫唤说银娃子拉了条蛔虫足有一拃长。天气热了，啥东西都见长，蛔虫想必也是一样。我也去买点尖尖糖，有虫给他们打虫，没虫甜甜口也好。为了置这个家，我把孙子们也亏欠了。平日里只满足给他们吃饱，没给他们买过什么零食吃。有啥办法呢？先说能让你们吃饱穿暖吧！等将来家事好了，有福你们在后面享吧！不一会儿，糖果铺子就到了。建书一狠心，买了三十粒尖尖糖，保证三个孙子每人十粒。正往前走，建书闻到了熟芝麻的香味。他够着眼睛向前一看，发现前面的铺子上新摆了好几种芝麻片。他想，这麻片是程先生爱吃的东西，我买两斤去看看他老人家。

程先生今天兴致很高，说他的二儿子摸索多年掌握了一个新的治病方法，受到了省政府的奖励，省里还打算派他到国外去进修。建书老汉听了这消息，也很高兴。新的治病方法，个人有没有好处先抛到一边，关键是能给人治病，这可是人命关天的大事情。多一个办法，就能多救一个人，这可是积大德！两个老汉高兴地聊了一会儿，建书起身要走。程先生硬把他按在椅子上说："你忙，我不反对，但歇一歇还是应该的。靠这一会儿，能织几寸布？"说着话，程先生用草纸包了两盒点心说，"这是西安德懋恭水晶饼，老字号陕西特产，是老二到省上领奖回来时买的。他是坐汽车从汉中回来的，路上没耽误，还新鲜，你拿回去尝尝。"

建书推让不受，程先生非要他拿，建书也就接受了。程先生还要留建书喝茶聊天。闲聊中，建书得到一条重要消息：下垭子黄老万想卖官田北坎边上那十亩水田。建书对这个消息很上心，特意问程先生："这黄老万怎么突然想卖田呢？"

"你还不晓得吧？"程先生喝一口水说，"养儿一定要管教。这黄老万得子得得晚，惯坏了。正月间，他在城里帮一些混混打架，充能打头阵，结果把一个人给打残了。这不就摊上官司了吗？他当时托我帮忙，我没答应。你说这个忙我咋能帮得上？我是乡下老头子，城里没有多少牵扯，插不上手。不管求哪个帮忙，这花钱都是少不了的。你娃把人家打残了，这事明摆在那里，起码你得先给人家看病。这不花钱吗？再是打官司，这不花钱？你看这摊的是啥事！我这不行，听说他就请你们甲长欧有根出面请城里的秦么爷帮忙。秦么爷是个大滑头，他在城里住着，向哪一方说话都为难。黄老万还不是又落人情又花钱，当个冤大头。"

建书试探着说："程先生，要是我凑够了钱能把他的田买过来，请你给圆中行不行？你晓得，我离下垭子近，上坎下屋的。他那田和我们麻园子中间就隔着官田跟学田这一片。"

"那个地方我很熟的嘛，是挨着的。你能买下，再好不过了。你是我的学生，也是我的亲戚。在我教过的学生中，你是最讲情义的。黄老万也是我的学生，可他哪能和你比？"程先生把头靠在椅子背上想了想说，"但这个话我不适合说。你们都是我的学生，不好明里维护哪一个，更主要的是，黄老万请我帮忙我没答应，他这人心眼有点小，本来是我帮不上他，可他心里一定会怨我不帮他。我这时再出面说这个话，他会说我乘人之危，帮你谋算他。你不是和欧有根好吗？他是黄老万的亲戚，处得也好，他也晓得我们之间的感情好。再说，田也不是说想卖就能卖得掉的，他想卖，也不一定就能找到买主。这样，我感觉会好一些。你想想，是不是这样？"建书觉得程先生的话很在理。又说了一会儿话，他就起身告辞，打算从牌楼坝直接去水鸭子坝找欧有根。一路上，建书算了笔细账，按照眼下的行情，再仗着有根和程先生这层关系，自己的家底差不多能买下十亩水田。

建书老汉提着程先生给的两盒水晶饼直接就去找欧有根。欧有根和建书老汉一直相处得不错。如今，老二又在乡上当文书，有根到乡上开会办事时也能在那临时落个脚，这也是一层关系。还有，翠翠、四姑娘都是欧家同姓同宗的族里人。凭了这几层关系，建书把来意一说，有根一句推辞话都没说就满口答应了。当天晚上，有根捉了两条鲤鱼提着就去了黄老万家。第二天中午，有根就来给建书回话说："我表叔这次因为福银惹祸，好像把啥都想开了。他给我说，这些年他一直是用一个铜板儿都在算账，福银在外面却吹牛说他老子有钱。他这一次硬是花了他攒了十年的钱。所以，田终究要卖一些。因为他前面三个都是女子，都出嫁了，家里就福银这一个儿，又不争气，担心田给他留得太多不是好事。他卖些田，也能让福银知道他没有钱了。他说他也不愿意守着田地缺钱花，过紧日子。不过，他又说这事还不急。如果你想要，到他卖的时候第一个先让你挑，价钱上保证合适。他还叫我跟你说，反正田里的秧苗正长着，这一季也赶不上了，叫你也莫急，田给你留着。"

"这就好。反正我钱也还不够。这都是借你的面子呢！"建书觉得黄老万既然这样说，他的心里可以放踏实了。反正自己当下钱也不够，田里又长着秧苗，推迟一下倒是好事。他对有根说："有根，说个内心话，作为上坎下屋的老邻居，我倒真心不想看到他卖田卖地的。你表叔那百来亩田地也是经过了老几辈子才攒起的。"

"就是嘛。这个鬼福银娃子一点都不晓得他老子的难处，在外面听说张狂得很。一说到这事，我表叔表婶就掉眼泪。"有根说，"表叔，那就是这样了。你放心，我表叔对我一直是无话不说的。记得正月间那次你喊我到屋，我急着往下垭子赶的事吗？就是那天福银惹的祸！这事到跟前了再说。我走啊！"满婶留有根吃饭，有根指着正从外面往进走的翠翠说："今天不吃了。等哪天我那个上尉妹夫回来了，我再来讨杯喜酒喝，也沾点官气运气。"

"你可是我哥啊！你尽欺负我。"翠翠笑着说，"你是大甲长，我是你治下的草民。"

"还草民呢！上尉把枪朝我一指，还不吓得我找不到东南西北呀。"说着笑话，有根走出了大门。

老两口刚把有根送走，轮伙的二媳妇急匆匆跑出来说："爸，你快去看看，怎么两只猪都睡在地下不起来吃潲？"

"不会吧？"建书顿时脸色发白，赶紧往猪圈跑，满婶也紧随其后跑过来。这两头猪可不敢出事啊！去年粮食收得多，过年猪杀了之后，建书就花大价钱直接买了大架子猪往肥里喂，准备赶在端午节卖肉。现在充其量也就小二指膘。小二指膘和大二指膘在卖肉的时候价钱可是大不一样的。再说了，现在才是四月间，家家都还有一点腊肉，肉是卖不上价钱的。

到了猪圈，建书翻栏杆进去想把猪赶起来。但费了好大工夫，猪只是勉强睁开惺忪的眼睛无力地把他看了看，然后又极不情愿地眯上了。满婶对二媳妇说："抓点炒黄豆面看它想吃不？"二媳妇飞跑出去抓了炒黄豆面递给栏杆里的公公。建书把黄豆面送到猪的嘴边，两头猪只痛苦地拌了拌嘴，无力地哼了一声，算是对主人的感谢。建书焦急地说："瞎了！瞎了！"建书再伸手在猪的耳朵处摸了摸，马上大惊失色地喊："滚烫！滚烫！烧得厉害！"建书老汉心疼地把两头猪再摸了摸说："你两个闷头儿啊！可不敢这样吓我啊！"他试着想把猪扶起来，但任凭怎样使劲，猪就是站不起来。建书焦急万分地对二媳妇说："二女子，你快去扯些水灯芯、臭老汉、水金莎、紫苏，反正就是人伤风冻凉了喝的那些药，熬了晾冷给它们灌下去。我马上到牌楼坝去请王胆大来给它们打针。一点都不敢耽误！"

在公公拔腿往牌楼坝跑的这段时间，二媳妇已经到河边扯了一大篮子下火败毒的草药熬成药汤盛在盆里，手里拿了大蒲扇不停地扇，希望早点凉下来。这时，满婶已经把两块大布单用冷水蘸了给猪搭在身上降温。二媳妇扇了一阵，用手在药汤里试了试，觉得可以让猪喝了，就赶紧去叫人帮忙。今天，老四他们三弟兄都到灯盏窝去了，家里没有男人。但猪病得厉害，不能等男人回来再灌药。没办法，她只好把大嫂、翠翠、四姑娘都叫过来，和婆婆一起，费了很大的力气，才用专门灌猪药的竹筒把药汤给猪灌进肚里。

在家里五个女人合力灌药之际，苑建书正到处寻找王胆大。他一连跑了三个地方，才把王胆大连拉带拽地请到麻园子。这王胆大是一个快六十岁的老头，年轻时当过兵，据他自己说他的医术就是在队伍上养马时学的。他是这一带有名的兽医，同时也给人治疗跌打损伤。每逢有人把腰扭了请他治，他总是先把躺着或趴着的病人往起扶。病人莫不是痛苦地喊："啊呀！不敢动，不敢动！疼得要命！"老王总是鼓励病人说："有我，不会痛的。你胆大些，胆大些！有我——起来了！"说话间，他真的就把病人给扶起来了。这时，他便用两手卡着病人的腰，突然一下把病人掮起来又就势放下，嘴里说："到位了，不疼了！"再给病人在腰、腿、脚踝骨等部位掐捏一气，再说："你动动看，看它还痛不痛！"病人动一动胳膊，再动一动腰说："不痛了！"

老王说:"肯定不痛了嘛!"因为老王总爱说"胆大些,胆大些",时间久了,大家就都叫他"王胆大",他的本名恐怕已没有几个人能记得了。

这王胆大被建书一请到屋,汗也顾不得擦一把就直接进了猪圈。他用手把猪的耳根摸了摸,又把猪眼睛和嘴巴掰开看了看,立即就把双眉皱成一疙瘩对建书说:"苑师,你这猪病来得凶。难!叫我看打针指望不太大,你看,是打,还是不打?"建书看了老伴一眼,老伴没有表情。建书自作主张说:"打!恐怕借了你的贵手,它们就好了呢!""这么说,我就给它们一头猪打一针。"王胆大给两头猪各打一针后,还是不情愿地对建书说:"这个针药算眼下治这种病的药王。要是今天晚上还不见好转,你就立马放血,吐一个钱是一个钱。"

因为人熟,王胆大说只收药钱,不收诊费。满婶赶紧把钱给了王胆大。同时,二媳妇已经在灶上张罗着做饭。王胆大说:"饭我没工夫吃。这几天,这个猪病来得很猛,还有好几家人等着我呢!我只能尽力而为,救一个是一个。这是庄户人家的大收入,我看着都难受啊!"说着话,王胆大已经小跑着出了大门。

过了两个小时,建书再次到猪圈看时,发现猪已经只有出的气没有入的气了。他伸手摸了摸猪嘴,发现烫得吓人。按照王胆大的建议,建书对老伴和二媳妇说:"你们马上烧开水,我去请匠人。"说着话,他就急匆匆地出了大门。满婶和二媳妇就赶着把三口锅全部洗净烧开水——等到两头猪烫完处理好,天已经是大半夜了。建书老汉把猪的内脏担到风向和水向都处在下游的叫花子崖去深埋了。第二天赶了早场,请杀猪匠把四个整片猪肉搬到牌楼坝去卖。由于猪杀得及时,肉的颜色还算正常,肉价又喊得很低,总算卖完了。来回一算账,两头猪喂了几个月,翻吐出来的钱才是当初买猪钱的一半。唉,猪已经死了,再着气也没用!建书从场上卖肉回来,马上把猪圈打扫干净,再烧了几桶开水把猪圈的里里外外全部冲洗了一遍,又从外面扯回些用来杀灭蛆虫的蒿草扔进粪坑消毒。过了一天,他又买了石灰在猪圈内外统统洒了一层,几天后才扫掉。这样做了一番消毒处理之后,建书心想应该差不多了,便又花钱买了头有点小膘的猪回来喂。开始十来天,猪很欢实,肯吃肯长,建书心里非常高兴。突然有一天他清早起来上茅房,发现那头猪不哼哼着迎接他了。以往不是这样啊!都是他才走到灶房里,猪就开始哼哼了,今天怎么了?建书用手往躺在地上的猪的嘴巴边一搭,马上就感觉到烫手。完了!完了!他翻身入圈想把猪扶起来,谁知这猪很通人性地勉强站起来。可是,猪站起来后马上就开始浑身痉挛,抽搐了一会就重新倒在地上。建书赶紧喊老四出门去请杀猪匠。等老四再到猪圈来看猪时,猪已经不行了。建书赶紧吩咐家人烧水烫猪。烫好以后，建书选好肉在锅里卤了和老四一起到场上去卖，结果很少有人问，站了半天街，只卖了一部分。父子俩把卤肉从街上担回来就一屁股坐在那发愁。四姑娘说："我见过有人把这种肉切成片，再用炒熟的米面把它一拌，用瓦盆装了放在苕窖里，上面盖上黄荆树梢子免得招蚊子。少的话，就放在凉快的地方也行。吃的时候用大蒜、蒜苗、芫宿这些香料一炒，很逗人吃。"满婶听四姑娘说得很在行，就说："好，这些肉就交给你来想办法。"她又转身对二媳妇说："这几天每顿饭都把卤肉炒一盘，一直到吃完为止。"结果，二媳妇每天都把卤肉变着法子炒了吃，倒是很受欢迎。到了第六天吃饭的时候，突然饭桌上不见这个菜。银娃子就问："今天咋没有粉粉肉了？"建书老汉生气地说："吃完了，以后再也不会有死猪肉了！"银娃子看着从没在他们面前发过脾气的爷爷，只是睁着疑惑不解的眼睛，心里并不明白怎么回事。

这次建书老汉捡了教训，猪死了一个月了，他并没有再买的打算。他在猪圈里消了两次毒，再不提买猪的事了，只是觉得每天倒掉那么多人吃饭产生的泔水有些可惜。过了些日子，好长时间没来的好朋友、新亲家五典公用竹篓子装了十只小鸡崽从团包上过来，说想来陪建书老汉说会儿话。他把竹篓交给满婶说："我今年抱了两窝鸡崽子，都成了。这鸡个子大，毛色好，不害病。我给你们送十个来。"满婶看着篓子里活蹦乱跳的小鸡崽说："一直说买，没遇到好的。这鸡崽子一看就逗人喜欢！"典公说："我是专门到大包上用两个鸡蛋换的一个种蛋。这鸡能长到七八斤重。"

两个老朋友坐在一起就有说不完的话，说到连续死了三头大猪时，典公也跟着难受了好一阵子。聊了一阵，典公就要走。建书要留他喝酒，典公说他后天要动身去北山铁炉砭看老岳父，手头还有几件事急着要办，其中也包括给他们麻园子送鸡娃这件事。看到典公执意要走，满婶就喊四姑娘来送。四姑娘便和公婆一起把父亲送出大门。典公边走路边对建书说："你是不晓得，我外父今年八十岁了。这两年，我都没给他做成生日，今年无论如何我得给他做个八十岁生日。我后天清早得走，顺便也扯些蛇药回来。这两年没到铁炉砭，好几味药都没了。原来留了点说自己应急用，前几天梅家瓜子叫蛇咬了，全给他用了。"

"你就是心善！"

"啥心善不心善，其他的也给人帮不了啥忙，就这治蛇伤、拔疖子还算有些办法。能帮人一点就帮一点。"

"听说铁炉砭很远，你过细点。"

"眼下天气长，起早些，赶天黑前能到。"

"去几天？"

"来回四天。"典公说着话，就走过竹园到了河坎上。他突然又想起一件事说，"铁炉砭一四七逢场，我看有合适的猪给你背一个回来。你猪圈空这么久了，眼看这片猪瘟也过去了。山里猪皮实，应该没事。"

"天太热，算了。"

"没事，我回来顺路。"

"那我把钱给你。"

"回来给，我身上带的应该差不多。"

看看典公就要下河了。满婶看着有点驼背的典公，又看看身边的四姑娘，心里不由得想道：我这家以后怕就要靠老四两口子操持了。这两人天天都在忙，都是只往家里扒钱，从来没花过钱。时间长了，也难免没有想法。不如让老四跟老汉一起到铁炉砭去给老太爷做个生日，回来时两人换着背猪？满婶马上对老汉说："让老四陪他叔去铁炉砭给他外爷做生日。"建书只是稍微沉吟了一下马上就答应说："这是个办法。"他马上喊道："典哥，你等一下，我有话说。"等他追上典公才说："让老四后天陪你一起去给他外爷做生日，就这么定了。"

典公问："他走得开？"

"给他外爷做八十岁这是大事。让他陪你，后天早上你从这里走经过高粱铺的路，也不走冤枉路。"

典公慨然应允说："也好，既然两个人，那不如明天半夜走，后天早早地就到了。"

二十五

虽是六月天了，灯盏窝早晚还是挺凉的。老四他们三弟兄跟在家时一样，每天都是天麻麻亮就下地了。今年，他们把火地扩大了近乎一倍。去年开的荒才种了一季，今年种起来很省事。清明节前他们上来做准备的时候，见天气好，就又砍了一条隔火带，重新烧了一片茅草坡，开出了荒地。眼下，地里的苗苗全部出齐了。老四原来最担心自己把徐老板的药材籽糟蹋了，现在看，这种担心完全是不必要的。那连翘、防风都出苗很齐，而且还长势挺好。只是最近连续下了两场雨，那些乱七八糟的野草和庄稼抢着长。这几天如果不能抢天气把草薅一遍，万一再下一场雨，草就盖过庄稼了。为了赶早把草薅完，这两天，他们只好晚上烧一堆火，就着火光把第二天要吃的饭做好。等白天在地里实在干不动了，再回窝棚用吃饭代替休息。

黎龙匠前几天家里有事回去了。按他临走时候说的预期，今天下午应该回来。老四想，黎笼匠回来要走那么远的山路，一定很累也很饿。中午回窝棚休息的时候，他就把粮食拿去用黎笼匠的锅灶做了四个人的饭，又特意炒了两个菜，准备等下午黎笼匠上来了四人再一起吃饭。饭做好了，三弟兄就继续干活。到太阳快要搭山的时候，黎笼匠果然回来了。已经累得筋疲力尽的老四他们三弟兄见笼匠回来了，就提前收工，到笼匠的窝棚来陪他一起吃饭。黎笼匠已经是五十多岁的人了，走了几十里的山路，很是疲乏，一进窝棚便见灶里煨着火，壶里晾着水，锅台上盖着饭菜，心里十分感动。吃饭的时候，黎笼匠对老四说："你们三弟兄地里活多，顾不得吃饭。后头这几天我们就四个人在一起打平伙。你们薅你们的草，我在做笼的时候顺便给你们一起把饭菜也就做了。等你们收工回来，我们四个人一起吃饭。"

老四说："你是老辈子，咋能麻烦你给我们做饭呢？"

黎笼匠说："老四，你莫那么客气，就这么定了。你们每天吃前一晚上的剩饭，时间长了对人不好。"

黎笼匠是个不爱说话的人，他说就这么定了，老四也不好再推辞。从第二天开始，黎苑两家就在一起吃饭了。晚上，老四他们三弟兄没事，就一起来帮黎笼匠削篾、刨笼圈，边干活边说些闲话。闲聊的时候，笼匠突然想起一件事，对老四说："老四，我跟你说一件事。我昨天到了一趟牌楼坝。在街上我遇到街后田禾沟文家窑上的老板文尚成。他劝我不要在山上做笼了，说一个人太孤独。我说不孤独，麻园子苑家三弟兄的窝棚挨着我的。文老板说：'苑家人硬是出了名的勤快。正月初一大清早，苑家老大就到窑上找活做。我让他跟三子一起在初二早上给池河街上戴老板送了一车窑货。'我顺便问老大是不是还在他窑上干活，他说没有，货送到以后，只三子一个人回去了。听三子说老大想到南山莲花石去。我之所以留意这件事，是听你说你大哥正月初一出门就没回过家。"

"是的，正月初一早上走的。"

"你大嫂子也不打听？"

"我大嫂子人老实，也不见她着急。"老四补充说，"我大哥这些年一直在外面，都习惯了。"

黎笼匠说："你们家那么多活，用不着在外面找活做。"

一面说闲话，一面干活，不觉就到了小半夜。四人都困了，收拾了一下就上床睡了。睡在床上，老四又想起黎笼匠说的关于他大哥的事。他推测，既然大哥把窑货送到池河以后没有回窑上，他应该就在池河这一带干活。他准备这次回去时把这个消息告诉父亲。大哥不辞而别，父亲心里一直挂念着，也很想知道他的下落。过了一天，父亲托上山砍竹子的人带信给老四，要他回去陪五典叔一起到北山铁炉砭去给外爷做生日。得到信，老四把地里的活估算了一下，又看了看天气，对身边的老五、老六说："爸叫我出趟门，最少要四天。这里的活我看还要两天才能做完。我也看了天气，三五天不会有雨。你们两人再在山上住两天行不行？"

老五说："我跟老六扎实薅两天能薅完。"

老六说："最难薅的都薅完了，没啥。"

老四说："我不在这里，你们晚上睡醒点。有啥事就给笼匠叔说。"

老四又找到笼匠说："黎表叔，我要先回去。老五、老六要把草薅完了才走，想请你招呼他们几天！"

笼匠说："没事，你不在这几天晚上我睡到你床上去。"

老四感动地说："给表叔添麻烦了！"

笼匠说："看，你又客气了。"

老四打了一个柴担子，看看太阳不太毒了，就下山往回走。从灯盏窝回家有两条路，老四起初打算走小路，到岔路口时他又临时改变主意走了大路。走大路先到大堰沟，再经过二堰的魏家院子。老四担着担子在魏家院子南边的岔路口一个大石坎边歇气时，突然发现大哥手里掂个什么东西正从魏老幺院坝那边的一棵柑子树旁往这边走来。老四很惊喜，远远地就喊："大哥！"

苑华家正顾低头走路，听到老四叫他，就惊喜地站在原地向这边看，见老四是把柴担子靠在石坎边歇气，就迎着他走过来。老四想扛了柴担子去迎大哥，华家见状赶紧制止说："你就歇在那里莫动。这边敞的，没地方靠。"华家边说话边快步向老四走来，还没走到跟前就问老四："你回呀？"

"我回。"老四问，"大哥，你咋在这里？"

"我收点旧账。还是去年给魏老幺做了活路，工钱一直还没给。"华家把手里一把木匠用的锛锄递给老四说，"你会木活，我送你把锛锄。魏老幺说他没钱，想用这个顶。我算了算也差不多值这个数。我又想到你做木活正好缺把锛锄。我原来打算上灯盏窝把这送给你，晚上就歇你那，明天再走。遇到你了，我也就不上去了。"

"大哥，你的意思是今天不回去？"老四说，"已经是后晌了，我们一路回去。"

"我还有事，就不回去了。"

华家问老四："就你一个人？他们两个呢？"

老四说："他们还得在山上住两天。本来我是想把山上的草薅完了一路回来。爸叫我明天陪五典叔一路到北山铁炉砭去。我托黎笼匠招呼他们。"

"明早上走？"

"明早上"

"去几天？"

"四天。"

"大哥，你在哪里做活？等我从铁炉砭回来了去看你。"

"你莫来。我到处跑，没定准。"华家爱怜地看看老四又叮咛说，"你年龄还小，莫太霸家，太霸活，该歇着时就歇，莫把自己弄得那么累！"说完，华家又认真地看了老四几眼，然后别过脸去，抬头看了看凤凰山就再也不说话了。

老四不知道是什么原因，他觉得很伤感，就恳切地说："大哥，一路回去吧！"

"我不回，还有事呢！我先走。你路上过细点。"说话间，华家自己先转身向月河那边走去。

老四困惑地看着大哥过了月河，上了上坎子徐家院子旁边的那条小路，经过那棵大药树，身影慢慢地就从他的视线里消失了。老四知道，前面就是汉白公路。那么，大哥上了或过了汉白公路后，是到东边的高粱铺，还是去西边的草沟？老四希望能看到大哥的身影再次出现，但等了很久很久，终没能再看见大哥。老四放下柴担，一面把锈锄往柴捆子上拴，一面还在不停地往公路那边看。天色已晚，再等下去就要走夜路回家了。老四想想家里现在还不见他回一定也在着急，这才赶紧扛起担子往家里赶。

到家的时候，天已经麻乎乎的了。老四心里矛盾了一气，思前想后还是决定先不把刚才在路上遇到大哥的事告诉老人和大嫂子。他想，大哥走了半年，家里人都快淡忘他了，自己如果把这件事说出来，两个老人，还有大嫂该会有多伤心！先不说最好！这样定了以后，老四进门时就故意遮掩着没让家里人看到大哥送给他的那把锈锄。

二十六

苑华家这些天很受煎熬，人生第一次领略了恋爱的幸福和痛苦。一方面，他非常想见马杏花，见不到她，心里就像掉了魂似的难受；另一方面，他又怕见到马杏花，他现在还不知道到底该怎样才能给她满意的答复，答复得不好，她就会急得哭。她一哭，他心就乱了。他是实在拿不出有用的主意啊！他就这么左右为难，一副神不守舍的样子。因为有心事的折磨，他已经连续两次把进货出货的包数给记错了，惹得杜掌柜很是生气。那天晚上，杜掌柜把华家叫到面前说："华家，男人家敢做敢当，做事要有个决断。你看你跟马杏花弄得这事，现在整个莲花石都晓得因为你插了一杠子，马杏花退了柳墩子的婚。事情到这个份上，你倒没了主意。今天马杏花来找我，要我帮忙向柳墩子求情。你说我咋求这个情？人家说的也不是没道理呀！我说让她再给你十天时间。你不能再这样恍恍惚惚总记错账吧？我做点生意容易吗？"话说到这个份上，华家已能听出这是在给他下最后通牒了。他还从私底下隐约听说杜掌柜家乡有个人要来给他当伙计。这不明摆着要自己腾地方让位子吗？

那天晚上，柳墩子撞见华家给马杏花挠背负气而走后，有几天时间没什么反应。这几天里，华家倒是连续见过马杏花几次。通过这几次见面，华家已坚信马杏花是真的爱他，真的想嫁给他的。一个雨夜的晚上，马杏花主动邀请他到她那去过夜。他很感动，全身的热血都快要喷发出来了。他第一次和马杏花并肩而行，她不时地侧着脸看他。遗憾的是，快要走到马杏花住处时，她很意外地发现宿舍里有灯光，估计同宿舍的那个女人从安康回来了。马杏花显得很失望，一屁股跌坐在路边的石头上说："这个倒霉的货，你啥时候回来的，我咋不晓得呢？"他们在一个空地方转了转就分手了。临分手时，她在树荫下给了华家一个让他喘不过气的拥抱。第二天，华家主动找到马杏花，说他从杜掌柜那里把攒了几个月的工钱一次取了，要马杏花拿去退柳墩子的彩礼钱。马杏花说："不用你的钱，彩礼我已经退了。"

华家说："这不对，应该让我也出点钱！"

马杏花说："我们都快要在一起过日子了，还用分你的我的？"

华家太感动了。他把带在身上的钱塞给马杏花。马杏花又把钱塞给苑华家。华家非常感动，临分手的时候，用突然袭击的办法把带来的钱硬是塞给了马杏花。

再次日，华家又去见马杏花，还没说话，她先十分伤心地哭起来。华家心疼地用刚买的手帕给她一面揩泪一面问因为啥事伤心。马杏花哭得更厉害了，说："华家，我对不起你！"

"你有啥对不起我？"

"我们不能做夫妻了！"

"你，你咋突然就变卦了呢？"华家急得全身发抖。

"不是我变卦，是人家不忍心连累你！"马杏花说，"这事我也没想到会成这样。华家，我跟你说，我前头男人在的时候，我们一起做生意借了柳墩子五千块钱，结果生意做塌了。柳墩子说：'做生意嘛，有赚就有亏，慢慢来。那钱算我给你们的贺礼，就不要再想着还了。'现在，柳墩子一生气，又问我要那笔钱。我求他饶了我。他说不行。我又求杜哥去说情，他还是不答应。没办法，我又去求吴哥。昨天，吴哥给我回话说柳墩子不让步。吴哥给我说：'你原来的男人跟柳墩子是朋友。你跟柳墩子又是从小一起长大的。当时，人家不要你们还钱那是念旧情。后来，你又和柳墩子订了婚，旧账就更不用提了。你现在退了人家的婚，新找了个苑华家。你想，这事放到你，放到我，都会怎么做？'你说，好好的，又出这么件事。我攒的钱只够退彩礼，这不是连累你吗？我们就这样算了吧！你会一辈子留在我心里的！下辈子我们再做夫妻！"

"不行！不行！你让我再想想，我不能没有你！"华家急得眼泪都快要出来了。

"算了吧，华家。这又不是几十几百的事。我们咋还得起？我不能害了你！"马杏花伤心得眼泪哗哗地顺着脸颊直流。华家边给马杏花边揩眼泪边求道："杏花，我离不开你。我自从认识你，活得才像个男人。我们不能就这么算了。天无绝人之路，我们一起再想想办法吧！"

苑华家要马杏花带他当面去找柳墩子求情。见到柳墩子，华家恳求地说："柳哥，你原谅我吧！这事都怪我。我原来不晓得你和杏花是订过婚的。你抬抬手，让我们过去。我来世当牛当马再报答你！"

"放你娘的屁！来世？来世在哪里？我辛辛苦苦攒点钱听你一句来世的话就不要了？有这么便宜的好事，你咋不让给我？啥话也莫得说，看在吴哥、杜哥的面子上，我不让你们在莲花石当着众人丢人现眼就足了，欠我的钱你说上天说下地都得还。你们把五千块钱还给我，我自认晦气算了，要是不还给我，我叫你们好看！汉江河又没得盖盖，你有本事夺人家老婆，又没本事还钱，还不如跳河死了好！"柳墩子越说越气，把拳头攥得绷紧地在华家脸跟前晃了晃说，"十天之内还我的钱。你们莫要惹我发火。我他妈都活成啥了？我一忍再忍，也不想活了。再惹得我烦了，可就没你们的下酒菜了！汉江河里王八怪鱼多得是，它们怕是正愁着没啥吃咧！你们给我记住，我柳墩子可不是软蛋，惹火了，没有啥事我做不出来！"说着，他又把拳头在苑华家脸前晃了晃，吓得华家把头直往一边偏。他越是把头往一边偏，柳墩子的拳头反而越攥越紧，越逼越近，浑身仿佛都在咯吔咯吔响。说来也怪，就在这一瞬间，苑华家突然不知道从哪里来了勇气，把自己的身子向柳墩子那边靠了靠，诚心诚意地央求道："柳哥，我惹你生气了。你打我一顿吧！你怎么打我都认了。只要能让消一消气，你怎么着都行。只求你把杏花那五千块钱免了！"苑华家态度突然转变，倒是把柳墩子给将住了。他一时没了主意，愣在那里不知道怎么对付。僵持之中，马杏花一头扑过去插在他们两人中间，对柳墩子说："墩子，看在我们从小一块长大的份上，求你莫打他！"华家继续把身子往墩子身边凑着说："杏花，你让柳哥打吧！让他也消消气！"柳墩子把拳头摇了摇说："依我的气，我真想把你往死里打！看在杜哥的份上，先把拳头子记在这里。我要你们还我的钱！"华家又把身子往前凑了凑说："柳哥，你还是打吧！我只求你把杏花的钱免了。"马杏花又赶紧拼命地把他们两人往开隔。柳墩子趁马杏花抓住他拳头的机会，向后退了一步厉声喝道："放你妈的屁！挨顿打就能赚五千块钱？有这么好的事，来，你打我一顿，你再给我五千块。你愿意吗？就凭你那身板子，就一削削子大，豆芽菜一样的。怕是我这一拳头下去把你脑壳都会打到肚子里去了。我他妈要是一拳头把你打死了，那五千块钱哪个还我？还是那话，十天！十天不还钱，我把你们两个狗东西从莲花石抹了。"柳墩子一边说狠话，一边自己把身子往后退，最后再晃了晃拳头就气冲冲地转身走了。

苑华家哀哀地看着柳墩子的背影，像个泄了气的皮球似的两手抱着头蹲在地上发呆。马杏花弯腰一面把他往起扶一面说："华家，你不要这样，你回家去借一点，我再找人借一点，先还他一点。我求杜哥再出面，剩下的以后再慢慢还。"

"回家？打死我，我也不回去！"华家说，"就算回去了，我也借不到钱。家里还在向我要钱呢！杏花，你是不晓得，我那老爷子满脑子都想的是钱，恨不得把我卖了换钱买田地呢！我一回去，他就要我把在外面挣的工钱交出来。"

"唉，都怪我命苦！"马杏花泪眼婆娑地对华家说，"看到你这个样子，我死的心都有了。都怪我。走吧，先回去再说！"马杏花拉着华家的手往杜家商行走。她在前面每走几步，就回过头来把华家看一眼，一会儿帮他扯扯衣角，一会帮他理理头发，再一会又把他的手拿到自己手里看看，苑华家心里感到无比温暖，也就把马杏花深深地看一眼。她的脸真好看啊！看着看着，华家就忍不住地说："我到你那去？"马杏花说："咋行呢？店里吧，有客人；宿舍里吧，那个倒霉的又回来了——华家，你要晓得，我早就想跟你在一起住了，只是现在还不行！"华家十分缠绵地用两眼注视着马杏花，马杏花也眼里有话地看着苑华家，然后默默地分了手。

苑华家在煎熬中过了两天，柳墩子自己找上门来说："苑华家，你装啥子穷？我到高粱铺打听了，人家说你家里不穷。你们有三架织布机织布。我提醒你记住，还有七天，七天啊，七天不还我钱，我把马杏花绑也绑回我们老家去跟我成亲。我就不信蛇是冷的，拿你们还没了办法！"说完，他气冲冲地走了。

晚上，苑华家正要睡觉，老板杜能在院子叫他："苑华家，你到我这里来一下。"

华家赶紧往杜能的房间跑。一进门，华家吃惊地发现马杏花正坐在凳子上，像是刚哭过的样子。杜能指着一条凳子对华家说："你坐下，我有话说。"

华家诚惶诚恐地在凳子上坐下。

杜能说："苑华家，你看你们做的这事！马杏花是和柳墩子订了婚的，因为你又毁了婚。你们俩好就好嘛，又总是要把我往进搅。你马杏花跟我沾亲戚，你苑华家又是我的伙计，弄得我左右都为难。你们两人找我帮忙，柳墩子非缠着我讨公道。你们说，叫我怎么办？你们弄成这样，恶人就成了我了。好在墩子这人耿直，你们要好人家就退出来。不过人家反悔要把当年借的钱要转去也不过分。你苑华家也是个情种。你说你有老婆，有娃娃，为啥又要跟马杏花好？你苑家哪一天来一伙人闹我，你说我个外乡人怎么办？我还在莲花石做不做生意？昨天，吴哥发话了。说这事我手太软，一开始就应该制止。我也晓得这事我太相信你们的本事了，要不然，一发现你们来往我就应该让你苑华家回去，不要再来莲花石，那不是啥事都没有了！你马杏花硬是缠着我把苑华家留下，现在弄成这样，苑华家，你说怎么办？"

华家浑身都感到凉透了，茫然不知所措地勾着头坐在那里。见他不开腔，马杏花催促道："华家，你得拿个主意嘛！"被马杏花这一催，华家更没有主意了。沉默了好一阵，华家偷着拿眼睛去看杜能，发现杜能是一脸的煞气，显出极其不耐烦的样子。华家内心感到恐惧，以试探的口气说："杜掌柜的，我想请你帮我拿个主意。我听你的。"

杜能把脸一沉，瞪大眼睛看着马杏花。马杏花赶紧求情说："杜能哥，请你帮忙啊！"

"大男人家，敢做又不敢当。看上了女人，又没个本事娶。一点血性都没有，一点毒胆都没有。好，你们既然都要我拿主意，我说个主意你们自己定。第一，你们要过到一起，我不反对；第二，你们苑家的人不能到我这里闹事；第三，柳墩子的钱他既然非要不可，你们就不要再找我说情了。我已经给墩子说了，能不能还完是一回事，尽力气还又是一回事。我熬煎一个下午，想到了一条路，那就是借。柳墩子说他打听过了，华家你们家里有一点家底。你可以回去先借一点。借嘛，又有两种办法。那就是明借和暗借。暗借就是明借不行时就强行借。等到哪天搞好了，发了，再想办法加倍地把现在借的钱还回去。比方说，发旺了以后，可以给老人家尽孝；可以晚上把一包钱扔进院子里；可以买了上等棺木呀，买很值钱的东西请人直接给家里送去。反正只要你以后搞好了，怎么着都有办法报答家里。你怕这怕那，一辈子啥事都没干成，你想做点好事也没办法。你要是想问屋里暗借，我找几个能干的弟兄陪你去借。借到钱了，你们两口子就坐船回老河口去住。我们老河口是平坝子，鱼米之乡，比你们那麻园子不晓得好多少倍。以你们两口子的本事，我相信要不了几年手上就会好过。到那时候，把借的钱多还一些不就算尽孝了吗？就这些主意，我说完了，你们自己定。最简单的办法，就是你马杏花重新跟柳墩子好，你苑华家跟他们两人做个朋友算了。你们定。还有七天时间。这七天，华家可以不在柜上做事，算我给你的假。"

"杜掌柜！"华家求情道，"抢我爸呀！那怕要不得！"

"借！借！借！说了是眼下借，你以后加倍还。明的借你说不行，那就暗借嘛！"

"华家，我们的事也不能总这么拖着。我们过几年家事搞好了，多还一些就是了。我看这个暗借的办法行，你好好想想嘛！"

苑华家心里激烈地斗争起来。他的第一反应不是回家"借钱"对不对，而是觉得家里应该给他出点钱。虽说他娶过媳妇，有了儿子，但娶媳妇没花家里钱。最关键的是，他压根就不喜欢老人给娶的媳妇。他们娶的他们管，何况，娶的时候并没花他们的钱。算一算，两个老人这些年在老二、老三身上花了多少钱，在他华家身上花过钱没有？还有，他华家的妈死了，还有陪嫁啥的，那份也该给他。他心里这样想着，丝毫没有忤逆犯上的恐惧和愧疚，脸上自然也就没有流露过度为难的神态，倒是有几分不屑和苦笑从脸上飞快闪过。杜能和马杏花在说话的过程中一直拿双眼紧紧盯着苑华家，他内心的一切变化都逃脱不了他们的四只眼睛。苑华家本来说话的时候就不敢看对方的眼睛，遇到杜能，他更是不敢正面看他。即便跟马杏花相处这么久，爱恋这么深了，他也还害怕她用那白眼仁多黑眼仁少的眼睛向他直视。此时，苑华家偷看了杜能一眼，见他还是那么严肃和不耐烦，就不敢再看他了。他的眼前又飞快闪过春子的身影，她还是那么低眉顺眼、死气沉沉的，没一点生气；再瞟一眼眼前的马杏花，她仍是那么充满朝气、热烈如火。苑华家觉得他需要热情，他的热情现在已经让马杏花给点燃了，他也就更加呼唤热情。他曾经想过，如果有热情来燃烧我苑华家，说不一定我也能干出一番大事业来！苑华家认为他之所以至今一事无成，就因为娶了春子这样个死气沉沉的媳妇。他在心里又把刚才盘算过的几点理由再想了一遍，突然就像打了个激灵似的伸直了腰，坐正了身子说："行！按杜掌柜的主意办。不过，不能伤害我们家里的人！"

"帮你借钱是为了杏花这头退婚，为了你们两个安家过日子。说远些，就是看到你这个人还算聪明，想帮你做个真男人，干番大事情。我又没想图你个啥！哪个愿意伤你家里人？你也不想想，你和马杏花一成家，你家里人就是杏花的亲人，也就成了我们的亲戚，哪个愿意伤害他们？"

"谢谢杜掌柜这样替我着想！"华家说，"那我就先回一趟家。当然，我不会进家里的门。我一是把外面还欠我的钱收一收，能收一点是一点；二来也打听一下看啥时候去最合适。不能让屋里人晓得是我干的——至少眼下不能让他们晓得是我干的。"

"这简单，事情过了我们想办法让你们那边的尹马蜂背这个锅。"杜能想想又故意逗华家说，"反正你又不要那个家了，让他们晓得是你回家借的又有啥不好？你想你正月初一清早就走了，家里恐怕早都把你忘了。"

"我倒不是舍不得那个家。我是不想让我那个偏心眼的老爷子一时想不开，太伤心。"

杜能见事已有了眉目，就对马杏花说："杏花，你帮我切点猪头肉啥的，抓点炸胡豆，我们喝几口。"

不一会儿，猪头肉、炸胡豆就摆上了桌。杜能倒满三杯酒让苑华家和马杏花都端起酒杯说："你们两个真不是省油的灯，弄得这事硬是叫我里外都不是人。可谁叫马杏花管我喊哥呢？你哭哭啼啼地求我，我没办法。你苑华家又是我喜欢的伙计，你又那么喜欢杏花。你说我有啥办法？好，千难万难，快刀斩乱麻，眼看你们就要走到一起了。来。祝贺你们！"三个人共同举杯，将酒一饮而尽。接着便是华家和马杏花给杜能敬酒。几个满杯酒敬过，杜能浑身被酒精烧烫了，把上衣脱掉往另一张凳子上一扔说："苑华家，你做了长钱的买卖，你晓得不？马杏花要人才有人才。你说，莲花石哪个女人有她长得好看？她要本事有本事。你以后就会晓得，马杏花是很有本事的人。还有一点你长钱了，就是我们老河口那可是好地方啊，鱼米之乡。眼下更是个能发大财的好地方。你听说没有？啊，算了，你住的那个麻园子，听说是个独家庄。你们啥子都不会晓得的。我跟你说，共产党的十几万人叫国民党从江汉一带赶出去，有一股从襄樊老河口一带进了秦岭，现在不晓得出没出秦岭。还有一股从那一带出来到了湖北四川交界的谷城房县一带，想进四川没进去。我们那一带有的人就趁机会发大财。你们赶紧把事办了——办事嘛！有句话叫当断不断，反受其乱。还有一句话叫富贵险中求。你赶紧跟杏花到我们那一带去。杏花人头熟，你一定能靠上发大财的船。找准靶子干那么几下子，你就不是现在的苑华家了。有了钱，再找个地方做买卖也行，买了铺面当房东吃租金也行。到那时候，你莫忘了我的好处就行。人一生就一步两步的事啊！"

"永远不会忘了哥的好处！"苑华家给杜能和马杏花倒了一个满杯酒，他自己本来是满杯，就往杯子里再加了些酒。他把酒杯分别端起，递到他俩手中，自己又端起杯子说，"我们一起敬哥一杯！""好！"杜能把苑华家和马杏花敬的酒一仰脖子喝了个干净。他用手抹了抹嘴，对华家说："苑华家，你心里要想长远，不要总在眼下情分上纠缠这事能不能做，那事能不能做，要横下一条心说：'对不住了，我是没办法，只能这样了！'我跟你说啊，很多事情就这样一横心它就做成了。你可不能到了眼前又缩回去了啊！你想，过几年你要是大发了，你装一口袋钱晚上扑通往你家老爷子的院子里一扔。第二天早上，你老爷子把钱袋子打开那么一数，哈哈哈哈，他高兴地笑完了再摸着额头这么一想，马上就会想到你。他嘴里就会大声说：'这肯定是苑华家孝敬我的！'什么叫尽孝？这就是尽孝！你守到屋里，啥也没干成，你想尽孝，手里一分钱都没有，你拿啥子尽孝？你说，我老杜说得对不对？"华家也已经有几分醉了。他接过杜能的话说："你老杜——不对，我的好杜哥，感谢你给了我的主意！感谢你给了我的胆量！你说得太对了！你跟我想到一起去了。我不会缩，这次要多借一些。我们那老爷子把钱尽往老二、老三身上白花——我说他是白花。你是不晓得，老二他们乡长到屋里来吃了一顿饭，走的时候我们老爷子就送人家一匹洋纱线的布。那东西值钱哪！我们家里可没有哪个人舍得穿哪怕是一寸洋纱线的布啊！我跟你说，我们老爷子过日子可是省得很哪，省得连他的后老婆，就是老二、老三他妈，也就是我的后妈，都说他是抠鼻屎痂子吃的，恨不能把虱子都卖成钱。我跟你说，这种心里话我还第一次对人说起——是对你说起的，为啥？你是我铁铁铁铁的哥啊！借，这次要多借些。我们老爷子的钱藏在哪里我都晓得。行！哪年我苑老大发了，我就给他扔一包钱进去，叫老爷子笑得直这么打战战！"华家学着把身子使劲抖了抖。

杜能好像也醉了，摇摇晃晃地站起来给华家敬了一个满杯酒，然后用两只握着华家的手说："知音，我们是知音。有心里话就是要对知音说。我跟你说，自古就有这样的人。他年轻的时候干了不少坏事，年老了他又做了两件好事，人们就光记得眼下他做的好事，忘记了过去他做的坏事。相反，年轻时他好得很啊，年老了呢，有两件事没做好，人们就只记得他眼下的不好，忘记了他过去的好。就是说，人们是只记得眼下事的。也是只眼红眼下过得好的人的。哼，人的最后那一下子很要紧。男儿志在四方。你这样能干的人，要是窝在麻园子，一辈子亏呀！我再给你说个知心话：我给柳墩子打清招呼了。你这次回去能借多少就还他多少——借到一毛还他一毛，借到一百还他一百。我们晓得，你家有点钱，不多。你们家又没做大生意，哪来的五千块嘛。话又说回来，你苑家婆这么好个儿媳妇总不能不花点钱嘛！还剩下的，一笔勾销，不准他柳墩子今后再提。这是吴哥也发了话的。你说，哥是不是一心向着你的？"

苑华家感动万分，自己倒了一个满杯一饮而尽，然后把杜能拥抱着说："你真是我的好哥啊！我人生这么大，从来就没有这么高兴过，因为没遇到过知我懂我的人。我苑华家也是个血性的男人，只后悔以前没遇到杜哥你这么有本事又知我懂我的人带我。你是我的领路人。杜哥，你马上给我找纸来，找笔来，我能写会画的，你信不信？我能把我们老爷子藏钱的地方清清楚楚地画出来！我能把我们屋里的犄角旮旯也都画出来。"

杜能给马杏花使了个眼色，马杏花赶紧就取来了纸和笔。

二十七

天快亮的时候，华家的酒醒了。他拍拍脑袋，依稀记得昨天晚上喝酒前好像答应杜掌柜要到麻园子去向家里"借钱"。他再拍拍脑袋，意识更清醒了一些。是的，我是答应回家去"借钱"的。那会心里是想到我娶媳妇，家里应该给我点钱。当然，这是白想，家里只会给老二、老三花钱，是不会给我花钱的。他再细想了想，怎么进门？怎么不让家里人喊叫？怎么不让家里人打击？家里要是认出了我又怎么办？看来，一句话好说，真要做起来就不是那么容易了。苑华家是厌烦了他的家，可是真要说对这个家庭，对这个家庭的哪一个人有恨的话，好像又还没有。他对父亲有怨言是真的，但他同时还能想起小时候父亲对自己的怜爱。尤其令他忘不了的是父亲看他的时候投来的那双怜爱忧伤的目光。即便后来有了满婶这个后娘，他有时也还能看到父亲在他小的时候曾给予他的那种特有的目光。记得满婶就要进门的前一天晚上，父亲曾抱着他深情地说："你该懂些事了。明天你就该单独睡了。你一定要听你后娘的话，不要惹她生气，那样会对你没有好处！"

第二天，后娘就进门了。后娘的样子没有死去的亲娘那么和善，尽管亲娘在华家的记忆中已经很模糊。开始的时候，华家对后娘是很排斥的，不愿意见她，害怕她。随着时间的推移，他渐渐觉得后娘并没有讨厌他的意思。尤其有一件事，彻底地改变了他对后娘的抵触。那次，右耳开始只是痛，他一直忍着。但忍着忍着就从里面流出脓血来。他咬着牙忍，终于有一天忍不住哼出了声才被后娘和父亲发现。后娘很伤心地抱着他的头说："傻儿子啊，你耳朵都烂成这样了，怎么就不哼一声呢？是的，我是你的后娘，可是你的亲娘她死去了啊！我就是你在这个人世上唯一的娘了啊！你才这么大，我不疼你，还会有哪个疼你？你要懂得，你耳朵疼是疼在你身上，可它也是疼在我心上啊！晓得的，说你耳朵疼没给我说，不晓得的就会说我这个当后娘的心毒，不管你！"华家发现，后娘说这话时是留着泪水的。当天，后娘就背着他先是到高粱铺请姓陈的先生给治。过两天不见好，后娘又背他到草沟姓钟的先生那里治。治了两天还是没见好。后娘就头顶着烈日背着他到牌楼坝东南边的五峰寨的药王庙去许愿讨药。上山的时候，有一段是黄沙石子路，因为天旱，散开的石子很滑，后娘滑倒摔了一跤。她的膝盖被黄沙蹭破了，直流血。但她的手始终在背上搂着他，继续一步一步地往山上走——那天从五峰寨回来天已经快黑了。一回到家，后娘不顾劳累，水都没喝一口就把从庙上讨来的药用香油调了给他往流脓的耳朵里滴。华家能感觉得到后娘的手很轻很轻。药滴完了，后娘又给他做了鸡蛋汤，用勺子慢慢地调着，吹着，直到她确信可以入口了才交到他手里。他接过鸡蛋汤，嘴唇动了动，终于艰难地开口叫了一声"妈！"这是他第一次叫她妈，她明显地很感动。她搂着他的头，眼泪滴在他的头上。从此，他不抵触她了，也不再害怕她了。后来，她把她杨家本族侄女春子娶回来给他做了媳妇。他也曾经想跟她好好过日子，也跟她生了五斤子，但她始终没能走进他的心里。如今，事已至此，必须下狠心，做决断了。他在心里说："春子，你恨我吧！五斤子，你恨我吧！我顾不得那么多了。我先过了眼前这一关再说。趁我现在还年轻，让我痛痛快快地跟马杏花过日子吧！"这时，也有一丝阴影在华家的脑际飘过——马杏花认识的那些人究竟是些什么人？这个疑问让苑华家的身子不禁打了一个寒噤。这个疑问同时也让他在对即将实现和马杏花结婚过好日子的憧憬中隐隐有了那么一点恐惧。但此时，他只能在心里祈求马杏花："杏花，你这家伙可千万不敢耍我啊！你要是耍我，我这一辈子可就真完了！"不过，这也只是一个闪念之间的事。马杏花那对充满魅力的眼睛又在他眼前出现了，那很有感染力的笑声又在他耳边响起。华家记得人们有这个说法，叫"嘻嘻哈哈门前过，不言不传实在货"。马杏花是嘻嘻哈哈的人，这种人心直口快，不会算计人。华家是坚信马杏花是真爱他的。有真的爱，就会有真的疼，我们一起到老河口重奔新前程去！说动就动。华家立即动身去向杜掌柜请假，现在就动身去做"借钱"的准备。

事情的顺利程度连华家都感到意外。清早，他去向杜掌柜请假。杜掌柜说："你回去吗？那正好有条船要到池河去。我也有事要去趟池河。我们就同路去。"华家随杜掌柜一块乘船到了池河。到池河后，杜掌柜说："你抓紧做你的事。有眉目了就赶紧回来。我在池河还要办些事，多则两三天，少则一天，最早就是明天吃完早饭走。你自己看，要是这一两天就有眉目，你就直接到张家客栈找我。我不在那里，你就回莲花石找我。记住了吧？"华家说："记住了，我抓紧些就是。"和杜掌柜分手后，华家顺便就把池河梅家拖欠的工钱收齐了。从池河又到二堰魏家院子，又从魏老幺那得到了一把多半新的锛锄。得了锛锄，他马上就想起家里的老四。他想，一到老河口，这辈子跟麻园子的所有关系就都断了。要想再回麻园子，恐怕只能在梦里了。把锛锄送给老四做个念想吧！不管怎么说，春子和五斤子撂在家里了。看得出来，能够在家里照应他们母子的恐怕也只有老四两口子了。老二、老三都是两眼向外，抬头向上看的人，是不可能照顾他们母子的。见老四一面，留点念想，也留点情分。令苑华家做梦也没想到的是，会在魏老幺门上遇到老四。看来，下力气的人只会跟下力气的人走一条路。最重要的是，华家居然又能非常轻松地就从老四的嘴里知道这几天他们三弟兄会不在家里。看来，真是"人助天助"，只要你不停地往下做，机会就肯定有。

苑华家在二堰和老四告别以后，看看太阳还老高，就到上垭子李家收了笔旧账。华家进门时，李家老汉刚从甘家槽走亲戚回来。他无意中告诉了华家一条很重要的消息，三保的保长，也就是老二的岳父王保长后天大做六十岁生日。关于老二的岳父后天过生日，华家本来是知道的。父亲曾经带着他一起去甘家槽给"王家二姨夫"做过一次生日。他之所以对这件事记忆犹新，是因为王家那次也是大做，客人多。那两天天气出奇的热，父亲先是让他从家里挑着碗盏器具去，去了之后又让他帮忙洗碗端盘子，浑身都汗透了。为此，他心里很是不爽快，觉得父亲太过巴结二亲家。华家知道，父亲很看重二亲家，只要是他大做，父亲肯定会让家里人挑着碗盏器具早早就去帮忙。父亲必定也要亲自下厨做菜。老四、老五、老六又不在家里，再加上老二一家三口都去做生日。这样的话，家里所剩的人就只有老太婆、春子和五斤子，再就是三媳妇、银娃子、四姑娘这六个人了。以父亲对二亲家的巴结，说不准四姑娘还会让老爷子喊去给王家帮忙呢！对于乡下的风俗华家是很清楚的。生日的头天晚上，客人都来送礼放炮。第二天下午，做正式的席口，把送礼的人全部请来吃正席。这就意味着老爷子和老二一家三口明天半夜之前和后天全天都会在甘家槽王家。家里人越少越好！这时，华家突然有了几分恻隐之心，他希望家里没有一个人，他担心双方发生冲突时伤害到家里人。如果只他们六个人在家，倒是不至于发生冲突，大不了是老太婆受点委屈。嘿，这一次出门怎么就这么顺利呢？难道老天爷诚心安排好了要我跟马杏花结婚过日子？华家高兴之余，又想起上学时程先生说过的一句古语，叫什么来着——对，天赐不取，反受其咎。对，我和马杏花的婚姻就是天赐。喜事场合人们都爱说"天赐之合""鸾凤和鸣"一类的话，我能想起"天赐"这两个字来，看来这是好兆头。不然，怎么从正月初一出门以来，一路都是这样顺风顺水，办事顺利得真就像刚瞌睡就有人递枕头似的，好像什么都是给我准备着的。苑华家对前途充满信心，同时，苑华家也觉得机会就在眼前，错过这次，还不知道啥时候才有机会呢！

二十八

苑华家赶到池河张氏客栈，很顺利地就找到了杜掌柜。这时候他还没有睡，正在同一个人说什么事。见苑华家突然出现在门口，杜掌柜很是惊讶。同他说话的那人见有人来说事，就很知趣地出门走了。杜能一把把华家拉进屋里并随手关了房门问："咋这么快就回来了呢？"华家说："我有很重要的事要给你说。"于是，华家就把他今天的全部行程和所有听到的话都原原本本地向杜掌柜学说了一遍。学说完了，他主动对杜掌柜建议说："杜掌柜，我觉得明天晚上半夜之前是'借钱'的最好机会。错过这个机会，就会有好些说不准的事呢！"杜能沉吟了一会，又问了几个细节，然后说："你说的这事很重要！你的想法是对的。明天上半夜是最好的时候。定了，就明天晚上。刚好明天从这里能装两船货，你在这里正好白天有事情做，免得心里紧张。后晌太阳不高的时候，你们从这里走，天黑时候到。你过细想怎么进屋，怎么看住人不要和我们的人起冲突。你画的图纸我带着呢！明天上半天把船装完以后，你就向跟你一起去的那些人把你家里里外外的情况都给他过细说，让他们到时候跟到了自己屋里一样熟。走，跟我出去，我给你另外开间房。你今天累了，好好睡一觉。明早多睡一会，起来早了也没的事。吃饭的时候，再喊你起来就是。"

因为白天太累，也因为熬煎了多日的事情很快就能了断，这天晚上苑华家睡得比较好。第二天太阳老高了，才有人叫华家起床吃饭。吃完饭，华家和几个人一起装了两船货，然后就又睡了一觉。

几个人都睡醒后，杜能把华家介绍给另外五人说："今天晚上，你们五人跟老苑一起去借一点钱。整个行动由老彭彭家胜负责，都必须听他的招呼。"杜能把华家他们六个逐一扫了一眼后才继续说，"现在，由老苑跟大家把今晚要去的这户人家的屋里屋外，晚上屋里都有些啥人这些事过细你们说一说。晚上，老苑不进屋。他把你们带到大门口，再给你们打开大门。这以后，他就负责守大门望风，后面的事就是你们的了。所以，你们要过细地听。你们进了屋，要跟到了自己家一样熟。老苑，现在你跟他们过细地说。"

杜能把那天晚上苑华家喝酒以后画的图纸用两根木条子支撑在墙上，让苑华家给那五人详细地讲。苑华家犹豫了一下，才开始上前去讲："这六个人，也许是五个人，最要防的是我那后娘，她可是手上有点功夫的。"马上就有人问苑华家："那是你们家呀？"华家被这人问了个大红脸。杜能见状，厉声喝道："哪来那些淡话！"那个问话的人顿时吓得脸色煞白，赶紧低下头。苑华家又接着往下讲。他讲完以后，那个叫彭家胜的人又做了人员分工，对实施过程中可能会遇到的种种情况提出了应对的办法。最后，杜能又对这六个人提出要求。这次行动前的上岗培训就算完成了。

苑华家他们一行六人是分开走的，等到高粱铺的时候，天已经黑了。在一道石坎边上，彭家胜把六人分成两个组，然后顺着月河来到麻园子西头的毛狗子洞的崖壁下隐蔽休息。这时，四周绝对没有人。前面说过，麻园子最早是一片石坷垃苎麻地，离这里最近的几个村子少说也在一里路以外。在野外干活的人趁天黑之前就已经回去了。麻园子是独家庄，这六人此时坐在这里根本不用紧张。天越来越黑，青蛙好像是肚子里的气憋得太多，叫出的声音非常沉闷。说话间，从东南角的天边涌来了大团大团的黑云，天很快就漆黑一片。过了一会儿，天边突然又出现了闪电，借着闪电的光亮，苑华家发现离他不远的地方有一条叫"三皮条"的蛇盘在一块大大的石头上歇凉。华家从小就很怕蛇。他低着身子到离他不远的水竹丛里拾了一根竹棍，想把那条蛇赶走。乡下人说竹子是蛇的舅舅，用竹棍对付蛇，蛇不敢反抗。彭家胜对华家的行为极为不满，就低声责问："苑华家，我们干啥来了？"受到训斥，华家就地蹲在那里不动了，但两只眼睛还警惕地盯着那条蛇，很怕它来攻击他。彭家胜环视四周一遍，又把每人扫视一眼，开始发布命令："苑华家，你地面熟，现在就带我到离你家最近的、最能看清你屋里动静、最不容易给人看见的地方看看。回来再定怎样下手。"

苑华家觉得有些窘，猜想此时他在这五个人的眼里一定是狗屎都不如的人。他甚至觉得彭家胜让他带路去现场踩点是故意要羞辱他。你别看华家那天晚上喝了酒在杜能面前气壮如牛、信誓旦旦，但真到了今天早上出发时，他又很是胆怯。然而，箭在弦上已经不能不发了。苑华家是上过学的，即便他没上过学，也知道自己带人去抢自己家是违反天理人伦的，一定会被人瞧不起。更何况，自己想从家里抢钱只是为了追一个女人，而不是为了什么国事和大义。只是，他认为自己现在已是棋盘上过了河的卒子，没有退路了。彭家胜见苑华家没有应声，低声严厉地说："苑华家，走啊！"

听到彭家胜的催促声，苑华家给自己壮胆打气，反正家里钱再多也没有我的份，我怕啥？这样一想，他马上站起身子说："走！"彭家胜见华家动身了，就对在原地待命的四人说："所有人都把头套戴上。我们出去的这会，你们四个把图上画的东西再细细想一遍。"蹲在地上的四人闷声回答了一声："是！"

苑华家带着彭家胜顺着河沿走了一段，然后顺着最外边那条田坎外边的一溜苎麻地轻手轻脚地来到房子外边的竹园里。两人在竹园里蹲了一会儿，想看看有没有异常情况。见一切平静，华家便又矮着身子溜到西厦子房，也就是右边的偏厦子房旁边的杏树下。他靠着树听了听动静，全是织布机的织布声。这声音华家很熟悉，能清楚地分辨出是两架机子在织布。他再听一会儿，想听听有没有父亲的咳嗽声。父亲有轻微的气喘毛病，每隔一会儿就会咳个一声半声的。听了一会儿，没听到父亲的动静。华家断定父亲不在家，一定是到甘家槽帮二亲家做厨去了。有了这个判断，华家最大的心理障碍便消除了。他的胆子马上壮了起来，蹑手蹑脚地溜到大门外，从门缝往里看，发现只有机房里灯火通明，其他房间都没点灯。他立即退回到竹园向彭家胜报告："我爸不在屋里。两架机子都在响，还有倒筒的声音。这就是说，屋里只有四个大人，就是老太婆、三个儿媳妇，还有两个小孩子。肯定都在机房里。老太婆手上有点功夫。"

"你能断定？"

"能！"

"凭啥说人都在机房里？"

"每次老爷子晚上出门了，老太婆都是这样做的。这是为了守夜，给自己壮胆，让外人看到家里人没睡。"

东南边天上涌过来的黑云更浓厚了，风也呼呼地刮了起来。黄泥包以东的牌楼坝方向已经开始雷电交加。彭家胜抬头把四周看了看说："马上就有大雨了。东南边已经在下了。这是最好的时机，马上动手。我在这里等，你快去招人来。"

华家得了命令，赶紧矮着身子顺着刚来的路返回毛狗洞，很快就把另外四人带了过来。人齐了，彭家胜分派任务说："苑华家走前面，把大门打开后就在门外守着。我们五个直接冲进机房，把人全部控制起来。之后，巫狗子、林娃子两人原地不动，把人看住。我带着虎子、哈毛押着老太婆进睡房去取钱。都给我用心！哪个人出了乱子，回去算账！都听清了没有？"

"听清了！"五个人一齐在喉咙里咕噜了一声。

"开始！"

华家走在最前面，很快就闪到大门前。他按彭家胜教的办法，先是掏出小瓶子把油从门缝倒在门的转轴窝里，然后掏出小刀从门缝伸进去很快就拨开了门闩。门轻松地被打开了，没有发出一点声响。门一开，躲在门边的五个人只一闪身就进了院子，直接冲进机房。苑华家立即又轻手轻脚地把大门关上，然后蹲在门外望风。望风的同时，他还按彭家胜教的方法在田里抠了两堆稀泥摊在路上，又在上面盖了些青草。

屋里第一个发现有人进来的是五斤子。他正在母亲身边玩，一抬头发现冲进来五个捂着脸的人，就本能地喊："鬼！鬼！"听五斤子惊呼有鬼，屋里人霎时间都愣怔了一下。扭头看时，五个人已经齐刷刷地在门里站着了，其中有两人手里举着短刀，有两人手里举着布袋，还有一人空着手。空手的人低声喝道："我们不是鬼，都是人。我们不想伤害你们任何一个人。你们都给我坐在最里边的那条板凳上，不准动。我们都是有功夫的人，你们动也没有用。听说老太婆有点功夫，我劝你识相点，最好不要拿出来。只要你们有人不甘心想乱动，我们就把石灰包和火药往你们脸上打。要是还想乱动，我们就收拾你们两个娃娃。只要听话，啥事都没有。走，老太婆跟我们进你睡房去说个话！"说话这会儿，五人中有两个把满婶单独拉在屋门口看起来。

满婶狠狠地看了五人一眼问："请问你们是哪路好汉？"

空手人说："这个你莫管。你最好莫想试你的功夫。你乱动，我们就乱来。你叫他们坐下。我们进屋去说话。"

满婶狠狠地把五个人盯了一眼，知道斗不过这些人，只好心有不甘地对媳妇们说："都坐下，莫动。"

大媳妇、三媳妇、五斤子、银娃子便都坐了。大媳妇紧张地看了看她们几个人，突然惊慌地在嘴里吐出个："咦——"

"不出声，听话！"满婶不愧是在外面见过些世面的，瞥见大媳妇在看自己家的人，马上猜测她是说四姑娘不在。四姑娘刚才说头有点不舒服，回房间喝药去了。她猜四姑娘聪明，一定是发现有人进来就自己先躲起来了。她想把那五个人的注意力岔开，便厉声说："你们想说啥话就在这里说！"

空手人先不回满婶的话，转而问："你们还有一个媳妇呢？"

"娘家有事回去了。"满婶不加思索地回答。

空手人很聪明，已经察觉到大媳妇的异动。他突然问大媳妇："刚才你好像想说话。你说！"大媳妇终究不是太笨的人，刚才"咦"出声之后，婆婆就制止了她。与此同时，站在她身边的三媳妇反应快，用手在她臀部碰了一下，她马上就意识到自己的失态。这时被问，她毫不思索地回答："我是想说你们咋不让我妈坐？"

空手人没发现破绽，就说："那好。你们大小四个人就在这板凳上坐着。我和老太婆进睡房去说个话，一会儿就出来。你们都不准乱动！"说完，他把钉在墙上的一个小木板上放的一个油灯点燃端在手里（他们带的手电筒还没用），示意身边的两个人架着满婶出门向堂屋那边走，留下两人一人手里举刀，一人手里举着布袋。这两人分别站在凳子两头看着坐在凳子上的人。

押着满婶的二人刚一进堂屋门，就猛然从腰间掏出长绳迅速在满婶身子上绕了几圈，将她连手带身子捆了起来。一进睡房门，他们就把满婶拴在墙角立着的楼梯上。这三人来之前通过苑华家画的图纸对屋内的情况都记得很熟了，现在是按图索骥，都是轻车熟路。空手人说："老太婆，为了你好，先委屈你一下。我们今天来就是想把你们攒着买田地的钱先借用一下。我们有笔好买卖，等挣到钱了就还给你。我们是做大生意的，说话算数。你好好配合，不然会吃亏。"空手人一面说话，一面踮起脚尖，伸手到床对面竹笆子楼板的檩条上吊着的那个做砖坯子用的模子里去摸。砖模子向两边摇摆起来，先是放在上面的几张干豆油皮子被挤烂，发出"波波"的声响，接着，又是放在上面的几块已经干得翘起来了的米饭锅巴落在地上，发出"啪啪啪"的破碎声。在这些响声中，空手人一次次把摸到的银圆往身上斜挎着的布袋子里塞。摸了一阵之后，空手人开始把烂书本、烂纸抓出来扔在地上，又把身子往上够着找了一会儿，见里面再没有想要的钱了，就歪着头问满婶："总不止就这点钱吧？"

"我们小门小户的能有几个钱？"满婶说，"就那点钱还是从牙缝里省的呢！"

"老太婆，你莫要钱不要命啊！"空手人伸出右手说，"抽屉的钥匙呢？"

"丢了。没有钥匙。"满婶怒目圆睁地说。

"没有是吧？那我帮你打开。只是可惜了这么好一把铜锁。"

空手人从腰里掏出一把三角刀来，很熟练地就把铜锁撬开。满婶急得挣扎起来，一蒙面人说："老实点！"顺手在她脑后打了一巴掌，满婶马上就晕过去了。一个蒙面人帮着空手人用刀子把抽屉下的夹层木板撬开，很快就把放在夹层里的银圆和钞票取出来。这三人把抽屉下的钱搜完之后，又在屋里仔细察看起来。片刻，空手人对另一人说："把床挪开！"他是听苑华家不确切地说很可能床里面的墙上有洞之类的，可以藏钱。正当两个蒙面人挪床的时候，外面突然传来了"砰"的一声响。三人都愣着细听是什么声响。空手人问："是打雷吗？"另一人说："不像。"话音刚落，外面又响起"砰"的一声。三人都警觉起来。有个人对空手人建议说："不对劲！我看怕也没钱了。"空手当机立断说："走！"他向那两人歪了一下嘴，就带头大步走了出去。出门后，空手人带一人先抢步出了大门，剩下一人到机房一挥手说："走了！"在机房的两人便飞一样应声而出。其中有一人一脚门里一脚门外地警告屋里人说："记住了，不准开大门偷看我们。门外脚底装有暗器，小心伤了你们。不准报官，报了也没用！"

苑华家蹲在大门外心里一直在怦怦直跳。这是干什么呀？儿子打老子的劫！何况，这屋里还有自己的老婆和儿子。这大门还是自己参与修建的，是自己从出生到现在生活了三十多年的地方，现在蹲在门上不能进去。这是在干什么呀？彭家胜，你个狗日的我第一次见到你就觉得你不是个好东西！你要是敢伤害我的家里人，我一定要找机会整你！华家的心思很乱，就这样极为烦躁地在心里乱骂着。天沤热得很，使人喘不过气来。一只青蛙慢腾腾地从他眼前蹦过去，一只大蚂蚱爬在他手背上，伸出瘦瘦的只有筋骨的前爪在自己头上笨拙地挠了挠，然后偏着头看他，好像是认识他。他把手动了一下，它就蹦走了。彭家胜，你怎么还没出来？放钱的地方就那两个，图都画着，你咋这么慢？床太重，挪起来不方便，就算那里面有钱，也不多，何况还说不清有没有呢！突然有一只蚊子落在他脸上。他用手赶跑了它，又觉得背上很痒。天边一个闪电，接着又是一个沉闷的雷声好像是在地上滚动着炸响的。华家脑子里浮现出父亲那双忧伤的眼睛，接着又浮现出满婶背着他上五峰寨求神讨药的场景——苑华家简直就快要疯了。他揉了揉眼睛，仿佛又看到媳妇春子站在屋檐下，两手抄在围裙的下摆处，一副可怜相，又是五斤子睁着怯怯生生的眼睛看着他——他鼻子酸得厉害，真想冲进大门把彭家胜狠狠地打一顿出口闷气。正在这时，从四姑娘的房里先后传出了两声"砰！""砰！"苑华家的心顿时就收紧了。他想，屋里没有枪呀！彭家胜也没有带枪啊！华家正焦虑间，彭家胜他们从屋里跑出来了。华家一把抓住彭家胜问："你没伤人吧？"

"一根汗毛都没动！快走！"

华家把头伸到门边，贪婪地向院子里偷看了最后一眼，然后又是恐惧又是不舍地迅速转身向毛狗洞跑去。

眼看五个蒙面人跑出去了，一直躲在屋里偷看这边动静的四姑娘赶紧跑出来闩了大门，然后和从机房里出来的大嫂、三嫂，以及两个孩子一块往婆婆房里跑去。一进屋，她们就见到被绑在楼梯上正在咬牙切齿的婆婆。三个媳妇赶紧把她解下来。满婶急切地问："没伤到人吧？"

媳妇们都答道："没有！"

满婶说："我晕晕乎乎地好像听到有打枪的声音，把我急死了！"

四姑娘说："是我点的炮子。那天，黄家过喜事，五斤子捡了几个炮雷子。有两个还没舍得放就放在我那儿了。我见他们半天不出来，很急，想点燃吓他们一下。"

满婶说："你躲在屋里不过来是对的。"

大媳妇说："我笨，差一点把你喊出来！"

四姑娘说："才不是笨呢！那么凶险的时候你还想着我，我该谢你呢！"见四姑娘这样想，大媳妇神情显得轻松了一点说："四姑娘，你能这样想我就放心了。"

满婶欣慰地说："难得四姑娘心里这么宽厚。"

三媳妇说："四姑娘，你这鬼转子真灵醒。你不晓得，我都为你捏着一把汗呢！生怕你跑出来。"

四姑娘说："我回房里喝了药正说出来，就见几条黑影子闪进来。我也吓坏了，就躲在窗子后面看。我想喊叫，一想我们是独家庄，喊了没用，反倒坏事。我想逃出去，一想门外肯定有人守。我干着急没办法，想起戏台上说的'强贼怕弱主'这句话，就点了炮雷子。我想，万一爸他们回来，在路上听到点响动也好。"

"遇事就是该多想想。"满婶说,"你点炮子起作用了。你没见他们开始挪床铺了?"

听婆婆这一说,三个媳妇才发现床真的被动过了,就赶紧去挪,但使了好大的劲也没挪动它。满婶拍拍脑袋说:"不对劲,那些人对屋里咋会那么熟呢?他们就跟到了自己屋里一样熟。放钱的地方他们连找都不用找,伸手往出拿就是。咋会这么熟?那些地方,你们没一个人晓得。这太怪了!"

大媳妇、三媳妇都搂着自己的儿子,身子还有点发抖,背上也都有点发瘆。三媳妇突然想起来说:"大门还没关。"

四姑娘说:"我闩了才过来的。"

大媳妇也记起一件事说:"那伙人走的时候说外面有暗器!"

满婶说:"怕是吓唬人的。不过,我们还是打个灯笼去看一下好。天才黑不久,晚一点老汉子说他要回来歇的。擦黑时天暗着的,这阵外面不晓得下雨了没有?"

"我出去闩门时好像有雨点子打在脸上。我看看去。"四姑娘赶忙出去看。她刚出门,就听见喊:"下大雨了!"

二十九

甘家槽二亲家今年整六十岁。按乡下风俗,男做虚,女做实,他应该在去年做六十大寿,只是去年那阵老伴身子不舒服,他自己也实在不想做,便在生日前两天躲在家里不出门,家里人就故意对外放风说他出远门到朋友家里"躲生日"去了。生日当天,建书从牌楼坝办完事到甘家槽陪亲家喝了几杯酒,算是吃了"灾星"。然而,"灾星"吃了,灾却不断。先是家里大犍牛在山上吃草时滚到崖下摔死了,接着是老伴到牌楼坝赶场时挨了刘疯子的打。过了些日子,二亲家自己又被疯狗咬了。三灾接踵而至,亲戚都怪他当时不该出门躲生日。既然都这么说,那今年就做个实岁生日吧!天刚暖和起来,二亲家就亲自张罗做生事宜。生日的前二十天,二亲家特意到麻园子和建书商量席口上的事。建书帮他详细计算之后,建议他头天晚上按十五桌准备,第二天正日子下午至少按三十桌准备。建书在给二亲家开出一长串蔬菜采购清单的同时,还自告奋勇地说:"席还是我来做。帮手你那是现成的,我就不用说了。"二亲家说:"要不得。这次我只请你喝酒。天太热,不让你劳累。"建书说:"你是怕我做不好，是不是？"二亲家说："在这一片，哪个要是说你做得不好，那么，做得好的人恐怕还没学出来。我是不忍心你受累呢！"建书说："这就对了，我们就是不开亲，也是老朋友嘛！我跟你说，去年下半年以来，我觉得特别有精神。你甘家槽离牌楼坝和县城都那么近，我要用心给你做好这个厨。"二亲家说："我心里真有些过不去呢！"

二十天一眨眼工夫就到了。昨天下午，建书老汉对二媳妇说："今年你爸大做六十，客多，你今天就回去帮忙。我再捎话让华兴也过去帮忙。"二媳妇临出门时，建书又对买菜、买调料的事做了一番叮咛。今天清早，建书老汉把屋里的事安排了一下，就亲自捡了一挑碗盏挑着往甘家槽去。到了亲家家，茶都没顾得喝，建书就开始布置厨房，搭建笼锅灶。到下午太阳快落山的时候，厨房就一切准备就绪了。二亲家见建书精神这么好，心里很高兴。

太阳刚落山，天气一点都还没有回凉，来放炮祝寿的人就一拨接着一拨来了。二亲家夫妇站在门口迎接客人一直动弹不得。客人中有些爱热闹喜欢玩的人，就别出心裁地用几种涂料给寿星老儿王保长画了个寿星模样，给他老伴却画了个不伦不类的土地婆模样，同时还在他们老两口的四个耳朵上各挂了一抓红透了的"七姊妹"小尖椒。这本来已经逗得人笑得直不起腰了，偏偏还有些爱恶作剧的人非要借题发挥，逼老两口做一些游戏动作，弄得老两口浑身都湿透了。客来到一半的时候，二亲家抽身到厨房对建书说："亲家呀，有点麻烦。今晚上十五桌怕是不够坐。"建书说："你莫怕，二十席、三十席都不会让你丢人。你只管铺桌子扯板凳招呼客人坐就是了。厨房的事交给我。我早就留了一手哩！"二亲家如释重负地说："多亏亲家帮我！"

二亲家客多有几重原因。首先，他当了快十年的保长，哪家有红白喜事都得请他当支客做总管。既然当了总管，他就不能不送礼。人情上都讲个礼尚往来，他已送礼在先，今天轮到他做六十，自然得送礼还人情。其次，他是保长，有求于他的人多。再一层呢，他女婿苑华兴在乡上当文书，是公家人。尽管华兴自己没把这个差事当回事，但在乡下人眼里，这是个了不起的差事，文书天天能见得着乡长哩！老百姓的逻辑是大凡是公家人，那多多少少都有些权力，对他们绝对要多说好话，多烧香，少得罪，山不转水转，不知道哪天会遇到他的手里。吃着官家饭的人，他们必然会官官相护，行行相通，你借我的势，我乘你的威，投桃报李，换手抠背，搭上一线人脉，办事就多了一个门路。有了这几层原因，二亲家大门外的鞭炮声硬是放了几个小时，一直到天上落下大点大点的雨泡，放炮上礼的人才告一段落。由于建书老汉有思想准备，尽管来客远远超过预计人数，但始终保持着客一来就上席，这一席起来下一席接着开的秩序没有乱，一口气开下来，硬是从厨房端出了二十一桌菜。

天公实在不作美。下白雨之前那阵气压低，让人感到憋闷难受，白雨下过之后，被太阳晒烫了的地面向上直冒热气，整个空间简直就是一个大蒸笼。建书被热得只穿了一条短裤，肩上搭的干毛巾更是换了一条又一条。幸亏两个帮手是原来搭过手的熟人，悟性又很好，手脚也特麻利，让建书省力不少。紧紧张张地从上午一直忙到现在，上礼的客人终于招待完了，明天下午席口的准备也已经做好。现在，该上笼锅的上了笼锅，该用油炸的已经油炸，终于可以停下来歇会儿了。建书对二亲家说："明天的席口都准备好了。灶上的事你找人收拾一下，我让华兴陪我回家呀！"

二亲家说："刚下过雨，你又累一天了，歇这吧！"

"没事。白雨过后路上反倒不滑。"

两亲家就一块到礼柜上来喊华兴。但见华兴正在给大门贴对联，对联写的是：

前一个甲子克勤克俭重振家业堪慰勉
后半百岁月老当益壮续写新篇再奋发

横批是：

家中全福

华兴的书法更是洒脱厚重了。两亲家虽然读书不多，但都能动动毛笔将就着写几个字，还是看得懂一些的。二亲家说："华兴就凭这毛笔字，凭这文墨，不说牌楼坝以上没人能超得过，恐怕在我们全县能超他的人也不会很多。"建书老汉端详着华兴的字，听着亲家对儿子由衷的称赞，多日来郁结在心中的对老二的不满瞬间消除了大半。他笑眯眯地看着二亲家说："总还算那些墨水没有白喝。"在两亲家说话这会，华兴已经把对联贴好了。建书对儿子说："华兴，没事了，我们回家呀！"华兴说："没事了，就走吧！"二亲家再次挽留说："我说就歇这吧！"建书说："我们是独家庄，回去踏实些。"既然建书这样说，亲家也就不再挽留了。好在夜还不深，从这到麻园子也就一个多钟头的事。

建书父子二人提着亲家给点的玻璃洋灯，选了经牌楼坝、黄泥包的这条大路往回走。暴雨过后，白天来时满是灰土的路反倒好走了。因为天擦黑的时候下过暴雨，破坏了人们在屋外乘凉的兴致，虽然现在还不到半夜，人们已大都熄灯睡觉了。建书刚过牌楼坝，就看到自己家里微弱的灯光。到了黄泥包戏楼再看家里，那灯光就更亮了。建书心里一半宽慰一半负疚地想，一路上看到的人户都睡了，就我们麻园子苑家的男人女人都还在灯底下忙活。哪个说置家创业不辛苦呢！建书把步子加快了一些，华兴被落后了两步，但他马上就跟上来。从黄泥包下坎过河再上坎时，建书有意咳嗽了几声，算是给家里同时也对外人打了个招呼。走过一段路，建书又咳嗽了几声，他希望屋里人能知道他回来了。走到竹园边，建书再咳嗽了几声。其实，满婶和儿媳妇们一开始就听到老头子的咳嗽声了。由于大媳妇和三媳妇这会正抱儿子在瞌睡，只有满婶和四姑娘出来开门。建书走到离大门不远的墙拐角，见地上有两团青草。老汉很纳闷，便对华兴说："这里放青草干啥？"他把灯放低了再看。借助灯光，老汉发现青草下面只有稀泥，别的也没啥，心里就隐约觉得家里好像发生了什么事情。建书正准备敲门，门就"吱呀"一声开了。满婶和四姑娘把门打开后，分别站在门内两侧。建书站在门外指着地上的青草和稀泥问："你们看，哪个在路上用青草盖一摊稀泥巴干啥呢？"满婶和四姑娘同时把头伸过来看地上，发现了青草和稀泥。四姑娘说："那伙抢我们的人出门时吓唬我们说，门外有暗器，看来他们是怕我们追，想用这种办法吓唬我们。"听了四姑娘的话，建书老汉突然脊背发瘆地急问："你说啥？啥暗器？"满婶黑着脸没说话。四姑娘告诉公公："天擦黑时，来了五个蒙面人把我们抢了！""啊？有这事？"建书老汉一步跨进大门，"咚咚咚"地就往睡房跑。老二华兴在后面赶紧把大门闩了。

建书老汉径直跑进睡房，首先看见锁抽屉的那把铜锁的锁簧露在外面。他拉开抽屉去摸屉肚，发现底层的夹板已经被撬开了。他把手伸进去摸了一阵，什么都没摸到。他近乎疯狂地用力把床头挪开一点，把里面的墙瞅了瞅，直到发现墙里面所有用皮纸糊过的地方没有任何动过的痕迹，他的眉头才舒展一点。他再搭把椅子站上去伸手在楼枕檩条上挂的砖模子里摸了几把，发现那里面什么都没有了。忙完了这一气，建书老汉才一屁股坐在还没有复位的床沿上丧魂落魄地说："大头子家当没有了！大头子——没——有——"话没说完，他突然头往后面一仰，"扑通"一声就倒在床上什么都不知道了。三个儿媳妇"哇"的一声就哭起来。"都莫哭！没事的！"满婶沉着地劝媳妇们说，"他这是老毛病。你婆、你爷在世的时候对我说过的。都莫急！你们把他在床上摆顺。四姑娘快去熬点姜汤吹凉，等他醒了喝。"

等几个媳妇帮老二把父亲在床上摆正，满婶说："老二，你用两手把他的屁眼使劲往一起挤拢，不要叫屁眼跑气。"

老二就蹲在床上使着劲用两只手把老汉的屁眼堵住。满婶再叮咛说："使劲，不能让它跑气！"她自己则使劲把手从老汉的肚皮处往上推，一连推了二十多下，就听见老汉嘴里"扑哧扑哧"地响起来，眼皮子动了几下，慢慢就睁开了。见老汉醒来，满婶问："姜汤好了没有？"四姑娘的声音从堂屋传来道："端来了！"话音刚落，人就进来了。老二把父亲的上身扶起来，满婶把姜汤碗从四姑娘手里接过来送到老汉嘴边。建书老汉费力地喝了两口，然后用手接过碗来慢慢喝了几口，就把碗递给老二。他又眯着眼静坐了一会儿才有气无力地说："趁你们都在这里，我说啊！我想了一阵，就是屋里给人抢的事哪个都不能往外说。说了没有用，反倒会惹更多的事。老五、老六明天要是回来了，也不能说，尤其是老六，不能叫他晓得。"停了一会儿，他又对老二说："华兴，明早起我们两个人要装得跟没事人一样给你外父把生日过好。明后晌客多，我照样得给他把菜出好。"见老汉没事，满婶说："你爸说得对。我也想了，这事说出去只会惹事，不说好。时候不早了，都睡去。"

第二天清早，建书和老二还是按时赶到甘家槽。

下午的席口很多。原计划是三十席，结果满满坐了四十二席。建书老汉没有食言，硬是按时按点把菜给端上了桌子。等把最后的帮忙人坐的这桌菜上完，建书就像散了架的机器，一下子就瘫软在二亲家的竹凉椅上。二亲家给他拧了热毛巾亲自擦汗，又拿着蒲扇亲自给他扇凉。建书眯着眼睛养了一会神，慢慢地回过神来喝了一口水，才对二亲家说："亲家，席还行吧？我真怕撑不下来，对不住你呀！"二亲家说："这么热的天，客又那么多，我实在不忍心哩！你这阵舒服点了吧？我让老婆子给你炒了几个小菜，我陪你喝几杯解解乏咋样？"建书说："行。不要外人，就我们哥俩关起门喝酒说话！"二亲家说："这样好。"不一会儿，菜就端上来了。二亲家又把一小罐密封了十几年的酒打开温了一壶先给建书斟了个满杯，由二亲家夫妇共同给建书敬了一杯。然后亲家母又给建书敬了一杯酒，就关门出去。屋里就剩两亲家关了门慢慢地喝。喝着喝着，建书憋不住，眼泪哗哗哗地就顺着脸颊往下淌。亲戚朋友中，建书最知己的人是欧家典公，再一个就是眼前这位二亲家。典公不在，从昨天晚上憋到现在的满心委屈、怨愤已快要将他憋疯了。那是攒了多少年才攒得的一点家当啊！为了这点家当，自己受了多少苦？受了多少委屈？受了多少奚落？为了把纸钱换成银圆，自己又是挨宰，又是落人情，眼见的就有希望在这季稻子收了之后从黄老万那里买回自己心仪已久的水田了，忽然之间，这一切都完了！心里好苦啊！心里这么苦，还不能对别人说！说出去，要么叫人看笑话，要么是露财露富对个别心怀不轨之人产生新的刺激。向官府报案？报了又有什么用。多少年来，没听说这种被人暗抢了的案件让警察破了案归还了被抢财产的，倒是会引来一大堆警察出出进进好些天。你说这是什么世道？二亲家突然见亲家满眼是泪，很是吓了一跳，把酒杯举到半空着急地问："亲家，你怎么了？"建书把手里端着的一杯酒一仰脖子喝了说："亲家，我心里苦啊！我今天怕耽误你的好事，硬是憋着啊！"二亲家以为建书是喝多了，就劝道："亲家，莫伤心！你心里的苦我懂。我们慢慢来。都会好的！"建书看看门关着的，便压低了声音说："亲家，你不晓得，昨天晚上天擦黑的时候，有五个蒙面人把我们家里抢了。我辛辛苦苦攒着想买田地的家当硬是给抢去了！"

真是晴天一声霹雳，二亲家被震得几乎失去了思维。他把端着酒杯的手举在半空，脸上的表情也被凝固了。他惊讶地看着老亲家，过了好久脑子才反应过来说："这他妈的谁干的呢？"

"我也想不明白啊！"建书说，"我一辈子小小心心，连我屋里的老杨都怪我胆小怕事。我又招哪个，惹哪个了呢？我就是个卖劳力的。虽说我在屋里过日子是省得有些过分，可在外人跟前我从来没坑过哪个，蒙过哪个。我也没赊欠过谁，克扣过谁。"建书一面流着泪，一面把老伴昨晚给他学说的被抢经过给二亲家说了一遍。

听完建书的述说，二亲家很纳闷地说："怪了，下雨那阵天才是擦黑的时候。这么说，那些人是提前躲在你们家附近的。对你们家的事情咋会那么熟呢？"

"是啊！"建书流过一趟泪，又敞开了心扉，心里倒是好受了一点，"我也在想，趁着家里没人，趁着打雷闪电，时间怎么选得这么巧？再一个，他们对我们屋里怎么那么熟？"

"你攒点钱咋不放稳妥些呢？"

"我小门小户的，那就算最稳妥得啦！再说，人家熟得很，连问都不问直接就把我藏的钱起走了。"建书又把老伴说的一些细节跟二亲家说了一遍。听完，二亲家越更觉得这事太蹊跷。于是，两亲家又对几个疑点仔细地交换了看法，都觉得这事好像跟家里人有关。但两亲家怎么也不愿把这件事往家里人身上想。想来想去想不明白，最后二亲家只好宽慰建书说："亲家，我听了这事心里跟你一样难受！你遇到这么大的事，还苦撑着给我按时出了菜，这真是天大的难事啊！我劝你保重身子，把事想开。我在暗中不动声色地去打听这件事。要是那两路人马干的，我多少还能给你要些回来。来，这事先不想它了，我们哥俩继续喝酒。"建书把心里憋着的话说出来以后，心里舒服些了，就又喝了几杯酒。见建书的心情好些了，二亲家又劝说道："亲家，舍财免灾。我看这世道还要乱。前几天，乡上把我们叫去开会，说北边的秦岭和东边的房县都有共产党的队伍。乡上要我们盯可疑的人，还说县上要搞大联防。世道不太平，置不了田产就先不置。现在到处都是干柴烈火，人心都很乱。我找张乡长辞保长，辞了几次他总跟我打官腔。我看准了，是非辞不可的——"

吃完饭，由于老二要在乡上值班，二亲家就找人担了昨天建书自己担过去的碗盏，然后亲自陪建书回了麻园子。

一连三天，建书老汉一直没说话。一家人都心事重重地该做啥还做啥。建书在门闩子上又做了些保险手脚。今天下午，他还特意到水鸭子坝找欧有根说："麻烦你给黄家表叔说，我谢谢他的好意。买田的事我今年不行，钱差得码子太大，不敢耽误他了。要是有好价钱他就卖，不要等我了。"有根见老汉的脸色很难看，就问："表叔，你咋啦？没有身子不舒服吧？"

"没有。天气热，怕是没睡好。"

建书刚从有根那回来，二亲家就来了，告诉建书："我托人私下打听了，那两路人马都说没在这一带干过这种事。尹马蜂知道自己的名声不好，担心有人冒他的名义，答应私下再细查，说要是查出来了，决不轻饶。"

三十

老四苑华旺以往去过最远的地方是县城和池河街。明天要和典公一起到七十里路外的北山铁炉砭去，他心里有些兴奋。虽说从山上回来很累了，但躺在床上怎么也睡不着。半夜时分，典公在院墙外的杏子树下叫老四的时候，他正醒着，一头就翻起来了。

该带的东西都装在一个竹篾背篓里放在堂屋的大桌子上。走山路，还是背背篓轻松省事。昨晚临睡时，满婶特意煮了四个鸡蛋，烙了一摞软饼让他们带在路上做干粮。听见老四在轻脚轻手地收拾东西，建书老汉赶紧起床跟出来在大门外和典公打招呼，送他们从旧瓦窑这里上路往高粱铺走。直到典公和老四上了泡冬田坎，建书才退回来关了大门睡觉。

微风轻轻地抚摸着老四的面颊，穿着草鞋的脚被稻田田坎上向水的那一面长着的黄豆苗子不断地扫来扫去，痒痒的，很舒服。老四虽然跟典公很熟，但同路相行还是第一次。从背后看，典公的背驼得更厉害了，稀疏的头发呈薄薄的一层披在后脑勺上。他虽然看起来有些单薄，但从走路的步伐看，还没有出现老相。老四知道，典公年轻的时候也曾走南闯北，不仅见多识广，身手也比一般人敏捷些。老四常年上山下坎地干力气活，走路应该算是快的，此时跟在典公的身后，也并不感到有多轻松。典公发现了这一点，就问老四："累不累？能行的话，我们趁天亮前天气凉快多赶点路，赶在太阳出来前走进青崖子的峡谷口。这样，等到天气最热的时候我们已经翻过石板沟那面的大坡。再到后面，就没那么费劲了。"老四说："我行，不累。"典公说："累肯定是累。你是头一趟走这条路，会比我累些。我路熟，就没那么累。年轻的时候跑挑子过西安，这条路我都不晓得走过多少趟了。那时年轻，同路的人也多，热天的时候经常是一群人打着火把，一路吆喝，一路说些没得影儿的拐话（荤段子），嘻嘻哈哈地晚上走白天歇。时间过得快啊！一晃多少年过去了！"他们边走边说话。典公说这条路从高粱铺算是七十里，走熟了，感觉也没那么远。路到底有多远不重要，重要的是一定要在太阳搭山前赶到铁炉砭。山里面，如果天黑了还不能到，不只是高一脚低一脚路不好走，还有野兽蛇虫这些东西叫你防不胜防。后半夜了，除了虫鸣、蛙叫，再没别的声音了。为了不打扰路边庄户人的好瞌睡，典公把说话的声音压得很低。一路走来，连路边人家的狗都未曾被惊动过。听着典公说话，老四感觉脚下轻松了一些。他们就这样匀速地走着，始终没有停下来休息。只有遇到过河的时候，两人才蹲下来用手掬一捧水喝，算是歇了脚。爬完一面坡后，他们就开始边走边吃干粮，以减轻行李负担。等太阳当顶的时候，他们已经翻过石板沟的大坡。到了太阳偏西的时候，他们已经到了白杨坪。

　　白杨坪有个小集镇，是白杨坪乡乡公所的所在地。典公问老四想不想到街上看看，他还说这是汉阴的最北边，山后就是另一个县了。老四问顺不顺路，典公说顺路，从这里往铁炉砭走有两条路。走大路，当地人说是十二里；走小路，当地人说只有八里多。不过，走小路是从街的西头直接翻山，有点累。老四想，这种地方恐怕一辈子也来不了一两次，既然顺路，就从街上过一趟看看，然后走小路去铁炉砭。就这样，翁婿两个就从街东头往街西头走。因为不买东西，他们只是穿街而过，就上了去铁炉砭的小路。

　　这时的老四怎么也不会想到就是自己这个不经意的选择，竟改变了他日后的命运。

　　这确实是条小路。走这条路的人不是砍柴的，就是打猪草挖药材的。很多地方路很陡。不过大热天在没有行李的情况下走这条路倒也不失为明智之举。这个季节，路两边杂七杂八的树木和藤蔓把路的上方笼罩得严严实实，人走在下面，根本就不热。

走过两里横在山腰上的斜砭子路，眼前出现一条小河。河里的水清亮亮的，水面上有很多花花绿绿的蝴蝶飞来飞去。典公和老四蹲下身子掬了几捧水喝了。水有点凉，甜丝丝的。典公说："我们今天走得好，把最热的时候避开了，到铁炉砭的时候天还早得很呢！前面一段折弯子上坡路，叫六道拐，有点累人，还歇不歇？"老四说："不歇了。"于是，他们就开始爬坡。路真的陡，好些地方都需要人抓着路边的树木才能上得去。爬完第三个拐，两人都感觉累了，便站在一块大石头上想歇着喘口气。他们刚站定，突然听得像是有人在向他们呼救。典公机警地向老四丢了一个眼色，两人迅速向路里边靠去，将身子躲避起来。两人细听了一会儿，确实有人很虚弱地呼唤："老乡，救救我！"

典公给老四递了个眼色，老四会意，轻轻地把身子向那一边挪了挪。典公则借着一个石头的掩护探出半边脸仰起头向发出声音的树丛问："说话的，你是啥人？"

"我是好人，你莫怕！你，你们从山垭子那边一露头，我，我就一直在看你们。我看出来了，你们是地道的庄稼人，不会害我。我请你们救救我！"

"你咋啦？"

"我受了伤，不能走路。请你们帮帮我！"

"你不会害我吧？"典公从石头旁露出身子，抬头用一只眼睛搜寻和他说话的人。老四也从另一边借助一个树桩子寻找说话的人。

"老乡，不，大叔，我咋会害你呢？再说，我也害不了你。你救救我吧！"说话的过程中，典公和老四都看到一只手正在费力地把一丛矮橡树慢慢地往开分，同时，就看见一个人头露出来。典公和老四两人几乎同时看清那人还很年轻，圆脸，头发有一寸多长。那人使劲咬着牙，拼着力挣扎了一下，就把上半个身子给露出来了。典公和老四都发现那人穿的是军装。

典公试探地问："你是当兵的？"

"大叔，不瞒你说，我是当兵的。过去叫红军，后来叫八路军，眼下叫人民军，是共产党的队伍，是给穷人当兵的。"

"你等着。"典公轻声对老四说，"走，看看去。我见过红军。"

老四便和典公同时从两个地方往那人跟前攀爬。到了那人身边，着实把两人都吓了一跳。只见那人的腰上、腿上、胳膊上到处都是血，脚上的草鞋已经烂得没剩几缕草了。见典公他们来了，那人艰难地用两只手撑着地面，把身子挪了挪，像是想起来打招呼，但又实在没力气了，勉强撑了一下，就"扑通"一声倒了下去。

"你莫动，让我看看你的伤。"典公蹲下身去，把那人凡是流血的地方都查看一遍后惊讶地说："你身上有枪伤，有跌打伤，唉，你小腿这里还有蛇伤，正往大肿呢！要赶紧治！"典公对老四说："你扯几根草拧一下赶紧把伤口扎上！"说话间，典公已经俯下身子开始用嘴对伤口把蛇毒往出吸吮。他每吸一口，就即时使劲把吸吮到口里的脓血吐掉。等老四把细草绳拧好就立即将伤口以上的地方扎起来。典公的真情深深地打动了那人的心，他满眼是泪地动了动身子说："大叔，太感谢你了！"

"不用谢。"典公对老四说，"你想办法到河里给他弄点水喝。我到前面石崖边看有没有救急的草药。眼下最要紧的是找到治蛇伤的药。到河里去时要细心，小心叫人看见你了。"

"大叔，我这有水壶。"那人艰难地从身上取下水壶。典公接过水壶交给老四。老四先蹲在树丛里细心观察了一阵，在确信四周没人后，猫着腰飞快地向河里跑去。典公从身上取出仅剩的一块锅盔馍递给那人说："你先吃点东西，我去采药。"那人迫不及待地接过锅盔就放进嘴里说："谢谢！我两天没吃东西了。"

这里已是秦岭腹地。秦岭是中国南北气候的分界岭，被称作"中国版图上的肺"。不管南边的植物，还是北边的植物，在这里或多或少都能找到。典公年轻的时候每年要给岳父拜一次年，做一次生日，现在年龄大了，来一趟不容易。前年去年已经连续两年没到铁炉砭来。过去在这一带山上扯的草药已经用完。乡下人最怕的是蛇伤。被蛇咬伤了发病太快，一般的医生都没有好办法。乡下有不少扯草药的人，但基本上是祖传下来的比较单一的偏方，都是密不授人的。典公也是祖传的会扯治蛇伤的药和治火疖子的药。根据过去的经验，蛇伤药方中的五味药中，这里就能扯到三味主药。典公气喘吁吁地向前方的一座崖壁走去，还离得好几丈远，就看到自己需要的草药。等到了跟前，典公惊喜坏了。这里有止血生肌的刀口药，有散血化瘀的鸡血藤，有治蛇伤的算盘子……随便瞅瞅，就看到近十味在浅山见不到的草药。典公惊喜地想，这个兵娃娃命不该绝，有救了。如果一时半会找不到蛇伤药，像他这样虚弱的身体再加上这么重的伤，是肯定活不到明天的！典公很快找到了三味主要的蛇伤药，又采了些止血药就赶去救那个伤兵。伤兵因喝了老四从河里打的水，又吃了典公给的锅盔，体力有了明显的恢复，抓着树已能勉强站立起来。典公马上给他敷了蛇药和止血药。典公见他有两处枪伤还在流血，就问："枪伤是今天的吗？"那人说："是的。早上我们遇到了你们县上的自卫团和警察队。"那人停了会儿又继续说："我们是负责掩护大部队突围的。我们还有两个人。他们的伤比我重，我伤轻些，就爬过来等在这里，想看能不能遇到好心的老乡。大叔，你能不能再救救我的两个战友？"典公毫不犹豫地说："别说了，走吧！"

另外两个伤员藏身的山洞离这里有十几米远。典公和老四背着背篓共同搀着那人慢慢走，不一会儿就到了。山洞并不深，勉强可以为他们遮雨。地上躺着的两人见战友带来两个陌生人，都用手抓着枪，用审视的眼光仔细地把他俩打量了一番。在确信对他们没有威胁之后，那个年龄大一点的人对着典公微笑地说："谢谢大叔，耽误你做事了！"

"没有，我们是从山下到这里来走亲戚的。"

陪典公和老四一起来的那人主动介绍说："祁排长，这位大叔刚才用嘴给我吸出毒血，又敷了蛇伤药，给我的枪伤止了血，还给我吃了干粮。我现在身子感到轻松了很多。这个兄弟还下河给我打了水喝。"

那个叫祁排长的人艰难地向典公点了点头说："谢谢大叔！"

典公见已经获得那两人的信任，就上前去察看他们的伤情。察看之后，典公心情极为沉重地说："你们的伤太重了，我没办法，只能给你们简单地止止血。"

"这已经很难得了。"祁排长说，"大叔，你想想办法，看能不能帮我们找到治伤的人？"

典公想了想说："这样，你们先喝点水。再把我给亲戚带的礼吃点。"典公遂让老四把水壶递给那两人喝。喝完之后，老四带着他们的水壶再去打了一趟水回来。典公把给岳父带的炕炕馍给他们三人每人两个说："这是我看亲戚的，你们先吃点。我就往亲戚家里赶，看他们能不能救你们。"听典公这样说，那个叫祁排长的人马上再次警惕地观察着典公的脸色。典公知道这三人肯定在为他们自己的安全担心，特意补充说："你们放心。我岳父也是个庄稼人。他要是有办法，一定会救你们。就算救不了，也不会害你们的。你们既然是那些年的红军，庄稼人就不会害你们。这秦岭山过了好几次红军。我们这边有不少人见过徐向前的红军，见过徐海东的红军，还见过陈先瑞的红军，只是都不敢说。我有个堂伯兄弟，脑壳受伤得了癫痫病。那年就是从这前面的沙沟口过路的时候发了病，幸好遇到徐海东的红军军医，给他把癫痫病治好了。我是在山那边的营盘山遇到陈先瑞的红军七十四师的。他们送了我一双布鞋和一桶猪油。我们后山沟里龙王庙禹家海子的媳妇巴女子，是从四川巴中逃出来的。她哥在徐向前的队伍上当红军。她私下也跟我说起过不少红军的事。"

"大叔，你们知道红军，这太好了。我信得过你们！"祁排长动情地说，"大叔，我们永远都不会忘记你们！我们三个人就是从这三支部队里出来的。我姓祁，是徐海东部队出来的。刚才跟你们一块来的这位姓孙，孙班长，他是从徐向前部队出来的。地上躺的这位姓赵，是从陈先瑞部队出来的。你们这一带出去的何继周就编在徐海东、程子华的队伍里到了陕北，再到的山西。我们这次是向陕北转移。走的这条路就是从何继周部队出来的同志给带的。好啦，大叔，你快赶路去吧！"

典公高兴地说："何继周就是前面火镰砭的人。听我亲戚说，他的家里叫国民党糟蹋惨啦！腊月三十晚上，国民党烧了他家的房子，把他瞎子母亲赶到雪地里没人管。我们听了都伤心得很！"祁排长说："我们队伍里哪个人的家没受国民党的摧残？不说啦，你们快赶路去吧！"典公说："那我们就抓紧赶路，怕是要等到天黑以后才能想办法。"

祁排长说："大叔，我们相信你们！路上小心啊！"

三十一

铁炉砭处在两个专区、三个县、四个乡的交界处，有一集镇，只有顺着龙洞河依山而建的半边街。街上的人口也不多，都是亦农亦商，只在逢场的时候街上才能热闹一阵子。典公的岳父姚老太爷家虽不在街上住，但他家离街很近，从南边的白杨坪小路过来后顺河岸向上走一段路就到了，他也能算街上的人。典公心想，天气还这么早，老四又是第一次来，晚上还想去山上救红军伤员，干脆大张旗鼓地在街上走一趟，叫认得我的人都能看见我来了。我是姚家的老女婿，反正街上认得我的人也不少。这样想着，典公就有意从小路出来又绕到大路上，带着老四从街上通走了一通。

两年没见岳父，他已老了不少。好在老太爷眼睛不花，只有一只耳朵有点背，一般说话还听得清楚。老人家跟大儿子过。大儿子的儿女都已经成家另外过了。平常这个家里也就三人过日子。因为后天老太爷过生日，孝顺的儿子媳妇正在磨豆腐。门口的瓦盆里还长着豆芽。他们见两年没来的姐夫来了，都很高兴，马上放下手中的活给他们盛来洗脸水，沏了热茶。老人更是笑哈哈地站在洗脸的女婿身边说："这么热的天，你还是来了！"

典公歉意地说："爸呀，我这已经算不孝顺了，都两年没来了！"

"五典你快莫这样说，你也六十了，成老汉了。七十里山路，不容易走啊！你妈活着的时候就说过，路远，不要年年来，心里有我们就够了。前不久，山那边还连着好几天听见打枪的声音，今天早上山那边还响了好一阵子枪声。不过，那边两个县这两天好像没动静了。世道乱糟糟的，我要是晓得你们要来，说啥也不会答应的。"

"爸，没事。我们庄稼人，干活的，身上又没有几七几八的，没事。"典公洗完脸，才把老四向岳父和大舅哥夫妇做了介绍。老人把老四细看了几眼说："我看这小伙子不错，你们以后还能享他点福。"说着话，老人把老四再看了几眼，弄得老四满脸通红。在典公和老太爷说话期间，大舅哥两口子把饭菜做好端上来了。吃完饭，典公把自己和老四带来的礼物一件件地从背篓里拣出来。拣完了，他才低声对岳父和大舅哥夫妇说："爸呀，很对不起，我专门请人给你打的炕炕馍在路上送人吃了六个。"

"遇到熟人了？"

"不是，是遇到了三个受伤的红军。"典公再压低了声音把遇到红军的详细情况向姚家人述说了一遍。老太爷听完述说，沉吟良久缓缓地说："看来，我们得救呢！没遇上不说，既然遇到了，不救要不得。说不定是我们上辈子欠人家的人情。可是，又怎么救呢？人命关天啊！"

大舅哥低着头用手指头在光脚背上来回划道道，划了好一阵，才抬起头说："五典，我跟你说，现在救他们倒是比十年前救风险小多了。首先，共产党名号响了，势力大了，穷人的心向着他们。再就是乡长、保长、甲长，只要家在乡下住的，对这种事都睁一只眼闭一只眼。经过这些年的反反复复，他们对国民党的那些做派已经反感透了。怪谁？怪国民党自己。这些年来，下面这些乡保甲长也让各路当官的、当兵的伤透了心。还有那些有靠山、有势力的地主、恶棍，也把下面这些跑腿当差的小官、小差欺侮够了。上上下下有头有脸有靠山的人都是站着说话不怕腰痛，借着打红军，抓共产党的名义，干了不少欺瞒瞒事！他们想说哪个是共产党就是共产党，把人心都逼到共产党那边去了。当年徐向前的队伍过了以后，官府和个别瞎瞎地主趁机坑人，捞了不少好处。不过只要做了黑心事的人，徐海东的队伍从这里过的时候都给收拾掉了。没来得及收拾的，后来陈先瑞的队伍在这里来来回回的时间长，今天收拾一个，明天收拾一个。这次共产党的队伍从这里过了一趟，更是把老百姓的心收服了。前不久，共产党队伍从这里过，乡保甲长、地主恶棍都没见有多大动静。一些明智的财主故意给共产党留些粮食，共产党都给他们打了借条，盖了印章，还对这些财主做了暗中保护。只有东沟口的财主邱老八当着保长，这人平时要横惯了。他把一个救了共产党伤兵的人抓起来烧死了，第二天就被人把头割了挂在路边的皂角树上。后来自卫团、警察来清乡，当官的避得远远的，让些当兵的在街上、路上大地声瞎吆喝，都不敢进山入户。双沟小学的看门人马吉让，因为下大雨，主动打开校门让红军住了一夜。红军走了以后，他很害怕，就到乡上去自首。乡长给他的处罚是罚做五天的义工。义工是干啥呢？让他趁学校放假，把围墙用稀泥搪一遍。红军在学校的黑板上写了幅标语：'相信我们再回来时，一定会听到同学们愉快幸福的读书声！'有人报告给乡长，乡长看了看说：'把那落款署名抹掉嘛！'你看，这要在往时，哪会是这样处理？民国二十一年徐向前的红军从这里路过，有个受了重伤的人被碾子沟的王矮子救了。这个红军伤好了以后，王矮子把他招了女婿。县上晓得了，派兵把王矮子的女婿当场枪毙了，把王矮子吊打一顿后又抓他当了三个月的夫子。当兵的临走时还把王矮子的房子一把火烧了。我跟你说这些，意思是我们这里跟你们坝子里恐怕大不一样。你们那里离县城近，上面管得严。我们这里山高皇帝远，每个人做事时都会掂量着点。这人要救，不过，还是要悄悄地救。风险有，只是没过去那么大了。我看，就把他们三人藏在我们山上火地的窝棚里。反正我已经在山上干了两天活了，这一堆人都看见的，明天还得上去干活。我正好再烧一点火地，多在山上干几天。我们那火地偏僻，在三个县交界的地方，没人去。"

姚老太爷听完儿子的话说："我看这个办法行，等天黑了就去救。"

大舅哥接着说："我们是独家庄，邻居都在下河靠街的地方住。晚上，等他们差不多都收拾完不再出门了，我们三人出门从苞谷地绕小路上山。"

"可是我们不会治伤啊！"典公提醒说。

"找蔡先生！"老太爷说，"早上还见他着。我到街上去请蔡先生，就说你们白天赶路受了热，不大舒服，大张旗鼓地请他来给你们开方子。开啥呢？给你们熬点凉茶喝。等他来了，留他喝酒打牌，别人都晓得他晚上爱在我这里喝酒打牌，不会起疑心。你们白天在街上走也是有人看见的。再说，蔡先生人脉好，没有人会在他跟前伸六指子。"

姚老太爷说动就动，马上就起身出了门。过了没多久，蔡先生就背着药箱来了。典公是姚家的老女婿，跟蔡先生很熟。蔡先生和典公打过招呼后就压低声音直接说："我看国民党人心丢完了，气数已尽了。我们能多积点德就多积点德吧！我把上山的东西都带着。"

典公说："是我给蔡先生添麻烦了。"

"你给我添啥麻烦？"蔡先生冲姚老太爷笑笑说，"我又不是没见过他们。"

姚老太爷说:"蔡先生在红军身上积过德的。"

"我就是个看病的,碰上了,就得给他治。"蔡先生又向典公打听了一些关于三个伤兵的细节,再和老太爷和大舅哥商量了救人的具体办法,然后打开药箱准备了一些可能要用到的东西。这时,天已经大黑了,大舅哥就自己走在前面,蔡先生、典公、老四跟在后面一起钻进苞谷地,悄无声息地向山上走去——

典公他们一行四人从山上回来已经是后半夜了。姚老太爷又陪蔡先生喝了几杯酒,再亲自送他一路故意说着酒话往回走。第二天清早,大舅哥先上山去砍柴机烧火地。典公带着老四随蔡先生先从另一条沟里上山去采药。约莫中午的时候,他们背着草药假装顺路的样子来到大舅哥在山上的窝棚里给三个伤员换药。孙班长和小赵昨晚用了药,又吃了东西,现在都能站起来了。只有祁排长因为旧伤没得到即时治疗已经影响到内脏,情况很是不好。蔡先生先给他把伤口进行了处理,又打了一针,再配了三天的用药就准备下山。临行时,大舅哥说:"为了不引起人怀疑,你们以后都不要来了。我边干活边招呼他们。等他们伤好些了,我打算把他们接到家里去。"典公与三个伤员道别:"我后天就回家了。你们好好养伤!"眼看典公他们就要走了,祁排长动情地说:"大叔,谢谢你!如果有机会,我们三人一定要登门道谢。请问你们家在哪里?"典公红着眼圈说:"我是汉阴县牌楼坝人。我家小地名叫团包,人家都喜欢叫我典公。我这女婿姓苑,叫老四,住在麻园子。我们要是还能再见到,那真是再好不过了!"

"哦,汉阴县,牌楼坝,牌楼坝——有了,用我们湖南话说,就能记成'看得见,快了啊'!对,我们的革命胜利看得见了,快了啊!好,记住了,等革命胜利了,我们一定来谢你们!那就再见了!"

典公激动地说:"我们那一片,湖、广的人多,你说的话我们都能听懂。我会做厨,扯草药;老四会织布,木匠,泥水匠,弹花匠,也会做厨。你们只要到了牌楼坝,就能找到我们!"

"典公,典公好,是对我们有恩典的老公公。我记住了。你多保重啊!"祁排长很想起来道别,但试了几次,还是起不来。典公急忙蹲下身拉着他的手。他们深情地对看了一会儿,然后依依惜别。孙班长和小赵给典公几人行了个军礼。他们三人嘴里都轻声说着:"看得见,快了啊!"

三十二

姚老太爷一家在铁炉矼口碑很好，听说他做八十岁生日，一下子来了十几桌贺喜的人。酒席是典公和老四联手做的。为了显露手艺给老太爷争光，翁婿两人拿出了看家本领，赢得了一片喝彩声。吃席的人都称赞说："牌楼坝川道厨师的手艺就是不一般！"听到这样的称赞，老太爷高兴极了。等老四把厨房收拾完了，老太爷专门让儿媳妇炒了几个菜摆在桌上，让蔡先生等几个老友坐下来陪典公喝酒。被邀相陪的都是老友好友，几杯酒下肚，各有一番感慨，彼此敬酒，彼此倾诉衷肠，不知不觉就到了掌灯以后。送走最后一位客人，典公说他后天准备走。老太爷听了，心里有点伤感，沉默了一会儿才说："好吧，明天我陪你转转。"第二天，老太爷亲自带着典公和老四赶完了场，到山后面一户养母猪的人家买了两头四十多斤的猪娃。买猪回来，老人家又到蔡先生那里配了些家常用药非要典公带回去以备不时之需。晚上，老太爷又陪典公说了很久的话才睡。

老四一觉瞌睡醒来就再也睡不着了。这几天的所见所闻如同一阵轻风，在他那十分单纯平静的思维之湖吹起一缕无形的涟漪。这么多年来，他整天想的就是干活、干活、再干活，活动的半径也就是十里之内的村庄。这次跟典公一路到铁炉矼，虽然走的还是他平时走的山路，来的地方是比麻园子偏远得多的北山，但对他的触动却是很大的。听的和看的都让他感到麻园子以外，牌楼坝以外，还有一个很大很大的世界，还有很多很多完全不一样的人。他说不清楚这些都意味着什么，只是觉得同样是庄稼人，同样是靠出力气吃饭，但还是有很多不一样，具体什么地方不一样，老四又说不清。他脑子里多次在想第一天下午大舅当着他们说的那些话。他眼前也反复浮现出藏身大舅窝棚里的那三个年轻但满身都是伤的人——原来，有那么多不同的路可以走。他觉得自己突然之间脑子里被塞进很多说不清楚的东西：看着是一样的人，一样的事，其实不一定就一样。比如大舅说的那些人看起来都在干公差，其实这背后不同的地方多得很；比如我们看起来啥都没做，其实我们救了三个人；比如蔡先生半夜好像是在姚家喝酒喝大了大声说话往回走，其实是为了上山救人故意装着喝多了酒。我看到的、听到的其实不一定就是我认为的那个样子。两天以来，老四一空下来就会想这些自己好像又能明白又不能明白的事情。他原本很干净的脑子就因为出了这趟门，平白无故地装了这么多困扰他的东西，是幸，还是不幸？不管怎么说，反正他此时睡不着了。老四看看窗外，外面天色还是黑的，怕才是半夜吧？再听听睡在另一头的典公，他呼吸匀称，应该是睡着的。老四想再睡一觉，却怎么也睡不着。先是竹园里一只什么鸟哀鸣了一声，接着又传来噗啦啦的翅膀飞动的声音，像是有只鸟从这棵竹子飞到了那棵竹子上。他刚要把眼睛合上，又听见有只鸟从那棵竹子飞向了这棵竹子，竹叶沙沙地响了一阵，过后就慢慢地平静了。头上有点痒，他伸手挠了挠，觉得那痒的地方好像不在头上而在背上。老四侧过身去挠背，又觉得不是背痒而是一只小虫子在腰上爬。他伸手挠腰，又觉得是鼻翼在发痒。这么几次三番的折腾之后，老四就一点瞌睡都没有了。他害怕干扰了典公，就静静地躺着不动。刚躺了一会儿，好像觉得有一股清口水涌上喉头，他连续吞咽了两口，越发觉得清口水多了起来。他想翻身起床去吐，又怕影响了典公。夜很静，老四的这一连串动作典公早就察觉了，他也是害怕打扰老四。现在，典公知道老四已经没有瞌睡了，没有瞌睡的时候勉强睡其实是很不自在的。他问老四："睡不着了？"

"叔，你也醒了？"

"我晚上只有一觉瞌睡，早醒了。"典公坐起来说，"睡不着干脆起来打广子（闲聊），一会儿有瞌睡了再睡。"

典公这话真把老四给解脱了。他一咕噜坐起来，用两手抱着小腿，半弓着身子悄悄地问："叔，山上那三个人不晓得咋样了？"

"那两个没事，就怕那个排长过不了这道门槛。"

"叔，你见过红军？"

"见过两次。一次是从四川过来在万源县，一次是从西安过来在这西边的沙沟口。这算第三次。你是不晓得，我们那一带只要是那些年从四川到西安来回跑过挑子的，差不多都见过。只是都装在心里不敢说。"

"外爷和大舅好像都见过他们。"

"他们这一带红军过了好几次，不知道有多少人见过，都是心里有数不往明里挑。"

"那要是县上晓得了怕是不得了！"

"你没听你大舅说吗？吃公差的也不一定都是一条心。乡长跟乡长的来头不一样，家里的底子不一样，在县上说话办事的分量不一样，心里想的也就不一样。乡长跟保长、甲长又不一样。乡长是全吃公家饭的。保长骨子里还是农民，他的根在乡下，明白一点的人，做事得给自己留后路。保长跟保长不一样的地方多得很。我这些年都看清楚了，种庄稼的、卖苦力的、受冤枉的、对国民党有气的，巴不得红军来。乡上、保上的那些人对县上的、靠后台上去的、有后台有门道的人又恨得很。甲长可怜，自己种庄稼，讨生活，又要替上面办差事，两头受气，两头不落好。我干了一年，打死都不再干了。保长里面两面讨好、两面通吃的人最多，干的时间越长越是滑头。你想，只要保长、甲长睁一只眼闭一只眼，还有哪个去报告？你一报告，上面就不得不来人查，要查，就要问这问那，你还得管他的饭。弄得不好，查的人为了邀功，说不准反倒把报告的人说成通共分子。"

"这里面还这么多道道啊！"老四说，"大舅好像很有见识！"

"你外爷、你大舅那都是能人，年轻时走南闯北跑了好多地方。你大舅看得书也不少，干过邮差，当过巡警，当过保长，经见得事多。"

老四心想，别看典公平时很少说话，原来还是个很有见识的人。在这之前，他只知道他在团包上有威信，一些人卖房子卖地啥的总是请他当中人。通过这几天的朝夕相处，他才发现典公见识不浅。于是，他问典公："叔，照这个样子看，我二哥不乐意再在乡上干也没啥？"

"你是做兄弟的，年纪小，莫掺言，说了也不管事。你爸对在衙门吃饭的人眼红得很，他一门心思就是想叫你二哥、三哥在衙门里弄个啥子长。他哪怕把家里人的裤腰带再勒紧一点，也想叫你二哥弄个副乡长干干。眼下见你二哥指望不大，你爸生气得很。他心里又想把你三哥喊回来挣个长当当呢！我劝他莫急，先看看，他好像等不及了。"典公又想了想说，"你爸很苦呢！他整天忙得顾不得看外面的世情。我在想，现在一些人在私底下议论的事他怕是一点也不晓得。也难怪，你们是独家庄，苑家又是两代单传，你爷就没敢让你爸出过远门。过去远点的地方都是你爷亲自去。我晓得的，你爸最远怕也就到过县城跟池河。他硬是从小到老就没歇过气，不容易啊！"

说话间，窗户纸开始泛白了。典公问老四："还睡吗？"

老四说："不睡了。"

"那我们轻轻地起来到外面看看，也不晓得下次啥时才能来。这地方山大，我们又是外来人，不敢趁黑走。"翁婿二人轻轻开门来到院坝里。没想到他们前脚到院坝，老太爷和大舅哥两口子就后脚跟出来。老太爷说："我早就醒了，是想叫你们多睡一会儿。听见你们动，我就起来了。"老太爷转过脸看着大儿子和媳妇说："我看这样，天马上亮了，你们既然要回去，不如趁天凉快现在就上路赶早。你们背的有猪娃，不能再走小路，走大路也就多一顿饭的工夫。"

大舅哥说："爸说得对，天马上亮了。五典，你们就赶早吧！人一般是往回走显得轻松些，要是不耽误，不等太阳落你们就能到屋。走大路放心一些。"说完，大舅哥两口子转身进屋去用已经准备好了的背篓把猪娃装了，又把昨天晚上给典公和老四准备的干粮打包拴在老四的背篓上。两口子一人端起一个沉沉的背篓递到典公和老四的背上。老太爷对典公叮咛说："莫操心我，铁炉砭这地方好过日子。你莫看它是个三县交界的偏僻地方，倒很自在，很安宁。我们跟街坊邻舍又处得好，挺好的。路上莫急，天气长，慢慢走！"嘴里是这样说，真等到典公他们要下屋檐坎上路时，老太爷却背过脸去径直进屋里去了。典公知道老人家在这种时候心里难受，就向大舅哥夫妇招手道别，转身就往大路上走了。

二亲家今天下午又来陪建书说了一会话，他走了没多久，典公和老四就进门了。大热的天，翁婿两人都背着四十多斤重的猪走了七十里路，满身大汗，气喘吁吁。大媳妇最先看见他们到了大门口，招呼一声："四姨夫回来了！"马上跑上前来帮着接典公背上的背篓，边接边向屋里喊："四姨夫跟老四回来了！"听到喊声，一家人都放下手中的活往出跑。满婶在堂屋里就喊："四姑娘，快倒洗脸水！三女子，快做饭！"典公和老四都要自己动手把背篓里的猪娃往出抱。典公抱着猪对建书说："才从山里来的猪，在圈外野惯了。你们先在外面拴着喂几天再入圈。还有，山里猪吃青猪草多，这几天多喂点青猪草。"

建书说："典哥提醒得对，先拴在磨坊里喂几天，过惯了再入圈。"典公边洗脸边说："铁炉砭那地方背，猪就是便宜。又加上他外爷人头熟，跟牌楼坝比起来，也就当一半的价钱。"

"便宜倒是便宜，只是把你累坏了。"

"这有啥，我路熟，回来时下坡路多，倒没觉得有啥累的。只要猪肯吃肯长，我累得就值。你们放心，这两只猪你们保管能喂成大肥猪。"

"托你的福！托你的好话！"建书有些迷信，他对"口封""彩头"很看重。两亲家摇着蒲扇边乘凉边说话。不一会儿，四姑娘帮着轮伙的三媳妇把菜炒好端上来放在客房的小方桌上，两个老朋友新亲家，再加满婶和老四四个人各占一方坐了。满婶温了壶酒上来，老两口把着壶硬是先敬了典公三个满杯，然后两亲家就对着喝。几杯酒下肚，建书把堂屋这边的门关了悄声地对典公和老四说了家里被人抢了一事。典公和老四顿时被惊得目瞪口呆。典公把正要夹菜的筷子停在半空良久才出声说："你们家按说不会招来这种事啊！"

　　事已过去几天，加上前面已把这事向二亲家吐露过，建书此时再说身子已不再颤抖了。他让满婶把详细过程向典公学说一遍，然后征求典公的意见说："你看，这是不是对我们家里很熟很熟的人干的？"典公思索良久说："我说出来你莫怪我挑拨你们家里的不和啊！叫我看，这像是你们家里人引来的。第一，他说是借钱，还说以后要还；第二，不想对你们下重手；第三，你藏钱的地方他很清楚，问都不用问你；第四，时间选得那么准；第五，点明了说你有功夫。外人咋会这样？我问你，甘家槽王家他姨夫的生日你们屋里哪个记得？"建书说："老大跟我去帮过一次忙。那年，他王家姨夫也是大做。我带老大去给帮忙，我看他心里是很不情愿。"典公又问满婶："你听出那些人的口音没有？"满婶说："肯定不是我们这里的人，不过他们说话怪怪的，我倒是听得懂。"典公说："这样看，这些人提前把你们家里啥都弄清楚，画了图，来的人都事先照着图练过的。我听人家说，搞这些事的人跟队伍上打仗一样，都是先踩点，再画成图，让动手的人照着图练。可是你们藏钱的地方人家咋那么清楚？"建书说："那地方他们六弟兄多少都晓得些。他们小时候跟我们睡，晓得。媳妇们没人晓得。"典公说："儿子中间哪个会露出去呢？"建书想了想说："从眼下看，怕只有老大。老二、老三、老四都不会，老五也不会，老六虽说爱吵，倒不乱说话。就只老大一直为我们供养老二、老三心里不高兴，听春子说他有过分家的念头。他正月初一清早没跟屋里打招呼就走了，到现在没一点音信。"

　　典公苦笑了笑，不愿再说话。

　　老四一直在细心听着。他见典公不说话了，就说："我想起来一件事——"他把那天在二堰魏家门上遇见大哥的事原原本本地说了一遍，还把黎笼匠说的大哥正月初二给文家送窑货到池河的事也详细学说了一遍。说到这里，老四突然又想起一件事来。他说："还有一件事。有一天，龙王庙的禹家海子到笼匠叔那去收蒸笼。我陪他坐了会儿。他跟我说起我大哥的事，说他听上垭子姚先宝说，我大哥正月初三从池河到莲花石去了，托他给引荐，想去给一个商行当伙计。姚先宝把他引荐给了他的老板。第二天他就回家了。他后来没再去莲花石，不晓得大哥是不给商行当了伙计。那天下午在二堰遇到，我问大哥在哪里做活，说从铁炉砭回来了去看他。他说他没个定准，叫我莫看他。"

　　"莲花石？"典公突然吃了一惊说，"那是个水码头，南来北往三教九流的啥人都有。我年轻的时候从四川那边挑盐经那里往北去山外的西安，从西安挑棉花往南去四川，都在莲花石住一晚上。有一年，我们给赵永胜挑货，一路十五个挑子，晚上歇在莲花石。赵掌柜的跟一个叫陶宝宝的胖女人喝酒打牌，完了又一起过夜。一个晚上，把十五个挑子输得精光，连我们十五个人的脚板工钱到现在都没付。赵掌柜的没敢回家，后来跑到哪里去了到现在都说不清楚。"

建书说："你回头找禹海子，请他帮忙给打听一下。你莫说我们屋里的事，只说屋里在操心他。"

"行！"这几天的种种事情让老四的心里变得空前沉重起来。

三十三

禹海子带着老四顺利地找到了姚先宝。姚先宝那会儿刚从油坊收工回到自己的宿舍。听禹海子做完介绍并说明来意，姚先宝就把他正月初二晚上怎样遇到苑华家，第二天下午怎样把他引荐给吴老板，吴老板又怎样把他引荐给杜老板的过程说了一遍。说完，姚先宝说："不过我第二天早上就回家了。苑华家是不是在杜老板那里当伙计、他现在在干啥，我都不晓得。我从莲花石回来后，买成了几亩地，地里活多，就没再到莲花石去。这一段时间地里没事，这里是熟人，要请人，我就来了。不过，老四你来得正好，有件事正好给你说。前天，我回了一趟家，听媳妇说前几天天擦黑下大雨的时候，你大哥苑华家一路六个人从汉阴城到池河去路过这里，因为雨太大了，见我们家门开着就到堂屋里来躲雨。我媳妇认得你大哥，见他们身上已经淋湿了，我媳妇煮了一些生姜醪糟给他们每人喝了一碗发汗。雨小了，他们才走。听媳妇说起这事时，我说苑华家怪呀，咋就不顺路回家歇到第二天走呢？我媳妇说，他们一路六个人，带回屋里咋住得下五个人？我想想这倒也是。五个湿淋淋的人带回家是不好待承。"

"我大哥怕就是这样想的。"老四又打听说，"吴老板、杜老板是哪里人呢？"

"湖北老河口的，在莲花石有些年了。"

老四装着很平淡地说："这样看，他人好好的，那也就放心了。我爸想叫他回来一趟。"

姚先宝说："那行。要是遇到有人到莲花石去，我叫他帮忙打听看你哥在那没有。要是在，就带信叫他回去一趟。"

老四说："那就谢谢先宝哥了！"

听了姚先宝的话，老四心里已经有了些底。但他还是不愿把这件事往大哥身上想。这天晚上，他好久睡不着。第二天早上，见父亲和母亲正在一块说话，老四就把从姚先宝那里打听来的话照着原样给他们说了一遍。母亲听后，脸黑得吓人。可能是顾忌她是后娘的缘故，自始至终没说一句话。父亲听了以后，皱着眉头想了好久才说："那天晚上雨是从东边来的，这里到上垭子六里路，时间上差不多。不用猜了，这件事就是这个忤逆不孝的东西干的！"话刚落音，欧水根的儿子东东小跑着送来了一封书信。建书接过信，东东转身就往回跑了。建书看看信皮，见"苑建书父亲大人启"这一行字是老大苑华家的笔迹，心里就打起鼓来。他战战兢兢地把信皮撕开，见信纸上写道：

父亲大人您好！不孝儿苑华家已死。您多保重。杨春子是嫁是留，随你们的便，与我无关。儿苑华家叩拜。

建书读完信黑着脸对老伴满婶说："那个忤逆东西说他死了，春子是嫁是留他不管了。白眼狼！"满婶抬起头用眼睛望着房顶，一句话都没说，发了一阵呆就进屋里去了。

苑建书一个人坐在那里再把信翻来覆去地看了一遍，发现信的后面没有详据时间和地址，但从邮戳看，这信是二十五日从南山漩涡集镇上发出的。他掐着指头计算日子：今天是二十九，就是说信在路途满打满算只走了四天，倒是挺快的。从时间上推断，老大应该是在二十三晚上把家里抢了之后，连夜赶回了莲花石。第二天乘船从莲花石动身顺江而下，于二十五日在漩涡集镇发出了这封信。这之后，他应该是又顺江而下了。如今老大人在哪里也说不清楚。苑建书这样闭着眼睛推算了一番，再仰头想了一会儿，哗啦一声把手里的信纸撕成两半使劲地掼在地上。他嘴里骂道："苑华家，你个没心没肝没肺的白眼狼！你个不得好死的东西！早晓得会有今日，生下来就该把你掐死！"骂着骂着，老汉就一头栽在地上人事不知了。老四吓坏了，惊恐地喊道："爸，你咋啦！"他弯腰想扶起父亲，但一个人扶不动，就大声喊："快来人，爸晕倒了！"听到喊声，满婶慌忙从屋里跑出来。老五、老六跑过来一看就急哭了。满婶对儿子们说："把你爸抬到床上放平，他没事。你们莫哭。"三个儿子合力在母亲的协助下把父亲抬到床上。几个媳妇也都跟进来，只是惊恐地看着公公。大媳妇、三媳妇、四姑娘二十三日那天晚上见过一回，此时倒不十分紧张。等把老汉在床上放平之后，满婶让老四他们三弟兄把父亲的屁眼堵住，她自己卷起袖子在老汉的肚子上推拿。四姑娘那天晚上给公公熬过一次救命姜汤，所以这次未经婆婆吩咐就自己到灶上去了。紧张了大概有一袋烟工夫，老汉睁开眼睛，两颗豆大的泪珠从眼角滚落下来。满婶喂他喝了几口姜汤水，他才慢慢地坐起来。看看已是一大早上了，老汉黑着脸，起身从堂屋里找了几根香插在院坝中间，然后找了一把草跪在院坝中间用剁猪草的刀一刀一刀地在一个柴墩子上剁。他每剁一刀，嘴里就咒一句道：

"苑华家，你个忤逆不孝的东西！""苑华家，你个短命死的东西！""苑华家，你个短板板子筑的东西！""苑华家，你个水打沙壅，路死路埋的东西！"

刚开始，屋里人都不知道老汉要干什么，这时，大家才听清他是在诅咒老大苑华家，便都一下子紧张起来。大媳妇春子正在织布，没在意外面的动静。二媳妇琴琴听得公公这样诅咒，背上就一阵阵发瘆，提醒大嫂说："大嫂子，你听，爸好像是在咒大哥！"大媳妇停下机子细听，正好听见公公在咒"苑华家，你个短板板子筑的东西！"春子懂得这是一句很毒的咒人话。她马上意识到事情的严重程度。说实话，自从那天晚上家里被抢之后，她心里一直就没踏实过。她联想到自己的男人曾向她吐露过对家庭的不满，联想到自己男人大年初一不辞而别，便预感这事和自己男人脱不了干系。刚才东东送信来她是知道的。公公看完信就晕倒了，一定发生了很严重的事情。想到这里，春子的心一下就凉了半截。她在心里哀叹一声："完了！完了！"就一个跟斗从织布机上栽了下去。

三十四

见母亲从织布机上滚下去，正在墙角玩的五斤子赶忙跑过去想往起扶。二媳妇和四姑娘也赶忙跑过来扶大嫂。等大媳妇在椅子上坐下后，五斤子困惑地看了母亲一会儿，又向院坝里看看爷爷的奇怪举止。五斤子仔细一听，听出爷爷是在诅咒他父亲。他好像一下就明白了母亲栽倒的原因，急忙跑出去抱着爷爷的肩头哀求道："爷爷，你莫咒我爸了！"正声泪俱下诅咒老大的建书老汉见大孙子来劝他，愣怔一下，然后扔了手里的刀，把五斤子抱着说："他不是你爸，他死了！他是个没有人性的东西！"五斤子又哀求说："爷爷，你莫咒我爸！"建书抱着孙子，就势坐在地下说："你个瓜娃子啊！你还要护那个忤逆不孝的东西！他都跑啦！他都不要你们娘儿母子啦！你明白不明白？"看到老父亲那伤心欲绝的样子，一家人都沉浸在悲伤的气氛中。这时，二媳妇主动起身出去想把公公扶起来。其他几个媳妇见状，也赶忙起身跟出来一起到院坝里把公公扶到堂屋的椅子上坐下。大媳妇听了公公对五斤子说的话以后，因为又恼气又害怕，浑身颤抖地靠在墙上呜呜地哭。就在这时，满婶从屋里出来大声对大媳妇说："大女子，不准哭了！这种白眼狼死了就死了，只当没有他。从今以后，你是我的亲女子。哪个都休想欺负你！"满婶又指着另外三个儿子媳妇们说，"今后你们都改口叫她大姐！都听见没有？"

三个儿子媳妇都在嘴里轻轻地叫了声："大姐！"

满婶又说："我们屋里的事都不准对外人说，就当啥事都没有过！"

其实，截至现在，家里被抢的事满婶只悄悄地对二媳妇说了。之所以要对二媳妇说，一则老二，还有二亲家知道这事；二来，琴琴嘴稳，不会乱说。老五、老六到现在还一点都不知道屋里发生了什么，刚才听母亲说大哥死了那大概就是"屋里的事"吧！算了，因为老大一年在家待不了几天，两弟兄对大哥几乎没多少印象。这有啥好说的？满婶气咻咻地把头仰着歇了一会儿，深深地叹了口气说："算了，该做啥各人做去！"

饭端上桌以后，建书把碗端着看了一会儿，然后把饭给五斤子和跟弟一人拨了一半就放下碗起身到机子上去了。满婶勉强吃了两口就进屋去了。大媳妇也没有吃饭。一家人谁都不愿开口说话。轮伙的三媳妇尽管平时爱说话，这种时候也没什么话好说，只好等大家吃完默默地把碗筷收拾干净，然后到机房去干活。

吃完饭有两袋烟的工夫，家住黄泥包的黎保长一手拿着烟袋，一手捏着把用来消气平肿的俗名都会消的草药出现在大门口。苑建书先看见了，赶紧迎上去招呼："黎保长来了，快请屋里坐！"黎保长跟着建书走进客房，顾不得坐就悄悄地说："我是假装扯都会消来给你报信的。今天晚上怕是会来你们家抓壮丁。有人盯上你们家了。"

建书说："黎保长啊，我们老大死在南山漩涡了，是今早上欧有根的娃子东东给送来的信上说的。老五个子有那么高，年龄还不到十六，老六还不到十四，家里就老四一个人在干活。"

"我晓得嘛。我这不来报信叫你们躲一下嘛！"黎保长又警觉地问，"你咋说啥老大死了？不是咒他吧？"

"是死在南山漩涡了，才收到的信！"建书一说这话就来了气。

"不会吧？真是那样你们倒是该去看看才对。"

"不看他！反正也指望不住，我一口气好恼！"

"我走了，要防人说闲话！"黎保长转身出门又装着在石坎上寻找草药的样子。

送走了黎保长，建书老汉急忙对老四、老五说："今晚怕是要来我们屋里拉壮丁。有人盯着我们了。你俩上灯盏窝去避几天。现在就顺河溜着走，莫叫人家看见。"没想到父亲对老四、老五说的话让刚从茅房出来路过这里的老六听见了。他走过来把脖子一梗，对老四、老五说："四哥、五哥，你们莫躲，我去给他们当壮丁！"

"放你妈的屁！"父亲苑建书本来就憋了一肚子气没哪儿发泄，听得老六这样多事，就十分生气地顺手朝他脸上甩了一大巴掌。老六愣怔一下，把胸脯一挺说："你打！你打死我算了！反正你见不得我！你不信，我今天晚上就跟拉壮丁的走给你看！"让老六这么一顶嘴，苑建书反倒手足无措起来。他想再把老六打几下教训教训，又怕他今晚上真的跟着拉壮丁的跑；可不打吧，做父亲的权威又受到了公然的挑战。他举着巴掌威胁说："你还要犟嘴，是不是？你看我怎样收拾你！"老六狠狠地瞪着眼睛和父亲对视，一点也没有示弱的样子。正在建书老汉骑虎难下的时候，老伴满婶出来解围了。她把老六拉到睡房里低声训斥说："不准胡说！你咋能说去当壮丁呢？那话是随便乱说的？"老六不服气地说："当兵有啥不好？人家走南闯北的，总比我在屋里遭人恨强！"母亲笑着说："胡说！哪个恨你了？你爸在气头上说个气话，哪是恨你呀！"老六还是固执地说："反正我哪天就当兵去！人家徐猫子说当兵才威风呢！"这句话引起了满婶的警惕，认真地对老六说："我跟你说，你不能理识徐猫子！他是啥东西？几十岁了，无家无业的。你听说了吧？他到处抓人家的鸡，打人家的狗，连人家的猫子他都偷去吃。无德行的兵油子。"老六不服气地说："人家徐猫子才不是那样的哩！"满婶见说服不了老六，只好变了口气轻声地说："你还犟，你看你爸气成啥样了？"老六不再还嘴。他看看正靠在那边门框上喘气的父亲，噘着嘴嘟囔："他就是见不得我！"满婶没办法，只好改口说："去，逮鱼去！我昨天见官田、学田的秧子都调过蔸了，田沟里鱼多得很。"

老六气鼓鼓地望了望还在那边生闷气的父亲，悻悻地出门到磨棚里取了鱼篓往官田那边去了。

水田里的稻子已经抽穗完毕，有的穗尖上几粒稻谷已经呈现出淡淡的黄色。种田人称这叫"谷子黄梢"。这个时节，像苑建书家这种从石坷垃地改的水田一则是梯田，田的纵深很窄；二则土壤瘠薄，聚不住水。所以就不用调沟。等到谷穗黄到一半的时候，把田缺子扒开，放掉余水，到收稻子时，田已经干了。收完稻子稍空一下就可以种别的东西。像官田、学田这些地势较平，纵深较宽，土壤较厚容易聚水的田就不一样了。要想让田能够沥干水，在谷子黄梢的时候，就要用锄头把稻田四周故意栽得很稀的稻秧一蔸一蔸地挖起来移走。等稻子再熟一点，就将移走稻秧的地方开成排水沟，以便把田里的水慢慢地排出去。如果田再大再宽的，还得在田的中间调走稻秧，开几条纵横交错的排水沟。在刚调走稻秧的地方，会形成一连串的水滩，田里的鱼都会聚积到这些水滩里。每到这个季节，田里、渠里、河里，一切有水的地方，到能看到密密麻麻的鱼群。稻子成熟了，田里水干了，人们在闻到稻谷清香的同时，也会闻到死鱼烂虾的腥臭。现在是农人们一年中收获野鱼的季节。只要你愿意，不管田是谁的，只要主人没有在田缺上扎竹笆标识他养着家鱼，你尽可以下田去抓野鱼，绝对没人会阻拦你。阻拦什么呢？那些小一点、瘦一点的鲤鱼，还有什么鲫壳子鱼、桃花鱼、白鲢鱼、麻棒子鱼压根就没人搭理，更不用说黄鳝、泥鳅、老鳖、虾米、蚌壳、田螺之类的东西了，就算扔到那里，也没有人要。因为吃这东西不管是炸、是焖、是炒、是炖都必须用大量的食用油，没有油，就不好吃。而食用油对庄稼人来说，那是很金贵的东西。建书家里是勤快人，也是节省的人。他家每年都会捞些大大小小的野鱼回来收拾干净，然后用热锅焙干，用竹篾穿成串挂在楼上晾着，以备冬天来客人了用酸辣子焖了待客下酒。特别是那种一寸多长的小麻棒鱼、白条鱼，只需把肚子掐破挤掉肠肚然后在锅里炕干，放到冬天来客时用菜油炸一下，再用酸辣子加葱段姜丝等调料焖出来，这是汉阴县特有的风味小炒之一。对老六这个年纪的孩子来说，抓鱼是一种乐趣，收获多少是其次，爱不爱吃也在其次，他们玩的是这个过程。每年端午节过后，他们就开始变着花样捉鱼。河里、沟里、渠里、滩里、田里都有些什么鱼，他非常清楚。听说稻田已经调过了沟，他就知道哪些水田什么鱼最多。出门后，他不加思索地直接下了那个像元宝状的大坑田，找到往年常来抓鱼的最低洼处。一到那里，小腿处就感到有很多鱼嘴在碰。他提起右腿来回把水搅了一阵，水浑了，一条条黑乎乎的鱼背就从水里显露出来。老六认得，这其中有鲤鱼、鲫鱼、白鲢鱼、麻棒鱼。老六专选大鲤鱼抓，不一会儿，鱼篓的鱼多了，互相拥挤着将水花拍打起来，四处飞溅。老六见鱼篓不能再塞进鱼了，就使劲把鱼篓端起来艰难地从水田里出来，把鱼篓放进水渠的深水中让鱼多活动一会儿，以便让清水洗净它们身子的同时，也能把刚才在田里吞进去的浑水吐出来。老六看着满篓子的鲤鱼，刚才受父亲责骂产生的不快瞬间就消失了。看看鱼身上都干净了，他端着鱼篓回家径直到了灶房。

这时，三嫂正在收拾锅灶。老六说："三嫂子，你能不能把这些鱼做成鱼汤吃？十二条，一个人一条还有多的。"三嫂看看篓子，见每条鱼都有一拃多长。她夸老六说："你捉的都是鲤鱼，挺肥的。行，我来做鱼汤。"老六高兴地说："三嫂你先剖鱼，我就出门去掐紫苏、薄荷、小茴香叶子。我回来帮你一起剖鱼。"三嫂说："行啦！我马上就来收拾。"

虽然当地人做鱼的时候都离不了紫苏、薄荷、小茴香，但一般都不专门种。它们都是在地的边角上靠上一年飞落的种子呈野生状态的生长。老六憧憬着鱼汤的滋味，跑了好几处地方才把三样香料找够。可当他兴致勃勃地把香料交给三嫂子时，三嫂子却告诉他："爸说这些鱼又大又肥，叫我收拾好在锅里炕干挂起来冬天待客吃。要不这样，你看有没有大鲫鱼捉些回来我给你们做鱼汤。鲫鱼慢慢炖出来的汤比鲤鱼的汤好吃。"老六心里不高兴，觉得父亲不喜欢他，总是跟他拗着来。他在堂屋门墩上闷闷地坐了一会儿，便再次提着鱼篓子到官田去捉鲫鱼。

初秋的阳光照着即将成熟的稻田，微风轻轻拂动着日渐增加重量的稻穗。对稻田来说，这是一年中最沉静的季节。农民们无须为其加水，也无须再为其除草。和稻子共生一季开始拔穗的稗子这时完全露出了真面目，农民们赶在稻子扬花之前已经将它们连根拔去。现在种稻子的人就是数日子，等着阳光把散开籽粒的稻子自然地晒熟，然后收割。在一派沉静的背后，其实也活跃着一些大自然的精灵。你只要蹲在田坎上保持安静，一会儿就能看到有不知名的长嘴鸟从稻田里钻出来蹲守在田坎边刚调过沟的水滩旁，伸着长脖子向这边看一看，向那边瞅一瞅，逮住机会就会迅速从水里叼起一条小鱼或小虾吸溜到肚子里去。吃完之后，它们会将半湿的羽毛抖一抖，再扭过头去背上、肚子上理一理羽毛，歪着头到处看一看，重又钻进稻田里去了。偶尔，也能看到稻田的主人在家人的陪同下站在最能估算今年收成的地方看一看自己的稻田，掐着指头算一算今年的收成，规划着秋后的置业蓝图。种田的佃户在调沟的时候就已经把今年估计给东家交多少租、自己能得多少粮食计算得差不多了。

此时，老六又提着鱼篓回到官田来了。这次，他要换个鲫鱼最多的地方。不能再抓大鲤鱼了，再抓大鲤鱼，说不准父亲还会舍不得给自己人吃。这次就按三嫂说的，只抓最大的鲫鱼。鲫鱼身子宽但肉少，最不适合做鱼干。清炖鲫鱼，那倒是个名菜。老六记得清楚，鲫鱼主要在官田北边靠汉白公路的几个田里。这几个田里，又数裤裆田的鲫鱼最多。鲫鱼相对较小，只有在稻田中间的水基本没有的情况下，它们才会聚积到调过沟的那些水滩里来。老六把鱼篓安置在稻行中间，然后到田沟里走了一遍，趁机把水搅浑。水一浑，鱼就要把嘴伸到水面来吸氧气，老六就根据鱼嘴大小来判断鱼身的大小，只选最大的抓起来装进篓里。一连抓了五条，老六准备往水深一点的地方去看有没有个头更大的。他刚把鱼篓放好，远处隐约传来徐猫子的声音："这条鞭子顺手，简直就跟我在队伍上用过的那条一样。驾！驾！嗨，好过瘾啦！"徐猫子在干啥呢？老六很奇怪。他伸着头向徐猫子说话的地方望了一阵，只因为裤裆田地势太低，什么也看不见。好奇心驱使着老六爬上里边的那根田坎。他踮起脚尖往公路上看，马上就惊喜地发现那里有几挂马车。老六数了数，眼睛能看得到的就有五匹马。好马呀！那么高，那么大，那么威风！在太阳下面是那样的油光水滑！老六顺着田坎走了几步，徐猫子那熟悉的身躯出现在老六的眼前。徐猫子我认得，有他在那里跟当兵的说话我怕啥呢？老六这样想着，两腿就不由自主地向公路上走去。他先是离得远远地看，看着看着，他就走到最后那挂马车旁。老六这时才发现这是一支队伍，怕有一百多人，有七挂马车，还有几匹戴着鞍子供人骑的马。好像第一辆马车坏了，几个人正跪在车的下面修理。这段公路地势低，路里边的渠沟里的水又深又清亮。路的外边是大柳树和一溜溜高粱地。趁此时修车的机会，有的士兵在树荫下打盹，有的在解手，有的在洗毛巾擦身子。徐猫子正站在第二挂马车旁和几个当兵的连吹牛带央求地说："我当了十几年兵，在队伍上赶马车的手段没人比得过我。长官，你把我收到队伍上去嘛！我除了腿有点瘸，别的啥子毛病都没有！"

"那不行。你这家伙怕都四十多岁了吧？不要。"

"我离四十岁还远得很哪，你把我收下。在队伍上我轻车熟路的，你用起来多顺手啊！"

"算了，你抓紧娶老婆。我早就想回家了，你还想到队伍上。真是的，你的苦头还没吃够啊？"

"真的，长官，你把我收下嘛！"那个当官模样人说，"去，会赶车就会修车，帮我们修修车。修完了，你把车上那只猪蹄子拿回去吃。"

老六边听徐猫子他们说话，边且行且走地到了离徐猫子很近的那匹枣红马身边。见那个当兵的在洗马腿，他也就捧了水凑到马的身边把水往马蹄上浇。那匹马眨着眼睛看看他，一点也没有生气，反而把头向他点了点，像是在招呼他。老六兴奋极了，便又捧了水去往马的前蹄上浇。水一浇上去，马把蹄子轻轻抬了抬，头又向他点了点。就在这时，徐猫子看见了老六，就主动招呼说："老六，你喜欢马呀？"

"我喜欢马。"

"喜欢马呀？那你给这位长官说，你给长官当勤务兵该多好啊！"徐猫子殷勤地看着那个当官模样的人，有点讨好那个长官的意思。

听了徐猫子的话，那个长官模样的人开始上下打量老六。他见老六还是一个孩子，长得倒还结实，好像也还机灵，就和气地问老六："小鬼，十几了？"

老六答："十四了。"

"在家里干啥？"

"砍柴，受气。"

"识字不识？"

"识字。"

"跟我们走？"

"真的？"

"真的。"

"发枪不发？"

"你有枪高吗？"

"有！"老六羡慕地看着身旁一个背长枪的人说，"我比枪高。"

当官模样的人伸手要过那人的枪拿来和老六比，人比枪只矮一点点。老六兴奋地说："一样高！一样高！"

徐猫子插话说："长官，你把我跟他一起带到队伍上嘛！"

"都不要！你老了，他小了。"

"我不小，我力气大！"老六着急了。

"你不在家待着，跟我们干啥？"

"我爸讨厌我，我尽受气。你带我走嘛！"老六是真的想跟队伍走。

"愿意当兵？好！"那人打了老六一巴掌说，"给我牵马干不干？"

"我就喜欢牵马！"老六马上就去解拴在柳树上的缰绳。

"营长，车修好啦！"有个人走过来像当官模样的人报告。

"好了，就走。"那人指着老六向前来报告的人说，"有没有他能穿的衣裳？有的话，回头给他换上，走吧！"

队伍很快集合成队列准备开拔。徐猫子孤寂地站在路边看着队伍行动。那个被称作营长的人回头看了看徐猫子，然后冲前面那挂马车说："把车上那只猪蹄子送给这个老乡。"

前面马车旁有个人很快提了一只猪蹄子跑过来交给徐猫子。徐猫子迟疑了一下才接过猪蹄。他怅然若失地说："长官！你叫我跟你们走嘛！"

"总不能当一辈子兵嘛！"营长骑在马上头也不回地说。

老六跟在营长的马后快步向前走去。看看离家越来越远了，老六突然想起自己刚才出门是来逮鲫鱼的，便回过头来也不管听得见听不见就冲着远远地站在尘土中的徐猫子喊道："猫子叔，请你给我妈说一声，我跟队伍走了。我的鱼篓子放在裤裆田里的！里面有五条鲫壳子鱼。"

<h1 style="text-align:center">三十五</h1>

老六头一次出门逮鱼那么快就回来了，这一次怎么这么久还不见回来？一种不祥的预感笼罩在三媳妇的心头。不过，她不愿把事情往不好的方面想，要么是大鱼太多，老六收不住手；要么是鱼篓子装不下，他掰了树枝子串鱼耽误了时间。三媳妇每焦急一次，就在心里寻找一个让自己释然的理由。直到把下午饭做好了，还是不见老六回来，她才有些害怕，毕竟老六这次出门是受她指使的。她赶紧把自己的担心告诉婆婆。婆婆说："我好像听他逮鱼回来了呀？"三媳妇如实地说："头一次是回来了。他要我把他逮的大鲤鱼做鱼汤吃。爸说那鲤鱼又大又肥好炕干鱼存着。我就叫他重去抓些大鲫鱼回来炖汤，可是他去了这么久不见回来。"

"他在田里逮鱼，还是在河里逮鱼？"

"他好像说裤裆田里有大鲫鱼，我找他去。"

三媳妇解下做饭的围裙，急忙往官田跑。她一路走一路四处望，就是见不到老六的人影。她越发着急了，站在渠沟里面的大田坎上大声喊："老六，吃饭喽！"任她怎么喊，除了几只正在抓鱼吃的小鸟被她的喊声惊动之外，不见再有任何动静。三媳妇一连走过三根田坎，才见有一个水田有几分像裤子的模样。她马上留神起来，慢慢走，慢慢看，很快就发现田缺子边上的田坎上有一些稀泥的痕迹。她顺着田缺子往田里边看，很快发现了鱼篓子。三媳妇脱掉鞋子到田里把鱼篓子提起来，发现里面有一拃长五条鲫鱼正使劲地蹦跳。她把鱼篓提到田坎上，再仔细察看，就是不见老六的踪迹。老六是怎么啦？他会不会晕倒在田里？三媳妇又顺着田坎来回看了一遍，田里绝对没有躺了人看不见的可能。三媳妇又喊了一阵，还是什么回应也没有。这可怎么办？真是奇了怪了！鱼篓子在，鱼也在，逮鱼的人却不见了。她只好顺着刚才发现稀泥的地方往远处找，找了一会儿，突然又发现一溜稀泥留下的脚印。从脚印看，老六在逮鱼的中途好像离开了裤裆田。他连鱼篓和鱼都不要了，又去干什么了呢？三媳妇再喊了几声，还是没人回答，她更害怕了，决定马上回家告诉公婆。

听完三媳妇的述说，满婶顿时跳起来骂老汉："苑建书，你个抠鼻屎痂子吃的，这样你要卖，那样不让吃，你到底把老六气走了。这下你心里满意了！我跟你说，要是老六有个三长两短，我老杨这辈子都跟你没完！"骂着骂着，满婶就呜呜地哭起来。

苑建书心里也很后悔，想想早上才打了老六，这会儿又因为舍不得把大鲤鱼做汤给自己人吃激走了老六——十有八九怕是真的跟队伍走了！想想过年时候老六想吃猪肝，自己要卖猪肝，也曾和老伴顶撞过。眼下老六真不见了，他突然间觉得对不起儿子。他看看木盆里的鲤鱼，心里十分不好受。老六还没满十四，要是真的跟队伍走了，这辈子还能不能相见都难说！老汉虽说心里后悔，表面上倒装得无所谓，嘴上更是说硬话："号啥嘛号？他能到哪里去？不是到下垭子耍忘记了，就是跑高粱铺看啥热闹去了。走，我去喊他。看他能跑到哪里去？"边说硬话，建书边往门外走。满婶厉声喝道："苑建书，你滚一边去。指望你去喊他，还不如说你去撵他！"满婶对三媳妇说："走，我们去找！"五斤子听说六叔不见了，也要跟着去找。五斤子一去，跟弟和银娃子也就跟在后面跑。老少一行五人一到大泡冬田坎上，就一起长声短气地开始呼喊老六的名字，任凭怎么喊，就是听不到老六的回声。

满婶一行人刚出门，建书老汉也紧随其后往官田这边来。在满婶他们站在大泡冬田坎上呼叫老六的时候，建书已急匆匆地绕道跑到前面先到了大坑田，再到了裤裆田。他知道，老六只要是逮鱼，首先会到这几个田大、坎高、鱼多的水田里来。建书刚到裤裆田，三媳妇就一路学说着，指点着把满婶带到这里来。建书已经发现稀泥的痕迹，在地上细看了一会儿，马上就顺着通往马路的那根田坎往前走。到了马路上，建书又仔细看了一会儿，发现这里有车印子、马蹄印子，还有人们洗涮解手留下的痕迹，好像是有队伍停留过。这个判断一出来，他的脸色顿时就白了。直觉告诉他，老六跟队伍跑了——早上真不该打他！唉，怪我！我怎么就没有好好把他哄一哄，劝一劝呢？这娃要是真这样走了，心里怕是会把我这个当老子的记恨一辈子哟！太阳火辣辣地晒着马路，往上看，往下看，都见不到一个行人。建书一言不发地顺着马路往下垭子走，想找人打听看没看见他家老六。到了下垭子，杂货铺的黄老汉说："前一阵有个队伍从这里过，好像是车子坏了，在那个弯弯里修了好一阵。我们是开始发现队伍在东边大柳树陡坡那个地方露头的时候，就急忙关掉铺子，人也躲起来了。院子里稍微年龄轻一点的人都躲起来了，生怕队伍上拉夫子。你家老六在没在马路上，我倒没敢过细看。"建书很失望地又顺着来时的路往回走。他心里明知道老六九成可能是跟队伍走了，但还是心存些许侥幸，希望老六突然从高粱铺顺田坎走下来，或者突然从三堰头的河滩里、渠沟里冒出来。然而，直到建书重新回到裤裆田最早出现稀泥的地方，还是没见到老六的影子。这时，满婶一行五人正在发现鱼篓子的地方焦急地等着老汉，希望一家之主能从马路上带回好消息。但他们很快就失望了，从老汉那浓霜打过似的脸上他们就知道发生了什么。建书没敢靠近老伴，他自认老六的失踪是由自己这个做父亲的造成的，他也清楚地知道为这件事，老伴不会轻饶他。他站在离老伴他们几尺远的地方无精打采地说："我找到下垭子打听，铺子里的黄老汉说前一阵子有队伍在那里歇着修车，他们都躲着没敢看。从脚印子看，老六到过马路上。"满婶满眼火怒地盯了老汉一眼，情有不甘地对三媳妇说："你说，他会不会晕倒在田里？"三媳妇说："我也这样想过，在田里都看了，他那么大个人，要是倒在田里，再怎么也是能看见的。"

"苑师，苑嫂子！"突然，有人从三堰头那个方向远远地向建书和满婶打招呼。大家循着声音看去，见往这边走来的人是徐就湾的徐猫子。一家人都眼巴巴地看着徐猫子，希望他能够带来好消息。徐猫子走到离满婶他们还有两个水田的时候，才站住脚对这边大声说："我看你们好像在找啥子，是不是找你们老六？我跟你们说，你们老六跟队伍走了。我亲眼看见的。"

"啥？啥？他跟队伍走了！"满婶等着好消息，得到的却是坏消息。她失态地骂道，"咋会呢？你胡说！"

徐猫子一怔，还是和颜悦色地说："是真的，老六跟营长走了。人家不要他，他自己要去，就收下他了。"

满婶从来没和徐猫子打过交道，但听到的关于他的坏话倒是不少。此时，她本就一肚子邪火没处发泄，遇到徐猫子来告诉她这样的消息，就不问青红皂白地责怪说："徐猫子，你说你是啥人嘛？我家老六就是你弄走的！他还不满十四岁，你晓不晓得？那么点点大个人，你也忍心撺掇他去当兵？"

徐猫子根本没想到满婶会是这种态度。他十分尴尬地说："苑嫂子，你这样说话就太不在理了。我看见你们像是在找人，又看见你家老六跟队伍走了，就好心好意来给你报个信，反倒成了我的不是了。早晓得是这样，我跟你们说它干啥！"

"就怪你！就怪你！就是你给他说当兵好的！"

"苑嫂子，像我这样无家无室的人当兵就是比在屋里好嘛！"

"队伍上好，你咋混成这个样子了？"满婶在气头上，有点口不择言。

"苑嫂子，你这话就说得不占理了。"徐猫子突然间脸孔涨成紫色，声音有些哽咽，"我叫你一声苑嫂子，是看你们一家人日常德行还好，都是手艺人，勤快。没想到你说话会这么不占理。我是混得不好。不过我也跟你们说，我不是人家败脏我说的那样瞎。我是外来人，人家要故意败脏我，我也没办法。我是孤儿，我是队伍上摔了的残废人。我是穷，可我跟你们说，我是堂堂正正的人。我从来就没有祸害过人。我是喜欢你家老六，可我从来没有撺掇你家老六去当兵！"徐猫子说完，转过身瘸着腿走了。

建书一直没有答话。他也感觉老伴说话有些失态，但不敢规劝，更不敢制止。他只是拿眼睛看着老伴。满婶看着徐猫子瘸腿走路的背影，恻隐之心油然而生。她想，徐猫子是外乡人，无亲无故也怪可怜的，人家好心好意来报个信，我凭啥要骂人家呢？

满婶说："猫子，对不起！我气糊涂了，我道歉啊！"

徐猫子站住了，转过身来看看满婶，觉得她能跟他道歉已经十分难得。他动了动嘴，想说话但终于没有没说什么。说什么呢？从内心来说，老六之所会去当兵，跟自己也确实是有些关系。这样想着，猫子重又转过身走了几步，然后就下到一段积水较深的渠里去了。他可能觉得自己无须再说什么。像他这样无家无业的人，这段时间正好可以抓些肥鳖这类不需要再费食油烹制的水产回去改善改善生活。

满婶心里空落落的，出神地站在田坎上，两眼直勾勾地还在向马路那边望着，很希望出现奇迹，幻想老六跟着队伍走一段路就嫌累了，然后脱离队伍，顺着马路又走回来。她望了很久，什么也没出现。这时，孙子们拉着她的衣袖劝她回家，她再次向马路那边看了两眼，才依依不舍地转过身来往回走。一进门，见先她而回的老汉在机子上重重地织布，她就发泄性地痛骂了他一顿。老汉任凭满婶怎么骂，就是一言不发。他也正在内心责怪着自己：从过年到现在才半年时间，六个儿子中就有老大、老幺两个不辞而别，这不能不说是他做父亲的失败。早知道这样，当初就把老大分出去另过；早知道这样，今天就让三媳妇把那些鲤鱼给老六炖整鱼汤吃。这都怎么啦？难道一心一意买田地的打算行不通？不，这个打算不能就这么算了！不该呀，今天怎么会做这样臭的事呢？鱼是老六抓的，吃了叫他再抓不就啥事都没有吗？早上为啥硬要打老六一大巴掌呢？为啥自己总是对老六那么不客气呢？什么叫肠子悔青了，在老六跟前就是肠子都悔青了！建书心情很沉重，织布用的力也就更大，织布声仿佛把地面都震动了。不知哪个人的运气好，买了这匹布，那才结实呢！见老头子不搭腔，满婶又逮着三媳妇出气道："都怪你！你不叫他去逮鲫鱼，他咋见得着队伍？这下好了，你们都讨厌他，恨不得他早些出去。他不是你们身上掉的肉，你们都不心疼他！这下你们全都满意了！"三媳妇一句话也不说，只是又后悔又委屈地抹眼泪。见婆婆还有骂下去的意思，三媳妇借故喂猪，关了猪圈门半天不出来。既然没人搭腔，骂起来也就没劲了。满婶慢慢地也就安静了。安静了一会儿，她又想起春天老六看见蛇炼丹的事，心里感到恐怖。等三媳妇从猪圈出来时，满婶说："走，跟我到你们堰塘湾找聋子叔，请他给老六算算命。"

聋子叔也姓欧，比三媳妇高两辈。他家离三媳妇娘家不远，和建书有来往。既然走到三亲家门口了，不进门看看显然不对。但一时又确实没什么礼物好带，想了想，满婶只好捡了十个鸡蛋给亲家带去。到三亲家屋里坐了一会儿，满婶让翠翠留下来陪老人说话，自己去请聋子给老六算命。聋子细心地听完满婶的述说，才半眯着眼睛开始掐算。掐算了好一阵子，他才安慰满婶说："莫怄气！他走了，就走了。莫怪建书！你这个儿家里是留不住的。你要晓得，他命里该吃四十三口水井的水，之后才能安定下来。你想，哪些人才能吃够那么多口井的水？只有当兵到处跑才行，还有就是和尚行，当叫花子的行。就是做手艺的人，怕都吃不够那么多口井的水。你想，手艺好的人用得着满天跑吗？带儿女跟喂雀儿一样，翅膀硬了就要飞走。你不要再怄气了。"

"当兵要打仗，凶险大，我难得操心呢！"

"你这就不对嘛！你当娘的，不能心里总想凶险的事，血脉相连，你多往好处想他，就是在给他添福报。你总往坏处想，就等于在咒他。人不出门身不贵。年轻人不出门他就长不大。你要听我的劝，再莫操心他了。他命里就该在外面过日子嘛！他不会有凶险的。你不要再骂建书了啊！我晓得，建书一直在让着你。你们年纪也不小了，老伴老伴老来的伴，听叔的啊！"

"我听叔的。"

天黑的时候，满婶才和三媳妇一块回到麻园子。今天家里发生了这么多事，两个老人哪里还有心思瞌睡？洗脚上床后，老两口一个不理一个，就半睡半醒地等待着拉壮丁的上门。果然，后半夜的时候拉壮丁的来了。黎保长带人一进门就装出凶声恶气的样子到处搜查，搜查完才问："老苑，你家老大和老四呢？"

"老大死在南山了。老四到四川挑挑子去了。"

满婶装出恶狠狠的样子冲黎保长说:"黎保长,我们屋里都两个当兵的了,你还忍心到我们屋里来要壮丁?"

黎保长说:"你家就老三在队伍上,咋成两个了?"

"我家老六今天晌午在马路上叫过路的队伍弄走了,是徐家湾徐猫子给我们报的信。"

"他不是还不满十四岁吗?"

"你保长晓得他年龄小,你看你还来我们屋里拉壮丁。"

黎保长马上对他身后的一个人说:"这么说,他们家已经有两个当兵的了,以后他们家能不能就不出壮丁了?"

马上有一个人说:"他家老六就算是当兵去了,又不能减我们的名额。他算是白当了兵,当了野兵。"

黎保长说:"反正都是给党国当兵嘛,算了吧!我们走。"

这些人又东张西望了一阵,才出门,悄悄地像水鸭子坝赶去。建书老两口站在大门口看着黎保长他们消失的背影,呆呆地站了一会儿。满婶带哭腔地嘟囔:"这日子还叫人过不过啊!老四总得回来吧!老五又十六岁了!"建书装着没听见,不敢接老伴的话茬。不过,老伴担心的事也正是他所担心的。他心想:要是老二能当上副乡长,是不是会好些呢?他决定明天去甘家槽二亲家家走一趟。前天下午,二亲家曾说张乡长答应帮他给老二谋副乡长的差事,去跟亲家商量一下看怎么操作好。

第二天,建书老汉到二亲家家里去,说到老二的事,二亲家就一脸愁云地说:"这事还没准头。张乡长滑头,支支吾吾的。再说,我们也不一定再跑这件事。华兴昨天亲口跟我说不让我再操心他的事,还说他随时都可能把乡上这个差事甩了,叫我千万千万莫送礼。"建书听了二亲家的话,绝望地坐在椅子上两眼发呆。

三十六

最近,老二苑华兴几乎每天都在扪心自问,再在乡公所这样熬着,不就是一种自我折磨吗?可不在乡公所熬,对父亲和岳父又是一种打击。华兴很清楚,父亲和岳父花了那么多心思,就是希望自己从乡公所起步,将来能做一个风光体面,有人求、有人怕的人。每每这样想,华兴恨自己不给老人争气。想当初,父亲送他到诊所学医时，他也曾立志要好好学，将来做牌楼坝一带有名望的医生。可一年下来，他发现自己不是学医的料。后来，师傅给父亲说："你这个儿子聪明没得说，只是他不是学医这块料。中医靠悟，他不愿意悟，身子太重，喊一声才动一下，说一样才做一样，这样是学不出来的。"从诊所回来不久，父亲又送他去当铺当学徒。起初，华兴也下决心要好好学，有朝一日要做成大生意，多赚些钱，修一院房子，修一座比颜家牌楼还要气派的牌楼，再修一个苑家大祠堂，把列祖列宗的牌位都供进去。立志归立志，三个月下来，华兴对当铺的差事烦透了。他对父亲一言以蔽之地说："当铺，那就不是正经人该干的事！"父亲气坏了，痛骂了他一顿。第二天，父亲请当铺掌柜吃饭，问老二有没有冲撞掌柜和师傅的地方。掌柜说："苑师，可怜天下父母心。你的心思我明白，只是你们老二不是经商这块料。他爱钻牛角，对人又太冷淡，热情不起来；说话呢，尾音太高、太硬、太冲，总像是跟人在生气；还有就是放不下身子。苑师，你说他这样怎么经商呢？经商讲的是和气生财。要想叫人家心甘情愿地把钱从口袋里掏出来送给你，你不矮一矮身子，不贴上笑脸怎么能行？"

老二在心里认可掌柜对自己的评价。他也曾试图按掌柜教导的态度去做，但又实在做不到。为这，华兴看到了父亲的痛苦和无奈。

华兴知道他之所以能娶到琴琴，从琴琴父亲来说，是看上了他的长相和毛笔字；从自己父亲来说，是看上了琴琴父亲是保长，尤其看上了琴琴爸有余二爷这个硬亲戚。为了结成这门亲，父亲是下了功夫的。也正因为娶了琴琴，自己才得以进牌楼坝乡公所当临时文书。可眨眼三年过去，这个临时文书的前途一点也不明朗。像当初进诊所、当铺一样，华兴初进乡公所时也曾踌躇满志，下决心要干出个名堂来。如今，华兴才发现事情一点都不像想象得那样简单。他知道文书是临时的，也懂得文书应该听乡长的，可明白归明白，行为上却不一定能符合乡长的要求和乡公所其他人的要求。他发现张乡长是个不爱看书学习，胸无点墨，字写得也很丑的人。这都撇到一边不说，张乡长喜好装腔作势，见人说人话，见鬼说鬼话，虚情假意，逢场作戏，实在让人看不惯！一遇到这样的场合，华兴就感到作呕，其厌恶和不屑的情绪完全暴露在乡长和乡公所其他人员面前。张乡长倒还算大度，有时对他表现得友好，有时对他也表露一些讽刺。一次，张乡长半是讽刺半是无奈地说："华兴啊，你只能生活在书里边哩！"哟，这家伙还能说出这么雅致的话来？听了乡长对他的评价，华兴非但没有生气，反而对张乡长的种种做派重新审视了一番。这个老油条遇事从不慌，总能把一些看起来根本没办法给上面交代的事办妥帖了。可心里刚刚认可，转身遇到乡长讲话或交代工作时，华兴那种嗤之以鼻、不屑为伍的厌恶之情马上又全部展现在脸上。华兴不喜欢乡长，也不喜欢乡公所的其他人，认为那都是一帮俗气透顶、毫无品位的家伙，明明没读过几本书，偏还喜欢议论这议论那的，明明一点都不好笑的事，因为是从乡长嘴里说出的，他们非要装出很有趣、很好笑的样子跟着谄笑。华兴本就不爱往人堆里扎，心里有了对张乡长及其同事的看不起，就更不爱往有人的地方靠了。他越来越格格不入，越来越与众不同，说话也越来越不给人留余地。对业已形成的自我孤立局面，华兴并不认为是危机。他倒认为自己这是"心中有佛"，是"内圣"的基础，是圣人名士式的孤独。他给自己定的规矩是：对那些长于假笑、长于做作之人，在他这里压根就不给他们假笑和做作的机会，只要碰到了，立即一枪戳一个窟窿，叫他当众露丑。如此行事固然快意，只是他的处境却变得一天比一天窘迫。他发现乡公所的人都在回避他，都在嘲讽和鄙视他。在这世人皆浊的心境中，华兴发现最能安慰他那个孤寂的灵魂的只有民间的曲艺。汉阴的地域文化比较发达，文化底蕴也比较深厚，曲艺种类很多，什么汉剧、花鼓，花鼓里面又有八岔、小调、大筒子戏，什么安康曲子、八步景、月调剧、弦子戏、皮影子戏，不一而足。还有一些说不清楚的说唱艺术也很独特，就连唱孝歌、做道场、跳端公、送花盆这一类迎神、送丧、驱邪活动的颂辞、咒语也都充满旋律之美和韵律之美。华兴在陶醉音乐之余，又开始琢磨唱词的修辞之美。这一琢磨，如同一个拓荒者钻进了金矿，令他兴奋得手舞足蹈，以至于完全不能自拔。起初，华兴只是模仿着哼唱一些旋律，比如正月间人们玩采莲船时每个角色的唱词和道白。当他唱会了很多歌子之后，再把歌词细心琢磨，发现它们简直是精彩绝伦，妙不可言。他发现这些歌词里面有很多地方词意重复、逻辑不对，明显是唱歌之人误读了意思以错就错。华兴找了几个唱歌的人指出错误，他们却说："我们不识字，都是从师傅那里听来个大概意思，然后顺着那层意思往下溜。"华兴一连走访了几个艺人，他们几乎都不识字。华兴突然感到自己负有校正这些民间曲艺的历史使命，此乃天将降大任于斯人也。他悄悄地搜集了些说本、唱本，关起门来如饥似渴地整理、校正起来。近两年来，华兴把绝大多数时间都花在这件事上了。

去年腊月，上面要求要组织老百姓把年过热闹些，要过出盛世空前、歌舞升平、百业兴旺、官民同乐的景象来。为了贯彻上级的精神，张乡长给华兴交代任务："你好像喜欢哼哼唱唱这些东西，你替乡上把今年过年耍灯的事抓一抓。首先，要把牌楼坝街上的灯办好，到时候县上还要来人视察。有啥麻烦，你跟我说。我出面解决。"华兴非常高兴，认为这是乡长第一次给他派了一件让他乐意干的事。他当即表态："张乡长，你放心，你交给的事情我保证干好！"张乡长很高兴，头回亲昵地在华兴左肩上轻轻地擂了一拳。华兴有了之前跟牌楼坝附近几个耍船人的深入接触，对采莲船的整套耍法已有了很多感悟，现在叫他来抓这项活动，正好可以把这些感悟运用起来，发挥一下。正月初六牌楼坝第一次出灯的时候，县上来人进行了初观摩。他们对华兴亲自指导排练的两拨采莲船给予了肯定的评价，同时也提出了改进意见。他们对华兴指导的社火、狮子、龙灯也评价甚好。经过华兴的亲自指导和示范，到了正月十五在县城进行年灯表演评比时，牌楼坝的采莲船和社火分别获得了一等奖和二等奖。张乡长很高兴，领奖的时候指着苑华兴对县上文教科的老景说："我们这个小苑在这些方面绝对是人才呢！你是不晓得，他哪怕三天不吃饭，只要一听到哼小曲、唱小调的，马上就会来精神。我笑他只喜欢在书里面生活，嘿，没想到派他抓这个事情还算选对人了！"老景说："说明你当乡长的能发现人才和爱惜人才嘛！张乡长，我跟你说，小曲小调是民俗学范畴的，内容宽泛得很。我看出来了，这个小苑有这方面的才情，能领会其中的味道，是棵好苗子。"

张乡长和老景的对话叫华兴听到了。他突然觉得张乡长不是那么讨厌了。他能在县上人面前夸自己，说明他还是欣赏自己的。老景夸他是"好苗子"的话，华兴也听到了。这可是华兴到乡上当临时文书以来得到的第二次，也是最高的一次夸奖。第一次得到乡长夸奖是他到乡上第一次写标语的时候，乡长说他字写得不错。此时，听到老景夸自己，华兴就支棱着耳朵还想听下文。果然，听得老景说："我们陕南民俗文化底蕴很深，流派也很杂，可以说丰富多彩、气象万千，只可惜民间艺人大都不识字，生活又艰难。他们说的、唱的都是凭口口相传，遗失得很多，弄混了的也不少。等国家哪天安定了，相信一定会抓这件事。"华兴对老景的话佩服得五体投地，很想冲到老景面前去搭话，但一直没找到机会。他下决心一定要找机会跟老景说上话。半晌，机会来了。老景在临时搭建的台子上颁完奖以后走到这边来上茅房的时候，老二瞅准机会跑到老景跟前说："景先生，你刚才跟我们乡长说的话太好了！我发现好些老歌把式唱的歌都有歌词前后不搭界，明显有错的地方。"

"社会上对民间艺人有需要，可他们没有社会地位。家世好的、识得字的，哪个学这个？所以，不识字的人多，社会底层的人多。有的东西我注意了一下，怕是很快就会失传了。"

"县政府会组织人抓这个事吗？"

"你看能有这个心思吗？"老景说，"这个欢乐的年一过完，后面的日子就欢乐不起来了，我都发愁。"

老景的话没错。"欢乐"的年刚过完，乡政府就开会说要严格清查，防止共产党活动。

一天，华兴在街上闲转时发现一个外地老人在街头摆摊卖药。卖药之前，他先耍猴戏。猴戏的故事是警察抓坏人，由猴子扮演警察，小黄狗扮演坏人。随着老汉的锣声响起，小黄狗在场子上跑，猴子戴着大盖帽在后面追。追上之后，小黄狗和猴子搏斗，猴子制服了小黄狗。等"警察"把"坏人"抓住之后，老汉上场耍了一通拳脚。耍到最精彩处，老汉把地上的一块青砖拾起来以掌为刀，"啪"一声砍成了两段。众人的喝彩声中，老汉说了一段顺口溜：

> "警察先生是好样的
> 再牛的坏人能抓起
> 从早到晚他精力旺
> 叫苦叫累是从来没有的。"

接着，他又说："唉，各位看官可能会问，警察也是人，他精力咋那么旺呢？这个秘密我来告诉你。我送他吃一颗真元大补丸，他就十天不睡觉也照样精精神神的。我这个真元大补丸是我爷爷的爷爷的爷爷从昆仑山老道士那里学的炼丹术炼成的，用十八位名贵中药炼成的，不管你先天体子弱，还是生产后、新婚后没力气，只要吃我这大补丸，保证筋强体壮，力大无比。"

吆喝一通之后，老汉又坐在地上拉二胡唱道：

> "各位客官听我言
> 我来说说帝王传
> 三皇五帝是传说
> 夏商周朝到秦汉
> 前朝古代多少事
> 我只表项羽刘邦这一段——"

老汉唱的这段故事是说刘邦当年被项羽追赶途中从悬崖上摔下去跌断了腿不能动弹。眼看项羽的兵马就要到了，卫士樊哙急忙把一粒丸药扔进刘邦的嘴里。刘邦一仰脖子把药丸吞进肚里，试着伸了伸腿——咦，腿好了！他一翻身站起来就跑，逃过了一劫。刘邦吃的药丸就是他现在卖的跌打损伤一粒丸。唱完之后，老汉把他的药丸拿出来展示叫卖了一通。

华兴开始是站着听老汉说唱，越听越觉得有意思，越看越觉得有门道。唱，每一小节调子不一样，或高亢，或婉转，或欢乐，或悲怆，曲随意走，调由情出，但转换得都很自然；做，唱念做打一切都配合得那么流畅协调，一点都不别扭做作。华兴虽然不是第一次看街头卖药艺人的表演，但过去只是凑热闹，现在由于接触、了解民间艺术了，他开始看起门道来。只一瞬间的工夫，他就如醉如痴，干脆盘腿坐在地上认真欣赏老汉的表演。为了鼓励老汉多唱几段曲子，每逢老汉唱完一段开始卖药时，华兴就先鼓掌，再买点药。见华兴买药，现场就有很多人跟着买。正在华兴还想再欣赏下去的时候，张乡长派人来催他马上回去写标语。他只好极不情愿地离开卖药摊。晚上没事，华兴打听到卖药老汉的歇宿地点，就专门登门拜访。老汉弄不清华兴的用意，显得非常戒备和冷淡。华兴想让老汉把他所记忆的歌子给他哼唱哼唱，老汉说不行，只能在卖药现场临时发挥。老汉还说每次上场前要先喝几杯酒，不然进不了角色。为了再听老汉唱小曲，华兴第二天早早就到老汉昨天摆摊的地方去了，但等了很久也没见老汉出现。华兴向常年在这摆摊的龙家老汉打听，问昨天在这耍猴戏卖药的老汉今天为啥还不见来。龙老汉说："你是乡上的人还不晓得呀？乡上害怕这个老汉是共产党的探子，怕给乡上惹祸，已经叫人把他轰出牌楼坝了。"华兴很生气地骂道："瞎扯淡！"

　　这天下午，张乡长找华兴谈话说："华兴啊，有人举报你昨天晚上到温家旅社去见了街头卖药的外地老汉，是吗？"

　　"是啊，咋啦？"

　　"有人举报那个老汉耍猴戏糟蹋警察，怀疑他是共产党的探子。我怕他给乡上带灾，叫人把他轰走了。这也是在保护你，你明白吗？"

　　"我不明白。他一个流落街头卖药的老汉，怎么会成了共产党的探子？我听他小曲唱得好，想找他给我唱唱，想收集起来。他没给我唱。他说他只能在场子上临时发挥。就是这些。"

　　"我倒是相信你说的话。最近，共产党活动厉害。他们的大队伍从北山过了，两河乡乡长把几十万斤粮食丢给共产党，县上正在查他的通共嫌疑。东边的白河县抓了杀了好些共产党。镇坪抓了五个共产党探子杀了。你晓得吧？有人举报你有同情共产党的赤色言论，我给驳回去了。我是看在你岳父面子上，更主要是看在余二爷面子上。还有，你父亲也很不容易的。你要注意，如果举报你的人多了，我也顶不住。再说，这对乡上影响也会很严重。"

"我同情共产党？我有赤色言论？"华兴两眼直勾勾地盯着张乡长逼问，"你说，我够格吗？都吃错药了吧？神经病！"说完，华兴一转身就走了，气得张乡长坐在那里直吞唾沫。

三十七

不知从哪天起，牌楼坝乡的乡长张启明变成一副神不守舍的样子，遇到急事非办不可，他就让副乡长周信冬在前面督办；对于可办可不办的事，他就一拖再拖，暗示办事人先压着。苑华兴觉得这样子很好，自己有了更多的空闲时间自由支配。

这天，华兴一个人在街上漫无目的地闲转，无意中发现一个摆摊测字的人长相怪怪的。出于好奇，他到测字人面前的小凳子上坐下来。测字人问华兴："你测字？"华兴说："测就测嘛！"测字人顺手把纸和笔给华兴递过来说："你写个字来。"华兴问："写个啥字？"测字人说："你随便写个字来。"华兴想都没想，随手就在纸上写了个"是"字递给测字人。测字人看都没看就先问："问啥？前程、财运，还是婚姻？"华兴说："那就问前程吧！"测字人这才把华家写在纸上的字看了看说道："前程嘛，你想走不能走，想提没有手。"华家一惊，认为这人说出了他当下的心境。他瞪了测字人一眼，放下十元钱起身就走。

从街上出来，华兴沿着沐浴河向上走了一段，竟见到道路转弯处的焦家正在办丧事。本来就心情不好，出门又遇到办丧事的，华兴觉得很晦气。他刚要折身往回走，却见青山班的班主宋远清正从街后面那条路上向这边走来。华兴很尊敬宋远清，就赶忙叫了一声："宋叔！"宋远清闻声站在原地侧身向这边看了一眼，见是华兴，便问："华兴，你到哪去？"华兴说："我随便转转。宋叔，你到哪去？"宋远清说："前面这焦家老汉过世了，请我给他们做道场。"华兴说："焦家我熟。走，我陪你去。"

焦家不算富裕，但日子还算好过。老人如今去世了，大儿子牵头要给父亲大做。所谓大做，就是老人去世当晚请人唱通宵的孝歌，同时大请客，凡请了的亲戚，一概发长孝帕，所有送朋亲礼的人全部发短孝帕。家里开流水席。出殡的头天从白天到晚上，请阴阳先生做全套道场进行大开路。按说，大开路的法事应该请和尚、道士各几名来做，但不知从什么时候开始，改由阴阳先生带着自己的一班人穿戴上华丽的和尚服饰来完成。在这一带，但凡要大做，首选的阴阳先生肯定是青山沟宋远清和他的青山班。因为宋远清在全县的阴阳先生中是最有名望的。不过，请宋远清的人实在太多，没有熟人出面一般不易请到。一旦请了青山班，整个丧仪活动就再也不用主人操心了。比如逝者是几点几时去世的，那么，哪些属相的人能到灵堂，哪些属相的人不能到灵堂，哪些属相的人该给逝者洗脸、净身、穿衣、挖坑、抬棺、执幡、端灵、砌坟，丧主什么时候发丧出灵，逝者什么时候回乡探家，逝者什么时候转世投胎、投生在哪个方向、是人是畜男是女，在这期间丧主都该做些什么，还有第三天的哭坟，以及头七、三七、五七、百日、周年、三周年孝子们该做什么、该注意什么，宋先生都用纸写得清清楚楚。你看，这中间既然有这么多讲究，如果请一个半懂不懂的阴阳先生来主持，主人家又怎能放心得下？只要是请到了青山班，从第一天晚上唱孝歌到第二天全天做道场，甚至丧仪上要用的纸人纸马纸牌楼什么的一应俱全，全都无须丧主再操心了。在这期间，丧主只有一件事要做，那就是招待客人。宋远清之所以名望高，除了他能高人一筹地主持丧仪外，还在于他能给害病的人做驱邪禳灾、弥怨解仇的法事。这可不是一般的阴阳先生所能胜任的。他也说了，不是所有的怨和仇都能说和化解的。一旦宋先生用尽全身的解数还是化解不了，他就会无可奈何地对病人家属说："我已经尽力了，只是他们结下的怨太久太深，我说和不了。现在最大的指望就是看他这辈子或上辈子是不是做过大德大善的事情，要是有，就算积有大阴德。积有大阴德，阎王就要给他减孽添寿。那么，再大的怨和再大的仇，都得等到他寿满了才能再纠缠；要是没有做过大德大善的事，经那个怨魂一再纠缠，他就只能在某日某时走人。你们就准备后事吧！"令人叹服的是，宋先生每次说的病人的离世时间都很准确。所以，大伙儿都说宋先生的法力大，遇到家里人突然得病，喝药又不见效果或虽有效果但病情不断出现反复，就会请他去查查是不是在"那边"遇到了怨孽仇隙纠缠。宋先生和其他阴阳先生不一样的地方还在于他大度，不小气。一般的阴阳先生是你请了我，就不能再请他，要信神鬼，就不许再信医生。宋先生不是这样，但逢主家请他的时候，他都会大度地说："你们请我，我尽我的能力。我只管到那边去查看是不是有怨有仇，能不能解怨解仇，我不管治病。要是真的得了病，该请人开方子开方子，该吃药吃药。你们不要想着请了我就不能再请其他的人，这不对，各是各的事。"于是，经常能看到同是在一个病人家里，一边是宋先生在给病人做法事消灾，一边是医生在给病人打针换药。这在很多医生或阴阳先生那里是根本做不到的。

　　青山沟离甘家槽不远，宋远清和琴琴他爸过从甚密，华兴就是在琴琴家里认识宋远清的。前年四月，琴琴爷爷王老爷子得了病。琴琴爸一连请了两个医生给开方子抓药，都是头一剂药有效果，再服病就加重了。还有就是白天病情好些，一到黄昏，病就加重，而且嘴里还不断说些荒诞不经的胡话。问老爷子说的是什么话，老爷子却说他什么也没说。琴琴爸觉得父亲病得有些蹊跷，就请宋先生来给父亲到"那边"去查怨解怨。宋先生一进门，先到老太爷床前来握住老太爷的手轻轻地拍了三下，再对着老太爷的额头吹了三口气，然后就到堂屋里烧香、请神、问卦，问了几卦之后，他告诉琴琴爸："是这样，王叔小的时候把一只猫用绳子套了放在水里玩犁田的把戏，结果把猫呛死了。有一天，王叔从牌楼坝回来的时候让那只猫的魂灵认出来了。我刚才跟那猫说了，念及当时王叔年龄小，不懂事，想给它多烧些纸钱，再给它念些经，帮它超度转世。这样，就把前世怨隙一笔勾销。那猫同意了，但要求送给它一个花盆。"琴琴爸爸说："那有啥说的！只要它马上让老人家病好，我现在就先给它烧两千火纸！"宋先生马上就把琴琴爸说的话祷告给猫的"魂灵"，又给打了几个卦。卦很顺，宋先生要什么卦，那边就回什么卦。打完卦，宋先生对琴琴爸说："很顺。事情都说好了。你马上去给王叔熬碗米汤喝。王叔今天晚上能睡安稳了，也不会再说胡话了。"听了宋先生的话，琴琴爸再到床前看时，发现父亲真的睡得很安稳。等到琴琴妈把米汤熬好扇凉了给老人家端到床前时，老人家真的就把米汤喝了。琴琴爸妈都很高兴，就问宋先生："宋哥，你能不能今天晚上就辛苦一下做个法事给老太爷把心愿了了？"宋先生说："今天不行。要另外选日子。已经说好了的。需要送那只猫一个花盆，再送它三个晚上的凉水泡饭。从卦上看，除了那只猫在纠缠之外，还有一个跟王叔有怨的亡魂也正在寻找他。所以，还得给他藏魂，不能让他找到王叔。给王叔藏魂的同时，趁机再给那个亡魂烧些纸，再给当地的土地神烧些纸，请他出面说和，这就叫釜底抽薪。趁那个亡魂还没找到王叔时就把他们之间的怨隙消除了。有一点你得做准备，给王叔做法事时，你得找一个生肖属龙的年轻人给我当助手。"琴琴妈说："这个好办，我女婿苑华兴就是属龙的。"

　　到了宋先生给琴琴爷爷做法事那天，琴琴爸就把华兴叫来当助手。华兴正对民俗文化着迷呢，早就想认识宋远清，只是没机会。现在听说叫他给声名远播的大阴阳先生宋远清当助手，他非常高兴，早早地就从牌楼坝到了甘家槽。他见过送花盆，没见过藏魂，这正是零距离了解这个法事的绝佳机会。一见到宋先生，华兴就十分殷勤地对宋先生说："宋叔，你上年纪了，晚上灯光又暗，所有写字的事你交给我吧！"宋先生说："那好啊！咋不行！我们先送花盆，花盆送完再来给你爷藏魂。"

　　送完花盆之后本来已经半夜了，宋远清也显得很疲乏，但他还是对华兴说："现在抓紧时间给你爷把魂藏好。你给我用红纸条写下你爷的生辰八字。"等华兴把老太爷的生辰八字写好，宋先生就把它连同几粒大米一起装在一个瓦罐里用稀泥密封起来，然后念了一段咒语，让华兴把瓦罐端到楼上。宋先生亲手在楼上靠西边的土墙上挖了一个洞把土罐放进去，然后用稀泥把墙洞抹平。从楼上下来后，宋先生在老太爷的脸上吹了三口气，又念了一段咒语。念毕，宋先生对老太爷说："你今年阴历五月、七月、十月不能往东北方向去，记住了吧？"

"记住了。"老太爷已经精神多了。

宋先生说："你在那边结得怨已经解掉了。你没有病，吃几服药调理一下肠胃，让身子跟季节变换一致起来就舒服了。明天你就会想吃饭了，喝几杯酒活活血更好。"

老太爷感激地说："多谢宋先生，害你受累了！"

"王叔，你快莫说谢了！我们两家还说啥谢嘛。"宋先生真诚地说，"再说了，道士也好，医生也好，都只能给有命的人解怨治病。像你这样德行好，身子也没有多大的病，那边就算是遇到了纠缠，也有神鬼愿意出面帮你说和。我只是起个撮合的作用哩！"

出于好奇，第二天下午华兴一下班就赶到岳父家。老太爷的精神大有起色，硬是坚持要陪华兴喝酒。几杯酒喝下去，华兴一时兴奋，竟然卖弄似的对岳父和老太爷说："宋先生送花盆和藏魂念的那些咒语我都记得差不多了！"岳父说："你记性好我相信，不过你现在还是要把心思用在乡公所才对。"听了岳父的告诫，华兴没好再说什么，但他心里却难抑向宋先生拜师学艺的冲动。他认为宋先生不简单，不但有学问，洞察人情事理，而且为人耿直，钟情于他所从事的职业，把钱财看得比较淡。

华兴掰着指头算了算，在县城以西这么大的地方，把牌楼坝的程先生算在内，老百姓能请得起也请得动，又确实有能力开方子配伍传药的人只有四个。绝大多数人得了病，基本上是在硬扛着凭借自身的修复功能等待痊愈。只有等不来好的迹象时，才先是自己扯草药，再是请别人扯草药，再是请医生开方子配药。觉得病情势来得怪异的，也就兼顾着请阴阳先生给禳灾驱邪，化怨解仇。不管别人怎样看待宋远清，华兴认为当下社会离不开宋先生这样的人。在这之前，华兴已经搜集了很多关于宋远清给人禳灾治病的事例。这些事例有的复杂，有的简单。很多人久病不好或得了人们认为怪异的病，便把宋先生请去。他先到床头看一看病人，再说要不要做法事。很多时候，他只是把病人的手捏着看看，然后用手掌在病人额头向上推三下，就说："你没病了，好了！"过不了一顿饭的工夫，病人真就好了。有时，宋先生是向病人额头吹三口气说："你没病，好了。"病人也真的就好了。华兴还了解到，宋先生虽然是阴阳先生，但并不是只要有人请他就都用他的那一套办法禳灾治病。他常年和病人、死人打交道，积累了很多特殊的经验。当他判断出病人是明显的某个病症时，就明确地给推荐一种草药或让病人去请哪位医生。

苑华兴想，城里人害了病是怎样治的，我不晓得；达官贵人、富商巨贾、圣人学者们得了病是怎么治的，我更不晓得；反正乡下这些草根百姓得了病，除了请这些请得动、请得起的四个看病先生和宋先生这个阴阳先生之外，再也没有别的办法了。华兴认为宋先生和牌楼坝的程先生一样，都是在积大恩大德，因为他在很多时候确实立竿见影地让病人好起来了。对于确实好不了的病人，或即将面临死亡的病人，他也能及时给病人和病人家属提供安慰，让其减轻恐惧。华兴认为宋先生不是以骗人钱财为目的之人，他是把自己的工作当作一种神圣的事业在经营。每当病人家属或亡者家属请他到家，他都十分真诚地选用自己认为最行之有效的办法，给对方提供安慰和帮助。所以，宋先生也是在积德，是在为社会做善事。有了这样的认识，华兴给宋先生当助手也就当得十分用心。他认为宋先生做的工作比他在乡上混着有意义多了。本来，法事的用语都很隐讳，那些术语、文字都很生涩，华兴又是第一次亲身接触，按说是很难听一遍就能写出来的。但令宋先生惊讶的是，他每次才说一遍，华兴就能准确流畅地用毛笔写出来。看着华兴那一笔漂亮的毛笔字，宋先生笑道："我班子里要是有人能写得出这么一手毛笔字，那才露脸呢！"宋先生转而对琴琴爸说，"老弟，莫笑话，每次在县城里露脸的那几个大字我是不敢写的。我总是推说眼睛不好，让主人家找人代写。"

"宋叔，我来给你当徒弟，字由我来写！"

"哪个说的？我才不收你当徒弟呢！你应该在乡上好好干，将来干成乡长、县长啥的我老汉脸上也跟着沾光。"宋先生又对琴琴爸说，"你说，是不是这样？华兴应该好好往上走。"

华兴却不管岳父的态度，固执地说："真的，宋叔，我是真的想给你当徒弟！"

宋先生说："我不收你。你应该在乡上好好干。"

过了一会儿，趁琴琴爸不在身边，华兴又十分认真地说："宋叔，你收我做徒弟吧！我一定会成为你收的最好的一个徒弟。宋叔，也许你不信，你刚才送花盆时、请神送神时念的那些经，还有你念的那些咒语、经文，我都记下来了。我记这些东西可快呢！不信，你考考我？"

宋先生诧异地问:"你真记下了?"

"我真是记下了!不信你考我!"

"我不用考你。凭刚才我说了一遍你就能写出来,还那么准确,我就晓得你有功底。只是你确实应该好好在乡上干。这是你老子他们指望的!"

"在乡上我晓得我根本混不出来。"华兴无可奈何地说。见琴琴爸过来了,华兴才把话打住。

认识宋先生之后,华兴背着岳父偷着到青山沟宋先生那里去过好几次。一天,华兴带着他对几首孝歌词和做道场时所念的法令、咒语的校订稿去请教宋先生:"宋叔,这几首歌子和法令,从前后连贯的意思推敲,我觉得应该是以错传错了。我把它们推敲了一遍,让意思连贯统一起来了。宋叔,你看我改得对不对?"

宋先生把华兴带来的稿子认真看了一遍,有些地方他还念唱了一遍,十分惊喜地说:"你能悟得这么深,不简单!我用了几十年,都是从师傅那里口口相传记下来的,只图顺口,也没想过它们对,还是不对。你要是学这一行,肯定快得很!"

"那宋叔你收我做徒弟!"

"不行!"宋先生说,"那样,我对不起你外父。"

想起这段往事,华兴突然来了灵感。他想,求先生不成我就来帮先生,今天正是帮先生的好机会。那么,我就从焦家开始吧!主意一定,华兴就对宋先生说:"宋叔,焦家我很熟,我陪你去。"

到了焦家,华兴给主客双方做了介绍,马上就随宋先生到灵堂去帮着做法事准备。瞅没人的时候,华兴对宋先生说:"宋叔,我一向悟出了一点事,请你指教看看对不对?我想这唱孝歌,还有摆道场做法事的社会功能应该是祈祷、祝愿、安慰、劝导、诫勉、值夜、守丧这七个功能吧?只要符合这七个功能的要求,中间的某些小节应该是可以变动的,对吗?"

宋先生想了想说:"我觉得你说得对。我们这些人吧,都出身苦寒,识不了多少字,都是按照师傅教的做就是了,并没有想那么多。"

"宋叔,我是真的想给你做徒弟。你就收下我吧!我不会给你脸上抹黑的!"

"这个我倒是相信。只是你在乡上干才会有前途,我们干这一行的虽说请的人多,但在世上它却入不了流,没身份。"

华兴撒谎说:"宋叔,你莫这样说。我已经把乡上的差事辞掉了。你要是不收我,我就到谢家班子去学唱皮影戏去。"

宋先生说："你到乡上，你外父可没少花心思。你辞了，怎么说也得跟他说一声才对。"

华兴继续撒谎："我跟他说过了，他答应了。宋叔，我跟你说，我自从认识你，就认定这一辈子只有给你当徒弟这一条路才是我该走的。我已经偷着学会了八首孝歌。还有，这做道场的法事，应该归在傩戏里面。我翻了资料，发现我们这一带做道场、唱孝歌和其他地方的还有些不一样。你要是肯收我做徒弟，我帮你写毛笔字，帮你把孝歌，还有经文、祝词、咒语这些都整理校正一遍，再把它们刻印出来，标注明白是青山班校正的，也算你这辈子干了一件大事。宋叔，我真的能做到！"

"我相信你有这个能力，只是搞我们这个的身份太低，你要想好！"

"身份高低是别人心里想的事，跟我没关系。我只认为我能给你当好徒弟。"

"那你想好啊！"宋先生说，"像你这样文化高的人来学这个会比文化低的人容易。你说你爱这个，那学起来就更容易。你真心来，我按学徒第三年的工资给你开。这样说吧，只要你能独当一面，一辈子吃香喝辣的不用愁，只是你要想好。当然，还有一种办法就是你挂靠在我名下，该做啥，你还做啥。我们都是晚上干活。晚上有活你就来，白天你该干啥还干啥。"

华兴认真地说："宋叔，我既然跟你学徒，就会一门心思地学。我啥都不做了，只学这个。"华兴又悄声地说，"宋叔，这道场上的法事我暗中学了好长时间了。今天晚上，你要是累了，我悄悄地帮你出场，行吗？"

"你敢上？"

"我敢！"

"那行！现在正缺打锣的，你先打锣。"

"好！"华兴兴奋极了，深深地给宋先生鞠了一个躬说，"师傅在上，我一定不会辱没你！"

焦家的亲戚很多，加之他们又住在街边上，送礼的人和看热闹的人都很多。前面说了焦家是大做，大开路。大开路的程序很多。白天已经完成"游灵"等法事程序，晚上还有一系列的法事活动。宋先生和他的帮手们都累得大汗淋漓。半夜，眼看就要由孝子抱着焦老太爷的灵牌到常年取水的井边辞水，到常年行走的路口辞路了，主持这项法事的人突然鼻血如注，怎么堵也堵不住。宋先生只好穿戴法服准备亲自上阵。华兴见状，便悄悄地把宋先生拉到暗处说："宋叔，你别去。你要信得过我，你让我去。我进来后一直躲着没有露脸，就是想在需要的时候悄悄地顶上去！现在后半夜了，外面风硬，我替你出场！"

宋先生吃惊地看着华兴问："你会吗？"

华兴说："我会。我暗中练过的。"

"啥时候练过？"

"我在乡上没事时就关了门在屋里练。还有，我在人家的灵棚里细心看过，都记下了。那些经文的意思我都记得，万一记不准，我也能按那个意思自己编出词来。"

"行。"宋先生把嘴凑到华兴耳边说，"万一词记不准时，可以说模糊点。反正就是敬畏天地神鬼，安慰孝男孝女的意思，你文化高，能写，这就好办。经文还不都是人写出来的吗？记住一点，不能冷场，要把时间占得满满的。"

"我记住了，宋叔。"

宋先生在灵堂后面麻利地给华兴换上法服，戴了法帽，并给他脸上做了点掩饰，一阵紧锣密鼓，华兴就正式出场。本来时间已经到了后半夜，又是锣鼓声，又是烟雾缭绕，再加上法服一穿，整个灵堂就显得阴气森森，谁还有心仔细辨认主持辞井、辞路的师傅是谁。华兴手里摇着铃铛，嘴里念念有词地带着一大群孝男孝女出门到井边、路口辞别。宋先生在一边观看了一会儿，见华兴主持得有模有样，仪式合规合矩，念词低沉流畅，便会心地一笑，悄悄地退回屋里打盹去了。

三十八

苑华兴主持的辞井、辞路法事很成功。宋先生打了个盹，这阵又精神起来，见华兴从外面回来了，马上把他拉到后堂里几下就帮着脱掉法服。他伸头向外面看看，见大多数人都瞌睡了，就问华兴："你还回乡上歇吗？"华兴说："今天还得回呢！明晚上就不再回乡上歇了。"宋先生说："后半夜，都瞌睡了，你看机会溜回乡上去。不然，天亮了你不好走。"

华兴兴奋地对宋先生说："宋叔，今天晚上要是有哪家请人唱孝歌你这里派不出人的话，就让我去。"

"你一个人也敢上？"

"敢！我唱一夜保证不会断桥冷场。"

"一晚上可是要唱几首歌子才能熬到天亮的……"

"宋叔，你是不晓得。我都能唱八首孝歌了。我说了，按我理解的唱孝歌有七大社会功能。只要符合那七大功能，我就能随口编出一段应急应景的词来。"华兴卖弄地对宋先生说，"师傅，除了平时歌师经常唱的孝歌我会八首，还有像说唱用的本子《宝卷》上的那些词我能背不少。很多段落和孝歌是相通的。到场上急了，这里掐一段，那里截几句，中间加几句，变一个韵，换一个调，马上就能续起来再唱。我还数过，冬天夜长，一般要唱四首歌天才亮，夏天夜短，一般只唱三首歌子天就亮了。"

"遇到主人家临时点歌，你咋办呢？"

"我搜集了几个本子，凡汉阴这一带经常唱的歌子我差不多都收集到了。有的中间缺段，我自己凭理解，图顺口，都给它填上我的新词了。我这样想啊，师傅，只要押韵顺口，随便溜下来好像都行。像《秦雪梅教子》《目莲宝卷》上的段落，变一变都能当孝歌用。"

"嗯，我看是这么回事。"宋先生赞许地说，"你文化高，就是应该想宽一些。我们干这个的，都称作手艺人。当初都是从师傅那里硬学过来的，学啥就是啥，照葫芦画瓢，看着很神秘，有的地方觉得不太对头，也不敢改动，更不敢怀疑。你文化高，自己就能编能写，用不着像我们识字少的人那样硬记词。那行，今天晚上双柿子树连家请我派人去唱孝歌，我正愁手上扯不开，没人派。你既然敢去，那你就去。你可记住，那里离县城不远，说不定人家亲戚里面就有读书识字的人。遇到懂行的人了，你可得变快一点，中间不要给人家留挑刺的时间。"

"我记住了。"

宋先生说："这阵都瞌睡了。下面的法事是我在六张桌子腿下点火药，放炮仗，让孝子们追赶着逮我。这很热闹，你趁热闹的时候溜回去睡觉。今天晚上，你还得熬夜哩！"宋先生刚出去，外面就响起了火药爆炸的声音。宋先生亲自绕着大方桌跑，孝子们选了代表追着逮他，瞌睡的人都醒了，整个灵棚顿时热闹起来。华兴趁着这个机会溜回乡公所睡觉去了。

等华兴睡醒起来，太阳已经老高了。他出去看到张乡长的办公室门开着，就随手写了个辞职报告往乡长的办公室走。这时，张乡长正和一个人说话，华兴也懒得回避，直接走了进去。张乡长见华兴进来，不等他说话就直接分派任务："华兴，你来得正好。下午县上有个视察组要来视察，你写幅标语挂出去。"华兴说："我辞职啊！"张乡长吃惊地问："你……你说啥？辞职？"华兴说："我辞职。"他边说边把辞职报告用双手按在张乡长面前的办公桌上。

张乡长把身子往办公桌边倾了倾，很快就把辞职报告看了一遍，然后如释重负地说："华兴哪，你一定要辞职吗？"

"我要辞职。"

"我可正在为你的事跑着呢！只是眼下还解决不了，说不一定年底会有希望呢！你看呢？华兴？"

"算了。我不指望那个。我辞职啊！"

"你真要走？"

"我马上就走。"华兴看都不看张乡长就往外走，脚已经跨出门了，撂下一句话，"不过，张乡长你放心，标语我会写好放在会议室的大桌子上。"

张乡长见苑华兴真要走了，就站起来说："苑华兴，你怕是要给外父先说一声吧？"

华兴十分厌烦地敷衍道："哦，说过了。"

"那行吧！"张乡长重又坐下来和刚才正说话的那人聊起来。

华兴快步回到宿舍把被子收拾好，然后到会议室很快就把一幅标语写好铺在大桌子上。回到宿舍，他很快把属于自己的东西匆匆地塞进一个大布袋里，拿起门角的一根小扁担把被卷和布袋担着试了试，觉得轻重差不多。他放下担子再把屋里扫视了一遍，确信没有遗漏什么，才把插着钥匙的门锁往门上一挂，就让门敞着。华兴伸着头往院子看了看，见乡上的人都吃饭去了，院子里静悄悄的，便担着担子快步走出了乡公所。今天不逢场，在从牌楼坝往麻园子走的路上，华兴没遇到一个熟人。他一进门，首先被女儿跟弟看见了，快步跑过来喊："爸爸！"华兴没吭声，挑着担子快步向屋里走去。琴琴正好从屋里往外走，迎面相遇，吃了一惊。琴琴疑惑地问："你把铺盖挑回来要洗吗？"华兴说："我不再到乡上去了。"说话间，他顺势就把被卷放在椅子上。琴琴一头雾水地问："你说是不去了？"华兴说："我辞掉了。"琴琴不好再问什么，不禁为难地想：该怎么对公婆说呢？说是华兴自己辞了乡上的差事，必定少不了挨公公一顿臭骂。

琴琴问："你吃饭了没？"

华兴说："还没有呢，有没有现成的？"

琴琴说："这个月我轮伙。早饭还剩了一碗红苕苞谷糁子，应该还没冷，你吃不吃？菜还剩了半碗辣子炒秋豆角。"

"那就好。"

琴琴到灶房给华兴端饭路过客房时，公公正把刚织好的一匹布用剪刀往下剪。琴琴没敢和他说话。等把饭菜端给华兴了，她想了想，觉得还是应该把华兴辞职的事告诉公公，这才又重新回到客房来对公公说："爸，华兴回来了。他说他不去乡公所上班了。"

"他不去了？"

"不去了！"

建书老汉已把布包好了，听二媳妇说老二不去乡上上班了，简直不相信自己的耳朵，又问："他说他不去了？"

"嗯。他把铺盖都挑回来了。"

"他没说他想干啥？"

"他没说。"

"你喊他过来！"老汉生气地一屁股坐在椅子上。不一会儿，华兴过来了。他手里还端着饭碗，就靠在门框上边吃饭边对父亲说："乡上我干不成，辞掉了。"

"那你干啥？"老汉生着气，一双眼睛斜过来盯着华兴问。

"我到青山班给宋远清当徒弟了。昨天晚上，我已经替他给过世的焦家老汉主持了辞水、辞路的法事。宋先生夸我悟性好、入门快呢！"老二脸上满是得意。

建书老汉"嚯"地站起来问："啥？你会主持法事？"

"是哩。"

"胡扯！你会主持法事？"

"主持全场白喜事我都敢！唱孝歌、做道场我都行。除了这些，再就是耍船、演小场子戏我也行。皮影子戏我也敢唱。"老二一说起这类事情，马上就显露出了很陶醉的样子。

"这么说，这几年你把心思都花在这些上了？"

"爸，你不晓得，这些东西是触类旁通的。一般干这活的人文化少，我上的学多，学起来快。今天晚上，宋先生就派我去双柿子树连家唱孝歌子。"

"你……你……你就走这个不入流的路子！你懂吗？干这个的，说好听点叫手艺人，其实就是讨口食吃的！"老汉气得又坐下去说，"早知道你这样烂泥扶不上墙，这些年我何苦要花那些工夫？还不如从小就把你送进青山班——唉！"

"爸，啥入流不入流的。你看人家宋先生一年四季都忙得不可开交！一般人想请人家还排不上号呢！"华兴十分诚恳地对父亲说，"我干这个自己心里舒服，又有人请我，有啥子不好的？我在乡上干啥？拿那点点钱还不够伙食钱，吃饭还得从屋里拿细粮。你们当老人的还得不断地给人家送礼走门子，看人家的脸色，受人家的气。狗肚子喂不饱，人情债无底洞，啥时候才是个头？爸，你要相信我。我干这个自己喜欢，挣钱也轻松，保证很快就能出头冒尖！你省下送礼的钱，也给屋里人吃得好一点！"说话间，华兴把碗里的饭也吃完了。他到灶房把碗洗了，然后到茅房半天不出来。等华兴再出来时，见母亲正黑着脸站在客房的门口。父亲仍坐在椅子上黑着脸喘粗气。见华兴过来了，母亲生气地质问："你在乡上干得好好的，咋说辞就辞了？"

"哪里是干得好好的？我干得不好。"华兴站到母亲面前说，"我不是干那份差事的料子。再干下去，只怕自己都会走不脱，保不准会叫人家弄到厅子里去吃牢饭。"华兴说完话，一闪身就出去了。走到堂屋门口了，华兴大声说："都莫打扰我。宋先生派我晚上去给人家唱孝歌。我该记歌词了！"

苑华兴把自己关在屋里用了半天时间把熟悉的几支孝歌轻轻地连背带哼溜了一遍，又翻开两本孝歌集子琢磨了其中的大概意思。他心想，万一主人家临时点歌，我就临时发挥，自编自唱，料想他们也难不倒我。

太阳还有两竹竿高的时候，华兴把两本孝歌集子用包单包了，匆匆忙忙地向连家赶去。说来凑巧，他一到连家院坝，一眼就看到县政府文教科的老景。老景今年正月在牌楼坝视察春节花灯活动时见过华兴。当时华兴还找老景说了话。两人在这里相见，都感到很是意外。

华兴率先招呼道："景先生，你在这啊！"老景说："苑华兴，你也来了！这是我舅舅家。你是——"华兴赶忙自我介绍："我是青山班的。我师傅宋先生派我来给老人家唱孝歌，陪热闹！可要请你多指点啊！"老景诧异地说："你不是在乡上当文书吗？啥时候又拜宋先生为师了？"华兴半撒谎地说："我跟宋先生学徒很久了，只是因为在乡上上班，就没单独出来。现在，我辞了乡上的差事，一心一意跟师傅学徒了。"

老景把华兴介绍给主人之后，就在屋里小桌子旁坐下继续说话。老景问："你真入青山班了吗？"华兴撒谎说："我早就入过青山班了。"老景问："真把乡上辞了？"华兴说："真辞了。景先生，你以后要是能用得上我，请你开腔。我也很想给你当徒弟。"老景有些怀疑地问华兴："你以往唱过孝歌吗？"华兴说："只是在私底下唱过。不过我给我师傅唱过，他说行。今天让我一定要用心地唱。景先生，我很爱你说的民俗文化。我私下一直在这方面用着功呢！正月间你在牌楼坝视察花灯表演时，我听出来了，你是大内行。哪天你要是有空闲，我想把我对民间曲艺这方面的，包括驱邪禳灾、做道场、唱孝歌这些方面的一些想法向你请教！"老景说："请教说不上，想法倒是有些。只是现在是战乱时期，国家不重视，我也没办法。只是看到一些好的东西再不抢救就失传了，有些于心不忍。"华兴说："我来帮你做些事！"老景说："那好啊！"老景还是不放心地说："今天晚上可是有不少懂家子在场，你这么年轻，可得使劲哩！"

这时，主人家让厨房炒了几个菜，温了一壶酒摆到小桌上请华兴说："唱歌师傅，晚上熬夜辛苦，请你用点菜，喝点酒。"

老景说："正好，我和苑师傅熟，我来陪他喝。"

老景是个不掖不藏的直性子人。正月间，他见过苑华兴，印象还好，刚才简短地聊了几句，觉得他和自己的兴趣有相通之处，于是就主动给华兴倒了一个满杯酒说："来，我敬你一个满杯酒，祝你旗开得胜，一炮打响！"华兴见到老景，心里本来就很高兴。现在又见老景亲自给他敬酒，心里很是感动。他一仰脖子把老景敬他的酒喝了，马上站起身来给老景回敬一个满杯说："谢谢景先生！说实话，今天晚上我是第一次给人唱孝歌，心里真的没底。请景先生多多指教啊！"老景说："其实也不用害怕。写文章有文无定法这个说法，唱歌也一样，你大胆地唱，不要太拘泥一些固定的东西，要有自己的风格。没事的。"听了老景这几句话，华兴更认为自己遇到了高人，心里非常兴奋，又连敬了老景两杯酒。

趁着喝酒说话，华兴又向老景打听了一些连家的情况，心里对他们有了一个大概的认识。此时，华兴觉得脑洞大开，文思泉涌，曾经想不起来的歌词突然全都想起来了。等主家把酒菜撤走，灵堂前的锣鼓响过一通之后，华兴先是燃了三炷香举过头顶站在堂屋门外向远处拜了三拜，将香插在院坝边上，又在插香处化了几张火纸。他又回到灵堂，燃起三炷香向正面墙上悬挂的神像拜了三拜，也化了火纸。拜毕，华兴没像一般歌师那样开口就唱，而是站到灵柩右侧即兴说了一段开场白：

> "春夏秋冬年年有，
>
> 四季轮回又一秋，
>
> 庄稼熟了要归仓，
>
> 阳寿满了就跟着接引菩萨无牵无挂地往那西天走，
>
> 各路神氏，各方菩萨，各路仙家，各方游魂：
>
> 连老太爷荣昌公生于清朝同治元年六月二十一日未时，享年八十五度春。他在世

时德行端正人品好，宽厚仁义待乡邻。治家有方妻贤子女孝，合家没有浪荡不肖人。今日他阳间寿禄满了要往西天去，敬请接引菩萨一路多照应。还要请神灵菩萨仙家游魂都给行方便，保佑连公荣昌到富贵人家早托生。保佑连老太爷家族人丁兴旺样样好，保佑连老太爷子孙代代都是福寿双全的人。拜了拜了拜了！请了请了请了！我这里献歌来了！"

道白毕了，华兴在堂屋门外右侧主家早已准备好的椅子上坐下来，唱了孝歌的第一句：

人说死了就死了

万贯的家财都不要了——

苑华兴借着酒兴，把孝歌唱得激情满满，字正腔圆。一段歌词唱完，灵堂的所有人无不为之一惊。首先，连家子女们被华兴的开场白说得很高兴。家里主事的老大听完这第一段歌，马上过来给华兴敬茶："苑师，你那些话是把我们心里想说的话都说出来了！我代表全家人先给你敬一杯茶。等歌唱完了，我们再敬你的酒！"华兴心里高兴，后面的歌子越唱越好，惹得在场的很多人都纷纷找老景打听苑华兴的来路。老景亲眼看到华兴的现场表现，心里一直悬着的一块石头总算落在了地上，见有人向他打听华兴的来路，就故意带着卖弄的口气介绍说："人家苑华兴在县城上的学，文墨深，能写一手漂亮的毛笔字。他自己能动笔写歌子。他早就入青山班给宋远清当徒弟了，只因为他在牌楼坝的乡公所当文书，平时才没好出来。今天是宋先生特意给派来的。"听了老景的介绍，人们议论："怪不得，人家是乡上的文书，文化高嘛。要不是人家连家在县上有亲戚，人家当文书的怎么会来亲自唱孝歌呢？"听到这种议论，连家人觉得很是长脸。第二天早上华兴离开连家回麻园子的时候，连家硬是执意要在华兴应得的工钱上再加半份，华兴坚持不收多的这份钱，连家硬是把钱塞到他的口袋里。

晚上，宋先生去连家做道场，连家人见他的第一句话就是："宋先生，你有心，昨晚上给我们派来了那么好的歌师！"宋先生心里高兴，就顺着话说："我们是多少年的老交情啊！"

华兴在双柿子树连家唱孝歌一炮打响，口口相传，很快就走红起来。后面有几起办丧事的，到青山班请歌师时，指名道姓地要请苑华兴。这令宋先生很得意，连续又给华兴派了几场活。在这几场活中，丧主也学连家，要多给半份工钱。华兴推辞不掉，就把多出的半份工钱交给班主宋先生。宋先生不收，说："这是人家主家谢你的，你得了，我高兴，说明我青山班有人才。"华兴说："我只挣我那一份工钱，这多出的半份是我们青山班的荣耀，应该交给班里做公共支配。"宋先生见华兴态度坚决，就把这钱收作公用。这样一来，宋先生更器重苑华兴了。

苑华兴一连忙了十几天。这十几天里，他每天都是早上回家睡觉，太阳快落山时出门给人家唱孝歌，气得父亲苑建书恨不得把他按在地上砸一顿解恨。可华兴始终没给父亲当面责骂与自己起冲突的机会。他早上一回家就睡觉，睡醒来就花工夫盘弄他的歌，根本不和父亲打照面。父亲想发作，没有对手，也就只能干着急。只可怜了琴琴和跟弟。她娘俩见老头子吹胡子瞪眼睛地生气，吓得大气都不敢出，总是低着头急匆匆地从老头子身边经过，生怕惹着了他。这样过了一些日子，一天，华兴晚上没有孝歌场子，想多睡一会儿，早上便没有在父亲打哈欠时即时起床。一觉醒来，太阳已经出得一竿子高了。他听得父亲在外面说话的口气不对，像是找碴子在他面前撒气，遂决定回避。他发现天气很好，忽然想起那天在连家唱孝歌时，老景曾亲口邀请他说："哪天有空了，你进城来，我们好好谝谝民间民俗文化这个题目。"他觉得今天是个机会，决定进县城去见老景。说动就动，华兴马上就把他这几年搜集整理的歌曲本子连同他凭耳朵所听事后补记的几个本子一起包了带在身上。瞅得父亲在屋里忙着，一个人悄悄地出门进了县城，直接去见老景。

老景这时正好没事，很想找人聊天喝酒，见华兴来找他，就没让他在办公室坐，直接说："走，到我家里去，让你嫂子炒几个小菜，温一壶酒，我们边喝边谝。"于是，华兴就到了老景家里。

老景的家看起来不富裕，倒很安详整齐。老景的老婆看样子应该不识字或识字不多，但从她脸上看，她是真心喜欢人客的。华兴进门没多久，她就炒了几个菜连同温好的酒一起端上来。华兴把老景老婆敬的酒一喝，赶紧打开包袱，把他带来的资料呈到老景面前求他指教。老景见这个乡下农家小伙子是有备而来，此前已经在这些方面做过很多功课，心里十分高兴，就先停了喝酒，认真听华兴谈的关于汉阴民间民俗文化的源流、种类、良莠、正误方面的看法。听罢华兴的发言，老景越发喜欢上了这个小伙子。他陪华兴先喝了几杯酒，就谈他的看法。

老景先详细谈了他对民间民俗文化对中华民族的影响，对中华民族精神的形成和社会价值取向的认同和形成方面发挥的作用；接着就谈到具体的民间民俗文化，比如祝神祈祷类的祝词、咒语；比如民歌民曲小调，像八岔子、小场子、耍花灯的花鼓子，以及孝歌、薅秧锄草歌、打夯歌、拉纤歌、划拳劝酒歌、抬丧歌、哭嫁歌、哭丧歌，还有市井百姓在特定场合下调情骂笑唱的酸曲淫调，如《十八摸》《闹五更》《十借》等。谈到民歌《十爱姐》时，老景一把拉过他的胖老婆在屋里边扭边唱起来：

> 一爱姐好人才
>
> 十人见到九人爱
>
> 和尚见到牵口袋——

老景的老婆笑得眼泪直淌地说："老景，你疯了，这都能唱得出口！"老景说："咋不能唱，我是唱给你的。你跟着我受穷，可你从来就没有抱怨过。"他老婆说："我是跟着你享福呢！还说得上抱怨你？你人好，凭这一点，我就是掉到福窝窝里了。"华兴被老景两口子的真情深深打动了，赶紧斟了满杯酒给老景和他老婆一人擎着一杯敬他们喝。喝完华兴敬的酒，老景又坐下来和华兴谈话。他和苑华兴惺惺相惜，大有相见恨晚之感。老景十分感慨地说："小苑啦，难得你还这么钟情于民间民俗文化。现今社会，从功利出发，哪个识字的人还愿意搜集整理这类东西呢？爱这个东西的人总是被世俗看作是异类。从事民间民俗文化这一类职业的人，像演戏的、耍灯的、唱歌的、当阴阳先生的，都是社会底层的人，都被社会看不起。可是，你说看不起这些职业吧，偏偏人们又都离不了它们。就像你师傅宋远清，他就忙得不得了，连城里这些有头有脸的人也都不断地在请他。叫我看，在今后很长很长的一个时期，人们还会离不开宋远清这些人。事情偏偏就是这么残酷。我老了，已经没有精力了。搜集、抢救、整理、校正这些东西，并且向正面发展引导这些东西的希望就看你和你们这代人了。还有没有像你这个年龄的人愿意做这方面工作，而且又有能力做这方面工作的人呢？我现在还没听说。"两人越谈越投机，一说到歌曲小调之类的东西，老景和华兴就双双陶醉，手舞足蹈。华兴生平第一次喝那么多的酒居然没醉，连他自己都感到不可思议。

谈话终于告了一个段落，华兴看看时间快到下午了，害怕耽误老景的时间太长了不好，赶紧起身向老景夫妇道别。

华兴出城路过西潭时，见店铺里正在卖洋纱线，便进去问了问价钱。问过价钱，他发现自己身上揣的钱正好够买四斤洋纱线的。于是，他买了四斤洋纱线连同他带的书本一起包了挎在肩上往回走。他一边走路一边在心里调侃自己："苑华兴，你这是生平第一次挣钱给家里买东西。你以往一直都是在花家里的钱哦！嘿嘿，只是这买洋纱线的钱是唱孝歌子挣得的，老父亲肯定不乐意笑纳笑纳哟！"

华兴回到家里，家里已把下午饭都吃过了。他把四斤洋纱线提到客房里对正在织布的父亲说："爸，我买了四斤洋纱线。"父亲停了织布，诧异地看了老二一眼，嘴里一句话也没说。见父亲不说话，华兴怕挨骂，赶紧转身回到自己屋里去了。

第二天，老景骑着破自行车一路问地跑到麻园子对华兴说："你想不想当教员？"

"景先生，你说我该不该当？"华兴想请老景给拿主意。

"我认为你该去。"

"那我去青山沟问我师傅一声。"

"你师傅那人我熟悉，他准会同意你当教员。青山班干的是送鬼的活，当教员干的是育人的活。一个是白天教，一个是晚上唱。多好！"老景又问华兴，"你懂不懂音乐简谱？"

华兴说："我钻过，但太难的我不行。"

"教小学怎么会有太难的呢？"老景说，"事情是这样的。城里后街小学的石校长说学校缺两个教员，想请一个懂书法和一个懂音乐的人。我想到了你。你书法好，国文底子也好。我给石校长先挂了号，你愿意去，我就去回话。"老景说他还有事，马上就走了。华兴送走老景，马上赶去把这事向宋先生报告，征求意见。果然如老景所料，宋先生毫不犹豫地说："你应该应承下来。你年轻，文化高，要往远处看。"华兴说："我可以去教书，但我永远都是你的徒弟。我答应为你校正刻印文稿的事一定要完成。"宋先生说："能有你这样的人入我青山班，是青山班的荣幸啊！"

第二天，老景托人给华兴带话，要他明天早上务必带着被子和日常用品到城里后街小学去直接见石校长。华兴兴奋极了。当天晚上，他把《三字经》《百家姓》《幼学琼林》这些识字启蒙的读物找出来温习了一遍。临睡觉时，华兴又专门到父母房里去辞别说："我明天清早就到城里后街小学教书去呀，以后怕是要礼拜天才能回得来。"两个老人将信将疑地看着儿子没说话。他们还不知道老二说的是真话，还是安慰他们的话。这些年，他们为老二操心太多，此时，他们还是弄不清自己的这个儿子究竟会在哪一个饭碗上落脚。

三十九

凌晨，苑华兴不等父亲打哈欠，自己扛着被卷就往县城赶。等到建书老汉起床后来到泡冬田坎上往牌楼坝这边追寻时，麻乎乎的天什么也没看见。明知道会一无所获，建书老汉还是一直往牌楼坝方向看。根据建书的估算，老二这阵该走到黄板堰一带了，再过一会儿，就该上从黄泥包通往牌楼坝的大路了。老二这次算出远门了，是进县城了。看来，昨天晚上他说今天进县城去教书的话是真的。真的就好。建书老汉憋在心里十几天的那口气算是吁了出来。建书心想，教书虽不如在乡公所那样有面子，但比起在青山班唱孝歌、做道场、驱邪弄鬼，毕竟体面些。昨天晚上，他已经和老伴说今天要去赶场。尽管老伴还是没搭理他，但他知道她其实是在为老二辞掉乡上的差事怄气。他说去赶场，意味着他对老二到县城去教书一事的认可。他已有好几场没有赶了，织好的三匹布一直用包单包着没拿到场上去卖。建书不是不想赶场，是这几天不敢去赶场，害怕遇到熟人问他："苑师，听说你家老二不在乡上当文书，到青山班子唱孝歌子去了？"怎么回答人家？按老二说的，唱孝歌子有人请，宋远清一年四季也确实忙得不可开交。但人家能挣钱跟自己去挣那份钱是完全不同的两码子事。人家偷盗来钱快，咱能去偷盗吗？一样的道理，请宋远清的人多，不等于我们也要去干他干的事！别看人们把唱孝歌的叫歌师、歌把式，但他们和一般手艺人是有区别的。遇到喜庆场合，总不能向人家介绍"这是唱孝歌子的某某师傅"吧？怪得很，偏偏老二就爱上这个不入流的行当。难道人们说的"养儿不成器，不跳端公子就唱戏"的说法，老二就不知道？不可能，他不可能不知道。真是邪乎怪哉！放着乡公所文书这么体面的事不干，非要去喜欢那些说说唱唱的东西。孽障啊孽障！你可把老子害死了！这十几天里，对外人我没法答复，对家里人，我也没办法交代。这么多年了，为你老二的事我求了多少人？花了多少钱？尤其是你在乡上这三年多，我花了多少钱？你说辞了就辞了。家里那么多人辛辛苦苦起早贪黑地挣钱，你花得最多，到如今什么好处都没让家里得到，你就辞了。这几天来，一想到这些，苑建书就直想哭。

此时，他远看着老二将去的县城方向，心里还是很不甘。首先，这教书的职业不是风光的事情。乡下人说："家有隔夜粮，不当孩子王。"人们眼红的是有人求且有人怕的衙门里的人。你教书说明你有学问，可你有学问跟老百姓有啥相干呢？孔夫子有学问，当年不是周游列国，穷困潦倒吗？很多圣人、学者，有才气得很，写了书，画了画，作了曲，活着时，穷困潦倒，死后好多年了，因为有人利用他们赚了钱，他们才红火起来。水过三秋，有什么用？其次，就是这教书的事，还不知道你老二干得成干不成呢？你毫无恒心，随性妄为，已经翻腾我几次了？想到这，苑建书索性蹲在泡冬田坎上不打算再转了。他突然发现自己的苦做苦省毫无意义，此生最大的失败在于教子不成！这时，建书耳旁突然又响起程先生当年吟咏《三字经》的声音："窦燕山，有异方，教五子，名俱扬。"这声音像是很远，又像是很近。建书先在心里骂老大："你这个忤逆不孝的东西，现在浪到哪里去了？"再骂老二，"你狗肉上不了案板！"又骂老六："你个碎崽崽子，那么点点大，就跑去当兵！"我前辈子欠你们的？建书正想心事生气，突然听见老四招呼他："爸，这里风大，你不能蹲在这里！"建书猛然从思绪中惊醒，发现老四正站在面前。他知道自己有点失态，便掩饰说："哦，没事，我正走呢！鞋子里有颗沙子，我倒一下。"

老四没说什么，他知道父亲这些天为二哥辞掉乡上差事的事怄气，只是他找不到合适的时机和理由劝慰父亲。二哥昨晚也把他今天进城教书的事告诉他了。老四心里明白，父亲此时蹲在这里，一定是在远远目送二哥进城去教书。他心里也明白二哥教书不是父亲所希望的，但总比在青山班里唱孝歌子让他觉得有面子些。老四轻声对父亲说："高粱铺但家请我今天给他们盖房子放线，看的时辰是太阳露头，我得去早点。"建书说："你去吧，我吃了早饭去赶场。"老四说："赶场好。你顺带请程先生给你开两服药调一调，我听你这两晚上咳嗽得厉害！""没事，老毛病。你快走。"父亲温柔地向老四笑笑，像是什么事也不曾发生。老四听父亲说早饭后要去赶场，心里也就安慰了。

建书看着老四的背影，心里倒是宽慰了很多。六个儿子中，最没让他操过心的就是老四。这时天还没很亮，看着老四的背影，想想这些年在老二、老三身上所花的心思，再想想老二一而再再而三地翻腾，心里觉得对这个老四有点亏欠。

建书老汉还在外面转的时候，满婶对进了灶房的二媳妇琴琴说："你爸说他吃了早饭要去赶场，你把饭做早点。"二媳妇说："我马上就做饭。"听说公公要去赶场，琴琴心里一下就放松了，这说明公公为华兴的事憋着的气已经消了。和二媳妇有同样心事的当然还有满婶。自从老六离家出走后，她一直赌气不跟老头子说话，但看到老汉为老二的事情怄气，胖大的脸庞一天天消瘦下去，还是心疼的。这几天炒菜的时候，她就暗中吩咐二媳妇多放点猪油。满婶为老二的事情表面上没像老汉那么生气，但内心也是恨铁不成钢。这些天，她为老大、老二、老六的事也甚感憋屈。在这个家，要说对牌楼坝的情结，她比哪个都深，因为她的根本来就在牌楼坝。老二辞了乡公所的差事，使她感到很失落。离开了乡公所，就离开了牌楼坝，离开了牌楼坝，就等于割断了她这个做母亲的内心深处对牌楼坝的依恋和挂念。儿子在牌楼坝时，她似乎感到自己有一只脚是搭在牌楼坝的，如今，儿子离开了牌楼坝，牌楼坝就只是一个供老头子卖布的普通市场了。今天早上，老二出门的时候她是听见动静的。那时，老头子还没有打哈欠。老二约莫出门过河的时候，老汉子的哈欠响起了。满婶扭头看了看窗户，发现今天的哈欠声比平时提前了一点。满婶心里明白，老头子是想早点起来送老二。其实，她这个做母亲的又何尝不想送儿子出远门？这不，从茅房出来后，她一直就站在堂屋门前，两眼使劲向牌楼坝方向望着。当然，她也没看到老二的身影。直到老头子从外面转回来了，满婶才若有所失地退回屋里。

苑建书今天赶场没走大路，他还是想避免被人问及老二的事。虽然老二到县城教书去了，终究还是没有在乡公所当文书有面子。老百姓高看的是官，判断一个人对自己是不是重要，主要是看能不能换手抠背、对手剥皮，县官不如现管。说白话、谝闲传、唱曲曲那是吃饱穿暖之后怡情取乐用的，充其量就是锦上添花，不能雪中送炭。老二在乡上当文书，就跟全乡人都有关系，谁会知道哪天会有什么事要找乡公所？到县城教书，这跟牌楼坝的人有啥关系？

天已经凉了，从东北角出来绕一下再落到西北角的太阳现在变成从东南角出来再直戳戳地落在西南角。这白日一天比一天短。黄板堰因被黄泥包挡着，太阳从南边晒不到，致使很多地方都阴着。渠坎路外面的田里，稻子收了之后种下的麦子、油菜已经长成绿油油的青苗。这是农民们明年的希望。今年的希望已经结束了，但农民们不敢懈怠，田里、地里都还有人在忙碌着。苑建书害怕田里哪个干活的人发现他以后主动来搭腔，便把头勾得低低的，目不斜视，只顾往前走，心里盘算着家庭收入的账。他算了算，去年一年白累了，今年一年还是白累了。单从收入看，今年比去年还好，山上收的东西比去年多，仅是老四在灯盏窝种的防风、连翘卖的钱就顶五匹布的钱了。但所有收入加起来，也没老大带人抢走的多。何况，还连续死了三头猪。人算不如天算，菩萨保佑，后面可再不敢出什么幺蛾子了！

"苑师，你也赶场啊！"一声招呼打断了苑建书的思路。他一扭头，发现是黄泥包的黎时成在招呼他。黎时成就在苑建书的右边边走边说："我那天到乡上去办点事，想找你家老二帮忙。人家说你家老二不在乡上了。后来有人说你家老二加入青山班了，又说他孝歌子唱得很好，还能给人家做道场。他啥时候学下的呢？"

苑建书对黎时成的问话避而不答，只是纠正他的说法："他已经到县城教书去了！"

"到县城教书？"黎时成将信将疑地说，"到县城教书那要多大的学问啊！"

建书心里不高兴地想：你黎时成是说我家老二没学问，是吧？他心里不高兴，倒也并没生气，他知道人是远香近臭，不出门身价就贵不了。这跟买东西一样，都喜欢买远地方的，让人弄不清底细，有几分神秘色彩。老二从小在黎时成他们眼皮子底下长大，在他们心目中，老二只是个小娃娃。莫说黎时成，连他都怀疑老二能在县城教得了书。说话不投机，加之建书老汉又心事重重，一路上就再没和黎时成说话。两人都只是机械地并排向牌楼坝那里走。到了乡公所的门口，苑建书觉得心里空落落的。有老二在乡上时，尽管他一次也不曾踏进过儿子的办公室，但只要一看到石牌楼后面的那道大门，他心里就能生出几分荣耀。如果遇到有人问一声："苑师，你家老二还在乡公所上班吧？"他总会自豪地说："在呢！他在里面上班。"现在，老二不再在大门里上班了，这个县城西路最大的衙门里面没有自己的儿子了，还看它干啥？说是不看，但苑建书的眼睛还是不由自主地瞟了那座青砖大门一眼。

由于身上背着三匹布赶场不方便，建书对黎时成说："黎师，你自己转，我先到周家绸缎店把布放下。"黎时成说："你忙你的。"说着话，他就直接往土产收购点去了。

场上的人已经多起来了。一路往前挤去，不断地有人问建书："布怎么卖？"

建书回答："已经卖了。"

周家绸缎店的周老板一如既往地热情接待了建书老汉。建书揣了钱，一身轻松地去赶场。他今天除了卖布，也没别的念想，如遇到合适的样纱线，也可以买一些。最近物价涨得飞快，建书不愿把辛苦挣得的钱放在那里让它贬值。为人织布挣的手工钱本来就不多，基本是左手进右手出。乡下普遍缺钱，以线换布的手工钱不少人是按工价折算成劳力，到农忙时用做工抵扣工钱。建书也乐意这样做。虽说他家人多，但下地的劳力却并不多。农忙时有人肯给家里下田干活，自家人就可以抽出身来织布做手艺换钱。家里下田下地的主要劳力是老四，田里地里的活有人做了，老四可以腾出手来给别人做手艺挣钱，也可以带着老五在灯盏窝继续种火地、解木板，这都比在家里纯粹种田划算得多。遇到那种既没有钱又没有劳力可换的人，他们有时就用粮食、猪肉、桐油、烧酒、菜籽、烟叶、黄豆这些农产品来折抵，建书更乐意，因为这些东西是家庭必需品，如果拿去换钱，价钱也是不会吃亏的。如果和钱相比，建书更愿意要它们。现在用纸钱换银圆越来越难，也越来越亏；可不换吧，物价又极不稳定。把卖布挣来的钱换成纱线、棉花、洋布，是眼下最好的选择。有了这些东西，即便买田时银圆不够，用它们照样可以顶钱用。

苑建书在街上转了一圈没买到洋纱线，最后买了十五斤上好的手纺棉线，放进背篓准备往回走。正走着，建书发现程先生坐在前面刘家压面房门口正和一个老汉说话。从程先生身边经过时，建书就主动和他打招呼。程先生很高兴地说："说曹操，曹操就到！我们两个就是情分深。刘师刚跟我说到你家老二，你就到了。"程先生指着他身边的空椅子说，"先歇一会儿。"

刘老汉赶过来帮建书把背篓从背上卸下来。等建书坐下，程先生说："刘师才在学你家老二在双柿子树连家唱孝歌的事，夸他唱得好，好些词都是老二自己编的。说他唱得字正腔圆，激情饱满，悠扬婉转，而且形式灵活，一改老歌手的风格，都觉得很新鲜。"

刘老汉插话："那天我在场，老二确实唱得好。后来还听说，前些时候街后头焦家老汉去世做道场时，晚上主持辞水、辞路法事的人也是你家老二。"

建书一脸愧疚地说："见笑了，见笑了，丢人呢！"

"啥话？"程先生说，"丢啥人？我们老二偷谁了？抢谁了？那是本事！那是才气！有这个需要，有这个市场，就得有人来做这种事情。凭本事吃饭，堂堂正正，没啥丢人的！况且，老二一出场，就力压群芳，大家认可，这就是才气。"

建书说："那个到底还是不入流嘛！"

程先生说："啥叫入流？非要在衙门当官才叫入流？官是得有人当，没人当官肯定不行。可是当官到底是很少一部分人的事。再说吧，也不是每个人都适合当官。人不能在一棵树上吊死。老二有才气，毛笔字写得好，孝歌唱得好，还能自己写歌子。我还听说老二一入青山班，就敢一个人主持法事，做道场。你问，有些人学了一辈子，敢不敢一个人独当一面，把事情办好？我听说宋远清高兴得到处夸老二，还说老二把他念错了多少年的经文都给指出来了。看看，这就是说，老二做事是用了心的！"

虽然程先生夸了老二这么多，建书还是没有高兴起来。等程先生把话说完，建书说："二舅，你可能还不晓得，老二他把乡上的差事辞了——"

本来建书还想把老二已到县城教书的事告诉程先生，但不容他把话说完，程先生就抢过他的话说："辞了就辞了吧！我看老二饿不着。三百六十行，行行出状元。不管哪一行，能在这个行当里干到别人前面去，就是本事，就是荣耀！像你织布，周家绸缎店一次就包了，看都不看，这就是本事。像过大事做厨，在牌楼坝这一带，都说只要请了你苑建书，主人家就不用再操心厨房的事了，这就是本事。现如今，老二一入青山班，马上就有了名气，这就是本事。"

程先生越说，情绪越亢奋，建书眼前禁不住又浮现出他当年在课堂上给他们讲课的样子。等程先生停下来喝水时，建书把身子向程先生那边倾了倾说："二舅，我还没顾得给你说，老二到县城后街小学教书去了。"

"后街小学啊！"程先生睁大眼睛说，"你说老二到后街小学教书去了？"

"是哩！今天天不亮就背着铺盖去了。是县政府老景引荐的。"

"看看，我说嘛，只要有真本事，他就会东方不亮西方亮。"程先生说，"你晓得不，后街小学石校长那个老夫子用人挑剔，能看上老二可不简单。不过，他喜欢有才气的人，我想他会喜欢老二的。"

"今天才去，还不晓得能用得上不！"

"我看能。老二书法好，能编写歌子，那国文底子和音乐底子就不会差。所有的行当都是一样，你看着好像都在做，可中间的差距可就不是一点点了。有的教员教一辈子书，他就是不敢丢掉课本，更不要指望他能把一段话写通顺了。教员和教员差别也大着哩！我看老二一定能留下。"

这时，刘老汉进屋取东西去了。程先生趁这个空低声对建书说："张启明，张乡长得怪病了。"

"啥病呢？"

"说是打嗝，肚子胀，失眠，没胃口。"

"没请人治啊？"

"治着啊！昨天还来找我开方子了。我给他包了包萝卜籽让他炒熟泡水喝。"程先生悄声说，"他没病，是心病，想辞职不干了。"

"还有不愿意当乡长的？"建书有些想不明白。话刚说到这里，刘老汉从屋里端了炒南瓜子出来，程先生就把话扯到了家常事上。

四十

老头子赶场走了之后，满婶见几架织布机上的布都织好了。前几天天气不好，该浆的线还没浆，已经浆了的线只够织一匹布的。也就是说，大伙儿能轻松两天。满婶对媳妇们说："这一晌都累了，今后晌歇一歇，各人做各人的事。"

这个月是四姑娘轮伙，一说歇着，另外三个媳妇手上就没事了。大媳妇总觉得自己男人带人抢了家里的钱心里过意不去，叫她歇着，她仍然是这里一把那里一把地没活找活做。二媳妇把攒了几天的衣裳提到河里去洗，顺便把三个孩子也带到河里去抓螃蟹。

四姑娘没事，主动对满婶说："妈，今天太阳好，你开脸不？"

"不是叫你们歇着吗？"

"开脸又不累。"

"好嘛！"满婶马上进屋去取洗澡巾。等她再出来时，四姑娘已经把放热水盆的高脚凳子和供满婶坐的椅子放在堂屋门前的院坝里了。待满婶在椅子上坐好，四姑娘已把热水、绞脸用的线、小灰都准备好了。女人们如果出门做客、赶场，或遇到高兴的事情，都要扯把脸，把自己收拾"光堂"。满婶上一次扯脸还是清明节前的事了。清明过后，又是死猪，又是老大带人抢家，又是老六自己跑去当兵，再就是老二辞了乡公所的差事，种种不顺，接踵而来，满婶就一直没再扯过脸。今天有了闲工夫，太阳又好，关键是老二又到县城教书去了，四姑娘提出给她这个当婆婆的扯脸，真是恰逢其时。满婶心想：这个鬼女子，眼里咋就这么有活！

两条细线像两条小毛毛虫似的在满婶脸上轻轻地铰动，遇到汗毛多的地方，能感到一丝轻微的痛，不过痛得让人舒服。满婶难得有这样放松的机会。她感到四姑娘的手抚弄着的纱线是在按音乐的节拍在蠕动。慢慢地，她仿佛又回到了儿时的生活中。她用脚尖打着节拍，嘴里不出声地唱起了《梁山伯与祝英台》。四姑娘娘听明白了婆婆唱的歌，便也附和着轻声把它唱了出来：

> 锣鼓打起来
>
> 闲言都丢开
>
> 听我唱个祝英台
>
> 三辈子重又来
>
> ——

听到四姑娘和着自己嘴里的节拍，满婶干脆轻轻哼唱起来。婆媳两人同声哼唱一首民间小调，这对满婶来说是破天荒第一次。她让四姑娘第一次发现婆婆在严肃的背后也有慈祥平和的一面。四姑娘见婆婆这么高兴，这么忘我，也就故意把扯脸的速度放得很慢很慢。当满婶脸上的汗毛扯完后，四姑娘为不打断她的兴致，继续用纱线在她脸上轻轻地铰。深秋的太阳透过土墙反射到婆媳两人的身上，她们感到浑身少有的舒服。她们就这样忘情地哼唱着，直到把这个故事的一段情节唱完才不得不停下来。满婶从陶醉中清醒过来，说："看我们娘俩疯成啥了！"

四姑娘给满婶把肩上披的洗澡巾取下来抖干净，再把已经冷了的水端到茅房去倒。满婶摸了摸已经扯干净的脸，感到光滑了许多。她正想进睡房，突然觉得似乎有人在低声抽泣。她感到奇怪，就屏息静气地听了听，发现抽泣来自三媳妇的房间。满婶想，三媳妇不是和二媳妇一块到河里去了吗？什么时候又回到房间了呢？其实，满婶是疏忽了，三媳妇根本就一直在房间里没出去。原来，银娃子随二媳妇他们到河里玩之后，三媳妇一人在房间里给老三剪鞋样。正剪着，因听得婆婆和四姑娘唱《梁山伯与祝英台》，就停了手里活听了一会儿。这一听，她就听进去了，想想祝英台思念梁山伯之苦，又想想自己一年多没见到老三，一时心里难受，就从箱子底里找出那次在安康街上悄悄买来的娃娃书翻来看，看着看着，就情不自禁地抽泣起来，居然忘了婆婆和四姑娘还在院坝里。满婶听清抽泣来自三媳妇房间后，就用右手拍拍脑门，怪自己竟忽略了三媳妇还在房间里。她走到三媳妇窗前问道："三女子，你哪里不舒服吗？"

　　"哦，没有！"三媳妇惊慌失措地说，"我鼻子有点堵。"她正答婆婆的话，突然有个什么东西"啪"的一声落在地上。满婶听那东西落地的声音像是书本一类的东西，马上想起去年三媳妇从安康回来后好像跟二媳妇说过她在安康看过什么娃娃书。她警惕起来，就说："唉，你少——"她正想责备三媳妇，马上又想到不能把这事挑破了让她难堪，遂改口说，"出来晒太阳嘛！"

　　满婶回到自己的睡房没多久，三媳妇就过来求婆婆："妈呀，你叫爸想想办法把老三弄回来找个差事干吧！"

　　满婶白了三媳妇一眼，然后用和气的语气说："这事急不得，要慢慢想办法。"

　　三媳妇说："我晓得，办事要花钱，家里连着出事没钱了。我回娘家跟我叔说，让我娘家也帮垫一些。"

　　"要你叔出啥钱？先说到这里就是。"满婶换了严肃的口气说，"下河帮你二嫂子去，银娃子他们都还在河里耍。"

　　这天下午，翠翠收到老三的来信。一接过信，她心里就怦怦直跳。她一个人躲在屋里一边流泪一边读信。信读完了，她拿着信先找到公公说："爸，华业来信说他们那个单位过年后要搬到四川去跟那边的一个单位合到一起，要改名字，军官要减少，不要那么多人了。"

　　"哦。"公公正忙着修织布机上的扣眼，听了三媳妇的话，停下手里的活，扭头看看她手里的信纸，以为她要把信给他看。等了一会儿，见三媳妇没那个意思，就又埋头修扣眼。

"爸呀！"三媳妇见公公没有态度，便挑明了说，"你想想办法，把华业弄回来找个事做嘛！反正他们那里人要减少。"

"往哪里弄呢？"公公又停下手中的活，把头扭过来看着三媳妇说，"我能有啥办法？再说，他是队伍上的人，从哪里插手呢？"

"爸呀，二哥不在乡上干了，你把老三弄到乡公所，行不行？"三媳妇说，"银娃子那么大了，也该华业回来教他了。"

"你说乡公所啊？"公公欲言又止地说，"你不晓得，乡公所也难得进呢！"

"你请余家舅爷出面嘛，还有秦么爷呢！他们说不准能帮上忙。我晓得，托人要花钱，我跟妈也说了，我回去跟我叔说，让他也出点钱。"

"要你叔出啥钱？"公公手上又开始忙起来，边做活边安慰三媳妇，"话说到这吧，你让我想想。"

三媳妇在公公背后站了一会儿，又拿着信去见婆婆。见到婆婆，三媳妇把刚才在公公面前说过的话又说了一遍，最后央求婆婆："妈呀，你跟爸说一声，让他想办法把华业弄回来。"

婆婆说："我巴不得老三早点回来。可这是由我们说了算的事吗？老三是队伍上的人，要回来，先要队伍上放。回来能不能找到差事，那又是一码子事。"

"华业说他们单位不要那么多人了，我看这是一个机会。"三媳妇不肯罢休，一定要婆婆给个态度。

"行。我催你爸求人去！"婆婆终于给了态度。

翠翠其实不知道，就算老三没来这封信，建书自己已在纠结老三的事了。这种纠结是从中午在牌楼坝刘家压面房听程先生说张启明"得了怪病"就开始的。他告别程先生往回走时，一路上都在想：张启明不想当乡长，我家老三能不能干上呢？走到乡公所门前时，苑建书用贪婪的眼神把那道大门看了一阵。他仿佛看见老三苑华业穿着"四大明"的中山装站在乡公所的院子里。老三华业比他哥兴看上去机灵些、和气些，有一点像老二，那就是毛笔字写得好，背书记得快。建书想，老三当乡长应该干得了，他脑子灵活，上过军校，又有中尉军衔。现在，三媳妇又说老三的单位要移防搬迁，军官数量要减少，真是这样的话，说不一定还真是个机会呢！

建书这样盘算着，手里的活就总也做不好。扣上的那根坏了的竹签费了很大的工夫才取下来。他刚把一根新竹签换上去试着织了几梭子布，满婶就过来了。见老伴主动到他身边来，建书就知道准是三媳妇求她来着。自从老六跟当兵的走了以后，满婶一直在老头子面前冲来冲去地使脸色，一抓住机会，就骂老头子赶走了老六，跺着脚骂他："抠鼻屎痂子的，你还我老六！"他懒得和她一般见识，每次都是主动回避，让着她。这种局面一直持续到今天早上，她才在堂屋门口主动问了他一句："老二走了？"他回答："走了。"两人算是搭腔了。现在，老伴又主动过来先搭腔："翠翠说老三他们过年后要搬到四川去，还说不要那么多人了。你到余家淌去请余二爷帮帮忙，看能不能把老三弄回来找个事做。老三长年在外，翠翠那么年轻，一个人在家终究也不是个事。"

"我本来就在熬煎这个事呢！"老汉见老婆子服了软，心里有几分得意，不慌不忙地说，"事情要一步一步来，这都是求人的事！"

"我们都老了，能求得动的人也一天一天地老了，再不求他们帮忙，只怕也就帮不上了。"满婶说话的口气很是和缓。她主动在织布机旁的椅子上坐下说："老大是永远没指望了。老二也确实不是和人打交道的人。他教书也好，在青山班也好，能挣钱养家糊口就行。我这几天也算是想通了，保不准他真是吃这碗饭的料子。他喜欢干那些事我们又拦不住，不如就依了他。老三要是能回来弄个差事干，对家里说不定还能有个照应。老三比老二活络些。他念了那么多书，在外面跑了这么多年，说不一定还能给老五这个老实头子找个事做。屋里有老四在，就不用我们操心。四姑娘我看以后是个过日子的好手，啥时候合适了，给他们把房一圆，这个家就交给他们两个去操心。我们再做几年也就动不了。老三这个事，行不行，我们都得抓紧了跑才是呢！"

建书很高兴老伴能推心置腹地和他谈这么多。他停了手里的活，静静地看着和他生活了三十多年的老伴，发现她真是老了，眼下已经像是一头精力即将消耗殆尽的黄牛，虽在强力硬撑，但随时都有倒下的危险。他突然觉得自己对不起她，心里有几分酸楚。他开口道："是呢，我们都老了。屋里有四个媳妇，该歇着时，你多歇着点！"

四十一

余二爷今年还是回余家淌老家过的年。不过，一样的老家，一样的年饭，他却吃得不香。往年过年，他只要一听到吃团年饭的鞭炮响，荣誉感就会油然而生。他相信，周围不管是姓余的、姓成的、姓杨的，还是姓啥的，绝对没有任何一家会有他桥头余二爷家放的鞭炮多。从正月初二开始，不管哪一家来的客人，也绝对没有他余二爷家的客人多，更别说客人的身份档次了。管他是县上的、乡上的，只要他还在现职上当着头儿，过年时他就得来家里串串门，讨杯酒喝。人活到这个份上，也算此生无憾了。可今年余二爷的心情一直不太好，虽说各方面来的客人他都还是照样陪着坐一下，喝几杯酒，但总是打不起精神来。这一切，都是因为腊月二十六收到的那封老二写给他的信。他觉得老二太不体谅老几辈子创业守业的不易了。

昨天，邝家亲家公看出他的烦躁不安，主动问他："亲家，你是不是有啥心事？"他愣怔了一下，马上矢口否认："没有，好着哪！"自己的烦恼自己知道，跟别人说了有啥好处？邝家亲家在城里开着当铺，三教九流交往的人很杂乱。如果把老二从东北关外来信劝他把田地分给佃户的事说出去了，说不一定就会招来大祸。可是，找不到一个合适的人倾诉苦恼，又实在是难受得厉害。此时，余二爷一个人待在书房里踱了一会儿步，又把老二从关外的来信从箱底取出来看了一遍。信很短，话说得也平淡晦涩，只是劝他把田地分给佃户，自家留二十来亩够一家人吃饭就行了。至于为什么要这样做，如果不这样做又有什么不好，信上统统没说。他又把信读了一遍，自然是又跟着怄了一回气。余二爷用指头弹着信在心里骂道："年少轻狂，三分钱不当二分钱花的败家子！人老几辈子置家产，盼着当财东做富人。如果不是你爷手上运气好发了邪财，就凭在土里刨食，恐怕现在也还只是个舍不得穿棉袄棉裤的土包子小财主。要是那样，你有资格到西安上学？要是那样，那年你在西安参加学潮惹了祸，还想走出厅子的大门？笑话！三十岁都过了的人，还是这样轻狂？真是站着说话不腰疼。"骂过之后，余二爷干脆用火把信纸点着说："眼不见，心不烦！"

烧完老二的来信，余二爷在房间里徘徊了几步，心里感到空空的，有些烦乱。他来到书案旁想拿本书看看，以期让烦乱的心情平静下来。正好，那里有白话文注释的《世说新语》露在外面。他就抽出来胡乱翻开一页，呈现在眼前的是《俭啬第二十九》，文中写道：

和峤性至俭，家有好李，王武子求之，与不过数十。王武子因其上直，率将少年能食者，持斧诣园，饱共啖毕，伐之，送一车枝与和公，问曰："何如君李？"和既得，唯笑而已。

"怪怂！"余二爷心里骂道，"什么人嘛！问人家要李子吃，嫌人家给少了，不满意，就能趁上朝的机会带人把人家的李子树砍了。吃足了李子，把李子树枝一车装了送给主人。真是岂有此理！"

余二爷又随手翻了一篇，但见写道：

王戎有好李，卖之，恐人得其种，恒钻其核。

"嘿，今天是啥日子嘛！怪了，翻书尽遇些怪人！"余二爷心里冷笑说，"有这么心细的人，怕人家得了自己的李子种，卖李子时先把李子核钻个洞。不看了！"余二爷烦躁地把书本扔在案子上，走到窗前站着凝望窗外。尽管他眼睛望着窗外，心却还想着刚才书里所讲的两则故事。他想，这个叫和峤的人，树上有李子舍不得给人吃，结果人家把树砍了，再把树枝送回来打他的脸。这个叫王戎的人自己的李子好，怕人得了种子，卖李子前先把李子核钻个洞。那么，后来呢？如果和峤舍得把李子给人吃，那李子树就不会被人砍。和峤、王戎，王戎、和峤，这两个人的影子不断在余二爷的眼前晃来晃去，弄得他心里更加烦躁，后悔不该翻那本闲书。心里烦乱的余二爷准备出门找个人来聊聊天，喝几杯酒转移一下注意力，正在心里想着找哪个好时，外面有人喊道："爷爷，建书叔来了！"

"建书来了？好啊！"余二爷亲自出门来。刚出书房门，苑建书就一边往进走一边招呼余二爷道："二舅，过年好吧？"

"好哩！好哩！你来了就更好！"余二爷上前亲热地抓住苑建书的手说，"你来得正是时候。我们好好喝它几杯！"

余二爷直接把建书让到书房里。这里安静，没人打扰。建书把拜年的礼品放下，先招呼余二爷坐下，自己才坐下来陪他聊天。等家里人上茶毕了，余二爷就把身子向建书这边靠过来说话。余二爷觉得和建书说话轻松，不需要像跟县上、乡上这些官场人说话那样装严肃，费思量，担心话说得不好会引起不必要的麻烦；也不需要像跟邝家亲家这些江湖人说话那样，不敢把话题扯得太远，避免因为一句话说得不好被他们传来传去招惹来是非。苑建书是地道的农民，基本上不与无关的人员交往，住的又是独家庄，外界的一切信息到他这里应该都是最晚的。因此，跟他说的什么，他都会感到新鲜，感到神秘，同时也就无须担心他会泄露出去。所以，跟建书说话，就如同课堂上老师给学生讲课，可以任意发挥，任意宣泄。现在，房里就他们两人，余二爷不打招呼，再没人敢来打扰他。他就开门见山地对建书说："建书啊，我这个年过得心里不畅快。为啥呢？那老二不知轻重，年前写信回来要我把田产留一小部分够家里人吃饭就行了，剩下的叫我分给佃户。你说，这是什么话？那些田产是人老几辈子积攒的。古语说得好，创业好比针挑土，毁业如同浪淘沙。要是不发邪财，指望勤劳，指望节俭，那要多少代人才能富起来。这中间还得保证必须是一帆风顺，不能有一点风险。大小出一点风险，几辈子人的辛苦全都白费。你说，我的家产是不小，但要真的折腾起来，又能撑多久？你说我怄气不怄气？"

"二舅，我想你是错怪他了！我想二老表的意思应该是出自孝心。他是想说他们兄弟让你老人家操了那么多心，现在都搞得好，有自己的事业，不用你老人家再操心把家业往大了做了，是想让你歇下来，享享清福。家业越大，操心越多。他们兄弟都搞得好，不想叫你再操心嘛！"

"管他是出于孝心，还是出于不当家不知柴米贵说浑话，反正那么多田产怎么也不能说送人就送人嘛！没了田产，我余二爷还值几个钱？要是那样，莫说县长、乡长不会把我放在眼里，就是家门、亲戚，也未必还把我当回事！建书，我清醒着哩！"

"不管老表他们是怎么想的，二舅你不能往生气的方面想。他们肯定是好心。你想，二老表那么大学问，那么多见识的人，他会不体谅你的辛苦吗？说不准他是想以后接你到大地方去享福，怕你家大业大，动动身子不方便。"

"唉，你这样说嘛，倒是有这个可能。他年纪轻轻的会不会就受了老黄道家学派离世思潮的影响，主张把家财看淡，够吃就行？可自古至今，哪个又真的看开了？都是遭了变故，没有官了，没有财了，才在那说大话。说什么'家有千厦，居只一室''良田万顷，日食一瓢'之类的话，哪个在大红大紫、大富大贵的时候说这话来？是这些人什么都丢失了，才无可奈何地装出这副清高的样子说说漂亮话。官在的时候、财在的时候，他们总嫌自己官小，嫌自己家财不够多。你说，是不是？"余二爷说了这一通话之后，心里憋的气宣泄了一些，情绪也就好了许多。他换了平淡的语气说，"老二要是真的像你想的出于那种心思，到那时我先委托人把田产照管上，也可以拿出一部分变现。用变现的钱在城里给后人置产业。怎么说也不能送人！"余二爷说累了，建书赶紧往他的茶杯里续了点热水。余二爷喝了水，才又想起什么似的问："你买田的事弄得咋样了？"

建书说："不怕二舅笑话，总是这岔那岔，没弄成。"

"这事不能急。你莫说，到时候他们两弟兄要是都不回来的话，我还真想变掉一些田产。给老伴和小儿功成留个百来亩田就够了。到时候，你自己开个价，反正要比世上的价钱便宜些。就以你出得起价的数，你捡离你最近的拿。"

"二舅总想到我，我都不好意思了！"建书说，"也许过不了多久，我就攒够买十亩田的钱了。"

"你先等一下，如果我要处理一点田产，你有没有现钱有啥关系？"余二爷拍着大腿说，"话说到这里，我可是记住了。"

建书又帮余二爷点了一袋水烟递给他。余二爷"咕咕噜噜"抽了一阵，突然主动问："老二到后街小学教书了？"

"是哩，不争气嘛！"

"他去看过我。我跟他谝了谝，劝他在官场上做事，得改改脾气，不能直来直去，要学会看人眼色，学会和各种各样的人打交道，要不然就上不去。老二听了不太高兴，说他实在做不到。我看他也是不适合搞行政，教书倒兴许是个好教员。他亲口对我说，他就喜欢文化艺术类的东西，也就是说说唱唱的东西。我看他也是有这个天赋。那好嘛，他都当父亲的人了，我们老人家把心操到了，也就行了。他喜欢那个，就让他喜欢去。"余二爷倒是很开通。他又主动问老三的事："老三在队伍上咋样？"

"还在，提成上尉了。年前来信说他们要进四川，要减人。"

"减人？减人回来算了嘛。"

"好二舅啊，一是怕队伍上不放他，二是就算是队伍上放，他回来往哪里去嘛？荒了这些年，种庄稼怕已经不行了。"

"老三是个上尉？上尉？这牌楼坝乡听说想再配个副乡长。年前又听说没有合适的。他们乡长张启明早就占着茅坑不拉屎，整天喊这痛那痛的，自己也提出要辞职。有人揣摩他是怕国民党有闪失。现在有这种想法的人不少，特别是有家底，也有门道的人。还有就是那些手上不干净的人，都想往大城市跑。有的已经去了上海、广州，还有的去了香港。真是的，国民党铁打的江山还好好的，一些得了国民党好处的人反倒在各人给各人找门路，打后洞，做败了以后的打算。这是些什么东西！我就看不惯这些人。前几天，我对郑县长说：'县长，对这些脚踩两只船，总为自己打算的人，县上要有强硬的办法对付。'郑县长很赞同我的看法！"余二爷说到这里，脸上显出了得意的神色，"党国正在用人之际，老三是上尉，以眼下的局面，他这种行武之人，说不准当乡长正合适呢！我去跟郑县长说说。建书，你晓得不？郑县长对我是没得说的。当然喽，我对郑县长也是没得说的。他有很多事专门问我，我也把知道的很多事提前给他说。非常时期，要用非常之人。老三是当兵出身，这就是非常之人。我去说，你莫管！"

"老三要是能当牌楼坝的乡长，那他就是二舅爷门上的一条守门狗，任凭舅爷使唤。我也能叫他随时随地向舅爷讨教！"建书极为诚恳地说，"二舅，这叫我咋来填你这么大的情嘛！"建书的确是太感动了。

"要你填啥情？"余二爷说，"给人帮忙，就是给自己帮忙。当然，首先还是要有条件。我看老三他个人条件在这里摆着。不然，我也不敢说这话。有自己人当老家的乡长，又有啥不好呢？"余二爷仿佛又看到了自身的价值，二儿子写信带给他的不愉快霎时被抛到了九霄云外。余二爷坚信，眼下全县的财主中，绝没有任何一个人有他和郑县长的关系这么铁！

　　苑建书实在没想到给余二爷拜年能取得这么大的收获。来时的路上，他心里一直为老三的事到底要不要对余二爷开口打着鼓呢！余二爷曾经给老二华兴帮过忙，因为华兴是琴琴的男人。王家是余家的亲戚，亲戚的亲戚也成了亲戚。如今，老二已到县城教书去了。老三并不是余家的亲戚。这个口实在不好开。令苑建书万万没想到的是余二爷居然自己提出来给老三帮忙。苑建书不禁感叹："余二爷真是个重交情的人啊！"既然他能自己开这个口，这事应该就有八九成把握。那年，老二到乡上的事说了只十几天就办成了。老三上过军校，有上尉军衔，脾气也好，当乡长应该能拿得下。老三真要当了乡长，余二爷脸上也有光。这个忙，我看他一定会给帮。现在的问题是队伍上肯不肯放老三。回去让翠翠先给老三写信，让他自己提出来要离开队伍。对，就这样！既然余二爷主动说了这个话，即便当不了乡长，干别的也行嘛。只要老三回来，事情摆在那里，余二爷怎样也是要帮的。先把人弄回来再说！苑建书心想着。

　　苑建书兴致勃勃地从余家淌往回走。走到烂槽子，他远远看见有一个人在他家房后的大泡冬田田坎上站着东张西望。建书觉得奇怪，刚过完年，学田是老荒田，一年只栽一季水稻。水稻收完后，佃户们用牛把田翻了，现在正在炕坯，要等到清明节以后才放水整田。荒田，有啥可看的？苑建书心里疑惑着一直往前走。走到离泡冬田不远的时候，站在那里的人又走到离渠沟不远的大肚子田坎上去了。建书站住脚定睛看了看，认出那人是黄泥包的黎五爷。黎五爷是黄泥包黎姓族中最富有的人，同时也是最省俭的人。他除了自己过日子省俭，还总是为一些小利益和族里人闹纠纷，族里人都看不起他。建书知道，黎五爷的田地都在月河以南，这边的学田跟他什么关系都没有。大过年的，他在这里转什么？建书实在想不明白。不管怎么说，都是从小一块长大的邻居，既然黎五爷走到麻园子这边来了，这周围又没有人家，怎么说也得主动向人家打个招呼才对。这么想着，建书就绕着多走了一根田坎，老远就向黎五爷招呼道："新平哥，你过年好啊！"

　　黎五爷正捡了学田的一坨土坯子掰了看里面有没有鸭蛋草的芽子，听得苑建书招呼，便扔了土坯子站起身来回应道："建书啊，你走人家去了？"

"走了个亲戚。"建书道，"你还有空到这边转转啊？走，到屋坐坐！"

"没事，胡乱转转。"黎五爷以试探的口气问建书说，"这学田好像没有鸭蛋草哦？"

建书说："这学田、官田都是好田，猪肝子土，产的米好吃。这几个大点的田过去有鸭蛋草，这几年欧亲五种得过细，在炕坯的时候就把鸭蛋草芽子找出来了。去年热天，我从田坎上过，一根鸭蛋草都没看见。"

"怪不得我看见那土坯子都打细了。我还以为是小娃子掰荸荠吃弄得呢！"说着话，黎五爷又禁不住伸了头再把田里的土坯看了看。

苑建书心里觉得很奇怪，搞不清黎五爷为什么大过年的这么远跑过来关心这学田里有没有草荒。种水田的农民最怕的草荒是鸭蛋草，这种草根长得深，叶子飘在水面，很难根除。建书见黎五爷很关心这个田，便由衷地称赞道："也有小娃掰荸荠吃弄的。荸荠草好扯，也不太荒田。这几个田稳水得很，还很经晒。真是好田啦！"

听建书夸这几个田，黎五爷脸上洋溢着得意的神采，也跟着夸道："这是好田。听说当年颜家要把它捐给学校的时候，很多人都劝他们莫捐，争着想高价买到手。结果，颜家还是捐给学校了。我都弄不清他们是怎么想的。"

"颜家重义轻财吧！"

"我看是喜欢虚名。"黎五爷不屑地说。

建书邀请黎五爷说："走到门上了，到屋里坐坐！"

"不了，我从这往河那边转转。"说完，黎五爷就顺着渠沟往三堰头方向去了。

四十二

苑建书让三儿媳妇翠翠按他口授的意思给老三写了封信。写信前，他反复叮咛翠翠要把关于为什么让他回来、回来以后干什么之类的话务必写清楚。翠翠见公公不放心，就把这些内容写好后，拿来给公公念了一遍。建书听后，又口授了一些内容让翠翠修改了两遍，直到他觉得满意了，才点头同意。

信寄出去十几天后，建书老汉不放心，又亲自执笔给老三写了封信，并且亲自到牌楼坝寄了特挂。建书在信里说他的身体大不如前，整晚整晚睡不着，一个劲地咳嗽，又气喘，胸也憋闷得厉害，肚子里面、腿弯子里面都觉得不太对劲。还说老二不在乡上了，周围的人都欺负麻园子苑家。老六硬是被人连骗带吓地拐了当壮丁。老四、老五几次险些被乡长、保长带人抓了壮丁。老汉自己也差点给人抓了夫。再一个，翠翠几次三番求他要把老三叫回来，还说翠翠神志好像快要出问题了。总之一条，这个家实在撑持不下去了，希望你苑华业这个上学最多，又当着上尉的儿子负起责任，不要只顾一个人打离身拳，把老父、老母、媳妇、儿子扔在家里不管！最后，建书老汉又下了通牒：你再不回来，媳妇出了不测，我这个做父亲的可负责不起！

建书老汉把信寄出去不久，老三回信了，意思是他收到翠翠的信了，感谢父亲为他操心，但现在队伍上还不肯放他，关键是，他也不想到地方上搞行政，担心回到家乡会有很多事情不好办，怕弄砸。三媳妇把老三来信的大意给公公述说了一遍。建书老汉严厉地说："马上再给他写信。你就说，他再不回来就永远别回来了！你再写，你病了，病得重，吃了好一阵子药也没见好转。你再写，父亲一顿只吃半碗饭了，咳嗽，气喘得厉害，肚子、腿弯子都不对劲。写凶些。三四天就写一封信，就把这些话重三道四地跟他说。他接二连三地收到这种信，也才有借口求长官放他走。"说来也怪，建书老汉开始写这些子虚乌有的内容时，自己都觉得是捏着鼻子哄嘴，心里不好意思，直想笑。没想到给翠翠教过之后，自己又把这些话再给老三写了一遍，心里突然就变得严肃神圣起来，明明说的是假话，写着写着竟把它当成了真话。再到后来，自己的心境居然慢慢进入假话的境界中，话也就越说越狠，越说越带有了负气的色彩，仿佛一切都是真的，身子真的感到不舒服起来。

翠翠这边呢？她听了公公的授意，心窍洞开。她按照公公说的意思，心里只要一想起老三，马上就躲在屋里写信。只要公公去牌楼坝赶场，她就把封好的信托公公给老三寄。当然，翠翠也是越写越聪明，不是写一封信就装一个信封，而是把几天中想起来就写的，今天一页纸、明天三两句的装在一起寄给老三。这样随想随写、想啥写啥的文字无疑是很大胆、很挑逗的。本来，翠翠自从那次跟老三到安康纱帽石旅社住了三个夜晚回来，就更恋着老三了。如今写信只为了催老三回来，公公又授意把家里的困难尽可能往严重了写。这叫哄人不怕上税。翠翠领会了公公的意思，之所以这样写，无非是要打动老三，让他积极主动地争取队伍上放他走人。有了这个主意，翠翠就在信中极尽最大的文字功底，恨不能挖空心思把所有认识的字都调动起来表达一个心思——我实在是想我的男人！我想你想得快活不成了！翠翠心里明白，老三每次读她信中写的关于她想怎样怎样他这种挑逗话的时候，一定也会把他想要怎样怎样她的情绪调动起来。这一点，她是很有信心的。原来她不明白这一点，自从那次在旅社毫无顾忌地生活了三天之后，她自信是能够调动支配男人的欲望的。果然，在第七封信寄出去不久，老三终于回信说在他的一再申请下，部队同意放他走了，不出意外的话，也许十天半月就能回来。翠翠喜出望外，第一时间把这个消息告诉了公公。公公高兴地夸她："你办得好！不过，还不能放松，余家二舅爷还等着回话哪。"翠翠得到公公授意，马上又给老三写了一封情意绵绵，极富挑逗和想象力的信。写信的过程中，翠翠沉溺在思念的情绪中拔不出来，硬是闩着门哭了一场。

在表扬了三媳妇之后，苑建书赶紧备了一份礼物，还不等天亮就进县城去见余二爷。事有凑巧，他见到余二爷时，余二爷正从县政府郑县长那里出来往回走。建书是在新街口遇到余二爷的。远远看到余二爷，建书急忙小跑着过去把他搀着往自己家的方向走。余二爷顾不得客套，开门见山地问："建书，老三是不是愿意回来呀？"建书忙不迭地回话道："我正来给二舅说呢！他大概十天半月就回来了。"余二爷说："那好。刚才郑县长问我推荐的人是不是能回来，我说一定能回来。你看，老三要是不回来，我不是就失信于县长了吗？"

建书搀着余二爷回到家中，刚一进门，余二爷就很有成就感地对建书说："建书，我说了，我和郑县长的关系没得说。我跟你说，牌楼坝的张启明辞乡长的事县上同意了。老三回来，县长说先让他到牌楼坝代理乡长。等情况熟了，事情顺了，有些成绩了，就当正式乡长。县长亲口对我说：'余叔叔，是你推荐的人，文化高，又是上尉军官，文武兼备，让他当城西路坝子的乡长，我放心！'听听，怎么样？"

"叫我咋谢你老人家哟！"

"谢啥子？"余二爷说，"以眼下的局面，有老三这样的人愿意出山当乡长也难得。老三要是当得好，我在郑县长面前也就更有面子嘛。"

建书说："这话我多提醒老三些，叫他好好干，一定不能负了二舅爷！"

建书在县城没有耽误，得了余二爷的回话马上就道别往回赶。从县城往回走时，苑建书有意选了从牌楼坝往回走最远的汉白公路走。他是想把老二即将当乡长的喜讯第一时间告诉欧有根。建书认为有根这人厚道。在老二从乡上辞职以后，有的保长、甲长明显冷淡自己的这些日子里，有根还是一如既往地对自己好。心情好，路也短了。从县城走回来，建书一点都没觉着累。见到欧有根时，有根正聚精会神地蹲在地里下南瓜秧。建书招呼道："有根，你下南瓜秧啊！"

有根听苑建书招呼他，赶紧站起身说："哟，建书表叔，我只顾做活，没看到你过来！"

"客气啥嘛。"建书说，"有根，你一直对我好。我是从县城回来，专门绕过来给你说个事。我家老三马上从队伍上回来当牌楼坝的乡长了。所有人我都不能说，只跟你一个人说！"

"恭喜恭喜！"有根很高兴地说，"回来好，回来好！"

"有根，我可只跟你一个人说啊！"

"这个我懂，我不会往出说的。"有根说，"到屋坐会吧？"

"不了，我还忙呢！"建书转身就想走。有根挽留说："表叔你等等，我还说晚上到你屋里去呢，你来了，我正好问你件事。那个秦幺爷把学田卖给黎五爷了你晓得不？"

"有根，你说啥？"建书吃了一大惊地问，"学田是县中学的，秦幺爷怎么能卖呢？"

"就是啊！那是颜家当年捐给学校的。秦幺爷是因为自己在这里有田产，学校才让他帮着打理嘛。可是现在真的是卖了。前天，黎五爷亲口给我说的。他说学校不想留田，想变现。所以就托秦幺爷帮着卖。黎五爷还说他还见了学校的沈会计。我问他买的多少钱一亩，黎五爷只是笑，不肯说。看样子他是捡了个大便宜。黎五爷还说他交的现钱。昨天，黎五爷又过来找到我说，还是要我把大泡冬田包着，把水看好，课子还按原来秦五爷给的那个数。"

建书像掉了魂似的说："我去年见了两次秦幺爷，他咋就一点口风都没透呢？"建书想了想又说，"这应该是年后的事啊！正月初二我从余家淌回来，见黎五爷一个人在学田田坎上掰泥巴坨看有没有鸭蛋草。我当时还觉得怪得很呢！"

"过年我也到秦家去了，没听说学田要卖嘛！要是论交情，我们两人应该说比黎五爷跟秦幺爷交情深！"有根很失落地说，"这个泡冬田我一直包着。别的不说，你把这个田卖给我嘛。只要你秦幺爷吐个口风，我就是偷谷子盗米，哪怕一年不吃饭，也要把这个田盘过来。"

"人和人的事硬是说不准。有的是表面上亲热，有的是背地里亲热。黎五爷嘛，人家头大心不闷。也许人家暗地里跟秦五爷许着背手哩！"建书沉闷了一会儿有些伤感地说，"也许秦五爷晓得你我没钱买，怕给我们说了反倒伤我们的面子吧？这老人家也是，你说一声，我少买点，不行吗？那田简直就在我房檐坎上啊！"

建书两手抱着膀子痴痴地站了一会儿还是不甘心地问有根："秦幺爷在官田这边

不是还有二十亩水田吗？卖了学田，他的田呢？"

"我已经打听出来了。听说他自己的田已经卖给县城北门上的何老爷了。昨天，何老爷派人来再次点验了一遍田亩数，还跟原来秦家的几家佃户见了面。"

"既然他的田卖给了何老爷，那他为啥不把学田也卖给何老爷，却要卖给黎五爷呢？哦，也许秦幺爷想卖两个人情吧！"建书想想又问有根，"你不是说秦幺爷在人面前总说现在是买田买地置房产的最好时期吗？他怎么要把自己的田卖了呢？"

"就是啊！秦幺爷这两年逢人就鼓动别人置田产房产，他自己倒悄悄地把田产房产都卖了。开始我也想不通，现在想想，人家儿子、女婿都在广州，留这里的家产干啥？我今天早上在城里，顺便说到秦家去看看，一看才晓得，人家全家都走了。田产、房产早就卖掉，都变成现钱揣走了。我去时，买了秦家房子的人正请了人进屋打扫呢！"

建书怎么也想不通这件事，变得越发啰唆起来："这么说，那黎五爷是真的买到学田了！哼，这家伙是乌龟有肉在肚里呀！"

苑建书心里嘀嘀咕咕地离开了水鸭子坝。他为自己没能买到学田懊恼不已，心里责怪自己为什么不早一点给秦幺爷说说想买田的事：你不说，人家怎么好直接找你说要卖学田？都怪你，总是怕别人为难，不愿意主动求人。这么好的一件事，眼睁睁就放脱了。要是早点给秦幺爷说了，不说买十亩二十亩，买五亩总行吧？这是多好的水田，多近的水田啊！猪肝子土，又向阳，打的谷子办的米，挑到场上一抢就完了，价钱还比其他地方高。秦幺爷就一直把学田的米留了自己吃。如今，这从小到大天天都要看一遍的学田，不知不觉间就变成了心里压根就看不上的黄泥包土财主黎五爷的私田。这个弯实在让人心里转不过来。

一路走着，建书老汉怎么也放不下这件事。心里不畅快，脚下也就总是磕磕绊绊的。刚走到大泡冬田下那根田坎上，建书突然间听见马王庙那边像是肖家住的那一片传来撕心裂肺的呼喊声。建书几个快步跑到大泡冬田坎上使着劲往马王庙那边看，什么也看不见，隐隐听见好像有孩子的声音在喊："救命啦！救命啦！"建书的心一下子就被揪到一起，他想，完了，肯定是出了大事了！

又过了一会儿，从徐家湾方向传来了一浪又一浪的呐喊声。建书就一直站在大泡冬田坎上焦躁地来回走动，丝毫不敢马虎地用耳朵倾听马王庙那边的动静。又过了很久，他突然听到了一声枪响，然后是一片死一样的沉静。沉静过后，突然爆发似的传来一片哭声。建书浑身发瘆，头上的每一根毛发仿佛都立起来了，心里一个劲地说：

"怎么办？怎么办？老四、老五说他们今天要从山背板子回来，按时间计算，这阵该要到黄沙梁这一带了！"建书细心听了一会儿，隐约听到好像有人在喊叫被野猪咬了——对，正是春夏交接之前野猪出没的季节哩！建书越发着急。他赶紧回去把听到的不确定的消息告诉老伴，要她帮着想办法怎样避免让老四、老五遇到野猪。

满婶听完老汉的述说，想了想说："我们杨家湾那一带每年差不多要见到野猪，给外面人报信的方法也只有靠吆喝，怕吆喝没听见，那就再煨些烟子。因为发现野猪肯定有人会喊叫。外面的人听到喊叫，再看到烟子，就晓得那一带出现野猪了，自己也就跟着一边吆喝一边避让。"建书着急地嚷道："你说明白点，现在在我们怎么才能让老四他们晓得？"满婶说："还不明白？我们赶紧到马王庙去打听一下，看到底出了啥子事，再说咋样给老四报信。"随后，满婶果断地说，"走，我们两人，再就是四姑娘，我们三人拿着家伙，带上火，马上到马王庙那边去弄清楚到底出啥事了。你说光听到那边在喊，那野猪肯定是往那边跑不是往我们这边跑的。屋里大女子、二女子、三女子把大门闩了，不要叫娃娃出去。快，不敢耽误！"

四十三

马王庙这个小山梁是从铁瓦殿一路绵延而来的。中间还有无数小山梁依次相连，环环相扣。到了马王庙，山梁大体上成西北东南走向。在马王庙的山梁中段有一个地势较平的大淌。淌里有二十多个大小不等的水田和一大片旱地相连。在最下边那个大水田和一大片旱地相连处住了一户人家，姓肖，叫肖金宝。肖家门前不远处有一座由并行两块石板搭成的石桥。过了桥，顺大路沿河沟逆水而上走一段路又分成两条小路。往北走的岔路大一点，可以直通徐家湾，从徐家湾往南拐又可以到杨家湾；往南走的岔路很小，夏天荆棘杂草长起来的时候，这条路基本没有人走。现在是春天，草长得还不高，能走。从这条小路可以进入杨家湾的杨家大柴杌。过了柴杌后面的山梁，就是铁炉沟。铁炉沟西南又通着杨家湾、堰塘湾。在几个村子的中间，东一户、西一户，零零星星还有些庄户人家。肖家房后也有条大路，又可以分岔通往徐家湾、三堰砭、高粱铺。

肖金宝人称"肖冲子"，今年三十多岁，个子不高，眼睛也不是太好。他媳妇是徐家湾人，叫徐来弟。肖金宝有个七十来岁的老娘，人称"薛婆婆"，是这一带有名的接生婆。前几年，她眼睛瞎了，不能再接生，也就出不了门了。肖金宝有两个女儿，大的叫爱娃子，小的叫够女子。肖金宝平时爱冲壳子（吹牛），遇到有人和他聊天扯闲，他能坐在那里天南地北谝一天，哪怕水田抢不到水、庄稼烂在地里他都不管。所以，肖金宝还有一个外号叫"烂板凳"。徐来弟却是个急性子，如果连喊两声不见男人动弹，她手里遇着啥就把啥东西往男人头上砸。与此同时，嘴里也骂骂咧咧的。薛婆婆本来就肖金宝这么一个独儿，当然看得很金贵，咋能容得下儿媳妇这样又打又骂？每逢遇到来弟打骂男人时，薛婆婆就站在儿子一边说话。婆婆为儿子护短，自然就会触怒儿媳妇。积久成仇，婆媳两个矛盾越积越深。你想，薛婆婆原是有名的接生婆，曾几何时，她一天就接生出几个娃娃。活不是白干的，是要给钱的，是要好吃好喝招待的。那个年代，妇女想节育是不可能的。不管哪个女人，只要嫁了人，一辈子就少不了要生若干次娃，要生娃，就得请接生婆。想想，谁敢对薛婆婆不恭不敬？如今，她眼睛瞎了，虎落平川，废人一个，心里是何等的失落和孤寂！偏偏儿子又不比人强，家事不好，儿媳性子又躁，孙辈又连续两胎女子，种种不如意加在一起，薛婆婆心里的窝火是一般人体会不到的。过度敏感和多心是弱势者随身自带的行李。薛婆婆现在很敏感，而且越来越敏感。她觉得来弟的所有不是，都是因为嫌她吃闲饭，不干活。婆媳两个已到了水火不相容的地步，要么不搭腔，要么就吵架。今年过年以后，薛婆婆说她不吃来弟做的饭了，她怕她放毒。夹在中间最难受的是肖金宝。他想以儿子的身份替母亲说话，媳妇不依；他想以丈夫的身份替媳妇说话，母亲又不饶。实在没了办法，肖金宝现在唯一的愿望就是盼着母亲的眼睛能够复明。那样的话，给母亲把房子分开，让她单过生活，他在暗中帮她，或许这个家庭能安宁些。带着这样的希望，他昨天到北山铁炉砭去了。他听人说铁炉砭的蔡先生能治母亲这样的眼病。他把这个想法给来弟说了，来弟倒是同意他去试试。肖金宝一走，来弟就带着两个女儿走了一趟亲戚。今天从亲戚家回来时，亲戚家把卤牛肉切了一坨让她带些给婆婆吃。走到离家不远的枸树扒，来弟有些累了。一想到回家后又要见那个烦心的婆婆，心里就不痛快。刚好，树杈旁边有几个光溜溜的大石头，来弟就让两个女儿在石头上坐下休息。坐了一会儿，来弟心想：把那牛肉给瞎老婆子吃，她不但不会吃，反倒会怀疑我趁她儿子不在家想毒死她。我好心何必要她当成驴肝肺？干脆把牛肉给孩子们分着吃了再回去。就在来弟把包袱打开取出牛肉的一刹那，突然有个什么东西从她背后"呼啦"一声扑了上来，"咔嚓"一声，就把来弟的左肩咬了一口。来弟大喊一声，本能地伸出两手反抗时，一张长着獠牙的大嘴"咔嚓"一声咬在她的脖子上。大女儿爱娃子见树杈里有不少嫩嫩的蕨菜苗子，正打算掰些回去做菜吃；二女儿够女子坐在离母亲几步远的一块石头上想打盹。她们听到母亲的惨叫，赶忙抬头看时，只见一头很大的黑猪正扑在母亲身上乱咬。两个女孩吓呆了，杵在那里一动不动。待两个孩子反应过来以后，才拼命地喊："救命啦！救命啦！猪咬死人啦！"

事后人们猜想，估计野猪当时正在树杈里拱蕨菜根吃，忽然闻到卤牛肉香便扑过来想抢牛肉吃，结果就把来弟咬了。所幸的是，那头大野猪面对两个哭喊的孩子，居然没有伤害。它把来弟掉在地上的卤牛肉吃了以后，就大摇大摆地走进了肖家房屋西南角的洋芋地里。两个孩子见野猪走了，赶忙去看母亲，母亲已经没有了呼吸。两个孩子再又声嘶力竭地喊叫……

在来弟母女往回走的时候，薛婆婆摸索着到灶上去做饭。摸了一阵，没找到米。她心里就一口咬定是来弟把米藏起来了，心里有恨，便跪在睡房门口用一把砍柴刀在门槛上剁草咒儿媳："天啊，你把我这个忤逆不孝的儿媳妇收去吧！要不收了她，我就活不成了！"正咒着，突然听到房后枸树扒那边好像是两个孙女的哭喊声。薛婆婆细听了一会儿，觉得事情不妙。开始，她听到孙女子喊"猪把我妈咬死了"时，觉得很解恨，心里兴奋地说："老天显灵了！"但这只是一闪念的事。薛婆婆毕竟是见过世面的，理智很快就战胜被怨恨冲昏了的头脑。她很快就清醒了，在心里问："媳妇死了，我儿子咋办？我孙女咋办？"她哆嗦了一下，赶忙把地上剁的草屑摸索着用扫帚扫起来倒在灶前的柴堆里。她不能让任何人知道她这个做婆婆的在暗中剁草咒儿媳妇，不能让人知道，叫外人知道了会责怪她不贤惠，枉在世面上跑了那么多年。薛婆婆把草屑扫了之后，赶紧摸索着来到屋外，扶着墙声嘶力竭地喊："爱娃子，够女子，咋啦？"

在地里拱食的野猪抬起头来把薛婆婆看了看，并没有理会她，继续在地里拱洋芋吃。

两个孙女听得奶奶的声音，像是得到了一丝安慰，马上就暂停了哭声，悲声回答："猪把我妈咬死了！"她们见那黑猪还在地里拱洋芋，马上就喊，"婆，你快进屋，那黑猪在洋芋地里！"

听了孙女子的喊话，薛婆婆马上悲从心来，顾不得往屋里去躲避，拼了命地喊道："救命啦！救命啦！来弟叫猪咬了啊！"

徐家湾的人已经出动了。离马王庙近一点，能听见喊声的庄户人也都跟着呼喊起来。徐家湾的甲长兼族长徐青山站在堂屋门前敲着铜锣喊："野猪把马王庙的来弟咬了。快，都拿家伙撵野猪去！"徐家湾的人都姓徐，只有肖金宝、徐猫子两户不姓徐。听得徐青山呼喊，都在第一时间赶了过来。徐家湾的"枪把式"蛮牛对徐青山说："我们先赶过去看看野猪在哪里。看清楚了，再来救来弟，看是打野猪，还是撵野猪。"

"你说得对！"甲长说，"你会打枪，这种事经见得应该多。你帮我拿主意。"

"先看清楚再说吧！"蛮牛提着枪走在前面。一溜人顺着一个小黄土坡来到了马王庙最高处。很快，甲长和蛮牛都看清楚了，那是一头很大的野猪，总在五百斤上下。那头正在地里拱洋芋吃的野猪听得这边有人喊得厉害，正抬了头，警惕地在往这边看。

甲长说："这家伙大，去把猫子叫来帮你。"

蛮牛不屑地说："他算啥东西？喊他，挡路！"

"这家伙大，就你一条枪太悬。要不，撵走算了。"

"越大，肉越多，打下来能多吃几口。"

"想打，还是去把猫子叫一声。他当过兵的。"

"烂兵油子，理他歘呀！"

蛮牛一直忌恨徐猫子不该打枪。尤其徐猫子单人打死鹿子和黄羊的事，很伤了他的面子。他想用事实证明谁才是"枪把式"。蛮牛见身边的人多了，就拿出有主意的样子对甲长说："你分几个人顺着这个梁往来弟他们那边靠近，看她有没有救。再分些人从右手这里下去喊叫凶些，逼野猪从门前石桥上过去。只要野猪过石桥，那边路的里边是才整出来的泡冬田。大野物跟人一样，一般还是要选着路走。路外边是又长又高的一段石坎。这时候，再逼它顺河坝走到前面岔路口。朝右走的路通我们院子，它不敢去。它只要上了左边那条路，我就在大石板那个窄豁口上开枪灭掉它。不瞒你说，我这两天总感觉到有个大买卖快来了，就把枪里的药和子都装得足。"

甲长觉得蛮牛的话很有道理。只要野猪能按那个路子走，就非得经过大石板进杨家柴杞。穿过柴杞进铁炉沟然后再钻山进黄沙梁。这是一条小路。其他的大路两边总有人户在制造响动，它不敢经过。甲长对蛮牛充满信心，先让蛮牛按自己的计划到大石板那边去埋伏，他这里再叫来三个能干的人如此这般交代了一番。

见甲长完全支持自己的计划，蛮牛心里很高兴，小跑着往大石板那边去。跑了几步，他回头对甲长说："青山叔，你叫人准备个楼梯。这家伙大，一会儿要用楼梯往回抬。"

青山说："我晓得了，你过细点，要是打不了，就想办法让开它！"

蛮牛说："青山叔，你等着吃肉就行了！"

事情进展得很顺利。那野猪真的过了石桥，然后小跑几步，就站在那儿把四处望一望，继续再向前跑。到了小路的岔路口，这边的人就大声地喊叫。野猪踌躇在那里把前后左右看了一遍，很快选择通往杨家柴朳的小路往前跑。于是，人们停止了呼喊，屏住呼吸想看野猪在经过大石板最窄的豁口时蛮牛会有什么反应。这时，蛮牛看到野猪选择了他为它设计好的路线很高兴。他的计划是周密的。在和野猪斗智的这个回合里，蛮牛取得了胜利。但是，随着野猪向大石板一步步逼近，蛮牛突然感到紧张起来。这家伙太大了！蛮牛在心里这样打起了鼓。因为有人吼叫，野猪显得很生气，也很警惕。它每小跑几步，就会停下来四处瞅一瞅，偶尔还会在路边拱几嘴，用牙齿拔几根草根在嘴里嚼几口。它每嚼几下，嘴角就会出现一些白色的涎液。近了，近了，蛮牛看到野猪的眼睛好像是血红的，情绪也非常暴躁，似乎想从这里冲关而过，进入山梁上的柴朳。看到这一切，蛮牛更紧张了。他虽然打了多年的枪，但并没有直接这样面对面地向野猪开过火。他的手好像微微颤抖了一下。就在这该死的颤抖中，他不由自主地向野猪开了一枪。糟糕，这一枪开早了，野猪还没进入石头小路中最窄的那个豁口。因为身体有活动的空间，野猪随着枪响而本能地蹿了一下，枪子没能打到它的要害地方，只是肚子左边擦了一点皮。一看没打中，蛮牛一下子乱了手脚。他选择的这个地方是有避险余地的。原本想万一没打中，自己就势一滚避开野猪顺着枪口烟子的直线反扑。他只要避开直线的这一个反扑，马上就能避到光滑的大石头后面，然后就有了回旋余地。须知野猪本来不善在石头上行走，何况野猪越大，身体的灵活程度也就越低。人能去的地方，野猪不一定能去。蛮牛之所以选这个地方，也是因为师傅当年在这里布过一阵，而且大获全胜。也是在那次大获全胜之后，师傅在现场给他讲了很多经验和道理。这些道理蛮牛都很用心地记了，但懂得道理和身体本能反应能否应变自如，这中间是有很大距离的。别看蛮牛打了多年的枪，一般都是在配合别人，单独行动的经验其实并不多。遗憾的是，蛮牛心里太紧张了，没能沉住气。而那头警惕性很高的野猪没有给蛮牛留下犹豫的时间。枪声激怒了它，火药味刺激了它。它的眼睛红得快喷出血来了。它只稍微迟疑了一下，便迎着火药的烟子向蛮牛扑了过来。可怜的"枪把式"未曾来得及叫喊就被野猪扑在身下……在那边准备了楼梯等着抬战利品的人们吓坏了，先是沉默，死一样的沉默，不知哪个突然喊了一声："蛮牛！"大家一下子就反应过来了，人们呼啦一声就都向蛮牛藏身的那边赶去。那野猪见对岸的人群举着各式各样的家伙冲这边来了，马上就往山梁上的柴扠里逃去。

苑建书老两口带着四姑娘赶到马王庙肖家的时候，徐来弟已经被人抬回家了。按当地的风俗，人死在外面就不能再往家里放，所以来弟的遗体被放在柴火棚里，准备在那里设置灵房。虽说平时他们家的婆媳关系不好，周围人也都知道一些，但此时的薛婆婆倒是真的非常悲痛。儿子肖金宝不在家，她一边摸着给来弟擦身子换衣服，一边安慰两个孙女先别哭，赶紧给帮忙的人烧水喝。她还安排人赶紧到铁炉砭去找肖金宝回来。

满婶看到这种情景，也忍不住掉下泪来。她让建书和四姑娘在肖家房后的山包上去煨烟子，自己则一边安慰薛婆婆，一边帮她给来弟换衣服。这时，徐家湾的人已经把蛮牛的遗体用楼梯抬着往回走了。满婶又让建书和四姑娘赶紧去杨家柴扠边也煨了一堆烟子。烟子起来了，铁炉沟、杨家湾，还有一些散居的庄户人家也都还在一声接一声地用吆喝声驱赶着野猪。满婶相信，老四他们如果在黄沙梁这一带走着，他们就一定能看到报警的烟子和听到驱赶野猪的吆喝。

马王庙传来喊声的时候，徐猫子正扛着他的火枪在黄沙梁上转。这段时间，他养父留下的几亩薄地里没有农活。他扛着枪，腰里别着柴刀在黄沙梁这种没有主人的野山上转，有野鸡什么的就打一个，没有什么可打的就顺路砍点柴回去。听到马王庙那边不太清晰的吆喝声，他并不知道发生了什么。后来听得枪响，他断定一定是蛮牛开的枪。因为杨家湾、堰塘湾没有打枪的人，即使有，因为响枪的地方是徐家湾的地面，别的村人又有谁敢在那里开枪？猫子知道，徐家湾的"枪把式"蛮牛很忌恨别人参他的行。他徐猫子之所以名声不好，就是因为他有枪，蛮牛不乐意，所以到处放话抹黑他，把他往臭里说。听到枪响以后，徐猫子就坐在牛头石上往这边看。牛头石是黄沙梁山头兀自突起的一块有十几丈高的大石头，因为像牛头，所以叫"牛头石"。牛头石那像嘴的地方悬空突出，站在上面能看到很远的地方。当听清人们是在吆喝野猪之后，徐猫子觉得不是个好兆头。春荒时节，野猪下山要么觅食，要么是崽子不见了寻崽子。野猪跟人一样，在性情不好的时候极为暴躁凶残。一旦遇到人，极具攻击性。猫子又听了听，好像人们在喊野猪跑了。响了枪，野猪又跑了，这就绝对是凶多吉少。猫子再向崖头挪了挪，然后趴下来仔细地观察，不一会儿就发现从杨家柴扠出来一条野猪在向铁炉沟这边小跑。猫子心里一惊：这么大个野猪！野猪很快钻进了树丛中。过了一会儿，当野猪再出现时，它已经到了烂坟坡那条小路，而且在往黄沙梁这个方向来。

"猫子叔，你趴那儿看啥？"

猫子听得背后有人叫他"叔"，倒吃了一惊。须知，徐家湾没有人会这样叫他。猫子回头一看，认出叫他叔的人是麻园子苑家的老五。猫子是因为老六而认识老五的。他问老五："就你一个人？"老五说："还有我四哥。我们刚才听到山底下响枪，怕是白天拉壮丁。我四哥就说先躲在牛头石看看再走。"听老五这样说，猫子向后面路上一看，见老四正在那里把他扛的木板往石坎上靠放。不一会儿，老四就走过来了。猫子见老四也来了，就对老四、老五说："你们先莫下山。烂坟坡那边有个大野猪叫人撵着往我们这边来了。"

老四听了猫子的话说："怪不得我们听到响枪。"

徐猫子就给苑家弟兄学说他看到的情况，正说着，野猪出现了。猫子就指着野猪对老四他们说："你们看，是不是往这来了？"老四、老五都点头表示看见了。说话间，在马王庙肖家房后冒出了一股烟子。又过了一会儿，马王庙对门的杨家柴机也冒起了一股烟子。猫子说："这是有人给我们这边走路的人报警。害怕听不见吆喝，就放烟子，叫这边的人注意呢！你们听，是不是有人在吆喝？"老四听了听说："我听到了，是在撵野猪。我爸他们晓得我们今天从山上回来，说不定那烟子是我爸煨的呢！"

老四看了看猫子身边的枪说："猫子叔，你有枪还怕野猪？"

老五说："猫子叔说他打过仗的——打的是抢你们粮食的土匪，是吧？"

猫子说："是的。我是跟你跟老六说过。这可不一样。当兵，那枪多好？再说，又不是我一个人。"猫子看着老四、老五问，"你们是想看我打野猪吗？想看的话，你们给我帮个忙，叫我来试一把！"

老四问："我们咋帮你？"

"想让你们两弟兄帮我吆喝吆喝，把野猪往左手这条窄沟里赶。它要是进这条沟，我就想试一枪。"

老四听了徐猫子的话，先没出声，然后学着猫子的样趴在石头嘴上仔细看了一阵地形，对猫子说："我们在灯盏窝见到过好几回野猪。它还是怕火怕烟子的。它爬石板路也不太行。猫子叔，你有没有火？要是有，我跟老五一到头道堰那边煨些烟子，一个到姚家竹园那边煨些烟子，手里再故意敲打石头弄些响声，不准它往稻草沟那个方向去，它就只能从这条沟上山。"老四又叮咛老五，"你记住，就趴在大石头上。野猪万一走那里，它也上不去。"老五说："这个我有办法。"

"老四，你好像跟人学过？"徐猫子说，"就按你这个办法来。你要是在队伍上，我看你能混个官当。火我这里有。有你们两弟兄帮我，我来好好试试。有一点，你们只管想办法让野猪往这条沟里来，其他的啥都不准管。也就是说，我这里死活你们莫管！除非我说把野猪打死了，叫你们过来，你们才能过来。听明白了吧？"

老四、老五都点了点头。老四发现，这时的徐猫子跟平日里见到的那副窝囊相完全不一样。他好像很有决断，很有胆量。如此，老四觉得自己的胆子也壮了。他对老五说："我们按猫子叔说的做。一定要选好退路，选野猪到不了身边的地方。"

徐猫子很快就溜进树林里去了。当他发现老四、老五放的烟子在黄沙梁下升起后，心里非常高兴。他觉得那四股烟子出现的地方非常好。老四他们放的四股烟子冒起来之后，满婶心里也踏实了许多。她相信老四他们一定有所警觉。徐猫子一直盯着那头野猪，并随着野猪的动静不断地调整着埋伏的位置。

老四、老五放起烟子后，选择了一个野猪上不去的地方有意制造动静。他们再没见到野猪身影，直到一声枪响后，他们才从冒烟处知道了徐猫子躲藏的位置。就在他们紧张得大气都不敢出的时候，突然听得徐猫子兴奋地摇着一棵高高的小树喊道："老四，老五，野猪死啦！"老四、老五高兴极了，从不同方向向徐猫子喊叫的地方跑去。

四十四

估摸着老三苑华业快要回家了，建书和满婶老两口就盘算起自己的心事来。老头子盘算的是这次老三能从队伍上回来当乡长，多亏了余二爷帮忙，事不宜迟，一事一谢，现情现还。虽说他们小门小户的礼物不值钱，但情意要到。所以，老三回来的第一件事，就是要提着礼物，由他陪着进城当面酬谢余二爷。可是，建书想来想去，总也想不到送啥礼合适。老汉有些后悔，怎么就不给老三写信说让他回来时带点他那边特有的东西呢？过了一会儿，建书又自我安慰地想：老三比老二懂得人情世故，信里说了这次是请的余二爷帮忙，按理说，他应该会想到这一层。管他的！他想没想到是他的事，我得按他没想到的路子做准备。

满婶呢？她从做母亲的角度盘算的是老三和翠翠又两年多没见面了。人说小别胜新婚，何况这么久没见面。年轻人在一起，干柴烈火的怕会顾不得避讳。银娃子四岁多了，到了似懂非懂的年纪，得单另给他支张床才是。这么想着，她便提醒老头子说："老三马上就回来了，我想应该给银娃子支张床，另睡才对。还有五斤子，也马上六岁了，跟弟也四岁多了，都该单另支床了。儿大避母，女大避父，总不能一直在一张床上睡。是不是叫老四给他们都再做一张床呢？"

见老伴来问话，建书老汉从准备给余二爷置办礼品的思绪中退出来说："是该给他们分床了。只是眼下房子不够，要不然，都该分房子住了。"他想了想说，"我手上占着，你把老四喊来，我跟他说。"

满婶很快把老四叫来。建书对老四说："你这两天抽空先给银娃子支个床。你自己定，看是做张小床好，还是先支一张床好？"

不知从哪天开始，父亲对老四总是用商量的口气说话。不为别的，他觉得这个儿子好多事情常常能想到他前面去。

老四见父亲用商量的口吻和他说话，便自拿主意地说："我想过这件事了。我看我们偏厦子房的后檐有那么高，能在后檐上再拖出去六尺长。这样的话，每间房子的后边就能多出一间小房子。这就能给五斤子他们三人都把床支到小房子去。我们后檐下还码的有瓦，这些瓦够盖这三间小房子的了。这几天没事，我就来踩些稀泥拉成糊基坯子，两三天就拉够了。檩子、椽子，还有做门窗用的板子都够。"

听了老四的话，老两口的脸上都露出笑来。他们在心里想：真难为老四了，他才过了十八岁生日，对家庭方面的事，就能站在做父母的角度考虑，而且还考虑得这样周全。建书老汉和颜悦色地说："你这个想法好。我也是这样想的。不过，这要慢慢来。你三哥就要回来了，还是先给银娃子单另支个铺再说。给银娃子支了，再给五斤子和跟弟支。过后，再盖那个拖檐子屋。你看是做床呢，还是先支花笆子床，你自己定就是。"

"那就先支花笆子床吧！等把拖檐子盖了，直接做床放进去。现在做大人的床，屋里放不下；做小床，他们长大了又用不上。"

父母都很佩服老四想事情这么周全。建书说："那行，支花笆子床。只是龙头竹怕是不够。"

"没事。"老四胸有成竹地说，"我明天和老五要上灯盏窝。在那里砍些龙头竹，搓些绳子，晚上摸黑就把花笆子做了。干脆一次做三床背回来，给三个娃都把床支了。天马上就热了，正好分床。高板凳嘛，那更简单。我原说要做八条，跟蒸笼碗盏一块租赁，料是弄好了的。叫老五帮忙，今天先做四条能行。"

父亲高兴地说："难得你已经有主意了，你看着做就是。"

　　老四让老五帮忙，天快黑的时候，四条凳子就做好了。老五正准备扫地，父亲急忙跑到磨棚对老四、老五说："抓壮丁的到黎家院子了，你们快躲，要躲远点。今天晚上怕是几个院子都会同时下手。你们要过细点，不能大意。"老四、老五已经躲过几次壮丁了。两人一出大门，闪身就下到河里，然后顺着河坎，借着夜色的掩护，很快就到了毛狗子洞那边的矮树丛中。弟兄俩刚蹲下想喘口气，远远就听到家里这边有了动静。老四对老五说："他们已经到家里了。"老五说："我们干脆从这里上到马王庙枸树杈去。"老四说："我也这样想的。"弟兄俩急忙顺一道斜坡，矮着身子一气跑到马王庙山梁上的枸树杈。到了这里，大路就基本上避开了。

　　苑建书刚才是在大门外从黄泥包黎保长的咳嗽声中做出判断的。因为黎保长在水井坎上的几声咳嗽和平时不太一样，是在故意给他报警。建书前天从甘家槽二亲家那里得知，最近上面分配的壮丁指标在翻番增加。为了逃避当壮丁，有人故意把右手的食指剁了；有人上山剥槲树皮熬水喝，故意让脖子上长出瘿瓜；也有人故意把自己弄感冒，拖成气喘病。二亲家见分下来的壮丁名额太多，连续几次向乡上请辞保长职务，乡上说非常时期，不容许辞职，无故执意辞职的按临阵脱逃论处。建书从甘家槽回来的路上遇到了黎保长。保长说："你要小心啊！眼下壮丁任务重，人家盯着你几个娃子的。按说吧，你家老三在队伍上，你家老六也在队伍上，已有两个当兵的了。可有人就是咬着你不放。你说老大死了，哪个会相信？你说老六在队伍上，也没有人相信。我也没办法。当务之急是你尽量叫老四、老五少露面。好在你们是独家庄，躲人倒不难。要是我能给你报信时，就给你报个信。你能不能听出来是我在报信，可就是你的事了。那么些人跟着我，我咋脱身？反正你听到我这里有动静，就要宁可信其有，不可信其无。"正因为有了这个提示，建书听得黎保长咳嗽，就意识到是在给他报信。

　　也幸亏建书反应得快，老四、老五前脚走，黎保长他们后脚就到了。建书赶紧拿起刨子给新做的凳子抛光，黎保长他们进门的时候，倒也没起疑心。建书能做简单的木活，这是周围人都知道的事。老汉装着做木活的同时，满婶已默契地上楼在老四睡过的床上弹了一些灰尘，给人以床上很久没人睡的假象。满婶刚下楼，黎保长带的一行人就进了大门。有个瘦高个子直接逼问建书："老四、老五在吗？"

　　"不在，到山外挑棉花去了。"

　　"不对吧？有人可在这两天看见他们了。"

"怕是看错了。他们前天清早就出门了。"

那些人在屋里屋外楼上楼下地搜了一遍，一无所获。那个瘦高个儿睁着恶狠狠的眼睛对建书说："老苑，我跟你说，你跑得了和尚跑不了庙，躲得过初一躲不过十五。你们家至少还得出两个壮丁。你是六个儿子，是吗？好，就是老二在教书，按他的年龄，形势再吃紧的话，也能算壮丁。你老三在队伍上，那还有四个儿子，至少还得出两个壮丁，是不是？"

"我没那么多儿子了。老大死了，是五个儿子。老六也在队伍上。我家已有两个当兵的了。"

"哪个看见你家老大死了？哪个送老六当兵的？哪个给他办手续了？老苑，我警告你，下次再不出一个壮丁，我把你拉去当长夫，当远夫。不信，你就试试看？"

建书老汉勾着头，以十分可怜的样子说："我都两个当兵的儿子了，还要啊？"

把那些人一支应走，建书老汉马上到泡冬田坎上去听动静。他很紧张，因为周围几个村子都听得有动静，很担心老四、老五有侥幸心理，藏得不好，被人在路上抓了壮丁。建书发现今天晚上抓壮丁的动静很大，徐家湾、杨家湾、堰塘湾、下垭子、高粱铺，几乎所有村子都听到了动静，偶然还听到一阵歇斯底里的哭诉声。特别是徐家湾、杨家湾方向传来的狗叫声更把建书吓得不轻。

与此同时，老四、老五也紧张得不得了。前面说了，黎保长他们到麻园子的时候，两人刚到毛狗子洞。觉得不安全，又躲进了马王庙的枸树枞。刚进树枞，老四就发现除了公路这边有动静外，连徐家湾、堰塘湾这些比较偏僻的村子也都有动静。他便对老五说："今天晚上跟以前不一样，我们怕是不能回去了。要说保险，我看烂坟坡怕是最保险的。那里又好躲，又好跑，在大石棚那里还能避露水，打个盹。"老五说："躲那里呀？那怪瘆人呢！"老四说："前好些年我们热天放牛砍柴的时候不是经常在石棚子里睡觉吗？记得吧？有一次，你一个人在那里睡着了。太阳都快落山了，我才把你找回来。"老五说："那时候小，不害怕。"老四说："我们小时候都不怕，现在怕啥？莫怕。我木匠师傅说过，叫我害怕的时候就想想他的样子。他有法术，会保佑我。我师傅还说，木匠是怕人不怕鬼的。他教了我几个硬招，只要我一想他的样子，法力就会起作用。我晚上走夜路的时候试过，挺灵的。"

老五听四哥这样说，心里也就不怕了，对四哥说："那你把师傅教的硬招也过给我嘛！"老四说："你心里先莫怕。一会儿你万一害怕了，我就给你过硬招。"老五说："有你师傅保佑着，我好像也不害怕了。"

两弟兄悄声说着话，迅速穿过马王庙那片开阔地，在离肖金宝家门前小石桥不远的地方攀着树枝下到河里，然后从杨家大柴机边上钻进了烂坟坡。这个烂坟坡处在几条大路都不经过的地方，面积挺大的，东、南、北三面都是小河，西边连着黄沙梁的一大片树林。人躲进去，几个方向都有退路。最重要的是，这个坟场是周边几个村子埋葬孤寡之人和夭折孩子的乱坟岗。还有就是小门小户外来的人家，因为没有祖坟地，自己又买不起坟地，也没有耕地，人死了没处葬，只好草草葬在这里。因为葬得草率，很多坟埋了没几天，就被野狗给扒开了。像这样的地方，别说晚上，就是大白天，一般人也没胆量走近它。正因如此，老四才觉得躲在这里最保险，就算抓壮丁的知道有人会躲进烂坟坡，也肯定不愿意走进来抓人；再说，就打算他们进来抓，也根本抓不到。

兄弟两来到花栎树机边上。这里的树不是太高，但有两块很大的石头在顶部紧紧地靠在一起，形成一个天然的棚子。白天有些放牛的孩子三五成群地走到一块，就会在这里弄些红苕、苞谷、黄豆什么的烧了吃。所以，地面倒是光光的。老四、老五小时候也多次在这个石头棚子里玩过。人就是这样，小时候好像什么也不知道，便什么也不害怕，长大了，知道的事多了，反倒害怕起来。弟兄俩悄声地嘀咕着，在树机边扒了些干草垫在石头上，就地坐下来静听周围的动静。老五好像心里还是有点害怕，紧紧挨着四哥，东张西望地警觉着什么。老四知道老五心里有点害怕，就对他说："坟地其实是最不该怕的地方。我师傅说，宁在坟中睡，莫在庙里藏。坟地不用怕，人有阳气，有火焰。人越是胆大，越是刚强，身份越是高贵，火焰也就越高。我们这个年龄阳气旺，火焰高。"老四一面给老五壮胆，一面在嘴里轻轻地吐了几口唾沫，再用左手把老五的额头向上抹了三下说，"师傅法力来了！"老五想，哦，这怕就是四哥所说的硬功了。于是，他把身子一挺，也不出声地"呸呸呸"了三口，真就觉得自己很壮实，很有火焰了。两弟兄背靠着背在垫了草的石头上坐着打盹。

四月天气，白天有太阳的时候显得热，这时candidate很有些凉意。可两弟兄又不敢大动，坐了一会儿，就都有些困了。老五对四哥说："你醒着，我打个盹。一会儿我醒着，你打盹。"老四说："你瞌睡吧！我听着，一会儿都安宁了，我们就溜回去。"正说话，好像有一伙人从通往徐家湾的小路上急匆匆地跑了过去。过了一会儿，又听得徐家湾、杨家湾同时传来女人的大哭声。老四警觉起来，聚精会神地倾听着周围的动静。老五的瞌睡也没了，也警觉地注视着不远处的两条小路，担心有人发现他们。老五首先听见从他前面不远的地方出现了野狗争抢食物似的撕咬声。他仔细听了一下，浑身的汗毛燉地一下就竖了起来。老五猫着腰伸着头向野狗出声的地方细看了一会儿，发现几条野狗在扒一个新坟，好像已经扒开了。老五认得，那个坟是喻家蛋蛋的，才埋了没几天。老五轻声对四哥说："四哥，野狗把喻家蛋蛋的坟扒开了。"老四听说，便猫着腰，顺着老五手指的方向看去，果然见有野狗在扒喻蛋蛋的坟。老四心里很难受。他认得喻蛋蛋。他是杨家的上门女婿。上门不久，就遭到杨家嫌弃。前不久听说喻蛋蛋突然肚子疼，接着就口鼻出蛔虫，很快就死了。杨家不愿意花钱，草草地把喻蛋蛋埋了。没想到才过了几天，他的坟就被狗扒了。老四心里不忍，捡了几块石头去驱赶野狗。三条野狗龇牙咧嘴地和他对峙了一会儿，就悻悻地往别的坟上去了。老四对老五说："这事我们既然看见了，不管要不得。我们捡些刺条罩在喻蛋蛋的坟上，免得狗再扒。"老五说："行啦！"幸好这里丢弃了不少干刺条，两弟兄就趁着黑夜捡了一些刺条罩在被狗扒开的那个洞上。

经过这么一折腾，弟兄两个的瞌睡都没有了。

露水上了草尖，从山上吹来的风凉意逼人。夜渐渐深了，周围几个村子慢慢平静下来。老四隐隐听得像是黎保长的咳嗽声在黄泥包戏楼那里出现了。老四对老五说："我们往回溜呀！""你不是说今天上灯盏窝吗？"老五说，"我一个人往回溜，你从这里直接上去。我吃完早饭就来。"老四想想说："也好。我到灯盏窝给黎笼匠说，叫他找人把喻蛋蛋的坟再埋深些。他们是亲戚。"老五说："喻蛋蛋人还好呢！有次我放牛，牛鼻棍掉了，到处撒欢乱跑，还是他帮我把牛抓住的。没想到他这么背时。"

老五悄悄从烂坟坡溜回家时，天已经亮了。这时，建书老汉和满婶都还在焦急地等着他们两弟兄。满婶见只老五一个人回来，吓了一跳问："你四哥呢？"老五说："他直接上灯盏窝了。"母亲说："他啥都没带上去，咋办？"老五说："说好了，我吃了早饭就上去。"父亲说："跟你四哥说，在灯盏窝也不能大意。"老五说："我们早就做过手脚了。黎笼匠也教了我们一些办法。他让我们把几条路都毁了，只留了一条路。有事时，黎笼匠能先挡一关。"父亲说："还是小心些好。昨天晚上，我在泡冬田坎上一直听着，昨天晚上每个院子，都有人被抓走。要是名额满了，也许能安宁几天，要是没满，小心突然跑来抓壮丁。我听到徐家湾那边狗叫，把我吓死了！"老五得意地说："我们一出门，就看到势风不对头。我四哥就说这一带数烂坟坡最好躲，我们就躲到那里去了。"母亲吃惊地说："那里多瘆人哪！"老五说："我四哥说他师傅给他过了硬功法。他在我额头上抹了几下，好像真的不害怕了！"

满婶摸着老五的头，细细地看了一会儿，眼圈就红了。这时，四姑娘走过来了。

这个月她轮伙，要先到灶房去烧洗脸水。老五就拿了扁担准备下河去挑水。四姑娘说："你们昨晚上没睡，睡去吧！不想睡的话，帮我填火，暖和一下身子，顺便再打个盹。我去挑水。"老五说："没事。我和四哥轮流瞌睡了。你给我用韭菜烙几张软饼子吃，好不？"四姑娘说："我马上就给你烙，你先瞌睡一会嘛！"

满婶不知道该做什么好。她茫然无措地站了一会儿，便取了菜刀上楼去切了一截腊肉交给老五说："一会儿你把肉带到山上去煮了吃！"

<h1 style="text-align:center">四十五</h1>

苑建书远远地看见黎保长在水井坎下面的地里拔红苕秧子，就进屋选了两条用洋纱线布头做成的洗澡巾，然后用纸包好，又提个竹篮子装出扯草药的样子往那边去。建书到了黎保长身边才轻声招呼道："黎保长，忙着啊！"黎保长站起身来说："苑师过来了。"

"我得当面向你道声谢哩！"建书警觉地看了看四周才说，"我们边做活边说话吧！昨晚上多亏你打张声，要不就糟了！"

"应该的嘛。我们几十年的老邻居，老哥们儿，能照应的就应该照应。"黎保长也看了看四周说，"昨晚上是乡上的、县上的、接兵部队的都一齐上了。是抓的人最多的一次，名额硬是凑够了，怕是能安顿几天。保上有人多嘴，说你儿子多，还应该出壮丁。他们那伙人里有人显然是不太放心我，先从南边柳树沟过来把我们院子边的党家门娃子和石家青娃子抓住了，才过来喊我。喊了我，不进院子就直接往你们那边走。他们想从你们家抓一个，再从烂槽子悄悄进水鸭子坝抓人。我急了，赶紧给你打张声。还好，你给听出来了。"

"你有咳嗽毛病这我是晓得的，那两声咳嗽不太一样，我就听出来了！"

"我真怕你听不出来，到了你河对门，只好再咳嗽。"

"我那会幸好在大门外边，不然真会把你的好心耽误了。"

黎保长说："你晓得不？听说前方战事越来越紧，共产党的队伍是越打越多。昨晚上，光我们保就出了十一个壮丁。这样咋得了嘛！我向乡上辞职，乡上说不准辞职。我结仇多了，以后在这个地面咋做人嘛！"

"怪人不知理，知理不怪人。你黎保长是给国家拉壮丁，又不是给你拉壮丁。"

"我的苑师啊！国家是谁？老百姓怪得上国家吗？想怪也怪不上啊！可是他就能怪得上我老黎嘛！"

"有你当保长是我们的福呢！你帮过多少人，我心里有数。"

"我是尽力了。可到时候黑锅总得有人背。"黎保长一脸的无可奈何。

建书老汉把用纸包着的洗澡巾放进黎保长的筐子底说："我给你带了两条洋纱布头洗澡巾。你莫打我的脸啊！请你收下。东西不值钱，是我的一点心意。我怕给你惹麻烦，装着扯草药来的。我走了。"

"你给我带东西干啥嘛！"

"别说了，不够一句话呢！"建书老汉站起身说，"你的好处我都记在心里呢！"

建书和黎保长道别后，又装着在河坎上扯了几样草药放在篮子里才回家。他刚进睡房门，老二苑华兴也回来了。华兴进来在父亲对面的椅子上坐下，一时还没想好说什么。自从父亲送他学医不成开始，他只要见父亲的面，心里就做好了听教导挨训斥的准备。

父亲说："跟弟昨天还念叨要找你啦！这向忙不忙？"

"忙啊！我忙得很。白天教书，晚上和星期天经常干青山班的活。我自己抽空还要弄我自己的事。不过，我虽说越干越忙，可心里乐意，觉得值。"

"你还干青山班的活？不怕脚踩两只船，误了教书？"

"还误呢？石校长都在会上说，所有教员要都像我那样把学校的事当事就好了。我也认为我教书是很卖力气的。人家给我的薪水不低，我要对得起这份薪水。"说到这里，老二固有的脾气又显露出来了，板着脸说，"爸，你不晓得，到处都一样，总有混饭吃的。你莫看那么多教员，有的人也是摆设子。你看他长得有模有样，装得也是周吴郑王的像是有学问的样子，其实是素尸其位，一脑子糨糊，纯属误人子弟。可有啥办法？人家有后台，把你校长就不放在眼里！"

"华兴啦！"父亲就烦老二这个毛病，板着脸警告说，"你年纪不小了，脾气咋就不能改改？你听你说的话多伤人！"

"我按你说的已经改得不少了啦！不过，我说的都是真话。我就是比有的教员强多了。"

"这种话不中听！"父亲说，"你一个乡下穷娃娃进县城去教书，人家城里人不骂你乡棒子就算给足面子了，你哪有资格看不起人家？"

"他城里人咋了？你问，他有几个是凭本事吃饭的？只能说他投胎投得好，别的还能有啥？"老二越说越气，"他们城里人拿五作六的，都是吃的祖宗饭，你当他们真就了不起呀！我是乡下人，可我到了那个学校，是在给学校争光。教员中能赶上我的人没有几个。要不是石校长办法多，把有些人的短板补起来，他们真是没办法混下去。我看在石校长的面子上，也是为了给推荐我的老景争口气，要不然，我才不那么卖力哩！"说到这里，老二把一卷钱交给父亲，"爸，这是我给屋里的钱。这么多年我一直是花家里的钱，现在我保证每月都给屋里钱。这个钱你收着。屋里该置啥置啥，田买得起买，买不起也不能太勉强。一棵草它就有一颗露水养着，我就不信我们不能活人。人情上的事嘛，我该去的自然会去。我已经买东西去看了余家二舅爷，还特别到牌楼坝看了程家舅爷。说到程家舅爷，我是打心眼里佩服。他说的话就是很有道理，也很有远见。我现在是把我喜欢的事当学问、当事业在做。我可不是一时兴起，赶热闹，图好耍！"

父亲这是第一次被老二的行为和话语感动。他居然说出了"人情"二字，还买了东西去看了余二爷和程先生。看来，他变了，父亲犹豫着是不是该换一种口气跟他说话？可你要说他变了吧，他说的话还是跟过去一样，唾沫星子能把人砸死。建书老汉斟酌了一下，换了平缓的口气对老二说："城里不比乡下，花费大，钱你自己用嘛！"

老二说："我还有钱啊！我早就应该给屋里挣钱了啊！爸，你把钱拿着。"

父亲把老二给的钱接过来塞进枕头里。他刚坐下，又不放心地把钱从枕头里掏出来放到垫褥子下面，再把褥子抚平了才又重新坐回椅子上。坐下后，建书老汉对老二说："我正想给你说个事呢！老三马上要回来了，先做牌楼坝的代理乡长！"

"爸呀，你怎么还是放不下乡上嘛！"老二站起来急切地说，"那地方不是我们这些人该去的。再说了，人家张启明装病辞职都不愿意当的乡长，我们去争它干啥嘛！依我看，老三要么先在部队待着；回来也行，有啥合适的就做，没有合适的，做点小生意也行。还有，我看学校要不要体育教员。当体育教员，老三肯定绰绰有余吧！我劝你莫叫他当乡长！"

"你说得倒轻巧！"建书老汉心里想，你这个老二，我才说你变了，其实还是没有变！他又用教训的口气说，"你以为乡长职务是那么容易弄来的吗？"

老二说："我晓得，还不是请余家舅爷帮忙活动来的吗？我听说了，眼下的财主里面，数余家二舅爷跟县长走得最近。你没听城里不少人在作践和笑话二舅爷呢！"

"书生意气！有些人是吃不到葡萄说葡萄酸。嫌二舅爷不该跟县长走得近，是吧？那他去走啊！是巴结不上吧？上次二舅爷给你帮忙，只十天时间。这次二舅爷给老三帮忙，也前后不到一个月。二舅爷要是跟县长走得不近，行吗？"建书老汉严肃地对老二说，"不要光听人家怎么说的，也不要只看书上怎么写的。好听的话都会说，只是不一定管用。你在乡上的时候，有人见了我们屋里人就是客气些。自从你离开乡上，有人见了我们只当没看见。这半年多，拉壮丁的就到屋里来了几次。好在黎保长人情长远，照顾着我们，要不然老四昨天晚上肯定要给拉走。眼看老五年龄也够壮丁了，他个子又有那么高，立在那儿，人家要抓他的壮丁，我拦得住吗？"

老二知道父亲说的都是实情。在严酷的现实面前，任何清高的说教都显得苍白无力。面对一直把自己当牛当马勤劳苦做的父亲、面对恨不能把身上落下的每一滴汗水都重新拾起来变成粮食充饥、变成钱财买田的父亲，老二一时没了话说。这些年来，没有父亲的供养，自己就上不了学，识不了字；没有父亲的求情托人，自己就娶不了琴琴；娶不到琴琴，就认不得余二爷；认不得余二爷，就进不了乡公所；进不了乡公所，自己就见不了那么多世面，也就开阔不了视野，接触不到自己钟爱的民间民俗文化，当然也就不会有现在这些所谓的知识和能力，也认识不了老景，自然也就进不了现在的后街小学。即便能进青山班，也是因为有那么一点特长底子。换句话说，这么多年来，如果不是父亲，乃至整个家庭用"俗气"的汗水来滋润，就生长不出自己这株"清高"的幼苗。如果连清高的幼苗都培育不出来，哪里会有如今可以傲视别人的资本？老二可以指责别人不学无术，可以蔑视别人世故媚俗，也可以嘲笑别人吝啬不大气，但在父亲面前，这些话他一句都说不出口。老二看着父亲那饱经沧桑的脸庞，想了想才勉强从嘴里挤出一句话："爸，你说的都是实情。只是我总觉得老三要是到乡上干，怕是会害了他！"

父亲认为老二这是书生之见。他心想：这倒不见得。你当老三跟你的臭脾气一样啊！老三比你灵活，也比你会说话，会来事些。此时，建书脑海里已在想象老三坐在乡长办公桌前的威仪神情了。老二不愿再顶撞父亲，只是勾着头看脚下的泥巴。过了一会儿，父亲打破沉默说："你也不能说乡公所啥都不好。你在那里几年，字练出来了。再就是那些歌啊调的，也是从乡公所开始见到的吧？那也是长本事的地方，是不是？"

父亲说的都是实话，所以老二的口气倒很平和。他应道："这倒也是。不过，我总觉得吧，这个时候老三到乡上干，怕是在害他。我也说不好。不晓得老三愿不愿意。"

"当乡长他还能不愿意？"这些年由于一直恨铁不成钢，建书就养成一个习惯，一抓住机会就想教训老二。刚才本来以为老二变了,现在看,他还是没有变。见老二认同了他的想法,建书就趁机劝导:"我还是提醒你,不要有事没事总拉着张脸嘛!晓得的,说你就那个习惯,面冷;不晓得的说你对他不友善。人都不喜欢别人说他没本事。管他呢?人家又不拿你的钱,说那些干啥嘛!得罪人多了,是会招祸的!"

老二说:"你说得对。我有时候也在忍。现在吧,我啥都想开了。要是有人容不下我,非在背后捅刀子,让我在学校待得不如意,我就到青山班去干。我还可以去学唱皮影子戏。我随便学学就会的东西,有的人就得学一辈子,甚至学了一辈子还是不敢上场。"

"那些人大都没上过学你咋不说?你上了那么多年学,又在乡上干过,要是没有这些底子,你又是啥样子?有的人一辈子活得很苦很苦,从来就没抬过头的人有的是啊!人不能眼里没有别人,尤其不能仗势欺人。"

"爸,你这句话我可一直记着呢!我也见不得欺负人的人。我从来没欺负人!"老二纠正父亲的看法,"爸,你以为我对哪个说话都那样难听啊?不是的。他要真是老实人,是没用的人,是干粗活下力气的人,我对他们还是挺好的。你不信,就问去。我是见不得明明没本事,还要在那里装模作样,欺负别人的人。我对那些人说话才刻薄得很!"

听老二这样说,父亲又欣慰地笑了,赞赏地说:"真的吗?你这样说,说明你还没忘了我们是苦出身,说明你人品还好。我倒是放心了。我原来还以为你对哪个都是那样的口气说话呢!对你说的后边那种人,我看你少跟他来往不就行了嘛,跟他赌气干啥?人上一百,五颜六色,人家各人有各人的活法。你怄哪门子气?你说,是不是呢?"

父亲第一次对老二以笑脸结束了谈话。他问老二:"你还没见到跟弟他们吧?他们跟你妈都在河里洗衣裳。"

"没有,我是搭便车从马路上回来的。"

父亲笑着说:"帮他们去。"

老二见父亲改变了对自己的成见,心里感到挺轻松,就哼着花鼓小调《游春》,甩胳膊甩腿地出门向河里走去。老二刚走到竹园边,母亲和琴琴他们就从河里回来了。跟弟首先看到父亲,飞跑着来到了他身边。

老二抱起跟弟问:"想不想我?"跟弟说:"想!"老二问:"怎么想?"跟弟说:"想叫你教我唱歌。"父亲问:"真的?"跟弟说:"真的。"

这时，一行人都已到了院坝里。老二就把跟弟放在地上，清了清嗓子说："真想听歌，我就给你们唱耍船的花鼓子。你们所有人都得跟我一起扭秧歌——看，就是这么扭的！"老二先在地上试探地走了几个梅花步。他一面扭步一面偷着看正站在房檐坎上的父亲是什么反应。咦！父亲是笑着的，没有要生气的兆头。老二放心了，他多么想看到父亲笑一笑啊！老二指挥三个孩子跟在自己身后学着扭。看看孩子们扭上路了，老二一把把琴琴也拉过来跟他一起扭。琴琴羞得满脸通红地喊："你疯了！"老二说："该疯的时候就要疯！"见母亲跟着父亲一起扭，跟弟更来精神了，扭得很是有模有样。五斤子和银娃子见状也不甘示弱，用夸张的动作放肆地跟着扭。老二见父母都笑得很灿烂，马上就用口技模拟出锣鼓声来：

> 咚咚咚锵，咚咚咚锵
>
> 咚咚咚锵锵，咚咚咚锵
>
> 笑连天来喜连天
>
> 我给苑家来拜年
>
> 一拜全家老少身体好
>
> 出入顺利又平安
>
> ——

快乐的气氛感染了一向严肃的建书老汉，他本能地用高兴时爱吹的口哨应和着老二唱歌的节拍。满婶和琴琴开始时都怕老头子对老二的举动不悦，见老头子不但没发脾气，反而显得很高兴，顿时也放松下来，跟着老二的节拍哼唱起来……

四十六

黎笼匠回家敦促杨家把喻蛋蛋的坟重新处理之后，就回到了山上。一上来，他就对老四说："你算积了大德了。蛋蛋的坟要是再晚一天，那就惨得不成样子了。你这娃不简单，这么大个年纪，又有心计，又有胆量，心肠还这么好。老天有眼的话，你应该会有福报！"老四说："黎叔，看你说的，我就尽了点本分嘛。"黎笼匠说："黑天半夜，又是躲壮丁，你把野狗撵开，又扯那么多刺把蛋蛋的坟罩住。这要放一般的人那做得到吗？我都没有这个胆量。要不是你用刺罩着，蛋蛋的尸骨怕早就没有了。我们去的时候，几条野狗还在眼睛通红地围着坟转呢！有智不在年高！你才多大个年纪呀！"说到这里，黎笼匠又用恳求的语气对老四说："老四，我现在是完全把你当大人看了。你看啊，我有个亲戚住在大堰沟。两年前，他的上门女婿死了，现在想重招一个三四十岁的男人做上门女婿。你经常在外边做手艺，看看有没有合适的。我这个亲戚不像杨家那样，这家人老实厚道。屋里不富裕，吃饭倒还不成问题。"老四想了想说："我认识一个叫徐猫子的人。他无家无室的，一个人过，年龄怕不到四十岁吧！他是从过路的队伍上留下来治病的外地人，我不晓得他的底细。他住在徐家湾，是徐瞎心收的干儿子。徐瞎心死了就他一个人过。听徐家湾的人说他是个人见人恨的人，可我咋看这个人都不像他们说的那么瞎。前不久，他在黄沙梁打了条大野猪，说要给我分肉。我说我们家从来不吃野物肉。他就把野猪肉交给了甲长徐青山。"黎笼匠说："你看那个人不瞎，我看他就瞎不到哪里去。你能不能把他叫来，我们当面问问他的家世底细？"老四说："那我这几天就叫他上来，你当面跟他说。"

一天下雨，老四就把徐猫子带上了灯盏窝。他把猫子一介绍给黎笼匠，自己就想离开。黎笼匠说："老四，你走啥？我们一起跟猫子谝谝家常话，不行吗？"老四见黎笼匠挽留，就留下来听他问徐猫子的身世来历。因为是老四引荐的黎笼匠，徐猫子也就毫无顾忌地把自己的身世和盘托出。

徐猫子不姓徐，也不是徐家湾的人。至于他到底是哪里人？姓什么？徐猫子自己也说不清楚。在猫子的记忆中，父母亲只是一个模糊的概念。从记事起，他就生活在姑姑家里。姑姑他们叫他"猫子"，他想，这大概就是父母亲给自己取的小名吧！后来，姑姑的小孩越添越多，家境越来越不如从前，他的处境也就每况愈下了。有一次，因为吃饭时他不小心把碗掉到地上摔碎了，姑姑就打了他几巴掌。他一赌气，就跑了。跑了以后，姑姑家里好像也没有找他。猫子不好意思自己回去，就先是在姑姑家的周围转了两天，见没人找他回去，人就一天一天地往远处走了。那一年，猫子推算他大概五六岁。后来，他总共在外面流浪了多少年，到底都走过哪些地方，他自己也说不清楚。直到有一天，他路过一个军营，在一个牲口棚子见到一个半老头的军士在用铡刀铡草，他身后的木架上放了两个又白又大的馒头。多好的白馒头啊！猫子的口水在喉腔里直往上涌，两只脚怎么也挪不动了。他就痴痴地站在那里，两只眼一刻也不离地盯在馒头上。那会儿太阳略有点偏西。猫子站的位置在军士的上边，他那束不长的身影正好投在老军士的面前。见前面有人，老军士就抬头看了猫子一眼问："没见过铡草？"猫子没答话，眼里心里都只有馒头。老军士又问："你会不会说话？"猫子的声音像蚊子似的答道："我饿！"老军士重又看了猫子一眼问："你是讨饭的？"

猫子点了点头。老军士说："那得朝人多的地方走嘛！"猫子说："都去过，没人给。"

老军士铡完手里的一把草，站起来拍拍身上的草屑，将木架上的馒头取了一个递给猫子。猫子接过馒头，一口就咬去了半边，噎得脖子直梗。他嘴里已经吃着馒头，眼睛仍死死地盯着木架子上的另一个馒头。老军士把头摇了摇，犹豫了一下，索性把另一个馒头也取下来递给猫子。老军士自言自语地说："这是我的下午饭，给你吃了，我就得饿到明天早上啊！"老军士重又坐下来铡草。猫子出于对老军士的感激，麻利地从地上抓了一把草用两手攥着往铡刀口递去。老军士看了猫子一眼，想了想问："来帮我铡草喂牲口，怎么样？"猫子惊喜地问："真的？"老军士把铡刀给猫子指了指，然后慢慢直起腰，拍拍腿说："忙了几个钟头，一身都不管事了！"

猫子从老军士手里接过铡刀，就自己缙草，使铡地开始铡起草来。起初，猫子手脚很是不顺，过了一会儿，就熟练起来。老军士见猫子还舍得出力气，就对他说："你一个人慢慢地铡，我去报告长官。他要是同意，你就留下来帮我喂牲口；他要是不同意，你也莫怪我。"说完话，老军士就往后面的院子走了。

猫子非常希望老军士能把他留下来，但他也听出来了，老军士自己做不了主。老军士进院子之后，猫子就拼着力气使劲地铡草，希望一会儿从院子出来的那个能做主的人可以一眼看上他。可是，他等一会儿不见老军士出来，再等一会儿，还是不见老军士出来。猫子已经累得撑不住了，可他一丝一毫也不敢松劲，担心老军士正和那个能够做主的人在暗中偷看他。就在猫子觉得他累得马上就要倒下的时候，老军士来了。猫子偷偷看了一眼，见老军士的后面有个长官模样的人正拿眼睛看他。猫子顿时产生了爆发力，又手脚并用地加快了铡草的速度。老军士指着正在铡草的猫子对长官说："我说的就这个娃，干活不惜力气。他说他愿意喂牲口。"长官默默地注视了猫子一会儿问："小伙子，多大了？"

猫子回答："十几岁了。"

"叫啥名字？"

"小时候他们都叫我猫子。"

"啥名字？"

"猫子，就是逮老鼠的那个猫子。"

"哪里人？"

"好像我们那里叫谷城吧！出来久了，不晓得。"

"久了？多久？"

"十年怕是有了。"

"我们是部队，部队，晓得吧？要是打仗，你怕死不？"

"我不怕。"

那长官沉默了一会儿。就这一会儿差点把猫子急死。正在猫子急得要死的时候，听得长官对老军士说："老梅头儿，你向我要人要了好多回了，我没人手给你，念你是队伍上的老人了，年纪也确实大了，你说这个娃行，那就行吧！可是丑话得说在前面，你举荐的人，你可得给我管好，出了事，我可是要拿你是问的。"

"是，长官！"老军士急忙对猫子说，"猫子，莫铡草了，快谢长官！"

怎么谢？猫子不懂礼节；但不谢吧，又怕长官把说出口的话收回去。情急之下，他突然想起小时候给神牌磕头的礼节来。于是，他扑下身子给长官磕头说："请长官收下我，我有力气！"

长官愣了一下，脸上闪过满意的神色。但他没有笑，只是淡淡地说："快起来。以后要听老梅头儿的话。"说完，长官转身就走，刚走几步，又转回身来问猫子，"你来吃军饷了，花名册上总得有个大名吧？你姓啥？叫啥呢？"

猫子说："我不晓得。"

长官想了想说："不晓得。我听你说话是子、志、纸不分，毛、猫也不分。那么……那么，你就姓毛，毛发的毛，名字也有了，叫毛志，有志气的志。这样，也免得改口。毛志，这名字好听，是不是？"

猫子高兴地说："毛志，这名字好！谢谢长官！"

从此，猫子的大名叫毛志了，但按他的方言口音说出来好像还是叫猫子。

就这样，猫子开始在部队过上了喂牲口和使唤牲口的生活，这和他此前的流浪乞讨生活比起来，不知道要优越多少倍。他非常满足，也非常卖力气。不知不觉中，猫子也长成了大人。后来，老梅头儿被侄子接回家养老去了，喂牲口的活成了猫子一个人的事。又过了几年，长官不让猫子再喂牲口了，他被调出来赶马车，有时还让他带着些新兵押运物资。猫子觉得非常露脸。然而，好景不长，几年前的一天，猫子所在的那支部队奉命移防到很远的地方。那时，他腿上正长着一颗脓疮，不能走路，长官就让他坐在装杂物的马车上随队出发。正是热天，一路上全是山路，车颠簸得厉害，猫子腿上的脓疮也就越发溃烂起来。队伍过了牌楼坝不久，猫子突然被脓疮的一阵剧痛疼晕过去。随行军医也没了办法，只能给他止痛，没法为他疗疮。猫子苏醒过来之后，还是哼哼不止。

队伍走到高粱铺时，长官见路边有一家诊所，又有铁匠铺能钉马掌，路边的大柳树可以乘凉，还有清凛的渠水可以洗漱，觉得这是个休息的好地方，就命令部队就地休息。部队停下后，长官把军医叫来问了问猫子的情况。军医认为猫子生命危在旦夕。长官就带着军医走进路边的钟氏诊所。这时，诊所的主人钟先生正在和徐家湾的草药师徐瞎心在屋后晒药。钟先生听得外面来人的脚步声很重，觉得不对劲，便示意徐瞎心先别出来。钟先生诚惶诚恐地往出走，刚跨进门槛，迎面就看见两个军人往进走，他心里凉了半截，强作镇静地招呼说："长官你好，请坐！"

"不坐。"军官用严厉的眼光从头到脚把钟先生看了一遍问，"你是看病先生？"

"是，是。"钟先生回答。

"那好。你随我到马车上看看我们一个弟兄腿上长的是什么疮？能不能治好？"军官再把钟先生细看了一遍说，"我要你说实话。听见了吗？"

"是，是。"

钟先生随军官爬上了停在大柳树下的马车。猫子正躺在马车上歪着身子，用手抱着左边的小腿直哼哼。军官对猫子说："别叫唤了，让这位先生给你看看。"

猫子感激地看着钟先生，强忍着没再哼，只是把牙齿紧紧地咬着。钟先生在猫子的腿上仔细地看了一阵之后，抬起头，转过脸，表情严峻地看着军官不说话。军官会意，招手让钟先生从马车上下来说话。回到诊所，军官问钟先生："那是什么疮？你能不能治？"

"长官，我直言啊！"钟先生说，"我乡下人，见识少。我们把这个疮叫'走骨流痰'，能治好的少。就算把命保住了，腿都会残。"

"什么叫走骨流痰？"

"这是我们这儿的土话，是骨头上的病。听说学名叫'骨结核'？"

"你现在就给他治！"

"治这种病我不行。"钟先生欲言又止。

军官心很细，敏感地觉察到钟先生心里有话想说不敢说，就直接问："你不能治，哪个能治？"

"我们这有个草药师有祖传治这个病的偏方。"

"他叫什么名字？你马上就给我叫来！"

"他叫徐瞎心。"钟先生为难地说，"他胆小，害怕见生人。"

"叫他莫怕，治好治不好都不怪他。治好了有赏。你叫他来。"

钟先生进屋去把徐瞎心领了出来。军官看看战战兢兢的徐瞎心，换了和缓的语气说："想请你给我们一个弟兄治治疮，你看怎么样？"

"是……是走骨流痰吗？"

钟先生说："我看是，你去看看。"

军官示意军医把徐瞎心带到马车上去看猫子的病。他把钟先生留下来问："徐瞎心家里有什么人？"

"他是老好人，一个人过日子。"

"一个人过。"军官用脚尖在地上划了一会儿，抬起头来果断地对钟先生说："我看得出，你和瞎心都是本分善良人。我给你留三十个大洋，把这弟兄留给你们。死了，你们随便埋；活了，他就是徐瞎心的儿子。他为徐瞎心养老送终。"

"这怕不行啊！"钟先生很为难。

"别为难。我们这个弟兄从小流浪，无家无室无亲人。给徐瞎心做儿子很合适。你们这个地方我已经记住了，叫牌楼坝乡，这里是高粱铺。明白啥意思了吧？你们对我们这个弟兄嘛，只要尽了心，我们就不会怪你。"说完话，军官大踏步走到军医面前耳语了几句，然后让士兵把猫子从车上抬下来放进诊所的长凳子上。军官指着徐瞎心对猫子说："毛志，你的这种病只有徐师傅的祖传偏方能治好。从今以后，这个徐师傅就是你的父亲，你就是他的儿子。你先留在你父亲这里治病，等病好了再说归队的事。你不能再跟我们行军了，那样，会要了你的命！"军官又对徐瞎心说，"徐师傅，我给你留三十个大洋。你用心给你儿子治病。我跟钟先生说了，请他帮你计划用钱。"说着话，军官把三十个大洋放到徐瞎心的手上。整个过程，徐瞎心没说一句话，只是近乎痴呆地被动接受着。

"这个……这个……"徐瞎心把钱交给钟先生说，"钟哥，你帮我拿着，我不敢揣这么多钱！"

"好，你信得过我，我就替你拿着。"

"钟哥，就你是我的亲人。"

钟先生指着猫子说："你现在有亲人了，这就是你儿子。"

军官见事情已经办妥，把头伸出去看看外面钉马掌的、洗头洗脸的都已就绪了，就对猫子说："毛志，安心治病，多多保重。我们走了。"说着，也不去和猫子握手什么的，转身就出门喊，"立即出发！"

猫子声嘶力竭地喊："长官，不要丢下我啊！"

那军官没有回头。

钟先生安排人把猫子送到徐瞎心的草房里。徐瞎心马上动手给他清洗了脓疮，又敷了草药。过了一会儿，猫子就觉得没先前那么痛了。钟先生陪徐瞎心坐在猫子面前问："你叫啥名字？是不是毛志？"猫子用他的方言说："我叫毛志。"但钟先生和徐瞎心听到的是叫"猫子"。徐瞎心留钟先生一块和猫子吃了第一顿饭。吃完饭，猫子觉得很困，多日的颠簸劳累已让他筋疲力尽。如今终于安定下来，他不知不觉就呼呼睡着了。见猫子已平安入睡，钟先生就回了他的诊所。徐瞎心看离天黑还有一阵，就一个人去黄泥包的关帝庙问卦。这个习惯是从他父亲那里沿袭下来的。当年，他父亲每逢有人请他治这种恶疮，他就到关帝爷那儿去问一卦。卦象好，他就给治，卦象不好，要么推脱不治，要么把话说清楚，治不好不要怪他。黄泥包的关帝庙是小庙，没有专门的道士照管，都是当地人随意去帮着打扫卫生。这时候天快要黑了，庙周围没有人。徐瞎心给关帝爷磕了三个头，然后从神像旁边那个不带锁的小木箱里取出那对磨得透亮的木质尖角卦片举在头顶，嘴里把要问的事由向关帝爷做了详细祷告。祷告完毕，徐瞎心跪在神像前要了个胜卦。他连打三卦，都给了胜卦。徐瞎心大喜。他心里想，这怕真的是上天要送自己一个儿子！第二天天还没亮，徐瞎心就上大西沟石门子一带去给猫子采药。连续三服药敷过以后，猫子就能下床扶着墙走路了，原来的溃烂面积也在一天比一天缩小。等到第六副草药用完，猫子的毒疮基本上就好了。徐瞎心很遗憾地对猫子说："很对不起你，因为你这个疮拖得时间久了些，腿会有点瘸！"猫子感动地说："能保住这条命，我已经很感谢你了！得这种毒疮的人我见过的，就算不死，腿也再不会伸展的。我能这样放开不挂棍子正常走路，已经是很难得的了。你就是我的再生父亲。你放心，我一定会好好孝敬你！"徐瞎心感动得眼泪直流。在猫子身体痊愈的那天，徐瞎心把钟先生和徐家族长徐青山请到家里正式举行了收子仪式。说是仪式，其实也就是在一起吃了顿饭，猫子正式向徐瞎心叫了一声"爸"。族长徐青山说："中国人都习惯取三个字做名字。你叫毛志，这毛吧，本来也不是你的姓。我倒觉得你不如叫个徐毛志更好听。"猫子说："行，我叫徐毛志。"由于猫子鄂西北的方言太重，加之农村很多人的名字都是猫子、狗子、黑牛什么的，结果人们又把他的名字叫成了"徐猫子"。猫子就猫子，这也无所谓，倒是徐猫子比原来的猫子叫起来还好听一些。

前面说过，猫子留下来的时候，队伍上给徐瞎心留了三十个大洋。徐瞎心给猫子治病用的草药没有花钱，现在猫子的病好了，钟先生就建议徐瞎心用这笔钱把房子的老墙加固一下，把草顶子换成瓦顶子。徐瞎心就请钟先生帮他计划。钟先生一方面帮他计划，一方面劝瞎心带着猫子上山去野杌里砍回一些木料用于盖房。这样就省了一些钱。草房换成瓦房，三十个大洋也没用完。钟先生把剩下的大洋交给徐瞎心说："房子盖起了。猫子慢慢也就住熟了。猫子是个走南闯北见过世面的人。所以，盖房子还剩下的钱我交还给你们。从今以后，你们家里的事情你们父子俩商量着办，我不能插手了。"就这样，猫子和瞎心开始了新的生活。徐瞎心家里祖上留下了几亩旱地。像这样好的旱地，如果遇到好的种地把式，夏天种苞谷，栽红苕，苞谷收了种萝卜，萝卜行里栽油菜，红苕收了种洋芋，洋芋行里又种苞谷，这样循环着种，始终不让地空着，一年下来，粮食应该是吃不完的。只是因为徐瞎心人懦弱，力气又不好，一个人生活，又没有喂猪牛，自然就缺肥料，地里的出产总是不高，粮食只能勉强接上顿。好在他祖传草药秘方有时还能挣点零花钱。如今，有了猫子这样一个年轻有力气的养子，加之又有钟先生的指点，日子马上就出现了转机。首先是地里的活，钟先生不失时机地教猫子抢茬种、收，收、种。空闲时就刮草皮、煨火粪，半年下来，瞎心原来的几亩旱地就大大地变了样。尤其重要的是，有猫子之后，没人再敢欺负瞎心了。

有一天，猫子从山上回来，徐瞎心高兴地端着一把火枪对他说："猫子，你来这么久了，我也没啥送你的。我今天送你一把火枪。"猫子说："爸，你花这个钱干啥呢？"瞎心说："不是我买的，是草沟曾家送我的。"原来，徐瞎心曾给草沟曾家老大治好了走骨流痰。曾家想谢他，但家里又没什么值钱的东西，一直觉得心里过意不去。如今听说瞎心收了个儿子是当兵出身，扛过枪，想必喜欢枪支，就把家里一把闲置多年没人用的火枪扛来要送给瞎心。瞎心很高兴，觉得这正好送给儿子做见面礼。猫子倒真是很喜欢这支枪！此后，没事的时候，猫子就上野山上去打点野物回来给养父做下酒菜。一次，猫子打回一只麂子。猫子把麂子剥了皮，第一时间给钟先生送去了一只大大的后腿。又有一次，猫子打了一只黄羊，也是第一时间给钟先生送去了一只大大的后腿。就在大多数徐家湾的人都在对瞎心家里的变化感到欣慰和高兴的时候，"枪把式"蛮牛却极为不满。有好几次，猫子主动邀请他一块上山打猎被他断然拒绝。蛮牛认为猫子是外来人，他打枪，是在和他叫板挑战。尤其是猫子独自一人打到了麂子、黄羊这件事，对蛮牛更是一种很大的刺激。他觉得他在族里的权威受到了严重的威胁。蛮牛想公开对猫子下手，又碍于瞎心是族里的长辈。同时，他心里也明白，猫子当过兵，枪法的确又在自己之上，明着和猫子撕破脸自己不管从哪方面说都捡不到便宜。还有一层，就是蛮牛的母亲也不允许儿子做那种小气的事。记得有一次，蛮牛当着自己母亲的面用狠毒的话诅咒徐猫子，母亲当即就厉声制止说："蛮牛你不能这样！瞎心叔是个老好人儿，我们帮不上他，也不能踩他。他好不容易收个儿子，你咒人家做啥呀？你大人大事的男人家，这样说话会叫族里人看不起。话又再说回来，万一哪天有个急事，不是还得请老汉扯草药吗？"母亲前面的一席话蛮牛好像没听进多少，最后这句倒是引起了他的重视。是的，别看瞎心人笨，没用，可是他爷、他爸教他扯草药的本事任你怎么套也套不出半句实话。特别是治走骨流痰，治狗咬的伤，还有软化卡在喉咙里的鱼刺这三个方子，任凭你怎么颠簸他，他脑子就是不乱。真是笨人有笨主意，你把他颠簸得脑子快要乱的时候，他就两手一抱蹲在地上说："唉哟，我肚子痛了！"这时，你问啥话他都假装没听见。他每次扯这些草药都是偷偷地上山。把药扯到以后，总是很快就把药捣碎成糊状的东西，让人看不清全药的本来面目。背地里有人骂他："莫看他是个瞎子，心眼倒怪足的。"徐瞎心的秘方不透露，可是乡下人谁敢保证自己不被狗咬、蛇咬？谁敢保证一辈子不得走骨流痰？他留了这一手，谁想欺负他的时候就得顾忌一点。正是出于这一考虑，蛮牛对猫子一千个不满一万个不满，到底还是不敢把面子完全撕破。徐瞎心的日子一天天地好过起来；徐猫子作为男人的尊严也一天天地开始建立起来。现在的憧憬是在什么时候找个媳妇安个家了！

顺心的日子过得就是快。一眨眼睛，猫子到徐家湾就一年多了。突然有一天，徐瞎心咳嗽发烧，继而腿脚肿胀，他自己在猫子陪同下扯了草药服了不见效果。猫子赶紧把钟先生请来开方子抓药，全然不见效果。钟先生又到牌楼坝请程先生和他一块来给瞎心会诊处方，吃了第一服药病好了点，但服第二副药时病就反复了。钟先生又通过程先生请到县城的名医给瞎心开处方抓药，还是不见效果。钟先生又亲自到青山沟想请宋远清来给瞎心治病。宋先生眯着眼默了一阵说："钟先生你先回去。我今天没空，也不能去。徐瞎心要是能熬过今天晚上，明天会加重一下，他就没事了。那样的话，我后天晚上来。不过，你还是抓紧让他家里准备后事吧。"钟先生从宋先生那里返回再看徐瞎心时，徐瞎心已经不行了——猫子感念徐瞎心的治病之恩和收留之恩，硬是给养父办了一个比较像样的丧事。徐瞎心本来就穷，猫子更是一无所有。猫子先是给瞎心看病吃药，再是办丧事，马上就欠起债来。欠债还算小事，关键是徐瞎心这一死，猫子在徐家湾就没了根基，成了被人撒野出气的目标。他种的庄稼，有人故意去糟蹋。他住的房子，有人故意在门窗上挂死蛇，泼粪便。蛮牛本来早就想对猫子下手，只是碍于徐瞎心是族中长辈，更主要的是忌惮徐瞎心会扯草药。现在他什么也不必顾忌了，非要把猫子的名声搞臭，让他在徐家湾待不下去！今天，他从这家捉只鸡吃了，悄悄地把鸡毛扔在猫子门边，然后唆使失鸡的人家到猫子家里去闹；明天，他把那家的狗悄悄地宰了，偷着把皮子埋在猫子的地里，再暗示失狗人去找猫子赔偿。任凭猫子怎么赌咒发誓说不是他干的，但失主还是非要他赔不可。猫子已经在徐家湾成了人人憎恶，人人避之犹恐不及的人。令猫子苦恼至极的是，纵令有满腔的委屈，却无从诉说，只能憋在肚子里……

猫子说不下去了，他呜呜地痛哭起来。

老四和黎笼匠的眼圈都红了。听着猫子的诉说，老四心里就在想，世上这么多人，到底哪个是最好过日子的？哪个是无忧无虑的？还有，我们平时看到的、听到的，到底哪个是真的，哪个是假的？他从猫子身上想到了自己家里，想到了四姑娘家里，想到了铁炉砭的大舅，以及在铁炉砭山上救的那三个年轻的伤员。他觉得头脑里很乱。他揉了揉脑袋，用眼睛直直地看着黎笼匠。老四不知猫子能否给笼匠的亲戚做成上门女婿。

正在他觉得拿不出主意时，黎笼匠开口了，对猫子说："我相信你说的话都是真话。走，我们三个一起到大堰沟耍去。"

四十七

一家人正在吃饭，老三苑华业突然进了堂屋。他是从下垭子那边的公路上回来的。满婶让四姑娘赶紧去加炒了一个蒜薹菜。一家人还是继续吃饭。敏感的满婶察觉到，老三边吃饭边拿眼睛在看翠翠，翠翠也是不断偷着给老三递眼色。父亲不管这些，边吃饭边说："吃完饭，华业你跟我进城去见你余家二舅爷。"

老三说："我原打算明天进城的。今天先到堰塘湾去看我叔。"

"你叔是自己人，早一天看，晚一天看，他都不会多心。先进城见过余家二舅爷，把事情办牢靠了，心里才踏实。"

老三说："只是进城看二舅爷的礼品我还没准备。回来之前托人在成都买了几盒糕点和水果糖，临起身时是抢着搭的便车，没顾得上买东西。"

父亲满意地看了老三一眼说："能想到这一点就很好！东西我都准备好了。再有你从成都买的东西添进去就更好了。我说嘛，你在外面跑这么多年，心里应该能想到这一点。你到底是想到了。这就好。余家二舅爷缺啥？啥都不缺。只要心里有着人家就对了。"或许是这几年面对老二养成了教训人的习惯，建书此时也没忘借题发挥教训老三几句，"自己人在家里过日子，怎么省俭都不为过。只是在这人情门户上不能省俭。"

老三表面上很恭敬地在听着父亲说话，眼睛却一直在偷看桌子那边的翠翠。这时，翠翠也把一双眼睛从碗边溜过来，调皮地给老三撂过来一个眼波，意思是说：看了我的信，忍不住了吧？老三会意，飞快地撂过去一个眼波：你调皮，看我怎么收拾你！老三怕自己和媳妇的眼色互动被桌子上的人察觉，赶紧把目光移开继续吃饭。

建书老汉把进城见余二爷的礼品早就准备好了，就等老三回来好一块送去。吃罢饭，他直接对老三说："我在屋里等你。你回屋里去洗一把脸，我们马上就进城。"

三媳妇翠翠提前放了饭碗回睡房里收拾去了。还好，老三给家里每人都买了一件小礼物，放下饭碗，他就开始分发。翠翠这两天身上不干净，自觉脸上毛乎乎的。趁这个空当，她赶紧把头发拨了拨，把脸洗净，再抹了点东西。刚刚忙毕，老三就抱着银娃子往睡房走来，边走边用指头刮着银娃子的鼻头问："想不想我？"银娃子说："想。"说着话，就进来了。一进屋，老三一下就把正在门里等他的翠翠连同银娃子一起揽在怀里，轻声说："以后就在一起了。"翠翠的脸通红通红的，喘着粗气说："你要把这些年欠我的都还给我！"话说出口了，她又觉得这种话当着银娃子说出来不妥，故意问银娃子："银娃子，你说是不是该让你爸多陪陪我们？"银娃子说："我要天天跟我爸在一起。"

"好的，来啵一个！"老三冲着银娃子的脸亲了一口，眼睛却斜过来看着翠翠。他看得出，翠翠正焦灼地等着他给她来个啵。

银娃子真是乖巧，提议说："爸爸也给妈妈一个啵！"

"好！银娃子叫我啵我就啵。"老三马上在翠翠脸上来了一个重重的啵。翠翠的脸更红了，出气也更加急促，两眼直勾勾地看着她的男人。这样默默地对看了几眼，夫妻俩该用眼睛说的话都说出来了。老三镇静下来说："银娃子，你好好跟妈妈玩，爸爸要跟爷爷进城办事，回来再抱你。"老三的话提醒了翠翠。她记起来了，公公此时还在外面等着老三。她赶忙从脸盆架上取下湿毛巾在水里透了透，拧干了递给老三说："自己把脸擦一把，我给你把头发梳梳。"老三就接过毛巾擦脸，翠翠就势给他梳头，夫妻俩的影子被桌上的镜子收在一起。看着镜子里的自己，两人又互相调皮地挤了挤眼睛。

老三从房里出来时，父亲已坐在堂屋等他，怀里抱着的是用大包包着的送余二爷的礼物。父亲见他出来，立马就提了包袱从堂屋里往出走。老三急忙上前把父亲手里的包袱接过来自己提了，跟在父亲后面出了大门。见老头子和老三出了大门，满婶自己动手把端午节采的白艾取了一把在瓦盆里洗净，然后放在锅里熬出一碗汤水滤净，又在滤净的白艾汤里打了五个荷包蛋，并在荷包蛋里放了几匙红糖。满婶把做好的荷包蛋用碗盛了放在灶头，就到机房去喊三媳妇说："三女子，你过来一下。"满婶把三媳妇一领进灶房里，就指着灶头那碗荷包蛋说："你趁热吃了。"三媳妇来到灶边，闻到碗里有一股浓浓的艾草味儿，便皱着眉头疑惑地看着婆婆问："我吃这个啊？"满婶轻声嗔道："自己的身子自己不清楚？"三媳妇马上就领会了婆婆的意思，羞红了脸低声对婆婆说："妈呀，谢了啊！"她赶紧端起荷包蛋来吃。满婶又轻声说："我叫银娃子晚上跟四姑娘睡。"

从麻园子到县城，从大路走有十七八里路。天已经热了，苑建书和老三苑华业父子俩选的是麻园子到黄板堰再到牌楼坝的路。这条路近，也背阴，凉快。父子俩很多年没这样同路走过了。老汉记得，自己最后一次送老三进县城是送他从县城经月河乘船去安康考军校的那一次。他当时把老三送到龙滚荡的水码头上的船。儿子急着和同路的人一块往人堆挤着找座位，忘了和岸上眼巴巴看着他的父亲道别。他就用眼睛一直盯着儿子，看见他找到了坐的地方，儿子脸朝东边安康的方向的样子好像有点胆怯。他就这样一直在岸上目送着儿子，直到看不见船了，才转过身来往回走。时间过得快啊！掰起指头算起来，这已经是九年前的事了，一切都还历历在目，像是刚才发生的一样。今天，父子俩是继那次之后的第一次同路，走的还是这条路，但心里好像已经陌生了。那时，老三还是一个没出过远门的孩子。如今，他已经三十岁了。儿子大了，成了军官，自己老了，成了老头子。建书心想，如果一切顺利，明天儿子可能就是牌楼坝的乡长了，自己是他治下的平头百姓。有意思，同一个人，又是乡长的百姓，又是乡长的老子！到那时，县城西路最大最有名的建筑物——牌楼坝的石牌楼后面的乡公所就是麻园子苑家老三的办公场所啦！我辛苦节俭为了什么？屈尊求人又是为了什么？不就是想着能有朝一日走到人的前面去吗？我这辈子走不到人前面去了，儿子们能走到人前面去，这一辈子的辛苦就没有白费。父子俩就这样在路上一前一后地走着，和九年前那次一样，基本上没有说话。说什么呢？已经没有共同语言了，却各怀心事。

当父子俩汗流浃背的时候，县城也到了。因为要抢时间办大事，他们选了近路，也就是从县城西头的西潭进城。现在还没到经常涨大水的季节，架在西潭月河上的木板桥尚未拆除。从这里进城比绕道张家湾、观音河，再经石桥进城要省一大截路。木板桥还是当年那座木板桥。九年过去了，建书老汉发现今天再过桥时，有几块桥板烂了，桥身好像晃得很厉害，头有些晕。快要到桥中间的时候，老三落脚的步子重了些，桥身晃荡得厉害，建书老汉吓得半举着两只胳膊站在桥上不敢动了。老三见了，这才意识到父亲老了，他马上换了很轻的步子走上前去将父亲的右胳膊挽着慢慢地往前走。

过了桥，走过一片沙洲就到了西潭的菜市场。现在不是卖菜的时候，这里就显得有点冷清。过了市场，就是西城门。在老三的记忆里，这座城门很是高大巍峨；今天再看，其实它已满目沧桑，是那样的凋零和孤寂。走在城门洞里，老三提醒父亲："舅爷该不会正睡午觉吧？"父亲被儿子的话提醒，赶紧快走几步从门洞来到街上抬头看了看太阳说："你舅爷中午只小睡一会儿，这阵起来了。"

建书的判断很准。当他带着老三走进余二爷家大门的时候，余二爷午睡起来刚抽罢一袋水烟。建书把老三手里提的包袱接过来自己提着招呼道："二舅，我来了。"余二爷听建书招呼他，赶忙把闭着养神的眼睛睁开。建书把包袱放在小桌子上，指着身边的老三对余二爷说："二舅，我把老三给你带来了！"

老三听父亲介绍，马上上前一步走到余二爷面前恭恭敬敬地鞠个躬说："舅爷好！"

余二爷坐在那儿把老三上下打量一番说："小伙子周正，精干，逗人喜欢！"他站起身来说，"建书，我们之间就不用客气了啊！你看是这样，你在屋里坐也行，你在街上转也行，等我们从县政府回来也行，你先回去也行。就一句话，你随便。我呢？现在就带老三进县政府去见郑县长。昨天我遇见他，他还问我这件事了。老三才回来，他当过军官的，回来怕也该在县上登个记啥的，这我不懂，怕是会耽误一些时间。说不准，老三今天还回去不成也未可料。"说着话，余二爷就准备出门。

建书心想自己把老三交给余二爷就再没有别的事了，遂说道："那就烦劳二舅受累。我现在就回去。"建书又对老三说，"你既然进城来了，就把该办的事都办了。天气要是晚了，就歇在城里。我没事，一个人先回去。"老三说："那行。爸你出城过桥时放慢一点！"建书说："没事，天气长，我走大路。"于是，建书就同余二爷、老三一同出了余家大门。出门后，余二爷带着老三左转往东走去县政府，建书老汉右转往西走，准备走大路回麻园子。余二爷是个急性子，带着老三只顾匆匆地往前走，也没跟建书道别什么的。看看余二爷和老三拐过弯就要从视线中消失了，建书才长长出了一口气，心里说："好啊，悬了半年的这颗心总算放下了！"建书想，虽然老三能不能顺利地当上牌楼坝乡乡长现在还不好说，但凭余二爷刚才说的昨天县长还在问他这句话判断，就说明县上已把老三回来以后干啥这事定下来了。从今天起，我家老三也算见过县长了！换句话说，县长也就知道有麻园子苑家这么一户人家了。走出县城的街道，头上没了遮盖，又是脸面迎着太阳在走，建书的衣服很快就汗湿了。好在他心里高兴，倒并没感到身上有多么难受。

县政府距离余二爷家不远，转两个拐就到了。路上，余二爷有几分神秘地低声对老三说："这个郑县长很有前途。他原来是地区专员的秘书，人也挺好的！你要把握住机会！"老三说："我没在地方干过，真不知道能不能胜任。"余二爷鼓励老三说："事在人为。不管啥事情，我想它都有相通的一面。部队上可能要单纯一点，地方上关系复杂一些，遇事想细点，办法多想几种就不怕。我看你行。"老三感激地说："谢谢舅爷，我一定好好干。"说话间，县政府的大门就到了。余二爷是县长的常客，门房上的人都认识他。他就一路畅通无阻地到了县长郑心剑的办公室门口。县长办公室的门虚掩着，余二爷敲了敲门，便听得郑心剑拖着长声说："进来！"余二爷就轻轻地推门进去，见郑心剑正皱着眉头用毛笔在聚精会神地批阅一份文件。从他那极为艰难的表情上看，这份文件极其不好批示，像是落笔千钧。余二爷发现，郑县长在文件上所批的每一个字，都是先在一张空白纸上写了，思考一会儿，再把这个字誊正到文件上去的。余二爷见县长顾不得看他，就示意老三在墙边的一张凳子上坐下，他自己在另一张椅子上坐下，静静地看着县长批文件，大气也不出一声。这样过了好长一段时间，才见县长如释千斤重负地把一份文件批完。县长还不放心，再把批语细细地斟酌了一遍，然后用嘴把墨迹吹干，同时也把那张底稿纸放进抽屉里。做完这些，县长才抬起头来看墙边坐着的余二爷他们。当他发现那里坐着的是余二爷时，马上就起身小跑过来打招呼："啊呀，余叔叔，失敬！失敬！"一面打招呼，一面就把余二爷搀扶到会客用的椅子上坐下。

郑心剑是去年春末夏初从安康李专员身边派来当县长的，今年还不到四十岁。他从第一次上门拜访余二爷开始，就一直称余二爷"余叔叔"。余二爷为此很是感动。

"余叔叔，恕罪啊！遇到一份棘手的文件，总是决断不下，耽误了时间，慢待你了！"郑县长一面亲自给余二爷沏茶，一面做着解释。

"说啥慢待啊！郑县长专心致志，夙夜在公，真是百姓之福！"余二爷笑盈盈地恭维道，"这么大个县，又适逢国家在多事之秋，你这位全县的父母官，忙啊！"

"余叔叔总是体谅我！"郑县长给余二爷沏了茶，这才顾得招呼在墙边站着的老三，"来来，过来坐！"

老三见县长顾得招呼自己了，赶紧给县长鞠躬请安道："郑县长你好！我叫苑华业，是刚从部队回来的。"

"啊！是余叔叔说的苑华业呀，昨天，我还在向余叔叔打听你啦！回来好！回来好！"

余二爷也赶忙过来把老三拉到郑县长面前介绍说："郑县长，这就是我跟你说的我那个亲戚苑华业。给你添麻烦了！"

"哪里哪里！"郑心剑主动伸手握住老三的手，然后把老三打量一番说，"嗯，儒雅中透着英武，面相和气，应该是个外柔内刚之人。好啊，欢迎你回来工作！"说完话，他让老三在和余二爷并排的那张椅子上坐下。

郑心剑自己拖张椅子在余二爷和老三对面坐下。坐下以后，郑心剑先把茶杯轻轻地向余二爷推推说："余叔叔，你喝茶啊！"然后严肃地对老三说："苑华业，余叔叔是我们县政府非常倚重的地方贤达。所以，我们说话不但不用回避，反倒是当面一块说更好。余叔叔把你的情况都向我介绍了。我很重视这件事。县上经过研究，决定让你到牌楼坝任代理乡长。牌楼坝乡乡长因病很长一段时间不能正常办公，加之他本人精神也不够振作，有的工作已经耽误了。牌楼坝乡是县城的西路重镇，更是县上的粮仓，稳定这个乡非常重要。你文化高，在部队多年，可谓是能文能武，又是余叔叔的亲戚，把你放到这个乡，我这个做县长的心里踏实。苑华业，我希望你振作精神，勠力向前，一扫牌楼坝乡存在的庸散拖沓之弊，把它建成汉阴县的模范之乡！"说到这里，郑心剑问老三，"你是不是国民党党员？"

"是的。"

"好，我祝愿你在牌楼坝乡公所这个重要的舞台上立功劳，建大业！"郑心剑把椅子向老三挪了一点，显得更亲近地说，"苑华业，党国正需要你这样的青年才俊。危机危机，没有危，一切都很安静，哪里有建功的机会？我对党国充满必胜信心！你呢？我希望你也要有坚定的信心？"

"我信心坚定！"老三站起来表决心，"请郑县长放心，我一定不负县长重托，把牌楼坝的工作搞上去！"

"好！你今后工作上有什么想法，有什么困难，都可以随时来找我！"郑心剑很亲切地说，"华业，你才从部队回来，先去一科登个记，然后回家处理一下家里的事。非常时期，特事特办，估计两三天就能把你上任的手续办下来。你等着，我让秘书带你到一科去登记。你是党员，还需要到党部登记。今天晚上，我做东，请余叔叔吃饭，你也参加。余叔叔心念乡梓，不但自己给县上出力，还让子女亲属也为县上多方出力。今天，老人家又推荐你从部队回来为家乡出力，我真是感佩之至，要多敬余叔叔几杯酒！"

"县长你太客气了！你还不是在给全县百姓出力嘛！"余二爷诚恳地说，"今天晚上，由我做东，请县长拨冗来寒舍赏光！"

"那不行！你是长辈，不能总是叨扰你！"郑心剑拿起电话接通秘书说，"小许，你来一下。"

很快，就有个穿中山装的青年人走了进来。郑心剑指着老三对那青年说："你带苑华业同志到一科去登记。还有，你到福乐居订个座，晚上我请余叔叔和苑华业同志吃饭。"

"那就恭敬不如从命！"余二爷说，"既然县长执意破费，那这样，我带瓶老酒请县长品鉴！"

"余叔叔总是这样客气。你的好酒都叫我喝完了。"

"县长能赏脸，是我的荣誉呢！"余二爷知趣地说，"县长你忙，我先走了，晚上见！"

"那也行。"郑心剑就把余二爷亲自送到门外。

四十八

今天是老三华业三十岁的生日，满婶按她的习惯给老三煮了两颗甜水蛋。老三从母亲手里接过鸡蛋的时候，心里只想笑。母亲说："你莫笑，十个生日没吃上了吧？"老三说："蛋吃了，不过不是妈煮的。"

老三把鸡蛋拿回睡房要给翠翠和银娃子吃，翠翠说："这是老娘给她的宝贝儿子过生日的，我不吃。"老三说："想着就好笑，好像我还是小娃娃似的。"翠翠说："你当你有多大呀？再大，在妈的眼里还是小娃一个。"老三说："这倒也是。"银娃子接过一颗鸡蛋一面在桌上滚动碎皮，一面认真地说："我爸是大人，是乡长！"翠翠说：

"乡长怎么样？我们现在就让乡长给我们剥鸡蛋。"老三说："剥鸡蛋我倒有一手。来，你们学着。"他把两颗鸡蛋拿过来放在一起在桌子上滚了一圈，然后把蛋壳撕开一个口子，便整整齐齐地取出两颗白亮亮的鸡蛋给翠翠和银娃子一人一颗。翠翠说："我们两人吃一颗，妈给她宝贝儿子过生日的鸡蛋你得吃。祝你当乡长顺利！"

老三用嘴接了翠翠递过来的鸡蛋，一边嚼着一边伤感地说："唉，但愿我当乡长能当得顺利。三十岁了，啥都没弄成。在部队上一心想干成点事情，哪晓得那里边水很深，硬是一而再再而三地遭人排挤，受当官的冷落。像我这样又没背景又没钱的农民娃，越想挤进人家的圈子，就越是容易遭人算计。干了这么多年，还只是个不带长的参谋，有啥办法呢？算了，此处不留爷，还有留爷处！我走，我让路。现在走了，给人家让路了，只是不晓得在这个乡长位子上能不能干得顺心顺手。"

翠翠见自己的男人好像心情有点沉重，就给他打气："你能干好！我就不信你干不好。原来的乡长张启明在屋里来吃过饭，我见过的。他人长得像个闷柱子，说话也没有你利索。他干了怕总有七八上十年，没见有啥事。你怎么看也比那个人强！"

老三说："人不可貌相，说不一定你说的那个闷挂挂子相，还有说话不利索，正是他的长处呢！我这些年算是领教了，往往半路上杀出来的程咬金都是你平时防备不到的人。"老三喝了半缸子水接着说："我回家当这个乡长，是好事，也不是好事。你以后还是要在各方面小心点才好，不要叫人家说我们的闲话。我带了一本《增广贤文》回来，有空我就教你读，那书容易懂。我还带回了《曾国藩家书》，你学着读读也好。我这两年心情不好的时候读一读还是很有心得的。你识字不太多，有空我再教你。反正吧，我们是本地人，人家都看着你长大的，如今你突然就当了人家的乡长，可在周围熟人的眼里，我还是麻园子苑机匠的那个老三！你说对不对？夹着尾巴做人总会少些事情。现在呢，你让银娃子去跟五斤子、跟弟耍，你该做啥还做啥，还跟原来一样。县长叫我在家里先歇两天。我从县长秘书那里要了些材料，一个人静下心来好好看看，记些东西。说不准明后天就叫我到乡上上班，免得到时候啥都不晓得，两眼一抹黑。"

翠翠说："是呢！你是得晓得些牌楼坝的事情。"她赶紧对银娃子说，"走，我们出去，让你爸看书。"

前天下午，老三在县政府办完事情后又参加了郑县长给余二爷摆的晚宴。虽说这顿饭是郑县长让秘书小许在馆子订的餐，但余二爷跟馆子熟，是常客，在那放着钱，他已悄悄地把账记在自己名下了。老三虽然陪着多喝了些酒，但觉得他的整体表现是得体的。这从县长和余二爷的脸上能得到印证。这顿饭吃得时间很长，待吃毕散席，天已黑了好久了。老三把县长和余二爷送回家之后，就悄悄地到盐米街的一家旅社歇了。昨天早晨，老三又进县政府向秘书小许要了些材料带回家熟悉情况。等老三从县城回来，已经是中午过了。

两天来，老三一直在琢磨乡上的工作从哪里下手。都说新官上任的头三把火很重要，烧不起来，后面的工作就容易陷于被动。这几年，老三在部队上读了不少有关官场谋略的书，但越读越觉得摸不着头脑。那些书都是一家之言，都是一些没当过官的人在那里纸上谈兵。这些书都是读起来热闹，掩卷默思，又觉得都是空话。老三后来醒悟了，如果当官有一个模子，那不是哪个人都能当大官、当好官了吗？凡观天下，哪个当官的人是这样的呢？有了这个认识，他干脆不再读这些书了，而是选了一些政治家、军事家传记一类的书来读。读了这些书，老三的感想是他佩服孟子的那句话：尽信书不如无书。世上的事没有千篇一律的，世上的人没有千人一面的，每个人的际遇都是不同的，每个人的阅历、修养、气质，以及对事物的判断能力也是不一样的。官场、职场应该没有固定操作的模式。那些成功的大人物更是五花八门，各人有各人的成功之道。但细察那些真正有所建树之人，都是有过人之处的。老三由此想道：一个人要想脱颖而出夺得一方阵地，然后游刃有余地守好、用好自己的阵地，主观上必须具备基本素质，要有基本的坚守；否则，即使成功了，也会很累，很难受，甚至不得善终。于是，老三在读书笔记的扉页上写下这么三条心得：

甲、待人处事能秉持基本的伦理道德标准和是非标准；

乙、具备较深的修养和较强的能力；

丙、能在最快的时间里对错综复杂的现象做出比较准确的判断和把握。

写下这三条心得之后，他再想想自己曾经的浮躁，反而觉得心里比原来平静了些。这次在从部队往回走的路上，他在心里重又把这三条心得反复推敲了一遍，觉得干事还是从自己主观上多努力一点，不能只是怨天尤人。所以，在同父亲一块进城的路上，他一直思虑着乡上的工作该从哪里入手。见到县长，并听了县长的一席话之后，老三首先思考的便是如何落实县长的"一扫牌楼坝乡存在的庸散拖沓之弊"和除弊之后如何建成"模范之乡"的事情。在思考工作该从哪里入手的时候，老三先想到的是如何面对人的问题。这是他在总结这些年在部队得失之后的一点心得——考虑事，必须考虑人。比如，对父亲这样的农民持什么态度；对大哥、二哥、老四、老五、老六，以及大嫂、二嫂、翠翠、四姑娘持什么态度；对甘家槽王家姨夫、团包上的典公、堰塘湾翠翠她爸持什么态度。他们都是牌楼坝的农民，却又很不一样。那么，范围再扩大一些呢？扩大到县长秘书小许家里的情况呢？前天饭桌上县长说了，小许的家在牌楼坝的长坝梁上。从饭桌上的情形到昨天早上向他要资料的情况看，小许好像不愿和他交往。毕竟，人家和他不熟嘛！老三继续想：还有保长、甲长、余二爷家族、程先生家族等，他们的想法、他们的利益、他们对同一件事情所持的态度都会一样吗？肯定不一样！这么想了一遍，老三觉得他这个乡长干得绝不会轻松。不过，不管怎么样，自己既然答应了郑县长，既然揽了牌楼坝乡这摊破瓷器，那就得煅好自己这把金刚钻，把这个乡的工作抓好！

令老三没想到的是，下午就接到通知，要他明天上午十点到牌楼坝乡公所报到，接受任命。接到通知，他的第一反应是太快了。他原打算明天去堰塘湾看岳父，现在上任的时间比预计的提前了，那就只得改在现在动身了。老三赶紧把正看着的材料收起来，到正房对父亲母亲说了他明天就要到乡上任职的事，然后就带着翠翠和银娃子一块去堰塘湾了。

苑华业正式在他的代理乡长办公室坐下来。等副乡长周信冬到他办公室来过之后，他立马就到周信冬的办公室做了回访。寒暄一阵之后，华业诚恳地对周信冬说："老周啊，我刚从部队回来，部队上和地方上不一样。部队上是清一色当兵的，不像地方上各人都跟各人不一样。再有，部队讲的是军令如山，啥都是命令，是强制性的。部队上的任务和目标也比较单一，不像地方上包罗万象吃喝拉撒啥都有。这方面，你是老同志，是行家，你情况又熟，经验多，可得多帮帮我！"周信冬说："苑乡长，你客气了。我文化低，不像你读那么多书。以后在一起共事，也要请你多支持。"华业说："老周你看，郑县长那天跟我个别谈话时，指示我要把牌楼坝乡上的工作推到全县的前面去，要建成模范之乡。后来在福乐居招待我的时候，郑县长又说了这句话。我感到压力很大。郑县长还亲口对我说，他了解过的，说你的工作点子多，干工作很泼辣，要我在工作上多听你的意见。你看，我的工作从哪里开始立威、立信，才有利于把牌楼坝乡的工作推到全县的前面去？"周信冬听了华业的话，脸上的表情由无所谓变成得意。他用比较庄重的口气对华业说："听说郑县长是很严肃的人。他既然亲口这样跟你说，还设宴招待你，就说明县长很重视牌楼坝的工作。"周信冬转而不满地说，"不是说他张启明走了我说他坏话，他这个人太滑，面情太重，遇事爱打哈哈，抓得不实。这话我是当着他的面说过的。我们乡确实有些任务能够完成，而没有完成。要想把工作推到全县的前面去，非得来实招，下硬茬，下狠茬才行。你初来乍到，又年轻，要是一开始不把根子扎硬，只怕后面的工作就推不动了！"

"老周，我很同意你的意见，也很赞赏你的魄力！"华业站起来握住周信冬的手说，"拜托老兄了！以后工作上要请你多多提醒我。我这人性子直，不爱拐弯抹角。以后凡工作上的事，做对了，成绩是你的；做错了，惹麻烦了，责任全是我的。请你大胆工作，我做你的后盾！"

"苑乡长，有你这句话就行。我相信，我们能把牌楼坝的工作推上去！"周信冬用一脸的诚恳相打消了苑华业此前的顾虑。

见周信冬第一面的时候，华业能感觉到他对自己的轻视和不满。通过这次回访，周信冬的态度明显有了改变，这令华业深感欣慰。两天来，周信冬已连续找华业谈了几次工作。华业对周信冬的建议一概采纳，这又再次鼓励了周信冬，他的工作热情更为高涨了。从这两天的接触看，华业初步认定周信冬是个城府不深、敢干工作的人，这就很好。他思考再三，决定先抓四项工作。第一，强化上班纪律。乡机关的人实行上下班在门口画押制，迟到早退的在黑板上公布，同时罚款。对保长、保队副，要求每周至少有三天在保队部坐班，其他时间必须保证能找得到人。甲长则不容许擅自外出，要保证随时找得到人。第二，清理三年来各保各甲的账目，特别是去年春天以来的账目，包括各种税、捐、公粮、军粮等项是否按上级下达的指标征收和上交了，有没有暗中加码、截留私吞的现象。乡公所机关的账目清不清查，待后再说。第三，发挥自己上过军校当过军官的优势，组建治安联防队，清共清匪，整肃治安。第四，抓尾欠任务的落实，清查乡上还有哪些布置过的工作落实得不彻底。对于粮、税、捐、夫、役任务，凡完成不彻底的，限定其一个月之内完成；对于夫、役任务没完成的，马上强制拖、欠者出夫、役。上级布置了夫、役任务的，先强制安排这些尾欠户出夫差；上级没有布置夫、役任务的，强制安排欠夫的人户出夫修整乡内的道路、堰渠。

华业把他要烧的这"四把火"拿到有全乡各保各甲以上人员参加的会上进行公布。会上，有人提出缓一缓，等县上有了新任务时一并考虑。华业说："不容商量，会后立即组织落实！"

对于华业计划要烧的这四把火，周信冬认为很及时，也很必要。他说："我早就说了，非常时期必须用非常的手段，可是原来的乡长就是不听。"会后，乡公所立即成立四个工作小组来落实这四项工作。第一项工作是从保甲长以上人员参加的会议之后的第二天清早开始的。那天一早，苑华业和周信冬便站在大门口亲自监督乡公所的人上班，没发现有迟到的人。中途，他们两个乡长又到各办公场所检查了一遍，又到门房察看了外出登记的情况。下班时，他们检查了下班情况。第二天，苑华业和周信冬除了检查乡公所机关的上下班情况外，又突击地抽查了几个保、甲长的情况。对一个保长没在保队部值班的问题和两名甲长外出没给保长打招呼的问题进行了通报，同时，申明下次再发生类似情况将要罚款罚夫役。很快，有人就在后面骂苑华业："这个碎爪爪子，我们看着他长大的，鼻涕才擦干净几天，就这样拿腔拿调地整我们！"不过，过了一段时间，骂声也就平息了。

　　第二项工作进展得也还顺利。经过清查账目，发现两名保长、五名甲长有问题。其中第五保保长严自学的截留贪污问题还比较严重。华业警告说要把他往县警察局送，严自学就到堰塘湾求翠翠她爸出面说情，华业没有松口。严自学又连夜赶到麻园子求建书老汉，华业还是没有松口。严自学急了，拐弯抹角地找到牌楼坝的程先生求情。直到程先生被缠得无奈找到苑华业，华业才松了口。其实，苑华业心里本没打算把他送警察局，只是想让他多求几个人，多着一阵子急而已。目的达到了，也就见好就收了。最后，华业撤了严自学的保长职务，又勒令其退赔了五石稻谷才算了事。撤职的事在严自学的苦苦哀求下，乡上没向社会公开，算是给严自学留了面子。但令华业没想到的是，这件事过去没多久，严自学就到处放风说他是自己强行把保长辞掉的。他说："这世道乱得很，黑得很，再不能当保长了。我硬是把那个破差事给辞掉了！"严自学本来就是碎嘴子，爱唠叨，且没事喜欢乱串门子，如今为了掩盖自己的丑事，更是到处卖弄性地宣传他是如何辞掉保长的。一时间，弄得好几个保长都要辞职。苑华业问清了原因，亲自带了两名乡丁扛着枪到严自学家找他谈话。严自学一见这个场面，以为华业要抓他，"扑通"一声就跪下求情。华业严肃地说："严自学，你听着，你的保长是被撤销的，不是你辞职的。念你知错认错，没有把你送警察局。可你无事生非，造谣惑众，丑化基层政权。你说，怎么办？"严自学求情说："乡长啊，我……我再也不敢了！"最后，在严自学老婆的苦求下，华业让严自学当面写下保证书，保证今后不乱说，不翻案，这才带着乡丁离开严家。临走，华业警告严自学："今天先饶了你，不过这件事给你记着的！"严自学担心苑华业再找他的麻烦，三天以后就随人到四川做生意去了。

　　除了严自学，还有一名保长被劝令辞职，剩下的五名甲长及时退赔了粮款。因为数额不算大，批评了一顿也就算了。华业又把其他的保长、甲长召集起来开了个会，通报了清理情况，再把大家慰勉了一通。会后，他又把剩下的保长请到麻园子吃了一顿饭。这些保长都很感慨，表示要跟着苑乡长把工作干好。

第四件事是和第二件事一块进行的。清查发现共有一百三十七户人家不同程度地存在粮、捐、夫役任务完成不彻底的问题。苑华业和周信冬便各带一路人马，逐村逐户地进行清理落实。这其中有些农户确实是交不起粮款，出不了夫役。苑华业想，既然抓了这项工作，就坚决不能心慈手软，哪怕他偷谷子盗米也必须完成。这样，硬是用了二十多天时间，才把这项工作结束。面对一些人家哭爹叫娘抹泪的现象，华业虽有些于心不忍，但终究没有让步。

关于清理出的保甲长克扣截留贪污粮款的退赔，以及尾欠户尾欠粮款收缴上来以后是返还给被多收了的农户，还是冲抵下次的任务，抑或上交县政府的问题上，苑华业坚持："不商量，一律上交县上！"周信冬也支持这一主张。他说："上交！原来县上对我们乡有不好的印象，正好通过这件事让县上看到我们对县政府的忠诚！"事如所愿，牌楼坝乡把这批额外的粮款交到县政府之后，县政府果然在第一时间发文进行了通报表扬。苑华业和周信冬都很高兴。

现在该全力以赴抓第三件事，也就是治安联防之事的落实。这件事是苑华业从曾国藩办团练的史料中受到启发的。他记得那天随余二爷去见郑县长时，县长说牌楼坝乡很重要，同时又说县上眼下治安情况不太好，希望把牌楼坝建成模范乡云云。华业想，我有当过兵的优势，要想出类拔萃，就要做别人无而我却有之事。我先投石问路，办一个纯治安性质的组织，只抓治安，不问政治，先保证本乡辖区不发生偷盗、抢劫、投毒、纵火这类治安案件，让老百姓说好。这个组织我必须牢牢地抓在自己的手中，先让它松散平淡一些，在运转过程中，再静观形势变化，必要时，我就对其进行政治强化和军事强化，以兹增加我个人的分量。思谋已成，华业就亲自起草了办治安联防的方案。方案如下：

甲，宗旨：作为乡公所的一支自治联防性的半军事化组织，协助乡公所贯彻县政府指令，维持辖区治安，监视社情民意，震慑不法行为。

乙，组织：

（一）领导：乡公所成立治安联防大队，乡长、副乡长任正、副队长；保队部成立治安联防小队，保长任队长。

（二）人员：全乡七个保，每保选七人参加治安联防队，接受乡公所集中训练。该七人即为所在保的骨干队员，也是基本队员。以保证每天有一名治安联防队员主持在本保所辖村庄巡逻。殆这七名骨干队员集中训练完成以后，每保自己再负责抽员若干，在治安联防队员的带领下负责所辖村庄巡逻。队员年龄拟在二十五岁至四十岁之间，太小情绪不稳，太大精力不济。可以从免除服兵役充壮丁的人员中抽选。

丙，训练：乡公所将七个保选出的四十九名骨干队员集中进行训练。训练内容为：政训、队列、器械、监视盘查、要情处置和登记。训练时间为五天。

丁，费用：每人每天细粮一斤，清油半两，柴薪十斤。另会餐吃大肉一次。其一，申请县政府补助；其二，本乡自筹，即从公共积累中出一部分；其三，辖内大户捐助。

戊，器械：每保出火枪一支供队员巡逻使用。其余器械用木棍代枪训练。

己，卧具：被褥等用具自备。

庚，住宿及场地：原乡小学。

辛，教员：到县警察局请，乡公所选。

苑华业把方案拟好后仔细斟酌了一遍，然后写成报告呈县政府负责军事和民政工作的第一科。第一科认为兹事重大，涉及组织武装，遂将其呈送县长郑心剑。郑心剑阅完报告，心里甚喜，默默吟道："苑华业上过军校，当过军官，如能就势组织训练出一支准军事化武装，以备他日不时之需，此乃我用其所然。"遂即在报告上批示道："牌楼坝乡的计划甚好。苑华业同志军校毕业，退役军官，有此特长，着其先行先试，积累经验，以期推广。所涉人财物诸项，一科商二科及警察局酌情襄助。"

县政府一科的人很快就带着县长的批示到了牌楼坝乡公所。代乡长苑华业深受鼓舞，第二天就召开各保保长开会，限定时间落实人员及粮油诸事。会议一开始，华业就说："办乡治安联防队的事县政府已经批了。郑心剑县长做了重要批示，没有商量的余地，也没有退缩拖延的理由，现在的问题是七个保要尽快落实人员和粮油柴薪。虽然七个保贫富不一，但所训练的人都是回到所在的保担任基本队员，是给本保干活。因此，各保筹备各保七个人的费用配额。没有商量余地。这是考验对党国忠诚与不忠诚的大事，绝对不能出岔子。"讲了这席斩钉截铁的话之后，苑华业才把各保具体都要做什么和怎么做的事情详细进行了讲解。

听完乡长的话，保长们无不面面相觑，一脸苦相。尽管保长们心里不乐意，但乡上决定了的事情还得想办法完成。第二十天的早上，乡上规定的截止日期到了，华业有些着急，早早就到大门口，看不见人来，他有些坐不住了，就到周信冬的办公室去商量。周信冬说："等等，到下午再说。我想不会有事。对于这件事，我虽没给你汇报，可私下一直在抓它的落实！"听了周信冬的话，苑华业非常感动。他握着周信冬的手说："老周，我很感谢你！"周信冬说："你不用感谢我，我在你手下干事很过瘾！"结果，刚吃了午饭不久，周信冬就跑到华业的办公室来说："都来了！都来了！"华业惊喜地跑出大门来看，果然见保长们都亲自带人扛着被卷、柴薪，担着粮食到小学报到来了。华业很高兴，亲自到小学去接见保长，组织报到。第二天早上，训练班按时开了班。县政府派的政治训导员是县党部的老刘，县警察局派来了三名教官负责训练队列、器械、监视盘查、现场勘验处置，苑华业和周信冬则负责班务、后勤等事务。辖区的保长、甲长都出席了开班仪式。在开班仪式即将举行的最后一刻，县政府一科科长和警察局长陪着县长郑心剑进了小学操场，随即登台做了简短的讲话。县长到乡公所来出席活动并讲话，这不仅在牌楼坝乡是第一次，在县内其他乡也是第一次。这件事不仅极大地提高了苑华业在牌楼坝乡老百姓中的威信，也极大地提高了他在辖区其他乡长心目中的地位，更是提高了他在周信冬心目中的地位。须知，这是周信冬入职以来第一次面对面见到县长。开班仪式结束后，周信冬几乎逢人就说："真是有智不在年高，你看人家苑乡长那么年轻，到乡上来才几天，县长就亲自来讲话！"从此，周信冬的工作更加积极了。苑华业见自己亲手策划的四把火不仅烧起来了，而且还烧得很旺，心里说不出的高兴。

开班仪式的第二天清晨，天还没很亮，人们惊奇地发现乡长苑华业带着治安联防队训练班的学员在公路上跑操。他们一路跑，一路喊："一二一，一二三四！"这真是一件稀奇事！抗战初期，山东一所中学迁徙这里避难的时候，当地人曾见过学生娃娃每天早上被老师带着跑操。学校迁走之后，就再没见到过早上有人跑操了。苑华业跑在队伍的最前面。有认识他的人就指着他给不认识的人介绍："你看，跑在最前面喊队子的那个娃是新上任的乡长。他是麻园子苑机匠家的老三。"马上就有人说："那娃那么年轻！"又有人说："苑家老四、老五都是小伙子，为啥不叫他们参加训练？"有人就接了话说："人家老四、老五不够二十五岁嘛。"马上就听得有人反驳说："为啥要规定二十五岁？就是因为苑家老四、老五不够二十五岁吗？"这些议论纷纷扬扬，不胫而走，私下咒骂苑华业优亲厚友，不让他兄弟参加治安联防巡逻的人越来越多。幸好，这时县上的巡警队要扩编。苑华业便趁机把老五送去当了巡警。这样，关于苑华业有意不让他家老四、老五参加治安联防巡逻的议论才平息下来。

牌楼坝乡治安联防队按预定计划运转着。每天晚上，每个保都有一名治安联防队的骨干队员带着保里挑的值班表中的两个人，三人一组到本保各个主要村子巡逻一遍。这三人中一人扛火枪，一人拿着铁钎制成的长矛，还有一人提着一面铜锣，发现有紧急情况时就鸣锣，再紧急时就鸣枪。麻园子是几个保甲的交界之地，有时候一个晚上就能听到三支巡逻队的敲锣声。自从联防巡逻以来，辖内晚上入室偷盗和路途抢劫的事件越来越少，一个月之后，就基本绝迹了。连比较偏僻的地方，人们深更半夜也敢带东西出门走路。于是，就有人议论："苑家老三搞得这事还真有些好处。"又过了一段时间，有几个偷盗抢劫案件频发的乡就派人来学习牌楼坝的联防经验。又过了一段时间，县政府来牌楼坝总结了办治安联防的经验，准备向全县推广。与此同时，县政府决定正式任命苑华业为牌楼坝乡的乡长。

四十九

　　苑华业被正式任命为乡长的这天下午，他把乡公所的几个主要人员请到家里来吃饭，然后就先一步回家做准备。周信冬他们几个是随后来的。来的时候，他们有的提着肉，有的提着酒，有的买了干木耳及豆油皮子、豆腐干之类的菜品。建书老汉极不习惯地说："这……这，这多不好意思嘛！请你们来家里吃顿家常饭，你们反倒破费，拿这么多东西来。真是不好意思！"周信冬说："苑叔，你就不要为难了。你看，我们这么多人突然跑屋里来吃饭，哪个来得及买菜呢？我们从街上来，顺便带点菜是应该的。"建书还是觉得请人家来吃饭，客人却带着菜，很不好意思。不过已然这样，只好尽可能把饭菜做得好一些了。幸好，老四从山上回来了。他原本说一会儿还要上山的，被留下给客人做饭。只有老四做饭才能上档次。现在，老四已经不用躲壮丁了，一则老五当了巡警，家里就他这一个儿子了；二则老三当乡长，不可能再到家里来抓壮丁了。老四现在可以在大白天来去安然。他现在要防备的是不要在大路上让过路的队伍抓了野壮丁、野夫子。

　　这两天，老四正在做准备，想给五斤子、跟弟、银娃子三个孩子在现有的屋子后面续建一间拖檐子，让孩子们有一个属于自己的屋子。只是有一点让老四感到失落和不适应，那就是现在只有他一个人干活了。没有了老五、老六的陪伴，老四觉得很有些孤单。既然只剩自己一个人做田地里的活，那就把灯盏窝的火地撂荒算了吧？不行，老四舍不得。多好的地啊！那火地既向阳又背风，自己已经付出了那么多的汗水，它也回报了他那么多的收获。一脚熟土一把汗，撂了太可惜。眼下，那地正是地力旺盛的时节，如同一个人才到壮年时期，正是铆足了劲可以出成绩的时候，放弃的话，太可惜。今天中午回来，是因为老四薅草时顺手拔了些猪草，其中又有野菜可以给人当菜吃。目前正是季节转换、蔬菜断档的时节，把这些鲜嫩的野菜送回家给人吃很有必要。老四原来准备放下猪草就重回灯盏窝的，但父亲把他留下了。现在，灶房里就只老四和四姑娘两人。老四正把父亲昨晚已经发着的墨鱼用菜刀慢慢切丝。下午，他要十分认真地烩一碗墨鱼汤。这道菜是汉阴县特有的特色菜，也是很见厨师功力的一道菜。你别看很多人都在做这道菜，但十个厨师用同样的原料、同样的程序，做出的味道就是十种。玄机何在？好像谁也说不清楚。这就跟处人处事一样，很多你看似没有玄机的平凡之事，偏偏就有说不清的玄机存在，别人能做得好，你就不一定能做得好。四姑娘也在案板上忙着，她的拿手菜是那道醪糟红糖蒸肉，再就是生炒瘦肉丝。此时，她主要是帮老四填火，同时再做些辅助性的事情。

老三带来的客人共有五个，连他在内，一共六个人。让座的时候，老三说要给黄泥包的黎保长留个座位。酒席开始的时候，黎保长提着一壶酒来了。建书老汉把黎保长让到席上后，推说自己耳朵不灵便，牙齿也不好，坐在这里不方便，硬是不入席。他对老三说："你把贵客招呼好，我一会儿和你妈过来敬酒。"见乡长的老父亲执意不肯上桌，大家也就不再劝了。满婶和二媳妇琴琴一块给客人倒过茶之后，也推说不喝酒便没上桌。最后，就剩老三六个加黎保长、翠翠，一共是八个人在桌上坐了。老三跟周信冬坐了上席，黎保长和翠翠坐了下席，乡上其他四人坐在两边。

今天的菜是八凉八热。凉菜上齐之后，酒局正式开始。先是老三致辞："我来乡里工作已经几个月了。这段时间，承蒙各位的帮助和支持，牌楼坝乡的各项任务都完成得很好。现在，我已经去掉'代'字，正式担任了乡长。这个'代'字是你们帮我摘掉的。今后，还有很多工作要靠各位出力。今天，我在家里请各位吃顿便饭，一则是感谢大家这几个月对我的支持帮助；二则是请各位精诚团结，齐心协力，把牌楼坝乡今后的工作做得更好！今天，我专门请黎保长过来喝杯酒。我在部队的时候，家父就说黎保长对家里有很多照顾。今天，我也借这个机会对黎保长表示感谢！再说了，我们麻园子归第二保管辖，黎保长就是我们家的父母官。来，让我们共同举杯，为牌楼坝的工作做得更好干杯！"老三提议的三杯酒喝完之后，黎保长倒了个满杯，尽了地主之谊。然后是周信冬提议大家一块敬苑乡长一杯酒。这杯酒之后，老三就提议划拳，由他自己先打通关。老三把通关打完之后，建书老两口出来敬了酒。现在，堂屋里又只剩下桌上坐的八个人了。这时候，老四把第一个热菜端上来。这是一道黄丝菌焖鸡。黎保长提议说："苑乡长，我提议酒先停一下，先用点热菜。"他又转而对其他客人说，"苑乡长四弟年龄不大，做菜的手艺好。我们方圆这五六个村子哪家过红白喜事都是请他做厨。来，请大家尝尝！"大家尝过这道菜之后，都异口同声地夸这菜做得好。接着，就是墨鱼汤、酸辣肚片、醪糟蒸肉、酸辣子焖小鱼干依次上来，每上一个菜，大家就称赞一番。称赞完了，又开始喝酒。待席上的七人都打过关之后，翠翠说她也要打个关，敬每人六拳。她说："你们打关都划的本地拳，我来个广东的螃蟹拳陪大家。大家有没有意见？"大家都说没有意见。老三听说媳妇用螃蟹拳打关，便兴奋地说："你少在那里冲壳子，你见过螃蟹拳吗？"媳妇说："小样。你没见识过吧？我今天就让你开个眼界！不信我就从你这里开拳！"老三说："嗨，说你胖，你还真给喘起来了？来，我就不信我划不过你？"老三把袖子往上一卷，伸手就迎着媳妇要开拳。翠翠说："莫急，先酒后拳，把酒倒满了再说。省得一会儿你拳输了在喝酒上扯筋。"翠翠亲手给老三把杯子倒满了酒才伸手接拳道：

> 开拳了啊郎个儿当
>
> 一只螃蟹这么大个壳
>
> 两只眼睛八个脚
>
> 五金魁手该谁喝——

一通拳划完，老三把拳输得精光，硬喝了三个满杯酒，翠翠却一杯也没喝。席上所有人的情绪都被乡长媳妇调动起来了，纷纷摩拳擦掌要和她过招。翠翠胸有成竹，当仁不让，说一定要打一个满关、红关。席上的人都恭维乡长说："刚才我们只是眼红乡长金屋藏娇，郎才女貌，现在看来，这还不够，苑夫人简直就是穆桂英再世嘛！"翠翠听了恭维的话，越更兴奋，毫不客气地说："我嘛，当时是从阎王爷那里跑快了一点，投成了女胎。我要是投成男胎，哼，把你们这些老爷们一个个都给盖了！"

"嗨，翠翠，你看你个二气包，洋板铁！"老三已经有点醉了，打了一个酒嗝说，"老爷们给你上个抬棍，你就不晓得姓啥了。叫你敬客人喝酒，你先把我整醉干啥？"

"谁叫你没酒量？"翠翠站起来说，"不服，是不是？不服，我们再整它六拳！"

席上的人都喝彩说："好！我们强烈同意乡长和夫人再来大战六个回合！"

"你，你个宝儿货！"老三还打着酒嗝说，"翠翠，你喝癫了？你敬客人啦，怎么老把我揪着整？"

翠翠被点明白了，伸手一把拉住周信冬说："周乡长，本小姐要敬你六拳！"

周信冬说："那不行，我们刚才都单独敬了乡长一杯酒。这席上就你没敬乡长的酒，我们有意见。你说，你是不是对我们乡长有意见？"

"有啊，大了去啦！"

"对乡长有啥意见？"

老三怕媳妇上当，赶紧提醒："唉唉，你不是敬周乡长酒吗？"

翠翠听了提醒，马上提了酒壶过去坐在周信冬身边说："闲话先不说，本小姐先敬你这老大哥六拳再说！我可跟你说清楚，谁输一下，谁就喝一杯，不赊不欠，清杯亮盏，一枪戳下马。"说着话，翠翠已经卷起了袖子把手伸到周信冬的面前开拳道：

开拳了啊郎个儿当

一只螃蟹这么大个壳——

老四把热菜出完以后，草草吃了饭又上灯盏窝去了。他走的时候，堂屋里的八个人正在扯着酒筋。老四走了之后，四姑娘赶紧炒了几个小菜招呼家里人把下午饭吃了。见灶屋没了事，堂屋又没人招呼，她就自己在灶屋和堂屋之间来回跑着服务。本来翠翠坐在席上就是为了招呼客人的，她现在成了喝酒的主力，自然就忘记为客人服务了。见客人没水了，她就喊："四姑娘，倒水！"见哪个面前弄脏了，她就喊："四姑娘，拿抹布来！"四姑娘就这样不停地在两个屋子之间跑来跑去，心里隐隐地有点不愉快。但她聪明，没让翠翠看出来。翠翠太兴奋了，连自己都没想到小时候闹着玩学的螃蟹拳今天居然在席上打了通关，而且还成了红关，全都赢了。因为是红关，自己不需要喝酒，她就耍了大方，陪每人喝一个满杯。一个通关下来，桌上的七个男人全部摇摇晃晃了。

直到太阳不高了，客人们才离席告别，在黎保长招呼下摇摇晃晃地往黄泥包那边走。客人一出门，老三就趴在桌子上打起鼾来。翠翠上了趟茅房回来，远远地看见周信冬他们五人正由黎保长陪着在黄泥包的戏楼上走来走去，像是在学唱戏的走台步。见此情景，翠翠兴奋地拍拍老三的肩膀说："华业，你看周乡长他们在戏台上走戏步子，我们也过去热闹热闹！"老三把头摇一摇说："你等我瞌睡一会儿，我再来喝那杯酒！"翠翠笑着对从身边经过的婆婆满婶说："妈呀，你看华业他啥酒量哟！我都没喝醉他倒喝醉了！"满婶责怪翠翠说："你这个女子真是的，陪客人喝酒嘛，咋把自己人先灌醉了？"翠翠说："妈呀，你没看那阵势，老三不喝他们就不喝嘛！老三他拳上输得多，不像我打了红关，没喝酒。"满婶微笑地嗔怪道："你醉成这样了，还说没醉？去，泡点葛根水解解酒。"翠翠说："妈呀，人家头晕乎乎的难受，看你都成了两个……两个人了。你让四姑娘给我泡杯葛根水嘛！泡来了我也喝它一杯再说。"

四姑娘正好从这里经过，听三嫂子和婆婆说话，就去泡了一大杯葛根水端过来放在桌子上说："三姐，水烫，先晾着。小心莫弄倒了。"

"四姑娘就是逗人喜欢！我喜……我喜欢你！"翠翠用手伸着大拇指，眼睛却直勾勾地看着婆婆。满婶见三媳妇醉得厉害，把她按在椅子上说："你坐椅子上歇着。再不，到床上去睡一会儿。"翠翠刚坐下又站起来说："妈呀，我根本喝不醉。我今天帮老三打了两个通关，中间还一人敬了一杯。我还罚了周乡长一杯。他们大男人家家的，打了一个关，走路就打趔趄。我要是男人的话，他们都得听我的将令。我……我跟你是一样的人物，要是生在大大的人户家，我们都能干大大的事！"听了这话，满婶板起脸说："三女子，你喝多了，屋里睡去！"翠翠还继续说："我是陪……陪乡上的人喝的。要是老三不当乡长，也请不来他们这些人是不是？"说着话，翠翠总算坐下身去把头枕在椅子背上打起瞌睡来。满婶很不满意地瞪了三媳妇一眼，嘴里想说什么，但终于没说。这时，四姑娘端了一盆热水过来对翠翠说："三姐，你擦把脸去床上睡吧！"翠翠说："我不舒服。"四姑娘说："那我扶你进屋去。"见四姑娘扶着翠翠往外走，满婶欣慰地想：四女子厚道，懂事，这好。只是你翠翠应该心里清楚，你们是亲姊嫂，身份是一样的。她年龄小，但你也不能动不动使唤她。

满婶看看天气不早了，想到今天是老三正式在牌楼坝当乡长的第一天，应该把这个消息给他外爷外婆说一声。这样想着，满婶就进睡房悄悄闩了房门，然后燃了一支香面向着牌楼坝方向默默地对父母祷告说："爸，妈，你外孙子苑华业今天正式当牌楼坝乡的乡长了！牌楼坝是他当家了！你们的魂还在牌楼坝吧？要在那，你们跟着高兴高兴吧！同时，也请你们保佑他！"

五十

老三华业请乡上人来家吃饭的第三天，老二华兴也带着客人来家里吃饭。客人是县政府教育科的老景和县城皮影社的老余。他们说是从北山蔡家河搞民歌采风回来路过这里的。琴琴过来打了个招呼，重又回机房织布去了。苑建书和满婶听说是老景来了，都很重视，赶紧过来打招呼。他们知道，老二能到县城当教书先生，全托了老景的面子。两个老人跟客人打过招呼之后，赶紧到灶房来对轮伙的四姑娘说："来重要客人了，看屋里能凑几个菜？"因为担心父亲他们为菜的事情犯愁，老二紧跟着跑到灶房来说:"不弄菜。老景和老余都说他们想吃米面搅菜糊涂,不晓得有没有米面,要是没有,苞谷面也行。"四姑娘问:"二哥,他们是想吃新鲜菜的,还是想吃浆水菜的?"老二说:"老景、老余都说想吃浆水菜的。"四姑娘说:"那好。这些都是现成的。"满婶说:"总得做几个菜喝点酒吧?"老二说:"他们俩喝酒就喜欢吃坛子里的泡萝卜。要才从坛子里捞出来的,不切,不炒,那样味道才正。再一个菜呢,老景说他上次吃过我们的芋头秆茶菜,味道正,问还有没有,要是有,这就行了。其他啥菜都不用了。"

听了老二的话,建书老汉说:"那咋端得出来?你不嫌丑,我们可嫌丑!"老二说:"没事的。我们是一样的脾气,不喜欢那些虚的。吃完饭,我们还往城里赶。今天晚上,我们一起到城南红坎子给人家救一个大场子。"老二说完就跑去陪老景他们说话。很快,就从老二房间里传来了哼哼叽叽唱念做打的声音。

四姑娘也觉得只那两个菜实在端不出去,就取了过年留下自己人舍不得吃的血豆腐干,洗净煮熟后切成片装了。看看只有三个菜。这不行,人家说三个菜是招待三只手小偷的,必须凑成四个菜。想了想,就又拈了几坨豆腐乳加姜末、葱花,蒸了用碟子装了,总算拼成四个菜。菜做好,米面浆水糊涂也就煮好了。四姑娘把四个菜端进老二的房间里摆上。建书老汉随后就提着一壶热酒进来交给老二,自己退了出去。老二他们好像吃得很香。过了一会儿,大概是几个满杯酒喝下去,屋里很快就又传来唱歌的声音,招得五斤子、跟弟和银娃子就赶去趴在门框上看热闹。

老二他们在屋里喝着酒唱着歌,琴琴却照样在机房里织布。三媳妇说:"二嫂子,你不去陪客人喝酒?"

"我不陪。"二媳妇说,"他们都是怪人,不去打搅他们。"

三媳妇说:"县政府教育科的,那应该也是官吧?"

二媳妇说:"我不懂,老二说他是老景,那他就是老景。"

三媳妇问:"他们喝酒不划拳?"

"华兴说老景他们喜欢直接喝,干脆,不喜欢扯酒筋。"

一直在旁边听琴琴和翠翠说话的大媳妇春子插话说:"琴琴,你怕也会划拳喝酒吧?"

"我不行。"琴琴调皮地说,"划拳喝酒玩社交,那是官太太的本事。翠翠是乡长夫人,是官太太。我们华兴他是娃娃头,我用不着会。"

翠翠认真地说:"小时候,我妈请八字先生给我查庚籍,就说我旺夫!"

"那八字先生算是说准了。"琴琴说，"老三在部队上当上尉，回来又当乡长。你说你还不旺夫啊？"

翠翠没听出琴琴的讽刺口气，顺着话说："上尉和乡长也不晓得哪个官大？老六说徐猫子说的上尉一级的能管几百号人。"

琴琴说："你考我们不识数，是不是？这还分不出官大官小啊？上尉管几百号人，牌楼坝有多少人？不晓得有好多好多个几百号人呢？"

大媳妇又插话问："翠翠，你啥时候学得螃蟹拳？"

翠翠说："我们欧家是从广东来的。听说我妈还在韶关城里住过，见过多大世面的！她识字，懂得也多！"

琴琴说："大姐，你没看翠翠咋看都像城里人，洋火，哪里像我们，一看就是乡下人，是不是？"

翠翠接过话说："二嫂子，你也这样说？我在安康时，老三的同事就夸我洋气，有女人味。你们说？啥叫女人味？"

"你又考我们，是不是？老三的同事是男人。男人说你有女人味，那就只有男人才说得清楚。我和大姐是女人，咋晓得啥叫女人味呢？"琴琴笑得腰都快伸不直了，清了清嗓子，忍住笑，显得很认真地说，"男人嘴里说你有女人味，那大概就是男人一见你就，就那个……就想你吧！"

"怕是这样的哟！"翠翠想了想，也认真地对大媳妇说，"大姐呀，要是哪天大哥回来了，你要听我的话，按我说的穿衣裳打扮，第一下就把他的眼睛吸住。还有，性子也要放开一些，做作一些，逗逗他也好。你说你吧，窝窝眼睛，翘鼻子，嘟嘟嘴，蛮好看的。真的，你比我在安康看到的有些窑姐好看多了。"

"翠翠，我可没得罪过你啊！"大媳妇红着脸，着急地说，"你作践我是吧？"

"不是不是，我说的是真的。大姐，嗯——"三媳妇正想做进一步的解释，不料老景和老余到门口来了。他们是向两个老人道别后又到机房来向二媳妇道别的。老景对琴琴她们说："弟妹们，我们酒足饭饱，走啦！有机会进城里玩，我请你们进馆子！"

三个媳妇慌忙跳下机子到门口来送老景、老余。走到大门口，老二华兴停下来对翠翠招招手，叫她到大门里的墙角来。等翠翠到面前了，华兴便轻声对她说："翠翠，你劝劝老三，叫他莫太往人前头显，背地里有好些人在骂他，咒他呢！你看吧，前任乡长都没清收的那么多尾欠，你后任乡长管他做啥？县上又没有讨要，管它干啥？还有，粮款追回来以后，不该往县上交！你叫人家又咒又骂干啥呢？我就听到这些，我专门给你说一声。就这，劝劝老三。我走了。"老二急急忙忙地说完，就跑着追老景他们去了。

翠翠听了老二的话，一肚子的不高兴。她首先想到的是：你老二是因为没当上乡长眼红我家老三吧？你说追收的粮款不应该上交，为什么不能交？我看是不是你在骂也说不准！翠翠阴着脸回到机房，见琴琴进来了，就嘟囔："见不得穷人喝米汤！自己弄不成，还不兴人家弄？"

琴琴问："翠翠，你说的啥，我咋听不懂？"

"有人眼鼻子浅。我家华业才当了几天乡长，就眼红了，看不惯了。"三媳妇干脆把话挑明了说，"二哥跟我说，背地里有人骂老三，咒老三。有哪个在骂？有哪个在咒？这不是眼红吗？"

琴琴吃惊地看着翠翠，心想，你这人怎么分不清黑白呢？她强忍了不高兴说："老二说话直，怕是在乡跑着听到啥了，赶紧跟你说说。这可不是老二对老三不满啊！你想想，老二要是对老三不满，他能把听到的话跟你说吗？他是怕老三受委屈，在替老三打抱不平，你还听不出？要不是亲兄弟，他愿意把这话对你说啊！"

翠翠想了好一阵才说："这倒也是啊！"又转了话题说，"文化人跟官场上的人就是不一样。你看啊，他们吃饭那么简单，还又跟小娃子一样，喝着酒又唱又跳的。"

二媳妇虽然心里不高兴，但脸上仍微笑着说："那咋能一样嘛！官场上的人是管盘人的，老二他们这种人是给人凑热闹的。老三哪年要是当县长了，场面就更大了。那时候，你的拳啊酒啊就更能派上用场了。"

翠翠没听出二媳妇话里的揶揄之意，接过话头得意地说："真要是苑家的祖坟炸了开裂，冒了青烟，让我家华业当了县长，遇到大场合喝酒，我肯定能给他挣面子。"

大媳妇插话说："女人家喝酒不好。"

"大姐，你就不懂了吧？官场上人家就时兴带着太太划拳喝酒打麻将！你没看戏里边的，临走的时候，请客的人还得送官太太一份礼呢！我那次跟老三在安康就见过馆子出来的当官模样的人，身边都跟着穿旗袍，蹬高跟鞋，嘴巴抹得绯红的女人。人家喝完了酒，就打麻将。我还听人说，打麻将的时候，请客的人要先给客人面前放一份底子钱。打牌中间，该和牌的时候故意不和牌不说，还要放水点炮，让客人赢钱。"三媳妇正在心驰神往地描述官太太的优越感，四姑娘进来了。她马上转过话头对四姑娘说："四姑娘，你手脚快，又灵巧，我家华业要是有一天当了县长，我请你给我家里管伙房这一摊子。"

四姑娘听了三媳妇的话，心里一怔，不知道三嫂子怎么会突然说出这种话。她想，前面三人一定在说什么淡话。四姑娘不经意地瞄了三媳妇一眼，见她一脸陶醉的神情，仿佛她男人已经当了县长似的。四姑娘又瞄大嫂子一眼，见她正在聚精会神地倒筒。再瞄二嫂子，发现她正拿眼睛偷偷地看她。四姑娘便装出很高兴的样子说："谢了，三姐。你有啥事都先想到我。只要三姐看得上，像扫地、抹灰这些事都交给我，我保证做好。"说完了，四姑娘又补一句说，"其实，三姐，你不用等到三哥当县长以后，你是我姐，现在叫妹子做啥只管吩咐。"

二媳妇听了四姑娘的话，在心里说：这女子，年龄小，心眼足着呢！明明是话里有话，可听着又好像很入耳。她偷看了三媳妇一眼，见她真是很高兴。马上，就听见翠翠接过四姑娘的话说："四姑娘，那可说定了啊！老三当乡长事情多，来客也多，来了客你可得帮我，就跟前天那样帮我。"

四姑娘见三嫂子满脸真诚，知道她没有恶意，也就不生她的气，真诚地说："客人到家里来了，就是家里的客，不能分你的客、他的客。不用你说，我也会帮忙的。"

"到底是姐妹！"三媳妇十分高兴地说，"老三带客人来了，我就帮他陪客。"她又对大媳妇、二媳妇说，"大嫂子，二嫂子，老三以后的客人怕会越来越多，你们都得帮我。"

大媳妇为难地说："我手脚笨，怕是帮不上啊！"

"帮得上的。"三媳妇纠正说，"像扫地呀，倒茶呀，还能帮不上呀？"

"我先在你这挂上号啊！"二媳妇逗三媳妇说，"大嫂子帮你扫地倒茶，我帮你倒洗脸水、冲茅厕，行不行？"

"都行。"三媳妇说，"反正我忙不过来你们就都得上。"

"嗯，嗯！"婆婆满婶听得二媳妇在逗笑三媳妇，担心她们会因为说些无味的淡话引起不和，就在门口借清嗓子阻止她们再说下去。

五十一

老五苑华仁天生性格沉静，不爱活动，尤其不爱说话。在家的时候，他总是听老四的安排，四哥叫他做啥活，他就做啥活。到老六走了之后，老五见四哥一个人忙不过来，就主动替他操心田里的活和山上的活。当老五听说叫他去县巡警队时，曾拒绝说："老六走了，四哥一个人忙不过来。我在屋里帮着四哥。"老四听说这事，心里很高兴，但他不愿耽误老五的前程。老四主动找到老五劝说道："老五，你十八岁了，成大人了，赶紧去当巡警。屋里的活你不用操心。再说，山上的活是季节活，忙就忙那么几天。实在忙不过来，撂了也不是啥大事。你前途的事是一辈子的事，过了这次，不一定还有下次。还有，抓壮丁来了又是麻烦。听我说，你赶快去！"听了四哥的劝，老五才随三哥一块进县城去了巡警队。临走时，老五又找到四哥说："四哥，我真走了啊！"老四虽然心里有些不舍，但装得很高兴地说："安心去，屋里有我呢！"

县巡警队队长齐勉曾在县中学上学时和老三苑华业同级，彼此认识。老三到牌楼坝当乡长以后，包括齐勉在内的一些同学慢慢地都找他联系起来。华业也正是利用这层关系把老五送进了巡警队。齐勉有意照顾华业的弟弟，就在暗中注意观察老五。经过这段时间的观察，他发现老五识字不少，还能动笔写写毛笔字，在巡警里面是难得的。齐勉还发现老五能吃得亏，不论谁喊他干啥，他都应承，从不推诿，总是一脸真诚。不值班的时候，老五还总是一个人留在屋里练字，独来独往，不和任何人建立交情。别人有事问他话，他总是问一句答一句，从不愿多说一个字。齐勉很赞赏老五的这种性格，开始给他派一些简单的差事。差事办完了，老五总是简单地报告："队长，事办完了。"齐勉用眼睛看老五，发现他好像没有任何表情。齐勉心想，年轻娃娃，这样单纯最好。

前几天，在县城和汉白公路沿线出现了咒骂国民党的传单。警察局长要求巡警队除继续在县城巡逻外，要再增加一个对公路沿线不定时的巡逻。齐勉心里暗说："买卖来了！"他赶紧动员此前安插在公路沿线的个人眼线，让他们帮着寻找有价值的目标，并保证在第一时间单独向他报告。齐勉把任务暗中布置下去没几天，就有一个眼线报告说有一个古董贩子当晚将在汉阴和石泉交界的界牌沟的一户姓翁的人家交割几件值钱的古董。眼线还把翁家的房屋结构等情况给齐勉绘制了一张图。齐勉把报告仔细斟酌了一番，觉得干这一票很值，遂把老五和另外三个手脚利落、在城里没有社会关系、口风又紧的人召到一起说："据可靠情报，有一个文物贩子今天晚上要在一个地方交割文物。上司命令我们今天晚上到现场进行收缴。考虑到这个案件的背后有重要的社会关系，收了文物和赃款后，极有可能会被人通过关系再追要回去。为了少些麻烦，我们要秘密执行这一任务。从现在起，你们几个都不能离开宿舍，也不能和任何人接触。否则，将以违反军令论处！"集体布置了任务后，齐勉又把老五叫去单独问了些有关草沟和界牌这一带地形的情况。老五说他从小就在那一带割茅草，割龙须草，捡地软，捡蘑菇，沟沟卡卡都很熟。齐勉很高兴，就如此这般地再单独给他布置了一通任务。齐勉叮咛他从现在起哪里也不要去，下午随时准备出发。

节令已到初冬，天黑得早，而且太阳一落山，雾气马上就起来了。齐勉带着老五等一行五人早早就从县城出发，沿途进行检查。走到下垭子时，天已麻麻黑了。冬天农闲，为了节省灯油，公路两边的人户早早就关了门，或点个小油灯在屋里做活，或干脆上床睡觉。齐勉一行从大路经过时不曾引起任何人注意。一到高粱铺，齐勉就把老五叫到一边单独说明当晚行动的意图和目标，然后把具体的行动路线交给老五选择。界牌在草沟的西头。老五带着齐勉一行穿过草沟，在离界牌还有一里多路的山崖下把警服换成便装，然后抄小路接近界牌翁家。翁家住在公路石桥汉阴这一侧，西边是河，北边是山。在山上可以看到东西两边各一里路的距离。现在有雾，看不到那么远，但两边几丈远的地方还是能看清楚的。

到了北面山头上之后，齐勉先对翁家周围的情况进行了仔细观察，发现家里有灯光，但公路上没有人。齐勉轻声对老五说："你就趴在这山包上望风，有事时想办法接应我们顺利撤走。这是你第一次执行任务，一定要用心！"老五说："我懂，就是有情况就发信号，接应，不留把柄。"齐勉说："你理解得很对！"齐勉命令所有人都戴上面罩，就亲自带着另外三人蹑手蹑脚地溜到翁家。他们先在窗下窥看了屋里的动静，然后轻轻地拨开门闩，风一样快地冲进屋里。这时，那个古董贩子正和老翁在交割货款。趁他们还没反应过来，齐勉和另外两人"噼啪"两拳就将其打晕在地，迅速把现场的几件古董用随身携带的布袋子装了，斜背在背上。齐勉又迅速把桌子上的几筒银圆塞进衣服口袋里。他把屋子里看了看，把灯吹熄了，说了声："撤！"便带着随行两人冲出门外。在门口放哨的那人见屋里三人都出来了，随手将门关上，紧随齐勉他们身后向山头上跑去。正趴在山头望风的老五见队长一行四人齐齐到了身边，也不说话，站起来把手一招，马上就带着一行人迅速从山包上退下去，快步翻过一个小山头，再从一片竹林中穿过去，又从公路北边绕到南边，一气走了两里路来到白火石沟一个废弃的砖瓦窑中。这周围没有人户，一行人趁着夜色迅速去掉面罩，换上警服，然后转到公路上，大摇大摆地顺着公路往县城方向走。走到双柿子树的时候，他们抓到两名小偷。由于偷的东西不值钱，齐勉将其训斥一顿就放了。

第二天，齐勉派老五带着刚入队的一个姓杨的巡警一起以巡逻公路为名，骑着自行车一路大摇大摆地来到界牌翁家。老翁不在家。老五问老翁的女人："大嫂，最近这一带安宁不安宁？"老翁的女人向周围看了一眼，见没有人，就轻声回答："不安宁。"老五问："发生啥事了吗？"老翁的女人说："我们老翁说，昨晚上他从池河来了个朋友，身上带的银圆被人抢了。"老五问："啥样的人抢的？"老翁的女人说："老翁说他们那阵正在说话，冷不防从外面闯进人来，一巴掌就把他们打晕了。等他们醒来，屋里是黑的，他们赶紧把灯点燃看面前正数着的钱时，见啥都没有了。天黑，屋里那阵又只有他们两人，跑出门来看时，啥也没看见。"老五问："抢了多少钱？"老翁的女人说："上百个银圆哩！"老五问："家里放那么多钱干啥呢？"老翁的女人想了想说："想买牛呢！"老五说："你们到乡上、县上报案没有？"老翁的女人说："老翁说这事没法说清楚，怕报案也是白报，还没有报案。"老五说："那我回县上去帮你们报案，好吧？你能不能让你家老翁出来把详细的发案过程跟我说说？"老翁的女人说："老翁到池河朋友家去了。这事把他委屈死了。本来是老朋友，这下好，不明不白的。朋友质问我们老翁说：'事情怎么这么巧呢？迟不来早不来，我们数钱的时候就有人来？'你看，这不是明明怀疑我们老翁做了手脚吗？"老五问："昨晚你不在家吗？"老翁的女人说："就这才害得我们老翁有苦难言呢！我是昨天中午带两个娃娃一起到池河亲戚家里去了，晚上街上有唱戏的，亲戚留着看戏，我们就没有回来。结果，屋里就出了这种事。"

老五叫老翁的女人把她男人跟她说的发案过程述说了一遍，他用纸笔认真地记了下来。记录完，老五又当着老翁的女人和小杨的面把笔录读了一遍，在两人都证明记录无误后，让老翁的女人和小杨在笔录上签了字，画了圈。老五觉得奇怪的是，自始至终老翁的女人都没提到古董的事。老五临走时对老翁的女人说："大嫂，你说的这事很重要，我回去一定把你说的这事向队长汇报。老翁最好能亲自进城来把详细过程跟我说一下。当然，他直接去给我们队长报案更好。你们住在公路边，又是两个县界的地方，一定要小心点才是。"老翁的女人说："谢了，你这人真好！"

老五一回县城，马上就到齐勉的办公室去汇报。齐勉闩了房门，让老五坐在他对面把今天到老翁家看到的和听到的情况原原本本向他做描述性汇报。老五汇报得很详细，口头汇报完了，又把现场笔录恭恭敬敬地呈给齐勉说："队长，我在现场做了一份笔录，我把它交给你。"齐勉听完了老五的汇报，又看了一遍现场笔录，满意地拍着老五的肩膀说："有悟性，办得好！我把那古董和钱都交给县上了。但这还是不能让人知道，要不然，人家就会走门子讨要，既麻烦又让公家吃亏，是不是？"说完，齐勉把两个银圆塞进老五的口袋里说："这是上面给你的赏钱。你拿去买双鞋穿。"

"队长！"老五红着脸不好意思地说，"我不要！"

齐勉按住老五的手说："你拿着，跟我辛苦的都有赏！"

从队长办公室出来，老五总觉得心里有点说不清的感受，想找个能够说这事的人把心事敞一敞。想来想去，又觉得没有合适的人。城里亲人熟人只有一个二哥，但以二哥的脾气，听到这事一定会拍案而起，把话说出去，所以绝对不能让他知道。过了两天，老三进城办事时见到了老五。老五见前后没人，就悄悄地对三哥说他前几天晚上给齐队长带路到界牌桥头翁家执行了一次秘密任务。同时，老五跟三哥说他总觉得这次的行动怪怪的。老三敏感地冷笑说："现在的形势下，这样的事不是个别的。以后像这样的行动能不参加就不参加，免得良心上背包袱。你记住一条，这件事要永远烂在肚子里。我跟你说，一旦你说出去，恐怕就会招惹杀身之祸！记住了吧？""记住了！"老五从三哥的警告中明白他自己的敏感是有道理的。老三又警告老五说："你记住，以后这样的话连我都不能说！再一个，你尽量不要参加牌楼坝一线的行动！"老五说："我也是这样想的。"

老三从县城刚回到乡公所，邮递员就把一封信送来说："苑乡长，这里有二保麻园子苑家的一封信。我听说信皮上的收信人是你的父亲——苑伯伯。我把这信就交给你吧！"老三把信接过来一看，见信皮上的收信人是"苑建书父亲大人收"，信皮左边的发信地址是河南省某某部队。老三惊喜地知道这一定是老六的来信。老三顾不得拆信，当即骑了县政府寄养的那匹马就往麻园子飞驰而去。

一到家，老三直接就把马牵进大门喊道："爸，妈，老六来信了！"听得是老六来信了，一家人都从屋里跑出来想知道个究竟。建书老汉正在堂屋的墙角里收拾徐家湾徐篾匠还来的碗盏。他顾不得洗手，举着油汪汪的手嚷道："心忒硬，现在才来信！"满婶从睡房三步并作两步地跑出来问："他在哪里？老六他人在哪里？"她一边问一边扯了衣裳角擦眼睛。老三把马缰绳随手往磨坊棚子里一拴，就站在院坝里说："老六是从河南寄来的信！"他见一家人都到院坝来了，干脆站在院坝里当着众人的面把信口撕开，从里面抽出几张不太规整的纸弹了弹，又凑到眼前细看了一会儿。信写得比较乱，好像是分几次写成的。老三便先简单浏览了一下，才开始读起来：

敬爱的妈、爸：

二老身体健旺吧？

我离家已经快一年了。四个嫂嫂都好吧？五斤子、跟弟、银娃子长高了吧？大哥呢？他还在外面干活吗？二哥还在乡上吗？三哥还在部队上吗？四哥还带着五哥在灯盏窝开荒种地解板子吗？我看，灯盏窝别种了，忙不过来。舍不得丢，那就只种一季苞谷算了。

那天，我是从下垭子上面的大柳树湾跟部队走的。晚上，在池河歇了一阵，吃了干粮，又接着赶路。走到茶镇的时候，我就后悔了。好瞌睡，好瞌睡呀，头重脚轻地跟着前面的人走，脑子里像是啥东西都没了。我牵着马，队伍一直往前走，离我们麻园子越来越远，想回去也回不去了！我原以为外面随便哪个地方都比我们这里好，徐猫子说不是，我怎么也不相信，说他骗我。等我出来，又走了很多地方，才发现我们那一片地方其实是个好地方。

我们部队现在驻在河南省的漯河。长官说我们的任务是堵截共产党的队伍过黄河。我们这支部队是搞粮草的，尽受气，挨老百姓的骂，挨作战部队的骂，真不如上前线打仗干脆。有时候筹不够粮草，我们只好抢老百姓的。我实在心里不忍。我们麻园子离马路远，应该不会遇到这样的事。不过，也还是要小心些。部队有时要是控制不住了，那很凶的，啥都不管不顾。

我开始是给营长牵马喂马，后来改了吹号。现在长官又说我识字，让我学着当卫生兵。在家里的时候，我好像啥都看不惯，总爱吵吵；出了门，全是生人，马上就把脾气收起来了。我跟弟兄们相处得挺好的。出门这么久了，我也没给家里写信报个平安，总想有啥好写得呢？现在想起来，很对不起，你们莫怪。这两天下雨闲着，几个老兵跟我吹牛夸他们家乡怎么怎么好，这下子让我想起了家。我好想家哟！好想我们麻园子哟！我们坎底下的月河水是清悠悠的，甜丝丝的，哪怕吃了再肥的肉，喝凉水也不会跑肚子拉稀。站在墙拐角的竹园边，一年四季都能看得到西南边凤凰山上的铁瓦殿。听说在那里能看得到三个县，只可惜我没上去过。马王庙、毛狗子洞、叫花子崖，春天有好多好多的花会开。这两天，我们那里的花怕是已经开过了吧？我记得最先开花的是迎春花、野桃子树花、牛王刺花，还有通草花、羊角花，接着就是我们墙拐角的杏子树开花了。这里的杏子树才刚把花开了。这里的杏子树花哪有我们家那棵杏子树的花好看？春天的茅芊好嫩好甜啊！还有酸汤秆、鸡爪子、羊角花、槐树花，这些东西随便弄点丢在嘴里嚼，都是很有嚼头的。夏天能挖野百合，能挖黄姜子，能挖野山苕，也能抓黄鳝，捉泥鳅，逮鱼。说到逮鱼，我很对不起家里，对不起三嫂子。她叫我逮鲫鱼做整鱼汤，结果我就走了，鱼篓子还在裤裆田里。真对不起！我开始只是想到马路上去看看马，一时兴起就跟着走了。等到后悔不想再走的时候也就来不及了，不由自己了。秋天好啊，家里种的庄稼都收了。外面能吃的东西也多。有八月瓜，有柿子，有板栗子，还有甜高粱秆，只要动手，嘴里就闲不下。到了冬天，老荒田里的荸荠很多，很甜。还有毛狗子洞、叫花子崖的凌冰也很好看，太阳一照，亮晶晶的。过年的时候，黄泥包关帝庙的香火味很远就能闻到。那个戏台子更是个好耍的地方。耍灯的时候，还能射射烟花，捡些没响的炮子一路往回走一路噼里啪啦地点燃了往天上甩，好痛快啊！我们麻园子多好啊！我真舍不得离开它。可是，我现在只能在很远很远的地方靠做梦才能回去耍了。我想见到你们，也只能靠做梦才能实现了。我啥时候才能回去跟一家人在一起呢？

几个老兵听了我说的话，就对我说，你应该赶紧给家里写信报个平安，说我出去逮鱼就没有回家，准会把家里人急死。我想想也是。我自己好像觉得好好的，没有啥，可妈一定急死了。爸嘴里不说，心里怕也急吧？还有三嫂子，她肯定很后悔不该叫我出去逮鲫鱼。这样一想，我赶紧找文化教员要了几张纸，有空就写，可是有好些字都不会写。文化教员叫我不会写的先空着，回头他帮我填上。写着写着，有的字又会写了。越写，想说的话越多，有些字实在是想不起来。我以后一定要跟文化教员学习，多识些字。

熄灯号响了，马上熄灯了。等哪天在哪里驻扎的时间长点了，我再给你们写信。

祝妈、爸身体健康！祝全家人平平安安！

儿　苑华和

一九四七年四月十五于漯河

老六的信把一家人都听哭了，连当过兵的老三读着读着，也是泪眼汪汪的。读完了信，老三擦了擦眼睛说："老六好好的就是全家的喜事。老六他人挺机灵的，不会有事。"

"狗东西记我的仇呢！"建书老汉说，"一般称呼都是'爸妈'，狗东西写'妈爸'，这就摆明了是对我有气。"

"哪个叫你凶神恶煞的，动不动就吼他打他？"满婶抽泣着说，"不是你，他那么点大，咋会悄悄就走那么远？想回家都回不来？"

"是怪我，怪我！"建书老汉说，"华业，你在队伍上干过，你说能不能给老六回封信，把家里人都在想他的事，还有家里的事，像你回来当了乡长这些事都跟他说一声？"

老三说："铁打的营盘流水的兵，现在是战争时期，部队更是成了流水的营盘流水的兵，一天就跑好多地方。这封信还是四月间写的，老六现在还不晓得又在哪里。"

满婶哽咽着说："一会儿我到对门关帝庙去给关帝爷烧炷香，请他把屋里都平安的话用梦捎给老六。"

建书马上说："走吧，我们现在就去！"

五 十 二

苑华业被正式任命为乡长后，连续平息了三起聚众械斗事件。其中，对冠子河柳姓和曹姓两大家族械斗事件的平息引起了县长郑心剑的关注。

据说很早以前，有一只受了重伤浑身滴血的仙鸡从铁瓦殿往东边飞，冠子坠落的地方就是现在的冠子河，身子坠落的地方就是仙鸡河。因为仙鸡是从西往东飞的，血都滴在西边的冠子河这一带了。血滴在哪里哪里就有金子。多少年来，每过几年，就有人会在冠子河淘到或捡到从筷子头大到指头蛋大不等的金子，而且金子的成色还很高。东边的仙鸡那一带，虽然多少年来一直不乏有人在苦苦寻找，但迄今也没听说谁发现过金子。在冠子河的中上游有一座既连着凤凰山又没完全连着的山。山西边村子的人全部姓柳，山东边有个村子的人全部姓曹。柳家村的人多少年来一直在山脚下开挖石炭，挖着挖着就挖过了山上的中心线，进入了东边曹家人的树杈下。东边曹姓不服，聚起族人制止西边柳姓人越过山上的中心线向东再挖石炭。柳姓的人不服说："地皮上的柴杈是你曹家祖上就有的，我们认了。地皮下的石炭是我们柳家开采了几十年的老营生。我们开采石炭是跟着炭层走势掏洞子，只挖有炭的那一层，又不会把山挖塌，你凭什么不让我们在底下开采？"争来争去，谁都说服不了谁。其实明眼人都清楚，争斗的根源就是经济利益。冠子河的石炭质量好，容易燃烧，烟子又小，畅销得很。同时，东边的曹家还总在怀疑柳家挖石炭的时候也在挖金子。同住在一座山上，偏偏西边有石炭，东边就没有。曹家人心里很不是滋味，就群族而起，跟西边的柳姓族人闹。曹、柳两姓人都不甘示弱，各自聚集了几十人拿着火枪、梭镖这些足以置人于死地的家伙进行了几次对峙。由于东边曹家有人在部队当过兵，更是扬言要用炸药包炸掉矿洞，杀死矿上的主事之人；西边柳家则扬言要放火烧掉曹家的柴机和房屋。两姓对垒，情绪激愤，随时都有局面失控的可能发生。柳姓族长早认为这样闹下去不是办法，心中也拟好了解决争端的腹稿，只是双方族人都处在强烈的对抗情绪中，计划一直没法实施。因此，他也很想借助第三方的力量把矛盾解决了。

这天，柳姓族长见曹家来势汹汹，摆出了一副今天就要决战的架势。他担心事情会闹大，就一面和东边曹家族人进行软对抗，一面暗中派人到乡公所报案寻求援助。苑华业听了柳家的报告，认为这件事弄不好会酿成流血暴乱，必须采取果断措施及时进行平息。他就一边让人把近处三个保长找来，要他们紧急集合治安联防队员；一面向县警察局通报情况，请求协助。苑华业亲自带着三个保长和四十名治安联防队员火速赶到冠子河主持曹柳两姓的纠纷调解。经过一个下午和一个晚上的说服工作，曹柳两家终于达成协议，写下了和解文书，由双方族长签字画押表示永不反悔。事件平息后，苑华业把整个事件的平息过程及时向县政府写了报告。县长郑心剑在这之前看到过曹、柳两姓各自一方为此事向县上写的申诉性材料，脑子里有些印象。如今看到牌楼坝乡政府的报告，就仔细阅读了一遍。阅读完毕，郑心剑认为苑华业对这件事情的处理是及时的，得当的。再联系到此前苑华业做的一系列向县政府邀功表忠心的做法，觉得有必要以这件事为依托做做文章：一方面把苑华业抬一抬，拉一拉，为下一步的使用打些基础；另一方面，针对最近有个别乡长明显精神状态不佳的现象，借此机会也可以给他们警告激励一下。出于这样的考虑，郑心剑就在那份报告上写了大段的批示，然后以内部通报形式向全县有关机构下发了。过了两天，在县政府召开的一次有全县各乡乡长参加的会议上，县长郑心剑说："我要警告我们的个别乡长，如果精神不振，畏葸不前，在职不尽责，吃粮不挡灾，贻误工作，酿成后果，我将杀一儆百。在这里，我要特别表扬牌楼坝乡乡长苑华业同志。他任代乡长、乡长时间不长，但乡上的工作起色不小。最近，在处置一起可能因为经济争端演变成政治暴乱的事件中，苑华业同志应变及时，亲力亲为，处置得当，事态平息得圆满，既调解了纠纷，维持了治安，也促进了当地经济活动的开展。我再次提醒，各位乡长要严防辖内大规模的经济纠纷和聚众械斗事件的发生。有这类苗头的，要像苑华业同志一样进行果断快速的处理。现在，已到了考验我们对党国是不是尽忠的关键时刻了。我重申：凡立功者，马上奖励；凡不尽职不尽责者，当即惩处。我宣布：奖励牌楼坝乡快马一匹，喂马费用由县政府据实拨付。"

县政府的通报和县长的讲话很快就传遍了全县。牌楼坝本地的人对这一切尤其敏感。"苑华业是麻园子苑机匠的儿子。苑机匠是个靠卖布卖劳力养家糊口的庄稼人。""苑机匠的父亲、爷爷都是靠租种颜家的田地过日子的穷苦人。后来颜家人心善，在将要离土进城的时候便宜卖给了苑家十五亩苎麻地，这才让苑家的后人有机会上学识字。""苑机匠的老三？三十岁才过就当了牌楼坝这么大个乡的乡长，没想到还能受县长的表扬！"这一串有关苑华业的个人和家庭信息瞬间成了牌楼坝人茶余饭后的话题。此前，听说苑华业当了乡长，很多人心里接受不了。在不少人的眼里，苑家老三只是个几年不在家的娃娃。"那娃能当乡长？""苑机匠走啥狗屎运了？"私下里这样议论的人绝非一个两个。苑建书已多次感到有些人是当面夸他怎么怎么有用，转过身去就会说："呸！我就不信那娃子能当得好！"如今，县长表扬苑家老三的事已经千真万确了，这有县上的文件，还有那么多人听到的县长讲话，还有那匹油光水滑的白马为证。这都证明麻园子苑家老三真能当得了牌楼坝乡的乡长。很快，原来瞧不起老三的人，赶忙主动地和老三打招呼；原来当着建书老汉的面夸老三背过身去骂老三的人，现在也不得不带着醋意当面夸道："你家老三受县长夸了。"好在建书老汉对这些现象已经习惯了。他听到有人夸老三时就无所谓地说："哦，哦。"他心里高兴地想，你们夸也好，不夸也好，反正老三是真的在当着乡长！

一个太阳很好的大中午，县长郑心剑从西边石泉县参加完安康专署召开的剿共联防会议后骑马往县城返。路过高粱铺时，郑心剑见路边有家钉马掌的铁匠铺，就对随行的一科科长和秘书小许说："马掌脱了，在这钉一下吧！"趁给马钉掌的空隙，郑心剑问小许："你是牌楼坝人。你晓得苑华业住在哪里吗？好像说离高粱铺不远。"小徐说："我对这一带不熟。不过一定能打听得到。"小许转身就去问那边一个卖火纸的老头："老人家，牌楼坝乡乡长苑华业是不是住在这一带？"

卖火纸的老头姓郭，外号"金棒"，和苑建书很熟，昨天见了建书老汉还真心夸了老三呢！见有人打听苑家老三，他很高兴地站起来指着不远处的下垭子说："你看啊，那个院子叫下垭子。下垭子路边有一个小杂货店。杂货店正对门那条向南走的田坎路过了官田、学田，有个装水的大泡冬田。泡冬田下面那几间瓦房就是苑机匠。反正吧，在下垭子、水鸭子坝、黄泥包三个大院子中间那好大好大的一大片地方也就只有苑机匠一家人家。当乡长的是他家老三。站在马路上就能看到苑家的房子顶。从麻园子过河是条小路。那条路在没修这条马路前是官道，能到牌楼坝。"

"你对苑家这么熟啊！"小许有点嫌老汉啰唆，带着揶揄的口气说。

老汉不无得意地说："我跟苑机匠老熟人。他家当乡长的老三小时候我抱过的，我从小就喜欢他！"

小许去问话时，一科科长就招呼着钉马掌。在一旁听着小许他们说话的郑县长对走过来的小许笑笑说："人家那么热心，我们顺路到苑家去看看。"

马掌很快钉好了，三人骑着马不一会儿就到了下垭子。小许果然发现那里有个小杂货店。杂货店的对面有一个日常拴牛喂草的土场子。县长是外地口音，在外面公共场所不开口说话，也不准别人称呼他县长。县长向一科科长看了一眼，科长会意，就对小许说："马都交给我，你陪着去。"三人就把马牵到路边的土场子上拴了。科长负责看马，小许就陪着县长上了杂货店对面的小路。小许见路边田里有个中年人在薅油菜草，便问："大哥，那边泡冬田下面的房子是不是苑机匠家？""就是。我才从他们家里取布回来。"薅草人叫刘守田，很友好地说，"要不要我带你们去？"小许说："不用了，你快忙。"

小许把县长让在他前面走着。两人顺着苑家人经常上下垭子、上高粱铺踩出的田坎路，不一会儿就到了苑家大门口。这时，恰巧建书老汉从黄泥包回来也刚到大门口。迎面相遇，小许先招呼问："老人家，这就是苑乡长的家吧？"

最近一个时期经常有人到屋里来找老三说事。苑建书本着一条：凡是来人我都给倒杯茶喝。但一是不收来人的东西，二是不管对方说啥，自己一概让他找老三当面说。所以，此时他见有人上门打听老三，果断地说："是哩，不过他在乡上没回来。"小许说："你就是苑乡长的父亲吧？"

"是哩！请先到屋里喝水！"建书做出了礼让的手势。

趁小许和苑建书说话的空隙，县长正在快速地观察麻园子周边的环境。小许指着他对苑建书介绍说："苑伯伯，我们郑县长看你来了。"

"郑县长！"苑建书吃惊地赶紧拿眼睛去看被称为县长的人，以为自己听错了，迅速揉了揉眼睛，发现眼前这个人年纪不大，瘦瘦的，中等个子，穿着四大明的灰色中山装，戴着副眼镜。这是他有生以来第一次见到县长，和戏台子上的县太爷一点都不像。建书惊讶地问，"这就是我们县上的郑县长啊？"

郑心剑微笑地拉住建书老汉的手说："老人家，你们苑华业干得不错啊！我路过这里，专门上门来看看你这个做父亲的。身体还好吧？"

"托县长的福，好，好呢！"建书忙不迭地做出请的手势说，"快请进屋！快请进屋！"

等县长和小许一进大门，建书就大声对屋里的人喊："县长来了，快泡茶！"

屋里的人听得说县长来了，顿时都紧张忙乱起来。满婶赶紧从屋里往外跑，心想：准是老三陪县长来的，就对着机房喊："三女子，快过来，县长来了！"三媳妇听得婆婆喊她，慌忙停下手里正在倒筒的纺车就往出跑。这时候，建书老汉已经跟着县长、小许的后面进了院子。三媳妇赶紧跑进客房去帮婆婆倒茶，这才发现今天为了赶活，忙得竟忘了烧开水。桌子上的灰也没有顾得擦，茶缸子也没顾得洗。三媳妇慌了手脚，赶忙拿了缸子在灶里舀点灰到河里去搓洗。满婶就忙着点火烧水，心里十分后悔这两天不该让媳妇们全部赶机子上的活。早知道县长要来，说什么也会准备一番嘛！世上的事情就是这样，你刻意准备了，想发生的事没发生；你毫无准备时，意想不到的事却突然发生了。因为明天牌楼坝逢场，建书答应给周家绸缎店送两匹布，同时准备后天早上再牵两匹布上机子。今天早上一家人只随便煮了锅苞谷圆吃了后就全部动员起来赶织布的活，偏偏县长就冷不防地进屋来了。

县长在建书陪同下首先进了堂屋，又进了客房，见到了织布机。县长对建书说："家里织布啊？"

"织布哩！家里人多土地少，粮食不够吃。织布挣点手工钱。"

"看得出，你是个能干人，也是个勤劳的人啊！"

"谢谢县长夸我！我没啥用，只能做闷活。"建书又介绍说，"我那边屋里还有两架织布机，几个媳妇都会织布。"

县长站在门口对正在烧水的满婶说："婶子你莫忙啊！我看你们一下就走了。"一面说话一面就动身往外走。满婶赶忙从灶前过来说："那咋要得嘛！你坐一下，我先烧茶，再给你们做点饭吃！粗茶淡饭，县长莫嫌弃！"

"真的不用劳神。我们马还拴在马路上的，看看你们就走。苑华业干得不错！感谢你们支持苑华业的工作啊！请你们以后还要继续支持他的工作！"

"谢谢县长对我们华业的抬举！"苑建书说，"县长啊，你看这样行不，我去马路上把马给你牵回来喂着。你在我们家里吃顿饭再走，行不行？"

"不啦，我们还有事忙着。等哪天有空了，专门来吃饭，好不好？"县长说着话，就随建书老汉来到机房。大媳妇见县长来了，不好意思地继续勾着头织布。二媳妇向县长微微一笑，继续织布。这时，三媳妇拿着湿漉漉的茶缸子从外向里走。建书就指着她对县长说："外面进来的那是华业的媳妇。"

"华业的媳妇挺漂亮嘛！"县长夸了三媳妇一句，就勾着头把二媳妇织的布看了看说，"这布织得不错。看来，你们全家人都能织布啊！不简单。这才是耕读之家，勤劳之家嘛！"

"谢谢县长表扬！"建书高兴地笑着，从说话到动作都比刚才自然多了。

县长把屋里屋外环视一通说："你们这地方挺好的嘛！"他又对建书说，"老人家你忙，我们走啊！"他再对织布的媳妇们招呼说，"你们都忙，我们走啊！"

建书马上拦在前面说："不行，这不行！哪能一口水都没喝就走呢？"这时，满婶也赶出来拦在前面说："县长，我已经在做饭了，你吃了饭再走嘛！我这就打发人去乡上叫苑华业回来陪你！"

"不行，我们真还有事要办。下次吧，下次专门来你家吃饭。"

建书和满婶见县长执意要走，只好把路让开，万分遗憾地说："这多不好意思啊！"

县长说："好着呢！看看你们两位老人好，家里也好，这就对了，下次找机会再来嘛！"一面说话，县长和小许就一面往外走。建书和满婶极为被动地跟在后面送，一直送到了马路上。直到县长一行三人上马走了，老两口这才很过意不去地转身往回走。直到这时，满婶嘴里还在絮絮地说："怪我，今天早上真该烧点开水！"见建书和满婶送客送成一副唉声叹气不好意思的样子，正在田里薅草的刘守田就问："苑师，啥客呀，你们这么客气？"

"县长嘛！"建书说，"我们县的郑县长。他们来得急，弄得一口水都没喝上！"

刘守田问："县长？是不是戴眼镜的那个？"

"就是那个。那就是郑县长。"建书说，"今天弄得不好意思，人家水都没喝上！"

五十三

县长走后，苑建书决定赶紧去牌楼坝把县长到家里来了这一重大消息告诉老三苑华业。

这是苑建书第一次走进乡公所的门。当年老二在乡公所的时候，他曾有过进去看看老二办公室的冲动，后来他慢慢发现老二在乡上干得不入流，不如意，才没走进去。现在老三是实实在在当着乡长的，他这个做父亲的走进去不丢人。更为重要的是，刚才县长到家里去了，这样重要的事情一定得让老三知道。建书开始是想让翠翠去，翠翠自己推说不去。老四又在灯盏窝，屋里还能派谁去乡上给老三报信？没有了，只能他亲自出马。到了大门上，门房问苑建书："你找谁？"建书说："我找你们苑乡长。"门房看看他问："你找乡长有啥事？"建书说："我要跟他说句话。"门房奇怪地看着建书问："跟乡长说句话？乡长忙着呢！哪有时间陪你说话？啥话你跟我说，我去跟乡长说。"建书说："那，那也行。你跟他说，县长到家里去了。"门房吃一惊，以为老汉精神有问题，就问："你说啥？"建书说："县长到我们家里去了。"门房这次听清楚了，再看老汉，又不像精神有问题的人，就问："你姓啥？"建书说："我姓苑，是苑乡长的父亲。"门房说："你看你这老人家，咋不一开始就把话说明白呢！"门房马上就把门一关，亲自把建书老汉送到苑华业的办公室。建书进屋后，第一件事就是把老三的办公室认真地看了一遍，心里觉得还满意，比自己想象的要气派一些。建书见门房退出去走了，赶紧把县长到家里去的情况事无巨细地给儿子学说了一遍。老三对这件事显然很重视，十分认真地听父亲的描述。建书说完话赶紧就走，老三留他在乡公所吃顿饭，他说什么也不愿意。

第二天早上，苑华业亲自到县政府去当面向郑县长表达了感谢，同时也向县长汇报了他的父母因为没有招待县长心里是多么的难受。郑县长为苑华业能来向他当面致谢感到满意，就当面把他勉励了一番。县长到过麻园子的消息很快就传出去了。有人说县长送了苑建书一百个大洋，但马上就有人表示坚决不信："说鬼话，你说苑建书为了儿子当乡长，给县长送一百个大洋还差不多。"有人说县长给苑建书提了一壶酒。又有人说县长给苑建书送了一床缎子被面。还有人说县长送烟送肉的……反正都是凭了自己的想象，大概是自己心里喜欢什么就说县长给苑建书送了什么吧！其实呢，县长只是路过这里时顺路到苑华业的家里看了看，手里什么也没拿。苑建书呢，也是什么都没送。但不管怎么说，就凭县长到麻园子苑华业的家里去了这件事本身，说明县长郑心剑对苑华业的器重。县长是实实在在到麻园子苑家去了。这有高粱铺卖火纸的郭金棒做证，是他指的路；还有下垭子刘守田做证，他也给指了路，也亲眼见到苑建书两口子很是过意不去地把县长送上了马。

这天，建书到牌楼坝赶场时就不断地有人问他："听说县长专门到麻园子看你去了？"建书忙纠正说："不是，是从马路上路过，顺便去的。"建书走到街上，也不时地有人挤过来招呼他。这其中就有一个小伙子从人群里挤过来招呼他说："苑叔叔，走，到乡公所坐下喝杯茶再走！"建书老汉看看说话的人，发现是个从来没见过的人。小伙子主动说："我是乡公所小吴，叫吴健。你没见过我的。"建书赶紧说："谢了，谢了，我不去。改天你跟华业一块到家去耍。"

建书才向前走了没几步，刚才招呼他的那个小吴手里端着一杯热气腾腾的梨子熬冰糖水跑来硬往他手里塞着说："苑叔叔，我听你咳嗽，给你买杯梨子冰糖水，你趁热喝吧！"

"要不得，要不得，咋能叫你破费！"

"苑叔叔，你别客气，这有啥呢！"

建书赶场结束往回走的时候，趁人不注意，又站在对面的马路上把石牌楼及其后面的乡公所大门认真地看起来。正看着，突然有人从后面把他的肩膀轻轻拍了一下招呼道："苑师，你也赶场来了！"建书听得那瓮声瓮气的声音有些耳熟，扭头一看，认出是三保的保队副郝有义正对自己十分亲热地笑着。一年多没见了，建书发现郝有义右腮边那撮黑毛变成黄的了，很是有些扎眼。他本来不想理郝有义，但想到"伸手不打笑脸人"的古训，不得不用真诚憨厚的笑脸应道："郝保长啊，你也赶场来了！"

"赶场呢！"郝有义说，"苑师，你可给我们牌楼坝争了光了。现今，石牌楼后面的大院子到底换成我们牌楼坝土生土长的乡长了！我脸上都觉得有光彩！"

"看你说的，还不晓得当得了当不了呢！"

"苑师，你客气了是不是？我们都晓得县长在大会上表扬我们的苑乡长了，还奖给一匹马。我见了，我们苑乡长骑马可威风啦！昨天县长到麻园子看你的事我也晓得了。我正为这事高兴啦！"说话间，郝有义不由分说，硬是把建书拖到尤家茶叶店后面的品茶室里去品茶，一面品茶，一面没话找话地闲扯，绕了好大一个圈子才说出了本意。

郝有义说："苑师啊，我本来说今天晚上到麻园子去请你帮忙。请贵人，不如遇贵人，我就先把话说了吧！"

"郝保长，我能给你帮得上啥忙呢？"建书想让郝有义赶紧把话说完，他好脱身回家。

"我们王保长，也就是你亲家亲口跟我说，他年纪大了，实在是不想再当保长了，想叫我接他的手。他叫我主动找一下苑乡长。我想请你给苑乡长说个话，我想来给他当这个差。"

"这话我一定给老三说到。不过，我做不了主啊！要是不行，你可莫怪我！"

"咋会呢！"郝有义说，"苑师啊，去年那件事过后我很后悔，一直说要给你道歉。

今天就给你道歉，请你莫往心里放啊！"

"啥事？郝保长，你有啥事要给我道歉的嘛！"建书心里明白，但装着一脸茫然的样子，用手在头上挠了挠说，"没啥事啊！"

"就是那次买猪的事嘛！"郝有义说，"真是不好意思。我啦，是算命的人说我的猪圈要喂一头白毛黑眼圈的猪才能旺，所以那天就得罪你了！"

"哦，你说那回事啊！"建书很大度地说，"我早就忘了。那是啥事？买东西嘛，那有啥呢？我当时还在想，嘿，我的眼力行啊！我觉得那猪不错，郝保长也觉得不错。兄弟，你再莫跟心里过不去了，这是很正常的事，我一点也没怪你！"

"那就好，我到底心里一块石头落地了。你以后就把我当你个小兄弟，跑腿的，有用得着的地方只管打招呼！"

喝完了茶，郝有义非常客气地把建书送了一大程路。最后，硬是建书老汉站着不走了，郝有义才一步三回头地挥手道别而去。

建书老汉一路都在想，人啦，活什么？我苑建书还是原来的苑建书，怎么就会在别人的眼睛里不断地变呢？这绝不是自己过于心多的事情嘛！建书的心里一直没有忘记去年那次郝有义和他抢猪娃的事。当时，猪圈空着，全家人每天吃饭产生的泔水一桶一桶地白白倒掉，怪可惜的。那天，建书在场上好不容易看上一只双月猪娃。那猪娃胖胖的，全身都是白毛，唯独一对眼睛是黑毛。猪娃看起来也很欢实。建书就在心里想，哪怕贵一点，也要把这只猪买回去。

这样想着，建书就蹭到卖猪人身边问："这只猪娃多少钱？"卖猪人听到建书问话，就回过头来看他。只看了一眼，那人马上就站起来打招呼说："苑师，是你呀！"他发现建书好像不认识他，就主动提醒说，"记得吧？我姓姚。那年涨大水，我过不了河，还是你搭着楼梯把我托过去的。这么多年了，我一直记着这件事的。是这，人家给我七十块我没卖，既然你想要，那就七十块。要是嫌贵，你还个价我也认。"

"不还了，那就七十，算我捡你便宜了。"建书心里想的价钱是八十块以内，老姚说的价钱比自己想的便宜这么多，还好意思说什么呢？正在建书掏钱的时候，背后有人瓮声瓮气地说："苑师，这猪我买了。"

建书老汉想，这是哪个，这么霸道？他扭过头去看，认出是这街东头皂荚树梁的郝有义，是甘家槽二亲家的保队副。建书一下愣住了，正愁怎么跟郝有义说话，卖猪的老姚说："苑师，话说在前头，你要，就是七十，你不要，七十我不卖。"

郝有义顿时便红了脸大声嚷道："啥子话？你一个猪娃两个价，是不是？你还想不想在牌楼坝赶场？"

老姚说："苑师帮过我，有人情价在里面。我又不认得你。"

"你认不认得算啥？只要我认得你就行了！你去打听一下，我叫郝有义，看他哪个敢在我面前胡来？今天这猪我买定了。七十块，多一分都没门。"郝有义气呼呼地说着话，从身上掏出钱来飞快地数出七十块往老姚的筐子里一扔，就要抱猪娃。老姚气愤地要去护猪娃。郝有义"呼"地一下便攥紧了拳头，摆出要打架的姿势。建书知道老姚是山里人，在这里无亲无故斗不过郝有义，急忙劝老姚说："姚家兄弟，听我的，把猪卖给他跟卖给我一样。他是我的朋友，这人情我就领了。"

老姚知道自己惹不起郝有义，虽然心里生气，也只好借梯子下楼说："那我就只当卖给苑师了。有机会请到我们桐花沟耍。"

苑建书很生气。他和老姚道了别，就气呼呼地往回走。他心里想，你郝有义前些天见我时，还当面夸我家老二毛笔字写得好，说这两年你都是到乡上请我家老二写的对子。我老二才从乡上走几天，你对我就换了这副模样！建书曾两次想把这事跟二亲家说，但每次都是话到嘴边又忍住了，心想，人家两人是搭档，我何必向他说这种不愉快的事呢？没想到风水轮流转，这才过了多久啊，你老郝居然有脸低三下四地求我！放在我老苑，我是怎么也做不出来的。

天还没黑，黄泥包黎五爷提着一罐子酒来到麻园子。黎五爷是周围公认的最啬啬抠门的人，怎么会提着酒到建书家来呢？苑建书很疑惑地和黎五爷闲扯周旋了一阵，终于明白他是有事求他来了。只听黎五爷说："苑师啊，我们是老邻居，老熟人，都是光着屁股看着长大的是不是？现如今，你家老三当了乡长，我们两家对门直户地住着，应该给乡亲们做点事才对哩！人说远亲不如近邻是吧？邻居之间有事了，还是应该帮一帮对吧？"

建书心想，这个人想说啥呢？是吃错药了吧？跑我的家里来教训我？要是单就远亲不如近邻来说，你这近邻对别人也没啥用。为一点小利益就能跟家族起闹的人，对邻居又能有啥好处？对亲戚吧，你女婿都说他到你家里来要自己把茶叶带上，不然就只能喝你的大麦糊米茶。对邻居吧，当年我老大小的时候放牛，牛鼻毽子脱了撒欢乱跑时吃了你几蔸黄豆，你硬逼老大回来端了半升黄豆去赔你，你才叫他把牛牵回来！你啥时候认过邻居了？苑建书对黎五爷这种莫名其妙教训人的口气虽然很反感，但还是装着听进去了的样子说："五哥你说得对。我也是这样跟老三说的。不过呢，要紧的是要能帮得上忙啊，帮不上也没办法。"

"我这个忙你可莫推。你家老三帮得上的。"黎五爷突然激动起来，上气不接下气地喘着粗气。他强咽了一口唾沫，使劲地平复了一下情绪才哽咽地说："我叫城里秦幺爷给坑惨了啊！他，他不是把你房后的学田卖给我了吗？"

建书马上装出十分吃惊的样子打断黎五爷的话问："五哥，你说啥？我可没听说你买田这回事！哦，正月间那天你在田坎上转是不是在看田呢？"

"就是呢！秦幺爷不准我往出说嘛。我叫他害惨了。他给我的田契是假的。他引我见的学校的沈会计也都是假的。人家学校说根本没那么回事。我请人陪我把手里的田契拿到县上去叫人家看，都说是假田契，假印章。秦幺爷欺负我是乡巴佬，硬是叫我挨了闷棍吃了大亏。白白骗我几百个银圆跑了。现今秦幺爷去了广东，家里的田产、房产都变现揣跑了。我叫天天不应，叫地地不灵哪！我省吃俭用的容易吗？你说，你说这个秦幺爷咋就吃人不吐骨头呢？"

"这我可是一点都没想到！"这次苑建书是真的吃惊地说，"秦幺爷那么有钱的人咋会干出这种事呢？会不会弄错了？"

"没有错，我确实是叫他骗了。"黎五爷说，"他还骗了其他人。"

"这种事我咋能帮你的忙呢？"

"我晓得你是不行，可是你家老三他行！"黎五爷好像胸有成竹地说，"我想托你请你家老三出面请县长帮忙，由县长让警察局出面到广东找到秦幺爷追讨这笔钱。要是能追回那笔钱，我们四六分成，我只要六成，剩下四成他们做盘缠开销用。"

"我倒是愿意跟老三说，可老三能请得动县长吗？"建书想了想再说，"还有，县长有那个本事到广东去把你的钱从秦幺爷手里要回来吗？我想怕是不行。县长是汉阴的县长，到了广东，哪个又认他？广东不晓得是多大的地方啊！那里又不晓得有多少个县长哟！还有比县长大的官不晓得有多少哟！"

"我晓得的，县长喜欢你家老三，要不会夸他，也不会到你们麻园子来看你。你家老三走运，他能请得动县长。请老弟看在老邻居的份上，一定帮我这个忙！"黎五爷的眼圈红了，眼巴巴地看着苑建书。苑建书怎么解释，黎五爷就是不听，他只坚持说一句话："我请你了，你一定要帮这个忙！"临走时，苑建书要黎五爷把那壶酒提回去，黎五爷说什么也不提。推让到最后，黎五爷急了说："我听过一句话，叫作'有权不用，过期作废'。趁你家老三在台上，你就给我帮这个忙嘛！莫等到哪天老三不在台上了，只怕你想给我帮也帮不上！你现在给人帮点忙，以后才会有人照拂你，是不是？你可怜我一次，行不行？"

话说到这个份上，苑建书再就无话可说了。他只好让那壶酒先放在这里，过几天再退回去。黎五爷走后，苑建书一个人坐在火炉边发了很久的呆。他想，当初听欧有根说秦幺爷把学田卖给黎五爷的时候，自己心里是多么难受啊！如今想来，自己也真是可笑。这说明啥？说明自己也是土包子一个嘛！看来，秦幺爷想把家产变现走人的主意是早就打定了，只是他不愿意骗我苑建书，不愿意骗他欧有根。他只想耍耍黎五爷。

<h2 style="text-align:center">五十四</h2>

吃早饭的时候，翠翠跑到茅房去吐。满婶趁给她递漱口水的机会问："几个月了？"翠翠说："三个月了。"满婶说："歇着吧！"她心里觉得好笑，这两个媳妇要么不怀，要怀就同时怀。跟弟和银娃子只差两个月，现在怀起来又只差两个多月。

一天，趁老三在家的时候，苑建书把全家人召集到一起开家庭会说："我们麻园子苑家没啥亲戚，亲戚就是几个亲家。现在，老三当了乡长，家里客人多了起来。按说，客走旺家的门，是好事。只是我们心里要明白，这些客都不是亲戚，不是朋友，不是真客，是冲着老三来的。说白了，对这些人只能笑脸相迎，不能当真。凡来说事的，都叫他到乡上去找老三，家里任何人不准应承人家的事。再一点，说啥也不能收人家的东西，哪怕他说得天花乱坠，就是不能收他的东西。瓷瓦渣包扁食，好吃难消化啊！实在推不脱的，先放着，回头再送回去。"

"爸真是有见识的人，你说得太对了！"老三说，"主要是翠翠要多个心眼，不答应人家的事，不收人家的东西。"

满婶说："二女子、三女子都有身子了。这以后机子上的活，你们就莫做了。家里哪个空，哪个就上机子。大女子、四姑娘你们多做点。来客嘛，都是找老三的，老三在，你自己招呼，老三不在，我们两个老的招呼些，三女子招呼些。就一条，我们不收人家的东西，不答应人家的事情，有事让他们直接找老三。能不能办，该不该办，老三你自己掂量，莫把事情揽到身上又烂到身上。我们老两口没欠哪个的人情，也不会揽哪个的人情，老三，你莫顾忌我们。"

开完家庭会，建书就单独把老三叫到睡房里说了几件事情。首先说的是郝有义想当保长的事和乡公所吴健在街上给他买热饮的事，然后说了黎五爷的事。听完父亲的述说，老三说："小吴给你买饮料的事不管他，他是真心的。那天，他妈得急病，我让人骑马把他送回去的。我观察了，这小伙子比较憨厚，敬你是真心实意的。郝有义的事我就顺水推舟吧！我哪天把他叫去，跟他说是因为你说了我才同意他当保长的就是。其实吧，聪明人现在都不肯当保长了。放在我，我是怎么也不会再当保长了。甘家槽二姨夫几次给我说他不能再干下去了，既然郝有义想干，让他干就是。这个人又霸道又贪财，他为啥想干我心里清楚，不就是想趁乱捞点便宜吗？二姨夫瞧不起他，倒也希望叫他当保长。我明白二姨夫的心思。黎五爷说的这件事，那真是太可笑了。只能说在他黎五爷的眼里，世界就只有指甲盖那么大！我看，这个县上哪个人都帮不了他。秦幺爷什么人？精得很。这两年，听说他的调门最高，到处鼓动别人买房子买田地，趁一些人心热的时候，把自己的家产全卖了好价钱走人了。说是去了广东，其实呢，天晓得他到底去了哪里。听说他一到广州，这边的人再也没人能联系上他了。有人按他说的地址寄信过去，邮局退信回来说'无此地址'。你看他多精！叫人没想到的是，他连学田也用假契约、假印章给假卖了。叫人不得不服他呀！莫说四六分成，就是他黎五爷一分不要只想出口气，也没人能把钱追回来。两个人私底下干的事，就算面对面，人家秦幺爷说声没有那回事，你黎五爷又能把人家怎么样？你说得对，郑县长他有这个能耐吗？现在国家是啥形势？广州是啥地方？尤其眼下，那是大龙大蛟待的地方，是最能折腾的人精待的地方。黎五爷真是土鳖都算不上，只能算个土狗子虫。说出去，真是给我们县城上路牌楼坝的人丢脸！"

"这个我明白。我也说就算你请得动县长，县长也愿意帮忙，但他也帮不上这个忙啊！"苑建书对儿子说，"你念的书多，走的地方多，遇事莫钻牛角尖。我们伤天害理的事不做，昧良心的事不做。万一世道不行了，回家来吃力气饭也不算丢人。"老三正想接父亲的话，建书又抢先说，"我还有一件事这阵记起来了想问你。听说你在清啥子共产党？龙王庙禹家媳妇巴女子，就因为是从四川那边来的，你就让乡上人审问人家是不是共产党？这个浑水我劝你千万莫淌。"

"这件事已经放下了。问清楚了，是禹家跟人争柴杈。对方赌气到乡上检举说巴女子是共产党。弄清楚了。结了。"老三笑着说，"爸，你知道就是了。对这种事，我主要是喊着给县上听的。我抓啥子共产党！"

"那就对了。禹家那种苦巴巴的庄稼人，啥子共产党！"

"爸，你晓得吗？我真是不该回来！"

"该不会像老二说的那样是我把你害了吧？"建书老汉突然觉得有点对不起儿子，"你说，我是不是也跟黎五爷一样，眼睛只看到自己的脚尖尖？你不晓得，我那阵听欧有根说黎五爷从秦幺爷手里买了学田，心里很久都放不下，想不通呢！华业你说实话，我是不是跟黎五爷一样？"

老三觉得父亲不管身体还是心理都已经够苦的了，够可怜的了，再也不应该给他添加任何心理负担了。至于以后会怎样那是以后的事，作为父亲寄希望最大的儿子，他苑华业现在唯一可以尽孝的就是尽可能多地带给父母开心和快乐。老人家眼下正沉浸在儿子当乡长的喜悦中，那就让他喜悦去吧！哪怕明明知道这仅仅只是虚荣心在作祟，也还是多给老人一些满足吧！过了今年，过了明年，他这个乡长又会怎样那就很难说了。想到前途未卜，华业心里就感到有些许沉重和酸楚。他装着对未来充满信心的样子安慰父亲："你跟黎五爷是完全不同的两种人。你是在尽家族的责任，在履行你这一代人的使命。你虽没出过门，但想得看得都很远，是很大气的。至于我嘛，已经回来当了这个乡长，那就走着看。世上没有万全其美的事。我心里有数，你不用操心！"

听到三儿子能给自己这么高的评价，苑建书心里很安慰。他想，读书多、见世面多的人就是不一样啊！听听，老三就能理解我，能懂我。这样想着，建书欣慰地笑着说："我没有白辛苦，你们能理解我，我就很满足了！"停了一下，他又反过来宽慰华业说："至于以后会是啥样子，哪个又能说清楚呢？我们就顺应大势吧！"这是这么多年来，建书和老三最为推心置腹的一次谈话，也是最平等的一次谈话，同时，也算是最长的一次谈话。

跟老三谈完，苑建书就把黎五爷留下的那罐子酒给黎五爷提回去了。建书说："五哥啊，我把话跟老三说了。老三说县长跟他说的，现在外面乱得很，广东又那么大，他托不到能办这种事的人，等以后有机会了再说！酒呢，我先还给你。真的哪天五哥把钱要回来了，我来陪你痛痛快快地喝一场。"谁知黎五爷听了建书的话，连一句客套话都没有就阴沉着脸说："你硬是不肯给我帮这个忙！好，我等着，看你家老三能不能当一辈子乡长！"苑建书生气地说："五哥，你咋这样说话？不是他不帮忙，是他没这个本事啊！"黎五爷不耐烦地转身向里屋走去说："不求你了，还不行吗？"

苑建书气得呼哧呼哧地喘着粗气折身就往回走，一面走一面嘟囔："天底下还有这么听不懂话又不讲道理的人！秦幺爷真是个识货的主，不要你姓黎的要哪个去！"

一天中午，黑沟口的邹家顺突然到家里来了。苑建书陪他刚说了几句话，他就起身说他想看看老三的儿子。这时，三媳妇正带着银娃子从门外进来。邹家顺就逗银娃子玩，玩着玩着，掏出一个红包塞进银娃子口袋里说："叔叔跟你爸是同学，马上过年了，叔叔给你点压岁钱。"建书老汉赶紧把红包从银娃子口袋里掏出来往邹家顺的口袋里塞，并示意翠翠快把银娃子拉走。可翠翠对公公的示意根本视而不见，站在那里就是不动，硬是睁眼看着邹家顺又把红包塞进银娃子的口袋里。建书老汉生气地瞟了翠翠一眼，叹口气，不高兴地进屋去了。又有一次，牌楼坝木器店的老板马仕前突然从大门外提着包袱进来。苑建书认得马仕前，赶紧把他往客房里让。马仕前说："苑师，你忙你的，我是到高粱铺经过这里。从屋里走的时候，遇到苑乡长了。他叫我顺路给带点东西回来。我想亲手交给弟妹，弟妹在不在屋里？"

"在，在！"翠翠自己闻声从屋里快步走出来说，"哎哟，是马老板哪！"

建书老汉见状，赶紧知趣地退进他屋里去了。

马仕前见到翠翠就高兴地说："弟妹好！我把东西帮你直接提到屋里去。"

翠翠立马用手指着她的睡房说："我的房子在这里。"

马仕前见睡房门开着，就直接往屋里走去。翠翠紧随其后跟着。刚一进门，马仕前就把右手食指立起来放在嘴边示意翠翠不要说话。他压低了声音说："弟妹今天过生日。我给你买了两盒点心，是我过细挑选的好东西。我和苑乡长是好朋友。就两盒点心，不值钱的。你收下，可不能打我的脸啊！"说话间，马仕前已经把包袱直接放在抽屉桌上了。

翠翠按照马仕前的示意没有说话，等马仕前把包袱放下了才低声说："那多不好意思啊！"

马仕前把右手食指立起来在嘴边绕着，提醒翠翠不要说话，翠翠也就没再说话。

马仕前见事已办妥，就走出来直接往大门口走，边走边回过头邀请翠翠："弟妹哪天赶场一定到我的家具店去玩啊！"

"我哪里有时间赶场啊！"翠翠好像是故意在提高声调说，"一年忙到头，门都出不了，哪里有时间赶场嘛！"

马仕前本想翠翠对他的随口邀请会顺口说句"谢谢"之类的应酬话，万没想到她会来这么一句牢骚，弄得他有点尴尬。他只好站住脚接过翠翠的话恭维说："忙了才能发旺呢！哪个不晓得你们家的人都能干，勤快，个个都有手艺，以后牌楼坝的首富肯定非你们莫属！"

建书老汉在他屋里听到马仕前的恭维话正高兴，又听得翠翠接了话说："我听人说啊，大财靠命，中财靠运，这个小财咧，才能靠挣。我们是苦挣，咋成得了首富嘛！"

建书老汉在屋里隔着窗子瞪了翠翠一眼，心里有一百个不高兴。他一生气，故意把靠在墙边的剁猪草的木板撞倒发出"啪"的一声响。马仕前很敏感，听到这声响，就知道是建书老汉故意弄的，赶紧假装抬头看看太阳说："弟妹，你太谦虚，太谦虚！啊呀，时间不早了，我得赶去高粱铺。"边说话边出门走了。

马仕前走后，翠翠退回睡房把他放在抽屉桌上的包袱打开看，发现里面有一截缎子被面、两盒点心，另外还有一沓钱。这是第一次有人上门送这么多东西，翠翠的心里怦怦地跳着，急忙把被面和钱放进箱子里，然后端着两盒点心在灶房里找到婆婆说："妈呀，马仕前送来两盒点心，说是给我做生日的。我送你吃。"

"马仕前咋晓得你今天过生日？"满婶警惕地问，"华业晓得他到屋里来吗？"

翠翠改口扯谎道："他说是华业买好的，让他顺路送回来的。"

"既然是华业买来给你过生日的，那你吃就是嘛！"

"我想给屋里每个人分一个。"

"你定吧！"满婶想老三带回来给她做生日的，她能给每个人分一块，倒显得她办事周到。

翠翠高兴地拆开点心，给婆婆放了两个，又去给公公。见公公正往大门外走，她便把给公公的两个点心退回来，放在婆婆的抽屉桌上说："我把给爸的两个也放这里。"

婆婆说："这里留两个就行了，剩下的你都拿出去。"翠翠捧着点心出去先给三个孩子每人两个，剩下的端到机房来和大媳妇、二媳妇、四姑娘分。她一进门就高声喊道："哎，都停一下，品尝点心喽！"

"马老板送乡长太太的点心，我们咋敢吃？"二媳妇调皮地说。

"见个面，分一半，咋能我一个人吃嘛！都给我来接。我看了，这是好点心，平时吃不上的。"妯娌面前，翠翠并不否认点心是马老板送的。她边说话边把点心送到大媳妇面前说，"大姐你看，这是不是好点心？"

大媳妇很认真地仔细看了看说："真是好点心。"看毕，她拿了一个。

翠翠又把点心送到二媳妇面前说："你看，是不是好点心？"

二媳妇看了看说："哟，世上还有这么好的点心！我可是生平第一次开眼界！"

翠翠扭了扭腰说："你就给我装吧！王家姨夫当了那么多年的保长，你肯定吃过这么好的点心！"

"我爸呀，他个保长算啥？泥腿子差人。人家有东西没地儿送了才送他吧！"

"你吃不吃？"翠翠心里高兴，却故意装着生气，但眉眼间又明明在笑地说，"我真心真意给你吃，你还拿五作六的？"

二媳妇把两手在身子右边比了个躬身的动作说："谢太太！"

大媳妇说二媳妇道："琴琴，自己人你还那么客气呀！"

见大嫂子这么老实，二媳妇笑着说："乡长太太给的，我得下礼啦！"

翠翠腾出右手在二媳妇肩上拍了一巴掌说："少在这儿跟我瞎贫！"她边说话边来到四姑娘面前说："四姑娘，你看是不是好点心？"四姑娘先假装不看，她知道三嫂子喜欢听恭维话，就一面继续忙手里的活一面说："这么好的东西，只有三姐你这乡长娘娘和我二嫂这样的保长公主才配享用，我简直有些不敢吃。"

大媳妇一嘴接过话说："四姑娘，你把辈分弄乱了。老三的娘是妈，你咋能说翠翠是乡长娘？"

三媳妇立马纠正大媳妇："大姐呀，你怕是连戏都没看过哟！娘娘是娘娘，娘是娘。娘娘是皇帝的老婆，皇帝的媳妇。四姑娘她也学着二嫂跟我瞎贫，你还听不出来呀？"她边说话边递给四姑娘一个点心说："快给我把嘴堵住！"

四姑娘笑着说："谢娘娘！"

现在，翠翠也开始吃点心了。她刚把点心咬了一口，又想起什么似的用手指着四姑娘说："你这鬼女子脑瓜子装得东西多。你给本夫人说一个吃点心的白话，算是处罚你刚才不该也像二嫂子那样跟我瞎贫。"

"是，娘娘！"四姑娘笑着想了想说，"有一个员外，他平时只逼着长工多干活，就是舍不得给长工吃饭。一天，到了吃饭的时候，员外掰了一点点心瓢子让管家给长工送去说这就是一顿饭。长工说，'管家，我们这么大的人，只吃那么一点点心瓢子怎么行呢？'管家说：'东家说了，莫看东西少，可它是点心中间最好的东西。宁吃鲜桃一口，不吃烂杏一筐。这东西经饿，管用。'长工没办法，只好忍了。从那天起，长工放牛的时候就把牛嘴拴着不让吃草，没几天牛就瘦了。员外问长工：'牛怎么瘦了？你是不是没好好喂它？'长工说：'我每天都是在一整座山上找最好最好的一两苗草芯喂牛。东西是少一点，可是它经饿，管用。牛瘦了，力气好。'员外知道长工在借牛说他，再也不克扣他的饮食了。"

正说闲话，满婶端着一些线砣子进来，见几个媳妇都欢欢喜喜的，就高兴地说："四姑娘那脑瓜子里不晓得装了多少烂淡话，就跟穿鱼的绳子一样，头头一提，马上就起来一串。"

建书老汉有天在牌楼坝赶场的时候遇到老三，就把邹家顺和马仕前来过家里的事跟老三说了。老三回来把邹家顺给银娃子的红包，还有马仕前包里放的钱都从翠翠手里要回去退给了本人。只是翠翠把马仕前还送了一床被面的事瞒着没给老三说。

五十五

立秋节虽然过了，麻园子还是很热。老四晚上睡在楼上，跟捂在蒸笼里一样难受。田里的稻子才一穗两穗地往出钻，没什么活可做。与其待在屋里晚上受罪，不如住在山上图个凉快。更让人恼火的是，现在还得防着"烂队伍"随意拉夫拉差的。正应了老六在信中说的，队伍要是失去控制，凶得很，也烂得很。最近十几天，水鸭子坝欧家院子、下垭子黄家院子、高粱铺上坎子徐家院子这些离公路近的村庄都有多人被马路上经过的烂队伍拉了夫，就连甲长欧有根都被过路队伍在马路上拉去当了六天夫。下垭子黄老万那天也是在马路上被队伍拉了夫，回来时，满身都有被马鞭子抽过的印痕。虽说麻园子离马路有些距离，但站在马路上是能看得到的。既然这样，老四觉得还不如住在灯盏窝安宁。老四在灯盏窝的这片凹地里，今年又多了两个种地的人，加上原来的黎笼匠，共有了四个窝棚。窝棚都相隔不远，搭在四个角上，彼此都不孤单。老四今年把土质薄的那一溜火地撂了荒，只选了些上好的地种。现在，苞谷正在吐胡子，红苕藤子也已经翻了两遍，芋头草也在前几天薅了。地里没有活做，一个人又解不成板子，老四就砍了些苦楝树烤热后加工成"门"字状的半成品放在那里准备以后做木椅子用。由于老四这两年在山上没事时就帮黎笼匠做活，做蒸笼的手艺已经学会了。家里的蒸笼有好几屉已经坏了，老四今天决定上石门子那一带去割些红藤子拿回家抽空修理蒸笼。红藤子是做蒸笼的必备材料，经过水泡，可以削成很均匀的薄片，用它才能把木质的笼圈穿起来，绑扎住。不过，这种藤子都长在石壁上，很少，不容易找。老四只在大西沟的石门子那一带见过。早上起来，老四发现天上一丝云都没有，知了更是拼命地扯着嗓子叫唤。看来，今天一定很热。在这种极热的天气，进山倒可以避避暑。

凤凰山西起池河汇入汉江处的马坡岭，东至月河出口汇入汉江处的安康许家台，全长两百多华里，总体是东西走向。凤凰山的南边是汉江，北边是月河。传说岳飞当年曾经到过山的主峰铁瓦殿。之所以叫"铁瓦殿"，是因为盖庙所用的瓦完全是生铁水浇铸的。此庙建于北宋年间，所供神像为真武大帝，因而也叫"祖师殿"。庙建在凤凰山的最高峰，四面八方的人仰着头都能看到。铁瓦殿的正南边对的是汉江的莲花石那一段，正北边对的是高粱铺这一段。从铁瓦殿到高粱铺之间的广阔空间里有很多山岭沟壑。其中，最大的一片缓冲地带是距铁瓦殿十里路左右的北坡大西沟。在这片缓冲地带上，又有无数的小山、小包、小沟、小淌、小砭、小坪，其名字也都能体现地形特色和植物特色。诸如大西沟、小西沟、大坪、小坪、漆树坪、桦树沟等。这些沟啊坪啊又把铁瓦殿下面的这片缓冲地变成一段呈南北走向的大峡谷。无数的小溪小流汇集到大西沟这段南北走向的峡谷里，就成了月河的源头。这段南北走向的峡谷一直到大堰沟才又变成由西向东的走向。今天，老四要去大西沟。到大西沟去的路也有好几条。比如从灯盏窝往西北走一段路到大堰沟，再顺着月河源头西侧的斜坡路到河西边的大西沟，直通铁瓦殿。从灯盏窝往西直接走，顺着母狗子寨的斜砭子路再上蓼叶朳，经过"阿弥陀佛"，再过橡子树梁就到了月河源头东边大西沟的石门子。还有一条小路也可以到大西沟。那是从大堰沟顺着河一直往上走。三条路到了大西沟后最终在不同的岔路上汇集成一条路再通铁瓦殿。换句话说，到大西沟的路不管有几条，最终都是为了上铁瓦殿。上山砍木头、砍竹子、烧炭、采药的人，走到中途就根据自己的目的走进森林里了。沟这边、沟那边这两条路老四都走过，只有人们说的从沟中间顺河而上的一条小路他没走过。老四听说那条沟里没有像样的树，路也不好走，整个地形都给人妖里妖气、神秘阴森的感觉。老四曾就进不进这条沟去寻找木料请教过黎笼匠，黎笼匠劝他别去，觉得那条沟有点不对头，具体哪里不对头他又说不清楚，只说是"不干净"。

从灯盏窝到蓼叶朳这段路走的人很多，路也宽，头上没有遮阴的树木，走得老四满头大汗。走完蓼叶朳的七到拐就到了"阿弥陀佛"湾，从这里进入橡树梁。因为是阴坡，背着太阳，大树也多，不感到热。老四每次走到"阿弥陀佛"湾都会坐下歇一气儿。听老人们说，之所以要在这一面石壁上镌刻"阿弥陀佛"四个大字，是因为这里路弯太急太窄，路的外边是一个很高的悬崖。过去，常有人从这里失足跌下去摔死。后来，牌楼坝颜家老汉出钱，请和尚主持法事，并在这刻了这四个大字后，凡是从这里经过的人都会全神贯注地念一遍"阿弥陀佛"。从此，再没听说有人从这里摔下去过。老四从小跟大人上山砍竹子、掰笋子往深山里去都是走的这条路。哪里有沟、哪里有坎、哪里有一兜什么草什么藤他都记得清清楚楚。因为平时这条路比河对岸那条路经过的人要多一些，也就从来没听说有野兽出现过。老四一手拿弯刀，一手拽着搭在肩上的褂子，嘴里吹着口哨，径直走到阿弥陀佛石壁旁坐了一会儿就又接着往前走。到了石门子，身上还没出汗。石门子是一道二十多丈宽、三十多丈高的峭石壁。石头呈灰白色，因为雨水多，石壁的上方被水渍浸漫出了自上而下的两道很明显的黑印子。搭眼看去，很像是在石壁上开了一扇门。石壁下有一片四五亩地宽的平淌地，过路的人一般都在这里歇歇脚。砍竹子的人会在这里打捆子；砍了木头的人会在这里把木头进行简单的加工，把多余的部分砍削掉，以便减轻重量。从石门子一直往前走就可以到大西沟的尽头。再走下去，就和河对岸那条路合成一条了。一般砍木头、砍竹子的人走到这里，都会从石门子南边斜上的那条小路往树林深处寻找自己的目标。也就是说，到了这里，基本也就到了目的地了。只有想砍大竹子的人和想到铁瓦殿的人才会继续往前走。石门子大平淌的下面是一连串的石壁，人称"烂石窖"。石头上长的主要是一些藤藤蔓蔓的植物，没有高大的树木，也没有竹子，基本上没有人去。老四今天是找红藤，不是找木头，就决定往烂石窖走。他顺着一段弯弯曲曲的石缝往下走，走了一段，听得对面山上和这边的石门子上都有人在打"张声"，知道是有人看到野物了。他觉得心里有点害怕，就站稳了身子，用最大的声音应和了一声"哦嗬嗬嗬——"远处马上就有人接号子打张声回了"哦嗬嗬嗬——"

上山的人都会这样喊号子打张声，可以相互打招呼，为自己排解孤独和壮胆。如果前面有野兽，听到有人吼叫或感到地面震动就会主动让开。人们相互打个张声支持一下，也是山里人的职业道德和应尽的义务。这时，西沟那边传来了驱赶野兽的"唆吼唆吼"的呼声。老四知道是有人发现较大的野物了。他马上应和了几声，其他地方很快也传来了应和声，长长的呼喊声在山谷之间一波一波地回荡。

前面再没路了。好在老四已经看到他要找的红藤。这些红藤都顺着一块块石头长着，和八月瓜、猕猴桃，以及很多叫不上名字的野藤长在一起，郁郁葱葱的。老四抓住一根红藤扯了扯，马上就带动起一大架八月瓜和猕猴桃的藤蔓跟着一起"哗哗啦啦"地抖动起来。因为是修理蒸笼用，不需要太长的藤子，老四便选了长得匀称的藤子有多长就剁多长。剁了一阵藤子，他发现离他不远处的一个石缝里长了大大的一兜岩桑树，其中有一根长得有小碗那么粗，两人那么高，笔直笔直的，很适合劈开做扁担。岩桑树是做扁担的绝佳木料，颜色黄亮黄亮的，挑起担子来既肯闪动又特别有韧性，不管下沟过坎的步幅再大，也不至于折断。老四想，这里是因为一般人不来，要不然，就是再多这样的扁担料也不会让它长到今天。他一面抓着红藤子一截截地剁下来拢到一块，一面慢慢试探着往岩桑树那边靠近。在离岩桑树还有一丈多远的地方，老四发现那里有个很大的石头，上面长着厚厚的苔藓，苔藓中间，还一丛一片地长着马齿苋、野韭菜一类的东西。想到那里去，必须一手抓着藤条，一手撑着地面，矮下身子斜着往前溜，绝不敢站直身子往那里去。既然这样，还不如把已经砍下的藤子拢起来扛到上面的安全地带，再专门下来砍扁担料。对，就这样！老四把已经砍好的红藤扎成捆，搬到来时的安全地带，才退回来抓着一根粗大的但不整齐的红藤回到刚才的地方。老四小心翼翼地看了一会儿，发现地面上长着一根叫"老鸦藤"的藤子又粗又长，根须好像也是扎在土里的，一直斜刺着延伸到岩桑树的上方。老四把这根藤子抓在手里，准备半蹲着身子往岩桑树身边去。谁知，他才刚挪了两步，那根藤子却突然脱离地面拉直了。老四心里刚叫了一声"不好"，正想蹲下身子时，因用了点力，脚下的苔藓"呼啦"一声全都滑走了。老四脚下失去依托，跟着声音便顺着石板飞了下去。完了！完了！老四只觉脑子里一片空白，仅凭自然的求生本能用手紧紧拽着藤条始终不松开。就在万念俱灰之际，直觉告诉他自己的两只脚好像被什么东西给挡住了。老四拽着藤条，半蹲着身子低头看看脚下，发现真是一大蔸叫"犟犟藤"的东西把他的脚挡住了。谢天谢地，身子停在了半崖上。老四再往两边看看，右边是石壁，石壁上长着苔藓和一些羊胡子草。再往左边看，有一条石缝，而且越是往前看，石缝就越宽。在石缝的外沿上，长着一溜叫"碎米梢"的红亮亮的小树。这些小树是上好的柴火。它的生长期长，只要有石缝就能生长。它长不成大树，最粗的也就大拇指粗，但其树龄到底有多长，谁也说不清楚。因为山上冷，它比山下长的碎米梢晚了一个月开花。小小的白花散发着淡淡的香味，无数的野蜂正在忙碌地采着花粉。老四把手里的藤条拧了拧，让它变得更柔软、更有韧性些了再将其拴在两株大碎米梢上。现在，老四低着身子顺石缝往前挪，约走了两丈远，又有很大的一蔸犟犟藤。这家伙真是大得出奇，曲里拐弯的枝子铺排开来少说也有十几间房子那么大。这种东西虽然是树，但它很少有一米以上的直干，全都长得弯弯曲曲，盘根错节，硬是把这一大片石壁罩得严严实实的。

犟犟藤是一种基本不落叶的灌木，长的全是藤状枝干，很少生虫，特别耐旱，木质极其坚硬。农民们砍它嫩一点、直一点的条子回去做拐杖。老四心里害怕，但他知道现在害怕也没有用，要想脱离险境，就得尽快寻找可以攀爬上去的路。他顺着犟犟藤的主干找了一会儿，发现前面石壁上有一条竖着的石缝，顺着石缝再往前探了两步，有一个直立的石壁。顺着石壁往右转，又有一股小小的山泉呈瀑布状地往下流。在水幕的后面居然有一个石洞，有一人多高。老四把头伸进去探了探，发现里边比洞口宽敞。他紧张得大气都不敢出，蹲下身子仔细往里边看了一会儿，发现越往里看洞子就越宽，而且明显有人在这里活动过。老四屏住气斗胆往洞里走了几步，再回过身子往外面看，发现从这里有一条顺着石缝往下走的小路隐藏在洞中。再看，但见这小路上方有遮天蔽日的犖犖藤罩着，地上有一蔸一蔸的碎米梢子树掩护着，要不是今天意外从上面石壁上滑下来，他恐怕做梦也不会想到这里会有这么大个天然石洞！老四再往对面山上看去，影影绰绰地能看到从大堰沟那边的尖山子到大西沟西边的那条路。这时，他又听得石门子上方似乎有人，但他此时不敢声张，本能提醒他很可能身后这个不知深浅的大洞里藏着惊天的秘密和巨大的危险。好奇心驱使着老四往洞里又走了十来步，里面很黑，很静，尽管脚放得很轻，他还是能听到"嗡嗡"的回音，他赶紧停下来，蹑手蹑脚地退出洞外。出了洞口，老四蹲在地上再次回头向洞里看了一眼，又向对门山上望了一眼，然后用手把踩坏的小草扶起来，不敢留下痕迹。老四心想，是非之地，得赶紧想办法跑掉。他快速顺着来时的石缝往回退，重新把拴在碎米梢子树上的老鸦藤解开，在自己手腕里绕了一圈拽着，顺着刚才拦挡他的那蔸犖犖藤边上的石缝挣扎着向上爬。费了很大的周折，老四终于爬回离岩桑树不远的地方。至此，老四那颗一直紧绷着的心才平静了许多。他将身子斜倚在矮树丛上，把垂挂在石壁下的老鸭藤一把一把地从岩壁上拉上来，不想让下面察觉上面曾有人下去过的痕迹。直到老四觉得看不出什么明显的蛛丝马迹了，他才在心里说了句："真是吓死我了！"然后长长吁了一口气，把胸口抹了抹，马上往他放置红藤子的地方爬。他再也顾不得光顾那棵岩桑树了。

　　老四扛着捆好的红藤子回到石门子脚下的大平淌里，随便再捡拾了一些柴棒子打成挑子，匆匆上路往灯盏窝赶。一路走着，老四心里还不时感到发凉。他记得自己初上灯盏窝时典公曾给他的警告："以后你在山上的时候多了，记住一点，看到心里觉得怪的事情自己晓得就行了，不要跟任何人说。我跟你说，我们这凤凰山说大不大，说小不小，凭我几十年的感觉，说不清楚的事可是不少。几年前，土家沟有个人冬天上山打野物，回来见人就说他在大西沟那一带见到一个啥子岩洞，结果第二天出门就给人杀了。"老四心想，那人见到的该不会是这个洞吧？幸好，这天晚上老四在灯盏窝听得石门子那一带响起了打雷的声音。他赶紧走出窝棚在心里向那个方向祈祷："老天爷，你把石门子的雨下大些，把我踩的脚印子洗掉！"过了一会儿，大风从石门子那边狂野地吹过来，又过了一阵，灯盏窝就大雨倾盆了。老四在心里自我安慰："有这场雨，我白天留的啥子印子也该会没有了。"虽是在心里这样自我安慰，但终究对这事还是放不下，回家以后，他悄悄到团包找到典公把这件事说了。典公面色凝重地问："你说那洞是有人住过？"

"我看是的。"老四说，"好像那是个岔洞，不是主洞。"

"我想起乐长子说过的话，看来是真的。"典公叮咛，"记住，跟任何人，就是你爸、四姑娘都不能说。以后莫往那一片走就是了。按有些人的说法是山洞是神住的地方，是仙住的地方，不能说，说了就会惹口祸，损性命。还有，从大堰沟底顺河进大西沟的那条小路莫走。我顺河进去找过一回药，那里面越走越阴森，就再没去过。后来有次邹家马娃子叫蛇咬了，请我给敷蛇药。说淡话的时候，我说我进那条沟去采过药。马娃子当时脸就吓白了说：'你咋敢进那里面去呢？我跟你说，我有一次打野物进去了，大白天遇到了鬼打沙，是在一个大石岩下边，突然从岩上冒出两个披头散发的半截人身子摔石头沙子下来打我，把我吓死了！回来，我外父给我喊了三个晚上的魂。我媳妇说我怕是打野物惹到了山神，再也不准我动枪。我就把枪赶紧卖掉了。我看那里面有蹊跷，你咋会进那里头去呢？'这都说明那条沟不干净，莫去了！"典公又补充说，"其实，那条沟进去也没用，没有成形的树木，尽是藤藤蔓蔓没用的东西。"

五十六

烦烦烦烦！悔悔悔悔！

苑华业把办公室的门闩着，一个人用毛笔反复写着"烦"字和"悔"字。第一遍，他用楷书写，写着写着，手就飘了，写出来的字一个不如一个。他生气地把字纸撕得粉碎，扔进废纸篓里。第二遍，他用篆书写，结果写出的字也是一个不如一个。他又生气地把字纸撕得粉碎，扔进废纸篓里。第三遍，他用草书写，想让自己无拘无束狂放一把，但因为心里有事，狂放不起来，还是越写越差，气得他使劲把字纸揉成一团连毛笔一块扔在地上。

写不成，不写了！苑华业生气地把身子靠在办公桌上静静地看着天花板。这样看了一会儿，华业又禁不住哑然失笑起来。他自嘲地说："什么人嘛，自己心里烦乱，没有主张，拿圣人的字发什么气！"华业弯腰把地上的纸笔拾起来，又用废纸把地上的墨痕擦净，再蹲下身子把废纸篓里的字纸再重新撕扯了一遍，然后又从脸盆掬了两捧水浇在上面。直到确信再没留下任何痕迹，他才站起身来回到办公桌前。多年的经历告诉他，大小负一定责任的人，心情的波动绝对不能让别人察觉。如果刚才的这种心情以及所写的那两个字，若被人检举到上面去，一定会惹来麻烦。

苑华业把《资治通鉴》从书架上取下放在桌上，做出正在阅读的样子，然后两手支着额头打瞌睡。

最近的几件事情让华业的情绪受到打击。先是得到消息，他原来所在的部队入川后经过整合，基本上都升了职或晋了衔。职、衔一升，薪水马上就会涨，自己要是不走，说不准还能带上"长"字了！接着，他又得到几个消息，国军在几个重要战场频频失利，党国的形势越来越糟。各地都存在乡长、保长、甲长纷纷辞职的浪潮，有的辞不掉职务，干脆来了个挂冠而去，人间蒸发。汉阴这个地方相对封闭，加之政府的层层封锁，外面传进来的消息不多，也不是很准确，即便如此，坏消息还是接踵而来。这些坏消息弄得苑华业的心思很乱。他想得最多的是大厦将倾，覆巢之下又焉有完卵？真到了那一天，他苑华业如何安身立命？能净身出户吗？不可能！苑华业对自己当乡长以来的"政绩"进行了回顾和梳理，很是让他感到如芒在背。若说刚上任时自己打嘴炮讲大话骂共产党的那些话还言犹在耳的话，现在则发展到自己的手上已经不干净了。桩桩事情、历历血迹已跟他苑华业脱不了干系了。不得净身出户，这便是苑华业最为惶恐的第三件事——民愤。苑华业有些后悔，后悔自己当时有投机心理。离开部队时，也曾有个别长官劝过他："当前形势下，在部队待着从某种意义上说是对自己的一种保护。当兵的执行的都是命令，即使战场上刀枪相见你死我活也是各为其主，没有私仇，不用承担个人责任，没有心里的良心账。地方上不同，你面对的是一个个具体的人、具体的利益，哪个避得开？"苑华业现在体会到这些话的含义了。原以为"富贵险中求"，大危险就是大机会，想用乡长这个平台冲掉这几年的憋屈，展现自己的才华，现在看来，自己是闲书看多了，一厢情愿了。说到底，他还是缺乏对社会潮流的把握，缺乏做人做事的定力，有浮躁的毛病，有投机的心理，恶果已经长成，怨天尤人已经无济于事。初当乡长那会儿，征夫、征兵、筹粮、筹草，特别是抓壮丁、抓夫子，任务越来越重，第一批任务还没完成，第二批任务又开始，为了表现，自己硬是亲自出马和保甲长们一块用枪逼着人家当兵、当夫，交粮、交款，酿出好多起人命惨祸。那会儿，听到丧主、祸主的哭泣声，看到丧主、祸主那仇恨的眼睛，虽有些不寒而栗，但为了得到县长的赏识，他还是硬着心坚持下来了。究竟是县长有意在考验他，还是确实是上面下达的任务太重？反正这样的情景是愈演愈烈，怎么办啊？苑华业曾经几次在心里冒出辞职的念头，但很快又放弃了这样的想法。他实在有些不甘心！他想，前面付出了那么多，如今他苑华业在县上可以说已经崭露头角了，此时辞职，前面都白干了。带着这种矛盾心理，华业也去见过余二爷，想听听他的意见。如果余二爷同意他辞职，他就毫不犹豫地辞官。可两次都没等华业开口叫苦，余二爷就说："华业，你干得好啊！叫我在郑县长面前很有面子啊！我又见到郑县长了，郑县长夸你是可以造就之人才啊！华业，我有种预感，郑县长正在考验你，很有可能会进一步重用你。你要明白，郑县长是地区专员身边来的，前途大呢！我晓得，现在的事肯定很难干，你一定要咬着牙挺下去。"听了余二爷的话，苑华业的心里有喜有忧，喜的是自己得到了县长的赏识，忧的是为了县长的赏识自己种下的仇恨该如何了结？不过，在极度忧虑中，苑华业突然在潜意识里冒出一个希望——郑县长回专员身边的时候，能不能把他一起带走？这样最好，一走了之，他就听不到哭泣的声音，见不到仇恨的眼睛了。就这样，苑华业又振作精神挺了下来。

令苑华业很欣慰的是，他有周信冬这个好助手，此人没有他那么纠结，心也比他硬。任何时候，周信冬都能很快来精神，下硬茬。有好多次，苑华业感到下不了手的时候，周信冬硬是帮着他坚持下来了。苑华业能够感谢周信冬的方式也只是晚上在宿舍请他喝几杯酒，叫几声"信冬老哥"；再就是遇到招待县上来人的时候，当着客人的面实话实说地夸他一番，并充满真诚地在桌上敬他一杯酒。

最近，专署和县上连续通报了几起因公职人员擅自离职或擅自辞职被查办的案件。看到这类通报，苑华业又在心里庆幸自己没打辞职报告。他想，你上过军校，又是国民党党员，还是余二爷走郑县长的门子当的乡长，肯定是辞不掉的。想着想着，苑华业的心里又冒出一个问号：郑县长如果重用他，会让他干啥呢？他和其他乡长不同的地方是上过军校，人也年轻，会怎么用他呢？县长赏识他是明显的，不用多怀疑。他在考验他，这也是事实，因为好几次给牌楼坝乡下达的任务明显比其他乡重得多，他都把任务给完成了。再一点，郑县长能到麻园子家里去，这也足以说明他重视他。可是，他会怎样重用他呢？该不会让他带兵打仗吧？带兵，县上只有警察局，听说局长和县长很铁，应该不会让他去；还有一个自卫团，新团长齐勉经常跟县长在一个地方秘密商量工作，两人关系也很铁，也不会有他什么事。如果还有带兵任务的话，那就是重新组织了。这个……苑华业的心里突然隐隐地害怕起来。他非常想知道郑县长的底牌是什么。可他又苦于找不到一个能够和县长说上亲近话的人。华业想请余二爷探探郑县长的底，但想来想去认为不可行。余二爷和县长的关系亲近，是因为余二爷有钱，儿子在省政府，有亲戚在专署、在部队，县上需要维系和他的关系；再者，余二爷本人愿意和县长来往，以便提高自己的声望。说到底，他们之间是相互利用、相互需要的关系，说不上交心和信任。涉及工作方面的，县长绝不会给余二爷吐露半分。那么，找谁呢？想来想去，他只有县长秘书小许这层唯一可利用的关系。可从多次的接触看，小许根本就不愿和他接近，但凡有机会，小许也都有意避开了。华业心里明白，小许是想用行动告诉县长：我一刻也没离开你的视线，我从来不单独和任何人接触。只有两次避不开的时候，小许才友好地向华业微微一笑。看来，想从小许那里打听到什么也是不可能的。

巡警队队长齐勉前不久升任县自卫团团长。到自卫团去的时候，齐勉从巡警队挑选了二十个人一块带去了。这二十人当中，就有苑华业的兄弟老五。这天，华业进城办事时借口当面感谢齐勉对老五的照顾，实际上是想从齐勉那里打听一些外面的消息和县长的心思。令华业没想到的是，齐勉相当敏感，说话时总是东拉西扯的。见打听不到什么，华业就告辞准备回乡公所。从邮局门口经过时，华业碰到亲自到此监督投递重要邮件的县长秘书小许。小许很匆忙地和华业点了个头就走了，但凭直觉判断，华业认为小许好像是给他甩了个眼色。小许走后，苑华业很纠结，弄不清是自己过于敏感，还是小许真给他甩了个眼色。左思右想，华业决定去看看小许的父母。为了不引人多疑，华业带了小吴随同前往。

这是苑华业第三次去看小许的父母。去年，小许陪县长到过麻园子之后，华业进县城向县长当面道谢之后，也带了一个人到长坝梁去看了小许的父母。今年过完年，苑华业借工作之便，又到小许家里去了一次。很显然，这两次小许的父母都告诉小许了，这从小许对他的微笑中能体会出来。小许家是普通的农民家庭，家里不富，但衣食基本上能维持。小许父母都是比较传统的那种庄稼人。据他们说，家里有十来亩水田和两亩多旱地，年成好时，粮食能按季接上，年成差时，就得东拼西凑受一段熬煎。小许是安康师范学校毕业的。毕业后，先在县城教了两年书。其间，他在当地报纸上发表过几篇文章。后来，县政府招秘书，也说不清怎么就把他这个啥关系都没有的人给招上了。郑心剑从安康来当县长以后，不知为什么居然把他要去给自己当了秘书。给县长当秘书，这是多么荣耀的事啊！经过一段时间的观察，小许发现自己之所以能被县长要到身边当秘书，唯一的原因就是他的家庭社会关系简单，城里没有一个亲戚朋友。这也让小许悟出一个道理，那就是要保守工作秘密，自己只替县长办事，不和任何人发生任何交往。小许对父母说："我的什么事你们都不要知道，你们也不要和官场上的任何人来往。有人上门来了，不要太热情。"一年多来，不管是小许本人，还是他的父母，一直按照这个原则行事。从效果来看，县长基本上是满意的。去年初冬和今年初春，乡长苑华业两次到家里探视，这不仅引起小许的注意，也引起小许父母的注意。他们都在揣测苑华业的真实目的，以及他的人品如何。苑机匠，这人听说过，人勤快，在家里特别节省，在外面也不占人家便宜，可他这个三儿子怎么样谁也说不清楚。按照儿子的提醒，老两口对苑华业一开始就持防范态度。现在，两个老人见苑华业第三次来看自己，又想到苑华业也是本地人，家里也是种庄稼的，不但防范心理减少了，还有了一些感动，非要留苑华业和小吴吃饭不可。华业说："不用了，婶子。小许给郑县长当秘书，很忙。他们是为全县老百姓忙。作为他家乡所在地的乡长，我来看看你们，看有没有什么困难需要乡公所解决，这也是我们的公务，你们不要有什么过意不去的。你们在家里能安心，小许才安心；小许安心，才能给县长当好秘书。你们看，这是不是我的公务？"小许的母亲老实巴交地说："苑乡长啊，你这大道理把我都说晕了哟！我家小许有那么重要吗？""有啊！小许的工作特别重要。你们家里要是有什么困难，一定给乡上说，可不能因为家庭困难影响了小许的工作！"说着话，苑华业指着进门后放在桌上的一个酒坛子说，"有个朋友送我一坛子安康恒口的黄酒，我送给老人家。你们吃饭时煨热了喝，暖胃。"

"这咋要得嘛！"小许的父母感动地看着桌上那个酒坛子，有些手足无措的样子。

见华业实在不愿留下来吃饭，小许的母亲只好用醪糟煮了荷包蛋要他和小吴吃。华业知道，在农村凡来了客人，一定要端碗吃点东西，不然主人家心里会很难受。他就招呼小吴一块装得十分爱吃的样子把那碗醪糟荷包蛋吃了。在华业抢着把碗往灶上送的时候，小许爸端着黑瓦盆从灶屋走出来憨厚地笑着说："苑乡长，我早上煮了截腊肉，还煮了两坨血豆腐干，也不晓得你吃不吃得惯，尝尝看！"

"这个好吃，我爱吃！"华业很随和地先用手从瓦盆里撕了点腊肉放在嘴里嚼，嚼了几口，才夸道，"这腊肉味道正！"等把腊肉嚼烂咽下去了，华业又用手从瓦盆里拿了一坨血豆腐干掰下一半咬了一口夸道，"这血豆腐干很好吃！"一面说一面装出认真欣赏的样子说："豆腐磨得细，浆点得嫩，猪血也是心鲜散血，肉末肥瘦掌握得又好，葱姜调料分寸把握得更好，难得吃到这么好的！"

见苑华业吃得很香，评价得也内行，小许父母非常高兴。他母亲说："苑乡长很懂这个啊！"

"从小就跟我爸妈学过。不过，血豆腐干容易做坏。我们屋里这豆腐干要是做好了，我妈就说是她对我爸督催得好；要是没做好，我妈就怪我爸太性急，不该自作主张，说好东西没做出好吃喝。"

“看看看！你们女人家咋都是这样嘛！”小许他爸笑着对老伴说，“我只当是遇到了你这么个爱较劲挑毛病的人呢，原来你们女人家都是这样啊！做好了，你说你咋咋咋地操了心；做瞎了，嘴巴一噘，脸一板，头不是头，脸不是脸的，尽怪我手脚毛糙。”

“婶子啊，你咋跟我妈一样嘛！”华业哈哈大笑。

“这该不怪我了吧？苑乡长她妈也是这样的吧？”小许他妈冲老伴说，“我跟你说，在女人里，我肯定是脾气最好的那一个。要不是我经常敲打你，我看你啥都不会做！”

“哟，你看你在苑乡长面前能的！”老头子笑了，大家都跟着笑了。

笑够了，苑华业对小许的父母说：“叔、婶，我们走啊！家里要是有需要使唤的事情，你们一定说啊！我们都是乡下长大的，里里外外的事情都能帮得上手的。”

“行啦！”小许他妈明显不像前两次那样设防拘谨了，真切地说，“我看苑乡长跟我们屋里人一样，直撇，好打交道。”

从小许家出来往回走的时候，苑华业发现周围人户中有不少人对他们这边指指点点的。他心里明白，村里人一定是在私下议论：“看，乡长到许家来第三次了！”

五十七

大儿子的来信刚刚读完，外面又给余二爷送来一封书信。余二爷瞄了一眼，知道是二儿子启航的信，便随手扔到一边。

余二爷在屋里烦躁地踱着步，说是不看老二的信，但信放在那里又总是让他心里不安。他想拆开信看看，又担心再劝他把土地送人，白白受气！烦乱了一阵，余二爷决定问问卦。他把手洗净，两手握着在胸前默默祷告：“神灵示我，神灵示我！”然后从抽屉里取出两枚骰子在桌上掷了三次，得出一个“二四三”的签数。余二爷翻开《诸葛亮神算》，查到第二四三签，发现是个下签，诗云：“若是有缘人，一指便回首；执迷不悟者，屡引也不走。”

余二爷顿时就愣了。他愣怔了好一会儿，才怏怏不快地把骰子放进抽屉，再把《诸葛亮神算》放回书架，几乎是颤抖着用手窸窸窣窣地把老二的来信拆开来阅读。信中写道：

父亲大人好！

姨妈身体好吧？

我前年、去年写信劝你的事想来你必然会骂我忤逆。你的心情我体会得到。但你想想，我们都已经长大成人，自食其力了。你和姨妈，还有弟弟等家人需要多少田亩收入即可衣食无忧呢？不孝儿最后一次劝你看清潮流，慷慨放手，旋即把非一家人起居用度所必需的房产田产送人。你也可将其资助修建学校、医院，也可资助修建桥涵、道路、堰渠、河堤，还可以效仿牌楼坝颜家，把田产捐做学田，捐给孤儿院。总之，将田产尽快分发出去，不再当食利者，只做一个自食其力的普通人。放弃财产之累，安心享受晚年，何乐而不为？切莫为财所累，贻误终生！切切！

儿　启航

一九五八年五月

这封信已经在路上走了三个月。它是从哪里寄出的呢？余二爷仔细看了一遍，信皮上方写着"于路上"三字，再就看不出其他信息了。于路上？于什么路上？余二爷有些生气，怎么两个儿子都成这个样子了？他又想起刚才签上的四句话来，身子禁不住有点发凉。再想两个儿子，怎么都不像那种说话没定准的人啊！老二多年没见了，老大去年还见过，很沉稳的人，不是人云亦云的无主见之人啊！余二爷用手挠着头苦笑着想，两个在外面有见识的儿子都嫌我家业大，劝我放弃家产，一个在家里混狐朋狗友的儿子却不断埋怨我家业太小。这是什么事啊！我的家业还小吗？不小了。如果仅从满足一家人吃穿用度方面考虑，送出去九成家业也不成问题。为难了一阵之后，余二爷决定有条件地接受老大、老二的建议。首先是再不扩张家业了，任凭你老张和功成母子俩怎么埋怨他，他都不再添置家产了；其次，想办法变卖一些田产套现。可是，老张能让他变卖田产套现吗？恐怕不行。所以，他只能瞒着他们母子两个悄悄地做。但决定给他们母子两个留一百多亩田产。房产呢？只留县城、余家淌两处就够了，其余的店铺卖掉套现。把套现回来的钱带到大城市去花。最后他想，到哪个城里去住最好呢？西安吗？老大没开口。秦幺爷这家伙精，早早卖田卖房揣着大把的钱去了广州——是广州吗？鬼晓得。听说他临走还坑了人，只是有的人不好意思说出来。我余鹤年不坑人，实实在在地卖田卖店铺，一手交钱，一手交货，把中人请到现场，明明白白地卖。对我好的人、我喜欢的人，可以把价让在明处。对，定了！

拿定主意，余二爷顿时觉得心里亮堂起来。他用手指头打着节拍，信口唱起广东流行民歌《粤讴》中的"解心事道"：

> 心各有事，总要解脱为先。
>
> 心事不安，解得就了然。
>
> 苦海茫茫，多半是命蹇。
>
> 但向苦中寻乐，便是神仙。
>
> 若是愁苦到不堪，真是恶算，
>
> 总好过官门地狱更重哀怜。
>
> 退一步海阔天空，就不使自怨。
>
> 心能自解真正是乐境无边。
>
> 若是解到不解得通，
>
> 就讲过阴骘个便。
>
> 唉，凡事检点，积善心不险。
>
> 你睇远报在来生，近报在目前。

在苑家，建书老汉呆呆地看着老伴，心里有话，但说不出口。这些年来，为了这个家，他和老伴赌了很多气，但每次其实都还是以老伴的让步告终的。他苑建书想置家业，她同样很想置家业。她骂他太省俭，是抠鼻屎痂子的，她同样也很省俭。自从她嫁到麻园子，她就没有大方地花过一次钱。然而，接二连三的损失跟省俭比起来，省俭就显得没必要了。今天虽说损失不太大，但对于他们这种靠劳力谋生的家庭来说，也绝不是一个小数目。原来他打算再省一省，等添置水田之后再给几个儿媳换新棉絮，现在看来，没必要这样，于是决定，该换的现在就着手给她们换，来年再说来年的！他不禁想，我们麻园子是不是应了"命里只有半斗米，累死也不得满五升"这句古话呢？

此时，建书终于当着老三的面对老伴说："我想通了。你那天说今年要换棉絮，这对着的。不能让他们太苦寒了。"停了一会儿，建书又对老三说，"我今天到程先生那里去了，听那口气，怎么说他也不会参加国大代表的竞选。"建书又把他跟程先生的谈话原封不动地学了一遍。

听完，老三身子轻轻地颤抖了一下。他看看父亲，又看看母亲，过了好一会儿才极不情愿地说："他的意思我懂——真会发展到那一步吗？爸，我看就照他说的办吧！思路活一点总比死一点好些。"

建书想了一阵，把他分家的思路给老三说了一遍。老三在心里斟酌了一番说："眼下先这样吧！"

满婶不解地问："为啥非要现在分家呢？"

建书说："我看得出，程先生是想了很久的，不是随便说的。"

"程家舅爷想得长远呢！他是在拷问中国的前途。我同意爸的主意。这样做只有好处没有坏处。"

"有你这句话，我就慢慢做这件事情。"建书终于如释重负地站起来，伸了一个长长的懒腰。他感到太疲乏了。

五十八

两天来，秘书小许一直琢磨郑县长跟他说"谈话"的用意。近一个时期，他从报纸、文件上看到不少关于国民党在前线失利的消息。种种迹象表明，国民党的强势地位和共产党的弱势地位正在发生颠覆性的倒转。小许曾在安康师范上学时听到过一些关于共产党的议论，并且听说安康地区最早的共产党组织就曾在这所学校里活动过。那时，小许不关心这些，认为自己一生都会是个远离政治的人。为什么呢？他自认为自己不是从政的料子，家庭也不具备让他从政的基础。既然这样，关心它干什么呢？他之所以上师范，是父母觉得他体质不强，力气不大，干农活不如别人，因此想让他当教书先生；再就是上师范花钱少。命运弄人，他居然会被选来给县长当秘书！走进县政府大院的时候，他感到害怕，当然，更多的还是自豪。尤其他被选去给县长当秘书之后，周围人的眼神都集中到他这里来了。家乡的人对他的羡慕和眼红就更不用说了。但随着时间的推移和工作的深入，小许的自豪感在一天天地减退，忧虑感和困惑感一天天上升，到如今，他已经开始后怕起来。作为县长的秘书，对于县长布置下去的很多工作他应该责无旁贷地进行督促落实；作为农民的儿子，站在农民家庭的角度，则觉得应该阻止这些工作的落实。小许就这样在双重角色、双重思维、双重人格中亦步亦趋，举步维艰。

县长找小许说"谈话"之后，他想了很久也没想出县长的真实意图，但隐隐约约意识到县长正在筹划一件大事，好像是要在南山做一个大功课。小许读过一些历史书和地理书，觉得南山汉水流域地处川陕鄂陇四省交界处，水运便利，伸缩和回旋余地很大，县长如果真要统管西边三县，那么，南山就是三县的接合部。他想，县长会不会让年纪轻、当过兵、想搏功名的苑华业到南山去组织筹划军事对垒呢？如果不是有重要的任务想交给他，县长用不着到麻园子苑家去。苑华业到底是个什么样的人呢？他两次到家里去看我父母，明摆着是想跟我套近乎。跟我套近乎对他有啥好处呢？我给县长当秘书，或多或少会知道一些县长的秘密，苑华业无非是想在关键的时候我能帮他一点忙。苑华业跟我是一样的家庭背景，前一阵子为拉丁、拉夫、征粮、筹款，他闹出好几条人命，遭到老百姓的咒骂，却得到了县长的关注。当然，乡长里面哪个没有恶名？就苑华业本人来说，若真把他鼓动到南山去领着一帮杂色老百姓打仗，恐怕还真能打一阵子。不过，党国的声望已经彻底崩溃，连我们这么偏远的一个小县城里的各方面精英早两年都已私下为党国的最终败退做足了准备，可见希望渺茫。

小许的思路此时已经打开。他又联想到县长这阵子频繁地调整人员，特别是调整自卫团、警察局、财会室、二科负责人的事，更加坚定了小许对县长可能在南山做大功课的判断。他又分析了一下县长问他敢不敢去南山当乡长的意思。首先，南山的三个乡长年龄偏大，任职时间偏长，很多工作已采取一拖再拖的态度。在这种情况下，如果县长想在南山做一场大功课显然不能继续用他们。那么，县长试探他是什么意思？真是想让他去当乡长吗？不会。不管从哪个角度说，他都还达不到胜任的条件。那无非出于两种考虑，其一是拉拢，其二是测试。小许庆幸自己当时的第一反应是真诚的惶恐，申明自己还没有这个自信。这样，县长再让机关随便哪个去南山当乡长的话，他这县长的随身秘书不仅不会嫉妒，反而还会感激，从而继续安心地追随在县长的身边。机关里谁可能去南山当乡长呢？应该是耿林。小许已多次发现耿林私下在和县长说话。再一个，耿林已连续两次被派到外地什么地方去受训了。受的什么训？小许想，如果国民党真的败了，放弃县城，那么，最适合打游击，搞潜伏，伺机东山再起的地方就是南山的汉江流域，乃至整个大西南。想来想去，小许的脑子里逐渐出现一个清晰的判断——县长在做万一的打算，这个打算的落脚点就在本县的南山。有了这个判断之后，小许再三犹豫起来：县长有意向派苑华业到南山参与筹划未来抵抗活动的信息，有没有必要告诉苑华业本人？小许觉得有必要给苑华业一个暗示。如果给了他暗示，他不愿放弃追随县长的机会，那就是他自己的事了。如果在现在这种形势下，他还愿意追随县长去从事抵抗，以图建功，那就不值得再对他给予同情了。

小许这里正愁着，长坝梁上的甲长老岳来找到他说："你妈病了，请先生给把脉开了处方，牌楼坝街上徐家药房说他们那里缺上面的两味子药。你爸遇到我进城，就叫我捎给你，让你在城里给抓好了捎回去。你爸说叫你不要着急，你妈没啥大病。"老岳把处方交给小许就匆匆地走了。小许直接拿着处方向县长做了报告。县长说："今天没事，你就去抓了送回去。"

"谢谢县长！"

小许从县长那里出来没有直接去抓药，先到秘书室向机要组长耿林报告。因为今天早上他给他布置了一大堆材料抄写任务。见耿林正锁门准备往出走，小许就说："耿师傅，你出去啊！想麻烦你回来的时候顺便帮我抓一服药。"

"好啊！我要上街办点事，顺带就给你抓了。"

小许一直对这位比自己大六岁的组长很尊敬，总以"师傅"相称。耿林也喜欢小许的勤恳和踏实。早上，他给小许布置了任务，他现在顺路帮他抓服药当然是应该的。过了没多久，耿林就从外面回来把抓好的药交给小许。小许把两份紧要的材料抄完交给耿林之后，就先向耿林请了半天假。临走时，小许又到县长那去看有没有要紧的事。县长说没有事，叫他把药送回去。小许刚要出门，县长说："你等等。你妈病了，你替我提盒点心看看她！"

"县长，不了！"小许很是感动地说，"这多不好意思！"

"别客气了，快把药送回去吧！"

"谢谢县长！"小许很真诚地给县长鞠了个躬。

小许匆匆赶到家里的时候，父亲正在灶上做饭。他走进睡房问母亲："妈，你咋病了呢？"

"咳嗽两天，不咳嗽了，老是气短，胸闷。请先生看了，说没啥大病，给开了几服药说调理一下就好了。你爸跟老岳说了，叫你不要急，你急着赶回来干啥？"

"说你病了，我能不急吗？"小许把县长送的点心拆开送到母亲口边说，"我跟县长请假，县长送你盒点心叫我带回来。你尝尝。"

"这多不好！"母亲很激动地说，"你咋给县长说我病了嘛？"

"我离开县长，就得向县长请假呢！这是规矩。"小许给母亲喂了一口点心说，"你自己慢慢吃，我去熬药。"

小许来到灶房里，一面给母亲张罗着熬药，一面听父亲说话："前几天，苑乡长带着小吴来过了。他还送了一坛子安康恒口的黄酒。我们留他吃饭，硬是不吃。你妈给他们煮了碗甜酒鸡蛋吃。那人很随和的，吃东西很香的。没啥给他们吃，我就把早上煮的腊肉跟血豆腐干端给他吃，也吃得香。你妈说苑乡长那人吧，还很招人喜欢的。"

"爸，你是说苑华业这个人还好？"

"我跟你妈都觉得他还好。乡下人骂他，那也是没办法嘛！张启明开始当乡长的时候不也挺狠的嘛！他后来不狠了，又都嫌他办事没纲常。"

"我哥呢？"

"这会儿地里没活，到牌楼坝染坊帮工去了。小女子打猪草还没回来。"

小许心里很矛盾，既想给苑华业暗示县长有可能派他去南山，同时又觉得这样做对不起县长。真是两难啊！唉，县长，你难道没看到老百姓对党国的失望和憎恨吗？你难道还认为以你的力量能挽回党国的失败吗？你那么聪明的人，难道还没有我们这些普通人看得多，看得透吗？到时候，你真忍心弄一堆老百姓去搞联防打游击吗？小许心中激烈地斗争着。

这时，父亲对小许说："你在县长身边干事，听没听到共产党的事？"小许说："听到一些。这些事我听到得越少越好，不能打听。"父亲说："乡下人都在说国民党气数尽了。有的人说看了《推背图》，说将军头上一苑草马上就要落水了，说真龙天子出在北方。保长、甲长都在打自己的小算盘。苑乡长也没原来那么狠了。他来看我，我心里明白是为了啥。"

"爸，心里明白就好。"小许问，"你是说苑乡长干事不如原来了？"

"这几天听说把腰扭了，拄着棍子走路。"

"他病了？"小许受到了启发，对父亲说，"爸，是这……"他又忍住不想说了。

"你想说啥就说，我管得住嘴。"父亲认真地对儿子说。

小许凑近父亲低声说："你要是觉得苑华业还可以，就对他说，'大病了莫硬挺，歇下来治。'你觉得能说就说，不能说就不说。他能不能明白，那是他的事。"

"我晓得。"父亲说，"你能不能还回去教书？跟着县长，我都不敢往后想。你妈没病，她是操心操的。那天，你谢家堡子表姑接儿媳妇，你妈去送礼，听了些闲话，回来就病了。"

"你们莫操心，我有主意。我是庄稼人的儿子，分得清是非黑白。"小许说着话，把熬好的药汤用蒲扇扇着，见药可以喝了，就给母亲端进去，一面照顾喝药，一面安慰母亲，"妈，你莫为我操心。不管世事咋样，做人的道理我晓得。我本来是庄稼人，又不怕失去啥！大不了，我回来种地嘛！我会保护自己的，会站在我们庄稼人一边，你放心吧！"

"我能不操心吗？有些话你听不到，县长更听不到，可是，我听得到啊！"

"他们说他们的，你莫搭腔。你一搭腔，他们就会说是你说的。啥话经别人一传，就会各人按各人想要的意思传。"

"这个我懂。你不晓得哩，你才给县长当秘书的时候，乡下人眼红得很。现在不一样了。有人说的哪里是风凉话，明明就是咒人嘛！连你谢家堡子的表姑那天都当着那么多客人说刻薄话。她说：'去年求你办个事，你还拿五作六地推，只怕过了今年，你家传娃子想帮还没机会了。国民党完了，你晓得不？到时候只一条，莫把亲戚连累了。'你听，这啥话？去年，你表姑找我，要我跟你说让你给他们炳娃子在县政府找个事做。我想到这事你办不了，就没跟你说。为这事，她到处说你六亲不认。你说，你能帮得上这么大的忙吗？乡下人有个毛病，认为在衙门干事的人啥事都办得了。你说办不了，他就恨你不帮忙；你要是给他办成了呢，他又没轻没重地到处胡吹他自己本事。我那天一口饭都没吃，真想赌气就走，最后还是忍了。"

"我听爸说了。莫怄气！别说乡下人没见识，城里人也是一样的，他们比乡下人还刻薄。现在这种时候连当官的、大财主不是都是这样吗？亲戚嘛，好了来往，人家怕我们连累他们，我们不和人家来往不就行了吗？怄啥气哩！"小许忧郁地说，"我听起来是县长的秘书，实际上就是丫鬟，是受气包。当初想给县长当秘书没当上的那些人，开始是到处造谣说我走了门子，送了礼；现在舌头一滚，又私下说他们早就看到国民党会败，叫他给县长当秘书他坚决不干。他们还私底下骂我是狗腿子，是给县长挡子弹的。这些人就这种德行，你怄他的气干啥？我们尽量少走动，少说话，人家爱说啥让他说去。我会好好的，你莫操心！"

"那就好！我就说你不该回来，盯你的人还会少吗？"

"县长叫我回来的。药是我们组长帮我抓的。啥事没有。"

"你还是去教书吧！"

"不行，这个时候不能提这事，提了反而危险。"小许安慰母亲说，"妈你要相信，我一定不会有事。我不会害人，也不会糊里糊涂上人家的当。"

"那我就放心了！"

这时，叫"小女子"的妹妹从外面打猪草回来了。听说二哥在屋里，进屋打了招呼就赶紧张罗着吃饭。母亲的心事放下了，身子也就轻松了，随着儿子一起出来坐在桌上吃饭。吃完饭，父亲母亲都赶紧催儿子往县政府赶。

五十九

  苑华业骑马从冠子河回乡公所的时候，马蹄子打滑，把他摔下来伤了腰。当时，他觉得没啥，过了两顿饭的工夫，华业感到腰越发疼得厉害。他赶紧到街上王胆大那儿去求治。王胆大说："我只能治腰扭了的病。你这是从马上给摔下来受的伤，不太一样。这样，我把你抱着轻轻抖抖，要是受得了，就没啥大事。我给你弄些膏药贴着自然就会好；要是抖你的时候受不住，恐怕就得请接骨斗榫的先生给你治。"华业说："牌楼坝就你能治腰病，你给大胆地治吧！"王胆大说："乡长，你既然这样说，我就放开手脚给你治啦！"王胆大将华业抱起来抖了一会儿，又在腰上用大拇指推拿了一通说："我看你只是扭伤了，给你贴上膏药，你把腰上盖暖和一些睡一夜，明天就会好起来。"

  华业心里明白，王胆大的治疗效果是明显的。但他想想这些天县上布置下来的工作件件都是要和老百姓对手剥皮的头痛事，前面已经出了好几件人命关天的事，再想想那天父亲在家里给他学的程先生说的那席话，心里黯然发凉地想：怎么不借这个由头偷几天懒呢？对，这是个偷懒的由头。反正副乡长周信冬自我表现的欲望强烈，有进位升级的要求，不如多给些机会让他在前面冲杀。真是瞌睡时候有人递枕头，华业认为这么即时的枕头不接白不接！第二天早晨起来，本来腰基本上不怎么疼了，华业却故意撅个屁股，装出龇牙咧嘴的痛苦状。周信冬不知苑华业用计，反倒显得更加积极。这两天，他都是早出晚归，一副踌躇满志、天将降大任于斯人的样子。今天逢场，苑华业故意撅着屁股到王胆大的草药店去换药。王胆大说："乡长，按说我这个草药下去，有这工夫应该差不多了啊？"

  "王师傅，这不怪你。我在部队的时候受过一次大伤。你治我的新伤效果是很好的，再贴几天膏药应该就全好了。"

  换完药，华业撅着屁股在众目睽睽之下往乡公所走。他能感到，周围有人在好奇地看他，有的人则在咒他现世现报。爱怎么就怎么吧！无所谓了。钻进风箱了，还在乎受气吗？华业正往前走，感到身旁有人把他的左膀子挽了起来。他扭头看时，认出是县长秘书小许的父亲。看得出，这个老实巴交的庄稼人是真心同情他的。"许叔，你赶场啊！"苑华业感动地招呼老许。老许说："我听说你腰受了伤，赶场来的时候就把我泡的药酒给你折了些送来。""许叔你有心，谢谢！"老许瞅身边没人，就低声对华业说："昨天老二回来了。他问到你。我说你把腰扭了。他让我对你说：'大病了莫硬挺，歇下来治。'我今天赶场是专门来跟你说这句话的。"

听了老许的话，华业愣怔了一下，心想：看来，我和小许还是心有灵犀啊！他马上接口对老许说："许叔啊，说来丢人，我年龄不大，身子其实很差。我的腰是在部队的时候受过重伤的。今年以来，不知道为啥，总是胸闷气短，整夜睡不着，胸口像是压着石头。要不是忙，我早就请假了。"

"公家的事又忙不完，身子要紧。你自己能把药酒提回去吗？"

"能行。"华业说，"那许叔你慢走！"

苑华业不敢对老许有过多的热情。他想老许心里肯定也懂得其中的奥秘，不会为此多他的心。他斜扭着身子和老许道了个别，就提着药酒慢慢地往乡公所走。"大病了莫硬挺，歇下来治。"华业感觉老许给他说这句话的时候像是有意眨了眨眼睛。这里面肯定有隐情，看来，我间接亲近小许是对的。小许是要通过他爸给我一个警示。县长对我一定有什么想法。能有什么想法呢？时局已经这样了，他如果对我这样一个平头百姓的儿子有什么想法，必定是派我去干风险大的事情，说白了，就是在最后的关头要么掩护他，要么挡枪子，别的不可能有什么好事。这种时候了，坐在这条船上的人越是拼了命地把船往深水区划，船倾人亡的风险就越大。县长是从专员身边来的，是专员的心腹。听说专员单独找县长谈过几次话，绝不可能是拉家常。华业不敢往深处想了。他横下一心来要"大病，歇下来治"，乡上的工作先让周信冬冲锋陷阵去。下午，周信冬到苑华业那说事的时候，华业利用给他茶杯续水的机会又故意把腰扭了一下。他"哎哟"一声就势蹲在地下。"咋啦？"周信冬赶忙蹲下去把肩膀递给苑华业。苑华业以十分痛苦的表情，慢慢地把双手搭在周信冬的肩膀上，随着周信冬的身子慢慢立起，才从地上站起来用双手扶着桌沿。周信冬说："乡长，你躺在床上休息吧！"

"行！"苑华业痛苦地往床边移动，周信冬就过来搭手协助他在床上躺下。

"老周，这么忙的时候我躺下，真是对不住你呀！"

"哪里话！"周信冬认真地说，"哪个人的头上都没打铁箍，要害病，啥办法！"

"我实在对不起你！"

"乡长莫说那些话，好好养病！"

周信冬也真是质朴得可爱！苑华业心里觉得对他这样缺心眼的人耍小心眼实在不

应该。但这样的想法刚露头，他马上就制止住了。他想，老周他自己喜欢往前冲啊！他很想立功啊！等周信冬出去以后，苑华业又故意吃了点东西，决定让自己再拉拉肚子，把脸盘子搞难看一点。过了一会儿，苑华业听到肚子开始咕咕噜噜地响起来，他便弓着身子往厕所跑。连跑了两次厕所，就见乡公所开始有人窃窃私语了。大家背着华业说："头儿有戏了，屁股还撅着呢，又打起标枪了。"要想损形象，拉肚子还真是个好办法，拉了一天肚子，苑华业的两只眼窝很快就陷下去了。乡公所的人都劝乡长说："乡长，你得请先生好好看看病了！"

"没事的。拉肚子还能要人的命啦？我看它把吃的东西拉完了还怎么拉！"苑华业坚持不出去看病。到了第三天早晨，乡公所的人来见苑华业时，发现他躺在床上更加憔悴不堪地咳嗽起来。缺心眼又爱往前面冲的周信冬对苑华业说："苑乡长，你病成这样子了还不治，知道的呢，是你自己要硬扛；不知道的呢，还以为我们同事一场情分薄。这次，你得好好治治。"

"乡上还这么多事，都撂给你我实在于心不忍啊！"苑华业翻了一下身子，痛苦地说，"真应了'打一个趔趄就有三个穿穿'这句话。你说我从马上摔一跤嘛，咋就会引起这一大堆背时的狗屁病来？我心口堵得厉害，这毛病好多年没患了，年前患过一次，我没好说，后来好了。这次咋搞得这么久了，还不见好？晚上睡在床上，胸口就跟压了块磨盘一样难受。"

"这回要集中时间，找好先生治一治！"周信冬先是让人把街边上的程子本老先生请来给华业把脉开方子。程先生跟着周信冬和小吴一进门，就用眼睛直直地把苑华业看了一会儿，心里有了数，当即用十分惊讶的口气说："华业，你年纪轻轻的咋会病成这副样子？你这个年龄的人按说心脏上不该有这病。你得抓紧治，不能再拖了！"程先生马上就坐下来给华业把脉。趁身边没人的时候，华业悄悄地对程先生说："舅爷，我没病。你跟我爸说的话我爸学给我了，我懂你的意思！我们家里的事一直害你操心！"

"我心里明白！"程先生用慈祥爱怜的目光看着苑华业说，"当初你爸说叫你回来，我是反对的。后来是余二爷热心帮的忙。余二爷啊，喜欢附庸风雅，好称天天在看书，我就不明白他把书都看到哪里去了！他那套做派只怕会既害别人更害自己呢！"

苑华业连续把程先生开的药吃了三天，说心口没那么难受了。这天，华业正半躺在床上处理一份文件，县长郑心剑带着两个部门的负责人路过这里没打招呼就进了乡公所。苑华业当时一点准备都没有，碰巧的是，他这会正在连续地打嗝，桌上也正凉着程先生给开的汤药。突然见县长推门进来，着实让华业吃惊不小。所幸，这一周的"病"害得他已经进入病态。他面容憔悴，行动迟缓，起身落身都是用双手撑着慢慢进行。尤其拉了一天肚子，他说话的声音跟蚊子也差不多了。猝不及防间，苑华业倒是沉住了气，虽然有些慌乱，动作始终是病态的。他艰难地坐直身子，从床上慢慢溜下来，又打了嗝，手习惯性地抹着胸脯，咳嗽了两声。郑县长用深邃犀利的目光仔细把苑华业打量了一番，确信他真的在害病，才缓缓地开腔说话："我们从这里路过，听说你病了，就进来看看你。害病嘛，是正常的，心里不要有什么压力。有病就要及时治，不能隐瞒，也不能马虎，要是把小病拖成了大病，那就得不偿失了！"

"县长，我检讨！我对不起你的栽培！我原以为在部队受过的伤这些年过去就没事了，也就没给你报告。没想到摔了一跤，它还会给逗起来。"苑华业十分委屈地说，"我一定尽快让身体好起来抓工作。乡上有一大堆工作要做，我却病了，真没脸见县长。好在副乡长周信冬同志工作热情高，工作能力强，我病了的这几天，他一直主动冲在第一线抓工作。要不然，乡上工作就受影响了！"正当苑华业在县长面前赞赏周信冬的时候，没料到周信冬正闻讯赶来把这几句话给听见了。周信冬心里很感谢乡长在县长面前这样夸他。苑华业见周信冬到门口了，就指着他对县长说："县长，这就是周副乡长！"县长斜过身主动伸出手握住周信冬的手说："辛苦啦！你做得很对，很好。我们的干部都应该有你这样的精神状态。这段时间，苑乡长治病，你要多担点担子。"

"谢谢县长！"周信冬站直身子，很激动地说，"我一定把工作做好！"

"这就对了。"县长微笑着用赞许的目光看着周信冬说，"牌楼坝是县上的西大门，也是县上的主要产粮区。今年的征粮任务是重，但还是要完成。要给老百姓们讲清楚，现在是党国的艰难时期。艰难是暂时的，情况很快就会好转。我们全县上下都要同心同德，共度时艰，迎接好形势的到来。"

"我们一定把县长的指示很快传达下去！"周信冬带头表了决心。

"好，我预祝你们圆满完成任务！"县长再次和周信冬握了握手，然后转过身来握着苑华业的手说，"好好养病，不要有包袱。你前面的工作是很有成绩的。抓紧时间把病治好。你说得对，为了早日以健康的身体投入工作，恨病吃药！"

"请县长放心，我一定尽快把病治好，争取新的工作成绩。"

县长出门要走，苑华业撅着屁股，拧着眉头坚持要送。县长把右手半举到胸前制止道："不必多礼，躺着休息吧！"

"不，我一定要送！"苑华业用几乎要哭的声音说。县长也没有再坚持。苑华业就带着周信冬等乡政府的一干人硬是把县长送到了大门外的石牌楼外。

县长走后，周信冬很兴奋，马上通知要召开乡公所机关和辖区保长参加的会议，传达贯彻县长视察乡公所的讲话精神并夯实后面的几项工作任务。会议开得很严肃。虽说乡上相关人员和保长们对完成工作任务有畏难情绪，但在周信冬的严厉态度面前，还是落实到了人头。苑华业也龇牙咧嘴地讲了话，现场又把周信冬赞扬感谢了一番。会后，很快有人私底下议论说："这次苑乡长吃亏了。县长来视察工作，他病成那副样子，让周副乡长出尽了风头。"苑华业则装得很委屈，越发做出恨病吃药的样子。过了两周，苑华业撅着的屁股才慢慢收回去，但走路总让人感到还有点不够顺眼。乡上还有人看到苑华业在没人的地方一个人悄悄地抹胸脯，捋手腕子，证明他心坎里面有毛病。有两次乡上开会，苑华业起初显得很精神，但讲话时一句话才说到半句，突然就停了，他又是在桌子下捋手腕，又是喝水，忙了一阵才又接着刚才的话往下讲。会场上的人都明白他这是心坎里有毛病。这样，出门的时候、下乡的时候，人们就不太愿意跟他同路了，担心他半路上发病连累自己。

前天早上，苑华业从文件上看到县上把南山的三个乡长换了。汉江边上两个大乡的乡长都由县上派去的人接了。其中全县最大的乡的乡长由县政府秘书机要组长耿林接任了。江边另一个大乡的乡长则由县警察局副局长邝清云接任了。最南边那个乡由副乡长张彪升任了乡长。苑华业正在心里品咂这个人事任命的用意，又听人说昨天县长亲自带着警察局长、自卫团长、一科科长、财务室主任到南山召开小型会议去了。这两件事让苑华业心里有说不出的滋味。他有点失落，遗憾自己没机会参加这个重要的会议。过了一会儿，他又觉得没参加对自己来说应该是一种解脱。他心里反复念叨南山那两个乡，怎么也放不下。他做了好几次假设，总觉得那耿林、邝清云两个新任乡长中的其中一个本应是他，只因为他"病了，心坎里有毛病，腰上有旧伤"，才换成现在这两个人。假如自己到南山当了其中一个乡的乡长，那就有机会参加这次会议，以后是不是也有更多机会见到县长？他还曾扪心自问："我'病'了这次之后，县长还会关注和赏识我不？如果县长不再关注和赏识我，那么，我前面的努力就白费了，前面得罪的人也就白得罪了——不，这关键的关键在于到底是国民党胜利呢，还是共产党胜利？我这一宝是不是押早了呢？"这样翻来覆去地想着，苑华业自己也弄不清这次病是装得对，还是不对。

六十

苑建书决定把给老四和四姑娘圆房的事跟分家的事放在一起操办。今天是星期天，除了是结婚和分家立灶都能用的好日子，老二、老三、老五都能回到麻园子。大清早，建书把提前买好的红纸交给老二，让他写成对子凡是外开的门都贴上。满婶则亲自给四姑娘床上铺了新被褥，放上了新枕头。老四在楼上的床被拆去了。既然是两场大事一起办，满婶坚持要把酒席办得丰盛些。建书也没反对，就按老伴的提议，提前把该买的东西都从牌楼坝买回来了。

苑家没什么亲戚，又不请客不收礼的，今天就只请了三位亲家，外加黎保长、欧甲长。席摆了两桌，一张大桌，一张小桌，都摆在堂屋里。人一生当中，结婚这天最尊最大，老四和四姑娘今天本可以闲着什么也不做，但考虑到请了五位重要的客人，酒席还是由老四和四姑娘上午先做了，只是下午不让他们上灶出菜。满婶安排过了，下午出菜上席由二媳妇为主，大媳妇协助。上午，老四和四姑娘把菜一做好，满婶就让他们换上新衣服闲着。

五位客人全部到齐，建书把分家的准备也都做好了，只等凉菜一端上桌，老二苑华兴就大声宣布："老四苑华旺、四姑娘欧彩莲结婚典礼现在开始！鸣炮！"老三苑华业赶紧在堂屋门外燃放了鞭炮。鞭炮声落，华兴喊："新郎新娘就位。"老四和四姑娘在堂屋里面对"天地君亲师"神牌站定。华兴喊："拜天地！一鞠躬，再鞠躬，三鞠躬！"拜毕，华兴喊："拜高堂！"建书和满婶把典公拉过来，建书居中，典公居左，满婶居右，三人一块坐在长条凳上接受了老四和四姑娘的三拜。拜毕，华兴喊，"夫妻对拜！"小两口对拜了三拜。华兴喊："新郎新娘喝交杯酒！"老三给老四倒一杯酒，翠翠给四姑娘倒了一杯酒，小两口在翠翠的指导下喝了交杯酒。交杯酒喝毕，华兴喊，"礼成！喝喜酒！"

两张桌上的人都坐齐了，苑建书从席上站起来说："今天，我请三位亲家，还有黎保长、欧甲长来家里做客。谢谢你们赏光！今天，我家有两件喜事要请三位亲家和黎保长、欧甲长五位贵人见证。第一件喜事是老四、四姑娘圆房。四姑娘来我们家帮忙有三个年头了。四姑娘很懂事，很能干，全家老少都很喜欢她！我感谢典公这个老朋友给我们养了这么好个儿媳妇！今天，给他们圆房，祝他们恩恩爱爱，儿孙满堂，白头到老！第二件喜事是分家立户。我有六个儿子。我辛辛苦苦地都把他们养大成人了，今天让他们自立门户，所以，我说这也是喜事。从今天起，我们由一家变成五家。分家契约我自己都写好了，一共五份。第一份是我们老两口子加上已成人还没成家的老五、老六，房子是三间正房、一间灶房、一间猪圈。这一家一共四人，分田四亩。第二份户主是大媳妇杨春子，房子是自己住的睡房，水田是三亩。我说明一下，老大前年从南山来信说他不在了，我们也认为他不在了，想来想去，田还是要给他分一亩。第三份户主是苑华兴，房子是自己住的睡房，水田是三亩。第四份户主是苑华业，房子是自己住的睡房，水田是三亩。第五份户主是苑华旺，房子是自己住的睡房，水田是两亩。剩下的机房一间和磨棚一间暂时没分，归大家共同使用，等以后再盖房子了再分。这样，全家的十五亩薄田按十五人分，每人得一亩。"说完话，建书就把写好的契约拿出来一一展示了一遍。接着，他又做了说明："分家方案是我和老伴反复商量才形成的。三间正房是我们养老的，灶房和机房是给老五、老六留着的。为什么要分呢？就是要叫大家看到这样一个事实：看起来一个大家，分到各人名下了什么都没有。一家只有一间房，一人只有一亩薄田，住不够住，吃不够吃。要改变这个局面，都得没着力气干，共同攒钱再买田地再盖房子。以现在的样子，拆伙单过还不行，暂时还得这样凑在一起过。等家境改变一些才能各人立灶起火。当然，哪个人想马上单过，也能行。我们没啥亲戚，最最重要的亲戚就是几位亲家。黎保长、欧甲长是我们家很重要的朋友，在我们眼里，你们就是亲戚。同时，你们又是公家人，是我们分家的见证人。"接着，建书就请黎保长、欧甲长在契约的证人处签字画押。

黎保长签字时感慨地对苑建书说："你想得长远。这样叫他们每个人都有压力，真是治家有方啊！"

听黎保长这样夸自己，建书想，程先生劝我分家是不是就是这个意思？想到这里，建书又说："下一步，除了买田地、盖房子外，眼下我动手给你们每一家置办上锅碗瓢盆、锄头箩筐扁担。我给你们都办成一样的。手板手背都是肉，我不会偏心。"

话说完了，押也画了，酒席正式开始。老四、四姑娘是新人，闲着就好，一家人就轮流把壶敬酒，气氛很是热闹。吃完席，老五就匆匆赶回县城了。随后，客人也都走了。三媳妇开始张罗着给老四和四姑娘闹新房。翠翠对琴琴说："老四和四姑娘年龄都不大，四姑娘到家虽说三个年头了，但和老四在一起的时间很少，今晚给他们好好闹个新房。"

二媳妇玩笑说："我不懂，你来开导他们。"

"你是不懂，跟弟不晓得咋怀上的！"三媳妇又把二媳妇的肚子轻轻摸一下说，"这里面也不知道怎么回事。"

二媳妇的脸给三媳妇说红了，情急之下又揭三媳妇老底："你看过娃娃书的，你教他们。"

三媳妇收了笑脸认真地说："唉，不跟你乖白兔千欢了，说正经的。人家都说新娘子身上有红煞。闹房呢，一是要把煞气赶走，二来是让小两口亲热一下，免得过于拘谨了不好。是妈跟我说的，叫我跟你带着全家人热闹。妈还说新婚三天没大小，叫我喊老三，叫你喊二哥都去使劲地闹。屋里人少，一会儿他们两老儿也去闹。四姑娘肚子里不是装了很多歌子、白话吗？妈说今天晚上也叫她拿出来唱，拿出来说。你记着，妈还说要二哥也拿出唱歌扭秧歌的本领，一家人好好热闹热闹！"

琴琴遂和翠翠商量起来，务必要弄几个有趣的节目，逗一逗新人。

六十一

水鸭子坝杀猪匠熬老汉看到二郎神升天了！

不知从哪天起，这句话就到处盛传起来。传得最生动，最富细节性的不是水鸭子坝本村的人，而是牌楼坝的人和县城里的人。有人说熬公是一家人从城里回来时看见的，有人说熬公先看到二郎神上天，惊慌地一叫唤，整个二郎庙村子的人就都出来看，都看到了。后来更说五谷庙的人也都看到了。最为玄乎的是竟有人说熬公被二郎神拽着手也上了天，见众神都在议论人间怎么换主人的事。反正议论的形式五花八门，内容各不一样，熬公这样一个普通的卖肉人，转眼之间成了知名人物。他再到城里卖肉时，很多人就围着他问这问那，问得他莫名其妙，厌烦至极。一连几天都是这样，他实在招架不住了，只好待在家里好几天不进城卖肉。一天，县警察局来了两个人把熬公仔细盘问了一遍。他也就如实地把那天出城以后的全过程原原本本地学了一遍。盘问完了，两个警察相视一笑，没说什么就走了。

警察走后，熬公心里有些害怕，就跑到麻园子来找苑建书。他一方面是想讨个教，另一方面也是想万一惹上啥事让建书找老三出面说个话。熬公说："怪了，两个警察问了我很多我不晓得的事，是不是他们听到的和我跟你说的不一样？"建书说："我在牌楼坝听人说的也都跟你说的不一样。我听到后，都是假装第一次听到这事。"

熬公说："怪得很，这事怎么传出去的呢？"建书说："我都想不明白，你跟我说了以后，我回去没跟屋里任何人说啊！"

熬公说："是不是看病的姚先生跟人说起这事，听话的人就各人按各人的意思在编白话呢？"

建书说："现在要紧的是不能沾上对当局不满的话，一沾上，就会惹麻烦。等老三回来了我私下跟他说说这件事。熬哥，你呢，再不敢跟任何人说这事。如果还有人问你，你就说是眼睛花了，想不起来，睡了一觉醒来就啥都不记得。再不行，你就说是你做的梦，是听的人瞎说的。外头人说的那些话你就说你没听说过就完了。我想不会有啥。"

还好，正在熬公心里为这事忐忑不安时，又一个比这更劲爆的传说迅速传遍城乡。据说某天清早，县政府大院里按例举行升国旗仪式。当青天白日满地红的旗子升到一半，突然不知从什么地方蹿出一条黑色大蛇来。那蛇高高地昂着头，嘴里吐着小指头粗的血红信子气鼓鼓地看着上升的旗帜。看着看着，它"呼啦"一声扑到旗杆下面。见旗子还在上升，它就顺着旗杆爬到顶端盘成一个饼状的圆圈不动了。升旗的人被这突如其来的怪异场景吓住了，手一松，旗子就"噗嗒"一声顺着旗杆滑落到地上。

这故事传得比熬公看到二郎神上天的事还快还猛。传到后来，就成了"那黑蛇见旗子往上升，就死死缠着旗子往下拽。它硬是把旗子拽到地上了，才得意扬扬地从地上爬到墙上，再从墙上爬到房上，突然就不见影形了"。当时还没到惊蛰，哪里会有蛇呢？这不明摆着是天上下来的吗？这故事越传越广，越传越邪，县长郑心剑终于沉不住气了，命令警察局追查，但查来查去，终究不知第一个说故事的人到底是谁。大家都是听的传闻，然后添加自己的内容。大家也都相信发生了这样的事情。故事听起来是有点怪异，但也正是因为怪异，人们才愿意听，愿意传。当然，说的人和听的人都认为发生这样的事情肯定是个不祥之兆。黑蛇硬是把国民党的旗子拽下来，那后面呢？这个故事传到麻园子的时候，基本已是全民皆知的势头了。建书老汉是在牌楼坝听到的，琴琴和翠翠是在下垭子黄家杂货店听到的。一天，老五从县城回来。家里人就问他看见黑蛇拽国旗的事没有。老五说："我们的营房在南城壕里，没住县政府。听说当时警察局的人都在，可我问认识的警察，他又说他没参加升国旗。"

建书警告老五："反正你莫言传就是，言多了招灾祸！"

老五说："我本来就懒得说话嘛！"

一天，苑建书在牌楼坝赶场的时候听人纷纷议论，说共产党把西安拿下了。建书想，好家伙，西安那该是多大的城啊，少说也该有十几个县城大吧？老汉有些将信将疑。后来，他在街头遇到老三，就问："我好像听他们说共产党把西安拿下了，真的吗？"老三毫无表情地答说："是真的。"建书弄不懂共产党和国民党的事情，也不知道共产党拿下西安意味着什么。他当下十分不满的只是钱不值钱，比方这纱线吧，一天一个价。他刚才困惑地问周家绸缎店的周老板："钱咋毛得这样快？"周老板说："怕会越来越糟呢！你是不晓得吧，说在大城市里，你看上了一样东西，跟人家还价钱，你说一句话的工夫，人家就涨了一次价了，就是这么快！"怎会这样呢？建书老汉庆幸自己攒着买田的那点点钱都换成银圆、线子了。好在乡下人用钱的地方比城人里少，不行的时候，直接就以物换物，除了煤油、火柴，其他东西实在买不成就先不买。火柴脱销，每天就在灶膛里埋个树疙瘩留火种。农民过日子和城里人不一样，挣钱的路子少，存钱的数量也就少，甚至永远也不会有可存的钱。赶场时担一挑谷子卖了，几乎不用转身就买成苞谷、黄豆什么的实物。钱要毛就毛去吧！唉，穷人也有穷人的安宁，没有钱，也就不用操心钱怎样生钱这些熬人的事。

　　日子始终忙忙碌碌地过着。到了夏天，苑建书赶场的时候听人议论安康打了大仗。随后，汉白公路上经过的队伍也就更多了。因为担心家里再次被烂队伍抢劫，建书做了很多规避的准备，心想，万一再来烂队伍，多少让他们拿点去，但不能有大的损失。公路两边的人户被过路队伍拉夫拉差的事还时有发生。老四在家里没活的时候还是到灯盏窝去经营他的火地。今年，他只选了好地种着。清明节前后集中种地忙不过来的时候，四姑娘、大嫂子、五斤子都跟着在山上忙了几天。最近又到了集中薅草的时候，老四前天就上山去了。灯盏窝今年又添了窝棚，有人是想种点粮食，有人纯粹是上来躲夫躲差的。按他们自己说的，房子离马路太近，在家里根本就睡不踏实，睡在灯盏窝不仅没人骚扰，而且还很凉快。山上住的人多了就不孤单了，但同时又带来新的问题。大伙儿担心这会引起政府的注意，突然跑到山上来拉丁、拉差、拉夫。老四想，万一乡上、保上的人来了，要是碰到我，不是让三哥为难吗？好在黎笼匠和徐猫子早就帮老四把这些事预备好了。

　　去年，黎笼匠曾叫老四把徐猫子叫上山来问了一次身世。听完徐猫子的身世，黎笼匠当场就提议老四和徐猫子一块对大堰沟他魏家亲戚那去玩。就是玩的这一趟，魏家女子看上了徐猫子，徐猫子也看上了魏家寡居的女子。徐猫子托徐家湾族长兼甲长的徐青山把他的房子和土地卖掉，很快就到魏家上门入赘了。快一年了，徐猫子和魏家人处得很好。徐猫子如今比以往胖了，白了，心里一直念着老四和黎笼匠的好。好在魏家住的地方离灯盏窝并不远，没事的时候，或上山的时候，徐猫子总会到黎笼匠和老四的窝棚里坐一坐。

为了防止万一有人上山来骚扰，徐猫子故意在离灯盏窝不远的地方搭了个窝棚，种了一小块火地。他对老四说："那窝棚是给你预备的。你要是觉得不对头，就到我的窝棚去歇。"今天清早，徐猫子和他媳妇招弟又一块上来帮老四薅草。招弟一边薅草一边悄悄地对老四说："华旺，你要是上山，最好莫到石门子下面的沟里去。我去年秋上到尖山子那边打板栗子，在这边山上影影绰绰看到对门的石门子沟下面的半崖上像是有个人。我换了个地方想看清楚时，他又不见了。我仔细看了那块地方，上上下下都是石崖，光溜溜的，又没有树，没有竹子，只有些犟犟藤。你说哪个人会到那里去？那一带不干净，你莫去！"招弟说完，猫子又对老四说："去年冬天没事，我就从沟底进去找野物。我看到了一个野猪，就一直跟进去。等我找了个地方趴下盯野猪时，影影绰绰看见一个穿黑衣裳的人在一个大乌滩边上晃了一下。我正准备喊他小心野猪时，他又不见了。我把眼睛揉了揉，再过细看了看，没发现那里有能躲人的地方。我心里有些发毛，赶紧顺原路悄悄退回去了。那一片有蹊跷。跟招弟商量，今天专门来给你提醒一下。"

老四很感激徐猫子和招弟。他想来想去，还是没敢把去年自己看见山洞的事说出来。他只是在心里说，我永远也不再到石门子下面去了！他又想起典公跟他说过的邹家马娃子的事和乐长子的事，便对猫子和招弟说："谢谢你们给我说这么要紧的事！我不到那一片去就是了。不过，你们永远莫把这事再给旁人说。说不得！我们那边有个人就是因为说过这么一件事，就招了杀身之祸呢！"

猫子说："我们再不会跟第二个人说了！"

六十二

典公的老伴姚婶气喘病又犯了。昨天晚上，她几乎一夜没有合眼，气喘的声音跟铁匠铺里的风箱声差不多。典公好几次起来给她捶背，喂蜂蜜水，用热毛巾敷脚，到天亮时才好了一点。姚婶这是老毛病了。为了治这个病，她喝过的药不知有几大挑了，总也不见断根。周边但凡能开处方的先生，典公都曾上门索过处方，但先生总是说："这样的老毛病我只能给她平平喘，稳一稳，想断了病根是做不到的。"

"内科不治喘，外科不治癣"的说法典公是听说的，可他永远也不愿意放弃给老伴治病的努力。早上，把老伴安抚睡着之后，典公先是找了些草药研细，用布包了烤热给老伴固定在脚板和背心上增暖，再将立夏那天采的几味草药熬了汤给她预留着醒了好喝。做完这些后，典公背了些山货特产到牌楼坝赶场。典公是很少赶场的。赶场赶场，总是想赶个好买卖、好价钱，不买啥、不卖啥，有啥可赶的？只因昨晚老伴的病来得突然，从时间上看，比往年患病的时间提前了几天，这不能不让典公着急。他决定到牌楼坝请程先生给开几服药平平喘。

程先生是老熟人，典公说老伴的病比往年提前了几天。程先生几乎不加思索地就给开出了处方。典公到徐家中药房抓了药剂，就准备往回走。路过土产收购铺时，发现对面的场子边今天多了一个摆草药摊的。看看那摊主，好像人还年轻，从来没见过。牌楼坝每当逢场，总会有些摆草药摊的，基本上都是见过面的老面孔。但凡见过面的摊子，典公基本都去给老伴买过药。此时见了新面孔的摆摊人，他就想去给老伴碰碰运气，看能不能买到新的好的治气喘的药。典公一面往摊子前走，一面看那摆摊子的人，总感到他像自己曾在哪里见过面的熟人，一时又想不起来。那人怕是有三十来岁吧，长得憨憨实实的，小眼睛笑起来让人一看就觉得是个善良人，信得过。典公在心里这样想着，就到地摊边问："你这里有没有治陈年气喘的药？"

听到典公问话，卖药的年轻人像是轻微打了个激灵，马上望了一眼典公。他第一眼看到典公，就觉得他像一个人——一个对自己很重要的人，可会不会弄错呢？他想试探一下，便微笑着问："是你用，还是其他人用？"典公说："是我老伴用。她是老毛病，一般的药都是用头两回行，再用就不行了。"典公指着旁边的那个药摊说："比方这位刘师傅就帮我想过好些办法配药，也都是开始行，后面就不行了。"那边的刘师傅就接了话说："典公，老伴又患病了？"典公说："是嘛，今年比往年来得还早。我看这位年轻师傅是新来的，想讨服药试试。"刘师傅就对年轻人说："典公老伴是老气喘，给她配药要稍微配重一点。"年轻人的脸上飞快地闪现了一丝惊喜的神色，只是典公没有注意。其实，年轻人在听到刘师傅叫"典公"的一刻，就已经知道奇迹出现了，只是碍于身份和使命特殊，使他不能真情流露。年轻人极力克制着自己的感情，笑着问典公："我这有喝的药，也有敷在脚板上的药。老气喘病人都能抗药，就是你说的头里用了好，后面又不行了。你要不把我这吃的、敷的同时用了试试，要是有效果，先用一疗程，过一段我来了再定还用不用药。"典公又觉得这小伙子说话的声音好像也熟，可就是想不起来在哪里听过。他接过话说："行，就按你说的试试。你这药贵不贵呢？"年轻人说："老叔啊，我个摆地摊的，药能有多贵？你肯定用得起。"年轻人很快就给典公配了五副口服的汤药，分开来包了五包。药包好后，年轻人站起身来说，"敷脚板的药在房子里放着，你能不能跟我去一趟？"典公说："你住哪里？"年轻人指着不远的地方说："就那个温家旅社。"典公说："那行，我取了药就从那里走了。"

听说要到温家旅社去取药，一旁的刘师傅就友好地对年轻人说："你去给典公取药，摊子我给你看着。"年轻人说："那就麻烦刘叔啊！"刘师傅说："你去吧！"

年轻人带着典公往旅社走的时候，不断地扭头看典公。典公觉得怪怪的，心想：这小伙的面容和声音都像在哪里见过的一个人，可就是想不起来。这口音像是河南话，又像湖北话，又有点四川尾子。正想着，旅社就到了。

温家旅社是个小木楼。年轻人到二楼把一间房门打开，让典公进去，马上就关了门悄声说："典公，见到你了！你还记得吧——看得见，快搂吧！"他激动地把典公搂着说："典公，我是小赵啊！"

"小赵——咋会是你呢？"典公把小赵推到面前仔细看了看，也悄声说，"我一看到你就晓得见过你，可就是不敢往那里想——你从铁炉砭没找到队伍啊？"

"找到了！"小赵把门拉开看了看，见没人，又关上说，"我是化装来执行任务的。你们这里就要解放了，像你这样的穷人就要翻身了。人民政府要没收地主老财的土地分给你们。我们大部队很快就要从湖北那边过来了。"

"好啊！"典公说，"前不久，我们跟老四说话时还念叨你们三个人呢！"

小赵把门打开，一面从布单里取药，一面大声说："这药要一次配够十五天的，中间不能间断，间断就白敷了。"说完，小赵又关了门说："我不能耽误久了。你马上走。你跟老四说，让他也出来参加革命。"

"他哥是这里的乡长，咋办？"

"牌楼坝？"

"对。"

"只要他不对抗我们，他就没事。"

"老四家里有十五亩水田，很差的，产量很低。家里十七个人，不够吃，分土地不？"

"差不多还是要分的，他这样怕能定个中农。你们是山区，跟老解放区差不多，一般是二十五亩好田地定富农，三十亩定地主。中农是革命的团结对象。走！"

小赵开了门，将药包交给典公，并示意典公和他一起往出走，边走边故意大声叮咛典公："你记住，边喝药边敷药，这期间千万千万不能吃盐。这个一定要记住！不能吃盐！还有，不能吃酸辣油荤。好些人忌不了口，药也就白用了。我这个药治好了很多的人，你一定要相信它。"说着，就到了分路口。小赵故意大声说："唉，我忘了问你家地址了。半个月后，我要上门来登记我这个药的效果。你用了这药出了些啥现象也请你记下来，下次我要来登记。如果不出现很凶的事情，你就不要停药，要相信它。"

"我一定按你说的做。"典公给小赵指着西南角说，"我家就住在那个长了很多青笼笼檬子树后边的那个包包上，那叫'团包'，我叫欧五典，因为五字派辈分高，族里辈分低的人就叫我典公，大家也跟着叫我典公。就五六里路。"

"好，我记住了。半个月后我来看了再换药！"小赵向典公挥挥手就向他的药摊走去了。

典公很激动，心怦怦跳着就直接往回走。他既想尽快把药给老伴用上，又想尽快悄悄地把他见到小赵的消息告诉老四。这简直就是在做梦嘛！世上哪会有这么巧的事？然而，巧的事情的确是发生了。三年来，典公只要一想到北山的老岳父，自然而然就会想到那三个伤兵。只是这三年家境不顺，只剩下的一只眼睛也经常不舒服，他真担心哪天这只眼睛要是再出了问题怎么办。四姑娘和老四圆房了，他对老四信得过。他唯一放不下的就是多病的老伴。儿子懦弱，媳妇又不聪明，在一起生活不成。自己在时，可以像现在这样两个老人另过日子；如果自己不在了，老伴怎么办？他真担心自己万一走到老伴前面去，她剩下的光阴怎么打发！那天清早从铁炉矿走时，岳父曾反复叮咛他能不来就不来，没想到一晃三年过去了，自己竟然真的没有再去铁炉矿，也不知已经八十三岁的老人怎么样了。想到这里，典公心里很愧疚。老太爷和大舅要是知道他见到了曾救过的小赵，心里一定也非常高兴。哎，只是忘了问问祁排长和孙班长怎么样了，刚才那种巧遇实在太突然，小赵又是化装在执行什么都不能说的任务。现在，国民党抓共产党抓得那么厉害，小赵的处境实在凶险，也确实不能多说话。不过，典公还是非常兴奋，小赵匆忙间说了那么几句悄悄话，其中的内容也够让人吃惊的了。典公在心里默念了一遍，记得主要有这么几层意思：共产党大部队就要来了；共产党是给穷人撑腰的；没收地主老财的土地分给穷人；老四家不算富人，能分土地；叫老四参加革命。对，就这几层意思。我要尽快说给老四听。

典公回到家先把小赵开的药熬了。趁熬汤药的空隙，他也把敷脚板的药给老伴用上了。这时，典公才想起自己匆忙间怎么就忘了给小赵付药钱！这让典公心里很有点不安，担心小赵身上万一没了盘缠钱怎么得了。他决定明天到牌楼坝去补钱。小赵说了，用药期间不能吃盐，心想，家里还有点芝麻炒了蹋成面可以当菜。当把这个想法说给老伴时，没想到老伴十分坚决地说："我扛得住，只要能把这背时的病治好，叫我怎么都愿意！"

忙了一阵，汤药熬好了，老伴也喝了，芝麻蹋好让老伴就着把饭也吃了。想想家里再没啥事，典公就对老伴说："你歇着，我找老四说个话去。"老伴心疼地说："昨天晚上，我害你没睡好，今天又跑了这么多路，先歇着吧！"典公说："不要紧，我一点都不累！"

典公不感到累，他正在兴奋着呢！有什么事能比这更让他高兴的？自己曾经冒着生命危险救过的人，时隔几年，现在又活鲜鲜地站在面前，何况这个人还给他带来了几方面惊天动地的消息！典公现在最急迫的事就是尽快找到老四，把他见到小赵的消息亲口告诉他。还好，老四正在鞍子沟给人做泥水活。鞍子沟离团包很近，典公出门从竹园边翻过牛角梁就到了。

老四这时刚把下午饭吃毕，准备再干活。典公在河沟边喊老四过去。老四就过去了。典公迫不及待地对老四说："我在牌楼坝见到我们在铁炉砭救起的小赵了！"老四吃了一惊说："他咋到这里了？"典公很兴奋地把他怎么见到小赵、小赵给他说了几个方面的重大消息一五一十地说给了老四。老四听完心里也很兴奋，关切地问："祁排长和孙班长呢？"典公说："我没顾得问。不过，小赵说他半个月后还要来我们家登记你妈用药的效果，到那时，我们再跟他慢慢说话。"

"小赵说的那几点，我想给我三哥和老五透一点才是！还有我爸，也该提前晓得一点才好。"老四又很为难地说，"可我又不能给他们透露我们救过小赵，更不能说你见到了小赵。"

典公说："我都想过了，我也想给你爸说一声。我就说我在场上听来的。不过，共产党的事我过去挑挑子的时候听到的还真是不少。你给他们说也是听来的，叫他们现在就睁一只眼闭一只眼地做人做事。"

"就这样的！"老四又问，"我能参加他们的啥子事呢？我又不识字！"

"小赵没说。"典公说，"他是当兵的，应该就说的是当兵吧！"

这天晚上，典公和老四都迟迟睡不着，他们清晰地回忆起在铁炉砭救过的三个伤员。他们两人也都在心里反复玩味着小赵匆忙间透露的重要信息。如果这几件事都如期实现了，自己的命运将会有怎样的变化呢？思来想去，就算这几件大事都实现了，自己也不能无所事事，游手好闲。这样一想，这两个天生的勤快人心里又都平静下来。不管怎样变，是农民就得劳动，就得做活，这绝对是变不了的；不论做啥，一定要往好里做，往精致里做，不然就不受人待见，这是绝对变不了的。

天亮起床，老四还是继续在鞍子沟给人做泥水活，典公呢，决定先到牌楼坝给小赵付草药钱，再到麻园子跟苑建书说说话。因为不逢场，牌楼坝很冷清。典公到温家旅社问了问摆药摊的那个年轻人还在旅社住不，旅社人说他昨天晚上已经退房离开了，至于到哪里去，他们没有问。典公想，那就下一场再说吧！当即转身往麻园子去见苑建书。走到黎家水井坎，典公正好遇见苑建书往黎保长家里去。于是，两亲家就在水井坎外边的一个大石头上蹲下谈话。典公开门见山地说："我是专门过来跟你说事的。这一个时期，都在议论一件事情。想来，你们麻园子是独家庄，你一天又忙得顾不得听人说闲淡话。还有一个最重要的原因，你家老三当着乡长，有好多话，外面就是说得再凶，也没人敢跟你们屋里人说。我听人说共产党大队伍就要来了，他们替穷人说话。他们要把地主老财好像是超过二十还是三十亩的土地没收了，分给没有地的人。像你家只有那么一点土地的人家都会分得土地呢！我听到这种说法可不是一两天了。十几年前，我在从西安往四川、从四川往西安跑挑子的时候就听人说共产党一直主张打土豪，分田地。我听说只要是共产党坐天下的那些地方，早都是这样了。"听了典公的话，苑建书吃惊不小。他从小到大基本就没出过远门，平时也不和什么人来往，对于典公说的这些话当真是没听说过。建书沉默了好一会儿才说："不是说共产党必败吗？"典公说："你应该听说了，今年五月间西安就让共产党拿下了！"建书说："这个我在赶场时听到了，我还问了老三，他说是真的。"典公说："我前一阵子就听人说南京也早让共产党拿下了——总统住的地方都拿下了，你想想……我的意思是，你先莫一心想着买人家的田地，小心吃亏。当官的、当大财主的、做大生意的，这些人耳朵灵得很，他们啥子都清楚，不像我们这些卖力气的，尽是听他们说。我还想跟你说，劝劝老三、老五，叫他们防着点，莫光听当官的说话。我们是本地庄户人家，在这个时候给自己留后路要紧。像那些抓人、抓夫、打人、要粮食要款子的事朝后缩一点。那些大人物、那些有钱人，把你个当乡长的能当回事吗？人家怕是把我们烧着吃，我们还跟着叫喊热呢！你我这么多年的过硬交情，我把听到的话不能不跟你说说。我走啊！"

"你这话我最赞成。老三才到乡上的时候，我就叫他做事不敢做过了头，结果有些事他还是做得有些过。这一年，他稳些了。说不定你听说的这些话他都晓得。不过，我还是要给他说说。我们麻园子又搬不走。你刚说话时，我就想到了秦幺爷，听说当时他到处鼓动人家买田地，自己倒早早卖掉田地走了。临走了，还把黎五爷耍了一把。"典公想着自己该说的话说了，就转身回团包了。

星期天，老五回来吃顿饭就走了。临走，老四把他叫到竹园子边说："你这段时间听说共产党了吗？"

"多得很。"老五说，"私下里都明白国民党完了，没人明说。"

"这话心里晓得就是，不能说。"老四叮咛说，"你装啥都不晓得。我想了，有一点怕要注意。要是哪个头头儿单独喊你抓人、打人、杀人，你不能做，能躲得躲。听说共产党替穷人说话，我们是穷人，卖力气的，我们跟人家斗啥？"

"四哥，我啥都晓得。我们自卫团里的事大家心里明白，怕就团长蒙在鼓里。我们不会有事。我们都听中队长的，他不会害我们。"

"那我就不再说啥了。"老四说，"我怕你光听当官的说，其他啥都不晓得，到时候吃亏。"

叮咛过老五，老四又对父亲说："爸，你听外面说啥了吗？"

"是不是共产党的？"父亲说，"我自己是啥都听不见的。不过，团包上你叔前天过来在黎家水井坎上把他听到的都给我说了。听你叔说了之后，我在想，程先生人家怕是啥都提前晓得了。我想要不要把你叔听到的那些话给你三哥说说？现在看来，我叫他回来怕是害了他。"

老四说："爸，你想想，连我、连团包上我叔都听到的事，程先生能不晓得？三哥能不晓得？三哥只是怕把那些跟我们说了，反倒叫我们操心，就放在肚子里不说出来了。"

苑建书发现老四已经长大，再不是娃娃了。这样想着，他似乎在高兴的同时心里又有点失落。

六十三

麻园子是个僻静的地方，家里没有一个闲着的大人。今天，苑建书没去牌楼坝去赶场，对于县城、牌楼坝昨天早上已被解放军接管的事一无所知。吃了早饭，满婶对老汉说："灯里的油昨天晚上都熬干了，你得到下垭子去灌。要是下垭子没有，就上高粱铺。都没有的话，也好早点想办法。"

"嗯。"建书答应后，提了装煤油的瓦罐往下垭子走。到了黄家杂货铺，建书问："黄师，有煤油吗？"老黄说："煤油剩得不多了，是脚子。"建书说："脚子你也卖给我吧！"老黄说："油脚子倒起来慢得很，你可莫怪我磨你时间。你苑师时间矜贵，一拃时间一拃布呢！"建书说："你又笑话我呢！人家说有福之人不用忙，你说我不忙怎么行？"两人正扯淡话，建书隐隐听得屋里面烤火的人好像在说共产党解放军纪律好什么的。他就不再接老黄的话，专心支着耳朵听里面的人说话。但听得里面的人说："人家确实快，前天拿下安康，昨早上拿下汉阴，到了吃晌午饭，就已经拿下石泉县了！说不定这阵汉中怕都拿下了哟！"

建书马上惊恐万状地问老黄："他们里面在说啥？"

"说共产党解放军嘛，人家太厉害了，一天下两座城。"

"不是，我是问他们说汉阴咋啦？"

老黄说："你好像还不晓得吧！汉阴昨天早上解放了，现在是共产党的天下了。你要是早来那么一点点，就能看到刚才过去的解放军。"

"过队伍了，你还开门？"

"人家不拿不抢的，规矩得很，我咋不开门？"

"那牌楼坝呢？"建书问，"牌楼坝也是共产党的了？"

"苑师啊，你是装糊涂耍我的吧？安康、汉阴都是共产党了，牌楼坝当然是嘛！你家老三是乡长，你真连这都不晓得？"老黄说，"苑师，你真是只顾挣钱，啥都不管啊！"

建书对老黄后面说的啥话一个字也没听进去。他已经惊出了一背的冷汗。他顾不得再问县城、牌楼坝现在都怎样了；也顾不得问共产党进城的时候打了仗没有，他心里只是想着儿子是国民党的乡长，现在怎么样了。此时，苑建心里一片空白，什么也不再问就慌里慌张地付了油钱，提着油罐往回赶。一路上，苑建书在心里担心着城里的老二、老五，尤其担心牌楼坝的老三。共产党把汉阴拿下了，那国民党呢？老三是国民党的乡长啊！是不是抓起来呢？那个到麻园子来过的郑县长呢？抓起来了，还打死了？建书不敢往下想。他小跑着一气到了泡冬田坎上才停住脚步。他想，先不急，看看黄泥包有啥动静没有。看了一阵子，什么也没发现。建书又使着劲看牌楼坝，还是什么异常都没发现。阳光很好，牌楼坝的石牌楼还是那样清晰。今天逢场，从黄泥包到牌楼坝的大路上有赶场的人，但不太多，从他们走路的样子看，不慌不忙的，一切照旧。这是改朝换代了啊，怎么就看不出有惊慌失措的样子呢？建书想去黄泥包向黎保长打听情况，想了想又觉得不妥当。黎保长也是国民党的保长，如今是共产党的天下，乡长的父亲去问保长，人家会怎么想？再者，保长是不是也给抓起来了呢？这可说不准。啊，真是急死人！

苑建书急急慌慌地一进门就对迎面往出走的老伴说："昨天早上共产党就把县城拿下了，你看我们一点都不晓得！听说这两天马路上过的解放军队伍很多。"

"解放军？"满婶惊愕地问，"这么说，国民党是败了？要不要把东西再藏一些？"

"下垭子人都在闲着说淡话，黄家杂货铺也照常开着。说是共产党的队伍很规矩，不用藏。"苑建书嘴里虽这样说，但一想到老三是国民党的乡长，心里还是害怕，又对老伴说，"给媳妇们说一声吧！"

满婶就到机房那边对几个媳妇说："共产党昨天已把县城拿下了。你爸听下垭子人说路上过的解放军很多，也很规矩。不过，我们还是要小心些好。"

听了婆婆的话，二媳妇首先吓得直哆嗦地问："县城不晓得打没打仗！"三媳妇接了话："要是打了仗，这里是能听到枪响的。没有枪响，就是没打仗。"说了这句之后，她突然想到县城是共产党的了，脸马上就变了颜色。二媳妇和三媳妇再也没有心思织布了。妯娌俩紧跟着来到婆婆的睡房，想听听公公有什么主意。

进了屋才发现公婆也都瓷人似的一个坐在椅子上，一个斜倚在门框上。看得出，两个老人比她们还要着急。两个媳妇相互对视了一下，再没说话。她们都已经是两个孩子的母亲了，能体会老人此时的心境。她们默默地站了一会儿，又退了出来。其实，公婆比两个媳妇想得更多。她们只是担心自己的男人，两个老人担心的则是四个儿子。他们心焦的是老二在城里安全不安全，老五在县自卫团当兵怎么样了，老三是国民党的乡长，昨天解放军来的时候他在干什么、今天在干什么、明天怎么办。还有老六。老六前年五月给屋里写信时说他们的部队驻在河南是为了堵截共产党的队伍过黄河，黄河在哪里他们虽然都不清楚，不过应该是在北边吧？如今，共产党把家乡都拿下了，那老六还在不在呢？两个老人干着急拿不出主意。两个媳妇更是手足无措，从婆婆睡房退出来后，每过一会儿就借故向对门黄泥包那边的大路上看一看。看什么呢？是希望看到自己的男人从那里出现吗？她们自己也说不太清楚。

本来今天牌楼坝逢场，建书老汉从下垭子回来后到场上去一趟就什么也知道了，但他就是没勇气走出麻园子。他怕在路上遭人白眼，受人奚落。他知道老三当乡长这两年多跟乡亲们结了不少仇怨，他害怕仇家、冤家此时找自己这个给乡长当父亲的人寻仇讨冤。二媳妇、三媳妇一来带着小孩，二来也是担心在路上遭人奚落。尤其是三媳妇，她担心更多，想象着各种可能出现的场景和可能发生的事情，心里很是害怕。他们就这样在屋里焦急着，从中午到下午。三媳妇自己也记不起是第几次出门看黄泥包的时候，看到了老四的身影从那条大路上出现了。那是老四！他用泥水匠用的四棱形山尺撬着装工具的竹箅篓子大步地往回走，已经到关帝庙了。三媳妇揉了揉眼睛，确信自己没有看错，那路上走着的人真的是老四！她心里有些高兴，但又没啥把握，便喊二媳妇说："二嫂子，关帝庙那里好像是老四回来了！"二媳妇跑到大门外看了看说："是老四！"二媳妇又到机房对四姑娘说："老四回来了。"正在织布的四姑娘说："他这两天在鞍子沟给人家做活，晚了就歇在我叔那里。"四姑娘是不用操心的。鞍子沟离团包近离麻园子远，是她给老四说晚上要是天太黑，或者收工晚了，就歇在父亲那里，免得来回跑既辛苦又不安全。老四常年要么歇灯盏窝，要么在外面做活，不在家的时候多，大家都习惯了，四姑娘也习惯了。

二媳妇、三媳妇从来没有像今天这样重视过老四。他们从老四走路的姿势上看不出有什么异样。她们开始担心起来，担心老四带不回来什么消息。她们知道鞍子沟在山边上，如果老四抄近路，不经过牌楼坝，那么，他有可能跟她们一样什么都不知道。

老四一进门，三嫂子直接就问："老四，你经过牌楼坝了吗？"老四猜出她想问什么，便说："经过了，我还跟三哥说了话呢！我从那里路过时看见三哥和两个解放军在指挥一些人往马车、牛车上装粮食，就想过去跟他打个招呼。三哥也看见了我，就先跟我打了招呼。他说他都好着呢，这向忙得很，顾不得回来，叫屋里莫操心。"

父母亲听见老四说话，赶紧从屋里出来。父亲边走边问："你晓得县城昨天早上解……叫解放了吧？"

"晓得呀！牌楼坝也有解放军。"老四说，"好像屋里啥都还不晓得吧？哦，对了，我们是独家庄，爸要是不赶场，便啥都不晓得。这样，我把我晓得的全都说一遍。"三媳妇听老四说见到老三的情景，心里一块石头落了地。她见老四肩上还挎着工具篓子，就主动过去帮他把篓子接下来说："你是报喜鸟儿，你快放下家具慢慢说。"三嫂子这句话倒把老四说得有点不好意思了。这时，屋里人都出来了，大家都急切地想听老四说说外面发生的事情。老四在路上已经想好了，他绝对不能说他去了牌楼坝程先生家，更不能说他见了孙区长和小赵。于是，他就站在院子里说："我把我听到的都说一下啊！国民党垮台了，民国没有了。现在是中华人民共和国，国家主席是毛泽东，毛主席。县上叫县人民政府。我们县上是和平解放的，没有打仗。县上、乡上都是自动向解放军投的诚，所以，县、乡政府的人员一律留用。各行各业照常上班。昨天早上天没有亮，县长郑心剑带了二十多个人跑到南山，先是叫农民围了。农民才放他们走了不远，就遇到从下面来的解放军。县长指挥他的人和解放军打仗，结果解放军一个猛扑就把他带的人都打死了。县长逃脱了，只是没走好远再一次叫农民围住打死了。县长逃走以后，县自卫团就主动起义，主动守城，等解放军进城后把城交给了解放军。今天早上，自卫团随部队向西开了，下一步是愿意当解放军的当解放军，不愿意当解放军的回家。县上的警察只二十多个人跟县长去了南山，大部分留在城里跟自卫团一起参加守城，算和平起义了，还留用当警察。这就是说，只要不和解放军作对，该干啥还干啥。我们照样过我们的日子。"老四还想说后面要土改，但因想到三嫂子娘家是财主，就没说。他只笼统说，"我听到宣传说，共产党欢迎一切拥护共产党的人团结一心建设新中国。我晓得的就是这些。"家里人都吃惊地想：老四平时不说话，今天一下说这么多，还说得怪清楚嘛！

"早晓得是这样，我今天就该去赶场，也免得在屋里白着了一阵急！"建书拍着脑袋说，但马上又疑惑地问老四，"你说郑县长给打死了？"

"打死了！真的。"老四说，"管他的，我们过我们的。"

满婶还是不放心地问："这么说老五没事？"

"没事。老五稳当。我想他肯定会参加解放军。"老四说，"听说他们团长开始想带自卫团跟县长进南山，结果没一个人听他的，是老五他们中队长领着起义的。要是进了南山，那怕就完了。"

紧张的一天即将结束。老四想，从明天开始，自己又将迎接新的生活。此后，他不会再专心务农了，恐怕连帮父亲干活的时间也会少很多了。他洗了把脸，就直接坐到父亲的那架织布机上织起布来，想让父亲休息一下。

家里的一切又重归平静。老二、老三媳妇都放了心，既然各行各业的人员都留用了，那还急啥？父亲见老四主动占了他的织布机，心里很安慰。他懂得这是让他休息一下。苑建书心想，还是当平头百姓好啊！中午一说县城解放了，看把老二、老三媳妇吓成啥样子了！老大、老四媳妇就一点也不着急。唉，只是这郑县长怎么就叫人给打死了呢？他为啥非要跑呢？他咋不和平投诚呢？他不跑，也不一定会死吧！这人还那么年轻，从长相看，不像个大奸大恶之人，也不像个短命的人。他五官端正，耳垂子长长的，相书上说这种长相的人长寿，没想到他叫人打死了。唉，算了，也就是一面之交。不过，我们麻园子也就来过这么一个县长这么高身份的人呢！从郑县长，建书又想到老六。老六现在到底在哪里呢？

六十四

天没亮，老四苑华旺就拿着弯刀经二堰往大堰沟走。走到魏老幺院坝外的岔路口时，他停下来向月河北岸上坎子徐家大药树下的小路上张望了一下。在这个岔路口，他最后一次见到大哥，那棵大药树下的小路则是大哥最后一次从他视线消失的地方。不同的是，当年大哥是从这里过河上了那条小路往汉白公路离去的；今天将要等来和他会合的小赵是从汉白公路上那条小路再过河朝这里来的。按照约定，小赵天亮前从牌楼坝出发，太阳出来之前到达上坎子，路上就不会遇到什么人。老四刚等了一会儿，就见小赵带着一个个头和他差不多的人小跑着从那条小路上来了。老四向他们招了招手，小赵也向他招了招手。等小赵他们过来后，彼此也没再打招呼说话，只是默契地往大堰沟方向走。

今年冬雪来得早，小雪节气刚过，山里就下过一次小雪。在一些背阴的地方，白雪和枯枝败叶搅和在一起被冻成一团一团的冰疙瘩。三个年轻人走得急，不一会儿就把胸前的棉袄扣子解开了。快要进入深沟小路的时候，老四轻声说："马上进沟了。这里面总共住了五户人家，有两户住在岔路口，一户在路外边，一户在路里边，还有三户人家在离路很远的半山腰上。在山里，认得认不得的遇到了都会打个招呼。打招呼时，你们笑一笑就是了，莫吭声，我来搭腔。"

小赵见这里周围没有人户，就轻声跟老四介绍他的同伴："这个是小吴，四川人，口音跟你们差不多。"老四回过头向小吴点头一笑，小吴也向他点头一笑。老四发现小赵、小吴跟当地进山人的打扮一模一样，只要不开口，谁也看不出他们是外地人。老四拿的大弯刀，小赵、小吴拿着斧头。他们今天进山的名义是找犁脖子和犁弯。犁脖子要用胸径一尺多宽的大树来掏挖，因此必须用斧头。凡进过山的人都知道，山林柴机全是横七竖八密密麻麻的树枝藤蔓荆棘之物，人要挤进去，一是要靠两手把这些植物往两边分，再就是用弯刀砍出一条小路。老四负责带路，必须拿弯刀。

路上约定，老四就叫"老四"，小赵叫"猪娃子"，小吴叫"鱼娃子"。这是乡下男孩子的常用名字。小赵、小吴轻声解释说这本来也就是他们在家里时的小名，出来时间长了，自己的小名都快要被忘掉了，今天重又启用一下，倒是很亲切。小赵、小吴还说他们在家时也天天上山讨生活，今天算是重操旧业又干回了老本行。再向前走一段路，沟更狭窄了。经过到灯盏窝的岔路口时，老四轻声说他在这上面种的有火地，夏天也常在山上住。小吴说他要找时间帮老四种几天火地，寻回当年的感觉。小赵说老四以后怕是没工夫种火地了。老四说，只怕自己的骨子里头永远还是个种地的。

三人轻松地说着话，不觉就到了有人户的岔路口。从这里分出了两条路。向左，可顺河到吴家纸坊，到了纸坊再分路；从右，可以向西北的火烧庵方向走。岔路口斜对角分布着两户人家。路下的人家姓王，他家后房檐几乎抵着后面的小路。他们日常都在前面活动，要不是刻意到后面来，是不会看到路上什么事的。离王家房子偏西有七八丈远的路上的这户人家姓魏，他家居高临下，岔路还在房子偏西一点。路的外面除了王家房子的屋基场外，其余地方全是近两丈高的石壁，下面的小河就是月河的最上游。所以，在魏家的任何地方，都能把小路上发生的一切看得很清楚。老四对这一带本来就很熟，如今又因徐猫子在这坎上的魏家给招弟做了上门女婿，老四对这里当然就更熟了。

这时，徐猫子正在院坝里从竹箥子上回收晾干的萝卜干。老四故意打招呼："猫子叔，你早啊！"徐猫子惊喜地回答："老四，你才下山几天，又进山啊？"

"田里没活，想进山挖犁脖子，再砍一个犁弯。"老四说，"天冷了，进山的人很少吧？"

"少，也还有，是找犁弯，找扁担料的。"

老四说想喝口热水，就让小赵、小吴在路里边等他。他进徐猫子屋里想问问话。进了屋，见屋里没人，老四就问徐猫子："有没有人顺着沟上？没人去的话，说不准就能找到犁脖子、犁弯子。"

"顺沟上的人少，太冷，怕过河打湿脚。"猫子悄悄地对老四说，"莫进沟，就从两边的路上山好些。"

老四知道徐猫子是好心，就轻松地说："我们三个人，不怕啥。挖犁脖子还是夜光树好。这种树不成材，说不准这沟里会有。"然后压低声音问："猫子叔，你看到的是在乌滩跟前，是吧？我们要是走到乌滩那里还找不到好料，就折到两边山上去找夜光树。"

猫子说："夜光树倒是有。走到大乌滩就再也不会有路了，阴森得很。走到那里怕都会折身往回走。那股大水后面只能看到大石头跟悬崖。"猫子突然又欲言又止地说："要不是前天那件怪事，我今天就陪你进一趟沟！"

老四抓住话头问："有啥话你给我说，我口紧，你放心！"

猫子悄悄说："我前天在窗子底下看到两个人往沟里走，其中一个人怎么看都像我当兵时团里的刘参谋。前天进去，到现在也没见出来。怪不怪？想到就瘆人。我看他的样子肯定不是一般的老百姓。我心里害怕叫他认出来。我跟招弟说了，她叫我尽量少出门。"

老四问："你有多少年没见到他了？会不会认错了？"

"我们往这边开拔的前一段时间他经常到我们连去。我给他赶过几回马车，很熟，要是面对面，一眼就能认出来。你想，从我害病在徐家湾落户到现在都六年了，还能一眼就看出他是刘参谋，多熟啊！"

"你们连是干啥的？又是从哪里向这边开拔的？"老四觉得猫子说的这个情况很重要，想问细一点，但又不能引起猫子的怀疑，只能用很平淡的口气问。

猫子说："我们是测绘通讯连，那次是从湖北老河口启程的。老河口到这里不算远。我们路上还执行过一些任务，做啥，我不懂。我跟你说过，走到高粱铺我就给留下来了。"

老四不敢耽误久了，就说："猫子叔，你尽量莫出门，也少大声说话。我唯愿你是认错人了。"说完，他就出门向站在路边的小赵、小吴眨了眨眼睛，就一块向沟里走去。猫子声音不高地学着当地的话说："转来到屋啊！"

老四他们三人顺着小河进到吴家纸坊。因为冬天水冷，竹子不容易泡软，纸坊也就歇着没人。到这里，大堰沟算是走到尽头了。眼前出现一个三岔路口。老四往年砍木头往灯盏窝背了解板子时，走过东边这条沟。西边这条沟也走过一两次。唯独中间这条沟没敢走，是黎笼匠最先劝他不要去，说那一带可能不干净，有龌龊。但凭老四的直觉判断，他在石门子下面烂石窖崖下发现的那个山洞应该是通着中间这条沟的。老四在岔路口只是稍一犹豫就毅然决然地说："我们走中间这条沟。"三人便顺着中间这条沟向里面走了大约有一里路，路基本上就消失了。头上的天顿时也显得又小又矮，两边的石壁好像随时可能崩塌置人于死地；刺骨的寒风吹得人身上本来就有点想打哆嗦，偏偏又不时传来几声凄厉的鸟叫。老四感到背上一阵阵发瘆，回过头悄声对小赵说："再走吗？"小赵说："你看呢？"老四说："再走走看。"老四在前面用手轻轻把一些好像是曾有人活动过的地方的一些矮树和杂草分开，一边找路一边艰难地继续往前行进。这样勉强又向前走了一段距离，突然听到哗哗的流水声。老四循着声音慢慢看去，发现前面不远处有一股湍急的山泉从高高的乱石崖壁中磅礴而出，落在下面一个大大的水潭里。老四他们屏住呼吸慢慢移动到水潭旁，但见这水潭乌黑乌黑的，上面来的水灌进去后，几乎就见不到动静。再看看脚下，现在是一点路的痕迹也没有了。老四心里的确有些害怕，想起徐猫子说过的话，赶紧示意小赵、小吴和他一块隐身到一棵大树下蹲在地上仔细观察。观察了好一会儿，还是没发现有人活动过的痕迹。老四只好提醒小赵："这估计就是乌龙潭了。传说的怪事都发生在这里。"小赵说："这就是说，我们到了最最危险的地方了，也是我们要侦察的最最关键的地方。隐蔽好，我们仔细观察！"三人各自从不同的角度仔细观察了一会儿，老四觉得大乌潭左边有两块大石头。在两块大石头中间好像有一个不容易被人察觉的缝隙，缝隙中间长了一些很茂密的当地人叫作"野鸡尾巴"的植物。在那缝隙外面，长有一丛野棘和一大架野葡萄和野老鸦藤纠缠在一起的藤子。藤架的后面，隐约可见一摞一摞长满了青苔的大石头。一般砍木头、砍竹子的人看到眼前的情景，即使没遇到什么怪异之事，也不会有心思停留下去，必定会转身速速离去。老四想，我们是来找洞口的，是来破解天大秘密的，越是怪异越要下功夫把事情弄清楚。我今天就豁出去了，哪怕是真的遇到了魍魉，也要不眨眼睛地盯着看个究竟。我就不信了，只有鬼怕人，哪有人怕鬼？

　　老四叫小赵、小吴蹲在原地不要动，他把弯刀别在裤腰带上，用手小心翼翼地把棘条藤蔓拨开，生怕弄出一点动静和留下一点痕迹。过了这片野棘丛和藤蔓网，老四感觉地上是曾有人活动过的。他趴在地上细心看了看，确认地面就是被人踩踏过的。看看四周，没发现什么异常，他才半举起手向小赵他们发了个信号。小赵、小吴很快就顺老四刚才走的路径蹑手蹑脚地跟了过来。三人半蹲着身子循着地上几乎看不清楚的痕迹又上了一段山坡，再过了一段砭子路，然后从一棵由一个主干分出三个水桶粗的枝丫的红桦树的中间那根躺着搭靠在一个大石头上的树枝走了过去。一走过去，前面马上就有了一条明显的小路。三人选了一处隐蔽的地方伏下身子仔细察看周围的情况。老四感觉这里应该离石门子坡下的石洞不会太远了。他轻声提醒："应该就在这一片了。"小赵经过对周边的仔细观察说："要是这样，我们应该避开小路，找一个隐蔽的地方寻找洞口。"老四说："随我来。"他离开小路，让身子几乎贴着地面尽可能不让树梢动弹，然后一步一步地向右边靠近西南边的地方爬。爬过一段石坎，奇迹出现了。老四惊喜地低声对小赵、小吴说："前面那两个大石头一个像棺材，一个像鼓。"他指着前方约两丈远的地方叫他们看。小赵、小吴顺着老四指的方向看去，也不禁惊讶地说："太像了！"老四说："乐长子说的石棺对石鼓，上下七十五，怕就是说的这里！"

新的发现给三人极大鼓舞。他们转过身子往石棺和石鼓的对面山上看去。看着看着，老四就发现了他那次从崖上滑下去后曾隐身其中的那一大架犟犟藤。冬天，犟犟藤那鸭蛋形的叶子落了一部分，从洞的上方往下流的那一股山泉时大时而小地往下倾泻着，看得分外清楚。老四透过一丛密密麻麻的绿叶子树给小赵、小吴指着看："你看，半崖上那一大架藤藤蔓蔓的树的背后，有一股从上往下流的水，水的后面就是洞口。洞口里面很宽。"小赵和小吴把身子伏得更低一些，然后掏出纸笔认真地做了描绘。老四则爬在那里眼睛眨都不敢眨地盯着洞口。不一会儿，老四发现有一个披着不知是真头发还是棕丝草叶的乱蓬蓬的长发的黑衣人出现了。老四对小赵说："洞口出来人了。"小赵悄声说："看见了。"那长发黑衣人在洞口向这边认真地察看了一圈就进洞去了。

等小赵、小吴把图画好准备再换个地方观察时，黑衣人又出现了。老四他们趴在地上，大气也不敢出。过了一会儿，黑衣人再次进洞，小赵才示意老四和小吴赶紧改换地方。

新换的地方对着河那边的洞口。在这里，能把洞口出去向上斜着攀爬而上的石壁缝隙看得清清楚楚，也能把洞口以下的那条石壁阶梯和横着悬挂在空中的约有两丈长的石矼子路看清楚。小赵把图画好后，满意地对老四说："洞口的情况清楚了。我们顺原路爬着往回退，边退我边画图做标记，你们俩负责消除痕迹。"

三人退到石棺石鼓那里，再仔细把两边观察了一遍。老四数了数石台阶说："我们往上爬是七十五步，从这里经过石鼓下到河底的路大概也是七十五步。你们再看，下到河底，那里有两块大石头棚着的，那就是过河那边去的桥。其他地方我过细看了，都过不去。过了河，那边有一个石缝形成的小路一直向上通到犟犟藤棚子下的洞口。这应该就是石棺对石鼓，上下七十五。"小赵悄声说："这么看，乐长子死得也不冤，怪他好奇心太强了嘛！"

三人边往回退边做详细观察。小赵突然有了新发现，说："你们看，每到一个关键的地方，就会有一棵三棱子树。"老四看了看说："真是这样！"待三人一步一步退回到沟口岔路口时，小赵藏在一棵树下最后一次在图纸上做了标记。然后，老四就带着小赵、小吴真的去找夜光树挖犁脖子了。令三人没想到的是侦察工作很顺利，找犁脖子、犁弯料也很顺利。虽然料不是很好，但总算每个人肩上扛了一件木料。这可是掩护这次侦察任务最好的道具了。走到徐猫子家门口，老四又去向他打了个招呼："猫子叔我们走啊！我看到一根水桐瓜树，明天我想来把它砍回去挖水瓢。"

猫子说："我真服了你了，你硬是一天都歇不下。"

老四带着小赵、小吴扛着木头回到麻园子时，天已经麻糊糊的了。为了不让小赵、小吴说话，老四在等饭吃的这会儿故意喊他们到外面，让帮着看以后再盖房子时该怎么弄。苑建书向小赵、小吴点了下头，算是招呼了。他听得老四叫那两人帮他看房子怎么盖，心里十分高兴。他最担心的是老四和四姑娘圆房又分家以后会产生私心，现在看来，不用担那个心了。至于跟老四一块来的这两个扛木头的小伙子，建书想那准是老四给他们做过活路，今天是帮着扛木头还活路来了。

在河坎上，小赵夸老四遇事沉稳，有见识。老四说："其实我很佩服你们！你们比我大不了几岁，你看你们都出来多少年了。在铁炉砭见到你们，我就两晚上睡不好觉。你们才不简单啊！"老四停了停，终于大胆地说，"我想参加共产党！"小赵说："那要写申请书，要接受考验。这样吧，我帮你写申请书。我当你的入党介绍人。申请书写好以后，你亲自交给孙区长。"老四高兴地说："谢谢你，你可多指教我啊！"

吃完饭，天已经黑了。老四对四姑娘说："我还答应给人家帮个忙，回来晚一些。"

四姑娘说："迟了就歇着，明天早上回来。"

小赵、小吴带着老四赶到牌楼坝的时候，孙区长刚从县上回来。见小赵他们回来了，就急切地问："怎么样？"小赵说："一切顺利！"孙区长说："这样，苑华旺你情况熟，你先汇报。小赵、小吴补充。"老四就把他见到徐猫子开始到他们回麻园子把饭吃完为止这段时间的所闻、所见、所想进行了全面汇报。老四汇报完毕后，小赵、小吴基本上就没啥好汇报的了。他们只是把绘制的图纸拿出来给孙区长做了一番介绍和解释。孙区长听完汇报，又详细看了一遍图纸才说："你们的任务完成得很好。苑华旺，你立了第一功。小赵明天另有任务，苑华旺你和小吴明天再去石门子，把那个洞上面的情况侦察一下。一定要把那里上下左右的情况都搞清楚。注意，你们不必再下到洞口去了，只把洞上的情况搞清楚。也就是说，假如我们在洞对面没封锁住敌人，有人从洞上面爬上去了怎么办，能不能保证让敌人一个都漏不了网。明白了吗？"老四和小吴都说："明白了！"

跟昨天相比，今天的侦察任务很轻松。老四带着小吴先在石门子旁边砍了水桐瓜树，然后就以找红藤子和砍背木料用得打杵为名义下到洞的上方详细察看了一遍。小吴在现场绘制了图纸。经过仔细观察，假如敌人从下面洞口爬上来，能够选择的逃跑通道是非常有限的。他们在这几处有限的通道上做了标记。

临走，老四还是到魏家和猫子打了招呼。猫子说："老四，我水桶坏了，你哪天抽空给我修一下。"

"行嘛！"老四说，"明天要是来不了，过两天也一定给你修。"

老四带着小吴早早地回麻园子草草吃了饭，就让小吴从烂槽子上马路先往牌楼坝走，他过了一会儿才从黄板堰这条路到牌楼坝去。他们几乎同时在约定的地方和孙区长见了面。一见面，孙区长就对老四说："昨天徐猫子跟你说的那个刘参谋确有其人，他的身份已经得到了核实。这是个很意外的收获！"说完，他还是跟昨天一样叫老四先汇报。汇报完，小吴就把图纸展在孙区长面前的桌上一一做了说明。

等小吴说完，老四说："孙区长，我还有个情况要报告。徐猫子想叫我给他修水桶，我不知道怎么推辞，就说明天不去的话过几天也一定去。不晓得我这话说得对不对？"

"对呀，咋不对？好机会嘛！"孙区长说："你明天就去。你找个最好的位置支马凳，一定要想办法把进山的人记清楚。据内线报告，明天将有最重要的人物从后洞进去。他想绕到莲花石的话，时间来不及了。看见这个人，我们才能定下最后的收网时间。"

"我一个人吗？"老四有点担心地问。

"就你一个人，别人去了反而不方便。"孙区长拍拍老四的左肩说，"你能完成好任务！回家休息吧！"

老四涨红了脸说："孙区长，我想参加共产党。"

"有这个想法很好。小赵已经跟我说了。他答应帮你写申请，还愿意做你的入党介绍人。"孙区长说，"你知道共产党要啥样的人吗？"

老四坚定地说："小赵跟我说了带领他参加革命的人。他们是这种人：群众有难事的时候，就真心实意地帮着出主意想办法；大家在一起干事遇到凶险，需要有人舍得性命的时候，就冲在前头；面前遇到好处的时候，就悄悄地让到后头。我能做得到。孙区长，我真的做得到。"

"好！苑华旺，你虽然不识字，但你理解得很朴实，也很透彻。"孙区长握着老四的手说，"共产党就是需要你这样的人。"

六十五

　　老四起了个大早赶到徐猫子家，把马凳支在南边靠近大路那间有窗户的磨坊里。这里视野开阔，对窗下路上的一切都能看得清清楚楚。老四一面做活一面留意路上的动静。大约上午十点来钟，老四发现有一个中年人头上缠着当地爱缠的那种黑头帕，背着一个小竹篾背篓，背篓里放了把采药人用的小锄头，手里提把割草用的毛镰刀，慢悠悠地从路上经过，往吴家纸坊那条沟走去。老四觉得蹊跷的是那人自始至终都把脸扭过去，一直往南边路外看，从来没有向路里边看过。按照一般人的习惯，他的脸要么向前看，要么两边换着看。这只能说明他担心被路上的人家看到脸。这个人从老四的视线里消失了差不多有半袋烟的工夫，又有一个人在王家房子的东边出现了。这人从个头到穿着打扮，甚至背的背篓都和前面进沟的那人一模一样。走到王家房后时，那人的脸向路里看着，但向下低得很深。一过了家这边，他的脸就一直向路外扭着。这人也是径直走进吴家纸坊那条沟。这人进沟以后又过了半袋烟的工夫，但见一个年轻人按照当地人习惯右手拿着把弯刀随在身后的裤带处，左手在后面把右手托着，一步一步地也往吴家纸坊那条沟去了。这人倒是像常进山的人，微微躬着腰，低着头，匀速地往前走。这三人进山后大概一顿饭的工夫，才又有四个人一边说话一边往沟里走。看看这些人，老四心里说，这才是当地的砍柴人。这以后，再没见到有人往山里走。

　　猫子家的几个水桶在吃下午饭的时候就全部修好了。看看天快黑了，老四发现今天进山去的七个人只有五个出了山，第二个进山的采药模样的人和第三个低着头躬着腰的年轻人始终没有出来。第一个采药模样的人跟最先出来的砍柴老头一前一后出的山。这人应该是给第二个采药模样的人探路和打掩护的。因为老四发现他背篓里采的那几种药根本不需要进山去采。再后来是三个砍柴人一块出的山。没错，第二个采药人和第三个年轻人没出山。老四很有把握地做出了这样的判断。尽管两个采药人穿着打扮及其背上的背篓都是一样，但两人的身材、走路的姿势、举止气质还是能看出明显区别的。见只能看到这些情况了，老四便向猫子和招弟告辞，匆匆地赶回家把木匠篓子放下，就赶去牌楼坝见孙区长。

　　此时，孙区长正盼着老四来。老四随手把门一关，用很低的声音把今天看到的情况和他自己的判断，尤其是两个采药人的不同之处向孙区长做了详细汇报。孙区长一直很严肃地听。听完老四的汇报，孙区长有好大一会儿没说话，把老四紧张得心怦怦直跳。后来，孙区长的眉头慢慢展开了，说："老四，我认为你的分析很有道理，你观察得也挺仔细。怪不得小赵说你悟性高。"孙区长到里屋去了好大一会儿才出来对老四说："看来，我们的情报是准确的。那两人已经进山了。加上那个五天前从湖北郧阳过来的刘参谋，这些人就凑齐了。你说的第一个采药人已经处在了我们的监视之下了。好，该收网了！"

孙区长站起来打了个哈欠对老四说："今天晚上，别回家了。我有重要的事跟你说。说完，你就随部队进山。"

"好！"老四很兴奋。

孙区长再次到里屋耽误了一会儿才出来，身后跟着小赵。老四看得出，他们都很严肃。老四站起来，孙区长示意他坐下。随即孙区长和小赵也在老四的对面坐下，表情凝重地说："苑华旺，我们第一次见面是在三年前的铁炉矼。那一次很凶险，是你和典公救了我们。可惜祁排长牺牲了。他也是我参加革命的带路人。第二次见到你，是在这次剿匪战役前的侦察过程中。第一次见面，你还稚气未脱，是个大孩子，感觉你就是单纯、憨厚、朴实。第二次再见你，发现你坚强、勇敢、沉着、细心，遇事有决断力。这三天的侦察，你表现很好，发挥了关键作用。明天，我们就要发动莲花石战役了。这不是一般的战斗，是一次战役。它的涉及面很宽，面对的敌人很多，是在地委和军分区直接领导下的几县联合大行动。这些敌人来自三个省、五个县，是多方面的匪、特、顽和反动帮会等势力的大杂烩。他们正在策划一场多地同时开花的联合大暴动。我们要赶在他们动手前，实行五个战场十二个抓捕点的同时行动，把他们一锅烩掉。明天，你的任务是给我们的第三排带路并协助布防堵截抓捕可能从洞口爬上去的敌人。也就是要在天亮以前埋伏到大西沟石门子下面的后洞上。你记住，有资格从后洞逃走的人都不会是小喽啰，一定是大人物，是匪首，一旦逃出去，肯定会闹出事来。这个任务很艰巨。三排长是个沉着细心的人，一会儿你会见到他。你情况熟，到了战场上要主动协助三排长布防。你们面对的将是穷凶极恶，能战、能藏、能逃的土匪、特务头子。他们个个手上都有好多起命案。我们都有可能在战斗中牺牲，要做好这个心理准备。你有这个准备吗？"

"有！"老四坚定地说，"我能接受考验！"

"好！"孙区长说，"祝愿我们战斗胜利后毫发无损！有战斗就可能有牺牲。明天，我们就要决战了。决战胜利了，我们就能公开身份了。我们现在是以潜伏对潜伏，用暗战对暗战。这次战役一旦胜利，我们就要转入新的工作阶段了。既然是打仗，我们都有可能牺牲。三年前，你们救了我们三人，祁排长已经牺牲了。如果我和赵波在这次战斗中牺牲了，这件事就没人能给你们证明了。为了向组织负责，向个人负责，我们党支部经过研究，已经把你和典公，包括铁炉砭姚家当年救我们的情况，尤其是这次剿匪战役前期侦察工作中你和典公发挥的关键作用向上级写了详细报告。经剿匪指挥部同意，一是确认你已经参加了革命工作，二是决定批准你战前入党。"

"我能入党了！"老四激动得站起来说，"谢谢组织！"

孙区长也站起来握着老四的手说："对，你够条件入党了。你是我们在牌楼坝发展的第一个党员。祝贺你，苑华旺！我和赵波同志是你的入党介绍人，现在我们举行入党宣誓仪式。"

小赵从一个包里取出一面党旗展在自己胸前，孙区长就领着老四进行入党宣誓——

刚宣誓完毕，外面就有人敲门。小赵把门拉开，外面进来了一个很敦实的也穿便衣的年轻人。孙区长马上给老四介绍说："这就是我跟你说的三排长刘涛同志。"刘涛一把抓住老四的手说："很高兴认识你！你的情况我们连长已经给我说了！"

老四说："我啥都不懂，请多指导！"

三排长说："你情况熟，多提醒我！"

孙区长对三排长说："给苑华旺换上军装。注意，回来的时候是白天，不能让当地人认出苑华旺来，要保护他和他家人的绝对安全。懂吗？"

三排长说："我懂！"

六十六

拂晓，县委书记兼莲花石战役前敌总指挥宋宇轩向各路剿匪部队下达命令："莲花石战役现在开始。各部队、各小组，按既定方案立即行动！"

命令刚一下达，莲花石对面的山上就升起了三颗红色信号弹。随后，凤凰山最高处的铁瓦殿也升起了三颗红色信号弹。今天天气好，山上没有雾，信号弹显得特别耀眼。埋伏待命的各行动部队和各抓捕小组看到信号，马上以迅雷不及掩耳之势同时展开行动。行动来得如此突然，敌人还没来得及弄清发生了什么事，莲花石街后面的山上就响起了解放军的冲锋号声。早已埋伏在山上的解放军在地下潜伏人员的策应下迅速占领了莲花石的大码头，机枪射击声，手榴弹爆炸声顿时响成一片。几乎不费吹灰之力，解放军就占领了山洞口的三间瓦房。然后，先头部队以最强的火力迅速冲进洞中。

在莲花石那边行动开始的同时，埋伏在大西沟的孙区长也接到了指挥部的命令："莲花石战役已经全面打响。现命令你们立即进入战斗状态，严密监视和封锁洞口。你们要特别注意，估计匪首会从后洞逃命和潜伏在铁瓦殿，火烧庵的接应人员会合。我们埋伏在铁瓦殿，火烧庵的抓捕小组已经开始行动了。你们一定要保证敌人不要从后洞逃脱。在可能的情况下，争取活捉匪首和特务头子。"

"是，保证完成任务！"孙区长接到命令，立即命令各排进入作战状态。

天已经亮了。小赵、小吴把隐蔽在河对岸悬崖上的洞口给孙区长详细介绍了一遍。根据介绍的情况，孙区长再一次检查了兵力部署和火力配备，并把两处火力临时做了调整，再一次通过报话机给各排强调任务："莲花石战役已经全面打响。我命令：一排严密封锁洞口；二排严密封锁沟底和各个路口，随时准备抓捕从洞口下来的敌人；三排严密封锁洞口上面的一切路口，并确保不让一个敌人从那里逃脱。"命令下达后约有半小时，突然发现两个披头散发的人在山崖洞口小心翼翼地向四处张望了一会儿。因为天色还早，这边潜伏的人都做了伪装，大概没发现什么异常，就进洞去了。过了约半个钟头，又有一个人像是拿着望远镜倚在洞口不易被人察觉的地方向这边望了一遍，大概还是没有发现什么，也就进洞去了。这人刚进洞不久，就有四个人从洞里钻出来。他们向四处望了望，然后从洞口的石头小路上一步一步地探着往沟底走。孙区长立即命令埋伏在石棺材后面树丛中的战士严密监视从洞里下来的人，争取不开枪，抓活的。命令刚下达，孙区长又看见从洞里走出三个人。他们手里好像拿着带铁钩的绳索，顺着洞口来到斜着的石缝处，很熟练地就找到了各自认为合适的位置，将铁钩向上面的树苑扔去，看样子是要向上攀爬。可见，三人都是对这里的地形非常熟悉的惯匪老手。孙区长把这一切都看得清清楚楚。他立即让报务员接通三排长的电话后直接命令："有三人带着绳索准备向洞的上面爬，你们立即做好抓捕准备！尽量不要开枪！"三排长回答："明白！"就在三排长和孙区长说话的瞬间，老四已觉察到身下的崖壁上开始有动静。他爬到三排长身边悄声说："有人往上爬。"三排长说："连长说有三个人想往上爬。"老四重新爬回他埋伏的地方。这时，报务员又对三排长说："连长说有三人已经开始往上爬，要争取捉活的！"三排长说："明白！"话音刚落，老四就发现他曾经想砍回去做扁担料的那棵岩桑树开始晃动。他给三排长指了一下。三排长示意他别动，同时给离那棵树近一点的两个战士指了一下。两名战士悄悄地爬向那棵岩桑树上面的树丛后隐蔽待捕。上面刚准备好，就见有人从岩桑树那边半蹲着身子很小心地往上爬。那人刚爬过那片光石壁挨到这边的小树丛，埋伏在树丛中的两名战士勇猛地一跃而起将其扑倒。随后又有几人将其压住，那人还没反应过来，就被制服了。那边才把第一个爬上来的人制服，老四突然发现前面的一蔸碎米梢子树又动起来，正跟三排长示意，不想已有个人爬到他身边。老四急中生智，来不及多想就猛然一个侧翻身过去趴在那人身上，将其死死压住。那人本能地想挣扎着爬起来，老四就用双手死死抓住两边的矮树蔸子。那人甩不掉老四，嘴捂在地上只一个劲地想喊叫却出不了声。这人刚从崖下往上爬本来就很累了，现又被老四两手抓着树蔸压在身下，体力很快就支持不住了。老四身后冲出三个战士几下就把这人制服了。刚把这个人制服，左边崖壁下又爬上来一个人，马上就被早已埋伏在那里的战士给压在身下。至此，先期爬上来的三人被悉数活捉，没有造成一点响动。三排长立即将这边的情况向孙连长做了报告。

因为行动利索，洞上面连续活捉三人的事情显然没有惊动下面洞口的人。现在，那棵岩桑树摇动了几下，看来第四个人又要上来了。这个人特别机警，他在双手触地快要爬完那片石壁的时候，突然从屁股上掏出手枪小心地四处看了看，然后才接近上面的矮树丛。这人刚一接近矮树丛，就被埋伏在那里的战士给扑倒了。倒地的瞬间，他声嘶力竭地喊了一声："有人！"他这一声大喊一定是被下面还准备往上爬的人听到了，马上就有人从崖下向上开枪射击，一排排子弹"嗖嗖"地从战士们的头顶飞过。因为是仰射，上面并无一人受伤。

崖下的枪声和手榴弹爆炸声也顿时响成一片。原来，从莲花石那边顺着山洞一路追歼敌人的解放军战士已追到了后洞口。洞口对岸孙区长指挥的那两个排的战士也和从后洞溃逃出来的敌人完全交上了火……

六十七

麻园子这几天很平静，每个人都按照惯性的生活轨迹该干什么还干什么。家里的一切都和往常没有什么区别。老四虽然两晚没有回来歇宿，但大家都习惯了。老四什么时候不忙呢？如果老四都不忙了，还有谁忙？去年给老四圆了房，圆房那天也同时分了家。老四一直还是那样在忙，说明他没有变心，还在以操持这家庭的所有农活为己任。这两个晚上，他没回家，也一定是被谁家请去帮忙做夜菜什么的了。每年农忙的时候都有家里并不熟悉的人来帮工还活路。前天又有两个不认得的人给背犁脖子来了，前天背水桐瓜棒棒来的那小伙子不是家里人也没见过吗？老四每年从外面换回来的活路可是不少。今天晚上，天黑了好久，老四才回来，看样子像是累坏了。一回来，他脚也没洗倒头就睡。四姑娘想帮他把脚洗一下，因见他睡得那么香，也就没忍心打扰。老四就这样睡着连夜都没起，直到父亲的特大哈欠声响起，他才翻了个身睡眼惺忪地坐起来对四姑娘说："你给我收拾个铺盖卷，吃了早饭，我要到县上去学习。"

"唉，唉，你说啥？"四姑娘听得好笑，以为老四还在说梦话，"你醒醒，做梦做那么深！"

"我是跟你说正经的。"老四一面穿衣服一面说。

"正经的？"四姑娘说，"你学那么多手艺都没听说进县城，这次啥手艺要进城去学？"

"不是手艺。"老四抓耳挠腮地想，参加剿匪工作队的事要保密。要想保密，就不能提孙区长。这样想着，他就向四姑娘撒谎说，"这不是解放了吗？乡上叫我带铺盖卷进县城去学习。地方就是老五他们原来自卫团的那个营房。"

"叫你去学？"四姑娘说，"你字都不认得，咋会是你呢？"

"我也弄不清楚为啥是我。"老四多想把他和典公三年前在铁炉砭救人的事和他这次参加剿匪的事对四姑娘说啊！但孙区长叮咛了，这是秘密，现在还不能说，尤其是他发现大西沟后洞和他抓住牛世虎的事永远都是秘密，没到解密公开的时候，对任何人都不能说。他见四姑娘一头雾水地看着他，只好说，"乡上也许是看到我是干粗活出力气的，又会手艺，人头熟吧！"

"多久？"

"半个月。"

"三哥晓得不？"

"他是乡长，该是晓得的。"老四说，"这工作上的事都是要保密的。你就当啥都不晓得。我们原来怎样还怎样。"

"这个我懂。"四姑娘说，"有个事能问不？"

"啥事？"

"龙王庙禹海子的媳妇巴女子几年前悄悄跟我说过她哥是红军，她爸是啥子苏维埃委员。他们是逃出来的。现在解放了，能不能叫她去找解放军打听她哥？"

"我看行。"老四继续撒谎说，"你叫她直接到牌楼坝找孙连长，现在又叫啥孙区长的打听。你不说巴女子是四川的吗？我听人说孙区长原来的部队就是从四川红色根据地出来的。我还听说他手下有个小吴就是四川万源县的，离这不远。要我看，巴女子，还有她爸都应该出来帮解放军工作，该出来当积极分子。牌楼坝像巴女子这样的红军家属肯定很少，说不准还没有。苏维埃好像就是人民代表大会，她爸当过委员，对下一步的土改肯定有帮助。"

"你晓得这么多啊！"四姑娘对老四有点刮目相看。

"你到外面去跑几天就啥都晓得了。"老四故意把话往开岔。

"我今天就去给巴女子说！"四姑娘又提醒老四，"你去学习这么久，应该给爸和妈说一声。"

六十八

县城解放的第二天，当时还以生意人身份住在温家旅社的孙建成委托接管乡政府的军代表主持召开了第一次由乡政府机关及其辖区保、甲长参加的会议，要求报到人员携带武器，先登记交枪，后参加会议。会上，首先宣布汉阴县已经和平解放，所有公务人员，包括保、甲长一律留用；再宣布国民党反动统治已被彻底推翻，中华人民共和国已于十月一日在北京正式成立；接着，会上对乡、保、甲人员的行为进行了约法六条。从这些天看，整个牌楼坝辖区的社会秩序比较稳定。莲花石战役取得胜利后，孙建成换上军装住进了牌楼坝乡公所。小赵、小吴到新组建的县公安局报到上班。牌楼坝区公所刚刚组建，除了到乡公所接受投诚的军代表留下了几人外，其他工作人员尚未到位。尚在湖北的时候，地委就已组建了县、区、乡三级党委班子。牌楼坝区由牌楼坝乡和北边的三个乡组成，孙建成是区党委书记、区长一肩挑，同时兼任牌楼坝乡的党委书记，工作的确很忙。区公所就设在牌楼坝乡公所北院的那排平房里，和乡公所算是同院子办公。

身份公开之后，孙建成主动到苑华业的办公室和他谈了一次话。谈话一开始，孙建成就对苑华业在临近解放前夕的表现做了肯定；其次对他在解放军解放汉阴的过程中及其之后的种种表现给予了赞赏；最后将苑华业的表现概括为三点，算是代表组织先对其做了口头结论："其一，解放前夕，伪县长郑心剑企图把你拉进他的核心圈子，曾打算派你到南山参与策划和实施反革命暴动。你因伤装病拒绝拉拢；其二，解放军进城前，你已集合乡公所人员令其放弃抵抗，进行投诚准备；其三，临近解放，你把十五石本要交给国民党伪县政府的公粮故意拖延未交，解放当日你将其交给了解放军。这些天以来，你一直服从人民政府，坚守工作岗位，在敦促国民党散兵游勇交枪登记、给解放军前线部队筹集粮草以及维护辖区社会秩序等方面做了大量很有成效的工作。这一切，我们党，我们政府都给你记着，不会抹杀你的功劳和成绩。"

苑华业听后百感交集。本来，孙建成能主动到他办公室找他谈话，他就已经很感动了，更没想到共产党能把他所做的事情都记住了。平心而论，他当时这样做不是出于对共产党解放军有什么认识，只是基于对形势的判断，从自我保护的角度考虑的，有迫不得已的因素，甚至还有投机的心理。尽管这样，共产党解放军不问动机，只看结果，还是将自己记在了功劳簿上。至于这些天自己所做的工作，那也是形势所迫。县长郑心剑带人跑到南山伺机策划组织暴动，还没进入预定岗位，半路就被愤怒的农民给打死了。国民党丧失人心已到这步田地，这些曾经的追随者难道还不能惊醒吗？

苑华业发自肺腑地说："孙书记，没想到共产党解放军对我苑华业所做的这一点点事全都记着！我很感动！我一定在共产党的领导下努力工作，将功赎罪！"

孙建成诚恳地说："过去的历史已经不能改变了。但历史就是历史。新的一页才刚刚翻开。希望你放下包袱，和历史彻底决裂，一切重新开始。至于你的历史问题，希望你相信共产党，相信人民政府一定会实事求是、客观公正地处理问题的。"

"谢谢孙书记！"苑华业说，"你放心，我对我的历史问题有比较深刻的认识。首先，我对国民党的逆潮流性、反人民性缺乏认识；其次，对国民党心存幻想；其三，有侥幸心理和投机心理；其四，个人的虚荣心和野心膨胀了。特别在刚当乡长那会儿，因为前面这四个原因，我做了一些现在想起来十分后悔的事情。每个人都应该有为自己的行为负责的勇气。我对我的行为负责。通过观察共产党在我们县、我们乡所做的工作，我深深地认识到国民党的失败是潮流所趋，是历史的必然。我应该记取教训，抓紧对我来说可能是有限的工作机会，多做些有益的工作。"

孙建成说："你能这样深刻地认识自己的历史问题，我很欣慰！你现在还是牌楼坝乡的乡长，我是牌楼坝乡的书记，牌楼坝乡当前和今后一个时期有几项主要工作需要我们同心协力地去抓。我希望你能放下包袱，好好工作。"

苑华业说:"我绝对会在共产党领导下抓好工作的落实。"

孙建成建议:"我们得召开一次乡机关和保、甲人员参加的会议,通报全国、全省、全地区、全县的大好形势,特别要通报莲花石战役取得的重大胜利,以便安定人心和鼓舞人心。在此基础上,安排部署今后的工作。"

苑华业说:"我马上通知下去。"

大会如期召开。苑华业主持了会议。他首先向全体与会人员介绍了孙建成。孙建成随后站起来向大家致意。这是他第一次在乡、保、甲人员面前以公开的身份亮相。会上,孙建成代表中共牌楼坝区委、区公所、乡党委、乡公所向全体与会人员问好,对大家在新中国成立以来的政治表现和工作表现给予了肯定和表扬。其次通报了全国直至全乡的大好形势,并对下一步将要开展的工作做了通报、动员和安排。会议开得很及时,也很成功。会议一结束,孙建成主动对苑华业、周信冬说:"目前,全乡形势基本稳定,各项工作也在有序进行。你俩大概很久没回家了,回去看看吧!家里一定还在为你们操心着。"

在苑华业准备动身回家时,孙建成又单独把他叫到一旁说:"我跟你通知两件事。一是你四弟苑华旺参加了莲花石剿匪的战斗,立了大功。但鉴于严峻的斗争形势,为了你们家人的安全,这是头等的机密。根据你新中国成立以来的政治表现,组织上同意告诉你,但仅限于你知道他立了功这一点。区委经请示上级同意,已经决定派他到县上参加干部培训班了。如果家里人问起这事,你就含糊地回答一下,让家人好好支持他就行。另一件事,你五弟苑华仁已经参加了解放军,你们家是全乡为数不多的三个军属之一。这是很光荣的事情。你告诉家里人,叫他们莫操心!"

"谢谢共产党!"苑华业动情地说,"这些天来,我心里最大的包袱就是担心因为我的历史问题影响我兄弟们的政治前途。过去,家里为了让我和我二哥读书,财力都向我们两弟兄倾斜了。我没给弟兄们带来好处,心里很难过。如果再因我的原因影响他们的政治前途,我该怎么样面对他们啊!共产党能这样对待我的兄弟,我非常感动!我家也是苦出身,我父亲、母亲从出生的那天起,就没有过过一天舒心的日子。我们家里人一定都会真心实意地拥护共产党!"

孙建成看得出来,苑华业是发自肺腑地在为他的两个弟弟高兴。他欣慰地向苑华业伸出右手,对方激动地一把抓住他的手动情地握着,一泡眼泪在眼眶里直转。

六十九

　　苑华业很久没回家了。自打那天从一则小道消息上得知解放军在鄂西北郧阳一带集结，他就预感到国民党在陕南的统治进入了倒计时。在这种特殊的时期，他觉得不能随便离开乡公所，而应该坚守在岗位上，以便能在最关键的时候做出最关键的决断。虽然这期间县长郑心剑召集各乡长训话，要大家坚定必胜信心，可是大家心里都有数。信心从何而来？五月间，西安就已经被共产党拿下，此后陆续是南京、武汉、襄樊……苑华业心里不敢再往下想了。如果当初上军校算是有几分血性气概，那么，内战已经全面爆发，明明看到国民党已经不得人心，你为何还要一味追随国民党？后来，明明看到国民党这条破船行将沉没，你还要硬生生挤上这条破船当了乡长，居然还想借助这只破船立功邀宠，你简直是利令智昏！俱往矣，现在还坚定什么信心？唯一能做的大概就是不要再在这只破船上做伤害乡亲的事了。于是，苑华业决定凡是直接和群众面对面起冲突的事情自己尽可能回避。至于周信冬，那就让他继续向前冲吧！好一个周信冬，他心里只有任务，只有他的权威。明明县上办事部门都在推诿搪塞，周信冬还不断催促苑华业把几乎是从农民手里夺来的十五石粮食快速给县政府交上去。苑华业想，这件事我可不能任由他了，先拖拖。和周信冬周旋了几个回合后，他硬是把十五石粮食压了下来。与此同时，他还把十个壮丁的任务也拖掉了。少拉十个壮丁，少结十个仇恨；少交十五石粮食，少了一宗罪过。这十五石粮食到底被苑华业在第一时间献给了解放军。令苑华业欣慰的是，共产党的情报那么准确，孙建成明确认定这批粮食是苑华业故意扣下来的，这功劳也就记在了他苑华业的头上。还有自己装病拒绝进入郑心剑的核心圈子，这事解放军又是怎么知道的呢？苑华业心里明白，在这件事情上自己是问心有愧的。若没有小许父亲的暗示，苑华业就不会装病，初充其量只是想借机偷几天懒，少得罪几个人，并不曾想借机装大病拒绝郑心剑的拉拢。其实，他内心是很想接近郑心剑的。如今想想真后怕，如果自己去了南山，下场就和耿林、邝清云一样，甚至会更惨。试想，自己当时若被郑心剑派去南山，以自己争强好胜的性格，说不准还真会拉起一些人和解放军抵抗……苑华业坐在办公室里想着这一连串的事情，觉得真有隔世之感。他留恋地看看办公室，担心自己一旦出了这门就再也没机会踏进来了。

苑华业振作了一下精神，到孙建成办公室请了一天半假，又到街上给孩子们买了些糖果就往麻园子走。走上街头，看见卖菜的，他又买了几样比较上档次的菜提着，想陪家里人吃一顿稍微奢侈点的饭。

中午，老四扛着被卷去县城学习。下午，老三提着菜回家来了。两件好事同一天出现，令麻园子全家人都很高兴。老三因手里提着菜，进门后就直接往灶房走，大家都没看见，及至翠翠上完茅房从灶屋往出走，迎面碰上自己的男人，倒是吓了一跳。这几天她的心里一直没踏实过。尽管那天老四说他在牌楼坝看见三哥而且还说了话，但她毕竟没有亲眼见到。几天过去了，现在真看见自己男人站在面前，她反而手足无措起来。她直直地看着他，他倒还很平静。见媳妇愣怔着，苑华业就先开口问："屋里都好着吧？"

"好着哪！"媳妇终于开口，"咋不给屋里带个信回来？那天，爸到下垭子灌油，听人说县城解放了，真把人吓死了。一直到下午，老四从鞍子沟回来说看见你在指挥人装粮食，还说跟你说了话，大家心才定下来！"

"其实没啥。解放军进城又没打仗，街上都好好的。我以为爸会赶场，一赶场就啥都会晓得哩！"老三一边把手里提的菜往案板上放一边说。

"偏偏爸那几天没出门。"

"妈！"银娃子不见母亲，就跑过来找，猛然看见父亲在和母亲说话，愣了一下，便又惊又喜地喊，"爸爸！"老三跑过去把儿子抱起来往父母的房间走。到了睡房，见两个老人不在屋里，就向机房里走。正好母亲在那里，老三就先叫了一声"妈"。母亲见是老三回来了，心里一时转不过弯，声音有些哽咽地说："你回来了？"大媳妇、二媳妇和四姑娘都向老三打了个招呼。老三见家里人基本上都在这里，就对四姑娘说："四姑娘，我买了些菜回来放在案板上的。你辛苦点，下午多做些菜。"说话间，他开始给孩子们发糖。发过糖，老三问母亲："妈，我爸呢？"母亲说："他在毛狗子洞拔萝卜去了，应该快要回来了。"老三说："我去毛狗子洞接我爸。"

父亲正把拔起来的萝卜用刀削了就近在河滩里洗，听见老三在身后叫他，惊喜地站起来扭过头去看。他脚下踩的石头一翘，差一点踏进水里。老三赶紧过去扶住父亲，然后蹲下来帮父亲洗萝卜。父子俩就边洗萝卜边说话。

父亲问："今天能走得开？"

"早上新书记，也是新区长正式跟大家见过面了，会也开了，他要我回家看看。"

"书记？区长？"父亲弄不清这些称谓就问，"共产党的官？"

"是的。人家不叫官，叫干部，称'同志'。"

"老四说乡上叫他到县城去学习，是你的主意吧？"父亲说，"你让自己兄弟去学习，不会惹人说闲话吧？"

老三心想，老四去县城学习的事肯定也没跟家里说清楚，家里人肯定以为是我安排的，也好，我就按孙区长说的意思，尽量模糊些吧！他便说："共产党用干部主要用穷苦人、用劳动的人。老四一直在干粗活。他有手艺，世面熟，脑子灵，人也稳当厚道，适合给乡亲们办事。我们以后多支持他一些，让他把大伙的事办得好一些才是。"

其实，老三此时正在心里想着老四是什么时候参加剿匪的，解放的第二天，他是在牌楼坝见到老四的，可是他空着手，说是要赶到鞍子沟给人做泥水活啊！心里这样想，他就对父亲说："老四在家里也难为他了，那么多活都指望他做。以后，我们多分担他一些。"父亲说："你们弟兄间能这样对他就好。我今天早上听说他要去学习，心里一下子觉得对不起他。早知道这样，该让他进几天学校才是。他一年四季就没闲过。这几天，先是在鞍子沟给肖家盖房，接着又喊活路上老机背了两天料，再又是给人家箍水桶。硬是一天都没歇。"听父亲这样说，老三真弄不清老四怎么就会立了大功。不过，他想，那好，我还是乡长，都以为是我推荐老四去学习培训的，正好保密了。

"老四不识字，咋学？"

"共产党的扫盲做得好，也许老四从城里回来就识字了。"

"只怕这以后就要耽误他做活了。"

"没事，家里的活也不能总是指望他，对不？"老三说，"不是分家了吗？早晚还是该各人过各人的。我就准备先分开过。"

"你想好了？"

"我想好了。"老三心里很难受，极力掩饰着自己的感情，故意很平淡地说，"在一起时间长了也不好。以后都有自己的子女，子女一多，磕磕碰碰的事就多，反倒容易失了和气。不如早早地分开过，八仙过海，各显其能更好。都在一起，老四太苦。现在四姑娘不说啥，时间长了，难免会不高兴。趁现在都处得很好的时候分开过好。"其实老三在想，假如以后有人来家里找自己寻仇什么的，分开了就跟其他弟兄没关系了，不然都跟着不安宁。

父亲见老三脸色阴沉着使劲地着洗萝卜，那双不曾劳动的手被冰冷的河水泡得红红的，鼻尖也冻出了一点清鼻涕，心里就有些难受。他嘴里喃喃地说："我后悔！当年要是听程先生的话，不让你回来当乡长就好了！"

"爸，不能这样说。"老三内心虽然很苦，但理智没有乱，"咋能怪你呢？我要是不愿意当乡长，哪个又能按着我当？"

下午饭桌子上，就着四姑娘炒的好菜，老三陪父亲喝了不少酒，又给家里每个人都敬了酒。他担心这是最后一次给家人敬酒了。饭桌上，老三也不忍心用眼睛多看翠翠。翠翠虽然脑子简单，但只要一想起男人曾经是国民党的乡长，心里就有些不踏实。不过，面对很有劫后余生之感的丈夫，她不愿表现出内心的不安和抑郁，尽量装得跟以往一样单纯，很是活跃地陪着自己的男人敬酒喝酒。

七十

苑建书心想，既然分家的事不可避免，就得抓紧时间给儿子们把灶具备齐。此前，他已经请熬公分几次帮他用架子车从城里把水缸、水桶、瓦盆、瓦罐拉回来了。今天到牌楼坝赶场回来时，又买了四套盛菜的盘子。这样，他们四弟兄不管哪个随时分开，随时就能够开灶立伙。

走在路上，建书虽没有刻意避让熟人，但还是觉得遇到的熟人比往常多。他想，也许是自己太过敏感了。老三不是还当着乡长的吗？老四不是又被乡上派到县城学习去了吗？既然是派到县城学习，学完了，还不是就成了给公家办事的人了？再说，老五已经是解放军了，这可是共产党的孙书记亲口跟老三说的，不会有假，还说牌楼坝总共只有三个解放军家属，很光荣。听说共产党和国民党不一样，当兵是自愿的，审查很严格，不是哪个想去就能去的。凡是被选上参军的，都戴大红花，敲锣打鼓送着走，很体面。

走到牌楼前了，苑建书习惯性地要往乡公所院子看两眼。他见乡公所门口又加挂了中共牌楼坝区委、区公所，以及中共牌楼坝乡委员会的牌子。这时，从院子里走出两个穿军装的人。苑建书觉得那身军装很漂亮。两个穿军装的人从苑建书身边经过时，友好地向他笑了笑。苑建书也赶紧回敬了一个微笑，然后就不好意思地离开了。不过，那两个军人的微笑被留在了苑建书的心里。他隐隐感到他家的老六穿的也是这身军装。老六肯定参加了解放军！苑建书相信他的直觉。从看到这身军装的一刻起，他坚信老六已经穿上了解放军的军装。老六啊，你如今在哪里呢？

牌楼坝小学的大门打开了。苑建书快走了几步来到校门口向里面看，发现有人在收拾那些破烂的门窗。他走进去向收拾门窗的人打招呼："你忙啊！请问是不是学校又要开办了？"那个正在低头忙着修窗子的中年人顾不得抬头，手里边忙活边答话："昨天，区上孙书记来看了，要我们赶着修好，不能误明年春天开学招生。孙书记还说上小学免费。只是停办六年多了，该维修的地方太多了点。"建书非常高兴，他正为孙子们上学的事情发愁呢！这下好了，明年五斤子、跟弟、银娃子可以同时来牌楼坝上学了。

山货土产收购店门前挤了很多人在看墙上的布告。苑建书也挤进去看，是枪毙人的布告。在姓名上打了红叉的人第一个是牛世虎，第二个是尹继中。苑建书简直不敢相信自己的眼睛。他把眼睛揉一揉再看，没错，的确是这两个人！后面还有几个人他没听说过。我的乖乖，牛世虎、尹继中是多么牛的人啊！从解放到今天，满打满算也才十一天，解放军居然有本事把这么牛的两个人给抓起来枪毙了。枪毙了好！这两个人活一天，老百姓就遭殃一天。老汉想，从布告上看，这两人的年龄比我也大不了多少，可怎么从我开始学着下地干活起，好像就一直生活在对他们的恐惧中呢？共产党厉害，这么快就知道了他们的那么多罪行。过去听人们私下里说，这两个牛人跟官府有勾结，现在看是真的，他们居然还有国民党封的官职。共产党只用这么短的时间就把他们抓起来枪毙了，就凭这点，他们就得人心。

围过来看布告的人越来越多，苑建书好几场没来赶了，还有事要办，就从看布告的人堆里挤出来往街上去。路过街头转弯处时，他见几个解放军和几个干部模样的人正挽着裤腿和袖子在清理水沟里泛着白沫散发着恶臭的污泥。建书一面在心里发着感慨，一面往周家绸缎店去。远远的，建书就听得周老板在叫他："苑师！"

苑建书看到周老板对自己这么热切地盼着，心里感到热烘烘的。他也急忙向周老板挥手招呼："周掌柜的，你好吧？"

"好呢！"周掌柜的说，"解放后，你怕是第一次赶场吧？我问了几个人，都说没见你赶场。"

"不好意思，我还真是第一次来。"建书问，"生意咋样？"

"好！"周老板说，"首先是共产党把物价稳了，这让人心里踏实。现在又把土匪头子毙了，大家心里就定了。牌楼坝是个小地方，可小地方也天天都能听到大消息。好啊！"

苑建把布卖了，行李也就卸了。他跟周老板聊了几句就赶忙往卖碗盏的那个巷子走。快到压面房刘老汉门口时，刘老汉老远就向他打招呼："唉，那个，苑师吧，快来坐坐！"

建书发现招呼他的是那次和程先生一块说淡话的刘老汉，就走过去打招呼。刘老汉把他拉到凳子上坐下，问："我记得那次程先生好像说你跟团包上的五典老汉是亲家？"

"是四亲家。"

"你听说了吧，孙区长和县公安局的赵排长昨天后晌到团包上谢五典老汉去了。"

"孙区长和赵排长谢典公？谢啥事呢？"

"你是真不知道啊！"刘老汉说，"人家五典老汉前年热天到北山铁炉砭给外父做生日的时候救了几个解放军伤员。这里头就有孙区长跟赵排长。人家解放军记人情，现在打听到了典公的下落，昨天后晌就买了一包东西上门去道谢！"

"有这回事！我咋没听典公说起过？"建书想，那次到北山去还有老四，这么说，老四也救了人？老四去县上学习跟孙区长有关系？

"你没听说倒是合情理的。那个时候，国民党天天在喊着抓共产党，五典老汉救了人咋敢说呢？"

"世上还真会有这么巧的事？"苑建书感到太意外了。

"啊，啊，那个程先生！"刘老汉突然发现程先生匆匆从街上经过，就大声叫他。等程先生听到刘老汉的招呼开始往这边走时，刘老汉又说，"程先生，你看哪个坐在这里？"

苑建书赶忙起身走了几步去迎程先生。待程先生坐下了，刘老汉说："我正和苑师说到团包上的五典老汉哪！"

"你说人家五典老汉啥？"

"说他救孙区长他们的事嘛！"

"你是说这事新鲜吧？"程先生把脸对着建书问，"是不是解放后才第一次赶场？新鲜吧？"

"是第一次赶场，新鲜事多。"建书说，"我一路过来吧，先是从布告上看到解放军把牛世虎、尹继中枪毙了。又看到有人在收拾学校说开了年又要办学，还看到解放军在水沟里清污泥。刚坐上刘师的板凳，又听说典公啥时候救过孙区长。哎，你看这些都叫我这笨脑壳倒不过弯来！"

"是吧！仅凭你说的这几件事，件件都新鲜，件件也都有点不可思议！可人家共产党就是这样做的。人家能去谢五典，也说明人家不忘本嘛！"程先生还是年轻时候的老习惯，一说话就有点滔滔不绝。

见程先生把几句话说完了，刘老汉马上接住话问："你这几天跑前跑后在忙啥？两次我想招呼你，见你跑得急，就没喊你。这次是因为苑师坐在这里，我才喊你的。"

"忙啥喽！"程先生说，"这把老骨头赶上运气了。你晓得，为了把那初小再办起来，我每年都在喊叫，就是没人理睬。现在共产党来才几天，上面就批复下来了。开了年就恢复，民办公助。啥都弄好了，请了匠人正在维修。春上开学铁板钉钉。现在难的事是地段卫生院的事。你晓得，这事我也叫了好多年，我愿意无偿在那坐诊，就是没人管。人家共产党很快也批下来了。孙区长说我人头熟，又懂这个，就要我来跑。你说我能推吗？你自己喊着要求政府办，现在政府答应办，叫你来筹办，你又使唤不动，咋行？啥都有眉目了，就是找不到合适的房子。"

"我看你这老汉该累！"刘老汉假装生气地说，"你咋不给我说一声？还说我们关系好呢，遇事就把我忘了。我后街那旧房子不是空着吗？办医院，我看行。一正两厦七间房，外带一个茅房、一个柴火棚。先开办起来，将来做大了再建不就行了。你回头去看看。"

程先生皱着眉头边算账边说："你家那老院子我熟，房子还行。路也宽，汽车马车都能过。你要多少租金？贵了租不起！"

"我一分都不要。"刘老汉说，"我只图有人把房子用着，在我在世的时候莫叫它塌了就行。"

"真的？"

"我这么大岁数了还能说假话？"

"好啊！"程先生说，"我这阵子也读了点毛主席的书。怪不得毛主席说要走群众路线。我要是早走群众路线，哪用得着到处乱跑。"

"怪你嘛！"刘老汉说，"谁叫你把我忘了？"

"该罚！"程先生说，"走，我请客，进馆子。"

苑建书见两个老汉说得投机，自己也插不上话，就要起身告辞。程先生说："一起喝几杯酒，不行吗？"

"不了，我还有事要办。"

这时，有两个青年人走到程先生面前说："程先生，孙区长说晚上一定请你来指导我们演节目！"

"不是指导，是欣赏。我一定来！"

程先生对建书说："这是区上工作队的小杨、小武，山西人。今天晚上，工作队演节目慰问乡亲，你也该来看看，肯定是清风扑面，叫人耳目一新。"

"我忙哩！"

"晚上看个节目，能误你多大的事？"

"我叫他们年轻人来。"

"也对。你们独家庄，让他们年轻人出来赶赶热闹有好处。"

苑建书没有食言，下午在饭桌上对媳妇们说："今天晚上，解放军工作队在牌楼坝演节目，你们全都去看看。二女子、三女子也去，我跟你妈在屋里带娃娃。"

到了太阳还剩一竿子高的时候，满婶催几个媳妇带着五斤子、跟弟、银娃子去看节目。大媳妇说："我不爱看。"满婶生气地说："你七老八十了吗？去，都给我去！"四姑娘走过去拉起大嫂子的胳膊就往出走。

演节目的舞台还是搭在石牌楼对面过去正月间耍灯的那个旱田场子里。因为是解放以后第一次演节目，今天晚上来看节目的人很多。大家赶来看节目是一个方面，更多是想透过这个窗口看看共产党的主张。节目很多，留在麻园子家里守门并且给二媳妇、三媳妇看孩子的两个老人不时地能听到从牌楼坝传来的锣鼓声和男高音的唱歌声。两个老人不知把两个正吃奶的孙子第几次从哭哄到睡的时候，才听得四个媳妇带着三个孩子一路咿咿呀呀地莺歌小唱着从河对门往家里走来。满婶见媳妇们玩得这样高兴，就想逗她们。等媳妇们前脚一踏进堂屋门，满婶就说："你们耍得快活啊！把我们两个老家伙甩在屋里急死了。来，你们说说，都看了啥子戏？学学，叫我也过个戏瘾！"见老伴兴致这么好，建书老汉也笑盈盈地坐在那等媳妇们学戏。满婶点名问大媳妇："大女子，你先说你看的啥戏？"大媳妇想了想说："我看的《白毛女》。白毛女好苦啊，把我的眼睛水都看出来了！"满婶说："好，一会儿你给我学一段。"满婶又问二媳妇："二女子，你看的啥戏？"二媳妇说："我喜欢《王大娘卖缸》，演得灵活，歌的调子也好学。"满婶说："好学我一会儿就听你学。"三媳妇见婆婆看她了，不等问话就主动说："我喜欢看《小二黑结婚》，那个小芹演得好。"满婶说："一会儿选一段给我学学看。"四姑娘见婆婆开始看她了，就主动说："我喜欢看《夫妻识字》，还有《兄妹开荒》。"三媳妇一嘴插过来说："妈呀，四姑娘一路都在哼哼'解放区的天'这个歌子，叫她给你唱！"四姑娘说："妈，她们都会唱这个歌，要唱就七个人一起唱。"满婶高兴地把大腿拍了一巴掌，开玩笑地说："准奏！一起给我唱，谁都不准偷懒！"四个媳妇见婆婆兴致这么好，就站成一排准备唱歌。二媳妇趁势把三媳妇推了一把说："你指挥！"三媳妇就挺直了身子，清了清嗓子，然后学着刚才看节目时听来的说话腔调说："媳妇娃娃合唱团汇报演出，现——在——开——始！第一首歌，《解放区的天是明亮的天》，预备起——"

> 解放区的天是明亮的天，
>
> 解放区的人民好喜欢——

热烈的气氛感染了建书老汉，他顺手拿起火箝敲打着火炉坎和着唱歌的拍子，嘴里则吹着口哨跟着哼唱起来。已经被爷爷奶奶哄得睡着的两个小娃重又被他们吵醒，睁着好奇的小眼睛看着面前的人们。

七十一

四个儿子的灶台都安在睡房后面的拖檐子下。到了做饭的时候，左边厦房的后面有两股炊烟，右边厦房的后面也有两股炊烟，四股炊烟袅袅地在空中弥漫开来，合成一个圆弧，远远看去，倒别有一番景致。苑建书站在泡冬田坎上发现这一景致时，心里感到很不是滋味。同样感到不是滋味的还有满婶。这不，该给老头子做饭了，她突然紧张起来，竟不知如何是好。她觉得生活跟自己开了一个玩笑，几十年前曾经只有她和苑建书两口子，虽然家里有一个老大，但在满婶的心里觉得就只有他们两口子。此后，她和苑建书生了老二，一直到老六，成了一大家子人。几十年过去，自己也老了，结果又变成只有她和苑建书两口子。自从大媳妇春子到麻园子以后，满婶就脱离灶台，变成只动口不动手的婆婆。如今倒好，老了老了，又要上灶做饭了，真有恍如隔世之感。

华旺一直到很晚才睡，可躺到床上禁不住又想起二哥的事。他怎么会上了公安局就回不去了呢？三哥的事不用想了，那是历史问题，想也没用。二哥到底是什么事？公安局喊去，几天不见人，应该不是小事，说不准比三哥的问题更严重！他们两弟兄要都有问题，我就辞职还回去种我的地，决不给共产党添麻烦，给政府拖后腿。对，就这么办！明天早上，我向组织辞职！我决不让人在背后对我指指点点。拿定主意，华旺倒睡了一宿好觉。

第二天清早，苑华旺一连到孙区长办公室门口去了三趟，门都锁着。直到第四趟，孙区长的门开了，他正在打电话。苑华旺自觉地退到院子里站着等。孙区长打完电话，自己跑出来对华旺说："你不进屋里来，站在那干啥？"

"你打电话，我该回避呢！"

"没那么严重。"孙区长问，"第一次到地区开会，怎么样？"

"组织上太抬举我了！"苑华旺有感而发，"我就做了那么一点点事情，还是你教着我做的。我觉得我做的那点事情跟你们这些出生入死多少年的人比起来，简直就不值得一提。可组织上却给了我那么高的荣誉。地委书记、专员、军分区司令都接见了我们，还跟我们一个个握了手！"

"党是不会忘记任何一个对革命有功的人的！"

"孙区长！"苑华旺涨红了脸说，"我辞职呀！"

"胡说啥？"孙区长奇怪地问华旺，"你为啥要辞职？"

"我家庭的问题会给组织添麻烦！"

"你添啥麻烦了？因为你参加了剿匪，使莲花石战役取得了完全的胜利。现在工作局面已经全部打开，我们需要很多像你这样的干部加入各条战线上来。你好好的，辞什么职？"

"我三哥的问题还没得到组织处理，二哥又叫公安局叫去几天了还没见回学校。我这样的家庭，会拖组织后腿的！"

"哦，是为这件事啊！"孙区长说，"你能处处从组织的荣誉出发想问题，这很好。既然这样，我正好受组织委托要和你谈一次话，索性现在就谈。你三哥的问题主要是历史问题，好在他对自己的问题能主动反省，主动检查，又在组织审查处理之前主动地到县上去交代问题。这说明他是个明白人，是有一定觉悟的人。相信人民政府会客观公正做出判决的。对于他的有关情况，我们组织上已经书面报告上级了。对他的判决，是对国民党反动统治的判决，不是单纯对他个人的判决。在你三哥的问题上，希望你要正确对待，但也不要背包袱。关于你二哥的问题，可以明确地告诉你，他没有问题。你二哥脾气孤傲、自视清高，眼里容不得沙子。有个被他言语伤害了的同事出于私愤给公安局写信举报说他去年秋田借搜集民歌为由到南山和国民党特务接头领受任务。公安局收到举报信后，把你二哥叫去了问情况，认为他没问题，就让他回去了。你二哥前脚离开公安局，那个写举报信的人后脚就到了公安局。这个人是冷静下来之后，觉得这样凭空攻击和自己有矛盾的人不对，干扰了公安局的正常工作，就到公安局道歉，并撤回了举报。按说这件事就完了。谁知你二哥从公安出来后在回学校的路上遇到了县政府的留用人员老景。老景跟你二哥说县上已决定把你二哥调到新成立的文化馆去工作。老景还告诉你二哥北京有个民俗文化专家组要来陕西考察。省政府安排他们到陕南来。县上对这个专家组很重视，决定马上组织人员集中到文化馆做专业方面的接待准备。你二哥一听到这个消息就很兴奋，马上就随老景去了文化馆。一到那里，你二哥就把自己关在文化馆整理资料，一坐就是两天三夜，忘了出门。一直到昨天下午学校到公安局去询问审查结果，才知道你二哥当时谈完话就离开了。听说你二哥倒是个做学问的料子。人家找到他时，他头都不抬地说：'先莫说话，我还得一晚上才能把活赶出来！'听听，说不准他这会儿还窝在文化馆忙着没回学校呢！听明白了没有？"

"这倒很像我二哥的风格。"苑华旺说，"我真怕因为家问题让组织被动啊！既如此，那我就不辞职了。"

"不辞职了，好！"孙区长说，"现在我跟你说第二件事。组织上研究决定派你到北山的白杨乡去担任副乡长。那是山区，条件差些，你要有克服困难的准备。"

"孙区长，困难我不怕，我就怕我能力不行，干不好！"苑华旺激动地说，"我感到我啥都不会！"

"只要能认识到我们有责任必须把工作干好，自己再有决心把工作干好，那就能干好。"孙区长说，"苑华旺，我郑重地提醒你记住这几层意思：当干部的，最关键的是政治立场要坚定，记住自己是代表共产党在工作，自己身上负有党的使命，负有国家的责任。工作的目标嘛，就是毛主席说的'实现对组织负责和对人民群众负责的一致性'。遇事不要考虑自己的得失，要防止急躁情绪，防止漂浮作风，要扎扎实实地做工作。只要永远记住这几点，你一能把工作干好！"

苑华旺坚定地说："孙区长，我会永远记住你的这几点嘱托！"

孙区长严肃地看着苑华旺说："我相信我不会看错人！"

苑华旺记起还没顾得跟孙区长汇报在地区开会的情况，便说："孙区长，我跟你把在地区开会的情况汇报一下！"

孙区长把办公桌抽屉用锁锁上说："走，陪我到外面走走，边走边汇报。顺路也把程先生筹办学校、卫生院的情况看一下。老人家对我们党有感情，对人民政府的工作充满了热情。我还要提前告诉他一个好消息。将要来的北京民俗文化专家考察组的组长是他亲戚，有特意来看他的意思。让老人家也高兴高兴！"

苑建书经不住老伴和琴琴的催促，答应进城去打听老二苑华兴的消息。走到牌楼坝岔路口了，建书想不如先到程先生那里讨个见识再进城。他心事很重，埋怨老二这么多年来给他添的烦心事太多。一路上，他总是选路边走，生怕遇到熟人说起这些烦心事。到了牌楼对面，建书老汉还是忍不住停下脚步，偷偷向乡公所那边看了看。这一眼看得太有价值了！事后多少年，苑建书还为他的这一眼感到得意。跃入眼帘的是老四正和一个穿军装的人肩并肩往出走。老四！是老四！他已经好多天不见回家了。老四应该会晓得他二哥的消息。对，应该晓得。他很平常地在和那个军人说话，看不出有啥不正常的样子，说明老二没事。尽管心里这样想，但建书还是想回避一下，让老四和当兵的人先过去。他不愿意当着那个军人的面提起老二的事让老四难堪。这样一想，他赶紧背过身向柳树身边靠了靠。令老汉没想到的是，老四这时已经看见他了。他主动向老汉打招呼道："爸，你往哪去呀？"

"我……我从甘家槽那边过来。"老汉撒了个谎。因为有旁人在，他不能提老二的事。

老四和军人加快步伐向路这边走来，快到老汉身边了，军人先开口问老四："你父亲？"

"是我父亲。"

军人快走两步过来主动伸出右手抓住苑建书的右手招呼说："苑叔叔，你好！"

"好！好！"苑建书的眼睛有迎风流泪的毛病，他用左手擦擦眼睛，茫然地看着老四不知该怎么称呼这位军人。

"爸，这是我们孙区长！"老四急忙给父亲介绍。

"是孙区长啊！"老汉惊讶且惶恐地看着面前这位军人。但见他中等个子，脸圆圆的，和善中透着英气。老汉心想，这就是人们说的管辖四个乡的孙区长？他怕也就三十出头吧？当区长，倒是一点架子都没有，还管我叫"苑叔叔"。

"苑叔叔，一直想到家里去看你，今天碰巧见到你了！"孙区长笑容满面地说，"祝贺你呀！你家给我们队伍上培养了苑华旺这样能干的干部，还输送了两个解放军战士！苑华仁，你家老五吧？他在部队立二等功了。苑华和，你家老六吧？他前年就参加解放军了。去年秋天已随部队去了新疆。这两件事都是昨天下午在县上开会时，民政局领导通知我的。他强调你家是双军属，全县唯一的双军属。光荣得很啊！"

"我家老六？我家老六有下落了？"苑建书用惊讶的几乎是痴呆的眼神看着孙区长的脸，生怕自己听错了。

"昨天下午，县民政局领导亲口通知我的。"孙区长转而看着老四说，"华旺，你也是第一次听说吧？肯定是第一次，因为我还没顾得上跟你说呢！"

"第一次听说！老六来过一次信，还是在三年前。"老四也很高兴。

"老六有下落了！他到底是参加了解放军！我说嘛，我的感觉是不会错的。我第一次看到解放军的军装，我就感觉我家老六也是穿的这一身！他真的是穿的这一身！"苑建书像个孩子似的嘴里唠叨着让别人听不明白的话，两行浑浊的泪水从满是皱纹的眼角里不停顿地往下淌。他居然忘了和孙区长打声招呼就转身往麻园子方向走，急着想把老六参加解放军的消息告诉老伴，告诉家里的所有人。老汉忘情地走了几步，突然记起自己此行的目的。他停住脚步，转过身来走到老四身边，拉了拉他的胳膊背过身子轻声问："你二哥的事，你听说了吗？"

"爸，他没事。"老四对着孙区长笑笑，孙区长也向老四笑笑，鼓励老四把老二的事情告诉父亲。于是，老四就把孙区长刚才说的关于老二苑华兴的事情向父亲转述了一遍。

父亲听完，长长地吁了一口气说："老二啊，你永远都长不大，做事还是像个小娃子，心里就不装别的人嘛！"老汉身子有些颤抖，一面抹眼睛，一面感激地对孙区长说："孙区长，我家老四不识字，害你为他操心啊！"

孙区长说："华旺学习很刻苦，理解力也很强。他已经能写简单的句子了。"

"怪我糊涂！"苑建书愧疚地对老四说，"没让你上过学，我很后悔！"

"爸！"苑华旺扶着父亲的肩膀说，"你莫再这样想了。为了这个家，你已经很苦很苦了！"

孙区长握着苑建书的手说："苑叔叔，华旺是棵好苗子。组织上还要给他压更重的担子，希望你支持他。"

"支持！支持！屋里不会再让他分心了！"老汉用两只手握着孙区长的手说，"老四年轻，出门少，见识少，拜托你多多教他！"

"放心，苑叔叔，你也要保重！"

"谢谢孙区长！"苑建书急切地说，"你们忙，我回呀！"说罢，老汉转过身就向麻园子方向快步走去，走了几步，索性就小跑起来。

苑华旺默默看着父亲匆匆向前跑动的身子，发现那身子已经老了，动作明显的不协调了，突然一阵心酸，眼泪夺眶而出。孙区长这时也默默看着苑建书的背影，看着看着，那背影就幻化成了父亲的背影，很快，父亲的背影又幻化成无数张老人的脸孔，他们都睁着枯槁昏涩的眼睛看着他，那殷殷的目光里好像是祝愿，好像是期盼，又好像是托付。